叢書・ウニベルシタス　885

# スペイン紀行

テオフィル・ゴーチエ
桑原隆行 訳

法政大学出版局

目　次

# スペイン紀行


＊1＊ パリからボルドーへ　1

＊2＊ バイヨンヌ——人身密輸入　15

＊3＊ 御者《サガル》と猟銃を持つ男たち《エスコペテロス》——イルン、小さな乞食たち——アスティガルラガ　21

＊4＊ ベルガラ——ビトリア、民族舞踊《バイレ・ナショナル》とフランス人の怪力男——パンコルボ渡航——驢馬とグレーハウンド犬——ブルゴス——スペインの宿屋《フォンダ》——外套をきた徒刑囚——大聖堂——ル・シッドの大箱　31

＊5＊

修道院、絵と彫刻――ル・シッド館、紐館、聖マリア門――劇場と俳優――ミラフロレスのカルト教団修道院――ティボー将軍とル・シッドの骨　51

＊6＊

堂々たる本物の郵便馬車、ガレール――バリャドリード――サン・パブロ――『エルナニ』上演――サント・マリー・デ・ネージュ――マドリード　67

＊7＊

闘牛――槍方《ピカドール》セビリャ――目にも止まらぬ突き刺しわざ　83

＊8＊

遊歩道――マンテラと扇――スペイン人の典型――水売り人、マドリードのカフェ――新聞――太陽の門の政治屋たち――郵政庁――マドリードの家々――寄合、スペイン社交界――第一劇場――女王宮、コルテス家と五月二日の虐殺の碑――武器博物館《アルメリア》、立派な隠遁所　103

＊9＊

エスコリアル宮殿――盗賊たち　141

＊10＊
トレド——王宮——大聖堂——グレゴリオ典礼とモザラベ典礼——トレドのノートル゠ダム——サン゠ファン・デ・ロス・レイエス——ユダヤ教会堂——ガリアナ、カルルとブラダマント——フロリンドの浴槽——ヘラクレスの洞穴——枢機卿病院——トレドの剣 155

＊11＊
マドリードにおける聖体大祝日の行列——アランフエス——敷石のある中庭——オカニャ平原——テンブレケとその靴下どめ——マンサナレスでの一夜——サンタ・クルスのナイフ——プエルト・デ・ロス・ペロス——ラ・カロリナの農業植民地——バイレン——ハエン、大聖堂と伊達男たち——グラナダ——並木道——アランブラ——ヘネラリフェ——アルバイシン——グラナダの生活ぶり——ジプシー——僧院——サント・ドミンゴ——ムラセン山登り 197

＊12＊
アンダルシアの盗賊と馬方たち——アラマ——マラガ——巡業学生——闘牛——モンテス——演劇 283

＊13＊
エシハ——コルドバ——大天使ラファエル——モスク　321

＊14＊
セビリャ——クリスティナ遊歩道——黄金の塔——イタリカ——大聖堂——ジラルダ塔——エル・ポルボ・セビリャノ——慈善病院とドン・ファン・デ・マラナ　349

＊15＊
カディス——帆船「軽業師」号見学——すり——ヘレス——角に木球《エンボラド》をはめた闘牛——蒸気船——ジブラルタル海峡——カルタヘナ——バレンシア——ロンハ・デ・セダ——メルセド修道院——バレンシア人——バルセロナ——帰国　371

夢の旅——ゴーチエの『スペイン紀行』について　桑原隆行　411

訳者後書　あるいは回想の歳　447

# 凡例

一、本書は Théophile Gautier, *Voyage en Espagne* (1845) の全訳に、訳者による解題論文「夢の旅」を付したものである。
一、翻訳の底本には主に Garnier-Flammarion 版 (Jean-Claude Berchet 監修、1981) を用いたが、底本にある年譜や監修者序・注などは割愛した。
一、本文に登場する歴史上の人物名については、『岩波西洋人名辞典』の表記を参照した。ただし国王などについては、その国での読み方・呼び方にできるだけ従った。フランス人名などの場合、原語の発音に近い表記にしているものもある。
一、原書のイタリック体部分の訳文上の表記については、訳者後書に記した。
一、最低限説明の必要な事項については、本文中〔 〕内に訳注を挿入した。
一、読者の便宜を考慮し、ゴーチエの旅程を示す地図を解題の末尾に置いた。

# ＊1＊

## パリからボルドーへ

数週間前（一八四〇年四月）、ぼくはなにげなくこう洩らしてしまった——「スペインになら喜んで行くんだけれど」。自分の願いがそれほど強いものではないことを示すべく、慎重に条件法を用いたのに、五、六日もすると、友人たちは、それを削除してしまい、物見高い話相手に向ってぼくが間もなくスペイン旅行に出かける予定になっていると繰り返している始末だった。こういうきっぱりと事実を告げる言い回しの後には、決まって「いつご出発ですか」という質問が続いた。ぼくはどんなことに巻き込まれるかも知らずに、「一週間後に」と答えた。一週間が過ぎ、ぼくがまだパリにいるのを見ると、みんなはひどく驚いた様子を見せ、「今頃はマドリードにいらっしゃるものとばかり思っていましたよ」と言う人もいれば、「もう戻っていらしたのですか」と聞く人もいた。そこでぼくは、自分が友人たちに数ヶ月間留守にしてみせなくてはならないこと、このおせっかいな債権者たちにしょっちゅう悩まされたくなければできるだけ早くこの負債を返済しなければならないことが分かった。劇場の楽屋や、大通りのぼこぼこと弾力にとむアスファルトとタールの道などが、新たな命令が出るまでは、ぼくには立入禁止になったのだ。ぼくが手に入れることのできたのは、せいぜい三、四日の猶予期間だけであり、五月五日、ぼくは自分という厄介な存在を祖国から一時追い払うべく、ボルドー行きの馬車に飛び乗ったのである。

最初の方の宿駅には格別興味深い点が少しも見られないので、ごく簡単な記述にとどめておこう。左右に広がっているあらゆる種類の耕作地は斑点状や縞模様をなしており、まるでズボンやチョッキの見本地が張りつけられた仕立屋のリストみたいだ。こうした眺望は農学者や土地所有者、その他ブルジョワ連中には無上の喜びとなるとはいえ、オペラグラスを手に世界というものの特徴を捉えに出かける描写好きの熱狂的な旅行家には乏しい糧を与えてくれるだけだ。出発したのが夕方だったので、ぼくの最初の記憶もヴェルサイユから先は闇にぼかされた取るに足りない下書きにすぎない。大聖堂を見ずにシャルトルを通過してしまったのは残念だ。

ヴァンドームと、御者言葉ではシュトルノと発音されるシャトー＝ルノー（乗合馬車の素晴らしい諷刺画を書くときアンリ・モニエはこの訛りを巧みに真似ている）の間には、木のはえた丘々が聳えている。そこでは住人たちがとがった岩肌を穿ってそこを住居とし、古代穴居人式に地下生活をしている。彼らは掘削によって出る石を売るのでその結果、穴式の各家からは鋳型から取り出される石膏像あるいは立坑から取り出される骨組《やぐら》みのように凹凸のある石が一個生み出される。煙突は厚い岩に槌をつかって据えつけられた長い管であるが、これは地面すれすれまで達していて、煙はこれといった原因も見当たらないのに硫黄孔とか火山質の土壌から出ているように、青っぽいらせん状となって地面からじかに出てゆく。ふざけ好きの散歩者は、これらの地下生活者が作るオムレツの中にいとも簡単に石ころを投げ込むことができる。それに、ぼんやり者の兎とか近視の兎は生きたまま鍋の中に何度となく落ち込むに違いない。こうした作りになっているので葡萄酒を取りに地下室に降りていくという手間も省けるのである。

シャトー＝ルノーは曲がりくねった急坂の多い小さな町で、その坂に沿ってぐらぐらと揺れるような据わりの悪い家々が並び、立っていられるように互いに肩を寄せあっているように見える。きづたの緑のクロスに覆われた古い城砦の勾配部分のあちらこちらに置かれた丸い大きな塔が幾分、この町の様子を引き立たせている。シャトー＝ルノーからトゥールまでは何もこれといって目を引くものはない。中央には土の道が走り、両側に木々が並んでいる。荷馬車引きの言い回しでは列をなして並ぶリボンと呼ばれるあの黄色の長い帯状の土地が見渡す限り広がっている。それだけだ。それから突然道路が、切り立った二つの斜面の間に入り込んだかと思うと数分後には、乾しスモモやラブレーやド・バルザック氏らのおかげで名をあげたトゥールの町が見えてくる。

激賞されているトゥール橋だが、それ自体としては何一つそれほど特別なところがあるわけではない。ただし町の様子は魅力的だ。町に着いた時、何片かの雲がゆったりと浮かぶ空の色はあくまでやわらかみを帯びたブルーだった。ダイヤモンドの角でガラスの上に引かれた筋のように、一本の白線がロワール川の澄みきった水面を横切っていた。この花づな形の縁取りはこの川の河床によく見られる砂洲の一つから流れ出る小滝によって作られているのだ。サン・ガティアン教会は澄みわたった大気の中に、その褐色のシルエット、クレムリン宮殿の鐘楼のような擬宝珠や胴張りで飾られたゴシック様式の尖塔を浮かび上がらせているので、町の趣きには全く絵に見るようなモスクワ的な外観が与えられ、名前も知らぬいくつかの教会に属する二、三の塔や鐘楼がその絵の仕上げとなっている。白帆の舟が眠り込んだ白鳥のように静かに、青い川面を滑るように走っていた。ルイ十一世の恐るべき片腕だった隠者トリスタンの家、紐や縄や他の拷問道具を一緒にからみ合わせて作られた大変に象徴的な装飾物とともに驚くほど良好な保存状態にあるこの家をできれば訪ねてみたかったのだが、全くその時間がなかった。トゥールの住人たちの自慢であるに違いなく、リヴォリ通りにも匹敵しようかという大通りを歩くだけにぼくは止めておかなくてはならなかった。

刃物製造業という点では大評判をとっているシャテルローは、最高に魅力的ないかにも封建時代らしいロマンチックな印象を与える古塔を両端に持つ橋以外には何一つ特別なものはない。町の武器工場はといえば、これは多数の窓を持つ白い大きな建物にすぎない。ポワティエに関しては、どしゃぶりの雨の中それもかまどの中よりも真っ暗な夜に通過したので、石畳は最悪の状態だということ以外には何も言うことができない。

夜が明けると、馬車は非常に強烈な赤土の大地に植えられた鮮やかな緑の木々の多い地方を走っていた。これはとても奇妙な印象を与えるのだった。家々の屋根は縦溝つきのイタリア式のくぼみ瓦に覆われて、それにまたこれらの瓦の色はまばゆいばかりの赤、パリの家並みの煤色や暗褐色を見慣れた目には新奇な色だった。その理由は忘れたが、奇妙なことにこの地方の建築家は家を建てるときまず屋根から始め、壁や土台はその次だ。四枚の頑丈な厚板の上に骨組みが据えられ、石工よりも先に屋根屋が仕事に取りかかるのである。

まさにこのあたりから、あふれんばかりの切り石の饗宴が延々と目立ち始め、ボルドーに至ってやっと止むのである。扉も窓もない最悪のあばら屋でも切り石で作られており、庭の塀は漆喰やセメントでつながずに大きな石塊を積み重ねて作ってある。街道沿いに、見事な石が門のわきに大きく山積みされているのが見える。これらの石を使えば安上がりに、シュノンソーやアランブラのような宮殿をいくつも建てることも簡単だろう。しかし住人たちは石を四角に積み重ね、その透かし彫りが互い違いに並べられ充分に優美な印象を与える花づな装飾をなしている赤や黄色の瓦の蓋（屋根）を全体にかぶせるだけですませているのだ。

その下ではシャラント川が二、三の水車をにぎやかに回しているかなり険しい丘上におかしな具合にぴょこんとのっかったアングレームの町は次のように建てられている。外観だけは一種どことなくイタリア的なところがあり、急斜面を覆う木々の茂みやローマのお屋敷の松のようにパラソル状に広がった一本の大きな松の木が一層その印象を強めている。ぼくの記憶に誤りがなければ、その上に電信機（電信機のおかげで多くの古塔が救われているのだ）がのった古い塔が全体の様子にいかめしさを与え、はるか地平線上から見る町の姿を格別に素晴らしいものにしている。急坂を登っている途中、ぼくは何かネプチューン、バッカスあるいはおそらくナポレオンだろうか、それらしきものを描いた粗雑なフレスコ画で外壁が塗りたくられている家に気づいた。画家はわきに自分の名前を書き加えるのを忘れているので、どんな推測でも許されるし、それなりに支持されうる。

打ち明けた話、その時まではぼくはロマンヴィルやパンタンへの旅行も全く同じように景観に富む快適なものになるだろうと思っていたが、石版師がパリの大通りを同じ一枚の紙に封じ込めるのに使うあの細い帯紐に似たこれらの果てしない細い紐状の土地ほど変化のない、単調で取るに足りない退屈なものはない。サンザシの生垣とひねこびた育ちの悪い楡の木、育ちの悪い楡の木とサンザシの生垣、そしてもっと向こうには平坦な大地に突き刺さった緑の羽飾りのようなポプラ並木、不恰好にゆがんだ幹を持ち真っ白いおしろいを塗ったようなかつらをかぶった一本の柳の木、目に入る風景はといえばこれだけだ。人物の方はといえば、アフリカのムーア人のように陽に焼けた開拓者とか道路工夫が槌の柄に手を置いてあなたがたの通るのを見つめていたり、惨めな兵士が甲冑をつけたまま汗を出し、よろよろしながら自分の部隊に戻ろうとしていたりする。しかしアングレームの向こうでは土地の様子が変化するので、郊外からかなりの距離に来たことが理解され始めるわけだ。

シャラント県を出ると、最初の荒地《ランド》に出くわす。これは程度に違いはあるがくっきりと起伏のついた灰色、紫色や青っぽい色の巨大な土地の広がりなのである。珍しい短い苔や赤茶けたヒースや発育の悪いエニシダが植物と呼べるすべてである。エジプトのテーバイのように物悲しい風景で、絶えずひとこぶ駱駝や駱駝が次々列をなしてやってくるのが見えるんじゃないかと思ってしまうほどだ。今までそこを人間が通ったことがあるとは思えないほどだ。

荒地を突っきると、景観に富む地方に入る。道路沿いに家々が集まり、木立の中に鳥の巣のように埋もれている。大きな屋根や、葡萄のつるが盛んに巻きついた井戸、びっくりまなこの大きな牛や、堆肥の上で餌をついばむ雌鶏などと一緒に見るとオッベマの絵にそっくりのこれらの家々はもちろんみんな、庭囲いと同様に切り石で作られている。いたるところに、全くの気まぐれから途中で打ち捨てられ、そしてそこから数歩ばかりの場所に始めから再建されている仕上げ途中の家が見られる。原地人はある数だけの直角に切った木片を用いてあらゆる種類の建物を建てることのできる積み木遊びを贈物《おみやげ》にもらった子供らとほとんど同じだ。彼らは屋根をひっぺがえし、自分たちの家の切り石の位置を変え、同じ石を用いて全く違った家を建てたりするのだ。道ばたの庭々は、大変みずみずしい見事な木々に囲まれ、花をつけたえんどう、ひな菊やバラなど色とりどりの色で飾られ美しく花やかに匂い立つ。牧場の方を見下ろすと雌牛の胸さきまで草が青々と茂っている。サンザシや野バラのかぐわしい香りに満ちた近道、馬をはずした四輪馬車がその下に見える一群の木々、イスラム教の法典学者団のターバンのように広口の布帽をかぶり、ぴったりとした赤いスカートをはいた何人かの百姓女など、思いがけない多くの細々とした事柄が目を楽しませ、旅程を変化で彩ってくれる。深紅色の屋根が続くアスファルトの傾斜路を通ると、まるでノルマンディにいるような気持ちになることだろう。フレールやカバはそこにすっかり出来上がった絵を見つけ出すだろう。まさにこの緯度あたりからベレー帽が目立ち始める。それらはみんな青色で、その優美な形は縁つき帽子の形よりずっとすぐれている。

牛が引く馬車に最初に出くわすのもまた、このあたりからで、これら四輪馬車は本当に原始的なホメロス風の外観をしている。雄牛は頭を羊皮の小さな額革付きのありふれた軛につながれ、おとなしそうな落ち着き払った諦めきったような様子、全くもって彫刻でもあるかのような、エギナ島の浅浮き彫りにもふさわしいような様子をしている。大部分の牛は蠅や虻から身を守るリンネルの衣をまとっている。ぬめぬめと光る湿りを帯びた鼻づらと、美の権威者だったギリシア人がユーノの秘跡の付加形容詞ボーピス・ヘレ（牛の目をもつヘラ）を作るのに十分なだけ素晴らしいと見なした青くくすんだ大きな目をあなたがたの方へゆっくりと上げるこれらのシャツを着た雄牛以上におかしな見物《みもの》はない。

とある宿屋で開かれた結婚式がぼくにその土地の何人かの人間を一緒に見る機会を提供してくれた。というのも百里以上もの間、ぼくは人間を十人と見かけていなかったからだ。土地の人間は大変醜く、女たちが特にそうだ。女たちは老いも若きも何ら違いはない。二十五歳の百姓女も六十歳の百姓女も同じように老衰し皺だらけだ。少女たちは彼女らの祖母の帽子と同じぐらい広口の帽子をかぶっているので、ドカン描くところの粗描画に見られるでっかい頭と虚弱な体をしたあのトルコ人の少年たちのように見える。この宿屋の馬小屋でぼくは、渦巻き状の大きな角と黄色い燃えるような目を持つ化け物のような黒い雄山羊を見た。この山羊は途徹もなく悪魔的な形相をしており、中世だったら堂々と夜宴の首長を務めていただろう。

日暮れ時にぼくらはキュブザックに到着した。昔はドルドーニュ川を渡し舟で渡っていたのだが、川幅が広く流れも急で横断が危険だったので、今では渡し舟の代わりに非常に斬新、独創的な橋が架けられている。御承知の通りぼくは現代の発明品のあまり熱心な賛美者ではないけれど、この橋はその途轍もない規模、壮大な外観によって本当にエジプト、ローマにも匹敵する産物である。高さが段々増していく一続きのアーチが作る桟橋が、架けられた橋床まであなたがたを導く。船は大きく帆を張ったままその下をアポロ神の巨像の両脚の間を通り抜けるようになんなく通り抜けることができる。重さをより軽くするために小さな気孔をあけた鋳鉄でできた一種の塔のようなものが、巧みに計算された左右対称の耐久力をもって交差する鉄線に対して架台《ブリッジ》として役立っている。これらの太索《ふとづな》が空にくっきりとした姿を見せている、その蜘蛛の糸のように細く優雅な美しさが一層建造物の驚異的な外観を増している。鋳鉄製のオベリスクが二塔ラーベの記念建造物の廻廊に置かれるように両端に置かれている。この装飾物はそこにあっても場違いではない、というのもファラオンたちの途轍もない建築的天才もキュブザック橋は承認しないではいられないだろうから。時計を手に計ってみると橋を渡り切るのには十三分かかる。

一、二時間後、外観の壮麗さは幾分劣るけれどももう一つの驚異であるボルドー橋の明かりが遠くでまたたきだした。ぼくは食欲に駆られその間の距離がもっと短ければと期待したのだが、これも旅行のスピードはいつでも旅行者の胃袋を犠牲にして得られるものだからだ。棒状チョコレート、ビスケット、他に馬車にあった食糧はすでに全部平らげてしまっていたので、ぼくらは食人種のような気持ちにとらわれ始めていた。同乗者たちはぼくの方をひもじそうな目付きで見つめていた。だからもしぼくらが宿駅をもう一つ通過しなくてはならなかったとしたら、『メデューズ号』の伐の残酷な場面を繰り返す破目になっていただろう。ぼくらはつり紐、長靴の靴底、オペラハットや遭難者用の他に食物になるようなもの、彼らはそれらをすっかり消化しきってしまうのだが、そんな物を食べてしまっていたことだろう。

馬車を降りるとポーターたちがどっと群がり押し寄せ、あなたがたの身の回り品を互いに配分し合い、二十人ばかりの連中が一緒になってたった一足の長靴を運んだりする始末だ。これはごく普通のことにすぎないのだが、もっとおかしいのは通りがかりの旅行者をつかまえるべく宿屋の主人がこれ見よがしに配置した見張人の連中だ。このごろつき連はみんな喉をからし、訳の分からない言葉で悪口と宣伝文句を次から次へとがなりたてる。あなたの腕をつかむ者がいるかと思うと、脚をおさえる者もいる。あっちの男があなたの服の裾をつかみ、こっちの男は短マントのボタンをひっつかむ。「旦那、ナント・ホテルにどうぞ、快適ですよ。——旦那、そんなホテルに行っちゃいけませんよ。南京虫ホテル、こいつがそのホテルの本当の名前でさぁ、と競争相手の宿屋の代表者が急いで言い出す。——ルーアン・ホテルにどうぞ、フランス・ホテルにどうぞ、と彼らは叫び、一群をなしてわめきながらあなたの後をついてくるのだ。——旦那、あそこのホテルじゃシチュー鍋をきれいに洗ったためしはないし、ラードを使って料理を作るんですぜ。部屋には雨が降る有様だし、皮まではがれ（ぼられ）、盗まれ、はては殺されちまいますぜ。」誰もかれもが商売相手の宿屋に関してあなたに嫌気を起こさせようと努める。この行列はあなたが結局どこかのホテルに入った時に始めてあなたを解放してくれるのだ。そうして彼らはお互いけんかを始め、なぐり合い、盗賊とか盗人とけなし合い、全くもってもっともと思えるような悪口を浴びせあい、それから大急ぎで他の獲物を追跡し始める。

建築物に対する趣味という点でボルドーはヴェルサイユと多くの類似点がある。大きさの点でパリを凌駕しようというあの考えに人々がとらわれたことが分かるのだ。通りはずっと広いし、家々も広く、アパルトマンの高さもずっと高いときている。劇場は途方もなく大きくて、株式取引所の中にオデオン座をとかしこんだようなものだ。しかしいかんせん、町を一杯にするには住民の数が少なすぎる。彼らは人口が多く見えるようにするために出来ることは全部やってはみるのだが、南仏人の騒々しさを全部もってしてもこれらの極端に馬鹿でかいだけの建物を満たすには充分でない。これらの高い窓にカーテンがかかっていることはほとんどなく、広大な中庭には雑草が陰鬱にはびこっている。町を活気あるものにしているのは、お針子や庶民階級の女房連で、彼女らは実際大変な美人ぞろいだ。ほとんど全員がまっすぐな鼻と頬骨のでていない頬、チャーミングに見える青白い卵形の顔に浮かぶ大きな黒い瞳を持っている。彼女らの被り物は大変独特で、鮮やかな色合いのスカーフをクレオール〔訳註――植民地生まれの白人女性〕のようにとても後方に被り、長々とうなじにたれかかる髪を包み込んでいる。他に服装は踵までまっすぐに届く大きなショールと長い襞つきのインド更紗のドレスからなっている。この女たちは生まれながらのほっそりとした腰を柔軟に軽く弓形にそらして、敏捷に活き活きと歩く。頭にはかごや荷物、余談ながら大変に優美な形をした水さし壺をのせている。頭に壺をのせ、垂れ襞つきの衣服を着た彼女らを見れば、ギリシア娘や泉に行くノシカア王女と見間違えることだろう。イギリス人によって建立された大聖堂は充分美しく、正面入り口には、アラベスク模様で片づけられ完全に建築物の諸条件の犠牲にされる、普通のゴチック式彫像よりずっと出来映えが本物で入念な等身大の司教像がしまい込まれてある。教会を見て歩いている途中、ティツィアーノ作『鞭打たれるキリスト』のリーゼナーによる見事な複製画が壁に立てかけられているのが見えた。その画は額縁を付けられるのを待っているのだ。大聖堂からぼくの道連れとぼくは、そこに安置された肉体がミイラ化されてしまうという特徴を持つ地下埋葬所のあるサン・ミッシェル塔に向った。

塔の一階には管理人とその家族が住み、彼らは地下埋葬所の入口で料理を作り、自分たちの見るもぞっとする隣人たちと大変水いらずに仲よく暮らしている。男はランタンをつかみ、ぼくらは踏み板のすりへったらせん階段をつかって死の部屋に下りた。四十体ばかりの死者たちは地下埋葬所の回りに壁を背に立ったまま並べられている。一般的な横たわった姿勢とは対照的なこの立ったままの垂直な姿勢のために、非常にぞっとするような、不思議にも生きているような感じを死骸に与えるのだ。ランタンは案内人の手の中で揺れ、一瞬ごとに影の部分が移動するのだが、そのランタンのゆらゆらする黄色い光に照らされた時にはその印象が強い。

詩人や画家たちの想像力も今までこれほど恐ろしい悪夢を生み出したことは決してない。ゴヤの最も奇怪な空想の産物もルイ・ブランジェの妄想、カロやテニエの悪魔的な画面もこの横に置かれれば無に等しい。幻想的なバラッドの作り手たちもみんな凌駕されてしまうし、ドイツの闇からもこれ以上恐るべき亡霊たちが出現したことはなかった。これらはファウストの魔女たちと一緒にブロッケン山のサバト（夜宴）に登場するのがふさわしい。

歪んだしかめっ面、半ば毛の抜け落ちた頭蓋、半ば口の開いた脇腹から、格子状の肋骨を通してスポンジのようにしなび、乾燥しきった肺が見える。こちらでは肉体が埃と化し骨が現われ、あっちでは羊皮紙のように黄ばんだ皮膚がもはや細胞組織の繊維筋からの支えを失い、骸骨の回りに第二の経帷子のように浮かんでいる。これらの顔のどれにも、死が手を触れるすべての人々の面差しに押された最高の封印のような不動の静謐さは見られない。口はまるで永遠というものに対する測りがたいほどのうんざりした気持ちにひきつったかのように恐ろしいあくびをし、生を嘲笑する虚無のあのせせら笑いを笑っている。顎ははずれ、首の筋肉はふくれ上がり、握りこぶしはひどく痙攣し、背脊柱は絶望的にねじれ、弓形に曲がっている。まるで彼らは墓から引きずり出され、不敬なる好奇心のために眠りを掻き乱されたことに苛立っているかのようだった。

管理人はぼくらに決闘で殺されたある将軍、――傷痕が脇腹で笑う青い唇を持つ口のように、はっきり見分けられる――、大きな重荷を上げた途端、突然絶命した人足や、自分の側に安置された白人女たちと比べてもそれほど黒くもない一人の黒人女、まだ歯も全部そろい、舌もまだほとんどみずみずしい女、それから毒きのこの毒にあたって死んだ一家、そして恐ろしいものの極めつけとして、外観だけを見れば生きたまま埋葬されたに違いない少年などを見せてくれた。

この顔は苦悶と絶望の崇高な表情を浮かべている。人間の苦悩の表情がこれほどまでに推し進められたことはない。爪は手の平にくい込み、神経組織は駒《ブリッジ》の上のバイオリンの弦のようにぴーんと緊張している。膝はひきつって角をつくるぐらいに折れ曲がり、頭は激しく後方に投げ出されている。かわいそうな少年はこれ以上ない力を出して、棺の中で寝返りをうったのだ。

これらの死者が集められている場所は低い穹窿をもつ地下埋葬所で、いぶかしく思えるほど柔らかな地面は深さ一五ピエ〔訳註――四・八八メートル〕にのぼる人間という廃物からできている。中央には程度に違いはあるけれど、どれも保存状態の良好な残骸《ミイラ》のピラミッドが一基立っている。これらのミイラはタールやエジプトの天然炭酸ソーダの鼻につんとくる匂いよりも不快な、埃っぽい匂いを発散している。二百年とか三百年前からそこにいるミイラもあれば、やっと六十年というミイラもある。彼らのシャツとか死衣の麻布はまだかなり保存状態がいい。

そこを出てぼくらは、人目をひく独特の様式のバルコニーによって棟のところで一緒につながる二つの塔からなる鐘楼、次に養老院の隣のサント・クロワ教会、半円拱腹を持ち、トルソー状の柱、完全なるビザンチン様式のギリシア雷紋のぎざぎざのついた唐草模様のあるその建物を見に行った。正面入り口は多数の群像に飾られており、これらの彫像グループは「実り豊かに殖《ふや》したまえ」という掟を大分ずうずうしく実行に及んでいるわけだ。幸いにも、満開に密生した唐草模様がこのような神の書（聖書）の精神の表現方法が持つかも知れぬ奇妙な点を隠してくれている。

市庁舎の壮麗な館内にある美術館には、石膏像の見事なコレクションと数多くの素晴らしい絵画作品、中でも貴重この上ない二個の真珠のようなベガの二点の小さな額縁絵がしまい込まれている。それはアドリイン・ブラウワーの熱烈で自由奔放な筆さばきに、テニエの繊細微妙なタッチを加味したような絵だ。非常に精細巧緻なオスターデの作品や、大変に異様で幻想的な味わいのあるティエポロの絵、ジョルダーノやヴァン・ダイクの作品もあるし、ギルランダーヨやフィエソーレの作品に違いないゴチック絵画が一点ある。中世芸術に関する限り、パリ美術館もこの絵に値するだけの作品は全く所有していない。ただ絵画作品をこれほど美的感覚も識別力もなしに掛けるというのもなかなかできないことではある。一番いい場所はゲランやルティエール時代の現代派の大きなだけで下手糞な絵によって占められているのだ。

港は様々のトン数をもつあらゆる国々の船で一杯で、たそがれ時の霧の中で見るとまるでいくつもの大聖堂が漂っているようだ。というのは、矢のようにすらりとのびた帆柱《マスト》と、でこぼこにもつれからみ合った綱具《ロープ》を持つ船以上に教会に似ているものはないからだ。一日の予定の締めくくりにぼくらは大劇《グラン・テアトル》場に入った。良心の上からも劇場は満員だったと言わざるを得ないけれど、上演されていたのは最新作とはほど遠い『白髪の貴婦人』だった。観客席の広さはおおよそパリのオペラ座と同じぐらいだけれど、装飾の方は断然少ない。俳優たちの歌いぶりときたら、本物のオペラ＝コミック座の場合と同じぐらい調子外れのいいかげんなものだった。

ボルドーでは、スペインの影響が感じられ始める。ほとんどすべての看板が二ヶ国語で書かれているし、本屋には少なくともフランスの本と同じだけ、スペインの本が置かれている。多くの人々がドン・キホーテやグスマン・ダルファラチェが使うような言葉で嘘八百をまくしたてるのだ。こうした影響は国境に近づくにつれて一層濃厚になってくる。本当のところを言えば、二つの国のお国ぶりがお互いに溶け合い、それぞれ薄められたこの境界地域ではスペイン色の方がフランス色に勝っている。地方の住人たちの話す方言は母国語よりもスペイン語との関連性の方がずっと強いのである。

＊2＊

## バイヨンヌ——人身密輸入

ボルドーを出ると、前よりもずっと物悲しい、こう言ってよければもっと荒涼として陰鬱な荒地《ランド》が再び始まる。ヒース、エニシダ、ピナダ（松林）。時々、黒羊の群れを番しているどこか野性的な羊飼いの姿やインディアンのテント小屋風のあばら屋が見えたりする。これは非常に陰鬱なほとんど心を楽しませることのない光景である。木と言えば目につくのは切り込み部分から松やにが流れ出している松の木ばかりだ。そのサーモン・ピンク色が樹皮の灰色っぽい色調と対照的なこの大きな裂け目は、大部分の樹液を奪いとられ、虚弱なこれらの木々に何とも言えない物悲しい風情を与えている。まるで本当に喉をしめられた木々が天に腕を差し上げ、裁きを求めているかのようだ。

ぼくらは真夜中にダックスを通り過ぎ、どしゃぶりの雨と牛の角をももぎとらんばかりの北風というひどい天気の中、アドゥール川を渡った。暑い地方に向って進んでいけばいくほど、寒さが肌をさすように厳しくなっていくのだった。もし外套をきていなかったら、ロシアの平原におけるナポレオン軍兵士たちのように鼻も足も凍傷になっていただろう。

陽がのぼった時、ぼくらはまだ荒地《ランド》の中だった。しかし松林にコルクの木が交じりだしていた。いつでも栓の形でぼくが思い描いてきたコルクの木というのは実際のところ、見た目のおかしな形、不恰好なざらざらした枝といい柏《かしわ》にもいなご豆の木にも似たところのある大きな木なのである。塩分質の水を湛える鉛色の池らしいものが道の両側に広がっており、潮風が時々思い出したようにぼくらの顔のところまで吹きつけてくる。水平線のあたりで何か漠たるざわめきのうなる音が聞こえる。ついに青っぽい輪郭が空の青白い背景にくっきり浮かび上がった。ピレネー山脈だった。まもなく、大洋をしめすほとんど見えないぐらいの青い一本の線がぼくらが到着したことをぼくらに告げてくれた。バイヨンヌの町がすぐに、歪んだずんぐりした鐘楼と押しつぶされた瓦屋根の山という姿で現われてきた。ぼくらは何もバイヨンヌを悪く言うつもりはない。雨の中で見る町はふつうひどく醜く見えるものだから。港は船でぎっしり満杯というほどではなく、甲板付きの船が何隻か珍しくも、人気のない波止場に沿ってのらりくらりと見事なまでに暇をもてあました様子で航行していた。散歩場を作っている木々は大変美しく、城砦や胸壁が作り出すすべての直線のいかめしさを幾分やわらげている。教会はと言えばカナリア・イエローと薄桃色に塗られ、注目すべきものとしては赤い緞子の天蓋とレピシェの数点の絵とヴァン・ロー風の他の画家の何点かの作品があるだけである。

バイヨンヌは言葉や風俗習慣の点ではほとんどスペインの町といっていいほどだ。泊まった宿屋はフォンダ・サン・エステバン（聖エステバン館）という名前だった。ぼくらがイベリア半島を長期間旅する予定なのを知ると、人々はぼくらにありとあらゆる類いの忠告をしてくれた。「お腹をしめつけるための赤いベルトをお買いなさい、ラッパ銃と櫛と虫さされの予防用水の小壜を用意なさっていかれた方がいいでしょう。ビスケットや食糧品を持っていきなさい。スペイン人はスプーン一杯のショコラを昼食に飲み、夕食には一かけらのにんにくにコップ一杯の水をかけて食べ、夜食時には紙タバコを一本吸うのです。寝るためのマットレスやスープを作るための鍋も用意していかれるべきでしょう。」旅行者用のフランス語とスペイン語の会話読本もはなはだ安心のならない代物だ。宿屋における旅人という章には、次のような恐ろしい会話例を読むことができる。「何か取りたいのですが。――椅子をお取りなさい（におかけなさい）、と亭主は答える。――分かりました、でもそれよりも何でもいいから栄養になるものを取り（食べ）たいのですが。――何をお持ちになりましたか、と旅館《ポサダ》の主人は続ける。――何も、と旅行者の悲しげな答え。それじゃあなたは私がどんな風にしてあなたの食事を作ってほしいと言われるんですか。肉屋はあそこ、パン屋はもっとさきにあります。パンと肉を買いに行ってください。それで石炭があればの話ですが、料理には少々心得のあるわたしの女房が食糧を調理して差し上げましょう。」旅行者はいきり立って、大騒ぎをする。亭主の方は平然と騒音代六レアルと勘定書に書き込むのだ。

マドリード行きの馬車はバイヨンヌ始発である。御者はビロード飾りと絹総の付いたとんがり帽子をかぶり、色付きの飾り刺繡をしてある茶色の上着、革製のゲートルと赤いベルトを身につけたマイヨラルだ。さあ、地方色がちょっとばかり始まったのだ。バイヨンヌからさき、地方の様子は極度に絵のような光景となる。ピレネー山脈がより鮮やかにくっきりと現われ、うねるような見事な稜線を持つ山々が地平線上の景観を変化に富んだものにしてくれる。街道の右手に海がしきりに見え隠れする。曲がり角にくるたびに突然二つの山の間から、今までどの画家も表現し得なかった雪よりも白い渦巻きのためにあちこち断ち切られている、やさしく深い濃いあの青い色が見えてくる。ぼくは親愛なる友人フリッツ〔訳註――ジェラール・ド・ネルヴァルのこと〕が気のきいた言い方で主張したように、エスコー川が運河化されただけに他ならないオスタンドの海しか見たことがなかったので以前は海に対して不敬な発言をしたのだったが、ここでそのことを海に対して謝罪しておきたい。

ぼくらが立ち寄ったユリュニュ教会の日時計には黒い文字で、次のような不気味な銘が書かれていた。「時はすべてを傷つけ、最後の時が殺す。」物悲しい時計よ、確かにお前の言う通りだ。時間はどれもすべてお前の針の鋭い切っ先でぼくらを傷つけ、歯車が一回りするたびにぼくらは未知の方へと運ばれていくのだ。

　ユリュニュとそこからそれほど離れていないサン＝ジャン＝ド＝リュズの家々は野蛮で血みどろの外観をしているが、これは鎧戸やドアや石でできた仕切り部分を固定する梁などを雄牛の血や昔ながらの赤色で塗るという奇妙な習慣のせいなのだ。サン＝ジャン＝ド＝リュズのあとは、フランス最後の村べオビーに着く。国境では戦争がもとになっている商売が二つおこなわれている。まず野原で見つかる銃弾の商い、続いて人身密売という商売。つまりはドン・カルロス党員を商品の包みのように通過させてやるわけだが、これには相場がある。大佐一人につきいくら、士官一人につきいくらというわけだ。商談が成立すると密輸業者がやってきて、相手の男を連れてゆき、国境を通過させ、一ダースのスカーフや百本の葉巻と同じように目的地まで送り届けるのだ。ビダソア川の向こう岸にスペインの最初の村、イルンが望まれる。橋半分はフランスに属し、もう半分はスペインに属している。この橋のすぐ近くに、ルイ十四世の結婚式が代理人を立ててとりおこなわれた例のフゥザン島がある。今日そこで何かをとりおこなうのは難しいだろう、というのもその島はフライにした中ぐらいの大きさの舌びらめほどの大きさもないのだから。

　車輪があとなん回りかすれば、ぼくはおそらく自分が抱いてきた幻想の一つを失うことになるだろう。ぼくの夢想に現われたスペイン、小叙事詩集《ロマンセロ》、ヴィクトル・ユゴーのバラッド、メリメの小説やアルフレッド・ド・ミュッセの物語《コント》などに歌われたスペインが消え去っていくのを見ることになるだろう。境界線を飛び越しながらぼくは、人がよく機知に富むハインリッヒ・ハイネがリストのコンサートで、ユーモアと意地の悪さで一杯のドイツ語訛りでぼくに言ったことを思い出す。「スペインに行ってしまったら、これからどうやってスペインについて話しをするつもりなんだい。」

＊ 3 ＊

## 御者《サガル》と猟銃を持つ男たち《エスコペテロス》——イルン、小さな乞食たち——アスティガルラガ

ビダソア橋の半分はフランスに、あとの半分はスペインに属しているわけだから、あなたは両方の王国に片足ずつのせることができるのだ。これは全く素晴らしいことだ。こちら側にはまじめな顔付きの立派な重々しい憲兵、キュルメール版の『フランス人たち』の中でエドゥアール・ウルリィアックによって名誉回復してもらえたことを心から喜んでいる憲兵がいる。向こう側には緑色の制服を着用し、緑の草むらの中でのんびりと幸せそうに休息時の放逸と快さを味わうスペイン兵士がいる。橋がつきる所からあなたは直ちに難なくスペインの生活と地方色の中に入ってゆくのだ。イルンはいかなる点でも全くフランスの村には似ていない。家々の屋根は扇状に前に突き出ているし、瓦の丸いのと空洞状のとが交互に並んで、ムーア的な奇妙な外観を持つ一種のぎざぎざ模様を形成している。非常に突き出たバルコニーには昔ながらの金具類が施され、その細心な配慮をこらした加工ぶりはイルンのような鄙びた村では人目を驚かせるし、消え去りし偉大なる豪奢のほどを思わせる。女性たちは色つきの縞模様のある麻布で覆われた部屋、建物の母屋に取り付けられた同じ数だけの空中に浮かぶ部屋のようなものであるこのバルコニーの上で日を過ごす。両側には仕切りがなく、さわやかな風と彼女らを見つめる熱い眼差しの通り路となっている。その上そこに鹿子《かげ》色の古色蒼然たる（この言葉使いを御容赦願いたい）色調、

画家なら期待するかも知れない古びたパイプのような錆びたような色合いを見つけようなんて思わないでほしい。アラブ式にすべては石灰で白く塗られているからだ。しかしこの白堊の白っぽい色合いと、梁や屋根やバルコニーの濃褐色とのコントラストが見事な効果を生まずにはいないのである。

馬はイルンでぼくらを置き去りにした。馬車につながれたのは体の半ばまで毛を刈られた十頭の雌騾馬で、半分が皮で半分が毛の彼女らは、別々の服が半分ずつ偶然に縫い直されたようなあの中世の衣服のようだった。こんな風に毛を刈られたこれらの動物たちはおかしな顔付きをしており、恐ろしく痩せているように見える。というのもこんな風に裸にされたために、彼女らの体の構造、骨格や筋肉や最小の血管までも観察することができるからだ。毛のない尾とぴんととがった耳を持つ彼女らは大きな鼠のように見える。十頭の雌騾馬のほか、ぼくらの人員《スタッフ》には御者《サガル》が一人とトラブコ（ラッパ銃）を身につけたエスコペテロが二人加わった。サガルというのは先供、副マイオラルのような存在で、急な下り坂で車輪の動きを押し止めたり、馬具やバネに目を配ったり、替え馬をせきたてたり、馬車の回りでおせっかい役を演じるわけだが、これはたいへん有能なおせっかい役なのだ。サガルの服装は大変に軽快で優美な魅力的なものだ。彼はビロードの帯と絹の玉総飾りのついたとんがり帽をかぶり、袖裏付きで、様々な色、ふつうは青、白、赤の布切れでつくった襟付きの、背中の中央部に唐草模様が大きく花開いたマロン色かタバコ色の上着、細工彫りのボタンだらけの半ズボンを身につけ、履物にはアルパルガタス、細紐でむすぶサンダルを履いている。これに赤いベルトと雑色のネクタイをつけ加えていただきたい、そうすればあなたには全く独特の姿が出来上がりというわけだ。エスコペテロというのは護衛役、馬車を護衛しラテロス（小盗賊はこう呼ばれる）を恐れさせる役目の護衛兵《ミケレテス》なのである。一人だけの旅行者から剝ぎ取りたい誘惑には抵抗できないだろう盗賊団も、ラッパ銃を目にしただけで動けなくなり、あなたに向って厳かにバヤ・ウステド・コン・ディオス（神様とともに歩みたまえ）と挨拶して通りすぎるのだ。エスコペテロの服装はサガルのそれとほとんど同じだがあまり小粋でなく、飾りも少なくなっている。彼らは馬車の後ろの屋上席に陣取り、平原を睥睨している。ぼくらの旅行隊《キャラバン》を描写する中で、馬に乗った少年御者に言及するのを忘れていたけれど、彼は群れの先頭に立って列全体を叱咤激励するのだ。

出発前にもう一度ぼくらは、査証だらけですでにかなり飾り立てられた旅券に査証を受けなくてはならなかった。この大事な作業の間、イルンの住民をちらっと見る時間があったのだけれど、女性たちが非常に長い髪の毛を一緒に集め、たった一つの編毛にして腰までたらしている点を除けば、彼らにはこれといって特別な点は何もない。ここでは短靴はまれで、靴下となるとなおさらだ。

ある奇妙な、説明のつかない、しゃがれ気味の、ぞっとするような、それでいておかしな物音がしばらく前からぼくの耳をとらえていた。まるで生きたまま羽をむしられたカラスや靴で打たれた子供、さかりのついた猫、固い石にあてられ歯をきしらせる鋸、こすられた大鍋、錆ついた上で回転し囚人を放免することを余儀なくされる牢獄の蝶番などがたくさん集まったような音だった。とにかくぼくは狂暴な魔術師に絞め殺された王女様の悲鳴だと思ったりしたのだが、それはイルン通りを登ってくる牛車以外の何物でもなく、おそらく御者が脂《グリース》を自分のスープに入れる方を好んだらしく、車輪脂を塗られていないために恐ろしい軋り声をあげているのだった。その牛車についているのは、確かにずいぶんと原始的なものだけだ。大きな車輪は子供たちがカボチャの茎でこしらえる小さな荷車の場合と同じく、車軸ともども回転する。この耳ざわりな音は半里さきからでも聞こえるが、この地方の住人には不快な音ではないのだ。かくして彼らは自分たちの懐を少しもいためることなく、車輪の回っている限り全くひとりでに演奏される楽器を一つ所有していることになる。彼らにはこれが、ぼくらにとって第四弦で演奏されるバイオリン奏者の練習曲がそうであるのと同じぐらい妙なる響きと思われるのである。百姓でも軋りを立てて歌わないような牛車は願い下げだろう。この車は大洪水の昔から始まっているに違いない。

今は村役場に変わっている昔の宮殿の上に、ぼくらは石膏でできた白い看板が立てられているのを始めて見た。この看板はプラサ・デ・ラ・コンスティトゥシォン（憲法広場）という銘によって、他にも多くの昔の宮殿を台なしにしている。物事の中にあるものはどこからか出てくるのに違いない。この国の現在の状態を表わすのにこれ以上の象徴を選ぶことはできないだろう。スペイン国における憲法というのは、花崗岩の上のひと握りの石膏なのである。

上り坂は急だったので、ぼくは町の城門まで歩いていって、ふりむいてフランスに別れの視線を投げた。全く素晴らしい眺めだった。ピレネー山脈が、あちらこちらに銀色の浪が走る大きく広がる青い海の方に釣り合いのとれた起伏を見せながら低くなっている。また大変澄みきった大気のおかげで、遠く、はるか遠くに薄いサーモン・ピンク色のかすかな線が一本果てしない蒼い海原の方に突き出し、海岸線のつけ根に大きな湾をなしているのが展望できた。バイヨンヌとその前にたつ歩哨のようなビアリッツの町がこの岬の鼻を占め、ガスコーニュ湾が地図の上と同じぐらい鮮やかにくっきりと見えた。この地点を離れると、ぼくらはもう海をアンダルシア地方に入るまで見ることができないのだ。さようなら、大いなる大西洋よ。

馬車はとても急な坂道を全速力で上り降りしていた。険しい道を釣り合い装置もなしに疾駆するのは御者の恐るべき手綱さばきと雌騾馬の異常なほどに確実な足さばきがあってこそ、始めて可能な業だろう。これほど速いにもかかわらず、ぼくらの膝の上には時々月桂樹の枝や野生の花の小さな花束、一本の草に通したピンク色の真珠の玉のような高山いちごの首飾り、などが降ってきた。これらの花束は少年少女からなる乞食の一団によって投げ込まれたのだった。彼らは裸足でとがった石の上を走りながら馬車を追いかける。まずは贈り物をした後でお布施を要求するこのやり方には、それはそれで何かしら気高く詩的なものがある。

景色は魅力的で、おそらくちょっとスイス的というのだろうか、大変変化に富んでいた。その間からもっと高い山脈が見えることのある山々の頂は、道の両側で丸みを帯び、様々の耕作地が波形模様をなし、緑の柏が植えられた山の斜面は、遠くに霞む峰々に対して色鮮やかな際立った前景部分を形作っているのだった。赤い瓦屋根の村々が山々の麓、木々の繁みの中に花開くように見えてくる。ぼくは絶えず、これらの新しい〔牧人〕小屋からケットリィとかグレトリィが出てくるのが見られるんじゃないかとわくわくしたものだ。幸いにスペインではそれほどまでオペラ・コミックが推し進められてはいない。

女性のように気まぐれな急流が行ったり来たり、滝を作ったり、分岐したかと思うと岩や砂利を貫いて最高に目を楽しませるような具合に再び合流し、世界で最も絵のように美しいたくさんの橋を建設する口実として役立っているわけだ。限りなくふえてゆくこれらの橋は奇妙な特徴を持っている。アーチはおよそ欄干のあたりまでV字型の切り込みとなっているので、馬車が通る車道は六プース〔訳註――一六・二五センチ〕の厚さもないように見える。三角形の稜堡を形成している一種の橋台のようなものがふつう、中央部分を占めている。スペインの橋という職業はそれほど疲れる仕事でもなく、これ以上結構な閑職はない。一年の四分の三は橋の下を歩き回ることができるのだ。橋はじっとそこで、平然と冷静に、最高の運命にもふさわしく辛抱強く、川とかちょろちょろした一条の水流を、ただ少しばかりのおしめりを待っているのだが、というのも彼らは自分たちのアーチが単なるアーケードにすぎず、橋という肩書きが全くのお世辞であることをちょっぴり感じ取っているからだ。ぼくがさきほど話した急流はせいぜい四・五プース〔訳註――一一～一四センチ〕の水深があるだけだけれど、大きな水音を出すのには充分で、自分らが流れる孤独な場所に活気を与えるのに役立っているし、時々、風景画家にとっては望みどおりに作られた水門を使って水車を回したり、工場を動かしたりするのだ。平野の中に点々と何軒かずつ小単位で散らばっている家々は奇妙な色をしている。黒でも白でも黄色でもなく、焼いた七面鳥色をしている。このような説明は陳腐で料理用語に偏しているきらいがあるかもしれないが、それでもやはり驚くほど真実を言い表わしている。木々の茂みや柏林が幸いなことに山々の全体的な輪郭やその峻烈さがぼんやり霞んだような色合いを引き立たせていた。ぼくらがこれらの木々を大いに強調しておこうとするのも、スペインには木以上に数少ないものはないからだし、以後ぼくらが木について叙述する機会などほとんどないだろうからだ。オィヤルスンで騾馬を替えたぼくらは日暮れ時にアスティガルラガの村に到着し、そこに宿泊しなければならなかった。ぼくらはまだスペインの宿屋に泊まった経験がなかった。『ドン・キホーテ』や『ラサリリィエ・デ・トルメス』の悪漢小説《ピカレスク》風の描写がごちゃごちゃぼくらの記憶に浮かんできたし、母屋全体がしきりにぼくらの想像をそこへと促す一方だった。ぼくらはメロヴィング朝の髪の毛が飾りのごとく付着し、羽や脚の混入したオムレツ、スープを作るにも短靴のブラッシングにも適した剛毛をつけたままの、古くなって悪臭を放つベーコンの大きな塊、人の良いラ・マンチャの騎士がかくも猛然と切り傷をつけたのと同じような山羊皮の袋入りの葡萄酒が出てくるものと予想したり、最悪の場合、全く何も出てこないんじゃないかと心配したりした。夕べの冷気以外にはとることができず、勇敢なドン・サンチョのようにマンドリンの無味乾燥な楽曲を夜食にとらざるを得ない破目になるのを恐れてびくびくしていた。

日暮れ時のわずかな陽の明るさが残っているのを利用して、教会見物に行ったのだが、実際のところこの教会は寺院というより要塞のように見えた。銃眼状に開けられた窓の小ささや壁の厚さ、扶壁《ふへき》の堅固さががっしりと頑丈な、瞑想的というより戦闘的な外観を教会に与えているのだった。スペインの教会ではこのような形がしばしば繰り返されている。周囲には一種の廻廊が開け放たれ、その中には大変大きな鐘が釣り下げられてある。この鐘は金属の大きな王冠を響かせる代わりに、紐をつかって舌を揺り動かして鳴らすのである。

部屋に案内されたぼくらはベッドと窓カーテンの白さ、床のオランダ的な清潔さ、細々したところまで全部この上なく配慮が凝らされている点に心を奪われた。均整のとれた背の高い美しい娘たち、肩まで見事な編み髪をたらし、文句のつけようのない着こなし振りで、てっきり目にすることになるに違いないと思っていたきたならしい醜女《マリトルヌ》には全然似ていない娘たちが、夜食の用意に忙しげに活発に行ったり来たりしていた。これは吉兆、縁起の良いしるしだと思ったら、すぐに準備のできた夜食は大変おいしく給仕の方も大変良かった。あまりに詳細綿密だと思われる危険を承知の上で、その夜食について描写しておこう。というのも、ある国民と他国民との違いはまさしくこれらの数多い、細々した事柄から作られているからだ。旅行者たちは一般にこれらの細部を無視して、御大層な詩的、政治的考察にふけるが、そんな考察は何もその国に行かなくても上手に書けるものなのである。

まず出されたのは脂っこいスープだが、これが我が国のと違って赤っぽい色をしているのは、色を出そうとスープにサフランをまぶしたためなのだ。さあ、こんどこそ赤いスープという地方色にお目にかかれたわけだ。パンはとても白く密で、皮の部分はなめらかで薄く金色になっている。パリ人の味覚にとってみればこれは確実に塩味がききすぎている。フォークは柄の部分が後方に曲り、先の部分は平らで、櫛の歯状に切られている。スプーンも同様に我が国の銀食器には見られない篦《へら》形をしている。テーブルクロスは目の粗い一種のダマスク織だ。ワインに関して言えば、ぼくらはそれが目にしうる中で一番美しい司教の紫色で、小刀で切れるほどに濃厚な酒だったと認めざるを得ない。ワインの入った水差しは中が透きとおって見えるということが全くなかった。

スープのあとには、プチェロという著しくスペイン的な料理というかむしろ唯一のスペイン料理が運ばれてきた。というのも、イルンからカディスまで、そして逆にカディスからイルンまでの人々は毎日プチェロを食べているからだ。おいしいプチェロの材料には、雌牛の肉を四分の一、羊肉をひと切れ、若鶏を一羽、胡椒と唐辛子と他に香辛料をいくつか詰めたチョリソと呼ばれるソーセージを何切れか、ベーコンとハムを何切れか、それに特にトマトとサフランの入った味の濃いソースが入っている。以上が動物材料だとすれば、ベルドゥラと呼ばれる植物材料は季節によって変わるけれど、キャベツとガルバンソはいつでも基本材料として使われる。ガルバンソというのはパリではほとんど知られていないので、「いんげん豆になろうという野心満々で、それに成功しすぎたきらいのある豆だ」と言えば、一番よく定義づけることができる。これらが全部別々の皿に盛られて出されるのだが、これらの材料を銘々の皿の上にたくさん入れ、大変に美味なマヨネーズを作る要領で混ぜ合わせるのだ。この混合物はカレーム、ブリヤ＝サヴァラン、グリモ・ド・ラ・レニエールやド・キュスィ氏らの著作を読むような美食家には多少なりとも野蛮に見えるだろう。しかしながら、これはこれなりに魅力ある料理で折衷主義者や汎神論者には気に入るに違いない。お次にやってくるのは油でいためた若鶏、というのもスペインではバターは知られざる未知の物なのであるから、そして鱒とか干鱈のような魚のフライ、小羊のロースト、アスパラガス、サラダ。デザートとして小さなマカロン・ビスケット、フライパンに通した大変おいしいアーモンド、山羊乳チーズが出る、ブルゴスのチーズと呼ばれ大いに評判となっているこのチーズは、時々だがその評判にふさわしいだけのことはある。一番最後は、マラガ産やクセレス産のワイン、アガルディエンテというフランスのアニス酒に似たお酒、それからタバコに火をつけるための熾《おき》を一杯に入れた小鉢をのせた盆《フエゴ》が持ってこられる。ほとんど取るに足りないいくつかの変化がつけ加わることがあるとしても、こうした食事がスペイン中でいつも変わることなく繰り返されているのだ……。

ぼくらは真夜中にアスティガㇽラガを出発した。月光が照らしていなかったので、当然ぼくらの物語には空白部分が生じる。その名が非常にロマン主義的な思い出を呼びさますエルナニ村を通ったが、闇の中にぼんやりと浮かぶあばら屋や廃墟の山以外には何一つ目にとまらなかった。トロサには立ち止まらずに通過しただけだったが、フレスコ画や石に刻まれた巨大な紋章などを飾った家々に気づいた。その日は市の立つ日で、広場は驢馬や、絵に見るような馬具をつけた騾馬や、粗暴で奇妙な顔付きの農民たちで一杯だった。

さんざん上り下りを繰り返し、漆喰やセメントを使っていない石橋を通っていくつも急流を渡った結果、ぼくらはやっと夕食の場所ベルガラに到着し、内心大いに満足だった。というのもアスティガㇽラガの宿屋で半分ねぼけまなこで飲み込んだ一杯のショコラ《ヒカラ・デ・チョコラテ》のことはすっかり忘れていたからだった。

＊ 4 ＊

ベルガラ――ビトリア、民族舞踊《バイレ・ナショナル》とフランス人の怪力男――パンコルボ渡航――驢馬とグレーハウンド犬――ブルゴス――スペインの宿屋《フォンダ》――外套をきた徒刑囚――大聖堂――ル・シッドの大箱

エスパルテロとマロトの間で条約が締結された場所ベルガラで、初めてスペイン人司祭を見かけた。ぼくは幸いにも聖職者に関して何らヴォルテール的な考えは持っていないけれども、彼の外見はぼくにはかなり奇怪に見えた。ボーマルシェ描くところのバズィルの戯画のことがふと思い出された。黒の法衣、同じ黒の外套、そして全体を飾る巨大な、途方もない、驚くべき、大げさな巨人《ティタン》のかぶるような帽子、いかに誇張した途轍もないどんな形容詞をもってしても、少しでもそれに近い説明をすることのできないそんな帽子を御想像いただきたい。この帽子は少なくとも長さが三ピエ〔訳註――九七センチ〕あり、つばの部分は上方に曲げられ、頭の前方後方に一種の水平な屋根ができている。これ以上異様で途方もない形を作り出すのは難しい。結局のところ、この帽子は立派な司祭が大いに尊敬に値する顔をし、自分の被り物の形について全く気がとがめることのない男のような様子で散歩するさまたげにはならなかった。胸飾りの代わりに彼は、ベルギーの司祭のように白と青の小さな首飾り（アルサクエリヨ）をつけていた。

最後の村、スペインで言われているようにギプスコア地方の最後のプエブロ（村）モンドラゴンを後に、ぼくらはアラバ地方に入り、ほどなくサリナス山麓に着いた。ロシアの山々もこの山のわきでは物の数じゃない。まず最初に、馬車がその上を通っていくと考えるのは蠅のように天井をさかさまになって歩くと考えるのと同じぐらい、あなたには滑稽に思われるだろう。この奇跡は十頭の騾馬の先頭に付けた六頭の雄牛のおかげで実現された。ぼくは生涯これほどの大騒ぎを耳にしたことは決してない。御者、副御者、猟銃持ちの男たち、先導役、牛飼いらが叫び声、ののしり声、鞭打ちの音、突き棒の一撃を競い合う。車輪のリムを押し、後ろから車体を支え、騾馬の頭絡や雄牛の角を信じがたいほど熱心に烈しく引っぱるのだ。この蜒々と続く動物と人間との列の最後尾にくっついたこの馬車は世にも驚くべき代物に見えた。一組みの動物たちの先頭と一番後ろの間はゆうに五十歩はあった。ついでに、サリナスの鐘楼は大分感じのいいサラセン的な形を持っていることを忘れずに報告しておこう。

　この山上からは、後方にピレネー山脈の様々に異なる起伏があくまで蜒々と見渡す限り展開しているのが見える。まるでピンで止めたビロードの大きな垂れ布をそこにでたらめに投げ出し、それが巨人《ティタン》の気まぐれによって皺くちゃに奇妙な襞をつけられたかのようだ。もうちょっと先のロイヤベでぼくは、光の魔術的な効果を目撃した。山々があまりに接近しすぎていたため、それまで視界から覆い隠されていた雪をいだく山嶺（シエラ・ネバダ）が突然姿を現わし、大変濃い群青色なのでほとんど黒に近いほどの青い空にくっきりと浮かび上がった。間もなく、ぼくらが高原の端を横切るたびに、雪に覆われ雪がたなびくその頂を他の山々がおかしく持ち上げて見せる。この雪はぎっしりと一面にかたまっているわけではなく、金糸銀糸を織りこんだ薄布の銀色の糸のように細く脈状に分かれていたので、それが急斜面の青や藤色の色合いとコントラストをなし、その白さを一層際立たせる働きをしていた。寒さはかなり厳しく、進むにつれその寒気は増していくのだった。風もあの寒がり屋の美しい処女たちの青ざめた頬を愛撫したからといってもほとんど暖かくなっておらず、北極や南極から一直線に吹きつけるのと同じぐらい冷たい風がぼくらを打った。ぼくらはできるだけ我が身を密封してしまうように外套にくるまった。というのも酷暑の国で鼻が凍傷にかかるなんて全く恥ずかしいことだからだ、焼かれるのならまだしも話は分かるけれど。

　ビトリアに入った時、陽は沈みかけていた。平凡で陰気な感じの建物の並ぶ通りという通りを通り抜けた後で、馬車は古びた建物《パラドール・ビエホ》のところに止まったが、そこでぼくらの旅行カバンが細かく点検された。特にぼくらの銀板写真機が正直な税関吏をおおいに不安がらせた。彼らは空中にふき飛ばされるのを恐れる人々のように、用心に用心を重ねた後にやっと近づいてみるのだった。彼らはそれを電気器具と間違えたのだと思う。ぼくらはこの好都合な間違いに彼らが気づかないようにしておいた。

　衣類の検査と旅券の査証が終わると、ぼくらは町の舗石の上へと散っていく権利を得た。ぼくらは即座にその権利を利用して、アーケードで囲まれた結構美しい広場を横切りまっすぐ教会へと向った。影がすでに教会本堂を満たし、物の形が幻のようにぼんやりと見分けられる薄暗い片隅に怪しげに、脅かすように淀んでいた。小さなランプがいくつか、霧の中で見る星明かりのように黄色にくすぶりながら不気味に揺れていた。何か墓の底を思わせるような冷気がぼくの皮膚をとらえた。哀しげな声で「騎士よ、神への愛にかけて、お恵みを」と厳かな文句がぼくのすぐそばで囁かれるのを耳にした時には、ちょっと恐怖感にとらえられた。それは負傷を負った、哀れな兵士がぼくらに施しを要求しているのだった。この国では兵士たちが乞食をし、こうした行為は自分たちのひどい貧窮を口実になされるのだ。なぜなら彼らの受ける支払いは大変不規則だからだ。ビトリアの教会でぼくは、スペイン人が奇妙なぐらい用いすぎる彩色材のあのぞっとする彫刻を知る機会を得た。

ぼくらをしてアスティガルラガでの夕食を懐かしく思う破目にさせる、そんな夕食（セラ）のあとで、芝居を見に行く考えが浮かんだ。ぼくらはすでに通りがかりに、華々しいポスターに引き付けられていたのだった。それにはフランスの怪力男の驚くべき興行あり、終演を飾るは何かバイレ・ナショナル（民族舞踊）の予定と告げられていて、ぼくらにはその民族舞踊というのがアンダルシアの踊り《カチュチャ》、ボレロ、ファンダンゴや他の激しい踊りなどの大がかりなものだと思われたのだった。

スペインの劇場はふつう、正面の構えが見事になっているわけではないので、他の民家と区別がつくのは門に掛けられくすぶっている二、三のケンケ燈によってだけだ。ぼくらは三日月席（アシエントス・デ・ルネタ）と呼ばれる、二つのオーケストラ席を予約していた。床が板張りでもなく、石敷きでもない、ただ自然の土のままの廊下にぼくらは敢然と入りこんだ。「小便禁止、違反者には罰金、等々」という注意書きのある記念建造物の壁など気にかけないのと同様、廊下の仕切り壁などに彼らはほとんど遠慮せずすませてしまう（排尿する）。しかしぼくらはぴったりと鼻をふさいだ、ただし半ば窒息状態でやっと席に着いた。これに彼らが幕と幕の間じゅう絶えずタバコを喫っていることがつけ加われば、あなたにはスペインの劇場が芳香に満ちているとは到底考えられないだろう。

それでも劇場内部は周辺部分から予想される以上に快適だし、桟敷席は整然と配列され、装飾は簡素だとは言え、真新しくぴったり合っていた。三日月席は縦列に肘かけイスが並べられ、それには番号がふってある。ドアのところに券を受け取る検札係はいないけれど、出し物が終わる前に一人の少年があなたのところへ来て見せてくれと言うのだ。第一のドアであなたからもらい受けるのは、一般入場の刻印だけだ。

ぼくらは劇場で典型的なスペイン女性を見出せるものと期待していた。それも今までそんな例にはほとんどお目にかかったことがなかったから。しかし桟敷席や突き出し席を満たす女性たちに、スペイン的なものとしてはマンテラと扇しかなかった。これだけでも大変なこととは言え、しかしながら充分ではなかったのだ。駐屯部隊の置かれる町ではどこでもそうであるように、観客の大部分は軍人だった。全く初期の劇場の場合のように人々は平土間に立ったままだ。ブルゴーニュ館の劇場とそっくりになるのにこの劇場に不足していたのは実際、一列の蠟燭とその芯切り人だけだった。けれどもケンケ燈のガラス製ほやはメロンの筋状に細長いガラス片を配置し、その上部をブリキの輪で一つにまとめてあるので、これはどう見ても進歩した産業に属するものとは言えなかった。オーケストラはたった一列の、それもほとんど全員が金管楽器を演奏する団員で構成され、コルネットに勇ましく息を吹き込み、フランコーニのファンファーレを思い出させるいつも同じ曲を奏していた。

ヘラクレスのように怪力のぼくらの同国人は重い大きな塊を持ち上げ、鉄棒をたくさんねじ曲げてみせる。それで観客の方は大満足だ。そして二人のうち体重の軽い方がぴんと張ったロープに登ってみせたりする。ああ、パリではあまりにおなじみすぎるけれど、ビトリアの住民にはおそらく目新しい見せ物が他にもいくつかあった。ぼくらは座席で待ちどおしさの余りすっかり憔悴し、ぼくは民族舞踊については何一つ見落としのないようにと、オペラ・グラスのレンズを物狂おしくみがいたりした。とうとう架台が取りはずされ、助手役のトルコ人が塊や力自慢用の道具をすべて運び去った。親愛なる読者諸兄よ、これから初めてスペイン舞踊を目にすることになる……それもスペイン国内でだ——感激家でロマンチックな二人の若いフランス人の熱い期待感をご想像いただきたい。

ついに幕が上がり、舞台装置は魂をうっとりさせる夢幻的なもののつもりらしかったが、なにせ結果が伴わなかった。コルネットはさきに述べたあのファンファーレを今まで以上に熱狂的に吹き鳴らした。

民族舞踊は二人ともカスタネットを手にした男女のダンサーという姿で進み出た。

ぼくは自分たちの間で互いに慰め合うこともないこの二人の大きな残骸以上に哀れで陰気なものを見たことがない。

四スーで入れる芝居小屋でも虫食いだらけの古びた舞台に、いまだかつてこれほどやつれきり、疲れはて、歯抜けで、目やにだらけで、禿げあがり、衰えきったカップルをのせたことはない。質のよくない白粉を塗りたくったかわいそうな女は、空のように青ざめた顔色で、コレラ患者の死骸とか生気のかけらもほとんどない溺死者といったアナクレオン風の姿を想像させるのだった。焼き魚のような目に少しでも生気をもたせようと、彼女が骨ばった頰の上の方にはりつけた二個の赤い付けぼくろがこの青い顔と非常に不気味なコントラストをなしていた。彼女は血管の浮き出た痩せこけ衰えた手で、ひびの入ったカスタネットを揺り動かすのだったが、カスタネットは熱にうかされた人の歯や骸骨を動かす時の蝶番のようにカタカタという音をたてるのだ。時々、必死の努力で彼女は膕《ひかがみ》のたるんだ筋肉をぴんと張り、手すりのような細い哀れな老いぼれ足をなんとか上げ、ヴォルタ電池につないだ死にガエルのようにヒステリックにとんぼ返りを見せたり、スカートとして役立っている怪しげなぼろきれにつけた銅片を一瞬きらめかせ、ざわざわと動かしてみせるのだった。男の方はと言えば、彼は隅の方で不気味に激しく体を動かし、四肢の発育部分で這うこうもりのように立ち上がっては再びかがみこむ。彼の顔付きときたら自分自身を埋葬する墓掘り人夫のようだった。乗馬用長靴のように皺のよった額、鸚鵡《おうむ》のような鼻、山羊のような頰が彼に大変異様な外観を与えていた。それでカスタネットの代わりにもし彼が中世ゴート人の三絃胡弓を手にしていたら、バーゼルのフレスコ画に描かれた死者たちの舞踊の主役としてモデルになることができただろうに。

踊りが続いている間じゅう、二人は一度として互いに相手の方には目を向けようとはしなかった。まるで互いに自分たちの醜さを恐れ、互いの非常に年老い、老いぼれ、陰気な姿を目にして涙にくれる破目になることを心配しているかのようだった。特に男の方が蜘蛛のようにパートナーを避け、踊りの一旋回《フィギュア》によって彼女に近づかざるを得なくなるたびに、その黄ばんで皺のよった老いた皮膚の中で恐怖に身を震わせているように見えた。この死のボレロは五、六分続き、その後、幕が降されこの不幸な二人の苦しみ……そしてぼくらの責苦に終止符が打たれた。

以上が、地方色に熱狂する二人の哀れな旅行者の目に映じたボレロの姿だ。スペイン舞踊はパリにしか存在しないものなのだ。ちょうど骨董屋でしかお目にかかれず、海辺では決して見ることができない貝殻のように。ああファニー・エルスラー、今はアメリカの野蛮人の許にいるあなた、スペインに行く前でさえぼくらはカチュチャを考案したのはあなただと思い込んでいたのだ。

ぼくらはかなり失望気味で帰って寝た。真夜中に誰かが起こしにきて、ぼくらは再び出発した。相変わらず凍てつくような寒さ、シベリアなみの温度だったが、これは横断中の台地の高度と辺り一面の雪によって説明がつく。ミランダでもう一度と旅行鞄の検査がおこなわれ、ぼくらは古カスティリャ地方(カスティリャ・ラ・ビエハ)、城館をちらした楯を捧げ持つライオン像に象徴されるカスティリャ及びレオン王国に入った。これらのライオン像はうんざりするほど繰り返し見られ、ふつう灰色っぽい花崗岩で作られ、紋章にふさわしいかなり堂々たる威厳をそなえている。

駅馬を替えるアメユゴとクーボという取るに足りない小村の間に展開する景色は最高に人目を引きつける。山と山との間隔が段々狭まり、重畳と連なっている。道端に巨大な岸壁が垂直に聳え、断崖のように切り立っている。左手では、一部が欠けた交叉アーチ型の橋の架かった急流が峡谷の底で渦巻き、水車を回し、流れを止める石を泡で覆う。万全の効果に何一つ欠けるもののないように、屋根が抜け落ち、壁に寄生植物がまつわりついたゴチック教会が廃墟となって岩の中央に立っている。背景にはシエラ・ネバダがぼんやりと青く浮かんでいた。この眺望は確かに美しい。しかしパンコルボ越えの方がスケールの大きさと珍しさの点で勝っている。岩壁が極端に狭まってあとはちょうど道幅分のスペースしか残っていず、花崗岩の大きな塊が二つ互いに傾斜し合って巨大な橋のアーチのようになっている場所に着く。まるで巨人族の軍勢の行く手を遮るために、その橋の中央部を切断したかのようだ。岩の奥に据えつけられたもっと小さなもう一つの二番目のアーチがさらに、こうした錯覚を強めている。劇場の背景画家もこれほど人目を引きぴったりと当を得た背景を考案したことはない。平野の変化のない光景に目慣れたあなたの目には、山々に一歩入り込むたびに出くわす驚くべき景観はこの世に存在するとは思われないような夢のようなものに見えるのだ。

夕食に立ち止まった宿屋《ポサダ》は馬小屋が玄関代わりになっていた。こうした建物の作りはスペインのあらゆる宿屋で、全く同じように見かけられる。自分の部屋に行くには騾馬の尻の後ろを通らなくてはならないのだ。ワインはふつう以上に一層色が黒っぽく、おまけにいかにも幾分地方らしい山羊皮のようなある匂いが感じられる。宿屋の娘たちは髪を背中の中ほどまでたらしていたが、この点を除けば彼女らの服装は下層階級のフランス女性のそれと同じだった。概して民族衣裳はもうほとんどアンダルシア地方にしか残されていないので、今、カスティリャには昔ながらの衣裳はほとんどない。男たちの方はというと彼らは皆、ビロードの縁取りのある絹の総付きのとんがり帽子か、そうでなければ狼皮でつくった大分ひどい形のひさし付き帽子をかぶり、タバコ色か黒褐色のこれだけは欠かすことのできない外套をきていた。それに彼らの容貌にも何らこれと言って特徴的なものは見られなかった。

パンコルボからブルゴスに至る途中、ぼくらはブリベエスカ、カスティル・デ・ペオネス、キンタナパリャなど、半ば廃墟と化し、パンをあぶった時の色を持つ軽石のように干からびた三つか四つの小さな村に出くわした。ぼくはドカンが小アジア奥地で、これらの壁以上に焼かれ、茶色と化し、鹿毛色でざらざらし、砕けやすく傷のある壁を見つけだしたことがあるかどうか疑問に思う。これらの壁沿いに何頭かの驢馬がのんびり歩いている。トルコ産の驢馬に勝るとも劣らないこの驢馬についてはこれから研究してみなくてはならないだろう。トルコ産驢馬は運命論者である。その慎ましやかで夢みるような顔付きを見れば、運命によって与えられる鞭打ちのすべてを甘受していること、それらの鞭打ちを不平も言わずに耐え忍ぶであろうことが分かる。カスティリャ産の驢馬はもっと哲学者然とした断固たる顔付きをしている。彼には人々が彼なしにはすまないことが分かっているのだ。彼は家族の一員であり、『ドン・キホーテ』も読んだことがあり、サンチョ・パンサの例の驢馬の直系の子孫であると心密かに信じているのだ。驢馬たちと並んで、爪といい腰の厚みといい頭の毛並みといい非の打ちどころのない純血種の高貴な血統の犬も歩いていた。なかでもとりわけ、ポール・ヴェロネーゼやベラスケスが描くような見事な体つきと美しさをもつ何匹かの大きなグレーハウンド犬が人目をひいた。この他、ぼろ着につつまれ黒ダイヤのようにきらきら輝く目をした二、三十人ばかりの子供《ムチャチョス》や浮浪児も混じっていた。

古カスティリャというのは、おそらくそこで見かけられる夥しい老婆ゆえにこんな風に名づけられたのだ。それも何という老婆たちだろう。ダンシナンのヒース地帯を横切って地獄の饗宴を準備しに行く『マクベス』の魔法使いの女たちも、これに比べたら魅力的な若い娘と言えるほどだ。ゴヤの『幻想』に描かれたぞっとするような醜女たちをぼくは今まで、悪夢とか怪物じみた妄想の産物だと見なしていたのだが、これは驚くほど正確、忠実な肖像画に他ならないのだ。これらの老婆の大部分は黴のはえたような髭と擲弾兵のような口鬚を持っている。それから彼女らの服装が見物《みもの》なのだ。一切れの布地を持ってきて、そいつを十年間たっぷりかけて汚し、着古し、穴をあけ、継ぎはぎをあて、最初の色を褪《あ》せさせたとしても、到底このぼろ着の崇高さに達することはできないだろう。これらの装飾、身なりはフランスの哀れな人々の哀れで控え目な態度とは全く違う獰猛で残忍そうな顔付きで一層引き立てられている。

ブルゴス到着の少し前にぼくらは、遠くを指さし注意する声で丘の上に聳える大きな建物に気づいた。それはミラフロレスのカルト教団修道院だったが、これについてはあとでもっと詳しく話す機会があるだろう。間もなく、大聖堂の尖塔が空にその鋸歯状装飾を繰り広げ、それが段々明瞭に目に映ってきた。三十分後にぼくらは、古カスティリャの古い首都に入りつつあった。

中央にシャルル三世の平凡なブロンズ像の立つブルゴス広場は大きく、なかなか独特の趣きもそなえている。青味がかった花崗岩が支柱となっている赤い家々が、広場の四方八方を取り囲んでいる。アーケードの下や広場にはありとあらゆる種類の露天商が小さな店を並べ、驢馬や雌騾馬や風変わりな農民たちが数限りなく歩き回っている。カスティリャのぼろ着がそこに全き栄光につつまれて登場するわけだ。最も取るに足りないような乞食でも緋色の衣につつまれたローマ皇帝のように、己れの外套に気高くつつまれているのだ。色といい布質といいぼくはこれらの外套を、縁《ヘリ》がぎざぎざの大きな火口部分に比べる以上に適当な比較はできそうにない。『リュイ・ブラス』の中でドン・セザール・ド・バザンがまとう外套も意気揚々として栄光に満ちたぼろ着には及びもつかない。これらはどれもみな甚だ擦り切れ、乾燥しきって燃えやすくなっているので、タバコを喫ったり、ライターを擦ったりするのは軽率な人間と見なされる。六歳から八歳ぐらいの子供たちも自分の外套を持ち、口では表現できないぐらい真面目な顔で着て歩く。やっと肩を覆うだけの襟巻きしか持たず、憂鬱の化身をも笑わせずにはいないほど非常に哀れで滑稽な様子でありもしない外套の襞にくるまる哀れな少年を思い出すと、ぼくは笑い出さずにはいられない。プレシディオ(強制労働)を宣告された囚人たちが町の清掃をおこない、汚物を処理するのだが、彼らも自分たちをつつむぼろ着はいつまでも手放そうとはしないのだ。外套をまとったこれらの徒刑囚は、目にしうるまさに一番驚くべき手合いだ。帚で一掃きするたびに連中は戸口の上り段のところに来ては腰をおろしたり横になったりする。彼らにはそうしようと思えば逃亡するほど簡単なことはないだろう。ぼくがその事を言うと、彼らがそうしないのは生まれながらの善良な性格の結果なのだろうとの答えだった。

宿泊した宿屋はまさに本当のスペインの宿屋で、フランス語の一語たりと分かる者が一人もいなかったので、ぼくらはぼくらのカスティリャ語を振わざるを得なかった。唾棄すべきホタ(J)、わが国の言葉には存在しないアラビア語のような喉音語を喉をいためるほど喘ぎ喘ぎ発音せざるを得なかったけれど、言っておかなくてはならないのはこの国民を特徴づける極度の理解力のおかげで、ぼくらの言うことはかなり理解してもらえたのだった。水を頼んだのに蠟燭を持ってきたり、インクがほしいのにチョコレートを持ってきたりすることが時々あったけれど、こんな小さな、それも大いに許される勘違いを除けばすべては最高にうまくいった。宿屋ではカシルダ、マチルデ、バルビナといった世にも美しい名を持つたくさんの醜女が髪ふり乱して食事の後片づけをした。スペインでは人名はいつでも魅力的だ。ロラ、ビビアナ、ピパ、イラリィア、カルメン、シプリアナといった名前が、実は目にしうる最も詩的な顔立ちに欠ける女たちのレッテルとして役立っているわけだ。これらの娘たちの一人は髪が強烈な赤毛だったが、この色はスペインでは非常によく見かける色だし、一般に流布している常識とは反対に、ブロンドも多いし、特に赤毛の女性が多いのだ。

ここでは各部屋に聖なるつげの本を置いたりせず、棕櫚の形をした大ぶりの枝を大変優雅に入念に束ね、編み、よじったものを飾る。ベッドに長枕はなく、平べったい枕を二つ積み重ねてある。毛布は上等だが、一般にベッドは大変固い。しかし彼らにはマットレスのけば出しをしたりする習慣がないので、二本の棒の端を使ってただ毛布をひっくりかえすだけだ。

ぼくらの窓の真向いには、大分おかしな看板、椅子に腰かけたかわいそうな男の腕を切断する助手と一緒に自分の姿を描いてもらった外科医の看板が見えた。理髪師も見えたが、この男は、ぼくはあなたに誓ってもいいが、フィガロとは似ても似つかなかった。黄色の銅でできたひげそり用の大きな石けん皿が光るのが、ガラス窓ごしにぼくらの目に見えた。そいつは強く輝いていたので、ドン・キホーテがこの世に生きていたらマンブリンの鉄かぶとと間違えてしまうことも十分ありえただろう。スペインの理髪師は昔ながらの衣裳はわすれてしまったとは言っても、巧みな腕の方は相変わらずで、髭剃りなどは大変器用にやってのける。

長くカスティリャ地方第一の町だったにしては、ブルゴスはそれほど際立ったゴチック風の様相を残しているわけではない。ルネサンス時代の窓とか柱廊がいくつかと人物像に支えられた紋章などの見られる通りを除けば、家々は十七世紀初期以前に遡ることはほとんどなく、外観も大変ありふれたものだけだ。家々は年数を経てはいるけれど、古い家と呼べるまではいかないのだ。しかしブルゴスはこの世界で最も美しいものの一つである大聖堂を持っている。ただ残念なことにゴチック式大聖堂のどれもがそうであるように、これは見すぼらしい多くの建物の中にはさまっているので、その全体を鑑賞し、全体像を一度に視野に入れることはできない。主要なる正面玄関は広場に面し、広場の中央には白大理石の得も言われぬキリスト像がその上を飾る美しい噴水が立っている。これが、彫刻に向って石を投げつける以上に楽しい時間つぶしを知らない町のあらゆる浮浪児から標的にされるわけだ。レースのような刺繍状の模様が施され、手が込み、華やかで壮麗なこの玄関は残念ながら、どこかのイタリア人司教らによって一番目のフリーズ（小壁）のところまで掻き削られ、削り取られていた。簡素な建物や無駄な飾りのない壁やら、趣味の良い装飾物などの大愛好者たる彼らは、コリント様式をほとんど実行に移さず、アッティカ風装飾や三角形切妻壁になんの疑問も抱いていないらしいこれらの粗野で哀れな建築家たちをおおいに哀れんで、大聖堂をローマ式に改築しようとしたのだ。メシドール趣味が全く純粋なままで栄えるスペインでは多くの人々がまだ上のような意見に賛成で、最も華々しく溢れんばかりに模様を彫り込まれたゴチック様式の教会よりも、ロマン派が中世趣味を再流行させ、大聖堂というものが持つ意味と美しさを理解させてくれる前のフランスと全く同じように、ドーリア式の柱に飾られ窓をたくさん穿ったあらゆる種類のぞっとする建物の方を好むのだ。鋸歯状の凹凸を持ち、パンチであけたような透かし状の切り抜き穴がつき、花づな装飾で飾られ、粉飾を凝らし、指輪の爪のようにどんなに小さく細かな部分にまで彫り込み模様のある二つの鋭い尖塔が神の方へと伸びている様には、熱烈な信仰と熱狂的で動揺することをしらない信念が感じられるようだ。支えと言えば石のレース模様と蜘蛛の糸のように細い格縁《ごうぶち》しか持たぬ我が国の神を信じようとしない鐘楼には、危険を冒してまで空に向っていくことなどできはしないだろう。これも同じくこれ以上ないほど豊富に彫刻を施され、しかし高さは少し低い別の塔が、十字塔の腕の部分が交差しあう広場に立ち、シルエットの壮麗さを完全なものにしている。諸聖人、大天使、国王、司祭などの夥しい彫像群がこの建物全体に生気を付与している。石でできた住人たちはぎっしりととても数多く、うごめいているので、町に住む生身の住人たちの数よりも多いことは確実だ。

地方長官ドン・エンリケ・デ・ベディア氏の親切なる御厚意のおかげで、ぼくらは大聖堂をくまなくその最小部分まで見て歩くことができた。八つ折り判の明細が一巻、二千枚の版画の載った版画図集が一冊、石膏像で一杯の部屋が二十室といったところでまだ、ブラジルの処女林よりもこみ入った錯雑たるゴチック芸術の驚くべき開花の様を完全に伝えることはできないだろう。ぼくらは宿屋のテーブルのすみで記憶を頼りに、急いでぞんざいに単なる通信を一通だけしか書くことができなかったのだから、いくつかの省略や書き落としは御容赦願いたい。

教会内に最初の一歩を踏み出した途端に、比類なき傑作に襟首をつかまれたように足を止めてしまう。それは廻廊に面する、彫刻を施された木製の扉で、そこには他の浅浮き彫りの間に、イエス・キリストのイスラム入場が描かれている。側柱と支え木には得も言えぬ小像が飾られており、それは大変に優美な姿であまりに精妙につくられているので、木のように透明感もなく生命感もない材料がこれほど宗教的で変化に富む幻想的な作品に適したのか理解できないほどだ。それに精通していたミケランジェロが天国の扉にふさわしいと考えたギベルティ作のフィレンツェの洗礼堂の扉に次いで、これは実際世界で一番美しい扉である。人間たちが自由に使えるように扉に永遠の生を保証するには、この素晴らしい部分をブロンズで鋳造する必要があるだろう。

シリィエリアと呼ばれる椅子のある聖歌隊席は、驚くほど見事な仕上がりの打ち出し細工を施した鉄柵で仕切られている。床はそれがスペインにおける習慣なのだが、アフリカはやがねの巨大な莫蓙で覆われ、その上どの椅子にも乾燥させた草とか籐製のカーペットがのっている。顔をあげると、ぼくらがすでに話題にした塔の内部によってつくられた一種の丸天井が見える。そこは彫刻、唐草模様、彫像、小円柱、格縁、鋭尖アーチ、ペンダンティブなどのあなたが眩暈におそわれる程の渦になっており、二年間かけて見つづけたとしてもすべては見つくせないだろう。それはキャベツのように密生し、魚用ナイフのように小さな孔があり、ピラミッドのように巨大で、女性のイヤリングのように優美、このような線細工が何世紀も前から空中に立っていることができるのが不思議に思える。おとぎ話の妖精たちの宮殿の豪奢も及ばないほどの、これらの驚嘆すべき建物をこしらえた人々というのは一体どんな人たちだったのか。逆に文明化されたと自慢しているぼくら、実際のところぼくらは老いぼれた野蛮人にすぎないのではないか。これら過ぎ去りし時代の驚嘆すべき建築物の一つを見物する時、ぼくの胸は強い悲哀感にしめつけられる。大いなる絶望感にとらわれ、ぼくはもう片隅に引きこもり、石の上に頭をのせ、じっと不動のまま瞑想にふけりながら、死というあの絶対の不動状態を待つことだけを渇望するのだ。仕事することが何の役に立つだろう。動き回ることに何のいいことがあろう。最も激しい人間の努力をもってしても、決してこれ以上のことはできないだろう。よろしい、ではこれらの神の芸術家たちの名前が分かっていないとなれば、その何らかの痕跡を見出すために修道院の埃にまみれた古文書類を丹念に調べてみなくてはならない。一番華やかな時期を一万や一万二千行の詩に韻をふませたり、八つ折り判の取るに足りない六、七冊の木や、三、四百の愚にもつかない新聞記事を書くことにすりへらし、それだけで疲れた気持ちになっているのを思うと、ぼくは自分自身と全く取るに足りない物を生み出すのに莫大な努力を必要とする自分の時代とが恥ずかしくなる。花崗岩の山のわきでは一枚の薄っぺらな紙など一体なんだと言うのか。

もしあなたがぼくらと一緒に、十四、五世紀のこれらの驚嘆すべき人間というポリープによって建設されたこの巨大なみどり石の中を一回りしたいなら、まずは小香部屋から始めよう。そこはその呼び名にもかかわらず大分広い部屋で、ムリリョの『茨の冠を戴いたキリスト図』、『キリスト磔刑図』、入念に彫刻を施された木工細工の額に入ったヨルダンスの『キリスト降誕節』がしまい込まれてある。中央には大きな金属製焜炉《ブルゼロ》が置かれ、これはつり香炉とかおそらくまたタバコに火をつけたりするのに役立っているのだ。というのも多くのスペイン人司祭がタバコを吸うからだ。これはぼくらには、フランスの聖職者が何らはばかるところなく自分に許している粉末状のタバコを嗅ぐ楽しみほど無作法な事とは思われない。焜炉は三脚台の上に置かれた黄色の鋼製の大きな容器で、中には消し炭とか火をつけた小さな果物の核が一杯入れられ、ゆっくりと少しずつ火が燃えるように上質の灰がかけられている。スペインでは暖炉はほとんど見られず、焜炉が代わりをつとめている。

小香部屋の隣にある大香部屋では、ドメニコ・テオトコプリ、いわゆるエル・グレコの『キリスト磔刑図』に気づく。もしある種の気取った鋭い、ぞんざいな走り描きのような構図が間もなくそれと見分けさせなかったら、この変わり者の常軌を逸した画家の絵はティツィアーノの粗描かと間違えられてしまうだろう。自己の絵画作品にいかにも力強いタッチで書かれたような外観を与えるために、彼はあちこちに絵筆で信じられぬほど生き生きとし、乱暴で目ざわりな色を塗りつけ、影の部分をサーベルの刃のようにつらぬく鋭く細い光を書き加えている。これらはどれもグレコが偉大な画家であるさまたげにはならないのだ。二番目のやり方で描かれた立派な作品は、ウジェーヌ・ドラクロアのロマンティックな絵画作品に非常によく似ている。

あなたはおそらくパリのスペイン美術館でグレコの手になる少女の肖像画、どんな巨匠も非難しようのない素晴らしい顔を御覧になったことがあるだろう。これを見ればあなたもドメニコ・テオトコプリというのが、意識の冷静な時にはどれほど素晴らしい画家だったか判断できるだろう。彼はティツィアーノの弟子だったと主張されているが、このティツィアーノに似ないようにしたいという固定観念が彼の脳の働きを狂わせ、彼を奇矯な振る舞いや気まぐれな行動へと走らせる破目になったように見える。だから彼が自然から受けた素晴らしい能力は時々思い出したように、光を受けて輝くしかなかったのだ。グレコはその上、建築家にして彫刻家、最高芸術の天空ではしばしば見かけられる崇高なる三位一体、光輝く三角形だった。

この香部屋は衣裳戸棚をなしている板張りと、花装飾や花づな模様のある非常に絢爛たる様式の柱に取りまかれている。板張りの上方にはヴェネチア産の鏡が一列に並んでいる。これらが全く純粋なる装飾品でないとしたら、ぼくにはそれらの鏡が何のために使用されるのかほとんど理解できない。というのはそれは、姿を写して見るにはあまりに高いところにあるからだ。丸天井にまで届いている最も古い鏡よりも上には、初代司教から現在司教座にある司教まで年代順に、ブルゴスの全司教の肖像画が掛けられている。油絵なのにこれらの肖像画はパステル画かデトランプ画のように見える。これはスペインでは絵画作品にニスを塗らないことが原因なのだけれど、こうした用心が欠けているために多くの傑作が惜しむべきことに、湿気でいたむままにされているのだ。これらの肖像画の大部分は大型作品なのだが、第一級の絵とは言えないし、その上掛けられている場所があまり高すぎて出来上がりの善し悪しを判断できない。部屋の中央には巨大な食器戸棚とエスパルト製の大きな籠が置かれ、そこに教会の装飾品や祭祀用の道具類が並べてある。ガラス製の二つの籠をかぶせられ、大聖堂の一番小さなアラベスク模様よりもその枝ぶりの複雑さは大分見劣りがする二本の珊瑚樹が、珍奇なもののように保存されている。扉には浮き彫りにされたブルゴス市の紋章が、緋色の小十字形を点々とまきちらした中に飾られてある。

この部屋の次に通り抜けるフェアン・クチリィエルの部屋には建築様式上、何一つ際立つものはないので、そこを出ようとぼくらが足を速めるとちょっと顔を上げ、最も興味深いものの一つを御覧なさいと頼まれた。その物体は鉄の鉤釘で壁に固定されたトランクだった。これほどつぎはぎだらけで、虫食いだらけで、つぶれた大型トランクを想像するのは困難だ。こいつは確実に、この世のトランク類の中の最長老だろう。あなたにもご想像できるように、エル・シッドのトランク、こんな風に黒い文字で書かれた銘のために、俄然このくさった四枚の木の板が大いに重要さを増したのだった。年代記の記述を信じなければならないとすれば、このトランクはまさしく、例のルイ・ディアス・ビバール、シッド・カンペアドールという名前の方でもっとよく知られている彼がいかに英雄だったにせよ、一介の三文文士のようにお金に困って、担保をとって金銭借し出しをするある誠実なユダヤ人高利貸しのところへ砂や小石を一杯つめて、担保として運ばせたトランクなのだ。彼、シッド・カンペアドールが借金を返済し終わる前に、この得体の知れぬトランクを開けるべからずときつく申し渡したというのだが、これは当時の高利貸しは現在の高利貸しに比べて大分くみしやすい人々だったことを証明している。今日、こんな担保を受けとるほどお人好しの馬鹿正直なユダヤ人、さらにはキリスト教徒でさえほとんど見つけることはできないだろう。カズィミール・ドラヴィーニュ氏はこの伝説を『ル・シッドの娘』という彼の戯曲の中で利用したけれど、彼は大きなトランクの代わりに、実際ル・シッドの金のように重い約束以外何も入れることのできないちっぽけな箱にした。それにいくらなんでも、こんなボンボン入れを担保に何か貸してくれるようなユダヤ人はいない、たとえ英雄時代のユダヤ人であれ。歴史上のトランクの方は大きく、広く、重く、深く、あらゆる種類の錠前や南京錠がついている。砂で一杯にしたら動かすのに少なくとも六頭の馬が必要だったはずだ。尊敬に値するイスラエル人は中に装身具や宝石類や銀器などがぎっしりつまっていると思い、ル・シッドの気まぐれな行動にいともやすやすと従ったということもありえなくはない。それも他の多くの英雄的な突飛な行動と同様、刑法典によってあらかじめ規定されている気まぐれなのだから。ルネサンス劇場の演出はゆえに不正確ということになる、アンテノール・ジョリ氏には失礼ながら。

## ＊5＊

修道院、絵と彫刻——ル・シッド館、紐館、聖マリア門——劇場と俳優——ミラフロレスのカルト教団修道院——ティボー将軍とル・シッドの骨

フェアン・クチリィエルの部屋を出て今度は、非常に人目をひく装飾様式の別の部屋に入る。柏の板張り、赤い壁紙と最高に効果的な一種のコルドバ革を張った天井。この部屋には大変見事に描かれたムリリョの『キリスト誕生』、『処女懐胎』、ガウンをまとった『キリスト図』が見られる。

修道院は墓で一杯で、その大部分は非常に頑丈で目のつまった鉄柵に閉ざされている。これらは全部、著名人の墓で、厚い壁の中に据えられ、紋章に飾られ、彫刻が施されている。それらの墓の一つにぼくは、マリアと手に本を持つイエスの素晴らしく美しい群像と、大変に奇妙で驚くべき創意に満ちた半分動物、半分アラベスクのキマイラ像があるのに目をとめた。これらの墓石の上にはすべて、甲冑に身をつつむ騎士のであれ、礼服をまとった司教のであれ、等身大の彫像が横たわり、鉄柵越しだと、彫像が表わしている死者たちその人ではないかと容易に見間違えてしまうほどだ。それほど身ごなしは本物らしさに満ち、細部は細心入念に仕上げられているのだ。

通りがかりにぼくは、扉の側柱の上にある着想が驚くほど大胆で、出来栄えがえも言われぬ聖母マリアの魅力的な小像に気づいた。ふつう聖母マリアに施されるあの慎ましやかで、改悛の情に満ちた表情

の代わりに、彫刻家は恍惚感と喜びが混じる眼差しと、神を懐胎する女性の陶酔の表情を表現した。彼女はその場に頭を後方に傾《かし》げて立ったまま、全身全霊をこめ、熱情と純潔とが入り交じった類いまれなる独特の顔付きで、象徴的な鳩が吹きつける炎の光を吸い込んでいる。これほど繰り返されたテーマにおいて新味を出すのは難しいはずだが、天才にとっては何一つ汲み尽くされた陳腐なものなどないのである。

この修道院を描写してみせるとなればこれだけで一篇の通信全部を要することになろう。でも自由にできる時間、自由に見て歩ける空間が僅かであることを考えれば、あなたはぼくらがその修道院に関しては上のようにほんの僅かしか語らず、教会に戻るのをお許し下さるだろう。その教会では行き当たりばったりに、選択したり好みの方は問題にせず左右に見えてくる最初の傑作をいくつかとらえて報告することにしよう。というのもすべてが美しく素晴らしいからで、話題にしない作品でも少なくとも、話題にする作品に勝るとも劣らないからだ。

まずは石でできたあの『イエス・キリストの受難』の前に足を止めよう。作者フィリップ・ド・ブルゴーニュは彼の名前あるいは彼のあだ名から予想されうるのとは違い、残念ながらフランス人芸術家ではない。この作品は世界にある最も偉大な浅浮き彫りの一つである。ゴチック形式の習いに従って、オリーブの園、十字架を担うキリスト像、二人の泥棒の間に描かれたキリスト磔刑図などいくつかの部分に分かれている。これは見事な人物たちの顔や装飾に満ちた細部などの点で、アルブレヒト・デューラー、メムリンク、ホルバインなどがその細密画家の筆を駆使して描いた最も精妙で甘美なるもの全部にも匹敵する巨大な作品なのである。この石の叙事詩をしめくくるのは壮麗なる死の場面である。オリーブの園の内側の格間を占める眠りこんだ使徒たちの群像は、フラ・バルトロメーオ描く聖人や予言者たちとほとんど遜色なきまでに美しく、また同じように整った様子を付与されている。十字架下の聖女たちの顔は、ゴチック時代の芸術家たちだけがその表現の秘訣を手にしていた苦悩に満ちた悲愴なる表情を浮かべている。ここではこの表情はまれなる体形の美しさに結びついているのだ。兵士たちは中世において、その衣服について知られていなかった東方やユダヤの古代人がまとわされているような、むくつけき奇妙な服装によって人目をひく。その上彼らは大胆で尊大な態度で際立っているので、それが他の人物たちの非の打ちどころなく美しく憂愁を帯びた表情と見事なコントラストをなしている。これらはみな金銀細工のように入念で信じられないほど軽やかで趣味のよい枠組みの中に収められている。この彫刻は一五三六年に完成したのである。

彫刻まで話が進んだのだから、すぐに聖歌隊席の椅子、きっとこの世に匹敵する物のない驚嘆すべき指物細工について話すことにしよう。椅子はその数の分だけ驚異と言えるだろう。そこには浅浮き彫りで旧約聖書の様々な主題が描かれ、肘木の部分を形成する怪物や想像上の動物によって互いに切り離されている。平らな部分は金属板の象眼に使われる黒金のように黒い井桁彫りによって際立つはめ込み細工でできている。唐草模様と奔放な想像力がこれほどまでに推し進められたことはない。これは汲み尽くせない活力、前代未聞の豊饒、着想と形体の中に絶えず繰り返される新奇なのだ。これは新しい世界、神の創造物と同じぐらい完璧で豊かな世界、植物が生き、人間たちが花開き、枝の先は手、脚の先は葉、陰険な目つきの怪物が爪のある翼を広げ、恐ろしいイルカが孔から水を吹き上げる別世界なのだ。いかなる言葉を用いても言い表わせないような花形装飾、唐草模様、アカンサス葉飾り、蓮花模様、冠毛や巻きひげに飾られた萼《がく》つきの花模様、鋸歯状や、ゆがんだ形の葉飾り、架空の鳥や実在しない魚、途方もないセイレンや龍などの錯綜した絡み合い。非常に自由気ままな空想力がこれらのはめ込み細工のすべてにみなぎって、木材のくすんだ地に施された黄色い色調ゆえに、これらの細工は大胆で素朴なタッチの強い線が特徴的なエトルリアの壺に描かれた絵のように見える。ルネサンス時代の異教的な精神が見てとれるこれらのデッサンは、椅子の本来の目的とは全く何の関係もなく時として主題選択においてさえ、この場所の神聖さを完全に忘れていることが感じられるのだ。そこに描かれているのは仮面をかぶって遊んでいる子供たち、踊る女たち、戦いを交える剣闘士たち、葡萄を収穫する農民たち、架空上の怪物を愛撫したり虐待する若い娘たち、ハープをつまびく動物たち。泉の水盤の中でブリュッセルの例の小便小僧をまねる子供たちさえ見られる。体つきがもう少しほっそりしていれば、これらの人物たちは最も美しいエトルリアの壺絵にも匹敵するだろう。外観の統一性と細部における無限の変化、これが中世の芸術家たちがほとんどいつでも易々と見事に解決してみせた難問なのである。仕上がりに大変腐心したこの指物細工は五、六歩離れたところで見ると、重々しく荘厳、構成が立派で褐色の色調なので、全くもって教会参事会員のいかめしく青白い顔の額縁として役立つにふさわしい。

総帥の礼拝堂カピリャ・デル・コンデスタブレはそれ一つが完全な教会をなしている。カスティリャの総帥ドン・ペドロ・フェルナンデス・ベラスコの墓とその夫人の墓がその中央を占め、最大の装飾となっている。この墓は白大理石でつくられ、見事な仕上がりになっている。男の方は最高の様式の唐草模様が豊富に描き込まれた武具甲冑に身をつつまれたまま横たえられている。香部屋係がその唐草模様の拓本を湿らせた紙にとり、旅行者に売るのである。夫人の方はわきに小犬が置かれ、手袋や綿のドレスの枝葉模様が驚くほど精妙に表現されている。夫妻の頭は、宝冠や紋章に飾られた大理石製のクッションの上に憩うている。巨大な紋章がこの礼拝堂の壁面を飾り、エンタブレチュアの上には教会旗と軍旗を支えるための石竿をもつ彫像が置かれている。レタブロ（祭壇背後の建築上の衝立をこう呼ぶのだ）

には彫刻が施され、金箔が張られ、彩色され、唐草模様や支柱が混じり合い、イエス・キリストの割礼図や等身大の人物像が描かれている。右手のドニャ・メンシア・デ・メンドーサ、アロ伯爵夫人の肖像画の横には、着色し、金箔を張られ、彫刻を施された無数の小像が飾られている。これらの小像はアントナン・モワヌの作品かと思われるほど、軽やかで気のきいた仕上がりになっている。このミサ台の上には黒玉炭のキリスト像が置かれてある。大祭壇は銀の薄板とクリスタル製の日輪に飾られ、その眩い反射光が奇妙な輝きを持つ光の戯れを作っている。丸天井には信じられないほど精妙な彫刻のバラが一輪花開いている。

礼拝堂そばの香部屋には、板張りの中央にマグダラのマリアの肖像画がはめ込まれている。これはレオナルド・ダ・ヴィンチ作とされているが、褐色で、感じられないほどに段々薄れ明るい部分に溶けこんでいく半濃淡の柔らかさ、髪の毛の部分の軽ろやかな筆触、腕の部分の非の打ちどころのない円やかさなどがこのでっち上げを全く本当らしく思わせる。同様にこの礼拝堂にはまた、総帥が軍隊へと持ち運んでいきその前でお祈りした象牙製の二枚折りの薄浮き彫りが保存されている。総帥の礼拝堂はフリアス公爵の所有になる。通りすがりに、ポルトガルの彫刻家ペレイダの手になる彩色板のあの聖ブルノの彫像や、ダンテの翻訳者ビリィエガスの手になる碑名に目をやっていただきたい。

壮麗なキマイラ像が刻まれた大変に美しい意匠の大階段にぼくらは数分間、感嘆のあまり見とれた。ぼくはこの階段がどこに通じており、階段を上りつめたところにある小さなドアがどんな部屋に向って開かれるのか知らないけれど、この階段は最高に眩く輝く宮殿にも似つかわしいほどだ。ダグランテス公の礼拝堂にある大祭壇は目にしうる最も奇抜な想像の産物の一つである。そこにはイエス・キリストの系統樹が描かれている。どんな風にこの奇想が表現されているかは以下の通りである。族長アブラハムは図の下方に横たわり、その広い胸には大木の根毛つきの根が食い込んでいる。大木の枝はそれぞれイエスの祖先を実につけ、子孫があると同じ数だけの小枝に分かれている。てっぺんは雲の正座にすわった聖母マリアが占めている。太陽、月、そして銀色や金色に輝く星々が花開いた枝葉越しにまたたいている。これらの葉すべてにぎざぎざをつけ、襞を深く彫り、これらの小枝を彫り込み、背景からこれらの人物たちをすべて浮き出させるのにどれほど根気、忍耐が必要とされるかと思うと驚愕を覚えずにはいられない。こんな風に入念に仕上がっているこのレタブロはお屋敷の正面のように大きく、高さが少なくとも三〇ピエに達し、三つの段を含んでいる。二段目は聖母マリア戴冠式の図、最終段が聖ヨハネと聖母マリアを含むキリスト磔形図になっている。作者はロドリゴ・デル・アヤという十六世紀半ばに生きた彫刻家である。

聖女テクルの礼拝堂は全くもって、想像しうる最も奇妙な建物である。建築家と彫刻家はできるだけ最小の空間にできるだけ多くの装飾を施すことを目ざしたかのようだ。彼らはその事に完璧に成功しており、最高に器用な装飾彫刻家でさえこの礼拝堂のどこにもバラ形模様一個、あるいは花形装飾一つ施す場所など到底見つけられないだろうとぼくは思う。これこそ最も豊かで驚嘆すべき、魅力的な悪趣味なのだ。それらはまさに葡萄の株に取り巻かれたトルソー柱、無限に巻きつく渦巻き装飾、翼をネクタイにする天使ケルビムの飾り襟、大きく泡立つ雲、一陣の風にゆらぐ香炉の炎、扇状に開いた光の輪、密生し花開いた菊ぢしゃなどで、それら全部に細密画用絵筆で金箔が施され、本来見られる通りの色が塗られていた。着衣の枝葉模様はその一本一本、一点一点が驚くほど細密に仕上げられている。聖女は、異様な服装を身にまとったサラセン人たちがその火勢を強める火刑台の炎につつまれ、天に向ってそのエナメルの冴えた瞳を上げ、肌色をした小さな手に葉の縮れた聖なる清めの棕櫚の枝をスペイン流に持っている。丸天井も同じ様式で仕上げられている。もう少し小型でそれでいて同じように装飾の豊富な別の祭壇がいくつか礼拝堂の残りの部分を占めている。それはもはやゴチック式の精妙さでもなく、ルネサンス時代の魅力的な様式でもなく、溢れるばかりに豊富な装飾が輪郭線の優美さに代わっているのだ。しかしそれは過剰ではあれ、その様式において一点の欠けるところもないものがどれでもそうであるようにやっぱり大変に美しい。

途方もない大オルガンは照準を定めた大砲のように水平にパイプが一組み並び、好戦的な脅かすような印象を与える。個人用礼拝堂にはそれぞれ、もう少し小型のオルガンが置かれてある。これらの礼拝堂の一つにあるレタブロの中に、ぼくらはそれがミケランジェロのでないとしたらどの巨匠の作品と見なすべきか分からないほど非常に美しい絵画を見た。確かにこの見事な絵には最盛期フィレンツェ派の数々の特質が燦然と輝きわたって、最も壮大な美術館の精華ともなりえよう。しかしながらミケランジエロはほとんど一度もと言っていいほどまず油絵を書くことはなかったし、彼の絵画作品は非常に現存数が少ないので、ぼくとしてはあの崇高なる芸術家の下絵やその輪郭の特徴から言ってこれはセバスチャン・デル・ピオンボが描いた作品だと信じたい気持ちだ。それにラファエロの成功を嫉妬してミケランジェロが、デッサンと色彩を結びつけ、自分の若きライヴァルを追いこそうと時々セバスチャン・デル・ピオンボを使ったのは衆知のことだ。ともあれこれは見とれずにはいられない絵だ。襞つきのゆったりした着物を気高くまとい、腰をおろした聖母マリアが、彼女の横に立つ少年イエスの神聖なる裸体を透き徹るような肩掛けで覆いかくしている。空のはるか向こうでは瞑想に沈みつつ静かに二人の天使が泳いでいる。背景には峻厳な景色、岩、地層、壁の一部分がいくつか見えている。聖母マリアの顔は威厳につつまれ静謐に満ち、凜とした力強さを秘め、言葉を用いてその様を伝えることはとてもできない。首は非常に優美な、清らかな気高い線で肩先につながり、顔には母親としてのとても安らかな平穏が感じられ、手は申し分なくすんなりと形よく、足は大変に優美で気高い風格が備わっているので、この絵から目を離すことができないほどだ。この驚くべき画面に、表面的な輝かしさやちょっと凝りすぎの明暗部分などを持たない、色調に統一性があり、シンプルでばらつきのない色と、枠組みの色調と申し分なく調和している、どこかフレスコ画的な様子をつけ加えてほしい。これであなたは一点の傑作を手にするわけだが、フィレンツェ派か古ローマ派にしかこれに匹敵するだけの作品を見出せないだろう。

　ブルゴスの大聖堂にはまた、ぼくはそれがアンドレ・デル・サルトの作品じゃないかと大いに疑っているのだが、作者名の記されていない『聖家族』や、同様の作品がドレスデン美術館の陳列室にあるコルネリス・ヴァン・アイクのゴチック式の木版画がある。ドイツ派の絵画はスペインでは少なくなく、大変に美しいものもいくつかある。ついでにぼくらは、五十三歳でミラフロレスのカルト教団修道院《カルトゥハ》の修道僧になったフラ・ディエゴ・デ・レイバの数点の絵、その中でも、首斬り人に両の乳房を切り落とされる聖女カシルダの殉教を描いている絵について言及しておこう。肉の切断された胸に残された二つの瘢痕から血がどくどく溢れ出している。聖女のわきには切断された二個の半球が横たわり、彼女は悲しげな夢みるような顔の大天使が彼女に棕櫚の枝を持ってくるのを、狂おしい程の痙攣を伴う恍惚の表情で見つめている。これらの恐ろしい殉教図はスペインでは非常に数多く、芸術におけるレアリスムと真実の尊重とがその中で極限まで推し進められている。画家はあなたに一滴の血をも忘れずに描写して見せるのだ。切断された筋が収縮したり、生きている肉塊が震え、その濃い緋色が皮膚の青ざめ血の気の失せた白さと対照をなしている様子、首斬り人の新月刃で切断された椎骨、拷問者たちの笞や枝鞭に打たれた後の紫の跡、蒼白なその傷口から水や血を吐き出すぽっかりと裂けた傷、すべてが驚くほど真に迫って描かれているのだ。リベラはこのジャンルにおいて、死刑執行人《エル・ベルドゥゴ》その人をさえ恐怖でたじろがせるようなものをいろいろ画面に描き込んでいる。実際、首斬り人の補助役によって食人種のために実行されたかのような皮剝ぎ、屠殺の残酷な絵を耐え忍び強靱に支えるためには、この巨匠の特徴であるぞっとするような美と悪魔のような活力とが必要なのだ。全くもって殉教者たることを嫌忌させるほどの迫力《こわさ》がみなぎっており、棕櫚を持った天使もこれほど残虐なる拷問にとってはわずかな慰めにしかならないように見える。さらにリベラはよく、彼の描く拷問を受ける人々にこの慰藉をさえ与えないことがあり、一条の神の光も照らさぬ脅かすような淡褐色の闇の中で、彼らを蛇の筒切りのように身をよじるままに放っておくのである。

それがいかに胸のむかつくようなものであれ、迫真性に対する欲求というのがスペイン芸術の目立った一つの特徴である。理想美とか伝統的な形式とかは、完全に美学というものを欠くこの国民の天才には含まれていないのだ。彼らには彫刻というだけでは充分でなく、彩色した彫像や、本物の服を着せ、おしろいを塗った聖母像が必要なのだ。具体物による迫真性が思うがままにこれほど推し進められたことは決してない。レアリスムへのこの狂気じみた愛着がしばしば、彼らをしてキュルティウスの蠟人形館から彫像術を分かつ一線を飛び越えさせるのだ。

あれほど尊ばれているブルゴスの有名なキリスト像は、蠟燭に火をともしてからでなければ見ることができないのだが、この像がこの奇妙な様式の顕著な実例である。それはもう石でも、着色材でもなく、大変巧妙かつ精妙に詰め物を施した人間の皮（少なくともそう言われている）なのだ。髪は本物の髪の毛だし、目には睫もつき、茨冠は本物の冠でできているし、どんな細かな部分も忘れられているところはない。いかにも生きているような偽りの見せかけと死の不動性を持つ、この十字架にかけられたひょろ長い亡霊以上に悲痛な、不安を掻き立てる見物はない。黒褐色の色褪せた皮には血が大変そっくりに、長く糸のようにひかれてあるので、本当に流れているかと思えるほどだ。伝説はこの奇蹟のキリスト十字架像は金曜日ごとに血を流すと物語るのだが、これを信じるのにそれほど想像力を働かせる必要はない。ひらひらした衣服をまきつける代わりに、ブルゴスのキリスト像は腰から膝まである金の刺繡を施した白いスカートをはいている。この服装は、主イエス・キリストがこんな衣服でいるのに見慣れていないぼくらにとっては特に、奇妙な印象を与える。十字架下には駝鳥の卵が三個はめ込まれているが、これはすべての原理にして胚種たる三位一体への暗示でないとしたら、その意味が何とも分かりかねる象徴的な装飾物である。

傑作群にすっかり心奪われ、圧倒され、酔って、それ以上感嘆できないほど感嘆して大聖堂を出た。それでぼくらはせいぜい、ルネサンスの始めにフィリップ・ド・ブルゴーニュによって古典建築の試みとして企てられたフェルナン・ゴンサレスのアーチをぼんやり眺めやるだけの気力しかなかった。ぼくらはル・シッド館をも見せてもらった。ル・シッドの館と言うと表現の仕方がまずいのだが、要するにその館があったかもしれない場所を見せてもらったわけだ。そこは縁石に囲まれた四角な土地で、そこが館だったと信じさせうるような跡は少しも残っていない。しかしそうじゃなかったという逆の証拠も何一つないのだから、この場合伝統を信頼するのに何ら不都合はない。扉の回りに巻きついたり、窓を枠で囲んだり、建物に通されたりした平打ち紐のせいで紐館《コルドン》と名づけられた家はじっくり見ておくだけの価値はある。ここは地方長官の住居として使用されており、ぼくらはそこで何人かの近在の役人に出会った。彼らの顔付きは森の曲がり角などで出会ったら胡散臭く見えただろうし、自由に通してもらう前に互いに身分証明を見せ合うのが間違いがなくていいだろう。

聖マリア門はカルロス一世を称えて建立された注目すべき一個の建築物である。壁龕に置かれた彫像は丈小さくずんぐりしているとはいえ、力感溢れ、そのことによって細身というその欠点が帳消しにされている。この素晴らしい凱旋門が防禦という口実でそこに建てられた何か分からない漆喰壁によって視野から遮られ、台なしにされているのは残念だ。こんな壁は早急に壊してしまうのがいいだろう。この門の近くに、スペインではこれだけでも大したものだが、少なくとも水深が二ピエあるかなり大きなアルランソン川に沿って散歩道がある。この散歩道には、大分風采態度の立派なカスティリャの四人の王や伯爵を表わした四体の彫像、すなわちドン・フェルナン・ゴンサレス、ドン・アロンソ、ドン・エンリケ二世、ドン・フェルナンド一世の像が飾られている。以上がブルゴスで見物する価値のある大体すべてのものだ。劇場はビトリアのそれよりもまだうら寂しく、その晩はエル・サパテロ・イ・エル・レイ（靴直しと王様）という韻文劇が上演されていた。これの作者はソリリャというマドリードで大変に人気のある非常に優れた若い作家で、すでに七冊の詩作品を出版し、その文体や調べは賞賛を受けている。全席が前もって予約済みだったので、ぼくらはこの楽しみを諦め、翌日のこの上なく滑稽なトルコ舞踊や歌の混じった『三人の妃《シュルタヌ》』の上演を待たねばならなかった。役者たちは自分たちの役の台詞を一言も知らないありさまで、プロンプターが彼らの声をかき消してしまうほど声を限りに彼らの台詞をがなりたてるのだ。プロンプターはというと彼は竈の円蓋のように丸みを帯びたブリキの覆いで、まれに見るほど気短なスペインの観客が気に入らない役者に向って必ず投げつけるパタタス、マンサナス、カスカラス・デ・ナランハ、つまり、じゃがいも、りんご、オレンジの皮から身を守っている。どの観客もあらかじめポケットに砲弾を用意していくのだ。役者たちがうまい演技を見せてくれた時は、野菜は鍋に戻って煮込み料理《プチェロ》の量をふくらませることになるわけだ。

ぼくらは一瞬、三人の妃のうちの一人にスペイン女性の本当の典型を見出したように思った。弓なりの黒く太い眉、ほっそりと卵形に長く伸びた鼻、赤い唇。ところが隣の男が御親切なことにあれは若いフランス女だと教えてくれた。

ブルゴスを発つ前に、街から半里のところにあるミラフロレスのカルト教団修道院を見にいった。何人かのかわいそうな障害のある年老いた僧侶が許されてこの修道院に止まり、そこで死の訪れを待っている。スペインは僧侶身分の廃止によってそのロマンティックな性格を大いに失ったが、他の点から見て代わりに一体何を得たのかぼくには分からない。それまではどんな細部まで元の姿のまま保存されてきた、破壊されたら取り返しのつかない素晴らしい建物が破損し、崩壊し、この不幸なる国ですでによく目にされる廃墟に新たに廃墟をつけ加えていくことになる。彫像や絵画や、どんな種類の芸術品であれ、それらからなる前代未聞の富が誰の益にもならずに失われていくのだ。その馬鹿げた文物破壊などとは違う別の方面で我が国の革命を模倣できたであろうに、とぼくには思えるのだ。あなたがたが持っていると思っている思想のためにお互い殺し合うがいい、戦火に荒れた瘠せ地をあなたがたの死体で肥やすがいい、それは結構だ。しかし天才の手が触れた聖なる石、大理石、ブロンズだけは御免こうむる。二千年後にはあなたがたの内乱など忘れ去られているだろう。あなたがたが偉大なる国民であったことを未来が知るのは、発掘穴で再発見される驚嘆すべき何片かの断片によってだけなのである。

カルト教団修道院は、丘上にあり、その外部は峻厳にして簡素である。灰色の石壁、瓦屋根、思索するにはすべてがあり、目の楽しみには何もなし。内部は、生石灰で白く塗られた静寂に満ちたひんやりとした長い廻廊、修道者用独房の扉、鉛の網目のついた窓。その窓には信仰上の主題がいくつか色ガラスに描かれはめ込まれている。中でも特に『イエス・キリスト昇天図』は奇妙な構図になっている。救世主の体はすでに消え、足しか見えないのだが、その足跡が感嘆の目を見はる聖人たちの取り囲む岩の上に残されているのだ。

ダイヤモンドのように輝く水が一滴ずつしみ出る水飲み場が中央に建つ小さな中庭に、小修道院の庭が含まれている。何本かの葡萄の小枝が陰鬱な壁に少しばかり活気を与えている。そこここに、幾分好き勝手にばらばらに花や植物がいくつかの束のように群がり、絵のように咲き乱れている。一番僧服に似かよった服装の（僧侶には自分たちの衣服をしまい込んでおくことは許されていないのだ）、高貴で物悲しげな顔をした老院長は、ぼくらを大変丁寧に迎え入れ、それほど暑いとも言えない天気だったので火鉢の周りにすわらせてくれ、タバコやアスカリリョス（カルメラ）と冷たい水を勧めてくれた。テーブルの上に一冊の本が開かれたままになっていた。ぼくは遠慮なくそれにちらって目をやってみたが、それはビブリオテカ・カルトクシィアナという、修道院の秩序と生活を賛美するいろんな作家たちのあらゆる文章を集めた本だった。余白にはせかせかと急ぎ足の痙攣的な俗人には真似できない、心にたくさんの事を語りかけるあの司祭の雄渾な腰のすわった、少し大きめの立派な古書体で手ずから註が施されていた。丸天井がいまにもその知られざる墓穴へと崩れんばかりの見捨てられたこの修道院に、哀れみから取り残してもらったこのかわいそうな老僧侶はこうして己れの修道院の栄光をまだ夢みながら、ふるえる手で本の白い余白に何か忘れられた文章とか新しく収集した文章を書き記すのだ。

墓地にはトルコの墓地に見られるように、大きな糸杉が二、三本大きな影を落としている。この死の囲い地には修道院建立以来、四百十九体の死亡したシャルトルー会修道士が埋葬されている。雑草が厚く生い茂りこの地所を覆っているので、墓も十字架も墓碑銘も見えない。彼らは生存中そうであったように死んでからも慎ましやかに、雑然たる中に眠っている。この名もなき墓地には魂を休息させてくれる何かしら平穏で、静寂な雰囲気がある。真ん中に置かれた水飲み場は銀のように冴えた涙を流して、このかわいそうな忘却されたすべての死者たちを嘆き悲しむのだ。多くの聖人たちの灰で濾過された水をぼくは、一口ぐっと飲みほした。その水は死のように清澄で冷たかった。

しかも人間たちの住まいがみすぼらしいとしても、神のそれの方は立派である。本堂中央にはドン・ファン二世と奥方イサベリエの墓が安置されている。人間の忍耐力がこれほどの作品を完成できることに驚嘆するばかりだ。墓の台座はそれぞれ角に二頭ずつ、王国紋章入りの八つの楯形紋を支える計十六頭のライオン像がその役を果たしている。これに見合うだけの美徳の神々や、寓意的な人物たち、使徒、福音史家などをつけ加えていただきたい。これらの全体を通して、小枝や葉、鳥や動物たち、組み合わされた唐草模様を絡みつかせてほしい。これでもまだあなたはこの驚嘆すべき出来栄えをほんのわずか想像できるにすぎないのだ。冠を戴いた王と王妃の彫像が墓蓋の上に横たえられている。王は手に王権を持ち、考えられないほど精妙な枝葉模様、格子模様のある長いガウンを着ている。

アロンソ王子の墓は福音側（祭壇の北側）にある。王子は祈禱台の前に跪いた姿で表わされている。子供たちがぶらさがったり、葡萄を摘んでいる高浮き彫りの葡萄の木が一本、半ば壁にはめ込まれた像を囲むゴチック式アーチを尽きることなく気まぐれに花づな装飾で飾っている。これらの素晴らしい墓所は雪花石膏でできており、ヒル・デ・シロエの手になるのだが、彼はまた主祭壇の彫刻も作ったのである。並はずれて美しいこの祭壇の左右に扉が二つ開いており、そこから僧服という白い経帷子につつまれた二人の不動のシャルトルー会修道士が見える。おそらくディエゴ・デ・レイバ作のこの二体の人像は最初見た時は、まるで生きているように見える。ベルゲテ作の祈禱席がこの全体的効果の仕上げとなるのだが、こんな人里離れた田舎でこれほどの効果に出会えるとは全く驚きだ。

丘の頂から彼らはぼくらに、はるかかなたル・シッドとその妻ドニャ・チメーネの墓のあるサン・ペドロ・デ・カルデナの町を指し示して見せた。この墓に関して奇妙な逸話を話してもらえたので、間違いのない事実かどうかは保証の限りではないがその話を語っていくとしよう。

フランス人侵入の最中、ティボー将軍はサン・ペドロ・デ・カルデナからブルゴスにル・シッドの遺骨を運ばせようと思いついた。公共の遊歩道にある石棺にそれを安置して、この高潔なる遺骸の存在によって人民に英雄的で騎士的な感情を鼓吹しようとしてのことだった。人々がつけ加えて言うところによれば、高揚し熱狂的な戦闘気分の中で、尊敬すべき将軍は英雄の遺骨を自分の側に寝かせ、この栄光ある接触によって自分の勇気を増進させようとしたのだ。全くもって彼にはその必要もない用心だったのに。この計画は実施されず、ル・シッドはサン・ペドロ・デ・カルデナのドニャ・チメーネの側へと戻り、そこに結局は止まった。しかし抜け落ちて、引き出しにしまい込まれた彼の歯の一本はどうなったか分からないままに消失してしまった。ル・シッドの栄光に欠けているのは聖列に加えられることだけだ。死ぬ前に彼が、自分と一緒に例の名馬バビエサを埋葬してほしいと願うなどという不敬なるアラビア的異端的な考えさえ起こさなかったら聖列に加えられていただろう。そんな考えを起こしたために彼の正統性が疑われたのだ。ル・シッドに関してだが、英雄の剣はティソナと呼ばれ、リモナッド（レモネード）と充分すぎる以上に脚韻の合うティソナデではない事を、カジミール・ドラヴィニュ氏に注意しておきたい。いままで述べてきたことすべてには、ル・シッドの栄光に何か傷をつけようなどという気は少しも含まれていない。英雄という手柄ばかりでなく、ロマンセロの名も知られぬ詩人たちや、ギレン・デ・カストロ、ディアマンテ、ピエール・コルネイユなどに詩想を吹き込んだ手柄もある彼だもの。

＊6＊

堂々たる本物の郵便馬車、ガレール――バリャドリード――サン・パブロ――
『エルナニ』上演――サント・マリー・デ・ネージュ――マドリード

ぼくらがそれに乗ってブルゴスを後にした郵便馬車《エル・コレオ・レアル》は特別に説明しておくだけの価値はある代物だ。その手の型は廃止されてしまい、時代遅れのスペインでしか再びお目にかかれない古くさい馬車を思い浮かべていただきたい。大変に細い輻《や》をもつ広口の大きな車輪が、イサベリエ女王の時代に赤く塗られた車体のずっと後方に据えつけられてある。不恰好なあらゆる種類の窓が穿たれ、内部はずっと以前にはバラ色でもあったろうサテンの小さなクッションを敷いた大箱全体が、縫い目や何にも邪魔されることなく数色からなることに変わりないシュニユ紐の装飾品などで引き立てられている。この尊敬すべき四輪馬車は昔ながらにロープでつり下げられ、スパルタ織りの細紐で危険な場所にゆわえつけられている。この乗り物には、相当の長さになるだけ一列につながれた騾馬、これ以上ないほどモスクワ的な感じの羊皮のズボンをはいた御者と馬方《マイヨラル》が一組みつけられる。こうしてぼくらは呼び声、罵声、鞭音の渦巻くただ中を出発した。ぼくらは恐ろしい速さで進み、行程を駆け抜け、事物は漠たる影となって馬車の左右を夢幻的な早さで飛び去っていく。ぼくはこれ以上怒りっぽく、強情な御し難い雌騾馬を見たことがない。馬車に一頭ゆわえつけるためには宿駅ごとに大勢の手助けが必要だった。この悪魔のような動物たちは畜舎から後ろ脚で立って出てくるので、御者の一団が首にぶら下がるという方法でしかなんとかこれらを四つ足の状態に戻すことができないのだった。この獣たちが悪魔にとりつかれたようにこんなに癇の強さを吹き込まれているのも、次の宿屋に着けばえさが自分たちを待っていると思ってのことだとぼくは思う。というのもそれらはがりがりに痩せているからだ。小さな村を出ると彼女らは大変激しく後ろ脚で蹴ったり、飛びはねたりし始めたので、脚が引綱にからまってしまった。こうなると後ろ脚のけりと、想像もできないほどの棒打ちの音が混じり合う。雌騾馬が一列全部倒れ、おそらく一度もつながれたことのない馬に乗って先頭にいた御者が、つぶれたも同然の山の下から不幸にも鼻から血を出した姿でひきずり出された。出発を見送っていた彼の恋人は、これが人間の肺から出てくることができるとはぼくには信じられないほどの、胸も張りさけんほどの悲鳴をあげた。やっと紐のもつれをほぐし雌騾馬をもとどおり立ち上がらせることができた。もう一人の別の御者が負傷した御者と代わり、ぼくらは比べるものとてないほどの速さで出発した。通り抜けた地方は奇妙にも荒涼たる様子をしていた。そこは単調さを破ってくれるような一本の木もない不毛な大平原、遠く離れてやっと蒼く見える黄土色の山々や丘にまで続く大平原だった。時々ぼくらは練り土で建てられた土だらけの村、その大部分が廃屋と化した村々を通り抜けた。その日は日曜日だったので、弱々しい陽に照らされた黄ばんだこの壁に沿って、火口《ほくち》色のぼろ着にくるまったカスティリャ人が尊大に何列にも並んでミイラのように不動の姿勢で立ったまま、日光浴《トマル・エル・ソル》を楽しんでいる最中だった。一番物に動じることのないドイツ人でも一時間後には退屈で死ぬほどの気持ちになってしまうような気晴らしだ。しかしながらこの全くスペイン的な娯しみもその日は大いに無理もなかったのだ。というのもひどい寒さで、風が荒れ狂ったように、雷のような音や、青銅の天蓋の上を走る金具を一杯つけた四輪馬車のような音を立て平原を吹きわたっていたからだ。ぼくにはホッテントット族の村落やカルムーク族の野営地でさえ、何かこれほど未開で野蛮な原始的なものに出会えるとは思えない。停止したのを利用して、ぼくはこの小屋の一つに入ってみた。そこは中央に加工しない自然石の炉がある、屋根に煙抜きの穴を一つつけただけの窓のないあばら屋だった。壁はレンブラントにもふさわしいような瀝青で黒褐色になっていた。

　夕食はトㇽレケマダの廃墟と化した昔の城塞にふさがれた小川に面して建つ宿屋《プエブロ》でとった。トㇽレケマダの町は窓ガラスが完全にないという点で人目をひく。窓ガラスがあるのは宿屋《パラドール》だけで、こんな前代未聞の贅沢にもかかわらず、この宿屋もやはり台所は天井に穴を一つあけているだけなのである。エジプト豆《ガルバンソイ》を何粒か飲みこんだあと、――この豆はタンバリンに入れた鉛の粒のようにぼくらの腹の中で鳴っていた――ぼくらは箱馬車に戻り、野外競争が再開された。雌騾馬の後ろにつながれたこの馬車は虎の尾につけられたシチュー鍋のようだった。その物音が騾馬を一層興奮させるのだった。道の真ん中で燃やされている麦藁の火を見て、あやうく彼らは暴れ出さんばかり。騾馬たちは大変怯えていたので、反対方向から別の馬車がやって来るような時には手綱をひきしめ、目の上を手でふさいでやらなくてはならなかった。騾馬に引かれる馬車が二台でくわすと、どちらか一方が転倒せざるを得ないというのが一般法則だったが、ついに来るべきものが来たのだ。ぼくはそれが旅行中の習慣どおり、何か詩の半句を頭の中であれこれひねくり回している最中だった。するとその時、ぼくの正面にすわっていた友だちがすばやく放物線を描きながらぼくの方へ飛んでくるのが見えた。この奇妙な行動のあとにはものすごい衝撃と全体にわたってめりめりという音が続いた。曲線を描き終わりながら彼は「死んじゃいないだろうね」とぼくに聞いた。――「全くぴんぴんしてるさ」とぼくは答えた。「君の方はどうだい」――「ほとんど大丈夫さ」と彼はぼくに答えた。それでぼくらはできるだけ迅速にあわれな馬車の壊れた屋根から外に出てみると、馬車はこなごなに壊れていた。十五歩ばかりの畑の中に、ぼくらの銀板写真機の箱があたかもそれがまだシュスの店前で一心に株式市場の柱廊を眺めているかのように、疵一つなく元のままでころがっているのを見てぼくらはえも言われぬ満足感を覚えた。騾馬の方はと言えば走り去り、恐ろしい早さで馬車の前部と二つの小さな車輪を運び去ってしまっていた。ぼくらの被害額はボタン一個に終わった。これはすごい衝撃ではじけ飛び再び見つけることはできなかった。これほど華麗に転倒するのは全く不可能だろう。

　ぼくが目にした最も滑稽きわまる事の一つは、ぼろ馬車の残骸の上で悲嘆にくれる馬方の姿だ。彼はちょうどガラスを壊したばかりの子供のように、その破片をつなぎ合わせてみたりして損害が取り繕いようがないのが分かると、急に呪いの言葉を吐きちらし、地団太を踏み、握りこぶしでわが身を打ち、古代式に極度の苦悩を真似て地面をころげ回ったりした。そうでなければ今度は涙まじりに悲痛な愁訴にふけるのだった。特に彼を悲しませたのは、ひきちぎれ埃に汚れあちこちに横たわるバラ色のクッションの運命だった。このクッションは御者たる彼の想像力が想い描ける最も素晴らしいものだったのだ。それでこれほどの華々しさが消失したのを目にして彼の心は血を流さんばかりに悲しんだのだ。

　ぼくらは笑うべき時じゃないのに折悪しく狂人みたいな笑いの発作におそわれたけれど、ぼくらの立場もそれほど楽しいものじゃなかった。ぼくらの騾馬は煙と消え失せ、残されているのはもはや車輪のない壊れた馬車だけだったから。幸いにも宿屋《ベンタ》はそれほど遠くなかった。ガレールが二台探しにやられ、これがぼくら、というのはぼくらとぼくらの荷物を引き受けてくれた。ガレールという名はまさにぴったりで、うなずけようというものである。それは板敷きも底もない二輪か四輪の荷車だ。葦製の綱で内側に一種のネットが作られ、そこへ旅行鞄や荷物を置くようになっている。その上にマットレスをしくのだが、これがスペインのマットレスそのものであり、どうしたってあなたは出鱈目に積み重ねられた荷物の角の痛さを感じざるを得ない。忍耐強い連中はこの新種の拷問台の上でできるだけ一緒に身をよせ合う。聖ロランやガティモシンの火あぶり台もこの拷問台の側に置いたらまるでバラの褥だ。というのもそこでは少なくとも体の向きを変えることだけはできたから。囚人たちを郵便馬車の座席にすわらせて護送させる博愛主義者たちはスペインを訪ねて、世にも何の罪もない人々がガレールに乗るのを余儀なくされているのを見たら何と言うだろうか。

　いかなる種類のバネもついていないこの結構な乗り物で一時間にスペイン式の四里、すなわちフランスで言えば五里も進んだのだ。これは最高に良好なる道を最高の装備を持つ郵便馬車で走るより一里多く走ったことになる。もっと早く進むにはイギリス産の競争馬や狩猟馬が必要だったろう。それにぼくらが辿る道はでこぼこした登り坂や、急な傾斜などで遮られていた。急斜面を最高のスピードでかけ降りたのだ。断崖の底へと転げ落ちこっぱみじんに砕け散らないためには、スペイン人の御者や馬方の全き自信と巧みな手綱さばきが必要だ。そうでなかったらぼくらは一度どころかしょっちゅう転倒していなくてはならなかったろう。

　ぼくらは目を回させたり、鼠とりの壁にぶつけて殺そうと振りまわされる鼠のように揺すぶられた。だからぼくらが疲労困憊と憂鬱な気分に屈しないためには、急峻なる景色が見せる完全なる美しさが必要だった。峻厳なる稜線と落ち着いた地味な色合いを持つこれらの美しい丘が、絶えず消えては再び現われる地平線に様々の得も言われぬ風情を付与していたので、ガレールの揺れも帳消しどころか充分すぎる以上に埋め合わせがついた。ドカン描くところの『兄弟に売られたヨセフ』の遠景を思わせるこの東洋的な簡素な風景に、とある村や城塞状に建てられた古い修道院などが変化をつけていた。

丘上にあるドゥエニャスはまるでトルコ墓地のように見える。自然のままに岩に穿った地下室はターバン状の広口の小塔から空気を取るのだが、これらの塔は非常に奇妙なイスラム教寺院の長尖塔にも見間違えるほどだ。ムーア的な外観を持つ教会がこうした錯覚の仕上げとなる。左手の平原にはカスティリャ運河が時々見え隠れする。この運河はまだ完成していないのである。

トリゲロスの宿屋で、ぼくらの馬車には奇妙な美しさをもつバラ色の馬が一頭つながれた（雌騾馬に頼ることはやめたのだ）。この馬を見れば、ウジェーヌ・ドラクロアの『トラヤヌスの裁定』中のあれほど批判された馬も十二分にその正確さが実証されるのだ。天才はいつでも正しいのである。彼が創造するものは実在し、自然の方こそが天才をその最も奇抜な空想までもほとんど模倣してくるのだ。両側が大分記念物めいたところのある控え壁がアーケード状になった、盛り土された道を通り抜けるとついにバリャドリードに入った。へとへとだったが鼻はもとのままだったし、腕も新しい人形の腕のように黒いピンがなくても上半身にまだついたままだった。両の脚については話さないでおこう。イギリスのすべての針を刺したように痺れ、目に見えない十万匹の蟻の足《パラドール》がうごめいていた脚については。

ぼくらは文句のつけようのないほど清潔な素晴らしい宿屋に泊まった。広場に面して広がるバルコニーがつき、色つきの茣蓙じゅうたんを敷きつめ、黄色と林檎の緑色にデトランプ塗りされた仕切り壁のある立派な部屋が二つ提供された。今までのところ、すべての旅人たちがスペインの宿屋に対して向ける、不潔だとかがらんとして殺風景だとかいう非難がもっともだとぼくらに信じさせてくれるものは何一つない。ベッドに必ずいるという蠍《さそり》もまだ見つけたことがないし、確実に登場するという虫類も現われていない。

バリャドリードはほとんど全体にわたって人影の見えない大きな町だ。二十万人は収容できるのに住民の数はやっと二万人そこそこなのである。これは優雅でしっとりとしたたたずまいの清潔な町で、すでに東洋が近いことを思わせる風情を感じさせる。サン・パブロ教会の正面は上から下まで、ルネサンス初期の目を奪うばかりの彫刻に覆われている。正面玄関の前には、出来うる限りのあらゆる姿勢でカスティリャの紋章の楯形を持つ獅子像を上に頂く花崗岩の柱列が縁石のように並んでいる。真向いには類いまれな美しさを持つ大メダルが刻まれた、驚くほど優美な拱廊式の中庭がついたシャルル五世時代の宮殿がある。この珠玉のような建物の中で、公社が恥ずべき塩とぞっとする煙草を売り出しているのだ。幸いサン・パブロ教会の正面は広場に面しているので、偶然にもその姿を銀板写真におさめることができる。写真に撮るのも、たいていいつでも山のような家々や憎むべき露店などが密集した中にはさまった中世の建築物に関しては、これでなかなか難しいのである。しかし、ぼくらがバリャドリードに滞在中ずっと止むことなく雨が降り続いていたので、試しに一枚撮ってみるということもできなかった。ブルゴスでは俄雨越しに二十分ばかり太陽が出たので、大聖堂の二つの尖塔と正面玄関の大部分を非常に鮮明、明確に写し取ることができたのに、バリャドリードではこの二十分さえ手にすることができなかった。町には魅力的な建物が一杯溢れているだけにこの事は一層ぼくらには残念だった。図書館のある建物、町ではこれを美術館にしたがっているのだが、この建物は最高に見栄えのする精妙な作りになっている。浅浮き彫りよりも版画を好むあの小器用なだけの修復者たちの何人かがその驚嘆すべき唐草模様を恥ずべき事に削り落としているにもかかわらず、この建築物が一個の優美なる傑作たるに充分なだけの唐草模様はまだ残っている。あの同じサン・パブロ教会広場に面する宮殿の角にV字形に切れ込み、全く独創的な様式の見晴らし場《ミラドール》をなしている内バルコニーを、デッサン画家のためにお薦めしたい。二つの迫持をつなぐ小円柱は大変に巧妙なる形につくられている。案内人が説明するところによれば、恐ろしきフェリペ二世が生まれたのはこの屋敷においてなのだ。ローマのサン・ピエトロ大寺院式の様式で、エレーラの手になる花崗岩製の未完成の巨大寺院の一部についてもまた言及しておこう。この建築物はカルロス一世の憂鬱なる息子の陰気なる気まぐれの産物たるエスコリアル宮殿のために日の目を見ずに打ち捨てられたのである。

ぼくらは閉めきった教会の中で、修道院廃止にともない上からの命令でそこに集められた絵のコレクションを見せてもらった。このコレクションは教会や修道院を略奪した者たちが優美なる芸術家であり、驚嘆すべき目利きであることを証明している。というのも彼らが打ち捨てていったのは、その最上のものでも骨董商のところで一五フランにも売れないようなひどい愚作だけだから。美術館には何とか合格点の絵が数点あるけれど、それ以上の最高級の作品は一つもない。逆に、多くの木製彫刻や多くの象牙製のキリスト像などが仕上がりの実際的な美しさよりもむしろ、その古さと作りの大きさによって人目をひく。それに、骨董品を買いにスペインに行く人々は大いにがっかりさせられることになる。貴重なる武器も珍しい版も原稿も、何一つないのだから。

大変に広くて美しいバリャドリードの憲法広場はその回りを、ただ一個の塊から切り取った見事な青色がかった花崗岩でできた大円柱に支えられた家々に取り囲まれている。鮮やかな緑に塗られた憲法宮殿は、小王妃がこの国で呼ばれている言い方で言うと無垢なるイサベリエ、彼女を称える碑銘とパリ市庁舎のそれのように夜間は照明される日時計（この新奇な発明物は住民を大いに楽しませているように見える）に飾られている。支柱の下には無数の仕立て屋、帽子屋、靴屋、スペインで最も繁盛している三つの職業が店をかまえている。主要なカフェがあるのはそこであり、住民の動きは全部この地点の方へと集中しているようだ。町のそれ以外の場所では、かろうじてあなたはまれなる一人の通行人、水を買い求めにいく一人の女中、あるいは自分の前へと驢馬を追いたてていく一人の農夫に出くわすだけだ。この寂寥たる印象は通りの数よりも広場の数の方が多い町が占める広大な地表面積によって一層強められる。大門わきの広場《カンポ・グランデ》は十五の修道院に取り囲まれているけれど、さらにもっと多くを収容できるだろう。

その晩、劇場ではスペインで大いなる評価を得ている劇詩人ブレトン・デ・ロス・エルレロス氏の芝居が上演されていた。この芝居には次のような大分おかしな題名がついていた。エル・ペロ・デ・ラ・デサ、これの意味は文字通り「牧場の皮」であり、理解していただくのがなかなか難しい諺的な表現だけど、ぼくらの国の諺で言うと「鰊はいつでも鰊臭い（お里は知れる）」に相当する。生まれのいい娘と結婚することになっているアラゴン人の百姓、それでも自分がどう頑張っても決して上流階級の人間になれっこないと分かるだけの分別は持っている男が主人公である。この芝居のおかしさは方言とアラゴン地方訛りの非の打ちどころのない模倣にあるのだが、これは外国人にはほとんど感じとることのできない長所ではある。民族舞踊はビトリアのそれに比べてそれほどぞっとする気味悪いものではなかったが、やっぱりはなはだ平凡だった。翌日はドン・エウジェニオ・デ・オチョア翻訳のヴィクトル・ユゴー作『エルナニあるいはカスティリャ人の名誉』が上演されることになっていた。ぼくらはこれほどの出し物は見のがさないよう注意した。劇作品は大衆の要求を満足させるために削らなければならなかったいくつかの節や場面を除けば、一字一句細かなところまで正確に訳されていた。肖像画の場面は完全に除外されているが、これはスペイン人がこの場面を自分たちに対する侮辱と見て、自分たちが遠回しに笑い者にされていると考えるからだ。同様に第五幕でもたくさんの削除がなされている。概してスペイン人は自分たちのことが詩的に語られると憤慨する。彼らは自分たちがユゴーやメリメ、一般にスペインに関して何かを書き残した人々すべてによって中傷されたと主張するのだ。確かに……中傷されてはいる、しかし美しく中傷されているのだ。彼らは全力を傾けて『ロマンセロ』や『東方詩集』のスペインを否認する。彼らの主なる自負の一つは自分たちが詩的でもピトレスクでもないことなのだ。残念ながらこれでこれらの自負も正当すぎるほど正当化されたわけだ。劇は巧みに演じられた。バリャドリードのルイ・ゴメスは確かにリシュリュー通りのルイ・ゴメスに勝るとも劣らなかったが、こう言っただけでは誉め足りないほどだ。毒殺される反抗者エルナニに関して言えば、俗悪なトゥルバドゥール風の衣裳を身につけるなどという陰気な気まぐれを起こさなかったら非常に満足のいくものになっていただろう。ドニャ・ソルはマルス嬢とほとんど同じぐらい若かったけれど、彼女ほどの才能は持っていなかった。

バリャドリードの劇場はかなり見事な形をし、内部はただ白だけで塗られ、グリザイユの装飾品で飾られているだけなのに、その見た目の印象は美しい。背景画家は妙な考えを起こして前桟敷の仕切り壁に、巧妙に模した水玉模様のあるモスリン地のカーテンに飾られた窓を描いているが、桟敷席のこれらの窓は奇妙に見える。二階正面桟敷や桟敷席前面は刳形の手すりで透かしになっているので、御婦人たちが可愛い足をお持ちかどうか、靴のはき具合は見事かどうか、さらには彼女らのくるぶしがすらりとしているかどうか、靴下がぴっと伸びているかどうかさえまでも目にすることができる。それでも、この点ではほとんどいつも非の打ちどころのないスペイン女性たちにとっては、これもさほど困ったことにはならないで済む。ぼくはぼくの文学上の代理人の魅力的な文芸時評を通じて（というのも『ラ・プレス』紙はこれらの未開の地にまで浸透しているのだから）、新オペラ・コミック座の二階桟敷がこのシステムで建てられたことを知った。

バリャドリードを出ると景色は一変し、荒地《ランド》が再び姿を現わす。ただボルドーの荒地よりも発育の悪い緑の柏の叢林が余計にあるし、松の木はもっと裾が広がりパラソルの形に近くなっている。それ以外は同じような不毛、人の住まない縹渺、荒涼たる様、あちらこちらに反徒の群れに掠奪され焼かれた村々の名前に飾られた残骸の山がいくつか見える。そこにはぼろ着をまとい弱々しげな顔付きの住人がまれではあるがさまよっている。絵のように人目を引きつけるものとしては、いくつかの女性用ペチコートがあるだけだ。このペチコートは花鳥を描いた数種類の色合いからなる刺繍で華やかさを増した非常に鮮やかなカナリアの尾のような黄色からなっている。

夕食のために止まったオルメドの町はすっかり廃墟と化している。通りは全体にわたって荒涼として人気もなく、中には崩れた家々に遮られた通りもある。広場という広場には雑草がはえている。聖書中で歌われるあの呪われた町々のように、間もなくオルメドには頭の平らな蝮、近視のふくろう以外の住人はいなくなり、砂漠の蜥《とかげ》が祭壇の石の上を腹部のうろこでこすりながら歩くことだろう。壊れた古代の城塞が帯状に取り囲み、慈悲深いきづたが緑のマントで穴が大きくあいたり亀裂のあるむき出しの塔を覆っている。大きな美しい木々が、この城壁に沿って立っている。時と戦火による被害を自然ができるだけ修復しようと努めているのだ。スペインの人口減少は驚くほどで、ムーア人の時代から三千二百万の住民を数えていたのに今はせいぜい一千万か一千百万人を数えるのみだ。ほとんど望むべくもないが幸運なる変化とか、結婚生活における異常な多産でもないかぎり、かつて栄えた町々も全て打ち捨てられ、煉瓦や練り土の残骸物は、町も人間もすべてを飲み込む大地の中へと見わけのつけようがないほどに溶け入ってしまうだろう。

ぼくらが夕食をとった部屋では、豊穣の神のシベール女神のような恰好のでっぷりふとった女が一人、布で覆った長方形の籠を腕の下にかかえながらあっちこっちと歩き回っていた。この籠からは幼子の呻き声にかなり似たところのある、鋭い嘆くような小さな呻き声が洩れ聞こえた。これにぼくは大いに好奇心を刺激された、というのも籠はとても小さかったので、絶対に極小の驚くべき子供、市で見せ物になるのがふさわしい小人《こびと》しか入っていようがなかったからだ。その謎はすぐに明らかにされた。乳母(彼女は乳母の一人だったのだ)は籠からミルク・コーヒー色の小犬を取り出すと、隅に座り新種のこの乳飲み子にいとも厳粛な面持ちで乳をふくませた。彼女はマドリードへ向う途中で、着いたらその場ですでに乳母になれるように乳が枯れるのを心配している乳母《パシエガ》だったのだ。

オルメドを発つと、景色は変化に富んだ趣きを見せてくれなくなる。ただ少なくともぼくは宿に着く前に、素晴らしい太陽の効果を目にした。光輝く光線がずっと遠くの山脈の側面を照らし出し、その細かな部分までがすべて驚くほど鮮明に浮き上がっていた。影に満たされた側はほとんど見えず、空は鉛のような色を帯びていた。誰か画家がこうした印象を正確に表現したら不正確で誇張しすぎだと非難を受けることだろう。今度の宿屋は今まで見た宿屋よりもはるかにスペイン的で、それぞれ四、五台のベッドがあり、石灰乳で白塗りされた部屋に取り囲まれた大きな馬小屋からなっていた。がらんとして寒々とみすぼらしい感じではあるが、不潔では決してなかった。食堂には未曾有の贅沢品! テレマコスの冒険を描いた一連の版画さえあった。セレスタン・ナントゥーユと友人バロンがユリシーズの陰気な息子の物語を名高くした挿絵入りの魅力的な渦巻き模様で囲まれた版画でなくて、サン・ジャック街がそれで世間を満たしているあの彩色された見るも恐ろしい拙い絵が。ぼくらは朝二時に再び出発した。太陽の最初の光で物が見分けられるようになると、ある光景が見えたがこの光景をぼくは生涯忘れないだろう。確かサント・マリー・デ・ネージュだったと思うけれど、こう呼ばれる村でぼくらは馬を取り替えたばかりだった。縦走することになっている山脈の現われ始めた最初の頂を登っているところだった。まるで巨大都市の廃墟といった趣きで、建築物の形をした花崗岩の巨大な塊が四方八方から聳え立ち、空にくっきりと幻のバベルの塔のシルエットを浮かび上がらせていた。こっちの方では他の二つの岩と岩の間に横に落ちた平らな石が、ドルイド教のメンヒルやドルメンと見まごうほどの形をなしていたり、もっと先の方では柱身の形をした一続きのハーケンが柱廊や記念門を表わしていた。時としてそれはもう、その最高の沸騰状態の時に凝結してしまった花崗岩のカオス、大洋でしかなかった。これらの岩の青灰色が一層眺望の奇抜さを増していた。石の間から絶えず岩清水の泉がぼうっと霞んだ霧雨となって噴き上げたり、水晶の涙のようにしみ出ていた。特にぼくを魅了したのは、溶けた雪が岩窪に溜まってエメラルド色の芝に縁取られたり、陽の光にも頑強に溶けずに残った雪が銀色の輪の中にはめ込まれて小さな湖を作っていることだった。雪がちゃんとした道や絶壁の上に白く目を欺くように一面に積もり広がっている時、道路を見分ける役に立つ柱がところどころに立ち、何やら記念碑めいた様子を道路に与えている。いたるところで急流が渦を巻き音を立てる。道はこれらの急流を、スペインでしょっちゅうお目にかかるあの空積《から》みした石橋によって飛び越すわけだ。一足ごとにこうした橋に出くわすほどなのだ。

山々が段々と高く切り立ってくる。山を一つ越えたかと思うと、最初は目に入らなかったもう一つの別のもっと高い山が姿を現わす。騾馬だけでは満足に用をなさなくなり、雄牛の助けを借りなくてはならなかった。そこでぼくらは馬車を降り、歩いて残りの山脈《シエラ》をよじ登った。ぼくは実際、この澄みきった、肌をさすような空気に酔ってしまい、自分があまりに軽やかで、浮き立つような、全身が興奮につつまれるような気がして、叫び声をあげ、若い子山羊のように跳ね回ったりした。あまりに青く、ぼうっと霞んで柔らかそうなこれらの魅力的な断崖のすべてに、ぼくはまっ逆さまに飛び込みたい欲求に駆られた。できることなら滝をころげ回り、あらゆる泉に両足をひたし、それぞれの松の木から一枚ずつ葉をとって、光輝く雪の中をころげ回り、この自然全体と一体になり、原子のようにこの広大な自然の中に溶けてしまいたかった。

日光の下で、高い梢は雨のように銀片をちらした踊り子のスカートのようにぎっしりとうごめくように光輝いていた。なかには頂が雲の中に突き入り、それと感じとれないほどゆるやかに空に溶け込む梢もあったが、それというのも雲ほど山に似ているものはないからだ。それはペンや絵筆では、いかなる業《わざ》をもってしてもその様を伝えることのできない急斜面、起伏、色調、形であった。山々は人々がそれについて夢見るすべてを現実のものとして見せてくれるのだ。これこそ並大抵でない称賛の言葉なのである。ただ人々は山がもっと大きいと想像するのだが、その大きさは比較によって初めて感じ取れる。遠くで見たときは一本の草と見えたものがよく見ると高さが六〇ピエもある一本の松の木だと気がつくのだ。

盗賊の待ち伏せには絶好のとある橋の曲がり角に、十字架つきの一本の円柱があるのが目についた。それはマノアイラーダ（怒れる手）のせいでこの峡谷でその最後を終えた哀れな男の記念碑だった。時々ぼくらはバックルでしめた革製の上着、幅広の股引き、縁の大きな帽子という十六世紀の衣服を着て旅するマラガ人や、山人のペチコートに似た白リンネルのズボン下をはき、頭の回りにハンカチを結び、青の縁取りがある、古代の脛当《クネミス》て式に足の部分のない白いゲートルを当て、強烈な色の帯が横縞となって走る長い布切れ（カパ・デ・ムエストラ）を肩先にいかにも優美にラシャで結びつけたバレンシア人たちに出くわした。目にふれる彼らの皮膚の色はフィレンツェのブロンズ像のように鹿毛色だった。

ぼくらはまた、鈴や総飾りや雑色模様の覆いをつけ、えも言われぬ魅力的な流儀でつながれた騾馬の行列や銃を携えた馬方《アリエロ》たちを見た。望んでいた風趣がふんだんに姿を現わし、ぼくらはすっかり魅了された。

上に登るに従って雪の層がますます厚く広くなってきたが、太陽光線を浴びて山は涙の後ろで笑顔を見せる恋人のようにきらきら光輝いていた。水精たちの乱れ髪の毛のように細く、ダイヤモンドよりも澄んだ小川がいたるところからばらばらの方向にしみ出していた。必死になって登ったおかげで一番高い峰に着いた。ぼくらは山の斜面で、旧カスティリャ地方の境界線をしるす花崗岩の大きなライオン像の台座の脚に腰をおろした。向こう側はいよいよ新カスティリャ地方なのだ。

ぼくには植物学上の呼称は分からないけれど、砂岩の割れ目に咲くバラ色の美しい一輪の花を摘もうという気まぐれを起こして、ぼくらはエスコリアル宮殿の建築工事の進捗具合を見ようとフェリペ二世が腰かけられた場所だと案内人が教えてくれたとある岩に登った。これは言い伝えが信用できないのか、フェリペ二世が驚くほど目が良かったかのどちらかだろう。

馬車は切り立った坂道沿いにやっとの思いでよじ登ってきてやっとぼくらに追いついた。雄牛をはずし、斜面をガロップで降り、記念物としてはフェリペ二世建立の花崗岩の噴水しかない、山のふもとにうずくまるグアダルラマという小村に夕食のために止まった。グアダルラマではおかしな事にふつうの料理の順序とは逆に、デザートに山羊乳スープが出た。

マドリードはローマのように周りを、何をもってしてもその様子を伝えることができない荒涼たる不毛の、乾燥しきった物悲しい平原に囲まれている。一本の木も、一滴の水も、一本の緑の植物もなく、水気など少しもない黄色い砂と鉄灰色の岩があるだけだ。山から遠ざかってみるとそれはもはや岩でさえなく、大きな石となる。時々、埃まみれの宿屋《ヴェンタ》、地平線上にその鼻先を見せているコルク色の鐘楼、これに関してはすでに報告済みのあの荷馬車を引っぱる憂鬱そうな顔の大きな雄牛が見える。馬とか騾馬にまたがり鞍尾に銃を置き、目深にソンブレロをかぶった粗暴な顔付きの農夫が一人見えたかと思うと、そうでなければ再び、細切りの麦藁を細なわのネットでくくって運ぶ白っぽい驢馬の長い列が見える、これだけなのだ。先頭を行く驢馬、大佐格の驢馬はいつでも長耳族階級における優位性を示す小さな羽飾りとか総飾りをつけている。

　数時間後、この数時間は早く到着したいという急いた気持ちのためにそれ以上に長く感じられたのだったが、ぼくらはついにマドリードを大分はっきりと目にしたのだ。数分後ぼくらはイエルロ門を通ってスペインの首都に入場しようとしていた。馬車はまず、頂を切りとられずんぐりした木々が植えられ、水汲み場として使われる煉瓦の小塔が並ぶ並木道を進んでいった。こんなふうに話題を急に変えるのはほめられたことじゃないけれど、水に関して言うとぼくはあなたがたに言い忘れていたのだが、もっと穏やかな川に架けられるのがふさわしいような橋を通ってぼくらはマンサナレス川を渡ったのだった。続いてぼくらは、衆目一致して良き趣味と呼ばれるあの建築物の一つである女王の宮殿に沿って進んだ。宮殿がそのせいで高くなっているテラスが建物に荘大なる外観を付与している。

　税関検査を受けたあと、ぼくらはアルカラ通りと遊歩道のすぐ近くにあるカバレロ・デ・グラシア通り、友愛荘に旅の身を落ち着かせた。ちょうどこの宿屋にはラ・ヴィクトワール公爵婦人エルパルテト夫人が御宿泊中だった。ぼくらは取るものも取り敢えずすぐ、年期の入った闘牛士にしてアマチュアの臨時雇いのぼくらの召し使いマヌエルをやって、次の闘牛用の切符を買ってもらった。

## ＊７＊

### 闘牛——槍方《ピカドール》セビリャ——目にも止まらぬ突き刺しわざ

あと二日待たなくてはならなかった。ぼくには日々がこれほど長く思われたことがなかった。じりじりとした待ち遠しい気持ちをまぎらすために、ぼくは大通りの角に張られたポスターを十回以上も読み返した。ポスターに途方もない約束が書かれてあった。最も名高き牧場の雄牛が八頭、槍方はセビリャとアントニオ・ロドリゲス、太刀方はエル・バルベロとも呼ばれるファン・パストールとギレウ。そして観客に対して、オレンジの皮とか闘牛士を傷つけるおそれのある他の砲弾を闘牛場に投げつける事を禁止する言葉でしめくくられていた。

スペインでは牡を殺す人を指すのにマタドールという言葉はほとんど使われず、エスパダ（剣）と呼ぶのだが、これの方がより特徴を言い表わしているし、気高い言葉だ。同様にトレアドールとは言わずにトレロと言う。事のついでにぼくは、ロマンスやオペラ・コミックの中で地方色を出そうと努める人々のためにこの有効なる情報を与えておこう。闘牛はメディア・コリーダ、半闘牛と呼ばれている。というのはかつては朝に一回、夕方五時に一回、これで一つの闘牛全部をなしていたのだ。計二回が月曜日ごとにおこなわれていたからだ。夕方の闘牛だけが残されているわけだ。

スペインでは闘牛に対する趣味が消えつつあり、文明が間もなく闘牛を完全に消してしまうだろう、という声が繰り返しいたるところで聞かれる。文明がそんなことをするとすれば、それは文明自体にとって残念なことだろう。というのは闘牛は人間が考えうる最も素晴らしい見物《みもの》の一つだから。しかしまだそうなる日は来ていないし、だから消え去るどころではないと逆のことをとなえる神経質な作家たちは、この残酷な気晴らしへの趣味がまだまだなくなるどころではないことを確信しようとするには、月曜日の四時から五時の間にアルカラ門へと足を運んでみるだけでいい。

闘牛日ディア・デ・トロス、月曜日は休祭日で、誰一人働く者はなく、町じゅうが喧噪状態につつまれる。まだ入場券を手に入れてない人々は、どこか空席が見つかるんじゃないかと思いつつ、前売券売場のあるカレタス通りへと大股で歩いていく。というのもこの巨大な円形競技場は配置があまり称められたものじゃなく、全体が番号をうたれた仕切り席に分かれているからだ。こうした習慣はフランスの劇場でも真似されるに違いない。町のいくつもの通りの多くの人並みが一度にはき出され大道路アルカラ通りは、歩行者や騎乗の人や馬車で溢れんばかり。その埃まじりの車庫から二頭立て四輪馬車やこれ以上ないほど時代遅れのとんでもない小二輪馬車が出てきて、信じられないほどおかしな牛馬や大変奇妙な騾馬などが白日の下に姿を現わすのはまさにこのお祭り騒ぎのためなのだ。二頭立て四輪馬車はナポリのコリコリを思い出させる。赤い大きな車輪、程度に違いはあるけれど寓意的な絵で飾られ、古い緞子、総飾り、絹総つきのサージュなどで裏打ちされ、スプリングのない車体、さらにその上、非常におかしな印象を与える何かある種のロココ風の外観。長柄にすわった御者はその位置から全く自分の思うがままに騾馬を叱咤したり鞭打ったりできるし、こうすることでお客に席を一つ余計に残しておいてやるわけだ。何であれ一頭の四足動物の長柄にひっかけることができると同じだけの羽飾り、玉総、総、総縁飾り、鈴などで騾馬は美しく飾り立てられている。四輪馬車にはふつう、後ろにぶらさがった子供たち《ムチャチョス》の一団は別にして、娘さん《マノラ》一人とその女友だち、それに彼女のいい男《マノロ》が乗る。これらが全部、埃と叫び声の渦の中を風のように進んでいく。四、五頭の騾馬をつけた幌つき四輪馬車もあるにはあるけれど、それと同じ代物はもう、ルイ十四世の狩猟場面や勝利した戦闘場面を描いたヴァン・デール・ムーランの絵の中にしか見出せない。これらの乗り物がすべて利用されるわけだが、というのもマドリードでお針子をする娘っこたちの間で、上品な振る舞いというのは四輪馬車で闘牛広場《プラサ・デ・トロス》に行くことだからだ。彼女らはマットレスを質に入れてその日のお金を手に入れる。ウィークデーだって確実に身持ちがいいとはとても言えない彼女らは、毎日曜日と月曜日は確実に身持ちの方はより悪くなるわけだ。馬に乗り、鞍の前輪に騎馬銃をさしてやってくる地方の人々も見えるし、他にも驢馬に乗り一人だけであるいは奥さんづれでやってくる連中もいる。これで全部だが、これには上流社会の人々、折りたたみ式の幌つき四輪馬車、マドリードの紳士連、せき立てられるように足を速めるマンテラを被った淑女たちの群れは数えていない。というのも今しも、ラッパ手を先頭に騎乗の国民軍分遣隊が前進してきて人々を闘技場から撤退させようとするからだし、ぼくらはどんなことがあろうとも、闘牛場から立ち退き、角をもつ剣闘士が閉じ込められている密閉牛舎《トリル》の鍵を闘牛係の少年に投げてやったあとでお巡りさんが息せききって逃げ出す様子を見のがしたくないからだ。牛舎《トリル》は倒された牛の皮をはぐ屠場《マタデロ》の真向いになっている。闘牛たちは前日のうちに、それも夜間にマドリード近くの牧場に連れてこられる。アロイッヨと呼ばれるこの牧場は闘牛ファン《アフィシオナドス》の散歩の目的地となっているのだが、この散歩には幾分の危険がないわけではない。というのも闘牛は放し飼いにされているからだし、駆り立て人も彼らをおさえておくのは並大抵の苦労ではないからだ。続いて闘牛たちは、この役目になれた老牡牛を凶暴なこの群れの中に混ぜておくというやり方でエンシエㇽロ（円形競技場の馬牛舎）へと入れられるのだ。

闘牛場はアルカラ門外、右手にある。ついでに言っておくと、アルカラ門は凱旋門のように戦勝記念品や他に雄々しい装飾品を飾った見事な門である。そこは壁が石灰で白塗りされ、外側には何一つ目をひくものもない巨大な円形競技場である。みんなは前もって入場券を手に入れているので、少しの混乱、支障もなく入場が実行される。みんなはそれぞれ自分の席によじ登り、自分の番号に従って腰かけるのだ。

内部配置はこうなっている。高さが六ピエの、雄牛の血のように真っ赤に塗られた板で作られ、それぞれ両面の地上二ピエばかりのところに骨組み状に組んだ縁を付けた円形の柵が、まさしくローマ式の大きさを持つ闘牛場の周りをぐるりと覆っている。それらの縁は牛の刺激役《チュロス》や尻打ち師《バンデリリエロス》らが闘牛に激しく追いつめられすぎた時、それに足を掛けて向こう側へ飛び移るためのものだ。この柵はラス・タブラと呼ばれ、座席サービス、闘牛の入場、死骸の撤去、等々用に四つの門があけられている。この柵の後方にはもう少し高いもう一つの別の柵があり、手前の柵との間に一種の廊下のようなものが作られてある。その場所には疲労した怒らせ役《チュロス》、古参のキャリアのある相棒が負傷したり殺されたりした場合に備えて完全武装したまま鎧に身を固めいつでもその場に待機していなくてはならない代わりの突き手《ソブレサリエンテ》が控えている。止めを刺すための《カチェテロ》闘牛士がいることもあれば、辛抱強く粘りに粘ったあげく、規則で禁止されているにもかかわらずこの幸いなる廊下にもぐり込むことができた何人かの闘牛ファン《アフィシオナドス》がいることもある。パリでオペラ座の舞台裏への入場許可がそうであると同じぐらい、スペインではこの廊下への入場許可が熱心に求められているのだ。

興奮した闘牛が一番目の柵を飛び越えることがよくあるので、二番目の柵には牛がさらにもう一度飛ぶのを防ぐ役目の網状のつなが張られてある。数人の大工が斧や槌を持って、柵に関して発生しうる被害をいつでも修復できる用意を整えている。だから言ってみれば、偶発事故は起こりえないわけだ。しかしながら、専門用語でムチャス・ピエルナス（敏捷な脚を持つ）牛と呼ばれるような闘牛が二番目の囲いを飛び越えるのも目にできたはずだ。そのことは、『幻想』の有名な作者ゴヤの『闘牛術』という版画、飛びはねた闘牛の角に哀れにも突き刺されたトレソンの町役人の死を描いた版画が証明している通りだ。

　この二番目の囲いの次から観客用の階段座席が始まるのだ。張り綱近くの席は柵席《バレラ》、中央の席は無蓋席《テンディド》と呼ばれ、屋根つき席《グラダ・クビエルタ》の第一列目を背にする他の席は最高桟敷《タブロンシリョス》という名前を持つ。ローマの円戯場にある階段桟敷を思い出させるこれらの階段席は青色っぽい花崗岩でできており、空以外に屋根はない。すぐ後に有蓋席グラダ・クビエルタがくる。これはデランテラという前部席、セントロという中央席、タブロンシリョという背もたれ席という具合に分かれている。その上方にパルコスとかパルコス・ポール・アシエントスと呼ばれる仕切り席が百十席建っている。これらの仕切り席は非常に大きく、二十人ぐらいは収容できる。パルコ・ポール・アシエントスが単なるパルコと違うのは、オペラ座二階正面桟敷の仕切り指定席のように自分一人だけで一つの席を占めることができるという点にある。無垢なイサベルと母ゴベルナドラ女王のボックス席は絹の垂れ布で飾られ、カーテンで閉ざされているそのわきには、闘牛場を統括し、生じてくる難問題を解決しなくてはならないアユンタミエント（市吏員）の仕切り席がある。

　このような配置の円形闘牛場は一万二千人の観客を収容でき、純粋に目で見て楽しむ見世物においては必要不可欠な条件《こと》ではあるけれど、みんなが楽々と腰かけ完全に全体を見渡せるのだ。この巨大な囲いはいつも満員でソンブラ（日陰席）に座ることのできない人々は、闘牛を見のがすよりは階段席で陽に体を焼く方を好む。エレガンス自慢の人々にとって闘牛場に自分たちのボックス席を持つということが、パリのイタリア座にボックス席を持つのと同じように是非とも必要なことなのである。

自分の席に座ろうと廊下から外に出た時、ぼくはなにか眩暈のようなものを覚えた。円形闘牛場には光が燦々と流れんばかりに溢れていたのだ。というのも太陽こそ油を流す必要のないという利点を持つすぐれたシャンデリアだからだ。ガス燈でさえ当分の間太陽光線の力を薄れさせることはできないだろう。闘牛場の上には途方もなく大きなざわめきの声が音の霧のように漂っていた。陽の当たる側では、無数の扇と葦の棒の中に柄をはめた小さなパラソルがぱたぱたと動き、きらめいていた。まるでぴかぴか光る色をした鳥の群れが飛翔しようと試みているかのようだった。空席は一つもなかった。ぼくはあなたがたに断言してもいいけれど、神様だけが永遠という瓶《かめ》から汲む光り輝くブルーでその天井を塗ることのできるこれほど広大なる劇場に一万二千人もの観客がいるというのは、それだけですでに壮大な見世物なのだ。

大変見事に馬を乗りこなす、見事な制服の騎乗国民兵が、羽飾りにアンリ四世風の帽子、ぴったりした黒の上着に外套、拍車つきの長靴という正装の二人の警官を先頭に闘牛場を一周して、何人かのしつこい闘牛ファンやぐずぐずしている何匹かの犬を前方へと追いたてていた。闘牛場が空になると二人の警官は槍方、チュロ、もり打ち師、ドラマの主役である太刀方などからなる闘牛士《トレロス》たちを迎えに行った。彼らはファンファーレの音とともに入場する。槍方は目かくしを当てた馬に乗っていたが、これは闘牛の姿に馬が怯え、ひどく飛びのいて危険なこともありうるからだ。彼らの服装は絵のように大変美しく、ボタンをかけない短上着からなる。オレンジ色、淡紅色、緑あるいは青色などのビロード製のこの上着には金や銀の刺繍、金属片、飾り棒、玉総、線条細工のボタン、あらゆる種類の装飾品がついている。

中でも特に肩章がつけられているのが見物で、その布地は燐のように光り輝く雑然と絡み合う唐草模様の下に完全に隠れ見えない。他に同じような型のチョッキ、胸飾りつきのシャツ、無造作に結んだ雑色のネクタイ、絹のベルト、闘牛の角突きから脚を守るために御者の長靴のように内側にブリキをはりつけ、詰め物を入れた鹿毛色の水牛皮のズボンからなる。つばが巨大で、低い丈で、絹のリボンの大きな総を飾りにした灰色の帽子（ソンブレロ）、確かにぼくが思うにはモニョと呼ばれ、頭の後ろに髪をまとめて束ねておく大きな髪袋というか黒いリボンからなる大きなリボン結びが備わって服装は仕上がりだ。ピカドールは武器として、長さ一、二プースの剣を先端につけた槍を持つ。この剣は命を奪うほどには闘牛を傷つけることはできないが、興奮させつつ牛を服従させておくには充分だ。ピカドールの手にぴったりとはめた一プースの革が槍のすべるのを防いでいる。鞍は前後がとても高く、中世の騎士たちが騎馬試合用に我が身をはめ込んだ鋼をかぶせた甲冑に似ている。木製の鐙はトルコ鐙のように木靴状になっている。短刀のように鋭い鉄の長い拍車が騎士の踵に装備されているが、これは半ば瀕死状態になることがしばしばある馬を動かすには並の拍車では足りないからだ。

けしかけ役《チュロス》はあらゆる縫い目に銀の刺繍を施したグリーン、ブルーあるいはピンクのサテンの短い半ズボン、絵模様や枝葉模様に飾られた上着、ぴったりとしたベルトや耳の方に粋に傾けた闘牛帽《モンテラ》などを身につけ、とても敏捷で優美な姿に見える。腕には布マント（カパ）をかけている。彼らはこれを闘牛の鼻さきに広げ蝶のように翻して牛を怒らせ、目を眩ませ、あるいは欺いたりするのだ。概して背の高さと頑健な体格で人目をひくピカドールとは逆に、彼らはすらりとやせた、姿のいい青年たちだ。一方は力を、もう一方は敏捷さを必要とするからだ。

バンデリリョは同じ服装を身につけ、特技といえば闘牛の肩に有刺状の鉄剣を一突きすること、紙の切り抜きで飾った一種の矢のようなものを突き刺すことだ。これらの矢はバンデリエラと呼ばれ、闘牛の憤怒を掻き立て、牛がマタドールの剣先に全身をさらしてくるのに必要なだけの興奮状態に駆り立てるのに使用される。一度に二本のバンデリエラを突き刺さなくてはならないので、そのためには闘牛の角と角の間に両腕を通さなくてはならない。これは至難の術で、その間の不注意な行為は命とりになりかねない。

エスパダがバンデリレロと違うのは、より豪奢で装飾の多い、特に闘牛にとっては不快な色、真紅の絹でしばしば飾られた服装だけだ。彼の武器は十字状の柄つきで、その横木に一片の紅の布をたらした長剣だ。こうした類いの翻る布を専門用語で呼ぶとムレタである。

あなたがたは今ではもう劇場と俳優陣を知っているわけだから、今度は演じている彼らをお見せすることにしよう。

チュロに付き添われたピカドールが今しも市役人のボックス席に挨拶するところだ。この席から彼らに密閉牛舎の鍵が投げ与えられる。鍵は拾い上げられ、警官に手渡される。彼はそれを闘牛場係の少年に持っていくと、群集の嘲罵と叫び声を背に浴び全速力で逃げ出すのだ。というのもスペインでは警官やあらゆる司法関係者は、我が国の憲兵隊や巡査と同じぐらい全くと言っていいほど人気がないからだ。その間に二人のピカドールは牛舎の扉の左手に移動する。牛舎は女王様のボックス席正面にあるのだが、これは牡牛の登場シーンというのが闘牛の中でも最も興味をそそるものの一つだからだ。彼らは少しの間隔をおいて板囲いを背に鞍にしっかりまたがり、自信満々に、槍を握り、狂暴な動物を勇敢に迎えんものと待ちかまえている。チュロとバンデリリョは距離をおいて立っていたり、闘牛場の中に分散していたりする。

それを記述する文章中の方が実際以上に長い時間に思われるこれらの準備は全て、好奇心を最高度に掻き立ててくれるのだ。すべての目が不安げに運命の扉に釘づけにされ、これら一万二千の視線の中には別の方向に向けられた視線は一つもない。地上における最高の美女でさえ、この瞬間には誰かの流し目を施しに受けることはできないだろう。

ぼくはと言うと正直な話、心臓がまるで見えない手によって締め付けられるようだった。こめかみの鳴る音が聞こえ、熱い汗と冷や汗とが背中を伝わった。それはぼくが今まで感じた最も強烈な興奮の一つだった。

喉の大きな垂れ肉、四角な鼻面、鋭くとがったつやつやした三日月形の角、痩せた脚、絶えず動いている尾、両肩の間には飾りひもを革に刺した馬群仲間《ガナデリア》の色を持つ一束のリボン、それは濡れたように光るほとんど黒色と言ってもいい素晴らしい動物だった。動物は一瞬立ち止まると、さんさんたる陽光に目が眩み、大喧騒に驚き、二、三回鼻を鳴らして息を吸った。それから最初のピカドールを睨みつけると、猛烈に飛びはねながら急に飛びかかっていく。

こんな風に攻撃をしかけられたピカドールはセビリャだった。実際ピカドールの理想像であるこの名うてのセビッラについてここに書く喜びにぼくは抵抗できない。堂々たる顔と物腰で、ヘラクレスのようにたくましく、混血児のように陽に焼け、自信に満ちた眼差しとティツィアーノ描くところのカエサル一家の一人でもあるかのような顔付きの三十歳ばかりの男を思い浮かべてほしい。顔には陽気で嘲るような平静なる表情がみなぎり、物腰には本当に何か毅然たるところが見える。その日彼は、刺繡入りの飾り総のついたオレンジ色の上着を着用していたが、これはぼくの記憶に細部まで消えることなく鮮明に残されている。彼は槍の穂先を下げ、ぐっと足を踏んばり、牡牛の突進力を身じろぎもせずあまりに敢然と受け止めたので、猛牛はよろめき負傷を負ったまま行きすぎた。まもなくその黒い皮膚には赤い血の筋が線をひいた。牛はためらい、決心がつかずに数秒間立ち止まったが、それから、ちょっと離れた所に身構えていた二番目のピカドールに前よりも猛り狂って飛びかかっていった。

アントニオ・ロドリゲスは槍の見事な一撃をくらわせる。最初の傷のすぐわきに二番目の傷口が開いた。というのも肩先しか突いてはいけないからだ。しかし牡牛はうなだれた頭をもたげると馬の腹に角を丸ごと深々と突きたてた。チュロたちが袖なしマントを揺らしながら駆けつける。すると馬鹿な動物はこの新たな誘いに注意をそらされ、引き寄せられ、一散に彼らを追いかけ始めた。しかしチュロたちはさきに話したあの縁に足をかけ、軽々と柵を飛び越える。あとに残された動物はもはや何の姿も見えないことにひどくびっくりするのだ。

角の一撃で馬の腹は裂け、その結果内臓が飛び散りほとんど地面にまで流れ出していた。ぼくはピカドールが今にも退場して別の馬に乗り替えるのだろうと思ったが、全然そうではなかった。彼は馬の耳にさわって打撃が致命的なものかどうか見た。馬は裂傷を負っただけだ。この傷は見た目にはぞっとするが、治りうる。腸を腹に戻し二針三針縫い合わせる、これでかわいそうな馬は次の走りに使えるわけだ。彼は馬に拍車をくれると狩りの時のような速さでずっと向こうまで駆けて行き、そこに再び待機した。

牡牛にはほとんどピカドールの側から一方的に槍の突きをくうだけなのが理解され始め、牛は牧場へ戻りたい気持ちになる。数歩分飛びはねた後、ためらうことなく入場する代わりに、牛は平然としてあくまで自分のケレンシアに戻ろうとした。ケレンシアというのは専門用語で自分用の巣として選んだ広場のどこか一隅のことで、コヒダをくらわした後でいつもその場所に戻っていくのである。コヒダというのは牡牛の角の一撃をいい、闘牛士《トレロ》の一撃はスエルテといわれる。トレロはディエストロ（仕留士）とも言われる。

チュロが大挙して駆けつけ、牛の目の前で鮮やかな色の袖なしマントを揺り動かす。中の一人は傲慢にも、牡牛の頭に巻いておいたマントをかぶせるようなことまでした。こうなると牡牛の方は、皆様もパリで御覧になっているかもしれないがあのレストラン「最新流行の装いをした牛」の看板そっくりだった。猛り狂った牡牛はこの具合の悪い邪魔な飾りを懸命に取り除け、この罪のない布を宙に飛ばし、それが地面に落ちると怒りに狂って踏みつけた。怒りが再び燃え上がったこの機を利用して、チュロが一人牛をピカドールの方へおびき寄せながら、牛をじらし始めた。自分の敵を正面にした牡牛はためらい、それから意を決するとものすごい突進力でセビリャに飛びかかったので、馬は四個の蹄鉄を宙にして真っ逆様に倒れた。というのもセビリャの腕は何をもってしても撓めることのできないブロンズの支柱だから。セビリャは馬の下に落ちたが、これこそ最上の方法なのだ。なぜなら人間は角の一撃から身を守れるし、馬の体が楯として彼の役に立ってくれるのだ。チュロたちがまた間に入る。馬は腿に切り傷を受けただけですんだ。セビリャは起こしてもらうと、非の打ちどころのないほど落ち着き払って再び鞍にまたがった。もう一方のピカドール、アントニオ・ロドリゲスの馬はあまり幸運というわけにはいかなかった。角が完全に突きささり、傷口の中にすっぽり全体が見えなくなるほどの大変に烈しい一撃を胸前にくらったのだ。牡牛が馬の体の中で身動きのとれない自分の頭を引き抜こうとしている間に、アントニオは両手を板囲いの縁《へり》にかけチュロたちに助けてもらって囲いを飛び越えた。というのも落馬したピカドールは自分たちの長靴の鉄飾りで体が重く、甲冑に箱づめになった古代の騎士と同じくほとんど身動きできないからだ。

自分の力に頼るしかないかわいそうな動物は、まるで酔ってでもいるかのようによろめきながら、はみ出た内臓に脚をとられながら闘牛場を横切り始めた。多量の黒い血が傷口から止むことなく容赦なしに噴き出し、その不規則な乱れた足取りを示す断続的なジグザグの縞模様を砂上に描いていた。ついに動物は囲いの近くでどっと倒れた。すでにガラスのようになった青い瞳を動かし、肉の落ちた歯並みをのぞかせ、泡で白い唇を後方にひいて二、三度頭を上げた。尾は力なく地面を打っていた。後ろ脚は痙攣するようにもがき、まるで死神のぶ厚い頭蓋骨を自分の硬い蹄でかち割ろうとでもするかのように、最後の蹴り足を見せた。断末魔の苦しみが終わるか終わらないうちに、お供のムチャチョたちが牛が他方《よそ》に気をとられているのを見て駆けつけ、馬から鞍や手綱を取り去った。馬具をぬがされた馬は横たわったまま、砂に褐色のシルエットを描いていた。それはひどく痩せ、平べったくなっていたので、黒い紙の切り抜きと間違えられただろう。ぼくはすでにモンフォコンで、死というものが馬たちに奇妙などれほど不思議な形をとらせるものかを目にしていた。確かに馬はその死骸が最も見るも悲痛な動物だ。非常に高貴で美しい骨格をもっていた頭は、死の恐ろしい指で平面になるように打たれ、こねられ、人間的な思念が宿っていたかのようにさえ見える。乱れたたて髪、ばらばらになった尾には何かしら詩的で人目をひくものがある。死んだ馬は一個の死骸にすぎない。生命の消え去った他のどんな動物でも一個の腐った死骸にすぎないのだ。

　この馬の死を強調するのは、これこそぼくが闘牛を見物して感じた最も辛い気持ちだからだ。その上これが唯一の犠牲者ではなかった。十四頭の馬がその日闘牛場に打ち伏せられた。自分だけで五頭を殺した牡牛もいた。

　ピカドールは元気な馬にまたがって戻ってきた。程度に違いこそあれ首尾のいい攻撃が何度かまた見られた。しかし牡牛は疲労し始め、その興奮も収まり始めた。バンデリリョたちは紙飾りつきの矢を持って到着し、牡牛の首はすぐに透き彫りのある脛当てに飾られる。それから逃れようと牛がもがけばもがくほど、一層外れないようにくい込むことになるのだった。マハロンという名の少年バンデリリョが大いに大胆かつ巧妙に槍を突き刺していた。そして時々彼は退場前にアントルシャをして見せたりもした。こうして彼はやんやの拍手喝采を浴びた。七、八人のバンデリリョに追われ、槍の穂先で皮膚を切り裂かれ、耳もとに紙飾りのざらざらという音を聞くと、牡牛はあっちこっちへと走り出し、恐ろしい声で鳴き出した。黒い鼻づらは泡で白くなり、怒りに酔ったように牛は扉の一つに大変激しく角の一撃をくわえたので、その蝶番ははねとばされてしまった。目でその動きを追っていた大工たちがすぐに扉を元通りに直した。一人のチュロが牛を向こう側へとおびき寄せたはいいが、あまりの猛追に柵を飛び越える余裕がやっとあるだけだった。牡牛は激昂し、いきり立ち、驚くべき力を見せて柵の上を飛び越した。廊下にいた人々はみんな驚くほど素早く観客席へと逃げこんだ。牡牛は最前列の観客たちにステッキで打たれたり、帽子でたたかれたりして追い返され、もう一つの別の扉の中へと戻った。

　ピカドールたちは退場し、太刀方《エスパダ》のファン・パストールに思うがままに行動する余地を残していった。パストールは市庁舎席に挨拶に行き、牡牛を殺す許可を求めた。許可が与えられると、彼は今から一か八かの冒険をすることを示さんがためでもあるかのように、宙に闘牛士帽を投げ上げ、ムレータ（闘牛で使う赤い布をつけた棒）の赤い布きれの下に剣を隠して、牡牛に向って決然たる歩調で歩いていく。

　太刀方が何度が繰り返して深紅の布をひらつかせると、牡牛はそれに向ってやみくもに飛びかかっていった。彼が狂暴な獣の突進を避けるには、体をちょいと動かすだけで充分だった。ほどなくまた攻撃を加えてきた牡牛は軽やかな布切れに猛烈な頭突きをくらわしたが、それを突き通すことができずに布切れの位置を変えただけだった。好機がくるとエスパーダは左手のムレータを揺り動かす一方で、切っ先を動物の角の高さにその剣を水平に構えながら完全に牡牛の正面に対した。シェークスピアの芝居を全部集めたものにも値するこの場面が搔き立てる不安に満ちた好奇心、熱狂的な注意力を言葉でもって表現するのは難しい。数秒後には二人の俳優のうち一方が殺されるだろう。そうなるのは人間の方かあるいは牡牛の方か。彼らはどちらも互いに相手に正面から向い合い、それもいるのは彼らだけ。人間は何一つ護身用の武具をつけていない。彼は舞踊会のような服装をしている。舞踊靴と絹の靴下。女性用のヘアピンでも彼のサテンの上着に突き通るだろう。布の切れはし、きゃしゃな剣これだけだ。この決闘では、肉体的には牡牛の方が断然勝っている。短刀のように鋭くとがった恐ろしい二本の角、途轍もない衝撃力、危険など意識することのない獣の怒りを持っているからだ。しかし人間の方には剣と勇気、彼にじっと注がれた一万二千の視線がある。美しく若い御婦人たちがすぐに、彼女らの白い手の端で彼に拍手を送ることになるのだ。

ムレータがわきへ寄せられるとマタドールの上半身は何一つ掩護物もなくむき出しになり、牡牛の角は彼の胸から一プース離れているだけだった。ぼくはもう彼の負けだと思った。銀の閃光が二本の三日月の中央に一瞬のうちに突き通った。牡牛は苦しげな鳴き声を発しながら膝からくずおれた。アルブレヒト・デューラーの見事な版画に描かれているような枝角の間に十字架を持つ聖ユベールのあの鹿と同じく、両肩の間に剣の柄が見えた。

割れんばかりの拍手喝采が観客席全体にわきおこった。貴族の仕切り席《パルコ》、市民階級の屋根席、伊達男や伊達女たちの無蓋席が南国人特有に熱狂し、激しく叫び、わめき立っていた。「いいぞ、いいぞ理髪師万歳、万歳。」

太刀方がくらわしたばかりの突きは、実際とても高い評価を受けているもので、飛び足の突きと呼ばれている。牡牛はこれこそエレガンスの極地、一滴の血も流さずに死ぬのだ。牛は膝からくずおれながら、自分の敵方の優位を承認するかのようにみえる。アフィシォナドス（闘牛ファン）はこの突きの創始者は前世紀の有名な闘牛士、フォアキン・ロドリゲスだと言っている。

牡牛が即死しない時には、それまで闘牛には全く参加していなかった黒服の不思議な小さな人物が柵を飛び越えてくるのが見える。これがとどめを刺す闘牛士なのだ。彼は忍び足で進み、牛の断末魔の痙攣をうかがい、これは時々起こることだからなのだが、まだ立ち上がることができるかどうかを見て、先に行くに従って柳葉状になっている円筒形の短刀を陰険にも後ろから突き刺すのだ。この刃が脊髄を切断し、雷のように瞬時に生命を奪うのだ。角と角との中心から数プース離れた頭の後ろが狙い所（急所）なのである。

軍楽隊が牡牛の死を告げる鐘を鳴らすと、扉の一つが開き、羽飾り、鈴、羊毛の総（飾り）、黄と赤というスペイン国家の色を持つ小旗を華やかに飾りつけた四頭の騾馬が早足で闘牛場に入ってくる。この四頭が入場してくるのは、鉤釘つきの紐の端にゆわえつけられた死骸を持ち上げるためなのだ。最初に馬、それから牡牛が運ばれていった。さっきまで元気に駆けていたこれらの肉体を全部、砂上にめちゃくちゃ早く引きずってゆく眩いばかりに着飾ったこの四頭の騾馬は、野性的で奇妙な様子に見えるので、これで彼らの役目が持つ悲壮味が少し薄れ目立たなくなっていた。アテンダントが土をつめた籠を持ってやって来て、闘牛士の足が滑るかもしれない血の海にふりかけた。槍方が扉の横に再び位置を占め、オーケストラがファンファーレを鳴らし、別の牡牛が闘牛場に飛び出してくる。というのもこの見世物には中休みがなく、何一つとして、それが闘牛士の死でさえこれを中断することはできないからだ。

さきにぼくらが言ったように、代わりの闘牛士たちが不測の事故に備えて衣裳にすっかり身をつつみ、武装してそこに待機している。その日に犠牲になった八頭の牡牛の死を順次に物語るつもりはないけれど、目を引いたいくつかの相違点や事件について話してみよう。

牡牛たちはいつも大変狂暴であるとは限らない。その中には性質おおいに温和にして、日陰で静かに寝そべっていること以上の願いはないというような牛さえ何頭かいる。その正直そうなお人好しの顔付きを見れば、彼らが闘牛場より牧場の方が好きなのが分かる。彼らはピカドールに背中を向け、チュロが鼻先であらゆる色の袖なしマントを振っても、大いに平然としたものだ。バンデリリャスでさえ、彼らをその無関心から引きずり出すことはできない。こうなると荒々しい乱暴な手段に、火を持つ《バンデリリャス・デ・フエゴ》バンデリリャスに頼らざるを得なくなる。これはコバルデ（卑怯）な牡牛の肩に固定され、数分後に燃え出し、たくさんの火花を発し大きな爆発音とともに爆発する花火のようなものだ。牡牛はこの巧妙な発明品によって同時に刺され、焼かれ、肝をつぶされ、それが牡牛の中で最もアプロマド（無気力）な牛だとしても、こうなったら意を決して怒り出さなくてはならない。牛はこんなに重い動物がそうできるとはとても信じられないような、並はずれた跳躍を何度も繰り返し、吼え、泡をふき、あらゆる方向に身をよじって、置き場所悪く彼の身を焼いたり皮を焦がしたりする花火をふり払おうとする。

その上バンデリリャス・デ・フエゴは最終的な手段の時しか許可を与えられない。それに頼らざるを得ない時は闘牛にとって一種の不名誉となる。しかし市役人が許可の合図としてハンカチを振るのをあまりぐずぐずしていると、大変な騒ぎになるので彼は譲歩せざるを得ない。それは思いもつかないような叫びと怒号、わめき声と足踏みの音だ。「バンデリリャス・デ・フエゴ」と叫ぶ者もいれば、「ペロス、ペロス（犬）」と叫ぶ者もいた。こうして牡牛に悪口が浴びせられる。観客は牡牛を盗賊、殺し屋、泥棒などと呼び、牛に向って日陰の場所を提供しようかと申し出たり、時に非常に気のきいた冗談がたくさん投げつけられるのだ。怒号だけでは足りなくなると、間もなくステッキの一斉コーラスが加わる。仕切り席の床がめりめり音をたてて割れ、天井の塗料が埃まじりの雪のように白っぽい片々となって落ちてくる。激怒は極限に達し、「フエゴ・アル・アルカデ、ペロス・アル・アルカデ（市役人に火を投げつけろ、犬を投げつけろ）」と激昂した群集が市役人席の方にこぶしを示してみせながらどなりちらすのだ。ついに至福なる許可が与えられ、秩序が回復される。この種のかかわり合い、こうした言葉使いを御容赦願いたい、ぼくはこれ以上の表現を知らないのだ、このののしり合いの最中に時々おかしな言葉が言われたりすることがある。大変簡素にして手厳しいのを一つ報告しておこう。新調の服を華やかに身にまとい、ピカドールが闘牛場の危険のない場所で、なにもせず馬にゆったりまたがっていた。彼のやり口に気づいた群集は彼に向って「ポーズをとってるぜ。ポーズをとってるぜ」と叫んだ。

　牡牛があまりに臆病でバンデリリャス・デ・フエゴでもまだ充分でないことがしばしばある。牛は自分の寝ぐらへと引き返して入場しようとしないのだ。「犬を、犬をけしかけろ」という叫びが再び始まる。そこで市役人の合図を受けて、犬の諸氏殿が入れられる。これは驚くほどの純血種で、美しく素晴らしい獣で、牡牛に向ってまっすぐに飛びかかっていく。牛の方はそのうち半ダースばかりを見事に宙に投げ上げるけれど、最も勇敢で頑健な一、二頭がついには彼の耳にかじりつくのを妨げることはできない。犬たちがいったん食いついたとなるとまるで蛭《ひる》のようで、彼らをひきはなすどころかそのまま反対側にひっくり返すことになるだろう。牡牛は頭を振り、犬たちを柵にぶち当てるが何の甲斐もない。これがしばらく続いたあとエスパダかカチェテロが犠牲者のわき腹に剣を突き刺す。牛はぐらっとよろめき、膝を折り、地に倒れる。そこに最後のとどめがさされるのだ。また時としてメディア・ルナ（半月刀）と呼ばれる道具の一種が用いられることもある。これは牛の後足の飛節を切って、一切の反抗を封じてしまうのだ。こうなるともう闘いではなく、嫌悪を催させる畜殺になってしまう。マタドールが突きをしくじるということも時々ある。剣が骨にぶつかって骨をかすめてそれたり、喉元深く剣が突き刺さり牡牛の血を勢いよく吐き出させる。闘牛術の規則によればこれは重大なる失態なのだが。もし二突き目で獣が止めをさされないとなると、エスパダは嘲罵の声、口笛の弥次、悪口を浴びせられる。というのも公平なスペインの観客は、それぞれの長所に応じて牡牛と人間とに拍手喝采を送るからだ。牡牛が馬の腹を裂いたり人間を倒したるすると「牡牛万歳」、人間の方が牡牛を傷つけると「闘牛士万歳」という喝采が送られるのだが、人間の場合も獣の場合も卑劣さは褒められはしないのだ。かわいそうな男は極度に狂暴化した牡牛にもりを打ち込もうとする勇気もなく、ごうごうたる怒号がひきおこされたので、市役人は秩序回復のために彼を牢に収容させると約束しなくてはならなかった。

この同じ日の闘牛において、素晴らしい乗馬師であるセビリャは次のような（めざましい）行為を見せて大変な拍手喝采を浴びた。恐ろしく力のある牡牛が彼の乗った馬の下腹の方をとらえ、頭を持ち上げ、完全に地上から持ち上げた。セビリャはこの危険な立場にありながら、鞍の上で微動さえせず、落馬もせず巧みに馬をあやつったので、彼は馬の四足の上に落ちたのだった。

闘牛は素晴らしかった。牡牛が八頭、馬が十四頭死んだが、（人間の方は）チュロが一人軽傷を負っただけだった。これ以上のものは望めないほどだった。闘牛がおこなわれるたびに二万から二万五千フランの収益があるに違いない。これは女王様から大病院に譲与され、負傷した闘牛士たちはそこで考えられうる限りのあらゆる手当てを受けることができる。一人の司祭と一人の医者が闘牛場付きの一部屋に陣どり、一方は魂をなおす薬を、もう一方は肉体をなおす薬を施す用意を整えている。昔はミサがとなえられていたし、ぼくらは今でもまだ、闘牛がおこなわれている間彼らのためにミサがとなえられているると思う。何一つ忘れられているものはないということ、興業主というのは用意周到な人々だということがお分かりになるだろう。最後の牡牛が殺されると、みんなはそれをもっと近くで見ようと闘牛場に飛び降り、それから観客たちは自分たちが一番心打たれた様々な手や、牛の角突きの手柄などを長々と論じつつ家路につく。あなたがたはぼくに訊くだろう、女性たちはどんなだと。というのもこれこそが旅行者に向けられる最初の質問のうちの一つだからだ。打ち明けて言うとぼくは何一つ知らないのだ。ぼんやりとだがぼくの側に非常にきれいな女性たちがいたようにぼくには思える。しかし断言はできない。この重要な点を解明するために遊歩道《プラド》へ行くことにしよう。

## ＊8＊

遊歩道――マンテラと扇――スペイン人の典型――水売り人、マドリードのカフェ――新聞――太陽の門の政治屋たち――郵政庁――マドリードの家々――寄合、スペイン社交界――第一劇場――女王宮、コルテス家と五月二日の虐殺の碑――武器博物館《アルメリア》、立派な隠遁所

マドリードが話題になると、この言葉によって想像力に呼び起こされる最初の二つの思いは、遊歩道《プラド》と太陽の門である。ぼくらもすぐ近くにきているのだから、さあ遊歩道《プラド》へ行こう。散歩が始まる時間だ。何本かの道、人用の側道と中央を走る馬車用の一本の車道からできている遊歩道には、頂を切られずんぐりした木々が影をおとしている。木々の根元は煉瓦に囲まれた小さな水盤に浸されているが、撒水時間になると水が溝を通ってその水盤に導かれてくるのだ。こうした周到な用意がなければ木々はすぐに埃にやられ、太陽に焼かれてしまうだろう。遊歩道はアトシャ修道院からスタートし、これと同名の門とアルカラ門の前を通り、レコレ門で終わりとなる。しかしたくさんの人々がアルカラ門からサン・ジェロニモ街路まで、シベールの泉とネプチューンの泉とに囲まれた空間に密集している。チュイルリー宮殿の並木道のように全体にそってベンチが並べられている大広間《サロン》と呼ばれる広い空間があるのはそこなのだ。大広間の横にはパリという名の側道があり、ここが地方のガン大通り、マドリードのファッシ

ヨンが集まる場所なのだ。それに伊達者たちの想像力は必ずしも絵画的な美で異彩を放つわけではないので、彼らは散歩場全体の中で最も埃の多い、最も木陰の少ない、最も便利の悪い場所を選んでいるのだ。群集は大広間と馬車道の間にはさまれたこの狭い場所にぎっしりと大変な数にのぼっているので、ハンカチを取ろうとポケットに手を持っていくのに苦労することもしばしばだ。前の人のすぐ後を歩き、（芝居に行列ができた時代の）劇場の列に並ぶように列について歩かなくてはならない。こんな場所を採用させることのできた唯一の理由は、車道を四輪馬車で行く人々を見たり挨拶したりできるからだ（馬車に挨拶するというのは歩行者にはいつでも誇らしいことなのだ）。馬車はそれほどきらびやかというわけではない、大部分が黒っぽい皮膚、大きな腹、とがった耳がなんとも不恰好な印象を与える騾馬に引かれている。まるで柩車に続く葬列の馬車のようだ。女王様の幌つき四輪馬車さえごく簡素な非常にブルジョワ的な外観を持っているだけだ。ちょっとばかり富豪のイギリス人なら確実にその馬車を軽蔑するだろう。おそらくいくらかの例外もあるけれど、それは数えるほどまれなことだ。魅力的なのはマドリードの伊達者たちがそれに乗って人目を集めようとするアンダルシア産の素晴らしい乗用馬だ。編まれた見事なたて髪、地面までたれる毛並みの豊かな長い尾、赤い総飾りのついた馬具、弓形にそらした頭、輝く瞳と鳩の喉のようにふくらんだ首を持つアンダルシア産の種馬以上にエレガントで、高貴で、優美なものを目にするのは不可能だ。ぼくは女性が乗ったそんな馬、銀色に氷ったベンガルのバラのようにバラ色をした（女性の方ではなく馬の方だ）、目をみはるばかりに美しい馬を一頭見かけた。原始そのままの美しい体形を保っているこれら高貴な獣と、イギリスの競馬馬と呼ばれ馬らしいところと言えばもう、四本の脚とジョッキーを乗せるための一本の脊柱を持つだけの筋肉と骨からなるあの移動機械との間には何という違いがあることだろう。

プラドの一般的な光景は実際、目にされうる最も活気に満ちた光景の一つだ。これは世界中で最も美しい散歩場の一つなのだ。それは風景のためではなく、というのも風景の方はカルロス三世がその不備を直そうとあらゆる努力を傾けえたにもかかわらず、ごく平凡なものにすぎないからで、それは毎晩七時半から十時の間にそこに大挙して押し寄せる驚くべき人波ゆえなのである。

プラドで女性の帽子を見かけることはまずない。昔は教養ある驢馬の飾りとなっていたに違いない硫黄色のガレット帽を除けば、あるのはマンテラだけだ。スペインのマンテラというのはだから事実なのだ。ぼくはそれが存在するのはもはやクルヴェル・ド・シャルルマーニュ氏のロマンスの中だけだと思っていたのだ。マンテラはどちらかというとふつう黒色のが多いのだが、黒か白のレースでできており頭の後方、櫛の上に置かれる。想像されうる最も魅力的なこの被り物はこめかみに数本の花をさすことで完成する。マンテラをつけた女性が美しく見えないとしたら、その女性が三対神徳のように醜くなければならない。残念ながらこれが保持保存されているスペイン民族衣裳の唯一の物で、他はフランス風になっているというわけだ。マンテラの最後の方の襞が肩掛け、おぞましい肩掛けの上に翻っている。肩掛けそのものは、バスキヌを思わせるところなど全くない何かの布地製のドレスと一緒に身につけられている。ぼくはこれほどの無分別に驚きを禁じえない。自分らの美しさに関してはふつう目はしのきく女性たちが、自分たちのエレガンスを増そうとする最高の努力がせいぜいのところ彼女らを地方の伊達女に似せるというなんとも平凡な結果に行きついているのに気づいていないことがぼくには理解できない。昔の衣裳はスペイン女性の美しさの質やプロポーションや生活習慣に全く非の打ちどころのないほどしっくりと釣り合っているのだから、この衣裳こそ本当に可能な唯一のものなのだ。扇がこのパリ風の着こなしをしようとする気取りを少し弱めてくれている。この幸福なる国でぼくはまだ扇を持たない女性にはお目にかかったことがない。靴下をつけずにサテンの短靴をはいた女性なら見たことがあるけれど、そんな彼女らでも扇は持っていた。扇はいたるところ、教会にまで彼女らについていく。あなたがたは教会であらゆる年代の女性たちのグループが跪いたり、踵の上にしゃがみこんだまま祈りを唱え、熱心に扇を使っているのに出会う。これらすべての身振りに、ぼくらフランス人の十字の切り方よりも大変に複雑なスペイン式の十字を切る身振りが混じるのだが、これを彼女らはプロシア兵にもふさわしい正確さと素速さでやってのけるのだ。扇をあやつるというのはフランスでは全く知られていない一つの技術なのであり、スペイン女性はそれに秀でているのだ。扇は彼女らの指の中で非常に激しくいとも軽やかに開いたり、閉じたり、ひっくりかえったりするので、手品師でもこれ以上うまくはできないだろう。さる何人かのエレガントな御婦人方は大変高価な扇のコレクションをしておられる。ぼくらは百以上もの異なったスタイルの扇を集めたコレクションの一つを見た。あらゆる国、あらゆる時代の扇があった。象牙、鼈甲、白檀の木、金属片、ルイ十四世、ルイ十五世時代のゴム水彩画、日本や中国の稲製紙など、何一つ欠けるものはなく、その中の何本かにはルビーやダイヤモンド、その他の宝石類がちりばめられていたが、これは美しい女性にとって贅沢な趣味の良さと魅力的な奇癖《マニー》なのである。閉じたり、ぱっと花開いたりする扇からは小さな音が生まれ、これが一分間に千回以上も繰り返されると、散歩場に漂うごうごうたる喧騒をつき破ってある調べとなって投げ出されフランス人の耳には何かしら不思議な響きとなって聞こえる。女性が誰か知り合いに出会うと彼女はその人に扇で小さな合図を送り、通りすがりにアグールと発音されるさよならという声をかけて行く。さあ今度はスペインの美女に話を移そう。

ぼくらがフランスでスペイン女性の典型という言葉で言い表わしているような女性はスペインにはい

ない、あるいは少なくともぼくは出会ったことがない。ぼくらはセニョーラとかマンテラと言うときふつうよく、青白い長いうりざね顔、ビロードの眉毛が上にある大きな黒い目、少し鷲鼻のほっそりした鼻、ざくろのような真っ赤な口、そして何にもまして、彼女はオレンジのごとき黄色の肌というロマンスの一節の証しとなる金色の燃えるような肌の色を思い浮かべる。これはアラブ人やムーア人の典型であって、スペイン女性の典型ではないのだ。マドリード女性は文字どおり魅力的という言葉がぴったりの女性たちだ。四人中三人はきれいな女性がいるけれど、彼女らは作られたイメージには少しも合致しない。彼女らは小柄で可愛らしく、均整のとれた女性たちで、足首はほっそりし、姿勢が良く、胸のふくらみも豊かだ。しかし彼女らはぬけるように白い肌を持ち、華奢で愛嬌はあるけれどあまり整っているとは言えない顔だち、ハート型の口など、摂政時代の何者かの肖像画にそっくりそのままだ。女性たちの多くは薄明るい栗色の髪を持っている。遊歩道を二回りもすれば、灰色がかったブロンドから強烈な赤毛やカルロス一世の鬚に見られるような赤色まで、あらゆる色合いの七、八人のブロンド女性に出会えるだろう。スペインに金髪女性がいないと思うのは間違いだ。ブルーの目も多いが黒い目ほど尊重されていない。

　最初のうちぼくらは、舞踏会にでも出かけるかのように胸元を大きく開けたドレスをまとい、腕はむき出しのまま足にはサテンの短靴をはき、頭には花を飾り、手に扇を持った女性たちがみんなお伴もつれず、一人だけで公共の場所を散歩している姿を見ることになかなか馴染めなかった。というのもこの国では夫や近い親類でもなければ女性たちに腕を貸すような習慣はないからだ。少なくとも白昼は男たちは彼女らのわきをただ歩いているだけだ。というのも夜の帳《とばり》が降り、特に、腕を貸さないという習慣のない外国人と一緒だと、彼らはそれほどこの礼儀作法に関しては厳しくなくなるからだ。

人々はぼくらにマドリードのマノラを大いに推奨してくれた。マノラというのはパリのグリゼットやローマのトランステヴランのように消失してしまった人物像だ。まだいくらか残存してはいるけれども始めの性格は失ってしまっている。あれほど人目をひく大胆な衣裳は着ていないし、恥ずべきインド更紗が、思いきった花模様の刺繍のある色鮮やかなスカートにとって代わっているのだ。ぞっとする革製の短靴がサテンの靴を追放してしまい、思うだに恐ろしいことにはドレスはまるまる指二本分だけ長くなってしまっている。かつては彼女らがその生き生きした物腰や奇妙な衣服によってプラドの様子を変化に富んだものにしていたのだが、今日、彼女らを町家の奥様連や商人のおかみさんと見分けるのは難しい。ぼくはマドリードのあらゆる街角で、闘牛の折りや、歓喜庭園や新遊戯場で、聖アントワーヌ祭などで純血種のマノラを探してみた。ところがその完全なる典型には全く出会えなかった。一度、マドリードにおけるタンプル通りとも言うべき古物市通りを歩き回っていて、ひどいぼろに包まれて地面に横になって寝ている多くの浮浪者をまたいだ後、気がついてみるとぼくは人気のない小さな路地にいた。そこでぼくは最初にして最後、望みどおりのマノラを見たのだ。それはマノラやグリゼットに許されたぎりぎりの最高年齢である二十四歳ばかりの、姿のいい背の高い娘だった。彼女は陽焼けした顔色、自信に満ちそれでいて悲しげな眼差し、ちょっと厚めの口を持ち、顔の作りには何かしらアフリカ人的なところがあった。黒が強すぎて青く見える髪の毛で大きな編髪が籠の中の燈心草のようにお下げに編まれ、彼女の頭を一回りして、刳形《くりかた》の大きな櫛に結びつけられている。耳には珊瑚の数珠玉の束が下がっている。鹿毛色の首には同じ珊瑚の首飾りが飾られてある。黒いビロードのマンテラが彼女の頭と肩を取り巻いている。ベルヌ県のスイス女性たちのドレスと同じぐらい短いドレスは、刺繍入りのラシャ地で、ぴんと張った靴下に入ったほっそりしていながらも力強い足がのぞき見えた。昔の流行に従って、短靴はサテンの布地でできていた。赤い扇が銀の指輪をはめた彼女の指の間で朱色の蝶のように揺れていた。マノラたちの最後の生き残りは路地の角を曲がり、オペラ座の仮装服であるデュポンシェルの衣服が現実に活動している社会の中を歩き回っているのを初めて見てびっくりしているぼくの目の前から消えていった。ぼくは遊歩道でも、民族衣裳を着たサンタデールのパシエガを何人か目にした。これらのパシエガたちはスペインにおける最良の乳母との評判で、彼女らが子供たちに注ぐ愛情はフランスにおけるオーベルニュ人の誠実さのように諺になるほどなのだ。彼女らは大きな飾り紐で縁取りされた、襞つきの赤いラシャ地の大きめのスカート、同様に金の飾り紐つきのビロードの黒いコルセット、被り物としては色鮮やかな雑色の大形ハンカチを被り、全体にわたって銀の宝石類や他の素朴な装飾品をつけている。これらの女性たちは大変な美人で、非常に人目を引く力強い、高貴な表情をしている。腕に子供たちをかかえて揺らす習慣が彼女らに後方に反り返りぎみの姿勢を与え、これが彼女らの発達した胸とよく調和している。民族衣裳で正装した乳母を雇えるというのは、馬車の後ろに山人を一人乗せておくのと同じ一種の贅沢なのだ。

　ぼくはあなたがたに男たちの服装についてはまだ何一つ語っていない。六ヶ月前にどこかの仕立屋とかある貸し出し図書館の窓ガラスに展示された衣裳の版画を御覧いただきたい。そうすればあなたがたにもそれの完全な姿がつかめるだろう。パリというのはすべての人々の心を占める思いの対象なのである。ぼくは靴みがきの露店に「当店ではパリ風に（アル・エスティロ）長靴をおみがきいたします」と書かれているのを見たのを憶えている。ガバルニとそのえも言われぬ衣裳図案、これが現代のスペイン貴族たちが到達せんと目ざしている慎ましやかな目標なのだ。そこに到達できるのはパリの最高に洗練された伊達男だけだということを彼らは知らないのだ。しかしながら彼らに帰されるべき権利を認めてやるためにぼくらは、彼らは女性たちよりもはるかに着こなしがうまいということを言っておきたい。彼らはできるだけ白手袋をはめ、できるだけ飾りたてるのだ。彼らの衣服は端正で非の打ちどころなく、ズボンも称賛に値するのだが、ネクタイの方は同じようにぴたりきまっているわけではないし、現代衣服の中で気まぐれが発揮されうるあの唯一の部分であるベストは必ずしも非の打ちどころないほど趣味がいいとは言えない。

マドリードにはパリならちょっと考えられないような商売が存在する。それは水の小売商だ。彼らの店は白土の水瓶《カンタロ》、コップが二、三個入った藺草やブリキ製の小さな籠、何本かのアスカリリョス（焼いたのや多孔質の棒状の砂糖菓子）、時々は一個のオレンジとかレモンなどからなる。葉で囲った小樽を背中にのせて運んでいる者もいるし、たとえばプラド沿いに売り台を出している者さえ何人かいる。そんな売り台はけばけばしく彩色され、上には旗と一緒に黄色の銅製の評判の女神像が置かれ、パリの椰子の実売りの豪華絢爛さに何らひけをとらないほどだ。これらの水売り商人はふつうガラリアの若者たちで、タバコ色の上着を着て、短い半ズボンに黒いゲートルをつけ、とんがり帽をかぶっている。中にはまた何人かバレンシア人もいるが、こちらは白いリンネルの股引きをはき、肩には布きれをかけ、陽焼けした脚を持ち、青の縁取りのあるサンダルをはいている。取るに足りない衣服を着た女たちや少女も水を商っている。彼らはその性別によってアガドールあるいはアガドーラと呼ばれる。町のあらゆる街角で、あらゆる調子をつけられ、十万通りもの変化のある彼らの鋭い叫び声が聞かれるのだ。「水っ、誰か水はいらんかい。雪のように冷たくひやした水だよ。」これが朝の五時から夜十時まで続くのだ。マドリードで高い評価を受けている詩人ブレトン・デ・ロス・エㇽレロスはこの叫び声に着想を得て、「水売り女」という題の歌をつくり、この歌はスペイン中で大成功を収めた。このマドリードの日照りと言ったら全く異常事態だ。水汲み場の水全部、グアダルラマ山脈の雪全部をもってしても足りないのだ。あのみすぼらしいマンサナレス川とその水の精の干上がった水瓶に関して盛んに冗談が言われている。これほどの渇きに苦しむ町で他の川ならどんな風になるものか見てみたいものだ。マンサナレス川はその源から飲み尽くされている。水商人たちは不安気な面持ちで、ごく僅かな水滴、ほんのかすかな湿り気が干上がった川岸に再び生まれるのを待ち伏せし、それを自分たちの水壺や水汲み場に運んでゆくのだ。洗濯女たちは下着を砂洗いするほどで、川床の真ん中ではイスラム教徒でさえ沐浴用の水を手に入れることはできないだろう。読者諸氏はおそらく、マルセイユの干魃に関するメリの面白い新聞記事をご記憶だろう。あれを六倍に誇張してマドリードの干魃の様を僅かに想像できるにすぎない。一杯の水が一カルト（大体二リャール）で売られている。マドリードが水の次に一番必要とするのはタバコに火をつけるための火だ。だから「火はいかがですか、火は」という叫び声があらゆる方向から聞こえ、「水っ、水はいかがですか」という叫び声とひっきりなしに交わるのだ。それは二つの要素間の熾烈な戦いで、一番多く大声を張り上げ騒いだ方に勝利がもたらされる。ヴェスタ山の火よりも消すことのできないこの火は、石灰と細かな灰を一杯に満たし、また自分たちの指をやけどしないように把手をつけた小さなカップに入れて若いおかしな連中によって運ばれる。

さて九時半ともなるとプラドには人通りもまばらになり始め、人の群れはアルカラ大通りや近くの通り沿いに店を出すカフェや清涼飲料店へと向う。

マドリードのカフェは、パリのカフェの夢のごとくうっとりさせるような眩いばかりの豪華さに慣れきったぼくらには、本物の最下等の酒場に見える。その飾り立ては鬚だらけの女や生きている人魚とかを見せる、バラック立ての見世物小屋を幸いにも思い出させる。しかし豪華さが欠けていると言ってもそれは、出される冷たい飲み物のおいしさと種類の豊富さで十分償われると言うものだ。すべての点で優れているパリもこの点では遅れをとっていることは認めておかなくてはならない。レモン水をこしらえる技術はまだまだ子供程度にすぎないのだから。最も有名なカフェはカレタス通りの角にあるカフェ・ボルサ（株式市場）、急進家の集まるカフェ・ヌエボ（新しい）、カングレホスつまりざりがにと呼ばれる穏健派に属する人々なじみの会合場所であるカフェ……（名前を忘れてしまった）、太陽の門のすぐ近くにあるカフェ・レバンテ（東）などだが、これは何も他のカフェが良くないというわけじゃなくて、上に挙げたカフェが最も客足が多いというだけのことだ。それと同名の劇場横にあるカフェ・プリンシペも忘れないでおこう。ここは芸術家や文士の溜まり場となっている。

あなたがたがお望みならカフェ・ボルサに入ってみよう。ここはドイツのガラスコップで見かけることができるような、下方がくぼんで絵が作られる小さなカット・ガラスで飾られている。以下が氷水、氷菓（アイスクリーム）、ケシトのメニューである。ベビダ・エラダ（氷水）はグランデかシコ（大あるいは小）に分かれるコップに入れられ、種類も大変豊富だ。ベビダ・デ・ナランハ（オレンジ水）、リモン（レモン）水、フレサ（いちご）水、ギンダ（さくらんぼ）水などがあり、本物のシェリー酒がブリ産の正真正銘のワインより勝っているのと同じように、これらの氷水はパリの最高に豪奢なカフェで恥ずかしげもなく出されるあのひどいガラス壜入りの本物のすぐりの実とクエン酸よりも優れているのだ。それは何ともはやえも言われぬ味を持つ一種の液状の氷、雪状のピュレなのだ。アルメントラ・ブランカ（白いアーモンド）水はおいしい飲み物だが、巴旦杏水という名目で何かしらひどい薬用混合物が飲まれるフランスでは知られていない。いちごとさくらんぼが半々ずつ入った氷ミルクも出され、これはあなたの体が熱帯地域でかっと暑くなっている間じゅう、喉をグリーンランドのあらゆる雪と霧氷で楽しませてくれるのだ。氷水がまだ準備されていない白昼は、緑色のぶどうでこしらえた飲み物の一種で、首にあたる部分が途轍もなく大きな壜に入れられてあるアグラスを飲める。アグラスのちょっとすっぱい味は最高に心地良い。またあなたはレモン入りサンタ・バルバラビールを一壜飲むこともできる。しかしこれにはいくつかの準備が要求される。まず洗面器が一個、ポンチをかきまわす時のスプーンのように大きなスプーンが一つ持ってこられる。それからボーイが鉄線でくくった壜を持って進んでくる。彼はこれ以上ない細心の注意を払ってその栓を抜く。栓が抜けると、あらかじめ水差し一杯分のレモン水をあけておいた洗面器にビールを注ぎ、それからスプーンで全体を掻き回し、コップに満たして飲みほす。もしこんな具合に混合するのがお気にめさなかったら、ふつうはバレンシア人経営のすげ根飲料店に入ればいい。チュファというのは小さな漿果、バレンシア地方に生育するアーモンドの一種で、これをあぶって粉々にして、おいしい飲み物を作るのだ。それに雪を混ぜた時にはまた特別においしい。こうした調合が極度に体をさわやかにしてくれるのだ。

カフェの話のしめくくりとして、シャーベットはより以上に固いという点でフランスのそれとは違うということ、ケシトはチーズ型に作られた小さな固い氷で、パリでと同じように杏、パイナップル、オレンジなどあらゆる種類のものがあるということを言っておこう。しかしこれはバター（マンテカ）や鶏の腹をさいて取り出したまだ形をなしていない卵などをつかって作られることもあるが、スペイン特有のものだろう。というのもぼくがこの奇妙な凝り方について耳にしたのはマドリードにおいてだけだからだ。チョコレート、コーヒー、それから他の材料などのスプマも出される。これは泡立て、それから冷やした大変軽いクリームの一種で、時々、おろし金ですりおろした非常に細かな肉桂の皮をふりかけたりするし、その全体にバルキロ、長い筒状に巻いたウェファァースが付いている。これらを用いてみんなは、サイフォンを用いてするように端の一つを吸いながら氷水をとるのだ。ちょっとした工夫一つで飲料水の冷たさを長く味わうことができるのだ。コーヒーはコーヒーカップではなく、ガラスコップで飲まれる。それにコーヒーが飲まれるのは本当にまれなことなのだ。これらの細々とした記述が全部、あなたがたには退屈に思えるかもしれない。しかしあなたがたがぼくらのように三〇～三五度の暑熱に身をさらしていれば、以上の記述も大変興味深く思われるだろう。マドリードのカフェではタバコやハバナ産葉巻さえ吸われているにもかかわらず、パリのカフェよりもずっと多くの女性の姿を見ることができる。最もよくカフェで見かける新聞は『商業通信』、『国民新聞』、日々の催し物、ミサや説教の時間、気温、迷い犬、すぐ乳母になりたいという若い百姓女、就職口を探す女中等々の情報を掲載する『毎日新聞』などである。しかしさて十時の鐘がなるとひきあげる時間だ。かろうじて何人かのまれなる散歩者がぐずぐずとアルカラ通り沿いに歩いているだけだ。通りにいるのは槍のさきにカンテラを下げ、壁色の外套を着用し、規則正しい叫び声をたてて歩く夜まわり《セレノス》だけだ。聞こえるのはガラス細工で飾りたてた小さな虫籠の中で歌うコオロギのコーラス、その二音節の哀歌だけだ。マドリードではコオロギが好まれ、どの家でも木と鉄線でできたミニサイズの虫籠に入れて窓べにつるしておく。また奇妙なことには鶉も愛好され透かし格子の柳の枝で編んだ籠に入れられ、その果てしないピゥ、ピゥ、ピゥという鳴き声でコオロギのクリ、クリという鳴き声に心地良い変化をつけるのだ。ビルボケが言うように、この調べを愛する人々は満足するに違いない。

　太陽の門というのは読者諸氏が想像されるかもしれないような門ではなくて、バラ色に塗られ夜間照明される日時計と、太陽の門という名はそれに由来するのだが金色の光線を放つ大きな太陽とに飾られた教会正面のことなのである。この教会前には一種の広場というか四辻があり、縦にアルカラ通りが走り、横にカレタス通りとラ・モンテラ通りが交差している。郵便局の調和のとれた大きな建物がカレタス通りの角を占め、その正面は広場に向いている。太陽の門は町の暇人たちの溜まり場で、マドリードにはその暇人がわんさかいるらしい。というのも朝の八時からもう群集でびっしりなのだ。これら真面目くさった面持ちの人物たちはみんな、すさまじい暑さにもかかわらず、寒さから守ってくれるものは暑さからも守ってくれるというつまらない口実で外套にくるまってそこに立っている。時々、袖なしマントのまっすぐな襞から金のように黄色の親指や人差指が出て、紙と何つまみかのきざみ葉巻を巻くのが見える。すると間もなく謹厳なる人物の口元から雲のような煙が立ちのぼる。これで彼の完全なる不動の姿を見た時ははたしてどうかなという疑いもなくはなかったのだが、呼吸能力をちゃんと与えられていることが明らかになる。ついでながらぼくは、タバコ用のスペイン紙については一枚としてその折り丁を見ていないことを報告しておこう。スペイン人は小さく切ったふつうの便箋を使う。甘草の汁で色づけされ、グロテスクな絵が雑然と入り、端唄やおかしな恋歌の文句で飾られたこれらの小冊子はフランスの地方色愛好者たちの許へ送られるのだ。政治が会話の一般的なテーマであり、戦場が人々の想像力を大いにとらえ、太陽の門ではあらゆる戦地や世界のあらゆる戦場におけるよりも多くの戦術が凝らされる。バルマセダ、カブレラ、パリリョスや他にも程度の違いはあれ重要な軍隊長が終始話題にされる。彼らに関するぞっとする事柄、流行遅れでずっと以前からカライブ族やチェロキー族によって良くない趣味と見なされている残虐行為などが物語られるのだ。バルマセダは最後の尖兵でマドリードから二十里ばかりの地点まで前進し、アランダ近くの村を急襲し、村役場や村役人の歯を折っては楽しみ、気晴らしのしめくくりにある立憲派の司祭の手足に蹄鉄を打ちつけさせた。全くもって平静にこの話を語り教えてくれる事にぼくが驚きの色を見せると、それは旧カスティリャ地方でのことだからそんな事を気にかける必要はないとの答えが返ってきた。この答えはスペイン情勢全般を要約しており、フランスから見るぼくらには不可解な多くの事柄を解く鍵を与えてくれる。実際、新カスティリャの住民にとって旧カスティリャでの出来事は月での出来事と同じぐらいどうでもいいことなのだ。統一的観点でのスペインはまだ存在しない。それはいつでもイスパニア、カスティリャとレオン、アラゴンとナバラ、グラナダとムルシア、等々というわけだ。別々の方言を話し、許し合うことのできない国民なのである。世間知らずの外国人としてぼくは、これほど極めつきの残酷さに対して抗議の声をあげた。しかし司祭は立憲派の司祭だったのだし、これで大分情状が酌量されるのだ、との指摘をぼくは受けた。エスパルテロの勝利の数々、帝国の大規模な戦闘に慣れたぼくらフランス人には平凡な取るに足りないものに思われる勝利戦が、太陽の門の政治論者たちにはしょっちゅうお手本として役立っている。二人の敵を殺し、三人を捕虜として捕らえ、サーベル一本と一ダースの弾薬筒を積んだ牡騾馬を捕獲したこれらの勝ちいくさの話題に続いて、明かりがつけられ、大勢にオレンジや葉巻が分配され、熱狂状態が生まれるがこれは容易に想像がつくだろう。かつては、そして今日でもまだ大貴族は太陽の門と隣りあう店に行き、椅子を提供してもらい、お得意客たちと話をしながらそこで一日の大半を過ごす。ところがこれは店の主人には何とも不愉快なことなのだ。彼はこれほど親密なしるしをあからさまに目の前で披瀝されることに悩むのだ。

　よかったら郵便局に入って、フランスから手紙が着いていないかどうか見てみよう。こんな風に手紙が気にかかるというのは全く病的だ。ある町に到着して旅人がまず一番に尋ねる建物は郵便局であるのは確実だと思ってほしい。マドリードでは局留郵便にはそれぞれ番号が押され、番号と宛先人の名前を表に書いて柱に張り出される。一月分の柱、二月分の柱、以下同じように続くのだ。自分の名前を探し、番号をメモし、窓口に自分宛ての手紙をもらいに行くと、何の手続きもなしに引き渡してくれるというわけだ。一年後になっても手紙の引き取り手が現われない場合、それらは燃やされてしまう。エスパルト繊維の大きな日除けが影をおとす郵便局のアーケード下には、パリのオデオン座のアーケード下と同じようにあらゆる種類の貸し本屋が軒を並べている。みんなはそこにスペインや外国の新聞を読みにいくのだ。郵便料はそれほど高くはないし、ほとんどいつも反徒や盗賊が出没する街道で郵便物がさらされている数えきれないほどの危険にもかかわらず、業務の方はできる限り規則的におこなわれている。貧乏学生たちの売り込み文が張りつけられるのもこれらの柱の上だ。彼らは修辞学やら哲学を終了するために、騎兵の長靴をみがきますと申し出ているのだ。

さて今度は行き当たりばったりに町を歩き回ってみよう。偶然こそ、マドリードが荘大な記念建築物に恵まれているわけではないし、一つの通りは他の通りと同じぐらい興味深いだけによけい、最高の案内人だからだ。家とか通りの角であなたが顔を上げると一番先に目につくのは、「りんご。ヴィシタック。ジェネール」と書かれてある陶器製の小さな板だ。これらの板が昔は島やブロックごとに集められた家々の番地表示として役立っていたのだ。今ではパリと同じようにすべてに番号づけがなされている。暖炉もなく火をおこすことも全くない国では特に、家々の正面をけばけばしく飾り立てる火災保険の量にもあなたがたはびっくりするだろう。公共建築物や教会にまですべてに保険がかけられている。噂では内戦がこうした保険熱の原因だという。どこかのバルマセダのような人物に程度の違いはあれ生きたまま焼かれないという保証は誰一人ない以上、どの人も少なくとも自分の家だけは救おうと努めるのだ。

マドリードの家々は時として灰色や青の花崗岩からできている側柱、石柱、V字形のくさびを除いて、野地板と煉瓦と練り土とでできている。全体にわたって丁寧に漆喰が塗り直され、淡緑色、青灰色、赤味を帯びた白色、カナリアの尾の色、ポンパドゥール夫人のバラ色や他にも程度の違いはあれアナクレオン風の色調など、大分風変わりな色に塗られている。窓は多くの渦巻き装飾、渦巻き模様、小さなキューピッド像や植木鉢などに飾られた装飾品や建築材に取り巻かれ、幅広の青色や白色の帯や、そこをわたってくる風に湿り気と冷たさを与えようと水をかけたエスパルト製絨毯が縞状についたヴェネチア風の日除けがつけられてある。完全に現代風の家々はパリの家々と同じように、ただ石灰を塗られ、石灰乳のペンキを塗られているだけだ。バルコニーや見張らし台のでっぱりは少なく、それがいくらか直線のもつ単調さを破り、くっきりした影を落とし、その突出部分にはみな色が塗られてあるので、芝居の書割と扱われるような建物がふつうなら持つ平凡な外観に変化をつけている。これら全体をきらめく太陽で照らし、光溢れる通りに間隔をおいて、長いヴェールを被り、頬に扇をパラソルのように広げて当てている何人かのセニョーラ、陽焼けし、皺だらけで、リンネルの切れ端や火口のようになりはてたぼろ着をまとった何人かの乞食、ベドゥイン族のようななりの半分裸の何人かのバレンシア人を置いていただきたい。屋根の間に、こぶのある小さな丸屋根、教会や修道院の真ん中がふくらみ天井が鉛製のりんご状になっている小さな鐘楼を出現させてほしい。これであなたがたは大分奇妙な眺望を手にすることになる。この眺望はマドリードの舗道のとがった小石で脚をさかれながらもあなたがたにはまだ納得できていないとしても、結局自分たちがもうラフィット街にいるのではなく、決定的にアスファルト道にはおさらばしたのだということをあなたがたに証明してくれるだろう。

全く驚くべきことは次のような掲示がしょっちゅう目につくことだ。フエゴ・デ・ビラールという文字が二十歩ごとに出現する。この三つの秘蹟の言葉には何かしら神秘的な匂いがあるらしいとあなたがたに想像される心配があるので、急いでその意味を訳しておこう。それは単にビリヤード遊びという意味なのだ。全くもってこんなに多くの玉突き場が何の役に立ちうるのかぼくには分からない。世界中の人々がその気になればそこで勝負できるだろう。フエゴ・デ・ヴィラールに続いて一番多く目に入る看板はデスパチョ・デ・ビノ（酒小売）というものだ。そこではバルデペニャス酒やふつうのワイン類が売られている。カウンターは鮮やかな色に塗られ、垂れ布や藁飾りで飾られている。干菓子屋や生菓子屋の数も同様に大変多く、瀟洒な装飾が施されている。スペインのジャムには特別に言及しておく価値がある。天使の髪（カベリョ・デ・アンヘル）の名で知られるジャムはおいしい。ケーキも、バターがなかったり、少なくともバターが高いだけで品質が悪かったり、バターをほとんど使用しないような国でそれがおいしくなりうると同じ分だけはおいしい。そのケーキはぼくらがプチ・フールと呼んでいるものに近い。これらの看板は全部、互いにからみ合った文字を使って略字体で書かれているので、看板というものの最高で最上の読み手である外国人にとって最初は読みとりがたい。

　家々の内部は広く快適で、天井は高く、空間はどこでもけちらずたっぷりとってある。パリでならいくつかの階段の階段室に一軒の家を丸ごとそっくり建てることができるだろう。実際に人が居住する部分に到達するまでに、あなたがたは長々と並んだ部屋をいくつも突っきっていくことになる。というのもこれらの部屋は全部、石灰の漆喰、色つきの綱や見せかけだけの指物羽目板によって引き立つ黄や青という平板な色調がただ塗られているにすぎないからだ。スペインの画家たちお好みの主題、斬首場面や殉教者の腹切り場面を描いた煤まみれの黒っぽい絵が、大部分は額もなしに、枠の中ですっかり皺になったまま壁に掛けられている。はめ木の床というのはスペインでは知られていない物の一つで、あるいは少なくともぼくはまだ見たことがない。部屋は全部煉瓦敷きだが、これらは冬は葦莫蓙、夏は藺草莫蓙で覆われるので不便はごくごく少ない。これらの葦や藺草の莫蓙は大変精妙に編まれているので、フィリピンやサンドウィッチ諸島の現地人でもこれ以上うまくは作れないだろう。ぼくにとってはある国民の文明程度をはかる正確なものさしになる三つの物がある。陶器、柳であれ麦藁であれそれらを編む技術、それから駄馬に馬具をつけるやり方。陶器が美しく、形も非の打ちどころなく、ブロンドや赤粘土の自然のままの色調を持ち、古美術品のように端正であれば、籠や莫蓙が精妙で、素晴らしくからみ合い、驚くほど選り抜きの色つきアラベスク模様で際立っているなら、馬具には刺繍が施され、穴あき模様のある、鈴や羊毛の総や最高に美しいデッサンなどで飾られているなら、その国民は原始的でまだ自然状態に非常に近いところにいるとあなたがたは確信できる。文明人は壺も莫蓙も馬具もつくることはできないのだ。これを書いている今、ぼくの前にはぼくが飲まなくてはならない水が中で冷やされるハーラが紐で柱につり下げられている。それは土製の壺で、一二カルト、つまり大体フランスの六～七スーの値段がする。その形は魅力的でぼくはエトルリアの壺についでこれ以上に輪郭の美しいものは知らない。広口の上部はかすかに溝状にくぼんだ四つ葉のクローバ形になっているので、壺のどちら側をつかんでも水をそそぐことができる。小さな刳形付きの把手はえも言われぬ形で首と側面に非の打ちどころないほど優美に接ぎ合わさっている。お上品な人々はこれらの魅力的な壺よりも、側面のふくらんだ、ぼってりとした、厚く層状に塗った釉薬がこぶのようになってまるで白く磨かれた婦人用乗馬長靴とでも見間違えそうなイギリス製のぞっとするような壺の方がお好みだ。しかし長靴や陶器にかかわっていたら、住居の描写から大分ぼくらは離れてしまった。あまり遅れないうちにそこに戻ることにしよう。

　スペイン人の住居にある数少ない家具類はメシドール様式とかピラミッド様式を思い出させるひどい様式になるものだ。帝政時代様式が全くそのままの姿で栄えているのだ。あなたがたはそこで、緑色のブロンズ製スフィンクスの頭が上にのっているマホガニーの欄間柱、ずっと以前に文明世界の表面から消えうせた銅製刳形やポンペイ様式の花飾り模様のある框などを再び見出すことになる。一つとして彫刻を施した木製家具はないし、（真珠）貝殻をはめ込んだテーブルとか漆（器）の用箪笥とかも何一つとしてない。古きスペインはすっかり姿を消してしまったのだ。古きスペインに関して残っているものはと言えば、いくつかのペルシア絨毯と何枚かのダマスク織のカーテンだけだ。全くもって途方もない麦藁製椅子や長椅子は逆に氾濫しているのだ。壁にはにせの柱や軒蛇腹がなぐり書きされ、デトランプ画の持つ色調に塗られている。テーブルや飾り棚の上にはトゥルバドゥールや、マチルドとマレク＝アデル、それから他のと同様に巧みだとは言え古びてしまった主題を表わした素焼磁器とか陶器製の小像が散らばっている。真鍮線を巻いたガラス製のむく犬、蠟燭を置いためっき製の燭台、他にもたくさんの紹介をしていったらあまりに長くなるけれど、今ぼくがそれらに関して言ったばかりのことで充分に思われるに違いない華麗な品々。ぼくには、壁を美しく飾りたてているなどという場違いな自惚れを持つらしい、けばけばしい色のひどい版画について話す勇気はない。

　おそらくいくつかの例外はあるのだろうけれど、それもわずかな数だ。上級階級の人々の住居では家具がより豪華に趣味よく備えつけられていると想像されては困る。最も細かな部分まで正確なこれまでの記述事項は、馬車を持つやら八人も十人も召し使いをおかかえやらの人々の家にもあてはまるのだ。日除けはいつも降ろされ、鎧戸は半分閉められているので、アパルトマンには一種くすんだやわらかな光が残っている。特に外から入った時事物を見分けるには、この光に慣れなくてはならない。部屋内にいる人々には完全に見えるのだが、特にその前の部屋に日光が燦々と差し込んでいる場合、着いたばかりの人々は八〜十分間ばかり盲目の状態に置かれる。人々の噂では有能なる女性数学者たちがこの光学的組み合わせに関する計算をおこなったところ、こんな風に配置されたアパルトマンで親密に向いあっている分には全く心配ないとの結果がでた。

マドリードの暑さときたら強烈そのもので、春を経由せず突然現われる。だからマドリードの気候については三ヶ月の冬に、九ヶ月の地獄という風に言われる。この酷暑の雨から身を隠すには、ほとんど真っ暗闇と言えるほどの暗さが満ち、絶えず撒水することによって湿度が維持されている天井の低い部屋にじっとしているしかない。こうした涼に対する欲求が芳香粘土《ブカロ》を焼いた壺の流行を生んだのだ。奇妙でいて粗雑な精妙からは我がフランスの伊達女たちにとって何一つ快いものが感じられないだろうけれど、これはスペインの美女たちにとっては最高に趣味の良い巧妙さと見えるのだ。

ブカロスというのは、トルコパイプの煙《ほ》突《や》部分が作られる練り土にかなり似たアメリカ産赤練り土でできた壺の類いだ。あらゆる大きさ、あらゆる形のものがあり、その中のいくつかは金箔の細線によってひき立てられ、粗雑に描かれた花々が散りばめられている。もはやアメリカでは作られていないのでブカロは珍しいものになり始めており、数年後には古セーブル焼のように手に入れることができなくなるだろう。そういう時になればみんなこぞって手に入れようとするのだろう。

ブカロを使用したい時には小型円卓とか三角戸棚の大理石の上に七、八個置き、水を一杯に満たし、それからソファに腰をおろし、それらが効果を発揮するのを待って適度の平静状態の中でその楽しみを味わうのだ。その時になると練り土はもっと濃い色を帯び、その孔から水が滲み出し、ブカロはまもなく発汗を始め、湿った漆喰の匂いや長い間開けられずにいたような湿っぽい地下室の匂いに似た香りを放ち始める。ブカロのこの発汗は大変に多量なので一時間後には水の半分が蒸発してしまう。壺に残った水は氷のように冷たく、井戸水や貯水槽の水のような大分胸のむかつく味がついているのだが、これも愛好者にはおいしい水と思われているのだ。入った途端にあなたの感覚をとらえるほどの湿度を居間の空気に滲み込ませるには半ダースのブカロで足りる。それは一種の冷たい蒸し風呂のようなものだ。匂いを吸い込んだり、その水を飲んだりするだけでは満足できず、ブカロの小さな破片をかじり、それを粉末にし、ついにはそれを飲み込む人も何人かいる。

　ぼくは夜会というか寄合もいくつか見たけれど、それらには何一つ目をひくものはない。フランスでと同じように、しかしこう言ってよければ、より現代的により悲愴にピアノに合わせて踊るわけだが、ぼくには、ほとんどと言っていいほど踊ることのない人々が全く踊るまいときっぱり決心しないのが理解できない。その方がもっと簡単で全く同じように楽しいだろうに。女性たちはボレロだとかファンダンゴ、カチュチャだとか言って非難されるのがこわくて、完全なる不動の姿勢を余儀なくさせられているのだ。女性たちの服装はいつでも流行服の見本挿絵と同じように装っている男たちのそれに比べれば非常に簡素だ。母太后、王女それからマドリードにある上流社交界のありとあらゆる面々が御列席の捨て子（ニーニョス・デ・ラ・クナ）のための上演会の折り、ヴィラ＝エルモサ宮殿でもぼくは同じことに気づいた。人の二倍も公爵婦人たる御婦人や四倍も侯爵夫人然とした御婦人たちが、パリではお針子の家に夜会に出かけるモディストも軽蔑するような身なりをしている。彼女らはもうスペイン風に装うことができない。しかしまだフランス風の着こなしができるまではいっていない。だから彼女らがこれほど美しくなかったら、しばしば滑稽ということになりかねないだろう。ただ一度だけぼくは、『びっこの悪魔』でのファニー・エルスラーのそれのように五、六列の黒絹のレース飾りのついた、バラ色のサテン地のスカートをはいた女性を見た。しかしパリに行ったことのある彼女はそこでスペイン衣裳を見せられたというわけだったのだ。テルトリア（寄合、夜会）はそれを催す人々にそれほど高くはつかないに違いない。そこには茶菓が用意されていないことが目をひく。お茶も氷菓子もポンチもない。最初の客間のテーブルにはただ、澄みきった水の入ったガラスコップが一ダースばかり、一皿の軽石糖とともに並べられてあるだけだ。しかし放埒ぶりを推し進めて自分の水に砂糖を入れるような人間は、アンリ・モニエのデジャルダン夫人ならさも言うかもしれない食い意地の張った慎しみのない人と見なされることになる。最高に金持ちの家々でもこのようなことが起こるけれど、これは吝嗇からではなくて、これが習慣なのだ。それに隠者のように節度あるスペイン人はこの食養生に完全に満足しているのだ。

風俗に関して言えば、六週間ばかりで一国民の性格や一社会の慣習などを洞察できるものじゃない。独創性（目新しさ）についてある印象を受けることもあるけれど、その印象も長期間の滞在中に消えてしまう。ぼくにはスペイン女性が大きな権威を持ち、フランス女性よりも大きな自由を享受しているように見えた。女性たちに対する時の男たちの態度はぼくには非常に慎ましやかで物柔らかなものに思われた。彼らは自分たちの務めを細かなところまで正確に几帳面に果たし、その燃える思いを脚韻、半諧音、自由軽快韻《スエルト》や他の韻などあらゆる韻律を持つ詩句で表現するのだ。彼らが自分たちの真心を美しい御婦人に捧げた瞬間から、彼らにはもはや高祖母だけとしか踊ることが許されない。五十歳の醜いことがはっきりしている御婦人がたとの会話だけが許される。彼らはもう、若い娘さんのいる家々を訪問することができない。最も熱心だった訪問者が突然見えなくなり半年とか一年後に戻ってくることがある。これはこの間《かん》彼の恋人が彼にこの家への訪問を禁じたからなのだ。戻ってきた彼はまるで前の晩もやってきたかのように迎えられる。こうしたことは何事もなく完全に許されるのだ。ちょっと見たところで判断しうる限りでは、スペイン女性は恋愛においては移り気とは言えないようだ。彼女らが結ぶ恋愛関係はしばしば数年間続くこともある。ある集まりで何度か夜会を過ごしてみれば、カップルは容易に見分けられるようになる、何も知らされていなくてもはっきり目につくようになる。……夫人を手に入れたいなら、夫の……氏を招待しなくてはならないし、その逆の場合もある。夫連中は素晴らしく礼儀をわきまえており、最もお人好しのパリ人の夫たちに勝るとも劣らない。数多くの劇やメロドラマの主題となったあの古代スペイン人の嫉妬心の影などみじんもないのだ。幻想をすっかり取り去ってしまうために言うと、みんなフランス語を申し分ないほどに話せるし、冬をパリで過ごしオペラ座の舞台裏に出入りする何人かの伊達男たちのおかげで、最もぱっとしない練習生や最も無名の端役でもマドリードではすっかり知られているのだ。ぼくはそこで世界の他のいかなる場所にも存在しないもの、つまりはルイーズ・フィッツジャム嬢の熱烈なる賛美者を見つけた。この名前が出たところで、夜会から劇場へと話を移すことにしよう。

　君主劇場はかなり便利な間取りになっている。そこではドラマ、喜劇、茶番狂言、幕間寸劇が演じられる。ぼくはそこで全くシェークスピア流に構成された、ドン・アントニオ・ヒル・イ・サラテの芝居『魔法にかけられたドン・カルロス』が上演されるのを見た。ドン・カルロスは『マリオン・ド・ロルム』のルイ十三世に大変似ているし、牢獄における僧侶の場面はラ・エスメラルダが死を待つ土牢へとクロード・クロッロが彼女を訪ねていく場面の模倣だ。カルロス役はフリアン・ロメアが演じている。彼は素晴らしい才能あふれる俳優で、完全にジャンルは別だけれどフレデリック・ルメートルを除いて彼のライバルとなれるような役者をぼくは知らない。これほど幻想と真実をはるか遠くまで高めるのは不可能だ。マチルデ・ディエスもまた一級の女優で、えも言われぬほど精妙に驚くほど繊細なる意図をもってニュアンスを表現するのだ。ぼくが彼女に見る唯一の欠点はその極端に能弁な話し振りだ。しかしこれもスペイン人にとっては欠点にもならない欠点であるのだけれど。道化役者ドン・アントニオ・

グスマンはいかなる舞台でも代わりはきかないだろう。彼は非常にルグランを思い出させることもあれば、時にはアルナルをも思い出させる。君主劇場ではまた、ダンスや余興のまじった夢幻劇も演じられる。ぼくはそこで『山羊の脚』という題の、かつてゲテ座で演じられた『羊の脚』の模倣作品が上演されるのを見た。舞踊場面はおかしいくらい平凡だった。一級の踊り子もオペラ座の一介の代役にも及ばないのだ。逆に端役たちが驚くほどの勘の良さを発揮する。一眼巨人のステップは類いまれなる正確さと断固たる態度で演じられた。民族舞踊に関して言えばそんなものは存在しない。ヴットリア、ブルゴス、バリャドリードでぼくらはすぐれた踊り子はマドリードにいると言われたものだし、マドリードではカチュチャの本物の踊り子はアンダルシア地方、セビリャ地方にしかいないと言われる。真相はいまにはっきりするだろう。しかしぼくらはスペイン舞踊に関しては、ファニー・エルスラーやノブレ姉妹に立ち戻らなくてはならないのではないかと心配だ。パリで大変なセンセーションをまき起こしたドロレス・セラル、ぼくはパリで彼女の踊りを特徴づける熱狂的な大胆さ、官能的な柔軟さ、活発な優美に注目した最初の人々の一人だったけれども、その彼女が数回マドリードの劇場に登場しながら何らの反響も生じさせることができなかった。それほど昔ながらの民族ダンスステップの意味と理解はスペインでは失われているのだ。アラゴン地方のホータの踊りやボレロが演じられるとみんな立ち上がり出て行ってしまい、残るのは外国人と詩的本能が相変わらず中々消えようとしない手合いだけになる。マドリードで一番評判の高いフランスの作家はフレデリック・スリエで、フランス語から翻訳されたドラマのほとんど全部が彼のものだ。スクリーブ氏の人気を彼が引きついだように見える。

これでぼくらはこちら側（劇場関係）については良く知っているわけだから、今度は公共建築物について報告を済ましておかなくてはならない。これはすぐに済むだろう。女王の宮殿は見事な石を接合して作った非常に堅実な四角の大きな建物で、扉と同じ数だけの多くの窓、イオニア式の円柱、ドーリア式のつけ柱があり、これらすべてが大変に趣味のよい記念建築物をなしている。宮殿を支える巨大なテラスと宮殿がそれらを背景にくっきり浮かび上がるグアダルラマの雪をいただいた山々が、宮殿の輪郭が見せるかも知れない俗っぽい単調さを引きたてている。ベラスケス、マエリャ、バイエウ、ティエポロなどがそこに程度の差はあれ寓意的で見事な天井画を描いている。大階段は大変に美しく、ナポレオンはこの階段をチュイルリー宮殿の階段よりも好ましく思ったほどだ。

国会がおかれてある建物にはプスチュムニィエンヌ式の円柱や恐ろしく趣味の悪いかつらをかぶったライオン像が混じっている。こんな建物の中ではたして立派な法律を作ることができるものかどうかぼくには疑わしい。国会の正面、広場中央にはミゲル・セルバンテスのブロンズ像が立っている。『ドン・キホーテ』の不滅の作者に像を建ててやるのはおそらく称められていいことではあるけれど、それならもっとましに作るべきだったろうに。

五月二日の戦いの犠牲者たちの記念碑は美術館から遠くないプラド沿いにある。それを見た時ぼくは一瞬、自分がパリのコンコルド広場に運ばれたかのように思った。不可思議な幻影の中にいるかのように、それまでぼくはそいつが放浪して歩くことなど決して疑ってみたこともなかったルクソールの崇拝すべきオベリスクが見えたのだ。それは灰色花崗岩でできた一種の短石柱で、上にはエジプトの方尖碑の花崗岩と色合いの似た赤っぽい花崗岩製のオベリスクがのっている。その見た目の印象はかなり美しく、何か死の持つ重々しさも欠けてはいない。オベリスクが唯一の断片からなっていないのは惜しまれる。犠牲者たちを称える墓碑銘が台座のわきに金文字で刻まれている。五月二日の戦いは輝かしい英雄的な挿話で、スペイン人はこの話を軽率と言える程に乱用する。いたるところ目にできるのはこの主題に関する版画や絵だけだ。その中ではぼくら（フランス人）は好意的に描かれていないとあなたがたはたやすく信じることができよう。シルク・オランピックのプロシア兵たちと同じぐらい見るも恐ろしくぼくらは描かれているのだ。

武器博物館《アルメリア》は一般にそれに関して抱かれるイメージとは一致しない。パリの武器博物館の方が比べようもないほどより豪華でより完全だ。マドリードの武器博物館には本物の部分が集められ組み合わせられそっくりそろった甲冑はほとんどない。前の時代とそれに続く後の時代の冑《かぶと》がそれぞれその時代のとは別の様式の鎧の上に置かれている。この乱雑の理由として、フランス軍侵入の折り、屋根裏部屋にこれらの興味深い聖遺物が全部隠され、そこで雑然とごちゃまぜになってしまい、後で一緒に集めて元通り確実に復元することができなかったと言うのだ。だから管理人の説明案内など絶対に信用してはいけない。ぼくらはカルロス一世の母、狂女ジャンヌの馬車だと言って素晴らしい細工を施された木製四輪馬車を見せてもらったが、これがルイ十四世の御代よりも古くは遡り得ないのは明らかだった。革製のクッションとカーテンを持つカルロス一世のぼろ車の方がぼくらにははるかに本物らしく見えた。ムーア人の武器はほとんど無きに等しく、二、三の楯と数本のS字形剣、それで全部だった。そこにある最も興味深いものは刺繍を施され、金銀を一面にちりばめ、鋼の刃をうろこ状に飾った鞍で、その数は大変な数に上り、奇妙な形のものもある。しかしそれらが誰の所有になりどの時代に属すかということになると、確実なものは一つもない。イギリス人は一八二三年か一八二四年頃フェルナンドに贈られた練鉄製の一種の勝利の馬車に大いに見とれるのだ。

ちょっと記憶にとどめておくために、ついでだが崩壊ぶりがはなはだしいが大分おかしなロココ様式の噴水、香炉や卵形装飾やチコリなど装飾過剰の絢爛として趣味の悪いトレド橋、奇妙な具合に様々な色を施され、上にモスクワ的な小鐘楼がのっているいくつかの教会があることを報告しておこう。プラドから数歩のところにある王宮邸ブエン・レティロの方に向かおう。ヴェルサイユ、サン・クルーを持ち、マルリーを持ったぼくらフランス人は王宮に関しては少々うるさい。ブエン・レティロはぼくらには金持ちの食料品屋の夢を実現したものに違いないように見えた。そこはありふれた、しかしけばけばしい派手な花々、食料品店店頭風に噴水のついた、人造岩窟《ロカイユ》や虫食い装飾を施した浮き彫り飾りに飾られた小泉水、白塗りにワニスを施された木製の白鳥やら他につまらない趣味の珍しいものが浮かぶ緑色がかった小池で一杯の庭園だ。土地の人々は、丸太作りで内部はヒンズー的な趣きもある田舎風の亭の前でうっとりするのだ。一番目のトルコ式庭園、彩色ガラスがはまりそこから青や緑や赤い景色が見られる四阿《あずまや》のある簡素で素朴なトルコ庭園は、趣味の良さといい華麗さといい大変すぐれていた。特に別荘が一つあるのだが、これは想像しうる限り最も滑稽でおかしな建物だ。剝製の山羊や子山羊、灰色の石でできた猪の子に乳を吸われる同じ石の牝豚などが据えられた家畜小屋がこの別荘のわきにある。別荘から数歩のところにガイドの姿が浮かび上がり、意味ありげに扉を開けてくれるのだ。彼に呼ばれついに入ることを許されると、歯車と平衡錘のこもったような音が聞こえ、あなたがたは気がつくとバターをたたいたり、紡ぎ車で糸を紡いだり、木製の足で、彫刻を施された揺りかごに寝ている木製の子供たちを揺らしている恐ろしい自動人形と向きあっていることになる。隣室には病気の親父がベッドに横たわり、彼の水薬は彼のわきのテーブルの上に置かれてある。言葉ではっきり言うことはできないが大変うまく模倣してある壺（溲瓶）を寝台の下に置くほどに細心綿密さは推し進められている。以上がレティロにある主なる華美な品々の非常に正確な要約である。その姿勢がヴィクトワール広場の彫像に似ているフィリペ五世のブロンズ製の見事な騎馬像が、これらの貧弱な品々を少しばかり引き立てている。

マドリード美術館は全く絢爛豪華で、これを描写し尽くすには一巻全部がそっくり必要となるだろう。ティツィアーノ、ラファエロ、ポール・ベロネーゼ、ルーベンス、ベラスケス、リベイラ、ムリリョなどの絵画作品が並べられてあるのだ。絵画に対する照明も大変良く、建築物の作りにも特に内部には風格もある。プラドに面する正面はかなり趣味が悪いけれど、結局のところ建物はその設計案を出した建築家ビラヌエバの名誉となるだけのことはある。美術館の訪問が終わったら、博物学陳列館に行ってマストドンあるいは、少なくとも聖書のベエモに違いない青銅の棒のような骨を持つ素晴らしい化石ディノテリウヌ・ジガントゥム、一六リーヴルも重さのある一片の純金、人がどう言おうとその音が鍋をけとばした時の音に大変似ている中国のドラ、そして白や黒や赤褐色の種属を交配させることによって生まれうるあらゆる変種を描いた一連の絵を見てほしい。学院にあるムリリョの三枚の素晴らしい絵『聖マリア・マジュール財団』（二つの主題）、『頭部皮疹にかかった人々に頭を上げる聖女エリザベト』、二、三枚のリベラの驚嘆すべき作品、そのいくつかの部分はティツィアーノにも匹敵するようなグレコの『埋葬』、ルイスとかアン・ラドクリフらが夢想しえた最も不思議なほど悲しい場面全体をはるかに凌駕する、苦行中の僧侶たちを描いた同じグレコの幻想的な一枚の粗描、好々爺たる老ゴヤの手になるソファに寝そべるスペイン衣裳を着た魅力的な女性の絵。この上なき国民的画家たるゴヤは消えゆきつつある古い風俗の最後の名残を取り集めるためにわざわざこの世に生まれたかのようだ。

フランシスコ・ゴヤ・イ・ルシエンテスにはまだベラスケスの孫と認めることのできる面も残されているが、彼の後にはアパリコとかロペスのような画家たちが続き、完全なる凋落に堕し芸術の輪は閉じられる。誰がそれを再び開けることになるのだろうか。

ゴヤというのは何と不思議な画家、何と奇妙なる天才だろう。これ以上に独創性が際立ったことはないし、スペイン人画家でこれ以上に地方に根ざした人はいなかった。ゴヤの一枚のスケッチ、アカァチントの雲の中の四回突き立てられた彫刻針の方が、非常に長々と文章で描写するよりもその国の風俗に関して教えてくれるのだ。その波瀾に満ちた生涯、その血気、多様な才能によってゴヤは芸術の良き時代《ベル・エポック》に属しているように見えるけれども、彼は言わば同時代人なのだ。彼は一八二八年にボルドーで死んでいるのだから。

　彼の作品を鑑賞しに行く前に簡単に彼の伝記を略述しておこう。ドン・フランシスコ・イ・ルシエンテスは中程度の、しかしながらその天成の才能を妨げたりすることのないだけの財産は充分にある両親からアラゴンの地に生まれた。デッサンや絵に対する彼の趣味は早くから開花した。彼は旅をし、ローマでしばらく研究し、スペインに戻り、カルロス四世の宮殿で目ざましい出世をし、王から宮廷画家という称号を与えられた。女王やベナベンテ王子、ダルベ公爵夫人の許へと招かれ、画才を開花発展させるには非常に好都合な、ルーベンス、ヴァン・ダイク、ベラスケスなどの画家たちのような大名生活を送っていた。彼はマドリード近郊にアトリエもあれば、宴を催したりもできるえも言われぬ別荘を所有していた。

　ゴヤは多くの絵を創作した。宗教的な主題画、フレスコ画、肖像画、風俗画を描きあげ、いたるところ、最も取るに足りない粗描にもたくましい天才の刻印を残した。最も見捨てられたようなデッサン類にもいつでもライオンの爪あとが筋となって残されている。彼の才能は全く独自のものであったとは言え、ベラスケス、レンブラント、レイノルドらの奇妙な混合なのだ。彼は代わる代わるにあるいは同時にこの三人の巨匠を思い起こさせる。しかし子孫が祖先を思い出させるように盲従的な模倣などなしにであり、あるいははっきりとした明確な意志によってではなくむしろ生まれながらの心的傾向によって思い出させるのだ。

　彼の絵に関して言えば、マドリード美術館でシャルル四世と騎馬姿の女王との肖像画が見られる。見事に描かれた顔には生命感、明敏さと思慮深さが溢れている。『ピカドール』と『五月二日の虐殺、侵略場面』も見ることができる。ドスナ公爵はゴヤの絵を何枚か所有しているし、貴族の屋敷でゴヤの手になる何らかの肖像画とかスケッチを持っていないところはほとんどない。マドリードから半里のところにあり、かなり人の集まるお祭りが開催されるサン・アントニオ・デ・ラ・フロリダ教会の内部には、ゴヤの手によって彼を特徴づけるあの自由で大胆な印象的な筆使いでフレスコ画が描かれている。トレドの教会参事会室の一つでぼくらは彼の作品のうち、ユダの手で引き渡されるイエスを描いた絵を見た。その絵の闇の効果は作者がレンブラントだと言っても通るほどで、ぼくももし教会参事会員からシャルル四世おかかえ画家の署名を見せてもらわなかったら、最初はレンブラントの作だと思っただろう。セビリャの大聖堂の聖具室にも、偉大なる才能の持ち主ゴヤの絵が一枚ある。彼女らの足もとにかたまって置かれた水冷やし壺や水壺が示すように二人とも陶器売り娘である、処女にして殉教者たる聖女ジュスティーヌと聖女リュフィヌが描かれてある。

　ゴヤの描写方法は彼の才能と同じぐらい風変わりだ。彼は桶の中の色をくみ、それをスポンジ、筆、布巾など何であれ偶然彼の手にした物をつかって塗るのだ。モルタルのように彼は自分の色を鏝《こて》で塗ったり、石で表面を覆うように塗りたくったりし、親指を強く押しつけて感情のこもった筆触を加えるのだ。これらの手っ取り早い断固たる方法のおかげで、一日二日もあれば彼は三〇ピエばかりの壁面を色で覆ってしまう。これらのことは全部ぼくらには血気とか活気などの限度を幾分通りこしているように思える。最も激した芸術家たちもこれに比べれば凝り屋でしかない。彼は絵筆代わりにスプーンを使って、スペイン人を銃殺するフランス人の姿が見られる『五月二日』の一場面を製作したのだ。これは信じがたいほどの情熱と激怒に満ちた作品で、この奇妙な絵はマドリード美術館の控えの間に敬意も表されずにしまいこまれてある。

この芸術家の個性は大変強烈で際立っているので、ぼくらにはそのあらましの姿さえ想像してもらうことは難しい。彼はホーガース、バンベリーあるいはクルックシャンクのような戯画家ではない。謹厳冷静で、リチャードソンの小説のように精確で細心綿密、いつでも道徳的な意図を見せすぎるホーガース、その悪意に満ちた活力、その滑稽な誇張で非常に人目をひくバンベリーとクルックシャンク。彼らは『幻想』の作者と何一つ共通点は持っていない。カロ、半分スペイン人、半分ボヘミア人のカロの方がよりゴヤに似ている。しかしカロは鮮明で、平明で、精妙、精確で、彼の振る舞いに見られる気取りや服装に見られる空威張りの突飛さにもかかわらず、事実に忠実で、彼の絵に見られる最高に奇妙な主題の数々も厳密にはありうることだし、そのエッチングは燦々たる陽のさすように明るく、細部に凝りすぎたために明暗の効果が妨げられている。明暗の効果というのはさまざまな犠牲を払って初めて得られるものなのだから。ゴヤの構図は深い闇であり、何か突然の光線が青白いシルエットと不思議な幻影を浮かび上がらせるのだ。

それはレンブラント、ワットー、ラブレーの滑稽な夢想の数々の複合物、全く奇妙な混合物なのだ。これに極端なスペイン的風味、『リンコネテとコルタデリョ』の中でラ・エスカランタとラ・ガナンシオサを描写するときのセルバンテスのピカレスクな精神をたっぷりとつけ加えていただきたい。それでもあなたがたはゴヤの才能に関して誠に不完全なイメージしか手にすることができないだろう。しかしながらもしそれが可能ならの話だが、ぼくらは言葉をもってしてその才能を理解させるように努めてみよう。

ゴヤの素描画はアカァチントで作られ、硝酸で修正され、色鮮やかにされる。これ以上に大胆明快で、自由で自在なものはない。一本の線が一個の顔全体を示し、細長く続く影が背景代わりになったり、半ば下書きされた陰鬱な光景を浮かび上がらせる。山脈の峡谷という殺人や夜宴あるいはボヘミアンの集会用にすっかり準備された舞台。しかしこういうことはまれである、というのも背景などゴヤには存在しないからだ。ミケランジェロのように彼は外的自然を全く無視し、ちょうど人物を置くのに必要な分だけをそこから取ってくるのであり、さらには雲の中に多くの自然を描き入れたりさえする。時々、影が大きな角度でよぎる壁面の一部、牢獄の黒い拱門、かろうじてそれとわかる四阿《あずまや》などが見える、これで全部だ。よりぴったりした言葉がないのでぼくらはゴヤが諷刺画家《カリカチュリスト》だと言った。それは幻想がいつでも批評精神と結びつき、しばしば陰惨と恐怖にまで達するホフマン流の諷刺なのだ。これらのしかめっ面は全部、スマラの爪によって、消えかけた燈明の不規則な光に照らされた不気味な寝台の間の壁面に描かれたかのようだ。途方もない、ありえようがないがしかしながら真に迫った世界に運ばれたかのように感じるのだ。木の幹はまるで幽霊のようだし、人間たちはハイエナ、ふくろう、猫、驢馬あるいは河馬のように見える。人の爪はおそらく獣たちの爪であり、ばら結びの付いた短靴がつつんでいるのは山羊の脚なのだ。あの若い騎士は死んだ老人であり、リボン飾りのついた股引は肉のない大腿骨と二本の痩せ細った脛骨をつつんでいるのだ。ファウスト博士の暖炉の後ろからでさえ、これほど不思議にも不気味な幽霊が出現したことは決してない。

ゴヤの諷刺画には政治的なほのめかしがいくつか隠されているというけれど、それはごく少数に止まる。それはゴドイとか、ベナベンテ老公爵夫人、女王のお気に入りたち、宮廷の何人かの貴族に向けられており、彼らの無知とか悪行に烙印を押すのだ。しかしそれも、彼らを影で覆い隠す厚いヴェールごしにしっかり探してみなければ分からない。ゴヤはまた彼の恋人アルベ公爵夫人のために他にいくつか粗描画を描いたが、それらが一度も人前に現われていないのはおそらくその奔放自在な描写法のためだろう。ある絵は僧侶たちの狂信主義、大食い、間抜けさ加減に関係があるし、他の絵は風俗とか魔術といった主題を描いている。

ゴヤの自画像は彼の作品集の口絵に使われる。それは嘲笑的で皮肉な小じわのある大きな瞼に覆われた狡猾そうな陰険な目、木靴のさきのように曲がった顎、薄い上唇、好色そうな厚く突き出た下唇を持つ五十歳ばかりの男だ。顔全体は南国人的な頬ひげにつつまれ、ボリヴァール式の帽子が上にのっている。力強い特徴的な顔付きだ。

最初の版画には金銭目当ての結婚、欲深い両親によって病弱の醜悪な老人に嫁された哀れな若い娘が描かれている。花嫁は黒いビロードの小さな半仮面をつけ、大きな総飾りのあるスカートをはき可愛らしい。というのもゴヤはアンダルシア的でカスティリャ的な優美さを見事に表現しているからだ。両親の姿は強欲とねたみに満ちた貧困とでぞっとするほど醜悪だ。彼らは想像を絶するような鰐や鮫のような顔に見える。子供の方は四月の雨のように涙顔にほほえみを浮かべている。周りにあるのは貪欲な目、爪、歯だけなのに、若い娘の方は自分のきらびやかな花嫁飾りにうっとりして自分の不幸がどれほど大きいかまだその全体を感じないでいる。この主題はしばしばゴヤの筆先に繰り返し現われ、彼はいつでもそこから生き生きした効果を引き出すことができるのだ。ずっと先の方に描かれているのはエル・ココ、幼児たちをおどかしに来る、そして、他の多くの子供たちをもぞっとさせるようなこわい小父さんだ。というのもサルバドール・ローサの手になる絵『エンドールの女占い師』の中のサミュエルの亡霊に続いて次にこの醜悪きわまりない人物以上にぞっとする恐ろしいものは全くぼくらは知らないからだ。続いては遊歩道でさっそうたる娘たちに言い寄る伊達男たちだ。ぴっちりと伸ばした絹の靴下をつけ、親指の爪でやっと足にひっかかっているかかとのとんがった小さなスリッパをはき、女神キュベレの城壁冠よりも丈が高く、透し穴をあけた刳形状の鼈甲の櫛をさした美しい娘たち。頭巾のようにすっぽり頭を覆う黒いレースのマンテラが世界中で最も美しい黒い目の上にやわらかな影を落としている豊満な腰を一層よく際立たせるための鉛色のスカート、口元やこめかみの近くにつけられたつけぼくろ。スペイン中のキューピット像をぶらさげるようなキッスカールと孔雀の尾のように開いた大きな扇。舞踏靴をはき、贅をこらした燕尾服を着用し、半月形の帽子をわきにかかえ、お腹《なか》の上にいくつもの小さな飾りを飾りたてた貴族《イダルゴ》たち。彼らは三段階にわたって深々と挨拶し、椅子の背に身をかたむけて葉巻の煙を吐き出すように、美しい房の黒髪に何やら熱烈な恋歌を囁きかけたり、その白手袋の端をもって程度に違いはあれ、どことなく只者じゃない胡散臭い美しい女をひきつれたりしている。それから、あまりにおとなしすぎる娘たちにレニエ描くところの取り持ち婆マセット流の助言をさずけ、夜宴に行く彼女をきれいに洗い油を塗ってやる世話好きのやり手女親たち。やり手の取り持ち役の母親という人物典型はゴヤの手で驚くほど巧みに描かれている。彼はすべてのスペイン人画家たちと同じように下劣な恥ずべきことに対しては鋭く深い感覚の持ち主だから。これ以上にグロテスクでぞっとするような、これ以上に堕落し醜いものを何も想像することはできないだろう。これらの意地悪女たちはそれぞれたった一人で七つの大罪の醜悪さを一身にそなえているのだ。悪魔だってこいつの側に置かれれば美しいほどだ。溝や堀のようなくぼんだ皺、血の中にひたされて消えた炭火のような目、一面に疣やにきびのできた蒸溜器のグラスのような鼻、剛い毛が逆立った河馬のような鼻面、トラのような口ひげ、ぞっとするような嘲笑にゆがむ貯金箱のように裂けた口、何かしら蜘蛛やわらじ虫に似ており、ひき蛙の柔らかな腹を踏んだ時と同じ不快感を感じさせる顔だちなどを想像していただきたい。以上が現実面だけれど、ゴヤが特に素晴らしいのは彼が魔神学的情熱に身をまかせる時なのだ。彼以上にうまく嵐の夜の暑苦しい空気の中に、ヴァンパイア、吸血鬼、悪魔などで一杯の大きな黒雲を流したり、帯状の不気味な地平線上に群れをなして走り回る魔女の姿をくっきりと浮かび上がらせることのできる者は誰もいない。

他はさておき何よりも一枚の完全に幻想的な版画があるが、これはまさしくぼくらが今まで夢想した最高に恐ろしい悪夢だ。それには「彼らはいつも死んでゆくとは限らない」という題がつけられてある。それはぞっとするほどで、ダンテ自身でさえこれほど息苦しい恐怖感を生むことはできない。荒涼として陰鬱な平原とその上を腹を切り裂かれた鰐のように無様に歪んだ雲が苦しげに棚引く様を思い浮かべていただきたい。それから一個の大きな石、瘦せ細り苦痛に顔をゆがめる人物が一人、懸命に持ち上げようとしている平墓石を思い描いていただきたい。石はそれを支えようとする瘦せ細り、今にもめりめりと音をたて折れんばかりに思われる腕には余りに重すぎ、幽霊や同時に自分たちのむなしい影の腕をこわばらせてふんばる他の小亡霊たちの努力にもかかわらず再び落下する。亡霊たちの何人かはすでに、一瞬のうちに位置のずれた石の下敷きになっている。死人のようなこれらのすべての顔、自分たちの骨折りが徒労だったことを目撃する、眼球のない眼窩に浮かぶ絶望の表情は本当に悲しい。これは無益な勤勉な労苦の最も悲惨なる象徴、今まで死者たちに関してなされた最も辛辣な嘲弄、最も暗澹たる詩情だ。一群の悪魔、大急ぎで翼を広げて逃げ去り、名前のないある仕事へと急ぐバラオナ神学校の生徒たちが見られる版画『ごきげんよう』は、生き生きと活力に満ちた動きによって人目を引く。夜のよどんだ空気の中で、こうもりの翼のように爪が付き、毛で覆われたこれらの膜が全部ぴくぴく動く音が聞こえる気がするほどだ。版画集は「イ、エス、オラ」という言葉で終わる。時間がきた。雄鶏が鳴き、亡霊たちは姿を消し、光が現われる。

この作品の道徳的、美学的意味に関して言えば、それはたして何だろう。ぼくらは知らない。ゴヤはその点に関する意見を、頭を両腕で支え、その周りをみみずく、梟、伝説の怪獣が飛び回る一人の男が描かれた彼の素描画の一つの中に盛り込んでいるように見える。この絵の説明文は「理性の眠りは化け物を生じさせる」だ。確かにその通りだが、これは全く厳しい見方だ。

これらの幻想画がパリ王立図書館が所蔵するゴヤの作品のすべてだけれども、彼は他の作品集も製作している。『闘牛術』という三十三枚続きの版画集、二十枚の素描から成っているが、四十枚以上の作品を収めるはずだった『侵略場面集』、ベラスケス流のエッチング、等々。

『闘牛術』はムーア人の時代に始まり今日までの闘牛の様々な思いがけない事件、見せ場を描いた作品集だ。ゴヤは申し分のない骨の髄からの闘牛ファンで、時間の大部分を闘牛士たちと過ごしたのだった。だから彼は主題を徹底的に扱うには世界で一番適任の男だった。物腰、態度、守りと攻撃、あるいは専門用語を使って言えば、様々なスエルテ（牛）やコシダ（闘牛の角突き）が非の打ちどころないほど正確に描かれているにもかかわらず、ゴヤはこれらの場面に彼の神秘的な闇と彼の幻想的な色をぶちまけている。何と奇妙で残忍な顔。何と野蛮でおかしな服装。何と猛烈な動き。衣裳の点では幾分帝政時代のトルコ人流に見られ理解された彼のムーア人たちは、最高に特徴的な顔付きをしている。引っ掻き傷のある輪郭、黒いしみ、白い線、以上が生き、動き回り、その顔付きが永久に記憶に刻みつけられる人物の姿だ。闘牛や馬たちは時々、信じ難い驚くべき形に描かれていることもあるとはいえ、プロの動物画家らの描く動物たちには欠如していることがしょっちゅうある生気と活力に満ちている。ガズル、ル・シッド、カルロス一世、ロメロ、ファルセスの学生、闘牛場で悲惨な死をとげたペペ・イロらの見事な闘牛術が全くスペイン的に正確、忠実に再現されている。『幻想』の版画と同様、『闘牛術』の版画もアカァチントで製作され、エッチングで引き立てられている。

『侵略場面集』はカロの『戦争の悲惨』と奇妙な類似関係を見せるだろう。描かれているのはまさに絞首刑に処せられた人々、裸にされた死人の山、凌辱される女たち、運ばれていく負傷者、銃殺される捕虜たち、略奪される修道院、逃走する住民、物乞いに身をおとさざるを得ない破目になった家族、絞殺される愛国者たちなどだけなのだが、これら全部が十四世紀のタタール人の侵略かと信じさせるようなあの途轍もない風采とあの異様な服装を与えられているのだ。しかし何という微妙、精巧。偶然とエッチング用彫刻針の気まぐれから生まれたように見えるこれらの人々の群れ全員に何と深い解剖学の知識が生かされていることか。古代のニオベでさえはたして悲歎と気高さの点で、フランス人の銃剣を前に一家の中央に跪くこの母親を超えることができるだろうか。容易に理解されるこれらの素描の中に、漠然と垣間見えるだけのその意味には戦慄と烈しい恐怖が一杯隠されている全く恐ろしい不思議な作品が一点含まれている。それは地中に半分埋められた死人で、彼は肘をついて身を起こし、彼のわきに置かれた一枚の紙に、何も考えず骨ばった手で、ダンテの最も悲しいいくつもの言葉に優に匹敵するナダ（虚無）という一語を書く。ある程度肉が残っている分だけちょうど骨だけの頭蓋骨よりも恐ろしいその頭の周りでは、夜の深い闇の中でほとんど見えないけれど悪夢のごとき怪物が、あちらこちらで青白い稲光りに照らされ旋回している。運命を啓示する一本の手が、秤皿がひっくり返る秤を支えている。あなたがたはこれ以上に不気味でこれ以上に胸をえぐるものを何かご存じだろうか。

長かった人生、というのも彼はボルドーで八十歳以上で死んだからだが、その人生の本当に最々晩年に、『イスパニアの娯楽』という題を持つ石版刷のスケッチを何枚かの石の上に即興的に製作している。それは闘牛を描いたものだ。ずっと前から聾でほとんど盲目の老人の手で木炭で描かれたこれらの刷り紙には、『幻想』や『闘牛術』の動きと活力がまだ認められる。奇妙なことに、これらの石版画を見ると『ファウスト』の挿画に見られるウジェーヌ・ドラクロアの手法が思い出されるのだ。

ゴヤの墓には古いスペイン芸術が葬られ、闘牛士《トレロ》、伊達男《マホ》、娘っ子《マノーラ》、僧侶、密輸入者、盗賊、警官、魔女たちの世界、イベリア半島の地方色が丸ごとすっかり永久に消えてしまったのだ。彼はちょうど好い時に生まれて来て、これらのものを全部取り集めて定着したのだ。彼は気まぐれな絵を作っているだけだと思っていたが、新しい思想と信仰に仕えていると思いながら古いスペインの歴史と肖像画を製作していたのだ。彼の諷刺画はまもなく歴史的記念物になることだろう。

＊ 9 ＊

# エスコリアル宮殿——盗賊たち

エスコリアル宮殿に行くために、ぼくらはグリザイユで描いたキューピッド図やすでに機会に恵まれて話したことのあるポンパドゥール式の他の飾り付けなどでけばけばしく飾り立てた、あの異様な馬車の一台を借りた。車体には四頭の騾馬がつながれ、扮装ぶりも板に付いた若者が一人乗っていた。エスコリアル宮殿はマドリードから七、八里、グアダルラマにも近く、山脈のふもとにある。そこに行くために横断しなくてはならない平原以上に不毛の荒涼たるものは何も想像できないほどだ。一本の木も、一軒の家もない。互いに重なり合いつつ連綿と続く大斜面、橋がいくつか架かっていることで急流の川床だったことが示される干上がった雨谷、あちらこちらに時々見えてくる雪を頂き、雲がたなびく青い山々。しかしながらこのような景色にも壮大さがなくはない。どんな植物さえも何一つ繁茂していない土地には驚くべき峻厳さと簡素な力強さが見える。マドリードから遠ざかるにつれ、平原にちらばる石の形は段々大きくなり、岩になろうとの野心を示しているようだ。青灰色をしたこれらの石が地面をうろこのように覆っている様は、百歳にもなる鰐のでこぼこした背の上の疣のように見える。これらは巨大建築物の残骸にそっくりのいくつもの丘をシルエットに凹凸模様を浮き上がらせている。

街道の半ばごろ、大分急な上り坂を登りきったところに、みすぼらしい一軒家、八里の道程でめぐり合える唯一の家が冷たく澄んだ水を一滴ずつしたたらす泉を正面にしているのが見つかる。泉にあるだけの水を何杯となく飲み、騾馬に一息入れさせると、再び出発だ。ほどなくあなたがたにはぼんやりとかすんだ山を背景に、強烈な太陽光線の中、エスコリアル宮殿の建築物のレヴィアタン（巨大な怪獣）がくっきり浮かび上がるのが見えてくる。遠くからの印象は大変美しい。まるで東洋の巨大宮殿のようだ。石づくりの円屋根とすべての尖頂の上にある擬宝珠がこうした錯覚の主なる原因だ。宮殿に到達するまでに、人目をひくような大きな岩塊に奇妙な具合に掛けた十字架が点々と飾られた大オリーブ林を横切る。林を横切るとあなたがたは村へと出、この世のあらゆる巨像と同じように近くで見ると大いにつまらない巨像を目の前にすることになる。最初にぼくが驚かされたのは、厖大な数の燕と雨燕が鋭く金切り声で鳴き叫びながら、おびただしく群れをなして中を飛び回っている様だった。これらの哀れな小鳥たちはこのうらさびれた場所にみなぎる死の静寂におびえ、少しでも音と生気を投げ込もうとしているかのようだった。

みなさんが御存じのように、エスコリアル宮殿は、フェリペ二世が聖ロラン教会を包括せざるを得なかったサン・カンタンの包囲戦における王の誓いを受けて建設された。王は聖者に彼から自分が奪った教会の代わりにもっと広く美しい別の教会を建てて償いをすると約束し、その約束をふつう地上の王たちが守る以上によく守ったのだった。フアン・バウティスカが着手し、エレーラによって完成されたエスコリアル宮殿は、エジプトのピラミッドに次いで確実に、この地上に存在する最も大きな花崗岩の山である。スペインではこの宮殿は世界の第八番目の不思議と呼ばれている。どの国もそれぞれ八番目の不思議を持っているので、これでは少なくとも世界で第三十八番目の不思議ということになる。

エスコリアル宮殿について意見を言うとなると、ぼくはひどく困惑してしまう。ぼくはそう思いたいのだが、この宮殿を一度も見たことのない謹厳で身分も立派なあまりにもたくさんの人々がそれについて傑作だとか人類の才能の最高なる努力の産物だとか言ったので、ぼくのような一介のつまらない放浪文芸担当記者が意見を述べたりしたら、断固として目立ちたがっている、通説に反対して楽しんでいると見られてしまうだろう。でもしかし、嘘いつわりのないところ、ぼくはエスコリアル宮殿を気むずかしい一人の僧と疑い深い一人の暴君が彼らの同類たちの苦行用に想像しうる最も退屈で陰気な記念建築物だと思わずにはいられない。エスコリアル宮殿が厳格な宗教的目的を持っていたことはよく知っている。しかし謹厳さは無味乾燥とは違うし、憂愁は衰弱とは違うし、瞑想と退屈は別物だ。それに形の美しさはいつでも思想の高貴さとうまく結びつきうるものなのだ。

　エスコリアル宮は聖ロランに敬意を表して火あぶり台を模した配置になっている。四つの四角な塔というか翼が拷問具の脚を表わしている。本館と本館との間にこれらの翼がつながれ、枠組みがつくられている。横に置かれた他の建物が火あぶり台の棒を模している。宮殿と教会は袖の方に建てられている。建築家を大いに悩ませたに違いないこうした奇妙な工夫は、設計図の上では非常にはっきりしているのだが見た目には容易に捉えられないので、あらかじめ教えられていなければ、気づかずに見過ごしてしまうのは確かだろう。当時の趣味に見られるこうした象徴的な幼稚っぽさを非難するつもりはない。というのもぼくは力量を示そうとすることは才能ある芸術家にとって害になるどころか、彼を助け、支え、思ってもみなかった手段を発見させてくれるものだと確信しているからだ。それにしてもぼくには、もっと別の利用の仕方もできただろうにと思えるのだ。建築において趣味の良さと簡素さを好む人々はエスコリアル宮を何か完璧なものと思うに違いない。というのも使われている唯一の線は直線であり、用いられている唯一の様式はすべての中で最も下らないつまらない様式であるドーリア様式なのだから。

最初にあなたがたの目を驚かせ不愉快な気持ちにするのは城壁の黄土色だ。これらの壁は目ざわりな白線ではっきりそれと分かる石と石の継ぎ目が逆の事実を示してくれなければ、練り土でできていると思われるだろう。刳形も施されていず、つけ柱も円柱もなく、まるで蜜蜂の巣穴のようなひしゃげた小窓のある六、七階建ての本館ほど見た目に退屈なものはない。これではまるで理想的な兵舎か病院そのものだ。これら全体の唯一の美点は花崗岩で作られている点だ。この美点も無駄なこと。というのもそこから百歩も離れると暖炉用土でできていると見間違えられることもありうるからだ。上には起伏の多い円屋根がどっしりと重く鎮座している。ぼくにはヴァル＝ド＝グラース修道院の円屋根にたとえる以上にうまい比較のしようがないこの円屋根に付いている飾りは、多数の花崗岩製の擬宝珠以外にはない。均斉に何一つ欠ける物のないように周囲には、同じ様式の、すなわち、小窓がたくさんあるだけでごく僅かの装飾物もない記念建造物が建てられている。これらの本館は互いに、今日ではただの廃墟の山にすぎない村へと通じる通りの上に架けられた橋形をした廊下でつながっている。建造物の周囲は全部花崗岩で舗装され、境界線は角ごと、堀ごとに避けがたい例の擬宝珠で飾られた高さ三ピエの小さな壁で示されている。建造物本館に対していかなる張り出し部分もない正面は線の無味乾燥さを少しも乱さず、巨大であるにもかかわらずほとんど目に入らない。

まずは広大な中庭に入ってみる。中庭奥には教会の正面玄関が立っている。そこで目を引く物はと言えば、金めっきされた装飾物とバラ色に塗られた顔をもつ予言者たちの巨大な立像だけだ。この中庭は舗装され、じめじめ湿っぽく、冷たい。角には雑草が緑に繁茂している。そこに足を踏み入れるだけで、倦怠が鉛の祭服のようにあなたの肩先に落ち、胸が締めつけられる。あなたには万事休すだと、自分にとってどんな喜びも消えうせてしまったのだと思われるのだ。扉から二十歩も進むと、肋膜炎とかカタルのこもった通風が運んでくる何かしら冷たく、聖水や地下墳墓の気の抜けた匂いが感じられてくる。戸外は三十度の暑さなのに、あなたの骨髄は骨の中で凍るほどだ。生命の熱さは蝮の血以上に冷たくなったあなたの血を静脈の中で決して再び暖めることはできないだろう、とあなたには思える。墓石のようにぴったりと閉ざされたこれらの壁からはぶ厚い間仕切りごしに生者たちの空気も滲み入ることはできないのだ。ところがだ、この修道院のようなモスクワ的な寒さにもかかわらず、教会内に入って最初にぼくが目にしたのは舗石に跪き、一方の手で自分の胸に何度となく拳固をふるい、もう一方の手で少なくとも同じように熱心に扇を使っている一人のスペイン女性の姿だった。ぼくは今でもすっかり覚えているのだが、扇は海緑色かイリスの葉色で、その事を思うとぼくの背中には戦慄が走るのだ。

建物内部を案内してくれたぼくらの案内人は盲目だったけれど、本当に驚くべきことに、彼は絵画作品の前に正確に立ち止まり、その絵の主題と作者を即座に決して間違えることなくぼくらに示してみせるのだった。彼はぼくらを円天井に登らせてくれ、錯綜している点でアン・ラドクリフの『黒人告解者たちの告解所』とか『ピレネーの城』に匹敵する数限りない上り階段や下り階段を上り降りさせてくれた。このお人好しの名はコルネリオ。彼は世界一上機嫌で、自分の障害さえも全く陽気に喜んでいるかのようだ。

教会内部は薄暗く何もない。食卓塩のように雲母質の粗い粒を持つ花崗岩製の薄鼠色の巨大なつけ柱が、フレスコ画を施された円天井まで達している。フレスコ画の青いぼうっとかすんだような色調は建物の乏しい冷たい色と調和していない。金色に塗られ、スペイン流に彫刻を施され、非常に美しい絵で飾られた祭壇屛のおかげで、すべてが何かつまらない均斉の犠牲にされているこの無味乾燥な装飾が幾分やわらげられている。祭壇屛の両側に跪いた形の金めっきされたブロンズ像、ぼくが思うにドン・カルロスと王家の王女たちを表現している彫像は大がかりなもので大いに目をひく。大祭壇の正面にある教会参事会室はそれだけで一つの巨大な教会だ。その周りにある祈禱席はブルゴスで見た祈禱席のように風変わりな唐草模様となって華やかに花開いている代わりに、この場の一般的特徴である厳格な性格を帯び、飾りと言えば単なる刳形があるだけだ。ぼくらは、陰鬱なフェリペ二世、あの恐怖の異端審問官になるべく生まれた王が十四年にわたってやって来てすわった場所というのを見せてもらった。そこは角を占める祈禱席で、厚い板張りにしつらえられた扉で宮殿内部とつながっている。何も熱烈なる信心を自慢するつもりではないけれど、今までゴチック式大聖堂に入るとぼくはいつでも神秘的で深遠なる感情、不思議な感動を覚えずにはいられなかった。束になった柱の曲がり角で、銀色の長いひげを持ち、緋色の外套をまとい空色の寛衣を着た永遠の聖父その人が祭服の裾で信者たちの祈りを取り集めている姿に出くわすんじゃないかという漠たる恐れを抱かずにはいられなかった。エスコリアル宮の教会では祈りが無益であることがあなたがたの目に明らかにされてしまうほどに、ひどく打ちひしがれ、押しひしがれ、自分たちが峻厳強固で陰鬱なる力の支配下にあると感じてしまうのだ。こんな風に建てられた寺院の神は決して屈服したりはすまい。

教会を見て回った後、ぼくらは霊廟《パンテオン》へと降りていった。王たちの遺体が安置されている地下埋葬所がこんな風に呼ばれているのだ。そこは高さ三八ピエ、直径三六ピエの八角形の部屋で、ミサを唱えながら司祭が円天井の要をなす石の上に両足をのせておけるように、ちょうど主祭壇の真下に置かれている。その部屋にはブロンズ製の素晴らしい格子扉で閉ざされた、花崗岩と色つき大理石でできた階段を使って降りる。霊廟《パンテオン》は全体にわたって碧玉、斑岩、他の、同じように高価な大理石で覆われている。壁には後継を残した王と王妃たちの遺体を置くための壁龕が昔風の形の短石柱とともに作られている。

この地下埋葬所は肌にしみいるひどい寒さで、光沢のある大理石は松明のゆらめく光の反射光に燦《きら》めき、冴え冴えと冷たく凍る。まるで大理石は流れる水に覆われているようだ。自分がいるのは海中洞穴かと思えることだろう。巨大な建物がその全重量で重くあなたの上にのしかかり、しめつけ、息苦しくさせる。あなたは自分が花崗岩の巨大なポリープの触手に捕らえられたかのように感じる。遺骨壺に収められた死者たちは他のすべての死者たち以上に死に浸かっているように見える。彼らがいつかはついに生き返ることができるとは到底信じられない。教会内におけるのと同じようにそこでの印象は不気味な、絶望的なものだ。これらの陰鬱な円天井のどこにも空を見ることのできるような穴一つあいていないのだ。

聖具室にはまだ何枚かすぐれた絵が残されている（最上の作品群はマドリード王立美術館に移された）。中でもドイツ派の二、三枚の板絵は非の打ちどころなくこの上なく素晴らしい。大階段の天井にはルカ・ジョルダーノの手でフレスコ画が描かれ、フェリペ二世の誓いと修道院建設が寓意的に表現されている。このルカ・ジョルダーノがスペイン中の何アールもの壁に絵を描いたというのは本当に驚異的なことで、最も手短な仕事の途中でさえ息切れするような我々現代人にはこれほどの仕事が可能であるとはなかなか想像できない。ペリグリーニ、ルカ・ガンヒアソ、カルドゥチョ、ロムロ・シンシナート、そして他の何人かの画家たちがエスコリアル宮の廻廊、円天井、天井などの絵を担当した。カルドゥチョとペリグリーニの手になる図書室の絵は、明るく輝く上品なフレスコ画で、構図は堂々たるもので、そこで絡み合う唐草模様は最高に見事なものだ。エスコリアル宮の図書室には棚上の本が壁に背を向け、へりの方が見る人の側に向けて並べられているという特色が見られる。こうした気まぐれがどういう訳なのか、ぼくは知らない。図書室には特にアラビア語の写本が豊富で、ここには完全にまだ誰にも知られていない貴重な富が隠されているに違いない。アフリカ征服によってアラビア語が流行の日常語になった今日、この豊かな宝庫が我々の若き東洋学者たちの手であらゆる方面にわたって探究されるようにと期待すべきだ。他の書籍は一般に神学書とかスコラ哲学の本であったようにぼくには見えた。ぼくらは余白に飾り文字があったり朱文字の飾りがあるなめし革の写本を何枚か見せてもらった。しかしその日は日曜日で、司書が休みだったので、それ以上のものを目にすることはできなかった。そこでぼくらは唯一のインキュナビュラ版も見ずに立ち去らなければならなかったわけで、不満足だったが、これは不幸にも書誌学に対する情熱も他のいかなる情熱も持たないぼくよりも、ぼくの道連れにとって強く感じられたのだった。

　廻廊の一つにはベンヴェヌート・チェリニの作とされる等身大の白大理石製キリスト像が置かれ、それからカロやテニールスなどの誘惑図風の、ただしもっとずっと古い大変に奇妙な幻想画が何枚か見える。その上、人体における静脈のように建物内を回っている狭く天井の低い、灰色花崗岩のこれらの果てしない廻廊以上に単調なものはちょっと想像がつかない。全くの話、そこで自分の道を再び見出すには盲目ででもなければならない。登ったり、降りたり、何度となく曲がったり、三、四時間も歩き回っていれば短靴の底がすっかりすり減ってしまう。というのもこの花崗岩は鑢《やすり》のようにでこぼこで紙鑢のようにざらざらなのだ。円屋根に上がってみると、下から見上げた時は鈴ぐらいの大きさに見えた擬宝珠が巨大な大きさで、途方も無い地球全図を作れるほどであるのが分かる。足下には広大な地平線が展開している。あなたがたとマドリードを隔てる起伏に富んだ平原を一目であなたがたは見てとるのだ。向こう側にはグアダルラマ山脈が聳えている。こんな風にあなたがたは建築物の構え全体を目にできるわけだ。あなたがたは中庭と廻廊、その重なり合ったアーケードの列、その噴水とか中央の四阿などを見おろすことになる。屋根という屋根は鳥瞰図で見るように、驢馬の背中のように見える。

ぼくらが円屋根に上がった時には、煙突の先端、逆さまにしたターバンそっくりの麦藁でできた大きな巣の中にこうのとりが三羽の雛と一緒に住んでいた。この興味深い一家は世にも奇妙な横顔を見せていた。母鳥は首を肩にくぼめて、瞑想にふける哲学者のように嘴をいかめしく餌袋のあたりに置いて、巣の真ん中に片足で立っていた。雛たちは長い嘴と長い首をのばして餌をねだっていた。ぼくは白い大ペリカンが自分の胸から血をだして、自分の子供たちに口で吸えるものを与えようとする姿が見られる博物誌のあの感情に訴え涙を誘うような場面の一つを目にすることができるものと期待していた。しかし、こうのとりはこのひもじそうな必死の訴えにほとんど心を動かされた気色もなく、クラモワジーによって発表された本の扉に飾られている木版画のこうのとりと同様みじんも動かなかった。この物寂しい一家がさらにこの場所のひどい孤独を増し、この古代エジプト王を思わせる堆積にエジプト的な特徴を付与している。ぼくらは再び降りて植物よりも建築物の方が多い庭園を見た。そこは大きな築山、古ダマスク織りの枝葉模様に似た模様を表わした刈り込まれた黄楊《つげ》の花壇、いくつかの水汲み場、緑色がかった水のたまったいくつかの小池などがある退屈で大げさ、ゴリリャという人物のように堅苦しい、全くもってそれが付随する陰鬱な建物にふさわしい庭園だ。

外部だけで百十の窓があると言われているのだが、この話を聞くとブルジョワ連中は大いに仰天するというわけだ。ぼくはそんな作業に熱中するよりはそう信じている方がいいので、窓の数を数えてみることはしなかった。しかしありえないことではない。というのもぼくは今までこれほどたくさんの窓を一度に見たことはないからだ。扉の数も同様に信じられないほどの数だ。

ぼくはこの花崗岩の砂漠、この修道者の墓地から外に出て満足感と驚くほどほっとした気持ちを覚えた。自分が元気を回復し、再び若がえり、神様のお創りになった世界で浮かれ楽しむことができるように思われた。ぼくはこれらの死の円天井の下にいる時にはそんな希望はすっかりなくしていたのだった。生暖かい、光に満ちた空気がぼくを極上の柔らかなウール地のように包んでくれ、あの死体のような空気で冷えきった体を暖めてくれた。決して終わるはずがないと思われたこの建築物の悪夢からぼくは解放されたのだ。ぼくは退屈で困るなどと主張してうぬぼれる人たちに、三、四日間エスコリアル宮に行って過ごしてみることを勧める。そこに行けば彼らには本当の退屈がどんなものか分かり、残りの生涯を、自分たちがエスコリアル宮にいる破目ということもあるのに、そこにはいないで済むということを思って楽しく暮らせるだろう。

マドリードに戻ると、ぼくらがまだ生きているのを見て友人たちは驚き、喜んでくれた。エスコリアル宮に行って戻ってくる人はほとんどいないのだ。そこでは二、三日で憔悴死するか、少しでもイギリス人であれば脳を傷めてしまうのだという。幸いぼくらは頑健な体質だし、ナポレオンが自分を打ち負かすはずの砲弾について言ったように、ぼくらを殺すはずの建築物はまだ建てられていないのだ。ぼくらが懐中時計を持ち帰れたことが少なからず驚きの念を引き起こした。というのもスペインには街道にいつでも非常に時間を知りたがる人々がいるのだが、そこには掛時計も日時計もないので、彼らは旅行者たちの懐中時計を見ざるを得ない。盗賊に関して、ぼくらがもうちょっとのところでその主人公になりそこねた話をここに挿入しておこう。ぼくらはそれに乗って出発するはずだったが、もう席がなかったマドリードからセビリャへ向う乗合馬車が、ラ・マンチャでどっちにしても同じことだが反徒というか盗賊たちの一団に止められた。盗賊たちは分捕り品を互いに分配し合い、家族に身代金を払ってもらおうと（こんなことはまるでアフリカの出来事のように思われないだろうか）山中に捕虜たちを連行しようとしたまさにその時、数で勝るもう一つの一団が現われ、最初の一団を打ち負かし、捕虜たちを盗み、結局彼らを山中に連行していった。

途中、旅行者たちの一人が盗賊たちが探るのを忘れていたポケットから葉巻箱を取り出し、一本抜き取ると、火打ちを打ってそれに火をつける。「葉巻をおひとついかがですか。みんなハバナ製ですよ」、と彼は盗賊にカスティリャ人的に全く礼儀正しく問いかける。――「それでは喜んで」と盗賊はこうした心づかいに気を良くして答える。さてこうして旅行者と盗賊がともに葉巻と葉巻をくっつけ、息を吸い込んでは、もっと早く火がつくように何服も吹かす、会話が始まり、知らず知らず盗賊はついにはすべての商人と同じように自分の商売について不平を洩らすようになる。天候が厳しく、商売ははかばかしくない。正直なまともな連中が口出しするようになり仕事を駄目にした。あのみすぼらしい乗合馬車を強奪するのに並んで待っている有様で、三つや四つの盗賊団が同じ馬車や同じ騾馬の群れなどの強奪品を互いに奪い合わざるを得ないこともしばしばだ。それから略奪されるのが確実だと知っている旅行者たちはぎりぎりの必要品しか持って行かないし、最低の服を身につけているというのである。「ほら、こんなぼろ着を盗まなくてはならないなんて恥ずかしいことではないですか」と彼は物悲しそうな落胆した素振りで、すっかりすりきれ、継ぎはぎだらけ、まるで誠実の化身をつつむのにふさわしいような自分の外套をさして言う。「わしの上着は最高にご立派なものじゃないですか。地上の一番正直者の人間だってこれ以上ひどい身なりをしていることがありますか。わしらが旅行者を人質として連れていくのはいいんだが、今日の親たちときたら全く無情な連中で、財布の紐をゆるめる決心もつけられないときてる。食糧代は損するし、一ヶ月も二ヶ月も待った後で捕虜の頭を割る、こいつは連中と馴れ親しんでみるといつでもいやな仕事だが、頭を割るためにはさらに火薬代や弾丸代がかかるわけだ。こんなことのために、土の上で眠ったり、いつも柔らかいとは限らないどんぐりを食ったり、溶けた雪を飲んだり、ぞっとするようなひどい道をたっぷり歩いたり、絶えず自分の命を危険にさらさなくてはならない。」自分の文芸欄担当の番がやってきた時のパリ人ジャーナリスト以上に自分の仕事に嫌気のさしたこの正直な盗賊はこんな風に話したものだ。「仕事が気に入らず、実入りもほとんどないとすれば、それじゃ何故他の仕事をなさらないのですか、と旅行者は聞く。——わしもそれはよく考えました。仲間もわしと同じ考えです。でも一体どうしろと言うんですか。わしらは追われる身なんですよ。わしらがどっかの村に近づきでもしようものなら、犬っころみたいに銃殺されるでしょう。同じ暮らしを続けるしかないんです。」旅行者はかなり勢力のある男だったのだが、彼は一瞬考えこむ。「それじゃ大赦を得られるなら喜んで今の職業を捨てるというんだね。——もちろん、と一味全員は答える。追いはぎであることがそれほど楽しいことだと思いますか。黒人のように働いてひどい苦労をせにゃならんのですからね。わしらだって同じようにまともになりたいんですよ。よろしい、私たちを自由にしてくれるという条件で私があなたがたの恩赦獲得を引き受けよう、と旅行者は答える。——そういうことにしましょう。マドリードに行ってください。これが道中を続けるための馬とお金で、これがあなたを仲間たちが通してくれるようにとの通行証です。早く戻ってきてください。わしらはあなたをあなたの道連れと一緒にこれこれの場所で待ってます。お友達はできる限り丁寧に扱わせていただきます。」男はマドリードに行き、盗賊たちが大赦を得るようにとの約束を取りつけ、不運な彼の仲間たちを迎えに引き返す。ついてみると彼らは何事もなく穏やかに盗賊たちとすわり、砂糖入りの焼いたラ・マンチャ産ハムを食べたり、わざわざ盗賊たちが彼らのために盗んできた——何と細やかな心づかい——バルデペニャスの革袋に何度となく抱擁を繰り返している。彼らは歌ったり、大いに楽しんでは、マドリードに戻るよりも他の人々のように追いはぎになりたいなどと言い出す。しかし一味の首領から厳しく説教され、彼らは自分を取り戻す。群れ全員が腕に腕をくみ町に向って歩き出す。町では旅行者たちと追いはぎたちは熱狂的な出迎えを受ける。というのも乗合馬車に捕らわれの身になった盗賊たちというのは何か本当に珍しい好奇心をそそるものだからだ。

＊
# 10
＊

トレド――王宮――大聖堂――グレゴリオ典礼とモザラベ典礼――トレドのノートル＝ダム――サン＝ファン・デ・ロス・レイエス――ユダヤ教会堂――ガリアナ、カルルとブラダマント――フロリンドの浴槽――ヘラクレスの洞穴――枢機卿病院――トレドの剣

ぼくらはマドリードの名所は見尽くしてしまっていた。宮殿、武器博物館、かなりな隠遁所、美術館、絵画学院、王立劇場、闘牛広場なども見てしまっていた。キュベレの泉からネプチューンの泉まで遊歩道を歩き回ってしまっていたし、ぼくらは倦怠感に少しとらわれ始めていた。だから、気温が三十度もあり、反徒や掏摸《すり》に関してあらゆる類いの身の毛のよだつような話を聞かされていたにもかかわらず、ぼくらは美しい剣とロマンチックな短剣の町トレドへと敢然と出発した。

年代記作者たちの記述を信じるべきであるとすれば、トレドは単にスペインのみならず、世界中で最も古い町の一つである。最も控え目な年代記作者たちでさえこの町の創設時期を大洪水以前に置いている（宇宙創造の数年前、アダム以前の王たちの御代ではどうしていけないのだろう）。その最初の礎を築いた名誉をトゥバルに帰す人々もいるし、ギリシア人たちだとする者もいる。ローマの執政官テルモンとブルトゥスが創建の祖だと主張する人々もいれば、トレドという語源を拠り所としてナブチョドノソルと

ともにスペインに入ったユダヤ人たちがそれだと言う人々もいる。トレドというのは世代を意味するヘブライ語のトレドットから来ている、というのも十二の部族が町を建設し住みつくようになるのに与って力があったからだというのだ。

ともかくトレドがマドリードから十二里のところに位置する素晴らしい古い町であることは確実すぎるぐらい確実なことだ。もちろんここで言う里とはぼくらが知っている二つの最も長い物、つまり十二段抜きの文芸欄あるいはお金のない一日よりも長いスペイン式の里のことだ。トレドに行くには二頭立て四輪馬車でだったり、週に二回出る小さな乗合馬車でということになる。より確実な手段としては後者の方が好まれる。というのもピレネー山脈の向こう側では、かつてのフランスでと同じく、ちょっとした旅行に出るのにも遺言書を作っていくからだ。このような盗賊に対する恐怖心は大げさすぎるに違いない。というのも最も危険だと噂される地方を突っ切って長い旅行を続けているのに、ぼくらはこうした恐怖がもっともだと思えるようなものは何一つ全く見ていないからだ。けれどもこの恐れが大いに楽しみを増してくれるわけだ。これがあなたがたを警戒させ、退屈になることから救ってくれるのだ。あなたがたは英雄的な行為をなし、超人的な勇気を発揮している。他の人々の不安な脅えた表情を見てあなたは我ながら自分が一段と勇敢だと思ってしまう。乗合馬車の旅という世界で一番平凡なつまらないことが、一個の冒険、探険になるのだ。あなたは出発する、それは確かだが、到着できるとか戻ってこられるとかの確信は持てないのだ。これは現代文明というあまりに進みすぎた文明、この一八四〇年という散文的な不運な時代においてはなかなかのことなのだ。

トレド門とトレド橋を通ってマドリードを出る。橋は全体が焔が出る壺形装飾、渦巻き装飾、立像、平凡な感じだがそれでも充分に荘厳な印象を与える菊ぢしゃなどに飾られている。リュイ・ブラスがマリード・ヌブールのためにドイツの小さな青い花を探しに行った（リュイ・ブラスは今日なら、軽石の地面に立つこのコルク樫の集落でどれほど小さな忘れな草さえ見つけることはできないだろう）カラマンチェル村を右手に見て、ひどい道を通ってゆくと果てしなく続く埃だらけの平原に入る。平原はくまなく小麦とライ麦に覆われ、その薄黄色のせいで風景の単調さが更に増している。あちらこちらでその痩せ細った腕を伸ばしている不吉な何本かの十字架、遠くにまだ見えない村があることを示すいくつかの鐘楼の尖塔、石のアーケードが架かる干上がった峡谷の川床、これだけが眼前に展開する変化と言えるものだ。騎兵銃をわきに、騾馬にまたがった農夫、つぼや何本もの細紐で落ちないようにゆわえられた刻み藁を背負った二、三頭の驢馬を前方へと追いたててゆく子供、すねているらしい子供をひっぱってゆく、やつれ陽にやけたあわれな女と出会うことが時々あるけれど、結局それだけだ。

進んでいくにつれ、景色はより無味乾燥で荒涼としてくる。だから空積みした石橋の上に、ぼくらの護衛役をつとめてくれるはずの緑の制服に身をつつむ五人の猟騎兵を見た時には、内心ほっとした。というのもマドリードからトレドに行くには護衛が必要だからだ。まるでアルジェリアのまっただ中にいて、マドリードがベドウィン族の住むミティドハのような集落に取り巻かれているようではないだろうか。

町というのか村というのか、どちらなのかぼくらにはあまりよく分からないイリエスカスというところに昼食のために止まる。そこにはムーア人の古い建築物の跡がいくつか見えるし、家々の窓は複雑な金具類が格子状にはめられ、十字架が上にのっている。

ここでの昼食はねぎと卵のスープ、例の避けがたいトマト入りオムレツ、焼き巴旦杏、オレンジからなり、どれも非常に濃厚すぎ、松脂《まつやに》くさく、桑の実のシロップ色をしているにせよ、結構いけるバル＝

デ＝ペニャス産ワインがかけられている。料理はスペインの華々しき面とはいかず、ドン・キホーテの時から宿屋はそれほど改良されていない。羽飾り付きのオムレツ、革のように堅い干鱈、いやな臭いのする油、銃の弾丸として役立つこともできそうなエジプト豆などのあの描写は今でもまだ驚くほど正確な事実なのだ。しかし全くの話、今日、見事に肥らせた若い雌鶏とかガマチェの結婚式ででた途轍もない鵞鳥がどこで見つかるというのか。

イリエスカスから、土地は一段と起伏が多くなり、その結果、道はなお一層ひどくなる。まさに沼地と危険な場所の連続だ。だからといって全速力で突っ走ることに変わりはない。スペインの御者はモルラックの御者と同じで、自分たちの後ろで何が起ころうとほとんど気にかけない。着いた時には梶棒と小さな前車輪だけにすぎなくとも、ともかく到着しさえすれば彼らは満足なのだ。しかしながらぼくらは、騾馬や猟騎兵たちの馬がまき上げるもうもうたる土埃の中、つつがなく目的地に到着した。上に擬宝珠がのせられ、コーランの唱句に飾られた花崗岩の支柱と、広口の上品な迫持を持つアラビア式の荘麗な門を通って、好奇心と喉の渇きに息をはずませながら、ぼくらはトレドへ入場した。この門は太陽の門と呼ばれる。焦げ茶色で、ポルトガルのオレンジのように何か焼かれたり漬けられたような色合いで、紺青の澄みわたった空にくっきりと見事に浮き出している。ぼくらの霧の多い地方では、この強烈な色とこの容赦のない輪郭とを実際には想像することができない。絵を持ち帰ったところでいつも大げさで誇張されていると思われることだろう。

太陽の門を通り抜けると一種の露台のような場所で、そこからは非常に広々とした展望を楽しめる。ムーア人が導入した灌漑設備のおかげでみずみずしさを保っている木々や耕作地が縞模様や斑模様をなしている沃野が見渡される。サン＝マルタン橋とアルカンタラ橋が架かったタホ川では黄ばんだ波の流れが速く、そのうねりの中に町全体をほとんどすっぽり取り巻いている。露台の下、家々の光る褐色の屋根と、緑と白の陶器で市松模様に配置された格子屋根を持つ修道院や教会の鐘楼が目にちらちら映る。その向こうには、トレドの地平線をなす赤い丘と木もはえてない無味乾燥な急斜面が見える。こうした眺望は、ぼくらの国でいつでも広々した展望風景を覆い尽くすあの霧、周囲をつつむ空気などみじんもないという点が特徴なのだ。透明な大気のせいで輪郭線はくっきりと鮮明に浮かび上がり、どれほど離れていようとどんなに小さな部分まで見分けられるのだ。

　ぼくらの旅行鞄の検査が終わると、ぼくらはすぐ様急いでどこか旅館《フォンダ》というか宿屋《パラドール》をさがしに行った。というのもイリエスカスで食べた卵はもうすっかりはるか後方だったたから。ぼくらは荷物を乗せた二頭の驢馬が一列に並んでは全く通り抜けられないようなひどく狭い小路をいくつも通って、町で一番快適な場所の一つである騎士旅館へと連れてゆかれた。ぼくらはそこで、知っている僅かのスペイン語を集め、涙ぐましい手まね、身振りを駆使して、女主人、優しく魅力的で、最高に人の気を引きつけ、最高に上品な感じの女性に、ぼくらが空腹で死にそうだということをなんとか理解させることができた。死ぬほどの空腹ということに、カメレオンの経済的な流儀で空気と太陽とで生きているこの国の人々はいつでも大いに驚くように見える。

　下働き全部が奮闘し始める。数限りない小さな鍋が火にかけられ、その中でスペイン料理の香辛料入りシチューが蒸溜され、昇華される。一時間後には夕食を召し上がっていただけますと言われたので、この待ち時間を幸いぼくらは旅館をもっと詳しく吟味し始めた。

　これはおそらく昔は誰かの館だったのだろう、美しい見事な建物で、中庭もあった。その中庭はモザイク模様をなすように色つき大理石で舗装され、コップや碗を洗うための陶器製タイルで被われた飼槽《かいおけ》と白大理石の井戸がついている。

こうした中庭はパティオと呼ばれ、ふつう円柱やアーケードが周りを取り囲み、中央には噴水がある。夜の冷気を入れようと夕方にはたたまれる亜麻布製の日除けが、この一種の裏返しの客間の天井として役立っている。二階の高さのところに、加工がエレガントな鉄製バルコニーがぐるりとめぐらされ、その上に窓とアパルトマンのドアが開いている。アパルトマンに入るのは身じたくをしたり、夕食をとったり昼寝をする時だけだ。それ以外の時間は、絵や椅子や長椅子やピアノを降ろしてきたり、花の鉢やオレンジの木を植えてある木箱を飾り立てたこの庭客間で過ごすのだ。

検査が終わったと思ったら、セレスティナ（風変わりな妙な宿の娘だ）が鼻歌を口ずさみながら、夕食の用意ができましたと言いに来た。夕食は仲々のものだった。骨付きあばら肉、トマト付きの卵、油で揚げた雌鶏、タホ川の虹鱒、それにペラルタ酒、口当たりの良いどこか少しマスカット葡萄酒の味が香り立つ甘口の温めた酒が一壜そえられていた。

食事が終わると、ぼくらは、職業は床屋で暇な時に旅行案内人をしているガイドを先頭に町中へと繰り出した。

トレドの通りは極端に狭い。一方の窓と反対側の窓から互いに手を伸ばして握手することができるほどだし、もしピレネー山脈の向こう側ではふんだんに使われているあの見事な金具の非常に美しい格子柵や魅力的な柵のせいで整然さが保たれ、空中ごしのなれなれしい態度が妨げられなければ、露台を飛び越すことほど容易なことはないだろう。広大なる広場、広い辻公園、並はずれて広い通り、程度に差はあれ進歩的な他の美点しか熱望しない文明のすべての信奉者たちは、この幅の狭さに高く驚きの叫びを上げることだろう。しかし灼熱の地では狭い通り以上に合理的なものはないのであり、アルジェの岩山にあれほど広い通り道を作った建築家たちはすぐその点に気づくだろう。家々の一劃に適宜施されたこれらの狭い裂け目の奥で、人々はえも言われぬ日陰と涼しさを楽しんだり、町と呼ばれるこの人間ポリープ母体の枝や穴を安全に歩き回れるのだ。フェビュス・アポロンが正午になると高い空からぶちまける何杯もの溶けた鉛のような暑い光もあなたにまで達することは決してない。屋根の張り出しがパラソルとして役立ってくれるのだ。

もし不幸にもあなたがたが暑い陽の光を浴びたどこかの小広場とか広い通りを通らざるを得ない時に、あなたがたは即座に、何かしら愚かしい整然一律のためにすべてを犠牲にしたりはしなかった祖先の知恵を見直すことになる。舗石は手品師がその上で鵞鳥や七面鳥にクラコヴィ舞踊を踊らせる赤く焼けたブリキ板のようだ。短靴もサンダルもないかわいそうな犬たちは嘆くような吠《ほ》え声を発しながら全速力でそこをかけ抜ける。扉の叩き金を持ち上げようものなら、指が火傷してしまう。火にかけた鍋のように脳みそが頭蓋骨の中で煮えたぎるかのように感じられるのだ。鼻は赤くなり、両手は陽焼けで覆われ、あなたは汗となって蒸発してしまうのだ。大広場や広い通りなどが何の役に立つのかと言えばこんなところ。正午から二時の間にマドリードのアルカラ通りを通ることになればその人々は全員、ぼくの意見に賛成してくれるはずだ。その上、広々した通りを作るために家々を狭くする。逆の方がぼくにはずっと合理的だと思われる。こうした意見は雨が全然ふらず、泥というものが現実には存在せず馬車が極端に少ない暑い国々にしかあてはまらない。雨の多いぼくらの国に狭い道ということになれば、ぞっとするような下水溜めになるだろう。スペインでは女性たちは黒いサテンの短靴をはいて徒歩で外出もすればそのままで遠出もする。ぼくはこの点では全く彼女らに感心してしまう。道路が一番鋭い面が入念に置かれているように見える、滑らかに輝くとがった小石でできているトレドでは特にそうだ。ところが彼女らの弓形にそった筋骨たくましい小さな足は羚羊の蹄のように固く、彼女らはセイセル・アスファルトの柔らかさやポロンソー・アスファルトの弾性に慣れた旅行者は苦痛に悲鳴を上げてしまうダイヤモンドの尖端のように鋭く切られた舗石の上を最高にうきうきと走るのだ。

　トレドの家々は見た目にいかめしく、厳格に映る。正面には窓はほとんどなく、数少ないそれらの窓もふつう、格子をはめられている。青色っぽい花崗岩の柱に飾られ、しょっちゅうお目にかかる飾りの擬宝珠が上にのった扉はぶ厚く堅固に見えるのだが、この印象は点々と散らばった巨大な釘のせいで一段と強められている。これは同時に修道院や牢獄や城塞らしいところもあり、また少しばかりハーレムみたいなところもある。というのもムーア人たちがここを通っていったことがあるからだ。これらの家々の何軒かは外側が彩色され、フレスコ画かデトランプ画で、偽の浅浮き彫りやグリザイユ、花、ロカイユ、花飾り模様が、香炉、大メダル、キューピッドや前世紀の神話学的主題すべてとともに描かれ、かなり奇妙なコントラストをなしている。これらのポンパドゥール様式のパネル画を思わせるような家々は中世あるいはムーア起源のしかつめらしい姉妹の間で最も奇妙で滑稽な効果を生んでいる。

　抜け出せない網の目のような小さな路地を通ってぼくらは連れていかれたが、腕を組むだけのスペースがないのでぼくの道連れとぼくはバラッドに歌われた鵝鳥のように一方が相手の後ろについて、町の一番高い場所にアクロポリスのように立つアルカサルまで歩いていった。ぼくらはいくらか談判を繰り返した後でそこに入った。というのも話しかけられた人々が最初に見せる反応は、相手の依頼がどんなものであれともかくいつでも拒否することなのだ。「今晩か明日、また来なさい。管理人は昼寝の最中でね。鍵が見あたらなくて。知事の許可がいるんですよ。」これが最初に聞ける返事だ。しかし至聖なるペセタ銀貨を見せたり、極端に気むずかしくうんと言わない場合には光輝くドゥロ貨幣でも見せびらかせば、いつでも結局最後にはちゃんと歩哨線を突破することができる。

ムーア人の古い宮殿の廃墟跡に建てられたこのアルカサルも今日ではそれ自身が廃墟と化している。まるでピラネーゼがその見事なエッチングの中で追求した驚嘆すべき夢の建築物の一つが実現されたかのようだ。これはその名声が大いに過大評価されているあの鈍感で重苦しいエレーラよりも優れているがほとんど知られていない芸術家コバルビアスの手になるのである。

ルネサンス時代の最高に美しい唐草模様に絢爛と飾られた正面は、上品さと高貴さの一傑作だ。大理石を赤く焼き、石をサフラン色に染めるスペインの灼熱の太陽のせいでそこは、何世紀もの時のためにぼくらの古い建物が覆われる黒いしみとは全く違う鮮やかで力強い色のドレスをまとっている。ある偉大なる詩人の表現によれば、時が大理石の角や硬直しすぎた輪郭線にその聡明なる親指を押しつけ、すでに大変柔らかでふっくらとしたこの彫刻に最高に滑らかな最後の仕上げを施したのだ。ぼくは特に夢のように美しいエレガントな大階段を覚えている。そこには柱、手摺り、すでに半分壊れた大理石の段がついており、深淵へと面する扉に通じている。というのも建物のその部分は崩れてしまっているからだ。王様でも住めそうでありながら、何にも達することのない素晴らしい階段は何かしら奇妙で幻惑的だ。

アルカサルは東洋風に銃眼をあけた城壁に囲まれた大きな広場に建てられている。城壁の上からは広大な眺望、本当に魔法のようなパノラマが望見される。こちら側では大聖堂が空の中心に途方もない尖塔を伸ばし、もっと遠くでは、陽光の中にサン・フアン・デ・ロス・レイエス教会が輝いている。塔の形をした門のあるアルカンタラ橋がタホ川に思いきったアーケードによって架かっている。ファネリョの仕掛けがローマ建築物の残骸とでも間違えられそうな赤レンガのアーケードの累積で川をふさいでいる。セルバンテス（このセルバンテスは『ドン・キホーテ』の作者とは何の関係もない）の城のどっしりした塔、川に沿ったでこぼこした不恰好な岩の上にある塔のために、山脈の脊椎のような峰によってすでに深々とぎざぎざをつけられた地平線にさらにもう一つぎざぎざがつけ加えられている。

素晴らしい夕日が景色の仕上げとなっていた。空はそれと感じられないほど段々薄さを増し、強烈な赤からオレンジ色に、それから薄いレモン色へと移っていき、最後におかしな青に変わった。この緑色が増したトルコ玉色は西の方で夜の藤色の中に溶けていくのだった。こちら側は全部すでに夕闇で冷え冷えとしてきていた。

銃眼のくぼみに肘をつき、誰一人知る人もなく、私の名も全く知られていないこの町を燕のように俯瞰しながら、ぼくは瞑想に深々と沈み込んでいった。もう二度と再び見ることがおそらくないに違いないこれらすべての物、これらすべての形を目の前に見ながら、自分という者に対して懐疑の念にとらえられ、自分があまりに放心し、自分の生きる現実からあまりに遠くへ運ばれたように感じられたので、ぼくにはこれらはすべて幻覚、奇妙な夢だと思われた。自分が何かヴォードヴィルの音楽のふるえる鋭い音に、劇場の桟敷席の縁でその夢からはっとして目覚めることになるかのように思われたのだ。夢の中でよく起きるあの連想の飛躍によって、ぼくはこの時間に友人たちがはたして何をしているだろうかと考えた。彼らがぼくのいないことに気づいてくれるだろうか、ぼくがトレドのアルカサルでこの銃眼に身をかがめているこの時でさえ、ひょっとしてパリでぼくの名前が誰か貞節なる愛する人の唇の上を飛び回っていはしないかと心の中で思った。どうやら内なる答えは否だった。というのも、壮大なる光景にもかかわらずぼくは自分の心がはかり知れない悲しみに襲われると感じたからだ。それでもぼくは生涯の夢を達成しようとしていたのだし、熱烈に育みあたためてきた願望の一つに指で触れようとしていたのだ。以前、ぼくの美しく青々としたロマン主義の時代に、ぼくの愛用するトレドの刃について大分話したことがあるせいでそれが作られている場所をどうしても見たかったのだ。

ぼくを哲学的な瞑想から引き出すには、まさにタホ川に水浴びに行こうというぼくの仲間の提案が必要だった。水浴というのは夏、川床に井戸水をまくような国では、本当にまれなる特別のことなので、この機会は絶対無視できなかった。タホ川は本物のなかなかの川で盃をひたすに充分な水があるというガイドの返事を聞いて、ぼくらは一日の残り時間を利用するため大急ぎでアルカサルを降り、川の方へと向った。憲法広場に沿って家々が並び、その家々の窓は露台のでっぱりで半分引き上げられたり巻かれたりのエスパルト繊維の大きな日除けがつき、どことなく見かけだけは最高に人目をひくヴェネチア風、中世風に見えるのだったけれど、この広場を横切った後ぼくらは煉瓦作りの拱腹を持つアラビア風の美しい門の下を通り抜け、トレドの町に帯として役立っている城壁や岩に沿って蛇行する大変に険しい切り立ったジグザグの道を通って、その近くに水浴に好都合な場所があるアルカンタラ橋に着いた。

途中、南国の風土では急激に昼に続く夜がとっぷりとくれたが、それでもぼくらはオルタンス女王のものうげな悩みをたたえた恋歌や、詩人、日雇い待者、旅行案内人らが言うところでは透明な水の中を押し流される金砂で有名になったこの尊敬すべき川に手さぐりで入った。

水浴が終わるとぼくらは門限までに到着しようと、大急ぎで引き返した。ぼくらはえも言われぬ香りと味を持つ冷やしたミルクとオルチャタ・デ・チュファスを一杯味わうと宿へと連れかえってもらった。

ぼくらの部屋はスペインのすべての部屋と同じように石灰を塗られ、黄ばみ黴の生えたあの絵、ビヤホールの看板のように彩色された比喩的な拙い絵が掛けられていた。これらの絵は世界で一番ひどい絵のある国イベリア半島でしょっちゅうお目にかかれるのだけれど、こう言うからといって何も善良なる人々の顔に泥を塗るつもりはないのだ。

ぼくらは朝早くから目を覚まして、勤行が始まる前に大聖堂を見に行けるように、急いで、できるだけ早くぐっすりと眠ろうとした。

トレド大聖堂はスペイン中で最も美しく、特に最も堂々たる大聖堂の一つとして通っているが、それももっともなことだ。その起源は時間の闇の中に見失われているが、土着の作家たちの言うのを信ずるべきだとすれば、使徒サンチャゴまで遡るという。トレドの最初の司教であった彼は、カルメル山の隠者であった彼の弟子にして後継者エルピディウスにその場所を指示したのだという。エルピディウスは指定された場所に教会を建て、崇高なるあの婦人がまだエルサレムに存命中、教会をその名、聖女マリアの称号の下に置き彼女に捧げたのだった。「顕著なる至福。トレド人の著名なる紋章。彼らの栄光の最高にすぐれた戦勝記念品」とぼくらが細かい記述を要約している作者は感激的に心情を吐露しつつ叫んでいる。

聖母はこの恩に感謝し、同じ伝説に従えば心身兼ね備えた姿で降りてこられトレド教会を訪れ、至福なる聖イルデフォンセに自らの手で天の亜麻布でできた美しい上祭服を持ってきてくれたのだ。「この女王がどれほど見事に人に報いる術をこころえているかとくと御覧いただきたい」とさらにぼくらの作者は叫んでいる。その上祭服は現存しており、聖女の蹠が置かれた石壁にはめ込まれ、石にはまだその跡が残っているのが見える。次のような銘文が奇跡を証明している。

天国の女王様が地上に
御足を置かれた時

それを置かれたのはこの石の上。

さらに伝説には、聖母は自分の立像にいたく満足で、非常に自分によく似ており均斉もとれ、大変上出来だと思ったので、その像を抱きしめ奇跡をおこなう能力を授けたと語られている。もし今日、天使たちの女王がぼくらの教会に降りてこられるとして、はたして彼女が自分の像を抱きしめたい気持ちになるかどうか、ぼくには疑わしい。

最も真面目で最も尊敬すべき作家たちのうち二百人以上もの作家たちは、この話を少なくともアンリ四世の死と同じぐらいに確実なこととして物語っている。ぼくに関して言えば、この奇跡を信じるのに何らの困難もおぼえないし、ぼくはこの話を確かな事実の列に完全に入れている。教会はこんな風にトレドの第六代目司教である聖ウジェーヌの時まで存続した。彼は教会を、今日でもまだ保持されている聖母被昇天教会という肩書の下、彼の資力が許す限り拡大し美しく飾った。しかし三〇二年、ディオクレティアヌス皇帝とマクシミアヌス皇帝によってキリスト教徒に残酷な迫害が加えられた時期、ダシアン総督は寺院の破壊、消滅を命じた。その結果、信者たちはもはや恩寵の糧をどこで乞い得たらいいのか分からなかった。それから三年たち、コンスタンティヌス大王の父コンスタンティウスが王座に登ると、迫害は終息し、司教らはその司教座に復帰し、大司教メランシウスは相変わらず同じ場所に教会を再建し始めた。ほどなく、大体三一二年頃、コンスタンティヌス皇帝はキリスト教に改宗し、彼のキリスト教熱が発された他の雄々しい仕事の中で、ダシアンが破壊させたトレドの聖母被昇天バジリカ教会堂を自分の費用で、できる限り豪華に修復、再建することを命じた。

トレドは当時、大司教にマリヌスという博学で学識豊かで、皇帝と親密な間柄だった男を持っていた。

こうした事情のために彼は全く自由に行動することができ、人目をひく寺院、壮大豪華な建築物を建設するのに何物も惜しまなかった。この建物こそゴート人の時代全体にわたって存続したそれであり、聖母が御訪問なされたそれであり、スペインが征服されていた間はイスラム教寺院となったそれであり、トレドが王ドン・アロンソ六世によって奪還された時、再び教会にもどり、八〇三年にこの町のサン＝サルバドル教会をその設計図に従って建設するために純潔王ドン・アロンソの命により見取図がオビエドに届けられた建物なのだ。「天使たちの女王が降りたってそれをお訪ねになったこの時期、トレド大聖堂が備えていた形、荘大、荘麗さを知りたいと思うような人たちは、オビエド作の大聖堂を見にいきさえすればいい。そうすれば満足するはずだ」とぼくらの作者はつけ加える。ぼくらとすれば、この喜びを味わうことができなかったことが大いに残念でならない。

ついに、聖フェルナンドの幸福なる御代、ドン・ロドリゲがトレドの大司教になると、教会は今日目にできるあの驚嘆すべき素晴らしい形となった。これはエペソスにあるディアナ女神寺院の形そのものだと言われている。ああ、なんと愚かな年代記作者よ、たのむからぼくが君の言葉を何一つ信じないことを許してくれたまえ。エペソス寺院はトレド大聖堂には及びもつかない。大司教ロドリゲは王と宮廷全体の援助を受け、司教ミサを唱え、一二二七年ある土曜日、その最初の礎をきずいた。建設事業は、大聖堂が仕上げられ、人間の技術が到達しうる最高度の完璧状態に行きつくまで熱心に推し進められた。

このちょっとした歴史的余談をお許し願いたい。ぼくらはよくこんなことをする癖があるわけではないのだ。さて即座に描写能力にすぐれた旅行者ならびに文学による銀版写真というぼくらの控え目な使命に戻ることにしよう。

トレド大聖堂の外部はブルゴス大聖堂のそれに比べて堂々たるという点では大いに見劣りがする。ふんだんに咲きほこるような装飾物も全くないし、唐草模様も、正面玄関の周囲に開いた立像の飾りえりも全くない。堅固な控え壁、すっきりした隅石、ぶ厚い鎧のような建築用石材、ゴシック式金銀細工の精妙な装飾物も何一つない堅固そうな鐘楼。これらは全体がすっかり焦げ茶色、トースト・パンの焼けた色、パレスチナ巡礼者の皮膚のように陽焼けした肌色を帯びている。逆に内部は鍾乳石洞のように念入りに飾られた彫刻が施されている。

ぼくらが中に入った時の扉はブロンズ製で、次のような銘を持っている。「この半扉の作者は金銀細工師アントニオ・スュルレノなり」。受ける印象は最も強烈で壮大なものだ。教会は五つの広間で分割されている。中央広間は途方もない高さで、他の広間はその脇で頭をたれ、尊敬と崇拝のしるしに跪いているように見える。塔のように太く、それぞれが中太で互いにつなぎ合わされた十六本の円柱からなる八十八列の柱列が堂々たる巨大な建築物を支えている。中央大広間の内陣と主祭壇の間を側廊が一本横に走り、こうして十字架の腕木の形が形成されている。この建物全体は、ふつう何度も繰り返し建設されていくゴシック式大聖堂においては非常にまれな長所と言えようが、最高に均一で非の打ちどころのない様式からなる。礼拝堂のいくつかの配置、これとても全体的な外観の統一調和を全然そこなってはいないのだが、こうした配置を除いて、当初の設計図が初めから終わりまで忠実に実行に移されたのだ。エメラルド、サファイア、ルビーがきらめく焼き絵ガラス窓は指輪のように加工された石の格縁にはめ込まれ、これによって陽の光が神秘的に柔らかに和らげられ、宗教的な恍惚感へと誘う。日光が強烈すぎる時は、窓に降ろされるエスパルト繊維の日除けによって、ひんやりした空気に満ちたあの薄明かりが保たれるのだが、これでスペインの教会は瞑想と祈りに大変好都合な場所となっているのだ。

主祭壇というかレタブロはそれ一つで一個の教会として通ることもできるほどだ。それは小円柱、壁龕、立像、唐草模様などの巨大な堆積で、これを最も細心綿密に描写してみたところでほんの僅かなイメージしか与えられないだろう。穹窿にまで達し、内陣をぐるりと取り囲んでいるこの建築物全体は想像できないほど豪華絢爛に彩色され、金箔を施されている。古い金箔の燃えるような、淡黄褐色の色調が格縁や装飾物の突起部分によって通りがかりに引き止められた光の網や片々を見事に浮き上がらせ、非常に生彩に富み豪奢な素晴らしい効果を生み出している。この祭壇の羽目板を飾る金地に描かれた絵は、色の豊かという点で、輝くようなヴェネチア絵画にも匹敵する。中世芸術のほとんどおごそかとも言える堅苦しい形式と豊かな色とのこのような結合が見られるのは全くまれなことでしかない。これらの絵の何枚かは第一級のジョルジョーネの作品とも間違えられるほどなのだ。

主祭壇の正面には内陣、というかスペイン流の言い方に従えばシリエリアが置かれてある。それは歴史的、寓意的で聖なる浅浮き彫りを施され、驚嘆するほどにぎざぎざ模様をつけられ、刳形をつけられ、彫刻を施された木製の三列の祈禱席からなる。ルネサンス時代に接するゴチック芸術がこれ以上に美しく、非の打ちどころなく、これ以上巧緻に輪郭を浮き出された作品を生み出したことはない。細部が驚くべきこの作品はフィリップ・ド・ブルゴーニュとベルゲテの辛抱強い鑿《のみ》によって生み出されたものとされている。他の席よりも高い大司教の祈禱席は王座形にしつらえられ、内陣中央の位置を占めている。褐色に輝く色の碧玉製の円柱がこの驚嘆すべき指物細工の上部を飾っている。エンタブレチュアの上には、同じくフィリップ・ド・ブルゴーニュとベルゲテの手になるものではあるが、より柔軟自由に仕上げられ、素晴らしく上品で印象深い雪花石膏の彫像が立っている。巨大なミサ典書がのせられ、エスパルト繊維の大クロースに覆われたブロンズの巨大な見台と、一方は右手、もう一方は左手と向い合わせに置かれた途方もなく大きな二台のオルガンが装飾品の仕上げとなっている。

レタブロの後ろには礼拝堂があり、そこにはドン・アルバル・デ・ルナとその奥方が並べて置かれた雪花石膏の二個の素晴らしい墓に埋葬されている。この礼拝堂の壁は司令官の武器や彼がそこの長であったサンチャゴ騎士団の貝殻で飾られている。そのすぐ側、この国でトラスコロと呼ばれる本堂のこの部分の円天井に墓碑銘の刻まれた石が一個あるのに気づく。これはある高貴なトレド人の墓で、この男の自尊心は自分の墓が素性の疑わしいつまらない連中に踏みつけにされるという考えに憤激したのだ。「私は平民に私の腹の上を歩かれたくない」と彼は臨終の床で言い、莫大な財産を教会に遺贈したので、教会では彼の体を絶対に誰も彼の上を歩くことのない円天井の石作りの中に安置してこの奇妙なきまぐれを満足させてやった。

　礼拝堂を次々と描写していくつもりはない。そんなことをするには本一冊が必要となるだろう。ぼくらはただ、想像しがたいほど精妙にアラビア風に仕上げられた一枢機卿の墓に言及するだけにとどめよう。これを大梯子に施された糸レースにたとえる以上にうまい比較ができない。ぼくらはすぐに、大聖堂のなかで最も珍しいものの一つだと二人で互いに言い合った、モザラベ人あるいはミュザラブ人の礼拝堂に到達することになる。それについて述べる前にモザラベ族の礼拝堂というこの言葉が意味しているものを説明しておこう。

　ムーア人が侵入してきた時期、トレドの住民たちは二年間の攻囲戦ののち降伏を余儀なくされた。彼らは最も有利な降伏条約を取り付けようと努め、決められた条項の中に次のような項目が入った。すなわち蛮族とともに暮らすことを望むキリスト教徒のために六つの教会を残すこと。これらの教会というのは、聖マルコ教会、聖ルカ教会、聖セバスティアン教会、聖トルカト教会、聖オラリャ教会並びに聖ジュスト教会だった。この方法によって、ムーア人による支配が続いた四百年間、町に信仰が保たれ、こうした理由ゆえに信心深いトレド人たちはモザラベ人、すなわちアラブ人と一緒になった人々と呼ばれたのだ。アロンソ六世の治下、トレドがキリスト教徒による権力支配にもどった時、教皇特使リシャールはそのことで、ローマの典礼の方を好んだ王と女王ドニャ・コンスタンサの支持を受け、モザラベ祭式をやめさせグレゴリオ典礼を採用させようとした。全聖職者は憤激し大声を上げて抗議した。信者たちもひどく憤慨し、もう少しで住民の暴動、蜂起が起こるところだった。王は事態の成り行きに恐れをなし、暴力沙汰に及ぶことを心配し、できるだけ人心を平穏化し、トレド人にあの頃の時代精神にすっかり適合する奇妙な折衷案をもちかけた。これはどちら側からも熱烈に受け入れられた。グレゴリオ典礼とモザラベ典礼の信奉者たちは、神様がどのような方言とどのような典礼で讃美される方がお好きか神様が決定されるよう、二人の戦士を選び彼らを戦わせなくてはならなかった。実際、神様の裁きが受諾できるものだったとすれば、それは間違いなく典礼に関してである。

　モザラベ人側の戦士はドン・ルイス・デ・ラ・マタンサという名前だった。日取りが決められた。沃野が決闘場に選ばれた。勝利の行方はしばしばどちらとも分からなかった。しかし、ついにドン・ルイスが勝利をおさめトレド人たちの歓呼の声に迎えられ決闘場から勝利者として出てきた。トレド人たちは感涙にむせび、空に帽子を投げ上げ、教会へとおもむき跪き、神に感謝を捧げた。王、女王、宮廷はこの勝利の結果にいたくがっかりした。少し後、血まみれの戦闘で神学上の問題を解決するのは無謀でむごたらしい不敬なことだと思いつき、彼らは奇蹟にだけ頼るべきであると主張し、別の試練を提案したが、自分たちの典礼定式書の優秀さを確信するトレド人はこの申し出を喜んで受け入れた。その試練は、全員が断食し、あらゆる教会で祈りを捧げた後で、ローマ典礼書を一冊とトレド典礼書を一冊、燃える火刑台の上に置くことにあった。焼けずに炎の中に残る典礼書が最良で、神の意に最もかなう典礼書と見なされるというのだ。

事は一つずつ実施されていった。ソコドベル広場によく燃えるからからに乾燥した木の火刑台が用意された。ソコドベル広場は広場になってこのかた、これほどの見物人の群れが押し寄せるのを一度も見たことがなかった。二冊の聖務日課書が火中に投ぜられ、それぞれの堂派の人々は空へ向って目と両腕を上げ、それによって彼らが神にお仕えしようとする典礼を選んで下さるようにと神様に祈る。ローマ典礼書が紙もばらばらに、激しい炎によって投げ出され、試練から無疵のまま、しかしちょっと焼けて出てきた。トレド典礼書の方は炎のまっただ中、投げ込まれた場所に、動かず、何らの損傷も受けず、威儀を正した姿で止《とど》まった。何人かの熱狂的なモザラベ人は、ローマ式ミサ典書はすっかり焼け尽くされたと主張さえしている。王、女王、教皇特使リシャールはあまりおもしろくなかったが、その点に関して話をむしかえすことはできなかった。かくしてモザラベ式典礼が保持され、長きにわたってモザラベ人、その息子やその孫たちによって熱心に見ならってこられたのだ。しかし、ついに教典の意味は消え、あれほど熾烈な論争の対象だった典礼を理解したり唱えたりできる人はもはや誰一人いなくなってしまった。トレドの大司教ドン・フランシスコ・クシメネスはこれほど記念すべき慣習を廃れるままにしておくのが忍びなく、大聖堂の中にモザラベ礼拝堂を一つ建設し、ゴチック字体で書かれていた典礼書を日常文字で翻訳、印刷させ、この典礼を唱える特別の役目を負った司祭を任命した。

モザラベ人礼拝堂は今日もまだ残っており、きわめて興味深いゴチック様式のフレスコ画に飾られている。トレド人とムーア人との戦いがその絵の主題となっている。保存状態は完全で、色はまるで絵が前日、完成したかのように鮮やかだ。考古学者はそこに紋章、衣服、身なりや建築に関する興味深い情報をたくさん見出せるだろう。というのも主要フレスコ画には、非常に正確なものであるに違いない古きトレドの眺めが描かれているからだ。側面フレスコ画にはアラビア人をスペインへと運んできた船団が驚くほど細心綿密に描かれている。その道の人がその気になれば、この絵から中世における航海術の非常に複雑曖昧な歴史にとって有益なる情報を引き出せるだろう。銀地に黒色の五つ星というトレド市の紋章が、扁円状の円天井を持ち、スペイン流に美しい細工を施された格子門のあるこの礼拝堂の何ヵ所かに用いられている。

斑岩、碧玉、見事な光沢を持つ黄色や紫色の角礫岩にすっかり覆われた聖母マリア礼拝堂はまことに絢爛豪華で、『千一夜物語』の数々の華々しき物も凌駕されてしまうほど。そこには多くの聖遺物が保存されているが、中でも目を引くのは本物の十字架の破片がしまいこまれてある、聖ルイに贈られたという聖遺物箱だ。

あなたがた読者の皆様がよろしければ、休憩代りにぼくらは廻廊内をひと回りすることにしよう。この廻廊は上品で簡素なアーケードを見事に繁茂した青草で縁取っており、そこには焼けつくように暑い季節にもかかわらず教会の影によって涼しさが保たれている。この廻廊の壁は全部、バイユーという名の画家の手になるヴァン・ロー風の巨大なフレスコ画に覆われている。自由な配列で色の配合が快いこれらの構図は建築物の様式と釣り合っていないところを見るとおそらく、何世紀にもわたる時によって破損したり、当時の趣味良き人々にあまりにゴチック式すぎると見なされたりした古くからの絵に取って代わったものに違いない。廻廊は教会の側にまことにほどよく位置している。これで教会の静けさから町の喧騒への移行がスムーズになされるのだ。そこに散策に行き、夢想し、熟考することができるけれど、しかしそうだからと言って無理に祈りや礼拝儀式に参加させられるわけではない。カトリック教徒は寺院に入っていき、キリスト教徒はしょっちゅう廻廊内にとどまる。非常に巧みな心理解剖家たるカトリック教によってこのような精神態度が理解されたのだ。信仰の篤い国々では、大聖堂というのは最も絢爛豪華に飾られ、金箔を施された華々しい場所だ。最も涼しい日陰と最も深い静寂に満ちているのはそこなのだ。そこで聞く音楽は劇場で聞くものより素晴らしく、この舞台装置の壮麗さに対抗できる物はない。そこは中心点、パリのオペラ座のような人をひきつける場所なのだ。ヴォルテール的な寺院を見て暮らしているぼくら北方のカトリック教徒には、スペインの教会の豪華さ、優美さ、心地良さは想像できない。これらの教会は家具を備えつけられ、人々でにぎわっている。ぼくらの教会に見られる冷ややかで人気のない寂しい様子など見られない。信者たちはそこで彼らの神と親密に暮らすことができるのだ。

トレド大聖堂の聖具室や教会参事会室は豪奢を凌ぐほど素晴らしい。教会だけがその秘訣を知っているあの堅固で地味なる豪華さで飾られたこれらの部屋以上に崇高で風格のあるものはない。それらは単にくるみ材とか黒柏材で作られた彫刻を施された指物細工、つづれ織とかインド産ダマスク織で作られた扉カーテン、幅広のどっしりした壁を持つ錦まがいのカーテン、絵模様入りの壁紙、ペルシア絨毯、フレスコ画などにすぎないのに。ぼくらはそれらを次々に叙述していくつもりはない。ただ、スペイン人が非常に巧みに模倣したドイツ流に宗教テーマが描かれ、ベルゲテその人でないとすればベルゲテの甥の手になるものだとされる――というのもこれらの驚くべき天才たちは芸術の三重の道を同時に踏破していたからだ――素晴らしいフレスコ画に飾られた部屋について話しておこう。ルカ・ジョルダーノの手になる巨大な天井画もまた挙げておこう。そこでは無数の天使たちや寓意が短縮法による非常に歪んだ姿でうごめき、目に奇妙な印象を与える。円天井の中央からは一条の光が流れ出し、平面に描かれているにもかかわらず、どちらの方向から見つめても頭上に垂直に降りそそいでくるように見える。

宝、すなわち金襴や金色の縮れ麻布や銀色のダマスク織でできた見事な袖なしマント、目を奪うばかりの糸レース、めっき銀製の聖遺物箱、ダイヤモンド製の聖体顕示台、銀製の巨大な燭台、刺繡入りの教会旗、ミサと呼ばれるあの崇高なカトリック劇上演に必要な用具全部と小道具が収納されているのはそこなのだ。

これらの部屋の一つにある衣裳戸棚には聖母マリアの衣裳が入れられてある。というのも大理石とか雪花石膏の冷たい立像だけでは南仏人の熱狂的な信仰心を燃え上がらせるには不充分だからだ。信心に我を忘れ、彼らは自分たちの崇拝物の途轍もなく豪華な飾りを積み重ねる。これだけ美しく、光り輝き、莫大な費用のかかるものはない。あふれるばかりのこの宝石類の下に崇拝物の身も形も隠れてしまうのだけれど、彼らはそんなことにはほとんどおかまいなしだ。重大な問題は、偶像の大理石の耳に一つ以上真珠をつるしたり、冠の金の中にもっと大きなダイヤモンドを一個はめ込んだり、その衣服の金襴の上に宝石類でもう一つ別の枝葉模様を描いたりするのが物理的に不可能だということだ。

真珠を飲み込んだクレオパトラのような古代の女王であれ、末期ローマ帝国の女帝であれ、中世の公妃であれ、ティツィアーノの時代のヴェネチアの浮かれ女であれ、これほどきらめく宝石箱、トレドのノートル＝ダム寺院よりも豪華絢爛たる嫁入り衣裳を手にしたことは決してなかった。ぼくらはその衣裳の何点かを見せてもらった。その中の一着は地がそれとわからないほどに全体が、本物の真珠による枝葉模様と唐草模様でびっしり覆われていた。それらの真珠の間に、大きさといい値打ちの方といいこの上もない真珠が混じっているが、中でも何列かに並んだめったにお目にかかれない黒真珠は見物だ。宝石類がいくつもの太陽や星のようにこの驚くべき衣服を覆っている。数百万フランの値打ちがあるこの衣裳のあまりのまばゆさにじっと見続けるのはなかなか難しい。

鐘楼に登ることを最後にぼくらは見物を終わりにした。この鐘楼の頂には大分けわしい、あぶなかしい何段にも重なった梯子を使って行く。大体半分くらい登ったところで、倉庫のような場所があり横切るようになっているのだがそこで、ぼくらにはもう知りようもないなにかしらタラスク祭りの行列のような行列で使われるのでもあろう、前世紀風の衣裳を着せられ彩色された巨大な一揃いの人体模型に出くわす。

尖塔の頂から展望される見事な眺望で、登りきった疲労も十分に埋め合わせがつく。町全体が最近の産業博覧会で嘆賞されたプレ氏のコルク樫に刻まれた見取図のように鮮明、明確にあなたの眼前に現われる。このたとえはおそらくひどく散文的で陳腐に思われるだろうけれど、実際ぼくはこれ以上適切なうまいたとえを見つけることはできないだろう。タホ川を両側からはさみ、トレドの地平線の側を取り巻いているこれらの歪んだ形をし隆起した青色花崗岩の岩々のために、この景色はなお一層風変わりなものに見える。この景色はどぎつく、容赦ない、目がくらみそうな光が満ちあふれ、この光は何かに反射して和らげられることもなく、あまりの暑熱のために大窯に入れた鉄のように真っ白になった雲一つなく水蒸気も帯びていない空の照り返しを受けてさらに強烈さを増していた。

耐えがたい暑さ、漆喰炉のような暑さだった。このようなセネガル、ガンビア両国境地方のような暑さの中、記念建築物をどれもこれもあきらめずに探索して回るには実際、激しい好奇心が必要だった。それでもぼくらはまだ地方色に熱中するパリ人旅行者の熱意に激しく燃えていた。ぼくらは何ものにも尻込みさせられることがなかった。立ち止まったのは水を飲むためにだけだった。というのはぼくらはアフリカの砂以上にからからに渇いていたからで、ぼくらは乾いたスポンジのように水を吸い込んだものだ。どうしてぼくらが水腫患者にならずにすんだのか全く分からない。ワインやアイスクリームは別にして、ぼくらは一日に七、八瓶分の水を飲んだ。「水、水が飲みたい」というのがぼくらの絶えず繰り返す叫び声であり、召し使いたちに何人も並んでもらってぼくらの部屋から台所へと手から手へとリレー式に壺を手渡してもらってなんとか火事を消すことができたのだった。このように執拗に水を浴びるように補給しなかったら、ぼくらは彫刻家たちが水で濡らすのを怠った粘土像のように粉々になっていただろう。

大聖堂を見終えると、ぼくらは喉が渇いていたけれどもサン＝フアン・デ・ロス・レイエス教会に行くことに決めた。それでもぼくらがそこの鍵をもらえるのに成功したのは長々と談判した末のことだった。というのもサン＝フアン・デ・ロス・レイエス教会は五、六年来閉ざされたままであり、教会がその一部をなす修道院は見捨てられ廃墟と化している。

サン＝フアン・デ・ロス・レイエス教会はタホ川河畔、サン＝マルタン橋のすぐ側にある。壁は決して雨の降らない国々の古代建築物を特徴づけるあの見事なオレンジ色だ。外部は気高い騎士にふさわしい態度に昂然たる物腰の王たちの立像群に飾られている。しかし中世の教会にはすべて彫像が飾られているのだから、これがサン＝フアン・デ・ロス・レイエス教会で見られる一番奇妙なものではない。上から下まで壁は鉤にぶら下げられた多数の鎖に飾られている。それはグラナダ征服により解放されたキリスト教徒捕虜たちの鉄鎖なのだ。絵馬や装飾品のようにつり下げられたこれらの鉄鎖のせいで教会にはどことなく奇妙で不快な牢獄に似た感じが見られる。

これに関して逸話を一つ語ってもらえたのだが、その話は短く特徴的なものなのでそれをここに挿入しておこう。スペインではいかなる州知事であれ州知事の夢は、フランスのどんな知事も夢は自分の町にリヴォリ通りを持つことと同じように、遊歩道を持つことなのだ。トレド州知事の夢はだから彼の町民たちに散歩場の楽しみを手にさせてやることだった。用地が選ばれ、監獄の労働者たちに協力してもらったおかげでテラスもほどなく完成する。従って遊歩道に欠けているのはもはや木々だけだった。ところが樹木は一朝一夕にできるものじゃない。そこで州知事は賢明にも、並木の代わりに境界石を並べそれらを互いに鉄製の鎖で結ぼうと思いついた。スペインでは銀は非常にまれなので、典型的な敏腕家だった巧妙なる行政官はサン＝ファン・デ・ロス・レイエス教会の歴史的な鎖をふと見つけ、心の中でつぶやいた。「全く、これでおあつらえ向きのが見つかった。」こうして遊歩道の境界石に、フェルナンドとカトリック女王イサベルにより解放された捕虜たちの鉄鎖が結びつけられた。この仕事をおこなった錠前師たちはそれぞれこの歴史的古鉄の何尋《ひろ》分かを受け取った。何人かの頭のいい抜け目ない連中(どこにでもいるものだが)が粗野な行為だと非難の声を上げたものだから、鉄鎖は教会へ返された。職人たちの支払いに当てられた鎖に関して言えば、彼らはそれを鍛えて鋤べら、騾馬用の蹄鉄や他の道具などを作ってしまっていた。この話はおそらく悪口だろうけれどこれには本当らしさのあらゆる特徴が含まれている。物語ってもらった通りにぼくらはこの話を語った。ぼくらの教会に戻ろう。鍵は錆ついた錠の中でやっとのことで回った。このちょっとした障害を乗り越えると、ぼくらは素晴らしく優美な荒廃した修道院へと入っていった。細身のすらりとした円柱が華やかなその柱頭の上に非常に精妙な刺繡や格縁に飾られたアーケードを支えていた。壁には花模様や枝葉模様や唐草模様の混じり合ったゴチック字体で、フェルナンドとイサベルを称える碑文が長々と走っていた。これは建築物の装飾としてムーア人たちが用いていたコーランの唱句や格言をキリスト教徒が模倣したものだ。これほど貴重な記念建築物がこんな風に打ち捨てられているのはなんと残念なことだろう。

廃墟の虫に食われたりつめ込まれた板で塞がれた扉に何回か足蹴をくらわせた結果、やっと得も言われぬ様式からなり、いくつかのひどい毀損部分を除いてつい昨日完成したばかりのように見える教会に入り込むことができた。ゴチック芸術によってこれ以上に甘美、優美なものも、これ以上に精妙なものも何一つ生み出されたことはない。周囲には魚用ナイフのように割れ目がある、透かし状の切り抜きを施された廻廊がめぐらされ、束ね柱に露台が大胆につるされている。廻廊は束ね柱のくぼみや出っぱりに正確に沿っている。巨大な唐草模様、鷲やキマイラや紋章に描かれる動物たち、紋章、吹き流し、象徴的な銘などによって装飾が仕上げられている。教会の端、レタブロの正面に置かれた内陣は非常に大胆なつくり、見た目に素晴らしい扁円アーチによって支えられている。

　おそらく彫刻、絵画の傑作であった祭壇は無情にも倒されたままだ。このような無益な荒廃の惨状を見ると悲しい気持ちになり、人間の叡智というものに疑いをもってしまう。古代の石がどの点で新思想の邪魔になるというのだろう。過去を破壊せずには変革をおこなえないというのだろうか。フェルナンドと、守り神の言葉を信じ世界にもう一つの新しい世界を付与したあのカトリック女王イサベル二人の教会をそのまま残しておいたところで政体は何一つ失うわけではなかろうとぼくらには思える。

　半分壊れた階段を危険を冒して登り、ぼくらは修道院内部に入り込んだ。大分広い食堂で目をひくものといえば扉の上方に置かれたぞっとするような一枚の絵だけだ。そこには腐敗していく死骸が一つ描かれ、それは埃や垢に厚く覆われ一層醜悪に見える。スペイン人画家たちにいとも喜んで扱われるあの恐ろしい細々した物が全部描き込まれている。象徴的な悲痛な銘、人間の虚無に非常に恐ろしい予告をするあの不吉な文句の一つが、奇妙にも食堂用に選ばれたこの墳墓絵の下に書かれている。僧侶の大食漢ぶりに関するあらゆる物語が本当であるかどうかぼくは知らない。ただぼくに関して言えば、こんな飾りのある食堂では食欲もあまり進まないだろう。

上には長い廊下の両側に、蜜蜂の巣の小孔のように、死亡した司祭たちの人気のない独房が並んでいる。それらは全部互いに全くそっくりで石灰が塗られている。これほど白く明るいと、暗い片隅の方に恐ろしい怪物や怪しげな獣が身を潜めることもできず、詩的な印象は大いに減殺されている。教会内部と廻廊も同じく白塗りされ、何かしら新しい生々しい感じがあり、これが建築様式や建物の状態と対象をなしている。湿気がなく、気温が燃えるように暑いために植物や雑草は石と石や残骸のすき間に芽ばえることができずにいるし、これらの残骸は北方の国々では時の経過に従って廃墟がそれで覆われるきづたの緑のコートに覆われてもいない。長い間ぼくらは打ち棄てられた建物内をさまよい歩いた。まさしくアン・ラドクリフの主人公たちのように、果てしない廊下に沿って歩いたり、今にも壊れそうな危ない階段を登ったり降りたりしたのだが、ぼくらが見たのは亡霊どころか二匹のあわれな蜥蜴だけだった。二匹は全速力で逃げ去ったが、スペイン生まれの彼らは「蜥蜴は人間の友だち」というフランスの諺をおそらく知らなかったのだ。その上、生命の失せた建築物の手足や血管内をこうして散歩するのは想像しうる最も強烈な楽しみの一つなのだ。アーケードの曲がり角で、光り輝く顔と影にみたされた目を持つ一人の古代僧が胸のところに両腕をくみ重々しい表情で歩いて、人気のない汚された教会内のある秘密の儀式へとおもむくのに出くわすんじゃないかといつも当てにしているのだ。

ぼくらは退去した。というのも、もはや何一つ見るべき興味深いものはなかったからだ。『コンスティチュショネル』紙の予約講読者の一人でもあれば自分にふさわしいと思ったでもあろうようなヴォルテール的な嘲笑の笑みを浮かべてぼくらのガイドがぼくらを降ろしてくれた台所でさえ見るべきものはなかった。教会と廻廊は驚くほど壮麗だが残りの部分は最高に簡素化されている。すべては精神のためで、肉体のためになるものは何一つない。

サン＝フアン・デ・ロス・レイエス教会からすぐのところに有名なモスク＝ユダヤ教会堂がある、というよりむしろないと言うべきか。というのも、案内人がいなければそれがあることに気づかずその前を何度でも行きすぎてしまうだろう。ぼくらの案内役は世にも一番下らない赤っぽい練り土製の壁にはめ込まれた扉をノックした。しばらくすると、というのもスペイン人は決して急がないからだが、扉を開けに来てくれ、ぼくらはユダヤ教会堂を見に来たのかどうかと尋ねられた。そうだと言うとぼくらは手入れのしていない伸びるに任せた植物が密生する一種の中庭のようなところに案内された。それらの植物の中央には強烈な緑色でまるでニスでも塗られたかのように輝き、深いぎざぎざのある葉を持つインドいちじくの木が花開いていた。奥にはこれといって特徴のない、他のいかなる物以上にむしろ納屋みたいに見えるあばら屋が建っていた。ぼくらはこのあばら屋に入れてもらった。これほどひどく驚いたことはなかった。ぼくらは東洋のまっただ中にいたのだ。ターバンのように広口の柱頭をもつ細い円柱、トルコ式アーチ、コーランの唱句、西洋杉材の格子を施された平たい格天井、上から採り込まれる日の光、何一つ欠けるものはなかった。ほとんど消えかかった古い彩色の残りが壁を奇妙な色に染め、奇妙な印象を一層強めていた。アラビア人によってモスクにされ、キリスト教徒によって教会にされた、このユダヤ教会堂は今日では、ある指物師の仕事場と住居として役立っている。祭壇のあった場所を仕事台が占領している。こうした瀆神行為はごく最近のことだ。祭壇扉の跡やカトリック教にこの建物が奉献されたことを証明する黒大理石に刻まれた銘などがまだ見られる。

ユダヤ教会堂に関して、ここに大分おかしな逸話を一つ書き記しておこう。トレドのユダヤ人たちはキリスト弑逆者として自分たちがキリスト教徒たる住民たちに抱かせる恐怖感をおそらく和らげようとしてだろう、自分たちはイエス＝キリストの死に同意したことはなかったのだと主張した。なぜかというのは以下の通りだ。イエスが裁判にかけられた時、カイフが議長をつとめていた司祭会議ではイエスが釈放されるべきか死刑にされるべきか知るために部族に意見を聞きに人をつかわした。死刑か釈放かの質問はスペインのユダヤ人たちになされ、トレドのユダヤ教会堂では放免という考えを主張した。この部族はだから義人イエスの血にはまみれていないし、神の息子に対して死刑の投票をしたユダヤ人たちによって引き起こされた憎悪を受けるいわれはないというのだ。トレドのユダヤ人たちの回答原文はヘブライ語テキストからのラテン語訳とともにヴァチカンの古文書館に保存されている、と言う。その報酬にこのユダヤ教会堂建設を彼らは許可されたのだ。このシナゴーグはぼくが思うにスペインで大目に見られた唯一のものだ。

ぼくらは前にすでにムーア式の古い別荘、ガリアナ姫の宮殿の廃墟に関して話を聞かされていた。ぼくらは疲れていたけれどもユダヤ教会堂を出るとそこへと連れていってもらった。というのもぼくらは時間にせかされており、翌日にはマドリードに向けて引き返さなければならなかったからだ。

ガリアナ姫の宮殿は郊外、沃野の中にあり、そこに行くにはアルカンタラ橋を通って行く。たくさんの灌漑用水路が走る耕作地や畑を横切って十五分も歩くとみずみずしさにあふれた木立に到着した。その木立の下では非常に古代風でエジプト流に簡素な水車が回っている。葦製のひもで車の輻にゆわえつけられた土製の壺で水が汲み出され、貯水池へと通じているくぼんだ瓦でつくられた水路へと再び注がれる。貯水池から水は溝を通って易々とうるおしたい地点へと向けられていた。

赤っぽい煉瓦の巨大な山が木々の葉かげの後方にぎざぎざのシルエットを浮かべていた。それがガリアナ姫の宮殿だった。

農民の一家が住むこの残骸の山にぼくらは天井の低い扉を通って入り込んだ。何かこれ以上に真っ暗で、煤け、がらんと空洞で、汚ないところを想像するのは不可能だ。穴居人でさえこの一家に比べたら王侯のような暮らしだった。それでも、しかしながら魅力的なガリアナ姫、ヘンナの花色の切れ長の目を持ち、真珠をちりばめた錦の衣服をまとった美しいムーア娘がこの底のぬけた床をその小さなトルコスリッパで踏み歩いたこともあったのだ。彼女はこの窓辺に肘をつき、遠く平野でムーア人騎士たちが投げ槍の練習をしているのを見つめたこともあったのだ。

ぼくらは勇敢に探索を続け、ぐらぐらする梯子を伝って上の方の階に登ったり、古い壁からしかめた顎のひげのようにたれ下がる乾いた草の茂みに足や手をひっかけたりした。

頂上についてみると、奇妙な現象が生じているのに気づいた。入る時は真白いズボンだったのに、頂上に出てみるとズボンは真っ黒になっていた。それも飛び跳ね、うようよと群がる黒い色で真っ黒だった。ぼくらは目に見えないほどの小さい蚤に覆われていた。この蚤たちは北方系のぼくらの血の冷たさにひかれて、ぎっしりと群れをなしてぼくらに飛びかかってきたのだ。ぼくはこれを目撃しなければ世界にこれほど蚤がいるなんて決して信じられなかっただろう。水を浴室へと導く何本かの水管だけが、時の手から免れた壮麗さの唯一の名残だ。ガラスと釉薬をかけた陶器からなる寄木細工、金箔、彫刻、コーランの唱句などに覆われた柱頭を持つ大理石の小円柱、雪花石膏の水槽、香水が滲み込むように透かし孔を施された石、すべては消失してしまっている。まさに残されているものといえば厚い壁の残骸と粉々にくずれた煉瓦の山だけだ。というのも『千一夜物語』の魔法の国を思い出させるこれらの驚くべき建物は不幸にも煉瓦と、上が化粧漆喰とか石灰で覆われた練り土だけで作られているからだ。これらすべてのぎざぎざ模様、これらすべての唐草模様は一般に思われているように大理石や石に彫られているわけではなく、石膏で像《かたど》りされるのだ。このためにさほどの費用をかけず何度となくそれらを複製できるのだ。これほどもろい建築材料で建てられた記念建築物が今日まで残存するにはスペインの保存に適した乾燥しきった気候が必要だった。

ガリアナ姫の伝説はその宮殿以上にしっかり保存されている。彼女はガラフレ王の娘で、何にもまして姫を寵愛する王は彼女のために沃野の中に別荘を一つ建てさせた。その別荘にはえも言われぬ庭園、四阿《あずまや》、浴槽、給水場や泉水がついていた。泉水は魔法によってであれ、アラビア人には大変おなじみの水力装置の一つによってであれ、月の満ち欠けに従って水位が高くなったり低くなったりするのだった。父親に熱愛されるガリアナ姫は音楽や詩や舞踊に没頭しつつ、この魅力的な別荘で世にも快適に暮らしていた。彼女の最も辛い仕事は求婚者たちのお世辞やら愛の言葉から逃れることだった。みんなの中でも最も熱心でしつこい男は、身の丈が大きく、勇敢にして残忍なムーア人、名をブラダマンといい、ガダラハラ国の小国王だ。ガリアナ姫は彼に我慢なりません。年代記作者が言うように、「姫の心が氷でできているのなら、騎士の心が火と燃えていたとて何になろう。」しかしながらムーア人はあきらめない。熱情にかられガリアナ姫に会い、話しかけたいと激しく望むあまり、彼はガダラハラからトレドまで木のトンネル道を作らせ、そこを通って毎日姫を訪ねたのだ。

その頃、ペパンの息子カルル大王が、コルドバの王アブデルラマンに対して戦うガラフレ王を助けるために、父親に遣わされトレドにやって来た。ガラフレ王は彼をまさにガリアナ姫の宮殿にお泊めになった。というのもムーア人は自分たちの娘を喜んで、勢力のある名士たちの目に入るがままにしておくからだ。カルル大王は鉄の鎧の下に熱く燃えるお心を持っていたので、すぐにムーア人の王女を熱烈に愛するようになった。姫の心を動かしたとの確信がまだなかった彼は最初、ブラダマンが熱心に通ってくるのを我慢していた。しかし控え目で慎み深いにもかかわらず、ガリアナ姫がほどなく彼の心の方が好きだとひそかに打ち明けてくれたので、彼はその時から嫉妬心をはっきりと見せ、陽に焼けた恋敵を亡き者にしてしまうことを願い出た。年代記の記述によれば、ガリアナ姫は両眼まですでにフランス女性であり、さらにガダラハラの小国王を嫌っていた彼女は自分と彼女の父親も同じくムーア人のしつこい態度には困っていること、彼を厄介払いすることに自分は賛成であることを王子にほのめかした。カルルはそれを二度言ってもらう必要はなかった。彼はブラダマンに決闘を挑み、巨人であったにもかかわらず彼を打ち倒しその首を斬り、ガリアナ姫に捧げた。姫はその贈り物を趣味がいいと思った。この慇懃さのために美しいムーア娘の心にフランス人王子が深く根をおろした。お互いに恋心が増し、ガリアナ姫はカルルが彼女と結婚できるようにキリスト教を奉じることを約束した。ガラフレ王は娘をこれほど偉大な王子に嫁がせることを喜んでいたので、事は難なく実行に移された。そうこうしているうちにペパンが死に、カルルはガリアナ姫を伴ってフランスに戻った。姫は女王の冠を戴き、盛大な祝祭のうちに迎えられた。こうして一人のムーア女は巧みにキリスト教徒の女王となったのだ。「そこでこの物語の思い出は古い建物に結びついているとは言え、トレドに保存されるに値する」と年代記作者はしめくくりの意見としてつけ加えている。

ぼくらの元は白かったズボンは、折り目に極微生物の刺し傷で虎斑がついていた。何はともあれ、そいつらを追い払わなくてはならなかった。幸いタホ川が近かったので、ぼくらはガリアナ王女の蚤たちをまっすぐにそこに連れていった。鼻まで水につかり、一片の樹皮を歯先でくわえ、それが充分な船員（蚤）で一杯になったのを感じるや川の流れに流してやるキツネと同じ方法を用いたのだ。というのも徐々に波をかぶったすさまじい小動物らはその樹皮へと逃げ、丸くなってしがみつくからだ。女性読者の皆様には、ラザリリエ・デ・トルメスとかグスマン・ダルファラチェの暮らしの中に置かれた方がぴったりするようなこうした悪漢小説風のうようようごめくような細部を描写した点をお許し願いたい。しかしスペイン旅行はこれを除いたら完全とは言えないし、ぼくらは地方色に免じて許してもらえるものと思う。

タホ川岸もこちら側は容易に近づくことのできない切り立った岩に取り巻かれている。だからぼくらはやっとの事で、一大溺死を執行する場所に降りていったのだった。ぼくはタホ川ほどの有名で堂々たる大河にふさわしいようにと、できるだけ正確に泳ぎ、横泳ぎの抜き手を切り始めた。何掻きかすると川の水位よりわずか数ピエだけ上に出ている倒壊した建築物と形をなさない煉瓦作りの跡に到着した。まさしく同じ側の川岸には、廃墟と化した古い塔が半円拱門とともに建っていた。その拱門に洗濯女の手でかけられた何枚かの洗濯物が日の光を浴びて乾いている様は全く散文的だった。

ぼくがいたのはカーバ姫の浴場、フランス人にとって別の言い方をすればまさにフロランド姫の浴場だった。ぼくの正面に見える塔はロドリグ王の塔だった。その窓のバルコニーからロドリグはカーテンの後ろに隠れて入浴する若い娘たちをのぞいていて、誰が一番丸みを帯び形の良い脚をしているか知ろうと美しいフロランド姫が自分の脚と女友だちの脚を測り比べているのを見つけたのだった。大事件というのがどんな事に起因しているか御覧いただきたい。フロランド姫がもし形の悪い脚と不細工な膝を持っていたなら、アラビア人がスペインにやって来ることはなかっただろう。不幸にもフロランド姫は可愛らしい足とほっそりとした踝と世界一白く形のいい脚を持っていた。ロドリグは不注意な水浴女に夢中になり、彼女を誘惑した。フロランドの父親、ジュリアン伯爵はこの侮辱に激怒し復讐のために自分の国を裏切り、ムーア人に救援を頼んだ。ロドリグはロマンセロの中で何度となく話題にされているあの名高い戦いに負け、自分の罪を悔悛するために我が身を横たえた蝮だらけの棺の中で哀れな最後をとげた。かわいそうなフロランド姫はカーバという不名誉な名前を冠せられ、スペイン中の罵詈雑言を浴びることになった。だから若き王の塔の前に若い娘たちの水浴場を置こうなんて何と奇妙で突飛な事を思いついたことだろう。

ぼくらはロドリグのことを話すところまで来ているのだから、不幸なるゴート人王子の物語に否応なく結びついているヘラクレスの洞穴伝説をここで述べておこう。ヘラクレスの洞穴というのは噂では城壁の三里外に広がる地下道で、入念に閉じられ南京錠をかけられた扉は町で一番高い地点、サン＝ジネス教会内にある。この場所にかつてはチュバルに建てられた宮殿が立っていた。ヘラクレスがそれを修復し、拡大し、そこに自分の実験室と魔術学校を開設したのだった。というのもずっと後にギリシア人によって神格化されたヘラクレスも最初は一人の強力な降神術者だったからだ。彼の術をつかって彼はこの魔法の塔内に誰か入り込む者がある時こそ、残忍にして野蛮な一民族がスペインに侵入する時と記された銘やら護符のある魔法の塔を建てたのだった。

この不吉な予言が実現するのを恐れて、すべての王たち、特にゴート人の王たちは不思議の扉に新たに錠や南京錠をつけ加えたが、これは実際に予言を信じているからではなく、賢明なる人物としてこうした魔法やら魔術とかに関わりたくなかったからだ。人以上に好奇心の強いというか貧乏な、というのも放蕩や浪費のために彼はすっかりお金を使い果たしてしまっていたからだが、そのロドリグは魔法の地下道で莫大な財宝を発見できるかもしれないと期待して、思いきって冒険を試みようとした。彼は松明やカンテラや綱を携えた何人かの果敢な連中の先頭に立って洞穴へと向い、鋭い岩肌に穿たれ、南京錠が一杯ついた鉄蓋に閉ざされた扉に到着した。そこの銘板にはギリシア文字でこう書かれていた。「この地下室を開け、隠されし宝を発見する者、幸福と不幸を得るなり。」他の王たちはこの幸と不幸が繰り返されることに恐れをなし、あえてそれ以上進む勇気がなかった。しかしロドリグは幸福を手にするチャンスを得るために思いきって不幸の危険を冒そうとし、南京錠を壊し、錠をこじ開け、蓋を上げることを命じた。最も豪胆自慢の連中が最初に降りていったが、彼らは消えた松明を手に、ふるえながら、顔面蒼白でおびえきってすぐに戻ってきた。何とか口を利くことのできる者たちが語って言うには、恐ろしい幻にびっくりさせられたという事だった。ロドリグはそんな事で魔法を打ち破るのをあきらめようとせず、洞穴から吹き出る風で吹き消されないように松明を並べさせ、一群の先頭にたって勇敢に洞穴内へと入り込んでいった。彼は間もなく豪華なつくりの四角い部屋に達した。部屋の中央には丈の高い、すさまじい形相をしたブロンズ像があった。この彫像は高さ一五〇センチメートルばかりの円柱上に置かれ、その手にたくさんの武器を持ち、それで床の石畳をうっているのだった。そのために大きな音と風が起こり、最初に入った者たちはそれで大いに恐怖感を抱くことになったのだった。ゴート人のように勇敢で、神を信頼し、異教徒たちの魔法の数々にも驚かないキリスト教徒のように断固たるロドリグはまっすぐに巨像のところへ行き、そこにある財宝を捜索する許可を求めた。

青銅の戦士は同意のしるしに、たくさんの武器で地面をうつことをやめた。部屋の中にある物をはっきり見分けることができ、ほどなく「我を開けし者、財宝を目にするはずなり」とその蓋に書かれた大箱を発見した。彫像が従順なのを見て、王の仲間たちは恐怖から覚め、この縁起のいい銘に勇気づけられ、すでに自分たちの外套やらポケットの準備をととのえ、それを金やダイヤモンドで一杯にしようとしていた。しかし大箱の中に見つかったのは巻いた麻布だけだった。その布の上にはある者は徒歩で、残りの者たちは馬に乗り、頭にターバンを巻き、楯と槍を持ったアラビア人軍隊が描かれており、「ここまで到達し、大箱を開く者はスペインを破滅させ、スペイン人に似た民族によって打ち負かされるなり」という意味の銘が記されていた。王ロドリグは他の者たちの悲嘆を増さないようにと、自分が感じた不吉な印象を努めて隠そうとした。そしてみんなは再び、これほど不幸な予言に対して何か埋め合わせが用意されていないかどうか確かめようと探索を続けた。目を上げるとロドリグは彫像の左手、壁の上の渦形装飾に気づいた。そこには「哀れな王よ。お前は己れの不幸を手にするためにここに入ったのだ」と書かれていた。右手にあるもう一つの渦形装飾には「お前は異民族にすべてを奪われ、お前の国民はつらい罰に苦しむなり」という意味の文句が見えた。彫像の後ろには「我アラビア人に祈願する」と書かれ、前には「我己れの義務を果たすなり」と書かれていた。

王とその追従者たちはすっかり不安と不吉な予感にとらわれたまま引き返した。まさにその夜激しい嵐が吹き荒れ、ヘラクレスの塔の廃墟は凄まじい大音響とともに崩壊した。引き続き起こった事件によってすぐに魔法の洞穴の予言の正しさが証明されることになった。大箱の巻き麻布に描かれていたアラビア人が実際、不幸なるスペインの地にターバン、奇妙な形の槍や楯を見せることになったのだ。これはすべて、ロドリグがフロランド姫の脚を見、地下室に降りていった結果なのだった。

さて日も暮れてきたので、宿に戻って、夕食をとり寝なくてはならない。というのもぼくらはまだドン・ペドロ・ゴンサレス・デ・メンドーサ枢機卿病院、武器工場、ローマ式円形競技場の残骸、多くの名所を見なくてはならないし、明日の夕方に出発するからだ。ぼくはと言えば、ダイヤモンドの尖端のように出っぱったあの舗石のせいでひどく疲れていたので、逆立ちして、痛くなった足を休めるために、道化師のように両手でちょっと歩いてみたいぐらいだった。文明の辻馬車、進歩の乗合馬車よ。ぼくは苦しげにお前たちの助けを求めたものだ。しかしお前たちもトレドの通りでは一体何ができただろう。

枢機卿病院は広大で簡素な作りの大きな建物で、これについて述べていったらあまりに長たらしくなるだろう。円柱とアーケードに囲まれた中庭を速足で通り抜けよう。そこで目を引く物としては白大理石の縁石のある二つの露天井戸だけだ。すぐに教会に入って、枢機卿の墓を調査することにしよう。この墓は八十歳以上も生き、自分の祖国を変化に富んだ様式といつも変わらぬ完成度を持つ傑作群で覆ったあの驚くべきベルゲテの手で雪花石膏で製作されたのだ。枢機卿は墓の上に司教服につつまれて横たわっている。死神の痩せ細った指で彼の鼻はつままれ、今にも逃れ去らんとする魂を引き止めようと筋肉が極度に収縮したために彼の口の両端はしめつけられ、顎はひっぱられ先細になっている。これ以上に不気味なぐらい正確に死面が像《かたど》られたことはない。しかしながらそれでも出来上がり具合は見事なほど素晴らしいので、この光景に感じられるかも知れない嫌悪の念を引き起こすような点は忘れられてしまう。少年たちが悲嘆にくれた様子で柱脚と枢機卿の紋章を支えている。最も柔らかで思うがままになるテラコッタでもこれ以上柔らかでのびやかなものはない。それは彫られたのではなく、こねあげられたのだ。

この教会にはまた、ドメニコ・テオトコプーリ、通称グレコの絵が二枚ある。スペイン以外ではほとんど知られていない奇妙な常軌を逸した画家であった彼の狂気は、御存じのように自分がその弟子だったティツィアーノの模倣者と見なされることへの心配だった。こうした不安があったがゆえに彼は非常に異様なる幻想や気取りに走ったのだ。

これらの絵の一枚、聖家族を描いた絵のためかわいそうにもグレコは不幸な気持ちにさせられたに違いない。というのも一瞥するやその絵は本物のティツィアーノの作品だと間違えられてしまうほどだからだ。強烈な色の彩色法、鮮やかな衣服の波形の襞の色調、ヴェネチア人画家の最も冷たい色合いまでも熱く暖められるようなあの素晴らしい琥珀色の光、すべてが非常に熟練した目の持ち主をも欺いてしまうように働いているのだ。ただタッチだけは少し大胆さに欠けるし濃厚さに欠ける。グレコに残されていた僅かな理性も、この傑作が仕上げられた後で狂気の暗い海に完全に沈んでしまったに違いない。今日同じような理由で狂人になれるような画家はそれほどいない。

「キリストの洗礼」が主題となっているもう一方の絵は完全にグレコの二番目の方法に属する作品だ。黒と白の濫用、強烈な色の対照、奇妙な色調、ねじれ歪んだような姿勢、理由もなくしわくちゃにされ割られた波形の衣服の襞。しかしこれら全体には頽廃的な活力と病的な力強さがみなぎっており、偉大なる画家にして天才的な狂人という特徴が現われている。グレコの絵以上にぼくの関心を引いた絵はほとんどない。というのも最悪の絵にはいつでも何かしら思いがけないものが含まれ、ありえないようなものが積み重なっており、あなたがたの意表をついて夢みさせるからだ。

病院からぼくらは武器工場へと向った。これはカルロス三世がその基礎を築いた様式の立派な左右対称の建物だ。この王の名は公共のすべての記念建築物の上に刻まれている。工場はタホ川のすぐ側に建てられているが、その水が剣の焼き入れに使われたり、水車を動かしたりしている。仕事場はスペイン中のほとんどすべての中庭と同じように、廻廊や拱門に囲まれた大きな中庭の側を占めている。こちらで鉄が熱く焼かれ、それがあちらで金槌で打たれ、それより遠くの場所で焼き入れされる。こちらの部屋には研磨用の回転砥石が置かれ、こちらの別の部屋では鞘とつかの部分が作られている。ぼくらは読者の皆様に何一つ特別な事を教えてくれるわけでもないこうした調査をこれ以上推し進めるのはやめ、評判が高いのも当然のこれらの剣の材料にはこの目的のために丹念に集められた馬や騾馬の古い蹄鉄も入っていることだけを最後に言っておこう。

トレドの刀剣が今もまだその評判に値するだけのことはあるのを見てもらおうと、案内者はぼくらを耐久度検査室に案内してくれた。背丈の高い、並はずれた力のある職人が一人、最もありふれた種類の武器、まっすぐの騎兵サーベルを手に取り、壁に固定された鉛の鋳塊に突き刺し、柄の部分が剣先にほとんどくっついてしまうぐらい、剣を鞭のようにあらゆる方向に撓ませてみせた。はがねが焼き入れの結果、弾性に富み柔軟な硬度を獲得したために、剣は折れることもなくこうした耐久検査に耐えることができたのだ。続いて男は鉄床《かなとこ》の前に立ち、そこに大変見事な一撃をくらわせると刃は一ミリばかりくいこんだ。この力業を見てぼくは獅子心王リチャードと王サラディンが鉄の棒と枕を切る練習をするウォルター・スコットの小説のあの場面を想像した。

だからトレドの刀剣は今日でも過去の刀剣に匹敵する。焼き入れの秘法は失われていないが、外形の秘法は失われてしまっている。実際、現代の作品が昔の作品に比肩しうるために欠如しているのは、進歩的な人々には大いに軽蔑されてはいるがこの小さな点だけなのである。現代の剣は一個の道具にすぎないが、十六世紀の剣は同時に道具でもあり豪華な装身具でもあるのだ。

ぼくらはトレドで短剣、短刀、コシュリマルドとエスパドンという二種類の重い長剣、細身の長剣などいくつかの古い武器やどこかの壁とか食器台に沿って飾っておくのにふさわしい他の珍しい武器などを見出せるものと思っていた。だからぼくらはそのために、アシーユ・ジュビナルによって収録されたトレドの六十人の武器製造人の名前や印章を暗記しておいたのだった。しかし知識を試す機会には恵まれなかった。というのもコルドバに皮革が、メヘレンに刺繍が、オステンデに牡蠣、ストラスブールにフォアグラのパテがないのと同様、トレドには剣がないからだ。あらゆる珍品があるのはパリになのであり、外国でいくつか珍しい物に出くわすとすれば、それはヴォルテール河岸のドゥロネ嬢の店から出ているのだ。

ぼくらはまた古代ローマの円戯場と模擬海戦場の廃墟を見せてもらったが、そこは一般に古代ローマの廃墟が全部そうであるように全く耕された畑のように見えた。ぼくにはこれほど跡かたもなく実際そこに建物があったのかどうかも疑わしいほどの残骸を見てうっとりすることができるほど想像力がそなわっていない。そうした仕事は考古学者に任せて、ぼくの方はあなたがたに、肉眼にはっきり見え、際立った素晴らしい印象を与えるトレドの城壁について話してみたい。建造物は土地の凹凸とぴったり調和しており、岩がどこで終わり、城壁がどこで始まっているのか、難しくて言えないことがよくある。建築には各文明の手が加えられている。この壁面の一部はローマ式だし、この塔はゴチック式、そしてこれらの銃眼はアラビア式なのだ。カンブロン門からビサグラ（聖なる道）門――おそらくローマの道はここまで続いていたのだ――へと広がるこの壁面全体はゴート王ワンバによって作られた。これらの石のどれにもそれぞれ物語が秘められており、それをすっかり語ろうと思ったら、一個の記事の代わりに一巻の本が必要になるだろう。ただ旅行者の権限内で、帯状に塔に囲まれ、王冠のように教会が聳えたち、岩の王座の上に置かれたトレドの町が地平線に見せる高貴な姿については再び繰り返しておきたい。これ以上に堅固にして簡素、これ以上豊かな色彩に覆われ、中世のおもかげがこれ以上そっくりそのまま残されている輪郭は想像できないだろう。ぼくは自分の目を楽しませ、ぼくの記憶にこの素晴らしい眺望のシルエットを深く刻みつけようと努めながら一時間以上もじっと見とれていた。残念ながら夜になるのが早すぎた。そこでぼくらは寝に帰った。というのも、猛烈な酷暑を避けるために午前一時に出発しなければならなかったからだ。実際、夜中の一二時になるとぼくらの一頭立て二輪馬車の御者が時間通りにやってきたので、ぼくらは全く眠り込んだまま、明らかに夢遊状態のまま、幌付き二輪馬車の粗末なクッションによじ登った。トレドのまきびしのようにでこぼこの舗道のせいで起きるすさまじい動揺でぼくらは間もなくすっかり目覚めてしまい、夜をついて走るぼくらの幌馬車の異様な姿を見て楽しむことができた。真っ赤な大車輪と並はずれた荷物人れを持つ馬車は、それほど壁と壁とが近づいていたのだけれど家並みを波を切るように通り抜け、馬車が行き過ぎた後から家並みは波のように閉じるようだった。だぶだぶのズボン下をはき、バレンシア人の雑色のハンカチーフをかぶり裸足の夜回りが、槍の先に角燈を下げてぼくらの前を歩いていた。その揺らめく先によって光と影のあらゆる種類の動きが生み出されていたけれど、レンブラントもそれを見たら巡邏隊や夜警団を描いた彼の見事なエッチングの何枚かに喜んで用いていただろう。聞こえる唯一の音はぼくらの騾馬の首にかかった鈴が揺れてちんちん鳴る音とぼくらの車軸のきしむ音だけだった。町民たちはロス・レイエス・ヌエボス教会礼拝堂の彫像と同じぐらいぐっすり眠り込んでいた。時々、夜回りは通りを横切るように眠り込んだどこかの変わり者の鼻先に角燈を突き出し、槍の柄でこづいて側へとさがらせる。というのもスペイン人は眠くなるとそれがどんな場所であれ、地面に外套をひろげ申し分ないほど泰然と落ち着き払って横たわるからだ。まだ開いていず、そこでぼくらが二時間待たされた門の前の地面は眠り込んだ人々に覆われ、彼らはあり得るあらゆる調子でいびきをかいていた。というのも通りだけが虫たちの被害にあわずにすむ唯一の寝室だからであり、寝室に入るにはインドの托鉢僧のようなあきらめの気持ちが必要だからだ。ついにいまいましい門が肘金で開いたのでぼくらはトレドにやって来る時通った道を再び引き返した。

＊

# 11

＊

マドリードにおける聖体大祝日の行列――アランフエス――敷石のある中庭――オカニャ平原――テンブレケとその靴下どめ――マンサナレスでの一夜――サンタ・クルスのナイフ――プエルト・デ・ロス・ペロス――ラ・カロリナの農業植民地――バイレン――ハエン、大聖堂と伊達男たち――グラナダ――並木道――アランブラ――ヘネラリフェ――アルバイシン――グラナダの生活ぶり――ジプシー――僧院――サント・ドミンゴ――ムラセン山登り

ぼくらはグラナダ行きの乗合馬車にのるためにマドリードを再び通らなくてはならなかった。アランフエスに行って馬車を待つという手もあったのだが、そうすればそれが満席という危険もあるので、第一の方法をとることに決めた。

案内人は用意周到に前日の夕方、騾馬を一頭さきに出発させており、そいつがぼくらの乗り物につながれた動物と交代できるように途中でぼくらを待っているはずだった。というのも、果てしなく広がる麦畑を貫いて走る日陰一つない埃っぽいこの道の堪えがたい暑さを考えれば、こうした用意用心をしなかったらトレドからマドリードまでの道のりを一日で進むことができたかどうかはなはだ疑わしいからだ。

ぼくらはすっかり丸焼けとは言わないまでも、半焼けの状態で他にはこれと言った事故もなく一時頃イリエスカスに着いた。来たときとは逆方向に走るということ以外に何一つ目新しいことのないこの道をぼくらは一刻も早く終えたかった。

ぼくの道連れは眠りたがったが一方ぼくの方はスペイン料理にはすでにはるかに慣れていたので、夜食を無数の蠅の大群と争って食べた。女将の娘、アラブ的な目を持つ十二、三歳の親切な娘がぼくの側に立ったまま、一方の手に持った扇ともう一方の手にもった小箒でうるさい昆虫どもを追い払おうと努めてくれた。しかし虫たちは彼女がそれらを動かすのをゆるめたり、止めたりした途端、今まで以上にぶんぶんいいながら猛烈に攻撃をしかけてくるのだった。その娘にこんな風に助けてもらったおかげて、なんとか蠅のほとんどついていない肉を何切れか口の中に押し込むことができた。それで食欲が幾分満たされたので、わが虫追い払い娘と対話を始めたが、これはぼくがスペイン語を知らないために必然的に範囲は大いに限定された。それでもぼくは小型判の辞書を使って、外国人にしては大分まともな会話をなんとか続けることができた。娘はラテン語であれ印刷されたあらゆる種類の文字を読み書きできるし、その上タンバリンの腕もかなりのものだと言った。ぼくはそのタンバリンの才能の片鱗を見せてくれまいかと彼女に言った。娘はいとも熱心に披露してくれたのだが、これでぼくの仲間の睡眠は犠牲にされることになった。彼は小さな女性音楽家の親指が軽く触れる驢馬皮のたてる鈍いうなるような音と銅片のぶつかり合う音でついには起こされてしまったのだ。

元気な騾馬がつながれ、再び出発しなくてはならなかった。全く実際のところ、三十度もの暑さの中、数列の水の入った大壺、壺、真珠のような発汗に覆われた水冷やし壺を期待できる宿屋を去るには大変な精神的勇気が必要だ。水を飲む快楽というのはぼくがスペインで初めて知った楽しみだ。本当にスペインの水は密度が薄く、透明で、えも言われぬおいしい味がする。イスラム教徒にとって禁酒というのは、こうした風土では一番簡単に従える命令だろう。

御者が彼の騾馬に向って休みなしに雄弁に話しかけたり、騾馬の耳に驚くほど器用に小石を投げつけるおかげで、ぼくらは大分大急ぎで進んでいた。御者は困った場合になると騾馬をビエハ、レビエハ（老いぼれ、老いぼれも老いぼれ）、と呼ぶ。これは騾馬には特別にこたえる悪口なのだ。というのもこの悪口にはいつも背骨への鞭の柄の一撃がついてまわるし、それはそれだけで大いに屈辱的な言葉だからだ。この形容詞が何度か驚くほどタイミングよく用いられたおかげでぼくらは夕方五時にマドリードの城門へと到着した。

マドリードはすでに見て知っているので、ぼくらがそこで見た目新しいものとしてはキリスト聖体の大祝日の行列だけだった。この行列も修道院や宗教団体が廃止されたために昔日の華々しさを失ってしまっている。それでも儀式には荘重さが欠けてはいない。行列の通り道には細かな砂がまかれ、家から家へと張りめぐらされた天幕のおかげで通りには日陰と涼しさが保たれている。露台には正装した美しい婦人たちが華やかにぎっしり集まっている。それは想像しうる最も魅力的な眺めだ。開いたり、閉じたり、どこかに止まろうとする蝶のようにぴくぴくふるえ、羽ばたく扇を絶えず上品に用いている様。一緒に集まりマンテラの見ぐるしい襞の線を直したりする女性たちの肘の動き。十字形の桟つき窓から窓へ知り合いの男たちに投げかける色目。自分たちに挨拶する伊達男たちに婦人たちが答える「さようなら」の言葉についてまわる優美な身振りと首を振る美しい合図。ガリシア人、パス地方人、バレンシア人、伊達女、水売り人などが混じり合った人目を引く群衆、これらすべてが魅力あふれる陽気で生彩に富む見物となる。ニーニョス・デ・ラ・クナ（捨て子たち）が青の制服を着て行列の先頭を歩いている。この子供たちの長い列の中には、きれいな顔をした子供の姿はほとんど見えなかった。全く婚姻の神自身にしてもいかに夫婦間で無頓着にふるまったところで、これらの私生児以上に醜い子供をつくるのは難しかっただろう。そのあとに聖堂区の旗、聖職者、銀の聖堂物箱、さらに金糸織の天蓋の下、目もくらんで見続けられないほどきらめく太陽を象ったダイヤモンドの聖体入れに入れられた聖体が続いてくる。

諺になるほどのスペイン人の信心もぼくには非常に冷めているように見えた。この点から見れば、聖体の前で跪かないことで人と反対の態度を見せることが良き趣味と思われた時代のパリに自分がいると思えたかもしれない。天蓋が近づくと男たちが帽子の縁で触れるのがせいぜいのところだ。カトリックのスペインはもはや存在しない。イベリア半島は今、封建制度、宗教裁判、狂信などに関するヴォルテール的懐疑自由思想にとらわれた状態にあるのだ。修道院を破壊することが文明の極みだと思われているのだ。

とある夕方、カレタス通りの角、郵便局の近くにいたぼくには、群衆が大急ぎで脇へ寄ったと思うと、大通りの方からきらめく光の群れが近づいてくるのが見えた。幌付き四輪馬車にのせられどこかの瀕死人の枕もとへと向う聖体だった。というのもマドリードでは神様はまだ歩いて行くことはないからだ。群集がこうして逃げたのは跪かなくてすむようにするためだったのだ。

今、宗教儀式について話している最中だし、言っておくと、スペインでは棺衣の十字はフランスにおけるような白色ではなく、これまた陰鬱な硫黄色なのだ。死者を運ぶのには柩車ではなく、柄つきの棺がつかわれる。

マドリードは耐えがたかった。そこに二日間滞在しなければならなかったのだが、それはぼくらには少なくとも二世紀にも思われた。ぼくらはひたすらオレンジの木、レモンの木、アンダルシアの踊り、カスタネット、バスキヌや人目を引く民族衣装だけを夢見ていた。というのもフランスのガスコーニュ人と同様、スペイン人が決してその習慣を失わない幾分法螺まじりのあの大げさな言葉で、みんながぼくらにアンダルシアのことを見事なほど吹聴したからだった。

　待ちに待った時がついにやってきた。というのも望んでいた日であれすべてはやってくるからだ。そこでぼくらは非常に快適な乗合馬車にのって出発した。これにつながれた毛を剃られた、つやつやした肌の力強い騾馬の群れは猛烈なスピードで駆けるのだった。その乗合馬車には浅黄色の南京木綿が張られ、日除けと緑色の簾が備えつけられていた。ぼくらがそれまで揺られ続けてきたぞっとする四輪幌馬車、軽馬車、四輪馬車の後ではこの乗合馬車は優美の極致だと思われた。実際、絶えず扇を動かしたり、極端に軽装だったにもかかわらず、ぼくらを黒焦げにしてしまうほどの漆喰かまどのようなあの暑さでさえなかったら、その馬車は大いに快適な乗りごこちだったろう。だからぼくらの走る蒸し風呂の中では「たまらん。くそ暑い。暑苦しい。溶けそうだ」とか他にもこの場にぴったりの叫びが何度となく休みなしに繰り返されていた。しかしながらぼくらはつらいのを我慢し、あまりぶつぶつ不平を鳴さずに鼻やこめかみに沿って滝のように汗が流れるにまかせた。というのも疲労の後には、詩人ならばどんな詩人の憧れでもあるグラナダとアランブラが待っていることが予想されたからだ。グラナダという名前だけで国民軍の最高に上等兵らしい上等兵にして有権者にして、最高に粗野なブルジョワも感嘆の言葉をおさえきれず、片足で踊り出すのだ。

　マドリード近郊はグアダルラマの方からくるよりこちら側の方からが石が少ないとは言え、物寂しく、草木もなく荒れはてている。起伏の多いというよりもむしろゆがんだような土地が重なりあい、単調に打ち続いている。目を引くものはどこまでも不毛な風景のあちらこちらに点在している、埃だらけの白堊質の村々以外にはない。しかしこれも村の教会の四角い塔に注意が引かれなければ、気づかずに見過ごされてしまうだろう。スペインでは先のとがった尖塔はまれであり、四面体の塔が鐘楼の一番ふつうの形体なのだ。道々の四つ角には、怪しげな十字架が不気味に腕木を広げている。時々、外套にくるまって眠りこんだ牛飼いを乗せた牛車や、騎兵銃を鞍袋に差し込み、獰猛な顔付きで馬に乗った農民たちが通る。

真っ昼間の空は溶けた鉛色で、光まじりの埃っぽい灰色をした大地は、はるか遠くの方でやっとかすかに青色を帯びる。木立一つなく、小灌木一つなく、干上がった急流の川床には一滴の水もない。目を憩わせ、想像力を蘇らせてくれるものとて何一つない。太陽の焼き尽くすような光をちょっとでも避けるには、壁が投げるめったにない、青い影が作る細い線を辿っていかなくてはならない。実際、今は七月のまっただ中、スペインを涼しく快適に旅行するのに適した時期ではないと言うのもその通りだ。しかしぼくらはそれぞれの国はその一番厳しい季節に訪ねるべきだという意見なのだ。スペインなら夏に、ロシアなら冬に。

アランフエスという王の居住地（シィティオ・レアル）までは、特別、言及するに値するようなものには何一つ出会わなかった。アランフエスは角の部分が石で、他は全体が煉瓦作りの城で、これが白と赤という色の効果をなしている。スレート葺の大屋根、別棟、風見などが施されており、アンリ四世やルイ十三世時代に使用されていた類いの建築物、フォンテヌブロー宮あるいはパリ、ロワイヤル広場の家々を思い出させる。吊り橋を通って渡るタホ川によって、スペイン人たちの嘆賞の的となっている植物のみずみずしさが保たれ、北方産の木々が強く生長できるようになっている。アランフエスでは、楡の木、とねりこ、白樺、白楊《はこやなぎ》が見られるけれど、これらは、インドいちじく、アロエ、棕櫚などが我が国で珍しいようにかの地では珍しい木々なのだ。

特別に作られた廻廊にぼくらは注意を促された。有名な平和の王子だったゴドワはその廻廊を通って自分の屋敷から城へとかよっていたのだ。村を出ると左手に、かなり記念建造物らしい外観の闘牛広場が見える。

騾馬を替える間、ぼくらはオレンジを買い求め、アイスクリームというよりレモン入りのピュレをフランスの居酒屋と同じぐらいスペインでよく見られる露天のあの清涼飲料水店の一つでいただこうと、市場へと走った。青ワインを何壜も飲んだり、酒を小グラスで飲む代わりに、農民たちや市場の野菜売り女たちは氷水を飲む。これなら彼らにそれほど高くつかないし、少なくとも頭が乱れずにすむし、茫然と意識朦朧とすることもない。酔っぱらいがいない事で庶民階級の人々は、文明化されたと称する我が国の同じ階級の人々よりも優位に置かれているのだ。

アラ・フォビスという二つの言葉から作られたアランフエスという名前は、この住居が古代のユピテル寺院があった場所に建っていることを充分に示している。ぼくらは内部を見て歩く時間がなかったがほとんど残念にも思わなかった。というのも宮殿は全部似たりよったりだからだ。朝臣たちについても同様だ。独創性は人民の間にしか見出されないものなのだ。下層民だけが詩の特権を保存しているように見える。

アランフエスからオカニャまでの風景は人目を引きつけるほどではないにしても、だんだん生彩に富んでくる。見事な起伏を持つ丘々が光に照らされ、街道の両側に変化に富んだ姿を見せる。とは言っても雲に閉じこめられた神様のように、その中に閉じこめられたまま乗合馬車が疾駆していく土埃の渦が、うまい具合に風に吹き散らされ、あなたがそれらを見ることができる場合の話だが。整備維持状態が悪いとはいえ、道はほとんど全く雨の降らないあの素晴らしい風土と、あらゆる輸送がほとんど動物の背中でおこなわれるせいもあり馬車が少ない事のおかげで、かなり立派だった。

　ぼくらはオカニャで夜食をとり宿泊し、王立郵便馬車を待ってそれに合流してその護衛隊を利用しなくてはならなかった。というのも間もなく、その頃パリリョス、やくざ者、できれば会わずにすませたい別の誠実な人々が出没していたラ・マンチャに入っていこうとしていたからだ。ぼくらは見かけのまともな旅館で止った。そこには見事な覆いをかぶせた円柱つきの中庭《パティオ》があった。二重だったり一重だったりの覆いの亜麻布は透明度の多少によって模様や対称をなしている。製作者名とバルセロナのその住所がそこにははっきり読めるように記されている。赤練り土の植木鉢に植えられた桃金嬢《てんにんか》、柘榴の木、ジャスミンの花が、やわらかな薄明かりに照らされ神秘的な空気に満ちたこの中庭を香りで満たし明るくひきたてていた。中庭は魅力あふれる工夫だ。部屋の内よりも涼気と広々とした空間を享受できるし、散歩したり、読書したり、一人でいたり、他の人たちと一緒にいたりできる。そこは人々が出会い、正式の堅苦しい訪問とか紹介などの面倒なしについには知り合い、親交を結ぶにいたる中立地帯なのだ。だからグラナダとかセビリャにおけるようにそこに噴水やら泉などの楽しみをつけ加えることができるとなると、特に温度計の針がセネガンビア的な高さに保たれている国では、これ以上に心地よいものをぼくは知らない。

　食事を待つ間、ぼくらは昼寝をしに行った。これはスペインでは絶対守らなくてはならない習慣だ。というのも二時から五時にかけての暑さときたら、パリ人にはちょっと想像できない代物なのだ。舗道は焼け、扉の鉄製叩き金は灼熱し、火の雨がざあっと降ってくるかのようだ。小麦は穂の中ではじけ、大地は熱しすぎたフライパンのエナメルのように割れ、蟬は今まで以上に激しく前胸部を軋らせ、あなたの元に届く少量の空気も熱風パイプのブロンズ製の口から吹き出されていると思えるほどだ。店々はしめられ、世界中の金全部をもってしても、一人の商人にも何かを売ってくれる決心をさせることはできないだろう。ぼくらにはあまりうれしくない俗間の言い回しに従えば、通りにいるのは犬とフランス人ばかり。案内人たちもスペインの雇われ召し使いにとって特別心ひかれる二つの物、ハバナ葉巻とか闘牛場入場券をもらったとしても、どんなつまらぬ記念建築物の前へとあなたがたを案内していくのは拒否する。あなたがたに残された唯一の方策は、他の人々のように寝ることだ。そうすれば即座に諦めがついて寝入ってしまう。というのも眠り込んだスペイン国民の真ん中でただ一人目覚めていたところで何ができるというのか。

石灰乳で白く塗られた部屋は、文句のつけようがないほど清潔だった。みんながぼくらにあれほどうごめき、無数にいる様を描いてみせてくれた昆虫たちはまだ出現しておらず、ぼくらの眠りはいかなる多足の悪夢にも乱されなかった。

夕方五時に起きて、夕食まで町を一回りしに出かけた。オカニャには記念建造物はあまりなく、町が主要なる名声を得る資格は侵略戦争の際のスペイン軍によるフランス側角面堡に対する必死の攻撃である。角面堡は占拠したものの、スペイン軍はほとんど全員がその場に死して倒れたのだ。これらの英雄たちはそれぞれ、彼らが倒れていた場所に埋葬された。霰弾を雨と浴びながらも隊列は見事に保持されていたので、今でもまだ、墓穴が対称に並べられているのを見ればその時の隊列が分かる。ディアンマンテは『オカニャのヘラクレス』という題の戯曲を作っているが、これはおそらくシルク・オランピック座のゴリアテのような途轍もない力を持った戦士に敬意を表して作られたのだ。オカニャを歩いてみてぼくにはそのことが思い出されたのだった。

我が国ではやっと小麦が黄ばみ始める時期なのにこちらではそれの収穫が終わりかけていた。小麦の束は土を踏みかためた大きな麦打ち場に運ばれていく。そこは一種の調馬場のような所で馬や騾馬が蹄を踏み鳴らして穂から実を取ってくれるわけだ。動物たちは橇のようにつながれ、その上には大胆にして昂然たる優美な姿勢で、この作業を指揮する役目の男が立っている。力一杯に鞭うたれる三頭か四頭の馬に引っぱられるこのもろい機械の上で、じっと立ったままでいるには冷静さと用心とが大いに要求される。レオポルド・ロベール流派の画家なら聖書風で原始的な素朴なるこれらの場面を大いに利用するだろう。ここでは陽焼けした素晴らしい顔、輝く目、聖母像、独特の趣きに満ちた衣裳、ブロンドの光、蒼空、太陽などがイタリアにおけると同様、彼に欠けることはないのだ。

その晩、空はバラ色を帯びた乳青色だった。平野は視線の届く限り、広大なる薄い金色を一面に眼前に繰り広げていた。そこには一面の光の海に点在する小島のようにあちこちに、ほとんど小麦の束の下に隠れてしまっている中にひかれる馬車の姿が現われるのだった。中国人たちがあれほど追求した影のない絵の夢が実現されていた。すべては光と明るさだけ。最も濃い色合いでも真珠色以上の濃さではなかった。

大分おかしなロココ式のヴェネチアガラスに描かれた小さな絵に飾られた天井の低い部屋で、ついにまあまあしな夕食というか少なくとも食欲にかられてぼくらにはそう思われた夕食をだしてもらった。夕食後、ぼくとぼくの道連れウジェーヌは根っからのタバコ好きというわけでもなかったし、知っている二、三百語を用いて言わなくてはならない事を全部通じさせざるを得ないがために、会話にもごくごく僅かしか加われなかったので、食卓で物語られるのを聞き、半分しか理解できないためにまさにぼくらには一層恐ろしく思える盗賊たちの様々な話にかなり胸ふさがる陰気な気持ちで、部屋へと上がっていった。

午後二時まで王立郵便馬車が到着するのを待たなくてはならなかった。というのもそれに乗らずに出発するなんていうのは不用心だったたであろうからだ。ぼくらにはその上に、ラッパ銃、拳銃、大サーベルで武装した四人の騎兵からなる特別護衛がついていた。彼らは丈高い男たちで、巨大な黒い頬ひげに隈取られた独特の顔に、とんがり帽をかぶり、幅広の赤い腰帯をまき、ビロードの半ズボンと革の脚絆をつけ、憲兵隊というより全く盗賊のようだった。だから他の本物の盗賊に出くわす心配があるので、一緒に彼らをつれていくのは大いにいい思いつきというわけだった。

ガレー馬車に詰め込まれた二十人の兵士が王立郵便馬車に続いていた。ガレー馬車というのは二輪か四輪のばね付きでない馬車で、エスパルト繊維の網が板底の代わりになっている。こうした簡潔な描写だけであなたがたには、立ったままで、お互い同士その上に倒れたりしないためには横木に手をひっかけておかざるを得ないこれらの不運な連中の姿勢が判断できるだろう。これに時速四里の速さ、うだるような暑さ、垂直に射してくる太陽をつけ加えてみていただきたい。そうすればあなたがたもこうした状況を喜ばしいと思うには持ち前の英雄的な上機嫌が必要だということを認めるだろう。けれども、これらのかわいそうな兵士たちはかろうじて制服の切れっ端に覆われているだけで、腹ぺこで、飲み物と言えば水筒の熱くなった水しかなく、鼠取りの中の鼠のように揺られながらも、道中ずっと大口をあけて笑ったり、歌ってばかりいる。スペイン人が疲労に耐える忍耐心と節制力といったら何か奇跡に似ているほどだ。彼らはこの点ではアラブ人のままなのだ。これ以上に物質生活を忘却していることはできないだろう。しかしこれらの兵士たちはパンにも短靴にも事欠くのに、ギターを持っているのだ。

ぼくらが横切っていたトレド王国のこの部分は全体にわたたって驚くほど無味乾燥で、ドン・キホーテの郷土にしてスペインで最も荒涼として不毛な地方ラ・マンチャ地方が近いことが感じられる。

見た目にも全くもって惨めな、つまらないラ・ガルディアという小村を間もなく通り過ぎた。テンブレケでぼくらはパリの美しい脚のために、サン゠クルーの最も上品な横笛でさえ恥ずかしくなるような銘句が織り模様の文字で描かれた、金糸銀糸で飾られた空色やオレンジ色や桜んぼ色の靴下どめを何ダースか買った。テンブレケはフランスのシャテルローが小刀で有名なように、靴下どめで評判が高い。

靴下どめを値切っている間、わきの方で猛り狂った犬の唸り声のように嗄れ、威嚇するような唸り声が聞こえた。ぼくらはスペインの番犬にどんな風に話しかけたらいいかも知らなかったし、幾分恐る恐る急にふりむいてみた。ところがその喚き声は動物が発しているのではなく、一人の男が出しているのだった。

うわごとを言う病人の胸の上に跪いている悪夢でさえ、これ以上にぞっとする怪物を生み出したことはない。カジモドもこの男のわきではまるでフェビュスだ。角ばった額、野性の荒々しい光に輝くくぼんだ目、鼻孔だけがその場所を示しているような非常にぺちゃんこの鼻、上顎より二プースも出っぱった下顎、一言にして言えば以上がこの醜男の肖像画だ。男の横顔はリエージュの年鑑の中で顔が描き込まれた三日月のように凹面の線をなしていた。この惨めな男の飯の種は鼻が欠けていることであり、犬の物真似をすることだったが、全く見事にそれをおこなっていた。というのも彼は死人以上に鼻が低く小鼻が開き、たった一人で昼食時の戦闘開始の全下宿人たち以上に大騒ぎしているのだった。

プエルト・ラピチェは半ば以上崩れかかった何軒かのあばら屋からなる。それらのあばら屋は亀裂がはいり、かすり傷がつき、あまりに乾燥したために砕けやすくなり、奇妙な裂け目となって崩れかけている小丘の斜面にうずくまり、はりついている。これこそ不毛と荒廃の極致で、すべてはコルク色と軽石色だ。空の火がそこを舐め尽くしたかのようだ。砕いた砂岩のようにこまかい灰色の埃がなお、この景色にふりかかる。こうした悲惨な光景は情容赦ない空の光がそのみすぼらしい面を全部浮き上がらせるだけに、一層胸をえぐるのだ。北国の曇った空の憂鬱も暑い国々の光輝く憂鬱にくらべたら物の数ではない。

これほど惨めなあばら家を見ると、十里四方にわたって半熟卵一個を煮るだけのものさえ見つからないような国で掠奪で暮らしていかざるを得ない盗賊たちに同情を覚える。乗合馬車やガリー馬車隊からの身入りだけでは実際不充分で、ラ・マンチャ地方に出没するこのあわれな盗賊たちは夕食に、サンチョ・パンサが大いに楽しみ喜んだ椎の実を一握り分食べるだけで我慢しなければならないこともしばしばだ。一文なしで、四方の壁以外に何もない家に住み、道具といえば小鍋と壺しか持っていない人々から何がとれるというのか。こんな村を掠奪しようなんていうのはぼくには、仕事のない盗賊たちの頭に浮かぶ最も悲しい思いつきに思える。

プエルト・ラピチェの少し後で、ラ・マンチャに入る。ドン・キホーテの槍の打撃を勝利して耐えたとうぬぼれる二、三台の風車が右手に見えた。それらの風車は今のところ、息切れするたよりない風に吹かれて、無気力な羽を物憂げに回している。冷たい水を二、三壺飲みほそうと止った宿屋はセルバンテスの不滅の主人公を泊めたことも自慢なのだ。

ぼくは生気のない青緑色の葉に覆われたオリーブの木が時々点在する、埃だらけで石の多い平凡な地方を貫いて走るこの単調な街道について長々と描写して読者の方々を疲れさせるつもりはない。この地方で出会えるのは茶色に焼けた帽子をかぶり、半ズボンをはき、黒っぽい粗ラシャのゲートルをつけ、肩にぼろぼろの上着をはおり、情ない顔付きで力ない耳を持ち、老いで白くなった毛を持つ疥癬病みの驢馬なんぞを前方へ追い立てていく、陽焼けし、淡黄褐色でミイラみたいになった農民たちだけだ。村々の入り口に見えるのはあなたがたが通っていくのをびっくりしたような内気な顔で見つめる混血児のような褐色の半裸の子供たちだけだ。

ぼくらは空腹で死にそうになりながら、深夜マンサナレスに着いた。ぼくらの先を進んでいた郵便配達人は先占者たる権利と宿屋での親しい関係を使って、実際三、四個の卵と一切れのハムからなる貯えを全部たいらげてしまっていた。ぼくらは哀れを催せんばかりの鋭い叫び声をあげ、他の食べ物がないなら家に火をつけて女将を丸焼きにすると申し渡した。こうして断固として力強く主張したおかげで、午前二時頃夜食にありつけたのだが、これを用意するのに村の半分が起こされざるを得ない破目になったのだった。出されたのは一切れの子山羊肉、トマト入り卵、ハムと山羊乳チーズ、それにまあまあいける白ワインが少し。ぼくらは全員一緒に中庭で、黄色い銅製の三、四個のランプの光の下で食事をした。それらのランプは夜気のせいでその炎が奇妙な光や影となってゆらめく葬式用の古代のランプに大部似ているのだが、光や影はぼくらにはまるで墓から掘り出した子供をこなごなに引き裂く女鬼や女悪魔のように見えるのだ。騒ぎに誘われて盲目の大柄な娘が一人テーブルに近づくと、どこか曖昧な巫女の呪文のように単調で嘆くような節にのせて歌を歌い出したので、食事は全く魔法の世界のような様相を帯びた。ぼくらが外国人であるのを知って、彼女はぼくらのために称賛の詩歌を即興で歌ってくれたので、何枚かレアル貨幣を与えてそれに報いた。

馬車に再び乗り込む前に、ぼくらは村を一周しに出かけ、確かに少しやみくもではあったが歩き回ってみた。それでもこの方が宿屋の中庭にじっとしているよりはいつでもましであることに変わりない。

ぼくらは市場に着いたが、着くまでに野天の日陰で眠る誰かを足で踏みつけていた。夏は一般に通りで、ある人々は外套をしいて、他の人々は騾馬皮の被いをしいて寝る。きざみ藁をつめた袋を下に寝る者（彼らは柔弱遊惰な連中だ）もいれば、砂岩舗石を枕にただキュベル女神のむき出しの胸（大地）の上に寝るだけの者もいる。

夜間に到着する農民たちはほどなく顔を出すに違いないお日様を待ちながら、奇妙な野菜や野性作物の真ん中、自分らの驢馬や牡騾馬の間で雑魚寝していた。

かすかな月光がぼんやりと闇の中に古代風の銃眼のある建物のような物を照らし出していた。漆喰壁の白さで、最近の内乱の間に施された防備が認められたが、それらはまだ年月あさく建物にぴったり調和していなかった。良心的な旅行者として、以上がマンサナレスについて言えることの全部だ。

ぼくらは再び馬車に乗り込んだ。ぼくらは睡魔にとらわれ、再び目を開けた時には葡萄酒で有名な村バルデペニャス付近を走っていた。石がちらばる大地と丘は奇妙なほど烈しい赤色をしていた。間もなく地平線に鋸のようにぎざぎざで、非常に離れているにもかかわらず大変鮮明に浮き上がって見える山脈が見分けられ出した。

バルデペニャスには平凡きわまるものしかない。評判のすべてを葡萄に負っているわけだ。石の谷というその名前は全くもっともだ。昼食をとるためにここに足を止めた。天の啓示を受けてぼくはまず自分のショコラを、続いて友だちが目をさましていなかったので彼の分のショコラを飲もうと思いついた。それから、これからさき充分に食べ物をとれないかもしれないことを予想して、大分滋養に富むスープができるように茶わんにつめ込めるだけブニュエロ（一種の小さな揚げ物）をつめ込んだ。というのもぼくはまだ、駱駝の節制を身につけてはいなかったからだ。ぼくはずっと後に、初期の隠者にもふさわしい断食を長期間訓練してそうした節制を身につけたけれど。ぼくはまだこの地の風土に馴化していなかったし、フランスから本当とは思えないほどの食欲をそのまま持ってきたままだったのだ。この旺盛な食欲は土地の住民たちに尊敬に満ちた驚きを引き起こしたものだ。

数分後、ぼくらは大急ぎで出発した。というのも護衛兵の特典を失わないためには、王立郵便馬車にぴったりついていかなくてはならなかったからだ。バルデペニャスの見収めと車外に身をのりだした時、路上に帽子を落としてしまった。十二〜十五歳ぐらいの子供がそれに気づき、何枚かの銅貨を褒美にもらおうと帽子を拾い、もうすでにずいぶん離れていた乗合馬車の後を追いかけ始めた。裸足で、するどくとがった石ころがころがる道を走っていたにもかかわらず、彼はそれでも馬車に追いついた。ぼくは一握りの一スー貨を投げてやったが、これで彼は間違いなく地方中で一番富裕な餓鬼になったはずだ。ぼくがこんな取るに足りない事情を報告するのも、まさにこれが世界一の健脚家にして最も素早い走者たるスペイン人の軽快さを特徴的に示しているからだ。サガレと呼ばれる徒歩のあの御者についてはすでに話してある。彼らはギャロップで走る馬車の後を何里にもわたって疲れた様子も見せず、汗をかくことさえなくついてくるのだ。

サンタ・クルスでぼくらはあらゆる種類の小刀とナバハをお売りしましょうかという申し出を受けた。サンタ・クルスとアルバセイテは一風変わった刃物類で評判が高い。特有のアラブ式で粗い様式のこれらのナバハには切り抜きのある銅製の柄がついていて、光に照らされると赤、緑あるいは青の下敷き箔が見えてくる。粗雑ではあるが仕上げに熱烈さのこもった黒金象眼が、魚形に作られたいつも非常にとがった刃を飾っている。その大部分には「ソイ・デ・ウノ・ソロ」(私はただ一人のもの)とか「クアンド・エスタ・ビボラ・ピカ、ノ・アイ・レメディオ・エン・ラ・ボティカ」(この蝮に刺されたとて、薬屋に治療薬はなし）といった銘が刻まれている。時々、刃には平行線が三本つけられ、そのくぼんだ部分が赤く塗られているのだが、これによって全く恐ろしい様子が付与されている。これらのナバハの大きさは三プースから三ピエのものまである。広げるとサーベルと同じぐらいの長さになるものを持っているマホ（見かけの良い農民）も何人かいる。発条《ばね》とか環を回すことで刃が固定されている。ナバハはスペイン人、それも特に一般大衆お気に入りの武器で、彼らはそれを信じられないほど器用に扱い、左腕にまいた袖なしマントを楯代わりにつかったりするのだ。これはフェンシングと同様、様々の手がある一つの術であり、パリにフェンシング教師が数多くいるのと同じぐらい、アンダルシアにはナイフ使いの教師が多い。ナイフ使いはそれぞれ自分だけの秘密の突きや特別なわざを持っている。達人にもなるとぼくらがそのタッチで画家を見分けるように、傷を見ればそれをなした使い手が誰か分かる、ということだ。

土地の起伏が段々目立って激しく多くなり始め、ぼくらは登ったり降りたりを繰り返すだけだった。アンダルシア王国の境界をなすシエラ・モレナに近づきつつあった。この紫色の山脈の後ろにはぼくらが夢みた楽園が隠されている。すでに石は岩に変わり、丘は一つに集まり段々をなしていた。六、七ピエの高さのある薊が街道沿いに、見えない兵士たちの矛槍のように逆立っていた。驢馬である気はさらさらないのだけれど、ぼくは薊が大好きなのだ（こうしたぼくの好みはその上、蝶とも共通している）。だからぼくはそれらの薊にびっくりしてしまった。薊というのは素晴らしい植物で、そこから魅力的な装飾モチーフを引き出すこともできる。ゴチック建築にもこれほど鮮明に浮き上がり、これほど精妙な彫刻装飾を施された唐草模様は見られない。時々近隣の畑にある、まるでそこに何袋分ものきざみ藁をぶちまけたかのように黄色っぽい大きな柄が見えた。しかしながらその藁はぼくらが側に近づくと渦巻いて立ち上がり、大きな音とともに飛んでいくのだった。蝗の群れが身を休めていたのだ。何百万といたに違いない。まことにそれにはエジプトらしさが感じられた。

　ぼくが生涯で初めて本当に空腹に苦しんだのは大体このあたりでだった。塔に幽閉されたウゴリーノでさえぼくほど飢えてはいなかった。それにぼくは彼のように食べるべき四人の息子を持ってはいなかったのだから。バルデペニャスでぼくが二杯のショコラを飲んだのを目撃していらっしゃる読者は、これほど早く飢えが起こっているのを見ておそらく驚かれるだろう。しかしスペインの茶碗というのは縫い物用指貫ぐらいの大きさで、せいぜいさじ二、三杯分しか入らない。護衛隊はぼくらを置いて立ち去ったのだが、その宿屋で煙突からふりそそぐ太陽の光を浴びて隊の夕食用の見事なオムレツが黄金色に輝くのを見てぼくの悲しみは特に増した。ぼくは飢えた狼のように周りをうろつき回ったけれど、そいつはちゃんと厳重すぎるほど守られていたので奪いとることはできなかった。幸いにも一緒に乗合馬車に乗っていたグラナダの一御婦人がぼくの空腹の苦しみを憐れんで、ぼくに砂糖つきのラ・マンチャのハム数切れと、馬車の物入れの一つに取っておいたパン一片をくれた。このハムがあの世で彼女に百倍になって返されんことを。

　その宿屋からほど遠からぬ、街道の右手に柱が立てられ、そこに悪人の首が三、四個さらしものになっていた。文明化された国にいることを証明するいつもながらの安心させる見世物ではある。

　街道はジクザグをなして登りになっていた。ぼくらはプエルト・デ・ロス・ペロスを通っていくところだった。そこは狭隘な溝、急流にえぐられた山壁にできた裂け目で、流れに沿って道が通るだけのスペースが残されているだけだ。プエルト・デ・ロス・ペロス（犬の通り道）と名づけられたのも、打ち破られたムーア人たちがまさにそこを通ってアンダルシア地方を出、スペインの幸福と文明を持ち去ってしまったからだ。ギリシアがアジアに接しているようにアフリカに隣接しているスペインはヨーロッパ風俗には合わないのだ。スペインでは東洋の精髄があらゆる形式のもとにうかがわれる。だからこそスペインがムーア的あるいはマホメット的のまま止まらなかったのはおそらく遺憾なことではある。

アンダルシアのこの門以上に壮大で人目をひく物は何一つ想像することはできないだろう。溝は赤大理石の巨大な岩壁に刻まれ、岩の途轍もなく大きな断層は一種建築物のように整然と重なり合っている。横に大きな裂罅《れっか》、山の大理石の鉱脈が走るこれらの巨大な岩塊は、まるで地球の解剖体をむき出しのまま研究できる一種の地球標本であり、その大きさといったらエジプトの最も大きい花崗岩も顕微鏡で見るぐらいに小さく見えるほどだ。すき間には緑色の柏や巨大なコルクの木がはりついているけれど、ふつうの壁に密生した草むらぐらいの大きさにしか見えない。峡谷の奥まで達すると、植物は密生し、通り抜けできない密林となっている。それを通して急流の水がダイヤモンドのように輝くのがところどころ見える。道路の方の斜面は非常に急なので、手摺りをつかってよじ登るのが賢明だとぼくらは判断した。それがなかったら、相変わらず全速力でとばし、曲がり角ばかりあるために操縦するのが非常に難しい馬車は少なくとも五、六百ピエもとんぼ返りすることになろう。

ロッシュ・ポーヴルでのアマディスを真似て憂い顔の騎士が非常にとがった岩の上でシャツ姿のままとんぼ返りをすることからなる例の有名な悔悛の行を実行し、実利的精神の持ち主にして、高貴なる狂気の側にいる俗人の理性たるサンチョ・パンサがデュカ金貨と上等のシャツがびっしり詰まったカルデニオの旅行鞄を見つけたのはシエラ・モレナにおいてなのだ。スペインでは一歩歩めば必ずドン・キホーテの思い出の品が見つかる。それほどセルバンテスの作品は深く国民の間に根をおろしているわけだし、それほどあの二人の人物はそれだけでスペイン的性格をすっかり要約しているのだ。偉大なる実際的分別と、ずる賢くて辛辣なところもたっぷりある一種陽気なお人好しさに結びついた冒険精神、熱狂的な騎士魂。

騾馬を替えたカルドナの宿屋で、ぼくはまばゆいばかりに肌白く、秣桶に入れられた蠟細工のイエス・キリストそっくりのかわいらしい子供が揺り籠で寝ているのを見た。スペイン人の肌は彼らがまだ太陽に焼かれていない時は一般にぬけるように白い。

シエラ・モレナを越えると地方の風景は一変する。まるで完全にヨーロッパからアフリカへ移ったかのようだ。穴ぐらにもどっていく蝮が街道の細かな砂に斜めにひきずった跡を残していたりする。アロエが堀ばたでとげのある大きな剣をふりまわし始める。青灰色の肉の厚いこれらの大きな扇状の葉のせいですぐに景色は別の様子を帯びるのだ。本当に他の場所にいるように感じられるのだ。決定的にパリを離れてしまったことが理解されるのだ。気候風土、建築物、服装の違いを目にしたところで、温室の中でしか見る習慣のない熱帯地方のこれらの大植物が現前していることほどあなたを異郷にいるという感じにさせはしない。月桂樹、緑の柏、コルク樹、緑の金属のような葉を持ついちじくの樹などには何かしら自由で、逞しく、野性的なものが感じられ、自然が人間よりも強く、人間なしで済む風土であることを示してくれるのだ。

目の前には巨大なパノラマの中のように美しきアンダルシア王国が広がっていた。その見晴らしが大きく一面に展開している様はまるで海のようだった。遠くからだと同じぐらいの高さに見える山脈が紺碧の大うねりのように、どこまでもなめらかに起伏を繰り返しながら続いていた。ところどころ距離をおいて山と山との間には大きく棚びく黄金色の靄がたちこめていた。あちらこちらで強烈な太陽光線のために鳩の喉もとのように多色に光るずっと近くにある円丘は金色に輝いていた。奇妙な形に襞のはしる他の頂は一方が黄色でもう一方が青色のあの古い絵の布地にそっくりだ。これらは一面に地上の楽園を照らしていた光がきっとそうであったように、きらめき、燦然たる光を浴びている。光がこの山々の大海に液状の金銀のように流れ込み、障害物にぶつかるたびに燐のように光る金属片のあわを投げつけていく。これはイギリス人画家マーチンの最高に広大な遠近画よりも大きく何千倍も美しい。無限に広がる明るさというのは無限に広がる闇よりもはるかに崇高で驚嘆させられる。

車輪が一回りするたびに変化し、新たな華麗な光景を展開してくれるこの素晴らしい景色を見つめていると、地平線にカロリナ村の左右対称の建物のとんがり屋根が現われてきた。そこはかつてフロリダ゠ブランカ伯爵によって建設され、大金を払って連れてきたドイツ人とスイス人を彼が住まわせた一種のモデル村、農業ファランステールなのだ。一個の意志の一吹きで生まれ、一挙に建設されたこの村には偶然と時の気まぐれに従って少しずつ集まり形をなしていった住居にはないあのうんざりするような整然としたところが見られる。すべては一直線に並べられ、広場の中央から村全体が見渡せるのだ。こちらには闘牛広場の市、向こうには教会と村役人の家が見える。確かにこれは当を得てはいるけれど、ぼくは何か思いがけない出来事へと通じているような非常に貧しい惨めな村の方が好きだ。それにこの農業植民地は成功しなかった。スイス人たちは風土病にかかり、ただ鐘の鳴る音を聞くだけで蝿のように死んでいった。それで鐘を鳴らすのを中断せざるを得なくなった。しかしながら彼ら全員は死ななかったので、カロリナ村の住民の中にはまだゲルマンの血筋の跡が残されている。ぼくらはカロリナ村で大急ぎで食べざるを得ないというようなこともなく、上等の葡萄酒を飲み、まともな夕食をとった。こちら側では道は完全に安全だったのでぼくらはもう郵便馬車と一緒に行く必要はなかったのだ。

アロエの木は段々とアフリカ的な高さになり、街道沿いにずっと姿を見せていた。左手ではエメラルドの葉かげで輝く、最高に色鮮やかなバラの長い花飾りが、干上がった小川の川床のあらゆる蛇行地点に見えるのだった。替え馬のための停止を利用して、ぼくの仲間は花のある方へ駆けていき、大きな束にして一つ持ち帰った。比類なく色鮮やかでみずみずしい夾竹桃だった。ぼくは名前も知らないし、きっと名前なんてないに違いないこの小川に向って、ギリシアの大河に向ってカジミール・ドラヴィニュ氏が発した質問を浴びせることもできよう。

ウロタス川、ウロタス川よ、お前のとこの夾竹桃は何をしているのか。

はじけるような鮮紅色の笑いの後には憂鬱な反省が続くように、夾竹桃の次にはオリーブの大きな森が続いた。灰白色の土地と見事に調和したその生気のない葉は北国の柳の白い粉を塗ったような葉を思い出させる。くすんだ色調で、峻厳でありながら柔らかな感じのこの葉が、自然関係のいとも巧みな鑑定人であった古代人によって平和と知恵の象徴として選ばれたのは誠に適切な的を射たことではあった。

その名を持つ不幸な降伏条約で名高いバイレンに着いたのは四時頃だった。そこで夜を過ごさなければならなかったので、夕食までの間ぼくらはグラナダの御婦人と、御両親と一緒にマラガへ海水浴に行くという大変美しい若い女性とで連れ立って町や近郊へと散歩に出かけた。というのもあなたがたが旅商人でも綱渡り芸人でもポマード売りでもないのがはっきりした途端、スペイン人たちにつきものの遠慮はすぐさま心からの誠実な親密さに席をゆずってしまうからだ。

その建立はほとんど十六世紀以前に遡ることはないバイレンの教会はその奇妙な色でぼくを驚かせた。ぼくらの湿った空の下でのように黒ずむ代わりに大理石と切り石は、スペインの陽光に漬かり、驚くほどの熱と活力に満ちた焦げ茶色を帯び、晩秋の葡萄の葉の色である鮮黄色と緋色にまで変わりそうだった。教会の側、最も暑い照り返しに金色に輝く小さな壁越しに、一本の棕櫚の木、これは地球のまっただ中でぼくがかつて見た最初の棕櫚の木だったけれど、それが濃紺の空に花開いているのが突然目に入った。通りを曲がったところで、東洋というものの突然の発見でもあるかのように思いがけなくその棕櫚の木を目にして、ぼくは奇妙な印象を受けた。ぼくは夕空の光を背景に駱駝たちの長い駝鳥のような首が浮かび上がったり、隊商を組んだアラブ人の白い頭巾付き外套がひるがえるのを目にするものと予想していたのだ。

古代城塞の絵のような廃墟に大分保存状態のいい塔が一つ残されており、自分の手足を使い、石のでっぱりを利用してそこに登ることができる。苦労は素晴らしい見晴らしによって報われた。バイレンの町が、その瓦屋根、赤い教会、山羊の群れのように塔の下にうずくまった白い家々を見せながら見事な前景をなしていた。その先には小麦畑が黄金色の波のように揺れ動いていた。背景には何列か連なった山々の上方に、銀色の切り抜きのようにシエラ・ネバダの頂が遠く輝いているのが見えた。鉱脈のように残った雪が突然の光を浴びてきらめき、プリズムのような輝きを反射させていた。円盤がその轂《こしき》である金色の大きな車輪に似た太陽が、リムのように燃える光線を瑪瑙《めのう》と砂金石とのあらゆる色合いを帯びた空に放射していた。

ぼくらが泊まらなければならなかった宿は大きな一つの建物からなっていて、それがたった一部屋を作っているだけだった。両端に暖炉が据え置かれ、天井の骨組みは煙にいぶされて黒ずみ、両わきに馬や騾馬や驢馬用の秣棚がしつらえられていた。旅行者用には小部屋がいくつか側面に並んでいて、それらの中には二個の台の上に板を三枚おき、宿の主人たちが彼らに特徴的な平然たるずうずうしい態度でマットレスだと称する羊毛の詰め物がいくつか間に浮かぶあの薄い亜麻布に覆われたベッドが一脚ずつ用意されている。そんなベッドでもぼくらがエピメニデスとエフェソスの七人の子供を一緒にしたぐらいに鼾をかく妨げにはならなかった。

ぼくらは暑さを避けるために朝早く出発した。前日ぼくらを魅了してくれた栄光のように輝かしく愛のように新鮮な美しい夾竹桃が再び見えた。黄色っぽく濁ったグアダルキビル川によってぼくらは間もなく行く手を遮られた。川を渡船でわたり、ハエンに向う街道を選んだ。教えられて見ると左手に光を浴びたトレケブラディィリャの塔が見え、それから間もなくハエン王国の首都ハエンの奇妙な輪郭が目に入ってきた。

黄土色で、ライオンの毛皮のように淡黄褐色で、光を一面に浴び、太陽に金褐色に染まった巨大な山が突然、町の中央に聳え立つ。どっしりとした塔や長々とジクザグになった古代の要塞などのせいで、無味乾燥な山腹はそれらの奇妙な目をひく線で縞模様になっている。遠くから見ると町そのもの以上に大きく見える巨大な山のような建築物である大聖堂は、自然の山のそばで人工の山のごとく誇らしげに身をそびやかしている。ルネサンス建築様式で、聖女ヴェロニカがイエス・キリストのお顔を拭き、その上にお顔の跡が残ったという本物のハンカチを所有していることが自慢のこの大聖堂は歴代のメデナ・クリ公爵らによって建てられた。これは確かに美しいには違いないけれど、ぼくらは遠くから見た時はもっと古く、特にもっと珍しいものだと思っていたのだった。

宿から大聖堂へ行く途中、ぼくは芝居の広告を見た。前日には『メロップ』が上演されており、その晩はエル・カンパネロ・デ・サン・パブロ、ポール・エル・イリュストリシモ・セニョール・ドン・ホセ・ブシャルディ、別の言い方で言えば、わが友ブシャルディの『サン＝ポールの鐘撞き人』が上演されることになっていた。歩く時には必ず腰帯にナイフを差し、肩に騎兵銃を下げるような野蛮な町ハエンで上演されるというのは、確かに作者の心を喜ばせることではある。われらの現代の偉大なる天才たちの中でこのような成功を自慢できる者はほとんどいないだろう。かつてぼくらがいくつかの傑作を古代スペイン演劇に借りていたとすれば、今日ぼくらはその借りをヴォードヴィルやメロドラマという形でちゃんと返しているのである。

大聖堂を見学し終えると、ぼくらは他の旅行者たちと同じように宿屋へと戻った。その宿屋の外観を見れば、素晴らしい食事がぼくらに約束されているようだった。その宿屋には喫茶店も付属しており、まるで垢抜けしたヨーロッパの建物のようだった。しかし食卓につくと誰かがパンが石臼用珪石のように固いと言って別のパンを持ってくるように頼んだ。宿屋の主人は別のと替えることに絶対うんと言おうとしなかった。口論の最中に、もう一人別の人物が、料理が温めなおされたものであり、はるか以前にすでに出されたものに違いないことに気づいた。みんなが大いに不平に満ちた叫び声を上げ、すでに人に出されたなどということのない完全に新しい夕食を出せと要求し始めた。この謎の答えは以下のような具合だったのだ。ぼくらの先を行っていた乗合馬車がラ・マンチャの盗賊らに止められ、その結果、山中へと連行された旅行者たちはハエンの宿の主人が彼らのために用意した食事を飲み食いすることができなかったのだ。この亭主は損しないために料理を取っておき、それをぼくらに再び出したのだ。ところが彼の目論見は裏切られた。というのはぼくらは全員立ち上がり、他所へ食事しに行ったからだ。このあいにくの夕食は三度目に今度は次なる旅行者たちに出されたに違いない。

いかがわしい宿屋に逃げ込んだぼくらは長々と待たされた後、オムレツをいくつか、数個の卵と縁の欠けた皿に盛られたサラダなどをグラスや不揃いのナイフなどと一緒に出してもらえた。食事は大したことはなかった。しかし客たちが行列をなして出ていくのを見た宿屋の亭主の滑稽な怒り様と、彼はフライパンをまわして温めなおされること三度目になるガリガリに痩せた若鶏を忘れずに出すのだろうけれど、それを提供される不幸な連中の運命に関する爆笑やら冗談がさんざん飛びかい、食事を楽しくしてくれたので、ぼくらはそれ以上に、御馳走の貧弱さの埋め合わせをつけてもらった。一日最初の冷淡さが氷のようにとけると、スペイン人たちは素朴で子供のように陽気になり、それは非常に魅力にあふれている。何でもないつまらないことにも彼らは涙がでるほど笑いこけるのだ。

ぼくが人目をひく民族衣装を一番多く見たのはハエンでだ。男たちは大部分が、銀の線細工を施されたボタンに飾られた青ビロードの半ズボンをはき、もっと濃い色の革製の、縫い目、飾り紐、唐草模様が飾りになっているロンダの脚絆をまいていた。上と下のそれぞれ一番目のボタンだけをはめ、ふくらはぎが見えるようにするのが最高のエレガンスなのだ。黄色とか赤色の絹製の幅広の腰帯、装飾品によって引き立つ茶色のラシャ製上着、青とかマロン色の外套、ビロードや絹の房に飾られたつば広《びろ》のとんがり帽が加えられて服装は完全なものとなるのだが、それはイタリアの盗賊たちの古代衣装に大部分似ている。他の連中は全体が淡黄褐色の鹿革と緑ビロードのベスティド・デ・カサドール（猟師服）と呼ばれている服を着ている。

庶民階級の何人かの女性たちは赤いケープをまとっていて、それは縦糸と縦糸の間のもっとくすんだ地に鮮やかなきらめきや真っ赤な金属片が合わせ縫いにされているのだった。奇妙な服装、陽焼けした顔の色、きらめく目、生き生きとして活力に満ちた顔付き、他のどこよりも数の多いあの伊達男《マホ》たちの冷静で平然とした態度などによってハエンの住民にはヨーロッパ的というよりもアフリカ的な様子が付与されている。こうした錯覚は焼けつくように暑い気候、アラブの風習に従って、石灰乳をくまなく塗ったまばゆいばかりに白い家々、淡黄褐色の土壌や変わることのない青空などのせいで大いに強められている。スペインにはハエンに関して「醜い町に根性の悪い人々」という諺があるけれど、これはどんな画家にも本当とは思われないだろう。それにスペインではフランスでと同様、大部分の人々にとって美しい町というのは、充分に街燈があり、ブルジョワが住む、一直線に整然と並ぶ町なのだ。

ハエンを出て、ぼくらはグラナダ平野まで延びている谷に入る。始めの頃は不毛な景色が続く。荒涼として、干上がったために地崩れをおこした山々が、熱く焼けた鏡のようにその白っぽい反射光で、あなたがたを焼く。茴香《ういきょう》の弱々しいいくつかの茂みを除けば、どこにも植物のあとさえ見えない。しかし間もなく谷は狭まり、深く横たわり、水の流れが見え始めると植物が再び生え、影と涼しさが再び現われる。谷底を占めるハエン川は絶えず行く手をさえぎる岩や石の間を急流となって流れている。道は川に沿って、その紆余曲折に従って進んでいる。というのも山の多い国では、急流というのはまだ道を作るのに最高に巧みな技師だからで、人間にできる最善のことは、それらの指示に頼ることなのだ。

ぼくらが水を飲もうと止まった百姓家は流水の流れる二、三の溝に取りまかれ、それらははるか遠く、ミルト、ピスタチオ、柘榴、驚異的な成長能力に満ちたあらゆる種類の木々の繁みの中へと配水されていた。本当の緑というものを目にしたのは大分久しい以前のことだったので、このほとんど全部が未開の荒れ果てた庭園が、ぼくらには一個の小さな地上の楽園のように見えた。

水が非常に冷たくなるあの素焼き練り土製の魅力的な壺の一つでぼくらに飲み水を持ってきてくれた若い娘は大変美しかった。こめかみのところまで届く切れ長の目を持ち、顔の色は淡黄褐色、口はアフリカ人的で美しいカーネーションのように真っ赤で晴れやかに開き、襞飾りのあるスカートをはき、ビロードの靴をはいていたが彼女はその靴が大いに自慢でそれに心奪われているらしかった。グラナダではしょっちゅうお目にかかるこうしたタイプは明らかにムーア人的だ。

ある場所で谷は狭くなり、岩々はまさに川幅の分しか残らないほど接近する。かつては馬車は急流の川床そのものに入りその中を進まざるを得なかった。これにはどうしても穴や石、冬期には膨大にふくれ上がるに違いない水位上昇などのために危険がついてまわる。こうした不都合を防ぐため、岩の一つに穴が貫通され、かなり長いトンネルが鉄道の陸橋のように作られた。このかなり大規模な工事が完成してまだ数年にしかなっていない。

そこを過ぎてからは谷は朝顔形に広がり、道を遮るものももはやない。ここでぼくの記憶は数里分、欠落している。天候が嵐に変わり全くもって見苦しいものになった、暑さに衰弱してしまい、ついにぼくは眠りこんでしまったのだ。目覚めると、南国ではあっと思うほど急にやってくる夜もすっかり暮れ、猛烈な風が燃えるように暑い埃の渦巻きを立たせていた。その風こそアフリカのシロッコに近いものだったに違いない。ところがどういうわけかぼくらは窒息せずにすんだ。物の形はこの埃の靄の中に消え見えなかった。夏の夜はふつう燦然と輝きわたる空も、かまどの丸天井のように真っ暗だった。ちょっと前方を見ることさえ不可能だった。ぼくらは朝二時頃グラナダに入り、商業旅館に泊まった。そこはいわゆるフランス式経営の宿屋だったが、ベッドにはシーツさえしかれておらず、それでぼくらは服を着たままテーブルの上に寝た。しかしこうした小さないやな出来事にぼくらはほとんど影響をうけなかった。ぼくらはグラナダにいたのだし、数時間後にはアランブラとヘネラリフェを見に行くことになっていたのだから。

ぼくらの一番の気がかりは、雇った召し使いからカサ・デ・プピロス、すなわち下宿人を置いてくれる特別な家を教えてもらうことだった。というのもグラナダにかなり長期間滞在しなければならないとなると、商業旅館のあまりかんばしくない歓待ぶりはもうぼくらの気に入ることはできなかったから。ルイという名のこの召し使いはブリ地方ファルムティエ出身のフランス人だった。彼はナポレオンの指揮下フランス人の侵略がおこなわれた時代に軍から脱走し、グラナダに住みついてからもう二十年以上になるとのことだった。彼は想像しうる限り最高におかしな体つきだった。彼の背丈は一八四・五センチメートルもあり、それがりんごのように皺がより、こぶしのように太った小さな顔と非常に奇妙なコントラストをなしていた。フランスとのいかなる交渉も断たれていたので、彼にはブリ地方の古い言い回しが本来の純正さのまま保たれていて、彼はオペラ・コミックのジャノのような話し方をし、まるで絶えずエティエンヌ氏の言葉を朗誦しているように見えた。かくも長期間滞在しているにもかかわらず、彼の脳は新しい固有語が住みつくことを拒んできたのだった。彼は全く必要不可欠な表現をかろうじて知っているだけだった。彼がスペインのもので身につけているのはサンダルとつばが反りかえった小さなアンダルシア帽だけだった。こうした譲歩をすることさえ彼には大いに苛立たしいことであり、彼は原地住民に出会うたびに彼らにもちろんブリ言葉でだがあらゆる種類の滑稽な悪口を浴びせて憂さを晴らしていた。というのもルイ先生はなによりもぶたれるのがこわいときており、自分の肌をまるでそれが大した価値あるものでもあるかのようにそれは大事にしているからだ。

彼はぼくらをダロ街からすぐのところ、サン・アントニオ広場の側、パラヤス街の大変に上品な一軒の家へと連れて行ってくれた。この下宿屋の女将は長い間マルセイユに住んでいたことがあるとのことで、フランス語を話した。これがスペイン語の語彙がまだ非常に限られたぼくらをして、この下宿に決めさせた決定的な理由だった。

ぼくらは一階の、石灰を塗られ、家具と言えば天井に様々な色のバラ形装飾が施されただけの部屋に住まわせられた。しかしこの部屋は魅力的なことに中庭《パティオ》に面していた。その中庭はおそらくある取り壊された古いアラブ式宮殿から出ているのだろう、ムーア様式の柱頭のついた白大理石の円柱に囲まれていた。庭の中央に掘られた噴水つきの小さな池のおかげでそこには涼味が保たれていた。エスパルト製の大きなむしろでできた庇のせいで陽の光が和らげられ、格子状に小石が敷かれた舗道のあちらこちらに光が星のようにまきちらされていた。

ぼくらが食事をとったり、読書したり、一日を過ごしたのはそこでだった。部屋に戻るのはほとんど服を着たり、寝るためだけでしかなかった。古代ローマの廻廊を思い出させる建築上の設計物である中庭がなければ、アンダルシア地方の家々はとても住めたものではないだろう。中庭より前にある玄関のようなところはふつう、様々の色の小石が敷きつめられ、それらによって粗雑なモザイク模様が作られたり、ある時には花瓶や、ある時には兵士、マルト十字章、あるいは単に建設月日が描かれていたりする。

一種の見晴らし場がのったぼくらの住居の上からは青空に鮮やかに浮かび上がる丘の頂に、木立ごしに、陽光を浴びて極度に濃い焼けるような焦げ茶色を帯びたアランブラの城塞のどっしりとした塔が見えた。輪郭線は並んでいる二本の大きな糸杉のおかげで完全なものになっていた。その糸杉の黒い尖端は赤い城壁の上方、青空の中へと伸びているのだった。これらの糸杉が視界から失せることは決してない。ムラセン山の雪が縞模様をなしている山腹をよじ登るにせよ、エルビレ山脈とか平野をさまようにせよ、遠くからだと町の各屋根が包まれて見える金色とか青味がかった波のような靄の中でそれらがくすんだ、不動の姿でいるのが地平線上に見出せるのだ。

グラナダは平野のつきる所、三つの丘の上に建てられている。朱色の塔、これはローマ、あるいはフェニキア時代のものと主張され、その色ゆえにかくのごとく（トーレス・ベルメハス）名づけられているのだが、これらの塔が最初のそして一番低い丘を占めている。一個の町とも言えるアランブラ宮殿は二つ目のそして一番高い丘を四角な塔で覆っていて、それらの塔はその囲い部分に庭園、森、家々、広場などが含まれている高い城壁と巨大な土台とによって互いに結ばれている。アルバイシンは深い峡谷によって他の丘とは切り離されている三つ目の小丘に置かれている。その峡谷にはサボテン、コロシント、ピスタチオ、柘榴、夾竹桃や花々の茂みなど植物があふれ、底にはダロ川がアルプス山脈の急流のような早瀬となって勢いよく流れている。砂金を押し流していくダロ川はある時はさえぎるもののない空の下、ある時はあまりに長く伸びているのでむしろアーチ形天井という名前の方がふさわしいような橋の下を流れつつ町を貫流し、遊歩場のすぐ近くの平野の中、こっちは銀を運ぶだけのヘニル川に合流する。町を貫流するこの急な川の流路はカレラ・デル・ダロと呼ばれ、流れに沿って立つ家々の露台から住人は見事な眺めを楽しむのだ。ダロ川は川岸を大いに荒らし、しょっちゅう地崩れを引き起こす。だから子供たちに歌われた古い歌には、すべてを運び去るこうした癖に対する当てこすりが見られるし、奇怪な理屈が持ち出されている。以下が問題の詩である。

ダロ・ティエネ・プロメティド
モル・カサルセ・コン・ヘニル
イ・レ・ア・デ・リエバル・エン・ドテ
プラサ・ヌエバ・イ・サカティン

ダロ川は約束したのさ
ヘニル川と結婚すると
それで彼に持参金として持っていこうとしたのさ
新広場と衣料市を

カルメネス・デル・ダロと呼ばれ、スペインやムーアの詩の中で見事に歌われ描写されている庭園がカレラのほとりにあり、ロス・アベリャノスの泉の方へと上りになって続いている。

町はこんな風に大きく四つの地域に分かれている。丘のというか、むしろアランブラに覆われた山の頂を占めるアンテケルラ。アランブラとその付属物ヘネラリフェ。かつては広大な城塞だったが、今は廃墟と化し人の住まない地域になっているアルバイシン。それから大聖堂とビバランブラ広場の周りの平野へと広がり、別の地域を形成するいわゆるグラナダ。

これが、端から端まですっかりダロ川が貫流し、アラメダ（散歩場）を洗うヘニル川が沿って流れ、通りの端ごとに透明な大気のせいであまりに近くに見えるので、まるで露台や見晴らし台の上から触れることができるように思えるほどのシエラ・ネバダに守られたグラナダの大体の地形学的な眺めだ。

グラナダの一般的な町の様子を見れば、心の中で思い描いていたかもしれないような予想は大いに裏切られる。すでに何度となく失望を味わわされているにもかかわらず、思わず知らずぼくらは多くのロマンチックで騎士道的な活躍が展開された舞台をブルジョワの波と三、四百年の月日が流れた、ということを認めたくないのだ。みんなは窓のある鐘楼がイスラム教寺院の長尖塔に混在し、切妻と陸屋根が交互に見える半分ゴチック風、半分ムーア風の町を想像する。彫刻や装飾が施され、紋章や雄々しい銘句を持つ家々、互いに重なり合う階段があり、突き出た梁を持ち、ペルシア絨毯や青や白の鉢が飾られた窓のある奇妙な建物、結局要するに中世の何か素晴らしい眺望を表わしたオペラの舞台装置そのままの現実を目にできると予想するのだ。

上の方が広がった帽子をかぶり、地主風のフロック・コートを着て、モダンな服装に身を固めた人々に出会うと、無意識にあなたがたは不愉快な印象を与えられ、彼らの姿が実際以上に滑稽に見えてしまうのだ。というのも彼らにしたら地方色の最高の名誉のために、ボアブディル時代のムーア式アラビア、、、合羽とかフェルナンドとカトリック女王イサベル時代の鉄製甲冑などを身につけて散歩するなんて実際できない話だからだ。彼らはスペインの町々のほとんどすべてのブルジョワと同じように、自分たちが風変わりでないという点において世界一であることを示すのと、留め紐つきのズボンをはいてみせることで文明人であることを証明するのを名誉と考えているのだ。彼らは次のごとき固定観念に心をとらえられているのだ。彼らは自分たちが野蛮人とか時代遅れと見なされるのがこわくて、自国の未開の美しさを称賛されると、まだ鉄道もないし、蒸気を利用する工場も不足しているのでと控え目に詫びるのだ。これらの正直な市民の一人の前でぼくがグラナダの様々な魅力を称めあげると、彼らはぼくに答えて言った。「ここはアンダルシア地方で最も開けた町です。どれほど街燈がたくさんあるか御覧なさい。でもガス燈でないのが大変残念です。」

すっかり昔日の栄光を失ってしまっているとはいえ、グラナダは陽気で、明るく、活気に満ちている。住民数は増加しているし、見事なぐらい人口が多いように見える。馬車はマドリードよりもはるかに数が多く、美しく立派だ。アンダルシア人の活気ゆえに通りには、動きと活力が広がっているが、これらは自分たちの影同様、物音を立てない重苦しいカスティリャの散歩者たちには無縁のものだ。今言ったことは特に、カレラ・デル・ダロ、サカティン、新広場、アランブラに通じるゴメレス通り、劇場広場、遊歩場付近、主要幹線道路に当てはまる。町の残りの部分には四方八方にわたって、馬車も通ることができず、全くアルジェの北アフリカ独特の通りを思い出させる九八〜一三〇センチ幅の錯綜した小路が走っている。そこで聞ける唯一の音は、舗道の光る小石にぶつかって火花を生む騾馬とか驢馬の蹄の音、あるいは中庭の奥で鳴っているギターの単調な音だけだ。

日除け、花瓶、そして小低木で飾られた露台、窓から窓へと伝わっている葡萄の小枝、庭の壁の上方へきらめく房をのばす夾竹桃、トルコの村々を描いたドカンの絵を思い出させるような光と影との奇妙な戯れ、戸口に腰をおろした女性たち、半裸で遊んだり転げまわったりする子供たち、羽飾りや羊毛の束を積んで行き来する驢馬などによって、ほとんどいつも登りになっており、時々数段の階段が交わるこれらの小路に、特別な様子、そこに欠けている整然とした点をその思いがけなさが充分すぎる以上に埋め合わせてくれる魅力的な特別な様相が与えられているのだ。

ヴィクトル・ユゴーはその珠玉のような東方詩篇の中で、グラナダについて言っている。

そこの家々はいとも鮮やかな色を施されし。

この記述は大変正確だ。少し金持ちの家々は外側に非常に奇妙な具合に、建築物を模したもの、グリザイユによる装飾物や見せかけだけの浅浮き彫りなどが描かれている。これらは羽目板、渦形装飾、窓間壁、壺から焔が出ている形の装飾、渦巻き形装飾、小さなバラで飾られた大メダル、卵形装飾、菊ぢしゃ、薄緑色、淡紅色、赤みを帯びた白色の地を背景にあらゆる種類の寓意的な道具を支え持つ布袋腹《ほてい》のキューピッドなど、ロココ様式が極端な表現にまで推し進められたものだ。まず、これらのけばけばしい彩色を施されたものを見た人は、それをまじめな住居であると思うのに大いに苦労する。あなたたには自分が相変わらず劇場の書割の間を歩いているかのように思われる。ぼくらはすでにトレドでこんな風にけばけばしく塗られた正面を見ていたけれど、それらは狂気じみた装飾と奇妙な色などの点でグラナダのそれにははるかに及ばない。ぼくに関して言えば、ぼくはこうした方法が嫌いではない。目を楽しませてくれるし、石灰乳を塗られた壁の白堊質の色合いと素晴らしいコントラストをなしているからだ。

ぼくらはさっきフランス風に着こなすブルジョワたちについて話したのだが、幸い一般庶民の方はパリの流行には従っていない。ターバン風に幅広の上反《うわぞり》のある上部のつぶれた形の帽子とか、絹の総飾りのあるビロードの縁付きのとんがり帽、刺繡を施されたり、肘、袖、襟のところにあらゆる種類の色のラシャ製縫い付けレースがつけられ、漠然とトルコの上着を思い出させる上着、赤や黄色の腰帯、線条細工とか、鉤ホックに接合された柱形片のボタンでとめられる折り返し付きのズボン、わきの方があき脛が見える革のゲートルなどを彼らはいまだに身につけている。しかしそれらはすべて他の地方におけるよりも色鮮やかで、華やかで、枝葉模様を施され、晴れやかで、金銀の薄片や安物装身具が多く付けられている。コルドバ革や青、緑のビロードでつくられ、飾り紐によって引き立てられたベスティド・デ・カサドール（狩猟服）の名で呼ばれる服も同じようにたくさん見受けられる。偉大なる身なりというのは長さが一三〇センチもあり、先端が二叉に分かれたステッキ（バラ）、あるいは白棒を手に持ち歩くことであり、立ち止まって人と話す際にはいとも無頓着にそれにもたれることなのだ。幾分かでも自分を尊重する伊達男なら誰でもバラを持たずに人前に姿を現わそうなんてことはしないだろう。上着のポケットの外に二枚のスカーフの端をたらしておくこと、帯の前方でなく背の中央部分に長い小刀を通しておくこと、これがこれら庶民の伊達男たちにとってエレガンスの極致なのだ。

この衣服にぼくは大いに心奪われたので、ぼくの一番の気がかりはそれを一着自分用に注文することだった。民族衣装に関しては大評判をとっていて、黒服やフロックコートに対して少なくともぼくの憎悪と同じぐらいの憎悪を抱いている人、ドン・ファン・サパタの店へとぼくは連れていかれた。ぼくの中に反感をともにする人間を見てとって、彼は辛辣な批判を自由に思うままに吐きちらし、ぼくの胸に芸術の頽廃に関する彼の悲しみをぶちまけた。フランス風に着こなしたある外国人が通りでののしられ、オレンジの皮を全身にぶつけられたような時代、闘牛士たちが五〇〇ペセタ以上もする純金の刺繍入りの上着を着ていた時代、良家の若者たちが法外な値段のする装飾品や飾り紐を身につけていた幸福なる時代を回想して、苦悩に満ちた痛ましい口調だったけれど、その思いはぼくも同じだった。「ああ、何とも悲しいことに、スペインの服を買うのはもうイギリス人しかいないのですよ」、と彼はぼくの寸法を測り終えながら言った。

このセニョール・サパタと彼の服との関係は幾分カルディヤックと彼の宝石に対する関係に似ていた。こしらえた服を顧客に引き渡すのは彼には大変悲しいことだったのだ。服をぼくに試着させに来た時、彼は自分が背中の中央部分、ラシャの茶色地の上に刺繍した花瓶の鮮やかさにあまりに心奪われてしまい、常軌を逸したみたいに歓喜し、あらゆる種類の突飛な言行を見せ始めた。それから突然、歓喜の最中にこの傑作をぼくの手に委ねなくてはならないという考えにおそわれ、彼は急に暗く沈んでしまった。何かやり直し個所があるような言い訳を言うと、彼は上着をスカーフに包みこみ、それを弟子へと手渡し、というのもスペインの仕立屋は自分で包みを持つなんてことになれば自分の体面が台無しだと思うだろうからだが、ぼくを嘲けるような残忍な目つきで見ながら、まるで悪魔にでも連れ去られたかのようにそそくさと逃げだした。翌日、彼はたった一人で戻ってきて、革の財布からぼくからもらったお金を取り出すと、自分がこしらえたあの上着と別れるのはあまり辛すぎるので、ドゥロ貨をあなたにお返しした方がいい、と言った。あの服はあなたの才能に関して高い評価をもたらすだろうし、パリであなたの評判を大いに高めてくれるだろうと、ぼくが指摘してやるとやっとのことで彼は服を手離すことに同意したのだった。

女性たちには、スペイン女性の顔を縁取る最高に魅力ある被り物マンテラを脱ぎすてようとはしない良き趣味が残されている。彼女らは両のこめかみのところに赤いカーネーションを差し、髪を黒いレースで一つに包んで、通りや散歩場へと出かけ、比類なく敏捷、優美に扇を用いながら壁沿いに歩いてゆく。女性帽というのはグラナダでは珍品なのだ。おしゃれな女性たちはボール箱に薄黄色とか深紅色の帽子をしまい込み、最高の機会のために取っておきはする。しかしその機会というのが幸いにも非常にまれなわけで、ぞっとするような帽子が日の目を見るのは女王様の聖祝祭日とかリセの大祭典の折りだけなのだ。ぼくらの国の流行がカリフたちの町に決して侵入することがなく、広場の入り口に黒く書かれたフランス服飾店というこの二語にこめられた恐ろしい徴候が決して実現されることがありませんようにいわゆる謹厳なる人々はぼくらのことをおそらくつまらぬことに夢中になる軽薄な連中だと思うことだろうし、ぼくらの嘆きを風変わりだと馬鹿にすることだろう。しかしぼくらはエナメル塗りの長靴やゴム合羽が文明にはほとんど貢献しないと信じ、文明それ自体をも何かしらあまり望ましくないものと見なす人々に属しているのだ。詩人や芸術家や哲学者にとっては、訳の分からぬ進歩という口実のもとに様々の形や色が世界から消え去り、輪郭が乱れ、色合いが混じりあい、非常に困った画一、均一性が世界にはびこるのを見るのは全く心痛む光景なのだ。すべてが似たりよったりになったら、旅は全く無駄なものになるだろうし、幸いなる一致と言おうかまさにその頃には鉄道が盛んに活躍しているだろう。一時間に十里もの速さで、ガス燈に照らされ、安楽さに浸かりきったブルジョワ連がいるいくつものラ・ペ通りを遠くまで見に行ったとて何の役に立つだろう。神様は各国をそれぞれ違うやり方で作り、それにそれぞれ特別な独自の植物を与え、そこに言葉も色も体格も違う特別な民族を住まわせたのだから、神様の意図がこんなものだったとはぼくらには思われない。あらゆる地方の人々に同じ制服を強制しようとするのは、天地創造の意味をよく理解していないことであり、これはヨーロッパ文明が犯す数多い誤りの一つだ。燕尾服を着ると人間はますます醜悪だし、それればかりか粗野である点では前と同じなのだ。マフムト皇帝下のかわいそうなトルコ人たちは昔ながらのアジア式の服が改善されてから実際に顔付きの方も見栄えするようになった。まことに文明が彼らには無限の進歩をもたらしたというわけか。

遊歩場に行くためにダロ川通りに沿うて歩いていき、劇場広場を横切る。広場にはフリアン・ロメア、マチルデ・ディエスや他の劇作家たちの手でホアキン・マイケスを記念して建てられた葬式柱が立っており、黄色に塗りたくられ、鼠色に塗られた擲弾兵たちの彫像が飾られたロココ式建築物である兵器廠の正面が広場に面している。

グラナダの並木道は確かにこの世で最高に心地よい場所の一つで、遊歩場は妙な名前ではあるが客間《サロン》と呼ばれている。スペイン独特の緑鮮やかな木々が何列も並び、奇妙なほど不恰好で、愉快なほど粗野な水神たちの肩で水盤が支えられている記念噴水が両端にある長い道路を想像していただきたい。これらの噴水からはこの種の建築物のふつうの場合とは違って、水が一面にたっぷりと注がれ、それが細かい雨や湿っぽい霧となって蒸発し、涼しさがまき散らされるのだ。側面小路には色つき小石の川床を水晶のように透明な小川が流れている。噴水に飾られ、小灌木や花々、ミルト、バラの木、ジャスミンに満ち、円形花壇全体がグラナダの花の女神《フローラ》のものと言えるような大花壇が一つ、サロンとヘニル川の間にあり、フランス軍侵入時代にセバスチアン将軍によって建てられた橋まで広がっている。ヘニル川はシエラ・ネバダから比類なく美しい月桂樹の林間を通り抜け、大理石の流路へと流れ込む。前日まではまだシエラ・ネバダの白い肩さきに一面に銀色に広がっていたこの水の清澄さを想像していただくには、ガラスや水晶ではあまりに密度が濃すぎ、不透明すぎて比較にならない。これはまるで融解ダイヤモンドの急流なのだ。

夕刻七時と八時の間に、サロンには伊達女たちやグラナダのおしゃれな男たちが集まってくる。馬車が車道沿いに進んでいく。これは大部分の時間、空《から》のままだ。というのもスペイン人は歩くのが大変好きだし、だから馬車に乗ることに自尊心を覚えていながらも、自分の足で散歩して回ろうとするのだ。マンテラを被り、手袋はつけず腕はむき出しのまま、髪に本物の自然のままの花を差し、足にはサテンの短靴をはき、手に扇を持った若い御婦人や若い娘たち、いくらか距離をおいて後に続く彼女らの男友だちや彼女らに言い寄る男たちが小さな群れをなして行ったり来たりする様子を見る以上に魅力的なことはない。というのもマドリードの遊歩場《プラド》について語った際すでに指摘したように、スペインでは女性たちに腕を貸すという習慣はないのだ。男性の手を借りずに一人で歩く習慣のために彼女らには、いつも誰かの腕にぶらさがっている我が国の女性たちにはない、素直で、上品で、自由な態度が備わっている。画家たちが言うように、彼女らは非の打ちどころのない効果を上げているわけだ。少なくとも公衆の面前では、女性と男性とがこんな風に絶えず離れている点には、すでに東洋らしさが感じられる。

北国の住民が想像することもできない光景は夕日に照らされたグラナダの遊歩場の姿だ。こちら側の町をその鋸歯状で取り巻くシエラ・ネバダは想像できないような色合いを帯び始める。急斜面という急斜面は全部、光を浴びた頂は全部バラ色、とは言ってもパレットの上の最も鮮やかな色も不鮮明に思えてしまうほど、オパール色の光沢と虹色が染みとおり、銀色のつやがある。信じられないほどの、理想的なまばゆいバラ色になる。真珠母のような色調、ルビーの透明さ、『千一夜物語』のうっとりするような見事な宝石類を全部集めたところでかなわないほどの砂金石と瑪瑙の鉱脈。小谷、クレヴァス、くぼみなど夕日の光が届かない場所は全部、空や海、青金石やサファイアなどの青にも匹敵できるような青色に染まっている。この光と影との色のコントラストが素晴らしい効果を生んでいる。山は銀色の畝織りを施され、銀片を散らされた色の変わる絹の巨大なドレスをまとっているかのようだ。少しずつ燦然たる色は消え、紫色の半濃淡に溶けていく。影が低い頂を満たし、光は高い頂の方へと退いていく。平野はずっと前からすっかり闇につつまれ、山脈の銀色の王冠が太陽の別れの接吻を浴びながら、晴朗なる空の中にまだきらめいている。

散歩者たちはなお数回往復すると、ある者はグラナダ一番のアイスクリーム屋ドン・ペドロ・ウルタドの喫茶店へシャーベットとか葡萄ジュースを飲みに、ある者は友だち宅や知り合い宅の夜会へ行くために散っていく。

この時刻がグラナダで最も陽気で最もにぎやかな時間なのだ。水売り人やアイスクリーム屋の露店は多くのランプや角燈に照らされている。街燈や聖母像の前で点火された角燈が星と明るさ、数を競っている。こう言ってもまだ言い足りないほどだ。だから、これで月光が煌々と輝いていてもいれば、極小判の本でも完全に読めるほどだ。月光は黄色じゃなくて青色だ。以上。

乗合馬車の中でぼくを空腹死から救ってくれた御婦人が彼女の友人宅の何軒かに紹介してくれたおかげで、ぼくらは間もなくグラナダ中に顔が広く知られるようになり、快適な魅力的な生活を送ることができた。これ以上に心のこもった、率直で、親切なる歓待は不可能だ。四、五日もするとすっかり親密になり、スペインの習慣に従って、ぼくらは洗礼名で呼ばれるようになった。グラナダではぼくはドン・テオフィロだったし、ぼくの仲間はドン・ウジェニオと名づけられていた。そこでぼくらの方も自由に、招待された家の奥様や娘さんたちをカルメン、テレサ、ガラ、等々と名前で呼んでいた。こうした親密さは非常に礼儀正しい態度と非常にうやうやしい気配りとぴったりと調和している。

だからぼくらは一軒の家であれ、別のもう一軒の家であれ、八時から十二時までの間、毎晩夜会へと出かけた。夜会は中庭で催されるのだが、そこは雪花石膏の円柱にぐるりと囲まれ、噴水に飾られている。噴水の水盤の周りには花鉢や小灌木の栽培箱が置かれ、それらの木々の葉にぱらぱらと音を立てて水滴が降りかかる。壁沿いに七、八個のケンケ燈がぶら下げられている。長椅子や麦藁あるいは籐の椅子が廻廊に置かれ、ギターがあちらこちらに散らばってある。隅の部分をピアノが占め、もう一方の隅には賭博台が用意されている。

入ってくるとそれぞれみんな御主人と奥方に挨拶しにいく。彼らはいつもどおりの挨拶をかえした後、必ず一杯のショコラをいかがですかと勧めてくれる。これは断わるのが趣味の良いこととされている。煙草も必ず一本勧められるが、これは時々受けている。こうした義務が完了すると、あなたは中庭の一隅へと行って、自分にとって一番魅力のあるグループに混じればいい。親たちや年とった人たちはオングル遊びをしているし、若者たちは娘さんたちとおしゃべりしたり、昼のうちに作った八行詩や十行詩を朗誦したり、きれいな従妹《いとこ》と何度となく踊りすぎたとか、禁じられた露台の方にあまりにあからさまな熱い秋波を送ったとかいう類いの彼らが前日に犯した罪や他につまらない過ちのために叱られたり、罰を受けたりしている。ちゃんとおとなしくしていれば、持ってきたバラの代わりに彼らは女性たちがブラウスとか髪に差しておいたカーネーションをもらえるし、女性たちは松明行列を伴った楽隊が通りすぎるのを聞こうと露台に登ったときに握手した手の指を軽く握りしめたり、熱い眼差しを注いだりすることで報いるのだ。恋愛だけがグラナダでは唯一の仕事のように見える。若い娘さんに二、三回話しかけただけで、町じゅうの人々からあなたがたはノビオとノビア、すなわち婚約者同士だと宣告され、あなたはあなたのいわゆる恋愛に関して罪もない無邪気な冗談をさんざん浴びせられる破目になる。無邪気とは言ってもそんな風にからかわれるとあなたの目の前を夫婦になった幻が通りすぎ、あなたは不安な気持ちにならずにはいられない。こうした粋な恋愛遊戯は実際のことというよりむしろ表面だけのことにすぎない。悩ましげな流し目、熱く燃える眼差し、優しい愛情のこもった、あるいは情熱的な会話、可愛らしい愛称やあなたの名前の前につけられるケリド（愛しい）という言葉などにもかかわらず、その点に関して好都合すぎる想像をしてはいけない。グラナダの若い娘が彼女の数多いノビオの一人に大した意味もなく話すことの四分の一でも社交界の女から話しかけられたフランス人男性なら、今晩にも自分に逢い引きの時間が告げられるだろうと思い込むだろうけれど、スペインではそれは間違いだ。少しばかり自由に振る舞いすぎると、彼はすぐに物の順序ということを言われ、祖父母の前で結婚の意志を正式に表明してほしいと要求されることになる。北方の諸国民の気取りに満ちた不自然な生活習慣とは非常にかけ離れたこの正直で自由な言葉遣いは、奥底に粗暴な行動を隠すぼくたちの偽善に満ちた言葉遣いよりはるかに価値がある。グラナダでは既婚女性にちやほや世話をやくのは全く異常なことだと思われる。だから若い娘に言い寄ること以上に簡単なことは何もないように見える。フランスでは逆だ。誰一人として未婚の若い婦人に声をかけるものなど決してしていはしない。そのために結婚生活が不幸なものになることがしょっちゅうあるのだ。スペインではノビオは彼のノビア（許婚者）に一日に二、三回会い、側に耳をそばだてる第三者もなしに彼女と話し、散歩へと彼女に同行し、夜はバルコニーとか一階の窓の格子越しに彼女と語らいにやってくる。彼には彼女のことをよく知り、その性格を調べる時間が始終あるわけで、彼はいわゆる、品物を見ずに買ったりするようなことはしないのだ。

会話がだれてくると、恋人の一人がギターをはずし、爪で弦をつまびき、楽器の胴の部分に掌をあてリズムをとりながら、陽気なアンダルシア歌謡とか、途中に奇妙な抑揚の「アイ」とか「オーラ」というような囃子《はやし》言葉が混じる、不思議な印象を与える滑稽な歌をいくつか歌いだす。一人の御婦人がピアノの前にすわり、スペイン人たちの大好きな大作曲家らしいのだがベリーニの曲を演奏したり、マドリードの偉大なる作詞家ブレトン・デ・ロス・エルレロスの恋歌を歌ったりする。夜会は即興の小舞踏会でしめくくりとなるのだが、そこではホタもファンダンゴもボレロも、つまりは農民たちにゆだねられたこれらの踊りは残念ながら踊られず、コントルダンスとかリゴドン、時にはワルツが踊られたりする。しかしながらぼくらのたっての願いで、ある晩、その家の二人の娘さんがボレロを踊ることを承知してくれた。しかしその前に彼女らは普段はいつも開け放したままにしておく中庭の扉や窓を閉めさせた。それほど彼女らは趣味が悪いとか地方色かぶれだと非難されるのがこわかったのだ。スペイン人たちは一般に、カチュチャ、カスタネット、マホ、マノラ、修道士、密輸入業者とか闘牛といった言葉が口に出されると腹を立てる。実際は本当に民族的で非常に独特のこれらのものすべてが大好きであるにもかかわらずそうなのだ。彼らは明らかに苛立たしげな様子で、文明の点で自分たちはあなたたちほど進歩していないと思っているのかどうかとあなたがたに聞く。それほどイギリスとかフランスを模倣しようというあの嘆かわしい癖がいたるところに浸透しているのだ。今日のスペインはトゥケ版ヴォルテールや一八二五年の『コンスティチュショネル』紙と同じ立場にいる。すなわち詩と政治的色彩にはどんなものに対しても反対しているのだ。ぼくたちが話題にしているのは町に住むいわゆる教養ある階級のことであるのはもちろんだ。

コントルダンスが終わると、奥方には「ア・ロス・ピエス・デ・ウド」、夫には「ベソ・ア・ウド。

ラ・マノ」と言いながらその家の主人夫妻に別れを告げるのだ。あなたがたには彼らの方から「ブエナス・ノチェス」とか「ベソ・ア・ウド。ラ・スィヤ」といった言葉が返され、敷居ぎわで最後にあなたがたにまた来るように誘う「アスタ・マニャーナ」（明日まで）という言葉が言われる。打ち解けあっているとは言っても、一般民衆、農民、浮浪者たちの間にはぼくらの国のごろつきどもの粗暴さとは全く違う物腰の柔らかな都会的な礼儀正しさが行き渡っている。人を侮辱するような言葉を言ったりすればナイフの一撃をくらうことがあるのは確かだけれど、だからこそ対話者たちは大いに慎重になるわけだ。かつては諺に歌われるほどであったフランス人の礼儀正しさが帯剣するのを止めてから失われたことに留意しなくてはならない。決闘禁止の法律は完全にぼくらを世界一粗暴な国民にしてしまうことだろう。

　家に戻る途中、窓やバルコニーの下に若い色男たちが袖なしマント姿で身を落ち着け、熱心にペラル・ラ・パバ（七面鳥の羽を毟る）、すなわち格子越しに許婚者と話を交わしているのに出くわす。こうした夜半の会談は午前二時、三時まで続くことがしばしばある。でもこれも少しも驚くにはあたらない。というのもスペイン人たちは日中の大半を寝て過ごすからだ。同様に三、四人の音楽家に作曲された、しかしふつうは恋人がたった一人でこしらえたセレナーデが聞けることもある。彼は目深にソンブレロをかぶり、足を石とか縁石にのせ、自分のギターに合わせて歌を歌うのだ。以前だったら、同じ通りに二人のセレナーデを奏する者がいたら、互いに我慢ならなかったろう。最初にその場を占めた者は自分一人だけの場所だと主張し、自分以外のいかなるギターに対しても夜のしじまの中で鳴ることを禁止する。彼らは己れの主張を剣あるいはナイフの切っ先をまじえることで維持しようとする。しかしそれは夜回りが通りかからなければの話だが。後で自分らの個人的な争いに決着をつけることになるかも知れないにしても、そんな際に二人のライヴァルは協力しあって巡邏隊に突撃し追い払う。セレナーデに伴う様々な繊細、微妙な配慮、権利主張も大幅にゆるめられ、今では彼らはそれぞれ美しき恋人の壁の下で全く平静にラスカル・エル・ハモン（ギターをつまびくこと）ができる。

暗い夜には外套、これは衣服、ベッド、家として役立っているのだが、この外套にくるまった尊敬に値する浮浪者のお腹を踏みつけたりしないように注意しなくてはならない。夏の夜ともなれば劇場の花崗岩でできた階段は、他に住む家のない多くの浮浪者に覆いつくされる。各自が決まった段を持ち、そこが彼らのアパルトマンのようなものであり、その段のところへいけばいつでも確実にその住人をまた見出すことができるのだ。彼らは星という常夜灯のともったその空の青い丸天井の下で寝るのだ。南京虫を避け、アンダルシアの太陽に熱く黄褐色に焼かれ、確実に、最高に黒い混血児の肌と同じぐらい黒く堅い皮膚を蚊に刺されてもものともせずに。

以下がぼくらが送っていた生活ぶりだが、これには毎日それほど相違があるわけではない。午前中は町を歩き回ったり、アランブラとかヘネラリフェへのちょっとした散歩、それからぼくらが宵の時間を過ごさせていただいた御婦人たちのところへの感謝の訪問などにあてられる。一日に二回しか訪問しないと、恩知らず呼ばわりされる。そう言いながらもぼくらを非常に喜んで好意的に迎え入れてくれるので、ぼくらも実際自分たちが礼儀知らずで非社交的な、大変いいかげんな人間なのだと思ってしまう。

ぼくらはアランブラに対して大いに夢中になっていたので、毎日そこに行くだけでは満足できずに、完全にそこに住んでみようと思った。それもイギリス人たちに非常に高く貸し付けられる近くの家々にではなく、宮殿そのものに住みたいと思ったのだった。正式の許可はもらわなかったけれど、グラナダの友人たちの後ろ楯のおかげで、ぼくらは大目に見てもらうという約束を得た。そこに四日四晩滞在したが、それは確かにぼくの人生の最も甘美な瞬間である。

アランブラに行くために、よろしければ勇敢なるムーア人ガスルがかつて闘牛を追い、バルコニーと指物細工の見晴らし台のある家々にはどことなく鶏籠のような感じがあるビバランブラ広場を通ることにしよう。広場の角の一つには魚市場があり、土手になっている広場の中央部分は石のベンチに囲まれ、両替商、水壷売り、陶製壺売り、西瓜売り、小間物商、詩集売り、刃物屋、珠数屋、他にも細々とした露店商でぎっしりふさがっている。ムーア風の名がそのまま残されているサカティン通りはビバランブラとプラサ＝ヌエバをつなぐ。それに沿って横手に小路がいくつもあり、帆布の張り出しに覆われたこの通りには、グラナダ商業界がそっくりそのままぶんぶん唸り声を上げ活動している。珠数屋、仕立屋、靴屋、飾り紐商、布地商などが店のほとんどすべてを占めている。それらはまだ現代の贅沢な凝った装飾などもなく、パリの市場の古い柱を思い出させるような代物だ。サカティン通りは始終人込みでごったがえしている。ある時は滑稽で生彩にあふれた歌を歌いながら、ギター、タンバリン、カスタネット、トライアングルを演奏するサラマンケの巡業学生団だったり、ある時は星形模様が一杯にまきちらされた、襞飾りつきの青いドレスに、黄色の長いショールをまとい、もじゃもじゃの髪に、首には琥珀とか珊瑚の大きな首飾りを巻いたボヘミア女の一団だったり、そうでなければ巨大な壺を負わされ、アフリカ人のように陽に焼けたヴェガ地方の農民にせきたてられる驢馬の列だったりする。

サカティン通りは新広場へと通じているが、この広場の一部に田舎風の円柱とその豪華さも簡素な作りで人目をひく見事な法務省の建物がある。広場を横切り、ロス・ゴメレス通りを登りつめるとそこはアランブラの管轄権がつきる場所、ムーア人たちにビブ＝ルクサールと呼ばれていたグラナダ門を正面に、碩学たちの主張するところによればフェニキア時代の下部遺構の上に建てられた、今日では製籠工や陶器工が住んでいる真紅の塔を右手に見る場所に着く。

もっと先へ進む前に、ぼくらの描写が細心なぐらい綿密で正確であるにもかかわらず、これを自分たちが心の中で作り上げているイメージよりも劣ると思う読者もいるかもしれないので、そんな読者に、古代ムーア人の王たちの宮殿かつ要塞であったアランブラは想像で思い描くような外観は全くしていないということをあらかじめ知らせておかなくてはならない。重なり合った露台、透かし模様のはいった長尖塔、果てしなく続く列柱の眺めを予想しても、そんな物は現実には全くない。外に見えるのは様々な時代にアラブ人の王たちによって建てられた、煉瓦色や淡褐色の大きなどっしりした塔だけだし、内に見えるのは非常に美妙に装飾が施されてはいるが壮大さが全然ない部屋や廻廊の連なりだけだ。こうした用心をしてもらった上で、先を続けよう。

グラナダ門を通りすぎると、そこは城壁内でここは特別な司令官の管轄下にある。樹齢百二十年から二百年の大木の林の中に二本の道が引かれてある。カルロ五世の泉へと通じる左側の道をとってみよう。そこは非常に急だが、非常に短く景色のいい道だ。いくつもの小川が小石を敷いた溝を勢いよく流れ、木々の根元に冷気をふり注いでいる。それらの木々はほとんど全部が北方種に属しているもので、アフリカにすぐの所で見るにはその緑は目に心地よく鮮やかだ。さらさらというせせらぎの音は数知れぬほどの蟬とかコオロギのしゃがれた鳴き声に混じり、それらの鳴き声はいっかな止まず、その場所がいかにさわやかであれ、あなたはどうしても南国とか酷熱といった思いを新たにせざるを得ない。木々の幹の下、古壁の裂け目を通して、四方八方から水が湧き出る。暑ければ暑いだけ泉の水は溢れんばかりに豊富だ。というのもここの水は雪解け水だからだ。水、雪、火がこんな風に混在していることによってグラナダは世界に比類ない土地、本当の地上の楽園になっている。だからぼくらがムーア人でなくても、深い憂愁にひたっているように見える時みんなはぼくらに「彼はグラナダのことを思っているのさ」というアラブの言い回しを適用できるのだ。

ずっと登りになっている道の尽きたところに、記念の大きな泉がある。これは皇帝カルロ五世に献じられたもので、多くの銘句、紋章、勝利の女神像、帝国の鷲印、神話学的な大メダルを施された、どっしりと力強く豪華で、ドイツ・ローマ風の壁が作られている。モンデハル家の紋地にある二つの小さな楯形模様に、ドン・ルイス・デ・メンドーサという侯爵が赤ひげのカエサルに敬意を表するためにこの記念碑を建てたことがしるされている。頑丈な石造りの泉は、いわゆるアランブラ宮殿に入る時に通る裁きの門に通じている斜坂の地面を支えている。

裁きの門は一三四八年頃王ユセフ・アブル・アジアグによって建てられた。この門の名前は自分たちの宮殿入口で裁きをおこなうイスラム教徒たちの慣習から来ている。この門の強みは非常に荘厳で、誰一人中庭には入り込めないようになっていることだ。というのも「私生活は秘されるべし」というロワイエ＝コラール氏の格言は、光という光、知恵という知恵が発するこの太陽の地、東洋によって何世紀も前から考え出されていたからだ。

門というよりも、塔という方がムーア人の王ユセフ・アブル・アジアグの建築物にはよりぴったり当てはまるだろう。というのもそれは実際かなり高い四角の大きな塔だからで、そこにハート形の中空の大きな拱門がくり抜かれてあり、離れた二個の石の上に溝状に刻まれた鍵と手の象形文字のせいでそこには粗野でカバラ的な様子が付与されている。鍵というのは「彼は開きたもうた」という言葉で始まるコーランの唱句とか他のいくつもの練金術的な意味のゆえに、アラブ人たちの間で大いに崇拝されている象徴なのだ。手はナポリで人々が陰険で危険な目から身を守るためにピンや飾りとして身につけて歩く珊瑚製の小さな手のように、邪悪な目、ジェッタチュラを祓うのにあてられる。グラナダが占領されるのはまさに手が鍵をつかんだ時という古くからの予言があった。予言者には恥になることだけれど、二個の象形文字は相変わらず同じ場所にあること、背が小さいためにエル・レイ・チコと呼ばれていたボアブディルが占領されたグラナダの外へ向って、シエラ・デルビレの岩につけられた名前スピロ・デル・モロ（ムーア人の嘆き）、あの歴史的な歎息を発したことを認めなくてはならない。

銃眼を施され、どっしりとした構えで、まばゆい青空を背景にオレンジ色と赤色に輝くこの塔の後方には深海のように樹木が繁茂し、町は底の方に広がり、はるか向こうにはアフリカ斑岩のように様々の色模様がついている長く続く山脈が望まれる。この塔はアラブ式宮殿のまことに荘麗、豪華な入り口をなしている。門の下には警備隊詰所が置かれ、ぼろ着をまとったかわいそうな兵士たちが、金襴の長椅子にすわったカリフたちが感動を表わさない冷たい顔の中、身じろぎもしない黒い目で、指を波のように豊富な絹のような髭の中にうずめ、夢見るような厳粛な面持ちで、イスラム教徒たちの苦情に耳を傾けていたのと同じ場所で昼寝している。聖母マリア像の置かれた祭壇が一つ、マホメットの崇拝者たちのこの古き住居を最初の第一歩から神聖なものとするためかのように、壁にぴったり当てられている。

門を通り抜けると、デ・ラス・アルジベスと名づけられた広い場所に出る。その中央には井戸があり、その縁石は上を蓆で覆った骨組みだけの一種の上屋のようなものに囲まれている。その下に十五分ばかり、ダイヤモンドのように澄み、水のように冷たく、えも言えないおいしい味のする水を何杯となく飲みに行くのだ。ケブラダ塔、オメナフェ塔、アルメリア塔、そこの鐘楼が給水時間を告げるベラ塔、肘をついて眼前に展開する見事な景色に見とれることのできる石の胸壁によって広場の一方が取り囲まれている。もう一方の側にはカルロ五世の宮殿がいっぱいに広がっている。このルネサンス時代の大記念建築物は他の場所ならどこでも嘆賞されるだろうけれど、その重い石塊をはめ込むためにわざわざ破壊されたアランブラ宮と同じ広さを占めていることを思い、ここでは呪いの対象にされている。このアルカサル宮はしかしながらアロンソ・ベルゲテの設計になる。正面の戦勝記念彫刻、浅浮き彫り、円形肖像画は自信に満ちた大胆で辛抱強い鑿で彫られている。闘牛が催されたに違いない大理石の円柱のある円形場は確かに見事な建築物の一部ではあるが、ここはそれが置かれるべき場所ではない。

カルロス一世の宮殿の隅に作られた廊下を通ってアランブラ宮に入り、何回りかすると、パティオ・デ・ロス・アラヤネス（ミルトの庭）、アルベルカ（貯水池）の庭とか女性たちの浴槽を意味するアラブ語メソウアルの庭とか無頓着に名づけられている大きな庭に着く。

暗い廊下から光溢れるこの大きな城壁内に出るとディオラマを見た時と同じような印象を受ける。あなたには自分が魔法使いの杖の一振りで四、五世紀も昔の東洋のまっただ中に運ばれてしまったかのように思われる。歩みの中ですべてを変えてゆく時間もこれらの場所の外観は少しも変えていない。愛情深い妃シエヌと白外套に身をつつんだムーア人タルフェがここに出現したとて少しも驚かれないだろう。

庭中央には深さが三〜四ピエある大貯水池が平行四辺形に掘られてあり、それに沿ってミルトや小灌木の花壇が二つあり、両端には細い円柱の一種の廻廊が続き非常に精妙なムーア式迫持を支えている。溢れすぎた水は大理石の溝を通って貯水池へと注ぐようになっている噴水つきの水槽が各廻廊の下に置かれ、装飾の対称性が完全なものになっている。左には古文書館と、グラナダ人の恥となることではあるが言わなくてはならないので言うと、あらゆる種類の残骸の間にアランブラの見事な壺が追いやられている部屋がある。その壺は高さ約四ピエで全体が模様と銘に覆われ、この上もなく珍しい遺物であり、それだけで美術館の名声を高めてくれるだろうのに、スペイン人の無関心のためにきたならしい片隅で破損するままに置かれているのだ。把手の部分の一方の腕が壊されたのは最近のことだ。こちら側にはまた、占領時代にキリスト教教会に変えられ聖女アランブラのマリアに捧げられた古いモスクへと通じる通り道がある。右には奉公人たちの住居があり、ムーア式の狭い窓の一つに誰かブリュネットの女中であるアンダルシア娘の顔が浮かんだだけで、かなり申し分ない東洋らしい効果が生まれる。奥には、アラブ式屋根の金色瓦や西洋杉の大梁にとって代わった丸瓦のいやらしい屋根の上方にコマレス塔が荘厳に聳え立ち、銃眼の朱色のぎざぎざ部分が見事に澄み渡った空に鮮やかに浮き上がっている。大使室があるこの塔はその形からバルカ（舟）と名づけられた一種の控えの間によって、ミルトの庭と通じている。

大使室の控えの間はその用途にふさわしく作られている。大胆なアーケード、変化に富み、複雑にからみ合った唐草模様、壁のモザイク模様、青、緑、赤に塗られ、鍾乳洞の天井のように深く抉られ、跡がまだ目に見える化粧漆喰の丸天井の細工、すべてが独特の奇妙な魅力あふれる全体を形づくっている。大使室に通じる門の両脇、拱門の側柱そのものの中、その強烈な色の三角模様が壁の下方を覆っている釉薬をかけたタイルの化粧仕上げの上方に、大変精妙に彫刻を施された白大理石の二つの壁龕が小さな礼拝堂の形に彫られている。敬意を表すべき場所でぼくらが帽子をぬぐのとほとんど同じように、昔のムーア人たちが入る前に、敬意のしるしにトルコ・スリッパをぬいで置いたのはそこなのだ。

アランブラ宮で最も大きな部屋の一つである大使室はコマレス塔の内部全体を占めている。西洋杉材の天井はアラブ人建築家たちに大変おなじみの数学的な組み合わせを見せている。すべての木片はその凸角とか凹角が無限に変化に富んだ模様を作るように組み立てられている。壁はあまりにぎっしり目のつまった、あまりに抜け道もないほどに絡み合った網のような装飾の下に見えなくなるので、互いに重ね合ったいくつかの糸レースにでもたとえる以上によいたとえようはない。石のレースと透かし孔のあるバラ形装飾のあるゴチック建築もこれの脇では何物でもない。角用ナイフ、菓子鼠がボンボンをつつむ押し抜き器で打ち抜いた紙刺繡だけがそれがどんな物であるか想像させることができる。ムーア様式の特徴の一つは突き出し部分と輪郭をほとんど見せないようにすることだ。このような装飾全体はなめらかな平面上に展開し、表面の盛り上がりが四、五プースを超えることはほとんどない。それはまるで壁そのものの中に作られた一種のつづれ織りのようだ。特別な一要素のためにその壁は際立っている。それは文字を装飾モチーフとして用いていることだ。実際、神秘的なねじれた形のアラビア文字は装飾に使うには素晴らしく適している。銘はほとんどいつでもコーランの唱句とか、部屋をこしらえ装飾を施した様々の王たちに対する讃辞であり、それらの銘は花模様、唐草模様、紐模様、そしてアラビア書法のあらゆる豪華絢爛たる模様と一緒にフリーズ沿いに、扉の側柱の上や窓の迫持の周りに広がっている。大使室の銘は「神には栄光、信ずる者には力と富を」という意味だったり、ぼくらにはちょっとばかり東洋的すぎると思われる誇張した断言「生きたまま空に運ばれたら、星や惑星のきらめきをも消してしまったろう」と言われるアブ・ナサルに対する讃辞が含まれていたりする。他の帯状に並べられた文字が意味しているのは、宮殿のこの部分に装飾を施させたもう一人のサルタン、アブ・アブド・アラーへの讃辞である。メクサールの庭は実際門とか廻廊の小円柱を通して大使室から見えるのだが、この庭を飾る貯水池の澄みきった水、みずみずしい小灌木や芳香を放つ花々を称える詩篇で各窓は飾られている。

内露台の地面から非常に高い場所に穿たれた狭間、木片の組み合わせによってできたジグザグ模様や絡み合い模様以外の飾りのない木組みの天井などのせいで大使室には、宮殿の他の部屋以上に簡素で、よりその目的に釣り合った外観が与えられている。奥の窓からは、ダロ川の峡谷の素晴らしい眺望が楽しめる。

この描写も終わったところで、ぼくらは再び幻想をぶち壊さなければならない。これらの壮麗な建物は全部、大理石でも雪花石膏でも切り石でさえなく、単に漆喰で作られている。こいつはアランブラという名前だけでどんなに実利的な想像力の持ち主の頭にも掻き立てられる夢のように華麗豪華なイメージに大いに反する。しかしこれ以上に本当のことはないのだ。ふつうはただ一部分だけが旋盤にかけられた、高さも六〜八ピエを超すことはほとんどない円柱、舗道の何枚かの舗石、泉水の水盤、トルコ・スリッパを置くべき小礼拝堂を除いては、アランブラ宮の建物内部には一片の大理石たりとも用いられていない。ヘネラリフェ宮についても同様だ。その上アラブ人以上に漆喰を型に流し、固め、彫る技術を推し進めた民族はいない。漆喰は彼らの手の中で化粧漆喰のいやな光沢はもたずにその固さを獲得するのだ。

さてこれらの装飾物の大部分は鋳型で作られ、建物の調和に必要となるたびに大した細工も施されずに何度も繰り返し生産される。アランブラ宮の一部屋を同じように再現することほど容易なことはなかろう。そのためにはあらゆるモチーフの装飾物の型取りをするだけで充分だろう。崩壊したままだった裁判室の二つの拱門はグラナダの職人たちの手でこれ以上何一つ望むべくもないほど完璧に修復された。もし筆者が少しばかり大金持ちなら、筆者の庭園の一つに獅子の中庭の複製を作るなんていう気紛れの一つも持てるのに。

大使室から比較的モダンな作りの廊下を通って、トカドールあるいは女王様の化粧室へと向った。それは塔の上部にしつらえられた小さな離れで、非常に素晴らしい眺望を楽しめるそこは王妃の礼拝堂として使われていたのだ。入り口では、床下で燃やされる香料の煙が抜けていくように小さな孔が穿たれた白大理石の平石に目を引かれる。壁には今でもまだバルトロメ・ラヒス、アロンソ・ペレス、ファン・デ・フエンテによって制作された異様なフレスコ画が見られる。フリーズ上ではキューピッドの群像とともにイサベラとフェリペ五世の頭文字とが絡まり合っている。ムーア式の小円柱、扁円形の天井部分を持ち、その底部が点々とグラナダの町の各屋根に覆われている青い深淵につり下げられているこの小部屋以上に魅力的で瀟洒な何かを夢想することは難しい。その小部屋にはそよ風に運ばれてヘネラリフェ宮の匂い、隣の丘の正面に花開いた夾竹桃の巨大な茂みの香りが漂い、崩壊した壁の上を歩き回る孔雀たちの悲しげな鳴き声が聞こえてくる。北国の憂鬱とは非常に異なるこの静謐で晴れやかな憂鬱の中で、深みに向って足をぶらぶらさせながら、目前に展開され、きっともう二度と目にすることもないであろう素晴らしい風景のあらゆる様や輪郭をしっかりと刻みつけておこうと目を凝らしながらぼくはそこでどれほど多くの時間を過ごしたことだろう。いかなる描写もいかなる絵も決してこの輝き、この光、鮮やかなる様々な色のニュアンスに近づくことはできないだろう。最もありふれた平凡な色調も宝石類ほどの価値を帯び、すべてがこうした様々の色の変化の中で維持されている。一日の終わり、太陽が傾く頃、驚くべき光景が生み出されるのだ。山々はルビー、トパーズ、ざくろ石を積み重ねたように輝きわたる。山々の間は金粉を浴びたようになり、夏によく見られるように、農夫が平野で切り株を燃やしていたりすると、空へとゆっくり登っていく煙の塊が夕日を浴びて魔法のような光沢を帯びる。スペインの画家たちが概して自分たちの絵を非常に暗くし、ほとんど一様にカラヴァッジョとか暗鬱派の巨匠たちを模倣することに走っていることにぼくは驚かされる。アジアとかアフリカの風景だけを描いたドカンやマリラの絵の方がイベリア半島から多くの費用をかけて運ばれてくる絵全部よりもはるかに正確なスペイン像を示している。

　もはや今では残骸に覆われ、やぶが一面に生い茂った荒れ果てた土地にすぎないリンダラハの庭園には止まらずに、突っ切っていき、釉薬を施された陶器タイルのモザイク模様に覆われ、非常に精妙複雑な緑石も恥じ入ってしまうような石膏の線細工を刺繍のように施された王妃の浴場にしばし入ってみよう。部屋の中央には噴水がしつらえられていて、壁には二種類のくぼみ《アルコーヴ》が作られている。シェヌ・デ・クールとゾベイドが東洋式の湯浴みの無上の喜びと様々に手の込んだ楽しさを味わった後で、金色の麻布の床の上で身を休ませに来たのはそこだったのだ。今でもまだ地上一五ピエばかりのところに、楽士や歌い手たちが控えていた高壇というかバルコニーが見える。浴槽はただ一個の白大理石からなる大桶で、バラ窓とか穴を刳り抜かれた星形から採光している丸天井の小さな部屋に設置されている。奇妙な音響効果があるために、好奇心の強い連中がやってきて何か無礼な言葉を囁くとそれがそっくりそのまま反対側の角に伝わるのだけれど、そんな連中の鼻の油で角という角が黒ずんでいる秘密の部屋、白鳥に姿を変え、レダを愛撫しているユピテルを描いた驚くほど大胆な鑿さばきと自由奔放な構図を見せる見事な浅浮き彫りが扉の上方に掛けられているのが見える水の精たちの部屋、ひどく荒らされ、もはや興味深いものとしては「これ以上に極端なものはなし」という気取った銘句でけばけばしく飾られた天井以外には何もないカルロ五世のアパルトマン、これらについては退屈な繰り返しになる恐れがあるので話さずにおこう。そしてアランブラ宮で最も保存状態がよく最も奇妙な部分である、獅子の中庭へと入ることにしよう。

　獅子の中庭に関して発行されているイギリス版画や数多くの絵が伝えているのはその非常に不完全で間違ったイメージでしかない。それらのほとんど全部には大きさが欠けており、アラブ建築の無限の細部を正確に表現しようと思うとどうしても必要とされる書き加え、加え刷りによって大いに重要な記念建築物の姿を想像させるのだ。

獅子の中庭は長さが一二〇ピエで幅七三ピエ、回りの廻廊の高さは二二ピエを超えない。廻廊は百二十八本の白大理石の円柱からなり、それらは四本対四本、三本対三本という風に釣り合いがとられ、それでいて無秩序に組み合わされている。念入りに細工を施された柱頭にはまだ金色や彩色された跡が残っているこれらの円柱は、形が全く特別な大変に優美なアーチを支えている。

入っていくと、あなたがたの正面には裁判室が平行四辺形の角の形をなしているのが見える。そこの丸天井にはこの上なく価値のある珍しい芸術品がしまい込まれてある。それはアラブ絵画作品で、現代にまで残され伝わっているおそらく唯一のものだ。それらの絵の一つには獅子の中庭そのものが、金めつきを塗られてはいるがはっきりそれと分かる噴水とともに描かれている。絵が老朽化しているためにはっきり見分けられないのだが数人の人物が騎馬槍試合あるいは打ち合いに興じているように見える。これとは別のもう一つの絵の主題はグラナダのムーア人王たちが集っている一種の長椅子で、今でもまだ彼らの白い頭巾付き外套、オリーブ色がかった顔、赤い口と神秘的な黒い目がはっきり見分けられる。これらの絵は人の主張するところによると、西洋杉のパネルにあわせて張りつけた革の上に描かれており、生物を絵にすることを禁じているコーランの掟がたとえ噴水の十二頭の獅子がそこにいてこの断言を証明してくれないにしても、ムーア人たちによって厳守されていたわけでは必ずしもないことの証拠として役立っているのだという。

左手、廻廊中央に縦に二姉妹の部屋があり、アベンセラヘスの部屋と対をなしている。ラス・ドス・エルマナスという名前はその舗装廊にある同じ大きさの全くそっくりなマカエル産白大理石の二枚の巨大な舗石に由来している。スペイン人が表現力豊かにメディア・ナランハ（半オレンジ）と呼んでいる丸天井というか丸屋根は辛抱と熟練との奇跡的な産物だ。それは何かしら蜜蜂の巣のようなもの、洞穴の鍾乳石のようなもの、子供たちが麦藁を用いてふくらませるシャボン玉の泡のようなものだ。これら無数の小さな丸天井、三、四ピエの穹窿が相互にそれぞれから生じ、交叉し、絶えず穹稜を断っている様は、人間の手になる作品というよりはむしろ偶然の結晶作用の産物のように見える。青、赤、緑がまだ、あたかも取り付けられたばかりと同じぐらい目がさめるばかりに色鮮やかな刳形のくぼみに光輝いている。壁は大使室の壁と同じようにフリーズから人間の背丈のところまで信じられないほど精妙複雑な化粧漆喰飾りに覆われている。下部はあの釉薬をかけた陶器タイルに覆われ、タイルの黒や緑や黄色の角が白地とともにモザイク模様をなしている。その住居が美しく飾られた水汲み場にしか見えないアラブ人の不変の習慣に従って部屋中央には水盤と噴水が一つある。裁きの間の廻廊下には水盤と噴水が四つあり、入り口の廻廊下にも同じ数だけあり、アベンセラヘス家の間に、もう一つある。十二頭の怪獣の口から水を流すだけではなく、上に載った小噴水から空に向って勢いよく水をふき上げているいいい獅子の水盤は別にしても。これらの水はすべて各部屋の舗床や中庭の舗石に掘られた溝を通って獅子の噴水の下まで流れ、そこで集まり地下水路へと飲み込まれていく。これは確かに埃に煩わされることのない類いの住居ではあろう。しかし冬はいかにしてこれらの部屋に住めたのだろうか。おそらく冬は西洋杉の大扉を閉め、大理石の舗床を厚い絨毯で覆い、ブラゼロに中子《なかご》や芳香性木材を用いて火を燃やす。こんな風にしてグラナダでは待つほどもなく必ず間もなくやってくる春を待っていたのだろう。

アベンセラヘス家の間については書かないでおこう。この部屋は二姉妹の部屋とほとんどそっくりそのままで、特別なものとしてはムーア人占領時代に遡る菱形模様に組み合わせた木の古い扉以外にはない。セビリャのアルカサル城にも全く同じ様式の扉がもう一つあるのに気づく。
獅子の水盤はアラブの詩歌の中で驚異的な好評を博している。これらの見事な動物たちに浴びせられていない讃辞はないほどだ。ぼくは正直に打ち明けなくてはならないのだが、これらアフリカ的空想力の産物以上に獅子に似ていない何かを見つけることは難しい。脚は厚紙製の犬に平衡を保たせるためにその腹部に差し込まれる、あの荒削りされたかされないかの木片そっくりの杭にすぎない。おそらく髭を表わすためだろう横線がつけられた鼻面は河馬の鼻面に全くといっていいほどそっくりだし、目はあまりに素朴すぎる線からなり子供の不完全な試作を思い出させる。しかしながらこれらの十二頭の怪物を獅子としてではなく妄想の産物、気紛れ装飾物として受け入れてしまえば、それらが支える水盤とともにそれらは優美さがあふれる際立った印象をもたらすのだ。そしてそれらの評価と上にある水盤の水が再び流れ落ちる水盤の内側に刻まれた二十二音節の二十四行詩のあのアラブ文字銘に含まれた讃辞を理解するのに役立ってくれるのだ。読者の皆様には幾分不正確ではあるけれどその銘をそのまま翻訳して以下に掲げることをお許し願いたい。

「おお、その場に固定され動かない獅子を見つめるあなた。非の打ちどころのない物になるのにそれらに欠けているのは生命だけだということに注意されたい。それからこのアルカサル宮とこの王国が遺産として転がり込むあなた、嫌な顔も見せずに諾々としてそれを守ってきた高貴なる手からそれを受け取りなさい。あなたがなし終えたばかりの仕事ゆえに神様があなたをお救いになり、敵の復讐から永遠にあなたを守りたまわんことを。おおマホメット、気高き徳を備え、それらの助けを借りてすべてを征服されし我らが王、あなたに栄光と名誉を。あなたの美徳の絵姿たるこの美しき庭園に勝る庭園が現われるのを神様が決してお許しになりませんように。噴水の水盤に色合いをつけている材質はきらめく澄んだ水の下で真珠母からなっているように見える。水面は融解した銀に似ている。というのも水の澄明さと石の白さは比類なき。まるで雪花石膏の顔に落ちた一滴の透明なエキスのごとし。水の流れに沿っていくのは難しいだろう。水を見よ、それから水盤を見よ。動かないのは水なのか、流れているのは大理石なのか区別できないだろう。妬み屋に見つめられる中、その顔に一面、倦怠と恐れの表情が広がる愛の囚われ人のように、嫉妬深い水は石に対して憤り、石の方では水を妬むのだ。この汲み尽くせぬ水にたとえられることのできるのは、獅子が強く雄々しいのと同じぐらい心広く寛大なる我らが王の手。」

ゼグリス家の策略にはまってアベンセラヘス家の人間三十六人の首が落ちたのは獅子の噴水の水盤の中だった。他のアベンセラヘス家の人々も、自分の生命の危険を冒してまでも生き残った人たちに急を知らせに駆けつけ、彼らが同じ死にいたる中庭に人らせないようにしてくれる献身的小姓がいなかったら全員同じ運命を辿っていただろう。案内人はあなたがたに水盤の底にある赤っぽい大きなしみ、自分らの首斬り人たちの残忍さに対して犠牲者たちが残した消えることのない非難の跡に注意を促す。残念ながら博学の士はアベンセラヘス家とゼグリス家は決して存在したことがないと主張している。その点に関してぼくの方は完全にロマンス、民間伝承、ド・シャトーブリアン氏の中篇小説を信頼しており、だから赤い跡が錆などではなく血であると固く信じている。

ぼくらは獅子の中庭に根城を据えた。ぼくらの家具類は昼間はどっかの隅へ転がしておく二枚のマットレス、銅製ランプ、土製の大壺、数本のヘレス・ワインからなっていた。このワインは噴水で冷やしておくのだ。ぼくらはある時は二姉妹の部屋で、ある時はアベンセラヘス家の間で寝たが、ぼくは外套の上に横になり天井のすき間から月の白い光がランプの黄色に揺らぐ炎と交わり、驚く間もなく水盤の水の中や輝きわたる舗石の上に落ちるのを見つめながら何かかすかに不安な気持ちに捉われたものだった。

ワシントン・アーヴィングによってその『アランブラ物語』の中に収録された民間伝承の数々がぼくの記憶に浮かぶのだった。エチェヴェリア爺さんによってしかつめらしい口調で語られる『首のない馬』や『毛むくじゃらの亡霊』などの話がぼくには特に光がかき消される時には全くありそうなことに思われた。伝説は夜ぼんやりと輪郭が浮かぶあらゆる事物に不可思議な趣きが付与される定かならぬ反射光が走るあの闇の中でこそ、余計に本当らしく思えてくるのだ。疑いの心は昼の所産、信仰は夜の所産。ぼくを驚かせるのは聖トマがその傷口に指を触れたあとでキリストの存在を信じたことだ。ぼくにはアベンセラヘス家の人々が腕に自分たちの首をかかえながら月光を浴び廻廊に沿って歩き回る姿を目撃しなかったとは自信をもって断言できない。ともかく円柱の影は全く怪しげな形を帯びていたし、アーケードを吹きわたるそよ風は全く人間の息かと思えるほどだった。

ある朝、それは日曜日だったが、四時か五時頃だったろうか、ぼくらはマットレスの上で眠っていながらも自分たちが細かなしみ通る雨でびしょ濡れになっているのを感じた。アランブラを御訪問になり、噂では若い王妃が御成人なされたら彼女と御結婚なされるに違いないというサックス＝コブールの王子に敬意を表して普段より早く噴水の水路が開かれたのだった。

ぼくらが起き上がり、衣服を着たと思う間もなく、王子がお供を二、三人従えて到着なされた。彼はひどく立腹なさっていた。管理人たちが王子を歓迎するのによりふさわしいように、噴水全部に世にも滑稽な水力装置をあらかじめ施していた。これらの工夫の一つは水力で回るようになっているブリキ製の小さな幌付き四輪馬車と鉛の兵隊たちによってバレンシアへと向う王女の御旅行を思いきって表現していた。この立憲的で巧妙な手の込んだ細工を前にした王子の満足のほどを想像していただきたい。マドリードの諷刺新聞『兄弟ヘルンディオ』はこのかわいそうな王子を特別執念深く責めたてていた。新聞は王子に対して数多い他の罪の中でも特に、宿屋における支払い金の値切り方があまりに激しすぎることと、頭にとんがり帽をかぶり、伊達男スタイルで劇場に現われたことを非難していた。

グラナダ人の男女の一団がアランブラに一日を過ごしにやってきた。七、八人の若くきれいな女たちと五、六人の身なりの立派な貴族がいた。彼らはギターの音に合わせて踊り、様々の遊びに興じ、アンダルシア地方で大衆的な成功をおさめたフライ・ルイス・デ・レオンの歌を甘美なメロディに合わせてコーラスで歌った。朝も早すぎる頃から銀色の水を花火のように噴き上げ始めたために噴水も涸れ、受水盤にも水がなくなったので、若いはしゃぎ屋の女たちは籠の形になるように二姉妹の部屋の雪花石膏の縁に輪になって腰かけ、きれいな顔を後方へそらせながら、みんな一緒に歌を繰り返し始めた。

ヘネラリフェはアランブラからすぐのところ、同じ山の円い丘の上に建っている。そこにはロス・モリノス峡谷と交差し、大きな輝く葉のいちぢくの木、緑の柏、ピスタチオ、月桂樹、信じられないほど力強く成長したシストなどがずっとそれに沿って並んでいる一種のくぼんだ道を通って行く。その上を歩いていく地面はすっかり水が浸透し、驚くほど肥沃な黄色い砂地だ。アメリカの処女林を突っきって通されたように見えるこの道、それほどそこは木々の葉と花々に妨げられ、それほど芳香性の植物の目がまわるように強烈な香りを吸えるのだ。この道を辿って行くことほどうっとりするものは何もない。葡萄の木がひび割れた壁のすき間から生え出し、枝という枝にアラビア装飾のように不思議な巻きひげやぎざぎざの葉のついた枝を絡ませ、垂れ下がっている。アロエは青い刃のような葉が扇状に開き、オレンジの木はその節の多い幹をぐるりと回って、急斜面の裂け目に根を指のようにからませている。すべてが花をつけ、すべてが魅力的な偶然の結果に満ちた乱雑に生い茂った中で咲きほこっている。迷いこんだジャスミンの一枝が柘榴の真っ赤な花々に白い星を加える。一本の月桂樹は道の一方の側からもう一方の側へと枝をのばして、棘があるのもおかまいなしにサボテンを抱きしめる。己れ自身の手に委ねられた自然はおしゃれを自慢し、どれほど精妙で巧緻な芸術でもいかに自分には及ばないかを示そうとしているかのようだ。

十五分も歩くと、いわばアランブラのカサ・デ・カンポ、田舎風の離れにすぎないヘネラリフェに着く。その外部は東洋のあらゆる建築物のそれと同じく非常に簡素である。窓がなく上にはアーケードの廻廊のある露台付きの大きな城壁、全体には現代的な小さな見晴らし台がのっかっている。ヘネラリフェで残っているのはアーケードと、きれいにしようとこの上なく執念深く何度も繰り返し塗り直される石灰乳の層のために残念ながらぶ厚くなった唐草模様の大きな羽目板だけだ。少しずつ、この素晴らしい建物の精妙な彫刻、見事な格子模様も磨滅し、ふさがり、消滅していく。今日ではもう虫食い装飾も判然とは見分けられなくなっている城壁にすぎないものも、かつては中国人が忍耐強く扇のために彫る象牙製のあの葉と同じぐらい精巧な透かし孔のある一枚のレースだったのだ。修復用塗料を塗る職人の刷毛のために、この色褪せた神話的な表現を使うことが許されるなら時の長い鎌の手によるよりも多くの傑作が消されてしまったのだ。保存状態のかなり良好な一部屋には、歴代のスペインの王の煤けた一連の肖像画が今は年代学的な長所しかなく並んでいるのが見える。

ヘネラリフェの本当の魅力は庭園とそこを流れる水だ。大理石に覆われた水路が囲い地の縦にずっと沿って走り、奇妙な形に刈り込まれ曲げられたイチイの木が作る葉つきの枝の一連のアーケードの下を豊富な流れの早い波を押し流していく。両側にはオレンジの木、糸杉が植えられている。ムーア人の時代に遡る恐ろしく太いこれらの糸杉の一本の下で、ボアブディルの愛妾は、伝説に信を置かなければならないとすれば、閂《かんぬき》や鉄格子は側室たちの貞操を保証してくれるには心もとない役に立たない存在であることをしばしば証明したわけだ。確実なのは、イチイの木が大変に太く、とてつもなく年輪を経ているということだ。

眺望はアランブラのミルトの中庭のように大理石の円柱と噴水つきの廻廊で終わりとなる。水路は急に曲がり、あなたがたは田舎風の建物やいくつもの景観を表わした十六世紀のフレスコ画の跡が壁に残され、水盤に飾られた他の室内に入ることになる。これらの池の一つの中央には巨大な円形花壇でもあるかのように、比類なく美しく色鮮やかな大きな夾竹桃が花開いている。ぼくがそれを見た時、その夾竹桃はまるで花の爆発、植物の大花火のようだった。その色の鮮やかさは燦然として強烈で、騒々しいというこの言葉が色に適用できるとすれば、最も真っ赤なバラの色合いも青白く見えるほど騒々しいと言ってもいいほどだった。その美しい花々は空の澄みきった光に向って熱い願いをみなぎらせて迸るように咲きほこっている。栄光を冠するために自然の手でわざわざ刈り込まれ、噴水の霧雨に洗われたその高貴な葉は陽光を浴びたエメラルドのようにきらめいている。ヘネラリフェのこの夾竹桃以上に、美しいという感情をぼくに強く感じさせてくれたものは何もない。

水が庭園に達するのは一種の非常に急な勾配を通ってだが、手摺りの形で小壁がそれに沿って伸びていて、くぼんだ大瓦の水路を支えているのだ。その水路から世にも非常に楽しい生き生きとしたせせらぎの音をたてながら露天へと落ちてくる。踊り場ごとに噴水が豊富に小池の中央から噴き出し、枝々が水の届く上の方で交差している月桂樹の森の生い茂った葉かげにまで澄んだ水の羽飾りを飛ばしている。

山の四方八方から水が流れ落ちる。足を踏み出すたびに泉が湧き出、いつでも自然の側で、流れから逸れて噴水の水となったり木の根元に冷気をもたらしたりする水のさらさらという音が聞こえる。アラブ人は灌漑技術を最高度に推し進めた。彼らの水道工事は最も進歩した文明の証拠だ。その設備は今日もなお存続し、グラナダがスペインの楽園であるのも、アフリカ的気候のもとで永遠の春を謳歌しているのもまさにそれらがあるおかげなのだ。ダロ川の支流が一本アラブ人たちの手で水路に変えられ、二里以上も導かれてアランブラの丘の上に達している。

ヘネラリフェの見晴らし台からは、アランブラの地勢が、その半分崩れた赤っぽい塔の城壁や山の起伏に従って登ったり降りたりする壁面とともにくっきりと見える。町の方からは見えないカルロ五世宮殿はシエラ・ネバダのダマスク織りのような山腹を背景にくっきり浮かんでいる。ネバダ山の白い背は奇妙な具合に空へと突き抜け、直角の堅固なその岩塊は太陽の黄金色の陽を浴びて輝いている。聖マリア教会の鐘楼はムーア式の銃眼の上方にそのキリスト教的な姿を見せている。数本の糸杉が城壁の割れ目から、お祭りの歓喜の中に物悲しい思いがまぎれこんだように、この紺碧の空と光あふれるまっただ中に陰鬱なためいきのような枝葉をのばしている。ダロ川とロス・モリノス峡谷の方へと下っていく丘の斜面は緑の草の海の下に見えなくなる。これは考えうる限り最も美しい眺望の一つである。

反対側には、これほどの色鮮やかさとコントラストをなそうとでもするかのように、黄土とシェンヌ土壌とがつくる色調が目立つ、淡黄褐色で焼け焦げ荒れ果てた山が聳えている。その山は頂上にある建築物のいくつかの残骸ゆえにラ・シリャ・デル・モロ（ムーア人の椅子）と呼ばれている。王ボアブディルが、平野でキリスト教徒の騎兵に対してアラブ騎兵が騎馬試合を挑むのを見つめたのはそこからだったのだ。グラナダにはムーア人の思い出が相変わらず今も生き生きと残っている。まるで彼らが町を去ったのがつい昨日のことのようだ。それに彼らについて残されているものから判断して、それは全く残念なことだ。南スペインに必要なのはそれが掻き立てる情熱や暑い風土とは釣り合わないヨーロッパ文明ではなく、アフリカ文明なのだ。立憲的機構が適するのは気候温暖な地帯にだけであり、三〇度以上の暑さのところでは憲章など溶けるか爆発してしまう。

アランブラとヘネラリフェについては見終わったので、ダロ川の峡谷をわたり、モンテ＝サグラドへと通じる道に沿って、グラナダには相当数多いジプシーのあばら家を見にいこう。この道は一方の上部が張り出したアルバイシンの丘の側面に作られている。巨大な仙人サボテン、途方もないサボテンでこの荒涼たる斜面は覆われ、その緑青色の穂や腕のように横にのびた部分のために白っぽく見える。これらの葉の厚い巨大な植物の根の下、岩をじかに穿った中にジプシーたちの住居が作られており、頭上のサボテンは彼らにとってけばのあるラシャ製の馬とか朝鮮薊代わりになっているように見える。これらの洞穴の入り口は石灰で白く塗られている。一本の綱がはられ、その上をすりきれた一枚のつづれ織りがすべるようになっており、これが彼らにとって扉代わりになっている。その中で野性の家族が群がり、うごめいているのだ。肌の色がハバナ葉巻よりも淡黄褐色の子供たちは男女の区別なく丸裸で入り口前で遊び、喉をならして鋭い叫び声をあげながら埃の中をころげまわっている。ジプシーはふつう鍛冶屋や騾馬の毛刈り職人や獣医を仕事としているが中でも特に博労が多い。彼らはどんなにくたくたに疲れ、息切れのする馬にでも活を与え、元気をふき込む手を数多く心得ている。ジプシーだったらロシナンテを早駆けさせ、サンチョの驢馬をはね回らせることもできただろう。実際のところは彼らの本当の職業は泥棒仕事なのだ。

ジプシーの女たちはお守りを売ったり、占いをしたり、ジプシー女たちによく見られる疑わしい職業を営んでいる。彼女らの顔はその型と性格で際立つとはいえ、ぼくはきれいな女はほとんど見かけなかった。その陽焼けした顔色によって彼女らの澄みきった東洋的な目が強調され、その目の熱い輝きはどこにもない故国と失われた栄光の思い出のように、何かしら神秘的な物悲しい色で和らげられている。幾分厚めで血色鮮やかな口は開いたアフリカ人の口を思い出させる。小さい額、わし鼻には、ヴァラギアやボヘミアのジプシーたち、そしてエジプトの種族名で、中世社会を横切り、何世紀もの間その謎めいた血統を断絶することができなかったこの奇妙な民族のあらゆる子孫たちに共通するその血統が現われている。ほとんどすべての女性たちのその様子には生まれながらの自然な威厳、いかにも率直な態度が備わっている。彼女らは腰がしっかりすわっているので、そのぼろ着や汚れた体や貧しさにもかかわらず、いかなる雑婚からも免れている自分たちの種族の純潔と古さを意識しているように見える。というのもジプシーの結婚はジプシー同士の間でおこなわれ、それに行きずりのはかない結婚から子供が生まれてくるとしても彼らは容赦なく種族から追放されてしまうからだ。ジプシーの男たちの自負の一つはよきカスティリャ人にしてよきカトリック教徒であるということだが、ぼくは彼らは結局のところ幾分アラブ人にしてイスラム教徒なのだと思う。消滅したとはいえ宗教裁判所に対する恐怖心が残っているので、できる限りそうなることを自らに禁じてはいるけれど。アルバイシンの半ば荒廃し人気のないいくつかの通りにもより金持ちあるいはあまり放浪性のないジプシーたちが住んでいる。こうした路地の一つでぼくらは素っ裸の八歳の少女がとがった舗石の上でスペイン舞踏《ソロンゴ》の練習をしているのを見た。青くやつれ、痩せ細り、レモン形の顔に燠のように燃える目をした妹の方は膝にギターをかかえ彼女の横で地面にうずくまっていた。ギターの弦を親指でかき鳴らしていたが聞こえてくるその音楽は蟬のしゃがれた軋るような声にそっくりだった。豪華に衣裳をまとい首にはガラス細工をまきつけた母親が青いビロードのスリッパの先で拍子をとっており、彼女の目は恍惚としてそのスリッパをなでるように見つめていた。この親子の粗野な荒々しい態度、奇妙な衣服、異様な顔の色などは、カロとかサルバトール・ロサにとって絵の見事なモチーフになっただろう。

奇跡的に再発見された殉教者たちの洞穴が含まれているモンテ＝サグラドには目をひくものは何もない。これは下に地下埋葬所が掘られている大分ありふれた教会のある修道院だ。これらの地下埋葬所には鮮明な印象を生じさせてくれそうなところは何一つない。それらは高さ七、八ピエで石灰で白く塗られた複雑に入り組んだ狭い小さな廊下からなる。このために作られた奥まった場所には、祭壇が建てられ美的感覚というよりも信仰心が感じられる飾りつけを施されている。鉄格子の後ろ、聖人たちの聖遺物箱や骸骨がしまい込まれているのはそこなのだ。遠くのランプのぼんやりした反射光に照らされた扁円の丸天井があり、ずんぐりした円柱のある暗く、神秘的でほとんどぞっとすると言ってもいいほどの地下教会をぼくは予想していたので、塗装を施され、地下室のように採光換気窓に照らされたこの地下納骨堂の瀟洒な清潔なたたずまいに少なからず驚いた。少しばかり浅薄な考えのカトリック教徒であるぼくらが宗教感情に達するには絵画的なものが必要だ。信心家は光と影の戯れとか建築物の程度の差はあれ精妙なその釣り合いに思いをはせることはほとんどない。彼はこの平凡な形の祭壇の下に自分が信奉する信仰のために死んだ聖人たちの遺骨が隠されていることを知っている。それで彼には充分なのだ。

スペインのあらゆる修道院同様、今では修道士もいないシャルトルー会修道院は素晴らしい建物で、それが当初の用途から逸れていることはいくら悔やんでも悔やみすぎることはない。土地が不足しているわけでは絶対にないスペインのような国で特に、一体どんな悪が、自ら進んで牢獄に閉じこもり、祈りと苦行で生きるような修道士を作りえたのかぼくらには決してよくは理解できなかった。

白大理石製でかなり見事な印象を与える聖ブリュノの立像がのっている教会の正面入口には二重階段を上っていける。この教会の装飾は奇妙なもので、様々な多くの本当に驚異的なモチーフの鋳造漆喰製の唐草模様からなっている。建築家の野心は全く違った様式で、アランブラの精妙な鉄細工とその複雑さと軽妙さを競うことだったように見える。この巨大な建物内部には手ぐらいの広さの場所で、キャベツの芯《しん》のように密生し格子模様をなし、葉飾りがあり浮き彫り模様を施され、華やかでないような場所はない。それを正確に鉛筆でスケッチしようと思う人は頭がこんがらがってしまうだろう。聖歌隊席は斑岩と高価な大理石で飾られている。何枚かの凡庸な絵が壁沿いのあちこちにかけられていて、それらに隠されている部分が惜しまれる。墓地は教会の側にある。シャルトルー会修道院の慣習に従ってそこではいかなる墓も十字架もなく、死亡した修道士たちが眠る場所はどことも示されていない。墓地を修道士独房が取り巻き、それらにはそれぞれ小さな庭園がついている。おそらく修道僧らの散歩道として役立っていたのだろう、木々が植えられた土地にある傾いた石の縁のある一種の養魚池に誰かがぼくの注意を促してくれた。そこでは数ダースの亀が太陽を吸い、以後鍋に入れられる心配もないことにいとも幸福そうに、不器用に這いまわっている。シャルトルー会修道院の規則によって修道士たちは肉食を絶対に禁じられているのだが、亀は決疑論者たちによって魚と見なされているのだ。それらの亀たちは修道士たちの食糧として役立ったに違いない。革命のせいで亀たちは救われたのだ。

修道院を見て歩いている間に、もしよろしければ聖ジャン・ド・デュ修道院に入ってみよう。その僧院は最高に奇妙なものの一つで全くもって驚くほど悪趣味なものだ。フレスコ画が描かれた壁には聖ジャン・ド・デュの生涯にわたる様々の善行が表わされ、それらは日本の妖怪や中国の尾なし猿などに見られるはなはだしく突飛で、妙に不恰好な様を凌駕するほどのグロテスクで風変わりな装飾に囲まれている。それはバイオリンをひくセイレン、化粧する醜い牝猿、ありそうにもない波間をおよぐ架空の魚、鳥のように見える花々、鏡が作る菱形模様、陶器による格子縞、横形八の字装飾、まことに錯綜した雑然そのものだ。幸いなことに別の時代に属する教会はほとんどくまなく金泥を施されている。サロモン様式の円柱に支えられた装飾衝立は見事な壮麗なる効果を生んでいる。案内人役をつとめてくれた堂守は、ぼくらがフランス人なのを見て、フランスに関してぼくらに質問し、グラナダで言われているようにロシア皇帝ニコライがフランスを侵略しパリを支配したというのは本当かどうかとぼくらにたずねた。これが最新情報だというのだ。こうしたひどく馬鹿げた噂は、ヨーロッパの列強側の絶対主義的反動があることを信じこませ、近いうちに援軍があるという希望を与えることによって崩壊した軍隊の衰えた勇気を鼓舞するためにドン・カルロス党員たちの手で広められていたのだ。

この教会中で目にした光景にぼくは強く心を打たれた。それは一人の老婦人が扉から祭壇に向って跪いたままで這っていく姿だった。彼女は杭のように硬直した腕を十字に広げ、頭を後方に倒し、白目をむいて、歯がむきだしになるほどに唇をひきつらせ、その顔は鉛色に光っていた。強硬症にいたるほどの恍惚にとらわれているのだった。スルバランもこれ以上に禁欲的でこれ以上に熱狂的な熱情にとらわれた様を描いたことはない。彼女は聴罪司祭に命じられた苦行を果たしていたのであり、それはまだ四日も残されているのだった。

今では兵舎に改築されてしまっているサン＝ヘロニモ修道院には、ちょっと珍しい美しさと特徴のある二階式のアーケードのあるゴシック様式の廻廊が含まれている。円柱の柱頭は葉装飾や魅力あふれる細工を施され気まぐれな幻想的な動物たちに飾られている。人気なく神聖をけがされた教会はあらゆる建築上の装飾物と浮き彫りが株式市場の丸天井のように、実際にそのものが作られる代わりにグリザイユに塗られているというあの特徴を見せている。大将軍とあだ名されていたコルドバのゴンサルベが埋葬されているのはそこだ。そこには彼の剣が保存されていたが、最終的には奪い取られ、一握り分の貨幣価値二、三ドゥロで売られてしまった。こんな風にして芸術や思い出として貴重な多くの物が泥棒たちに悪事をなすという喜び以外には何の利益ももたらすことなく消えてしまうのだ。ぼくらの国の革命をその馬鹿げた文物破壊とは別の面から真似ることもできたのにと思える。人の住まない修道院を訪れ、多くの無益な残骸と荒廃の跡を目にし、あらゆる種類の傑作が永久に失われ、何世紀にもわたるあの息の長い仕事の成果が一瞬のうちに運び去られ一掃されてしまっているのを目にするたびに覚える感情が、これだ。誰にも未来について臆断を下すことはできない。しかしぼくには過去がぼくらに遺してくれたのに、まるで代わりにそこに置くものを何か持ってでもいるかのように人々が破壊しているものを、未来がぼくらに返してくれるとは思えない。さらにその何かはその脇に置かれるかもしれない。というのも地上は古い建物の残骸の上に新しい建物を建てざるを得ないほど建築物に覆われているわけではないからだ。こうした反省の思いがアンテケルラの中、古いサント゠ドミンゴ修道院を歩き回っている間、ぼくの心をとらえていた。礼拝堂は想像もできないほどにつまらない飾り、安物の装身具、金泥がごてごて施されていた。そこで見られるのはまさに上半分だけの円柱、渦巻き形装飾、菊ぢしゃ、色つき角礫岩の象眼、ガラスのモザイク模様、螺鈿と貝殻の寄木細工、水晶、斜断面つきの鐘、光線を放つ日輪模様、透かし絵等々、要するに十八世紀の不自然な凝りすぎの趣味と直線を毛嫌いする気持ちによって着想を与えられた最も不規則で、畸形で、起伏の多い、異様なものすべてだった。保存されている蔵書はほとんど、題名が黒とか赤のインクで手書きにされ、白のなめし革で製本された二つ折り判と四つ折り判だけからなる。それらは一般に神学概論とか決疑論者の論文や、その他、単なる文士の興味はほとんどひきそうにないスコラ哲学の作品である。サント＝ドミンゴ修道院には廃止されたり破壊された僧院から出た絵のコレクションがつくられている。それらの絵には何人かの苦行する美しい顔、首斬り人によって描かれたように見えるいくつかの殉教場面、それほどそこには広範な拷問に対する学問的知識が輝いている。このコレクションを除けばこれといって際立ってすぐれたものは一つも見られず、掠奪者たちは絵に関してはすぐれた専門家であることが証明されるばかりだ。というのも彼らはいい立派なものは全部自分たちのために取っておく術を充分に心得ているからだ。中庭と廻廊は花々やオレンジの木、噴水に飾られ、目を奪うばかりの美しさだ。そこではなんとすべてが夢想、瞑想、研究のために見事に準備されていることだろう。だからこそ修道院に住んでいたのが修道士たちであって、詩人たちではなかったのはいかにも残念だ。打ち捨てられた庭園はいくらか荒涼として野性の趣きを帯びている。小道は鬱蒼たる植物に覆われ、自然がいたるところその権利を取り戻している。石がくずれ落ちるたび、その場所に自然は一房の草とか花を咲かすのだ。これらの庭園で最も目を引くのは白大理石に飾られ、両側に後方に傾いた背もたれのある同じ白大理石の長いベンチが置かれ、筒形穹窿をなしている巨大な月桂樹の小道だ。この緑の密生した丸天井の下は間隔をとって置かれた噴水によって涼しさが保たれている。この丸天井を抜けると修道院に含まれている昔のアラブ式宮殿の名残の一部をなしているムーア式の魅力的な望楼越しにシエラ・ネバダの見事な眺望を楽しめる。この亭は大分離れているアランブラと長い地下廊下でつながっていた、という。それに、こうした見方は非常に根強くグラナダに残っている。グラナダではどれほど取るに足りないムーア式の建物の跡にもいつも五、六里にわたる地下道と何らかの魔術によって守られ、隠されている財宝がついてまわるのだ。

ぼくらはしばしばサント＝ドミンゴに足をはこび、月桂樹の木陰にすわったり、諷刺小唄を信じなければならないとすれば、修道士たちが誘惑したり、奪ってこさせたきれいな娘たちと陽気にはしゃぎ回っていたという水浴場で水浴したりした。注目すべきは聖なる物事、司祭や修道士たちが最も軽く扱われているのは最もカトリック色の強い国々においてなのだ。修道僧に関するスペインの物語や歌はその放縦さの点でラブレーやベロアルド・ド・ヴェルヴィルの諧謔に何ら引けを取らない。古い戯曲の中で宗教儀式がどんな風にもじられているかを見れば、宗教裁判所が存在したことを疑う余地はほとんどなくなるだろう。

　浴槽に関しては、アラブ人によって非常に高次元にまで引き上げられた温泉技術がグラナダではその古の栄光をすっかり失ってしまったことの証明になるちょっとした事実をここに披露しておこう。ぼくらの案内人は葡萄の枝でできた天井に覆われ、大変に澄みきった水を貯めた水槽がその大部分を占めている中庭の周りに配置された脱衣室のあるかなりきれいに片づけられた浴室にぼくらを案内してくれた。そこまではすべてがうまくいっていた。しかしあなたがたは浴槽が一体何でできていたと思うだろうか。銅で、亜鉛で、石で、木で、ところがすべて違うのだ。はずれだ。教えてあげよう、というのもあなたがたは決して言い当てることはできないだろうから。それは油を保存しておく瓶のような巨大な粘土製の壺だった。この新種の浴槽はその深さ約三分の二のところまで埋まっていた。この壺に入る前に、ぼくらはそれを白いシーツで覆ってもらった。清潔さへのこの用心も浴室係にはひどく奇妙なものに思えたらしく、ぼくらの言うことに従わせるためには彼に何度か頼みこむ必要があった。それほどこれには彼がびっくりしていたのだ。彼は肩と顔で哀れむような身振りを見せ、小声で「イギリス人ときたら」という一語を言うことでこうした気紛れを自分に理解させようとした。ぼくらはほとんど壺入りの鰯《いわし》さながら頭を外に出し、大分グロテスクな顔付きで壺の中にうずくまっていた。ぼくにはいつも少しばかり信用しがたく思われ、『千一夜物語』の真実性に一瞬疑いを抱かせる結果になっていた「アリ＝ババ」とか「四十人の盗賊」の物語をぼくが理解したのはまさにその時だった。

アルバイシンには今でもなお、ムーア時代の古い浴槽、星形の小さな採光換気窓が施された丸天井に覆われた水浴場がある。しかしそれらは今使えるようには用意されておらず、そこに入ったところで冷たい水を浴びることになるだけだろう。

以下に述べるのが数週間の滞在期間にグラナダで気づきうることの大体のところだ。そこでの気晴しの種はほとんどない。夏期は劇場は閉まっている。闘牛広場も定期的に役立てられているわけではなく、カジノもなければ公衆の集まる場所もない。フランスや外国の新聞が置かれてあるのはリセだけで、そこの生徒は数日おきに催しの会を開き、そこで論文や詩を朗読したり、歌ったり、ふつうその会の誰か若い詩人が作った喜劇を演じたりするのだ。

みんなは何もしないことに几帳面なほど忙しいのだ。色恋、タバコ、四行詩や八行詩をつくり上げること、そして特にトランプ遊び、これらで生活は気持ちよく充分に満たされている。そこには北国の人々を苦しめるあの猛烈な不安感、動き回り場所を変えたいというあの欲求などは見られない。スペイン人たちはぼくには大変哲学者に見えた。彼等は物質生活にほとんど何らの重要性も与えてないし、彼らには生活の安楽など全くどうでもいいことなのだ。北方の諸文明によって作り出された多くの不自然な欲望は、彼らスペイン人には子供じみた厄介なだけの追求心と見えるのだ。実際、気候に対して絶えず我が身を守る必要のない彼らには、イギリスの家《ホーム》が与えてくれる様々な楽しみに何らの羨望の念も湧きはしない。すき間風を手に入れることができるならそれに金を払うような人々にとって、窓がぴったり合うことなど何の意味があるだろう。素晴らしい気候に助けられて、彼らはその生活を最も簡素なものにしたのだ。すべての物事におけるこうした節度と中庸によって彼らは大いなる自由と最高の自主性を得ている。彼らは生きる時間を持っているのだが、ぼくらもそうだとはほとんど言えはしない。スペイン人たちには最初に働き、それから休むなどということは想像もできない。彼らはこの逆をする方をずっと好む、実際その方がずっと賢明だとぼくにも思われる。職人は数レアルも稼いでしまうと、その場に仕事を放り出し、刺繍を施した素敵な上着を肩に、ギターを持って残りが銅貨一枚きりになるまで踊りに出かけたり、知り合いの美しい女たちと愛を語りにいく。銅貨一枚になった時に再び仕事を始めるわけだ。一日に三、四スーでアンダルシア人は豪勢な暮らしができる。これだけの金で彼は白パン、大きな一切れの西瓜《すいか》、小さいグラス一杯のアニス酒を買える。住居もどこかの柱廊か橋弧の下の地面に外套を広げる手間をかけるだけで済む。概してスペイン人にとって仕事というのは自由な人間にはふさわしくない恥ずべきことと思われているらしく、これはぼくに言わせれば非常にもっともな合理的な考えではある。というのも人間の不服従を罰しようとなされた神様も人間に対して課するに額に汗して日々の糧を稼ぐという責苦以上に大きな責苦は見つけることができなかったからだ。ぼくらの楽しみのように、さんざん苦労し疲労し、精神を緊張させ、勤勉に務めたあげくに手に入る楽しみは彼らにはあまりに高くつきすぎるものに思われるだろう。自然状態に近い純朴な人々のように彼らは正確な判断力に恵まれており、それが彼らをして型にはまった楽しみを軽蔑させるのだ。身をさいなむような活動と熱狂的で過度なる刺激を与えられる生活との二つの渦であるパリとかロンドンからやってきた人にとって、グラナダで送られている生活、会話、昼寝、散歩、音楽や舞踊で一杯の全く暇な生活は奇妙な光景だ。これらの人々の顔に落ち着いた幸福な表情が浮かんでいるのを見、彼らの顔付きに物静かな威厳が感じられるのを見て驚いてしまうのだ。誰にもパリの通りを歩く通行人に見られるあの忙しそうな様子は見られない。みんなは影になっている側を選び、立ち止まって友だちとおしゃべりしたり急いでどこかに到着したい様子など全然見せず、全くもって気楽に歩いていく。どんな野心も、金を稼ぐことが不可能だということがはっきりしているために消えてしまう。青年たちにはいかなる活動の道も開かれてはいない。非常に山っ気の多い連中はマニラとかハバナへ行ってしまうか軍隊に入る。しかし財政がどうにもひどい状態ゆえに、彼らは時として何年間も全く給料のことなど耳にすることもないことがある。自分たちが努力しても無駄であることが確かになると彼らは不可能な運を試したりしようとはしなくなり、自分たちの時間を国の美しさや灼けつくような暑い気候にも助けられその魅力的な無為のうちに過ごすのだ。

ぼくはスペイン人の尊大な態度というのにはほとんど気づかなかった。個人や諸国民について流されている噂ほど当てにならないものはない。反対にぼくは彼らを大変お人好しで純朴だと思った。スペインは単に言葉の上ではなく少なくとも実際行動の上では本当に平等な国だ。最下等の乞食でも大貴族の葉巻タバコで自分の紙巻きタバコに火をつけるし、貴族の方でも少しも恩着せがましい態度を装ってみせたりすることなく、彼のするままにさせておく。侯爵夫人でも自分の屋敷の門のところに斜めになって眠りこんでいるごろつき連中のぼろ着にくるまれた体の上を笑みを浮かべながらまたぐし、旅行中、いやな顔一つせず彼女は、自分を連れていってくれる御者、後部に乗る若い衆、猟銃を持った護衛人などと同じグラスで飲む。外国人はこうした打ち解けた気さくなつきあいを心から満足して実行することはなかなか難しい。皿の上に手紙をのせて持ってきてもらい、その手紙をピンセットで取るようなイギリス人には特に難しい。セビリャからヘレスへと向うこの尊敬すべき島民族の一人は御者を台所へ追いやって夕食をとらせた。この男はそのイギリス人と同じテーブルに肘をつくことによって異端の島民に大いに面目を施してやれると心の中で思っていたのだが、非難がましいことは言わず、メロドラマの裏切り者と同じぐらい注意深く自分の怒りを押し隠した。しかし旅程の途中、ヘレスから三、四里のところ、穴ぼこと藪だらけのひどい砂漠のまっただ中で、例の御者はイギリス人を見事に馬車から地面に投げ落とすと、馬に鞭をくれながら彼に向って叫んだ。「あなたはわたしがあなたの食卓に同席するのにふさわしくないと思われた。このわたし、ドン・ホセ・バルビノ・ブスタメンテ・イ・オロスコもあなたがわたしの四輪馬車のこの腰掛けにすわっていただくにはあまりに付き合うのに感じの悪すぎる御方だと思いますので、さようなら。」

女中や召し使いたちは、一言一言が彼らに自分たちの下等な身分を思い出させる我が国の装った礼儀正しさとは大いに違って、心から親密に優しい取り扱いを受けている。ちょっとした例を一つ挙げればぼくらの断言が証明されるだろう。ぼくらはセニョーラ……の別荘に遊びに行っていた。夕方、ダンスをしたいということになったが、男性パートナーよりも女性たちの方が多かった。セニョーラ……は庭師ともう一人の召し使いを呼び上げた。彼らは困惑する気色もなく、見せかけだけの恥ずかしい様子を見せることもなく、卑屈なほどの慇懃な風をするでもなく、まるで本当に社交界の一員ででもあるかのように一晩中踊った。彼らは最も美しい女性たちや爵位のある非常に身分の高い女性たちに代わる代わる踊って下さいと頼んだ。女性たちは考えられる限り全く心から喜んで彼らの願いに応じるのだ。我が国の民主主義者たちはまだこの平等の実践には及びもつかないし、我が国の最も凶暴なる共和主義者でもカドリーユを踊る中で、農民とか従僕の真ん前に立つこともあるという考えには抵抗を覚えるだろう。

これらの観察結果にはあらゆる規則と同様、無数の例外が認められる。おそらく、活動的で勤勉で生活におけるあらゆる気取り、凝った工夫などに敏感なスペイン人も多くいるのだろう。しかし以上が数日間滞在した後で旅人が受ける一般的な印象であり、こうした印象というのは事物の物珍しさ、新しさにあまり感動したり強い印象を受けたりすることのないその土地の観察家の印象よりも正しいことがしばしばあるのだ。

通りの向うに行くたびにシエラ・ネバダの眺望が充分すぎるぐらいに望まれたし、グラナダとその記念建築物の数々に関しても好奇心は満足させられたので、ぼくらはシエラ・ネバダともっと親密な関係になる、つまりは山脈の最高峰ムラセン山に登ってみることを決心した。友人たちは最初、なんらかの危険がついてまわらずにはいないこの計画をぼくらに断念させようとした。しかしぼくらの決意が固いのが分かると、アレクサンドロ・ロメロという名の猟師を、山のことを知り尽くしていて案内役を務めることができると言ってぼくらに教えてくれた。彼はぼくらの泊まっている下宿屋にぼくらに会いにやってきた。彼の男性的な誠実そうな顔付きを見てぼくらはすぐ彼に好感を持った。彼はビロードの古びたチョッキを着て、赤い毛糸のベルトをしめ、バレンシア人のゲートルのように白い麻布のゲートルを巻いていた。そこからは細く、力強くコルドバ革のように褐色に陽焼けした彼の脚が見えた。編み綱のサンダルが彼の靴代わりだった。陽に焼けて赤褐色になった小さなアンダルシア帽、騎兵銃、頸環リボンのついた火薬入れでその服装は全部だった。彼は登山準備を引き受け、翌日三時に、必要な馬を四頭ぼくらのところに連れてくると約束した。四頭の馬の一頭はぼくの旅の道連れ用、もう一頭はぼく、三頭目はぼくらの旅行隊に加わった若いドイツ人用、四頭目は登山の料理番をするぼくらの召し使い用だった。ロメロについて言えば、彼は徒歩で行くことになっていた。ぼくらの食糧はハム、鶏の丸焼き、ショコラ、パン、砂糖、そして何よりも、バルデペニャスの極上ワインが詰まったボタと呼ばれる大きな革袋からなっていた。

約束の時間に、馬はぼくらの家の前に用意されていて、ロメロは騎兵銃の銃床でドアをノックした。ぼくらはまだ完全に目覚めないまま鞍にまたがり、行列は出発した。案内役は走ってぼくらを先導してくれた。すでに夜は明けていたけれども、まだ太陽は現われてはいなかった。ぼくらが越えてきた低い丘々の起伏が周りに、不動の大洋の波のように青く、透明に、冷たく広がっていた。グラナダは遠くぼうっとかすんだ大気の中に消えかけていた。燃える太陽が地平線に現われると、山々の頂という頂は全部、恋人の姿を見て頬を染める若い娘たちのようにバラ色に染まり、朝の部屋着姿を見られて恥ずかしい困惑の表情のようだった。それまでぼくらは互いに重なり合った何ら難しくない、かなりゆるやかな傾斜だけを登ってきたのだった。山の頂はいつでも容易に近づきうる第一の高原をなしている巧みに作られたいくつものカーブで平原とつながっている。案内役はぼくらの馬に一息つかせ、餌をやり、ぼくらも朝食を取るべきだと判断した。ぼくらはダイヤモンドのような水がエメラルド色の草の下できらめいている小さな泉の近く、岩の下に腰をおろした。アメリカの未開人と同じぐらい器用なロメロは一握りの茂みを使って即座に火をおこし、ルイスはぼくらにココアを作ってくれた。これに一切れのハムと一口のワインがついて、これが山でのぼくらの最初の食事だった。ぼくらの朝食が煮られている間に、見事な蝮がぼくらの横を通り抜けていったが、自分の土地にぼくらが腰を落ち着けたことに驚き不満だったようで、無礼にもひゅうひゅうという音を出して威嚇したので、腹に槍杖の一撃を浴びる破目になった。この場面を非常に注意深く見守っていた一羽の小鳥は蝮がもう戦う力がないのを見てとるやいなや喉の羽をさか立て、翼をばたばた鳴らし、奇妙なほど興奮し叫びさえずり、駆け付けてきて、毒蛇の輪切りにされた断片の一つが痙攣しねじれるたびに後ずさりし、それからまたすぐに攻撃に戻って何回か嘴で蛇を突きたてた後、三、四ピエ空中へと飛び上がっていった。ぼくはこの蛇が生存中、一体あの鳥に何をしたのか、蛇を殺すことでぼくらがどんな恨みをはらしてやることになったのかは知らない。しかしぼくは今までこれほどの大きな楽しみを経験したことはなかった。

ぼくらは再び歩き出した。時々、ぼくらは小さな驢馬が何頭も列になりその日の飲食物用としてグラナダに運んでいく雪を背負い、高地から降りていくのに出会った。通りすがりに御者たちはぼくらに厳かに「さようなら（神とともに歩まれんことを）」と挨拶していく。ぼくらのガイドの方は彼らに商売品に関する何か冗談、町までもたないだろうとか撒水係にでも売らざるを得なくなるだろうとかいう冗談を投げつけるのだった。

ロメロは相変わらず先頭に立ち、石から石へと羚羊《かもしか》のように身軽に飛びはねながら「ブエノ・カミノ」（いい道ですよ）と叫んだりする。ぼくはこの律気な男が悪い道と言う場合どういう意味で使うのか本当に知りたくてたまらない。というのもどこにも道らしい跡など全くないからだ。左右には抜けるように青く、空色で、靄のかかった魅力あふれる深い谷が見渡す限り横たわっていた。それらは深さが一五〇〇ピエから二〇〇〇ピエまであり変化に富んでいるけれど、こうした差にもぼくらはほとんど不安を覚えなかった。二〇、三〇トワーズ多いか少ないかなんて事の次第に何の変わりもないから。ぼくは今でも幅が六五センチほどで大分長い道、二つの谷の上にかけられた自然の渡し板とも言うべき道を通った時のことを思い出すとぞっとする。ぼくの馬が列の先頭にたっていたので、ぼくが最初に非常に果断なる綱渡り師でも大いに考えこまざるを得ないようなこの一種の張られた綱の上を通らなくてはならなかった。ところどころ道は非常に狭くなり、それでぼくの馬はまさにやっと蹄を置くだけの余裕しかなく、ぼくの両足はそれぞれ別の深淵へと差し出されていた。ぼくはまるで鼻先で一個の椅子の釣り合いをとって支え持っているかのように、姿勢をまっすぐに、鞍の上で不動のままでいた。数分間のこの行程はぼくには大変長く感じられた。

今、冷静になってこの時の信じがたい登山のことを考えてみると、ぼくは何か脈絡のない夢を思い出しているようで驚いてしまう。ぼくらは山羊も足を踏み出すのをためらうような道をいくつも通り、あまりに急傾斜で馬の耳がぼくらの顎にふれてしまうような坂を登り、ぞっとするような絶壁に沿い岩や崩れ落ちる石の間を通り、ジグザグを描き、どれほど小さな地面の起伏をも利用し、ほとんど前進できないけれども相変わらず進みながら、ぼくらの野望の目的地である頂上へと段々に登っていった。その頂上はぼくらが山中に入りこんでからは、台地が現われるたびにより高い台地は隠されて見えなくなるのでぼくらの視野から見失われていたのだった。馬が一息いれるために立ち止まるごとに、ぼくらは馬上で振り向いては地平線の円形の背景で作られた広大な景観を見つめた。稜線が重なり合い大きな地図の中でのようにくっきりと現われていた。グラナダ平野とアンダルシア地方全体が青い海のように広がっており、陽を浴びたいくつかの白点はまるで船帆のようだった。禿げあがり、ひび割れし、上から下まで亀裂の走った隣り合った頂は影の部分が灰緑色、エジプト・ブルー、すみれ色、薄ねずみ色の色調を帯び、光のあたっている部分はオレンジの皮色、ライオンの毛の色、褐色がかった金色など、世界で最も素晴らしい燃えるような色に染まっていた。混沌、まだ造物主の手にあった宇宙の様を、高いところから見た山脈ほど髣髴とさせてくれるものはない。まるで巨人族がそこに、あの巨大な塔の一つ、神をも不安にさせるあの途方もないバベルの塔の一つを建てようと試みたかのようだ。まるで彼らがその材料を積み上げ、巨大なテラスにとりかかったところで、どこからともなく吹きわたった一陣の風が嵐のようにその完成前の寺院や宮殿を揺り動かし吹き倒してしまったかのようだった。まるで太古の町の廃墟の中、大洪水前のバビロニアの残骸のただ中にいると思ってしまうだろう。これらの巨大な岩塊、古代エジプト王の堆積は消滅した巨人族のことを思い出させる。それほど世界の古さがこれらの千年前からあるような山々の渋い顔と雪を頂いた額の上に深い皺となってはっきり読みとれるように書かれているのだ。

ぼくらは鷲たちの住み処まで到達していた。時々、この高貴な鳥の一羽がさびしい岩の上にとまり、太陽の方に視線を向け、動物たちにあって思考の代わりとなるあの恍惚なる状態で物思いにふけっているのが見えた。中の一羽は非常に高いところを飛びながらも、光の海のただ中でじっと動かないように見えた。ロメロは挨拶状代わりにその鳥に一発銃をおみまいする喜びに抗しきれなかった。弾丸は翼の大きな羽の一枚をふきとばしたが、鷲の方は何事もなかったかのように何とも言えない威厳に満ちた態度で飛翔を続けた。羽は長い間かかってやっと地面に落ちた。ロメロがそれを拾いフェルト帽の飾りにした。

雪が岩かげの部分にとびとびに散らばって細糸のように少量ずつ現われ始めた。空気が希薄になり、傾斜は段々急になってきた。間もなく今度は雪が大きな塊、大きな広がりとなって目の前に現われた。太陽の光ももうそれを解かす力はないのだ。ぼくらはヘニル川の水源の上にいたのだが、ヘニル川が銀色に氷ったブルーのリボンのような形で彼の愛する町の方へと大急ぎで流れていくのが見えた。ぼくらのいた高原は海抜約九〇〇〇ピエの高さで、ここより高いのは空の底知れぬ深淵に向ってさらに一〇〇〇ピエ以上も高くのびているベレタの鋭鋒とムラセン山だけだ。ぼくらが夜を過ごすことにロメロが決めた場所はそこだった。ぼくらはもうくたくたになっていた馬から馬具をはずした。ルイスと案内人はやぶ、根、ねずなどを引きぬき、火が消えないようにした。というのも、平野では三〇〜三五度の暑さだったにもかかわらず、これだけの高さの山では涼しいぐらいで、これも日没時になれば必ず刺すような寒さに変わるに違いなかった。五時ぐらいでもあっただろうか。ぼくの道連れと若いドイツ人は日暮れを幸い、二人だけで歩いて最後の丘に登ろうとした。ぼくの方はとどまる方がよかった。それでこの崇高で雄大な景色に感動し、手帳の上に巧みなとは言えないにしても少なくともこのような高所で作られた唯一のアレキサンドランという値打ちを持つ詩句をいくつか書きなぐった。詩を作り終えるとぼくはデザート用に、雪と砂糖とレモンと蒸溜酒とで素晴らしいシャーベットを作った。ぼくらの野営はなかなか変わっていた。馬の鞍が腰掛け代わりで、外套は絨毯代わり、山のような雪がぼくらを風から保護してくれた。中央には、えにしだが燃やされており、ぼくらはそこに時々、枝を投げ込んではその火が消えないようにした。投げ込まれた枝は樹液をあらゆる色に吹き上げながらよじれ、ひゅうひゅうと鳴るのだった。頭上では馬たちがやさしい陰鬱な目をしてその細い顔を伸ばし、火の熱い風をいくらかでも捉えようとしていた。

　夜が大股で近づいてきた。一番低い山々がまず次々に闇に消え、上げ潮を前に逃げ出す漁師のように、光が頂上から頂上へと飛び移っていき、谷々の奥からはいのぼってきてその青色っぽい波ですべてを包みこんでいく闇からのがれようと最も高い山々の方へと後退していくのだった。最後の光線がムルハセンの鋭鋒にとどまり一瞬ためらったかと思うと、それから金の翼を広げ炎の鳥のように空の果てへと飛び立ち消えた。完全な闇だった。ぼくらの火が大きく反射して岩々の作る壁にいくつものゆがんだ影が踊っていた。ウジェーヌとドイツ人が帰ってこないのでぼくは心配になりだした。彼らは深淵へと落ち、大量の雪の中に飲み込まれたのかもしれない。ロメロとルイスはもうぼくに向って、自分たちは二人の正直な貴族をしめ殺しもしなければ彼らから盗みもしなかったし、彼らが死んだとすれば、それは彼らの過失であるというような証明書に署名してくれと頼み始めていた。

その間、ぼくらは彼らが炎に気づかないでいるのならぼくらのテント小屋の方向を彼らに教えてやるために、胸もはりさけんばかりに最も鋭い、野性的な叫び声を発した。ついに銃声が一発、山のこだまというこだまで反響させせられ、これでぼくらは自分たちの叫びが聞きとどけられたこと、ぼくらの仲間はまさにほんのすぐのところにいることを知った。実際、彼らは数分後に疲れてへとへとになって現われ、海の向こう側にアフリカがはっきり見えたと主張した。それもかなりありうることだった。というのもこの地方では大気がものすごく澄みきっているので、視界も三十、四十里まで伸びることもあるからだ。夕食は大いに楽しく進み、あまりに革の葡萄酒袋をたたいては風笛の歌をいくつも演奏したので、火袋はカスティリャの乞食の持つ頭陀袋と同じぐらいぺちゃんこになってしまった。みんなが順番で、火が消えないように見張ることに決められ、これは忠実に実行された。ただ、最初はかなり円周が大きかった輪が段々狭まっていった。刻々と寒さが厳しさを増し、ついにぼくらは文字通り火の中に身を置くのも同然になり、靴やズボンが焼けるほどだった。ルイスは突然、泣き事を言い始め、ガスパッチョ(にんにく味の冷スープ)、自分の家、自分のベッド、はては自分の奥さんのことまで懐かしむ。彼は彼の偉大なる神々にかけて、二度と決して登山などという罠には陥らないと自らに誓い、山々は上よりも下の方が好奇心をそそるし、アフリカを見るために何回となく骨を折ったり、アンダルシア地方で八月の真っ盛りに鼻や耳が凍傷にやられるほどの危険に身をさらすには志願兵ででもなければならない、と言い張ったりした。一晩中、彼はこんな風にぶつぶつ不平を鳴らしたり、嘆くばかりで、ぼくらは彼を黙らせることはついにできなかった。ロメロは何一つ言わなかったけれども、身につけているのは麻布だけで、一枚の細い帯状の布地だけで身を包んでいたのだった。

ついに曙が現われた。頭上には雲がたれ込めていた。夜までにグラナダに戻っていたいなら、下山を始めた方がいいとロメロはぼくらに勧めた。物の姿が見分けられるぐらいに明るくなった時、ぼくはウジェーヌがほどよく焼かれた蝦のように真っ赤なのに気づいた。ところが同時に彼はぼくも同じように真っ赤なのを見てとり、ぼくに黙ってその事実を隠しておくべきではないと思ったのか、注意してくれた。若いドイツ人とルイスも同じように真っ赤だった。ロメロだけがその長靴の裏のような顔色を保ったままだったし、裸足だったにもかかわらずそのブロンズのように頑丈な脚はわずかの変化も蒙っていなかった。こんな具合にぼくらが真っ赤になったのは身を切るような寒さと希薄な空気のせいだった。登るのは何でもない、というのも自分の上方は見えるからだ。しかし足下に深い谷を見ながら降りるのは非常に難しい仕事だ。一見してぼくらにはそれが実現不可能に思われた。ルイスは生きたまま羽を毟られたカケスのように金切り声をあげ始めた。しかしながら、ぼくらは世にもまれな居住不可能な場所であるムラセン山の上にいつまでも止まっているわけにはいかなかった。そこでロメロが先頭に立ち、ぼくらは下り始めた。この不屈の男がぼくらに通らせた道というより、むしろ道なき道を描写するのは、ほら吹きという非難を受けることなくしては不可能だ。このように連続した危険きわまりない道は野外横断競馬用にだって配置されたためしは一度もない。大胆極まりない貴族の騎手たちがムラセン山でのぼくらの快挙を凌駕できたかどうか疑わしい。ロシアの山々もこれに比べればなだらかな傾斜だ。ぼくらは馬たちの頭上を越して絶えず放物線を描いたりする破目にならないように、ほとんどいつも鐙《あぶみ》に足を踏んばって立ったまま、馬の尻の方に身をそらしていた。眺望の線はすべてぼくらの目に曇って見えた。川はその水源へと遡っているように見えたし、岩壁はその土台からぐらぐら揺れていた。はるか遠くにある物がぼくらにはすぐ先にあるように見えた。つまりぼくらは物の遠近感、大小感をすっかり失っていたのだ。これは山脈の中にいると生じる現象で、巨大な山塊や垂直面のためにふつうのやり方ではもう距離を正確に測定することができなくなるのである。

これらのあらゆる障害があったにもかかわらず、グラナダに着いた。馬たちは僅かでも足を踏みはずしたりすることはなかったのだ。ただ、馬たちに全部でまともに残っていた蹄鉄はもはやたった一個だけだった。ぼくらが乗ったアンダルシア馬は全くの駄馬だったけれど、それでもアンダルシア馬は山登りに関してはそれらにかなう馬はいない。彼らはひどく従順で、辛抱強く、頭が良いので、一番いいやり方は彼らの自由にさせておくことだ。

みんなはぼくらの帰りを今か今かとじりじりしながら待っていた。というのも町からはぼくらの焚き火の火がムラセンの高原における燈台のように見えていたからだった。ぼくは魅力的なセニョーラ・B……たちに危険な山登りの顚末を話しに行きたかった。しかしぼくはひどく疲れていたので、片足を一方の足に組んだまま眠り込んでしまい、同じ姿勢のままで目覚めたのはやっと翌日の十時だった。数日後、ぼくらは少なくともボアブディル王と同じぐらい深いため息をつきつつ、グラナダを去った。

## ＊ 12 ＊

アンダルシアの盗賊と馬方たち――アラマ――マラガ――巡業学生――闘牛――モンテス――演劇

どこかのスペインの町全体をざわつかせるのに恰好の知らせが突然グラナダの町に広まり、闘牛ファンは大喜びだった。マラガの新闘牛場もその興行師に五〇〇万レアールの負債を残して、ついに幕を閉じていた。芸術華やかなりし様々な時代にふさわしい妙技で盛大に開幕するために、偉大なるモンテス・デ・チクラナ、あのロメロとペペ・イリョの輝かしき後継者にして、スペイン一の剣の使い手たるモンテスがその闘牛士たちの一組みとともに雇われ、三日間連続して同じ場所で闘牛を見せることになっていた。ぼくらはすでにいくつか闘牛を見物していたが、残念ながらモンテスは見ていなかった。その政治的意見のために彼はマドリードの闘牛場に現われることを妨げられていたのだ。それにモンテスを見ずしてスペインを去るのは、ラシェル嬢の声を聞かずにパリを立ち去るのと同じぐらい乱暴で粗野なことだ。旅程のコースに従ってコルドバへ行かなくてはならなかったにもかかわらず、ぼくらはこの誘惑に抵抗できなかった。そこでぼくらは道険しく、残された時間は僅かではあったけれど、マラガまで足をのばすことに決めた。

グラナダからマラガへは乗合馬車はなく、唯一の交通手段は堪え難い荷馬車《ガレラス》か騾馬ということになる。

ぼくらはより確実でより速いということで騾馬を選んだ。というのも闘牛の日のその朝に到着するためには、近道をとってアルプハラス山岳地帯を行かなくてはならなかったからだ。

グラナダの友人たちはランサという名の非常に正直者で盗賊たちとも親密な、元気な男をコサリオ（馬方）として教えてくれた。こういうとフランスではあまりほめられる推薦理由とも思われないだろうけれど、スペインでは違うのだ。騾馬引きやガレラスの御者は盗賊たちと知り合いで、彼らと契約を結ぶのだ。諸条件に従って旅行者一人頭いくらとか一団につきいくらとかの納付金を支払うことによって自由通行権を得、止められることもない。これらの取り決めは誠実という言葉がこのような取引にあまり場違いでないとして、双方の側で良心的なほど誠実に守られる。その道を支配する盗賊団の首領が特赦を得て引退したり、何らかの理由で別の人間に自分の資金やお得意さんを譲ったりする場合、彼は馬方たちがついうっかり迫害されたりすることのないように、自分に闇税を支払ってくれた馬方たちを後継者に正式に紹介する労を取る。こんな風にして、旅行者たちは身ぐるみ剝がれる心配がないし、盗賊たちはしばしば危ないこともある闘いや攻撃をしかけたりする危険を避けることができる。全員がそのことで利益を得るのだ。

夜、アラマとベレスとの間で、ぼくらの馬方は列のしんがりで騾馬の首の上でうとうとしていた。と突然、鋭い叫び声で彼は目を覚ます。彼の目には道端にラッパ銃が輝いているのが見える。もはや疑いようはない。一団は攻撃を受けているのだ。驚愕のあまり、彼は騾馬から地面へ飛び降り、手でラッパ銃の銃口を垂直に起こし、名前を名乗る。自分たちの勘違いに恥じ入った盗賊たちは言う。「ああ、すまん、セニョール・ランサ、あんただとは気づかんかった。わしらは正直な人間だしこんな不正直な行為などできはせん。わしらは名誉心が一杯すぎてお前さんから葉巻の一本でも取るなんてことはできないさ。」

街道で名を知られた男でない時は後ろに完全武装した数多くの護衛隊を従えていく必要がある。彼らは非常に高くつくし、安全確実さも大いに心もとない。というのもふつう、その護衛たちは隠退した盗賊たちであることが多いからだ。

アンダルシアでは馬で旅行したり、闘牛に行く時には民族衣裳を身につけるのが習慣だ。だからわれらが小旅行隊はかなり人目を引いたし、グラナダを出るときには非常にいい感じに見えた。カーニバル以外で変装することができて、しばらくフランスのひどいぼろ着を脱ぎ去ることのできるこの機会を大喜びでとらえたぼくは伊達男《マホ》の服装を身にまとったのだった。とんがり帽、刺繡入りの上着、透かし細工のボタンのついたビロードのチョッキ、赤い絹の腰帯、メリヤスの半ズボン、ふくらはぎの方が開いたゲートル。ぼくの道連れはコルドバ革と緑のビロード製の服を着ていた。他の連中は闘牛師帽《モンテラ》に、同じ黒の絹飾りのついた上着と黒の半ズボン、黄色のネクタイと腰帯。ランサはペセタ銀貨を鉤ホックに溶接して作った縦並び銀ボタンの豪華さと、軽騎兵の肋骨様紐飾りのある軍服のように肩先にはおった第二の上着に施された平絹の刺繡とで人目を引いた。

乗り物としてぼくに当てがわれた騾馬は胴まで毛を剃られており、そのために毛皮を剝がれた動物標本に乗っているのと同じぐらい便利に筋肉組織を研究することができた。鞍はできるだけ脊椎の出っぱりと脊柱の傾斜した形をやわらげるために二つ折りにした雑色の二枚の布団からなっていた。脇腹の両側から、鼠捕りに似た二種類の木製の飼槽《かいおけ》が鐙代わりにたれ下がっていた。頭を飾る馬具にはたくさん玉総や総や装身具がつけられていたので、その散らばった総ごしにその気紛れな動物の気むずかしそうな渋い横顔を見分けることはほとんどできなかった。

スペイン人が昔ながらの彼らの独自性を取り戻し、外国のどんな模倣をも捨て去るのは旅の中においてなのだ。砂漠を横断していく隊商とそれほど違ってはいないはずの山々を越えてのこれらの旅行団の中に、民族的性格が再びすっかり顔を出すのだ。ほとんどが通っていないも同然の道の険しさ、風景に見られる壮大な野性味、馬引きたちの人目を奪う服装、縦列をなして歩いていく騾馬や馬や驢馬などの奇妙な馬具、これらがすべてあなたがたを文明からはるか彼方へと運んでいくのだ。旅はその時から現実の出来事、あなたがたが参加する一個の活動となる。乗合馬車の中では人間はもはや人間ではなく、動かない一個の物体、一つの荷物にすぎない。あなたは自分の旅行鞄と大差はないのだ。あなたはある場所から別の場所へと抛り投げられる、これでおしまいだ。これだけなら自分の家に止まっていた方がましというものだ。旅行者の楽しみをなしているのは、障害であり疲労であり、時には危険そのものでさえある。いつも確実に到着でき、用意された馬、やわらかいベッド、素晴らしい夜食それから自宅で享受することのできるような安楽な気持ちにしてくれるすべての物を見出せる事がはっきりしている旅行に一体どんな魅力がありえるだろう。現代生活の大いなる不幸の一つは意外な出来事が不足していることであり、思いがけない事件が欠如していることだ。すべてがあまりに規則正しく、あまりにきちんと準備され、あまりにぴったりとレッテルを貼られているので、偶然というものの入り込む余地はもはやなくなっている。あと一世紀も改良の時代が続けば、人間はそれぞれ誕生したその日からすぐに、自分が死ぬ日までに自分の身に起こることを予想できるようになるだろう。人間の意志というものは完全に無効になるだろう。もはや犯罪もなければ、美徳もなく、顔付きの違いもなく、独自性というものもなくなるだろう。スペイン人とロシア人を、中国人とイギリス人を、アメリカ人とフランス人を区別することは不可能になるだろう。自国民の間でももはや互いに誰と認めあうことさえできなくなるだろう。

というのもみんなが似ているからだ。そうなると世界は大いなる倦怠感にとらえられ、自殺によって地球上の住民は大量に死を選ぶことになろう。なぜなら人生の主要な動機、好奇心というものが消えてしまうからだ。

　スペイン旅行はまだ危険でロマネスクな企てだ。勇気と忍耐心と活力が必要だし、労を厭わない覚悟が必要だ。一足ごとに自分の命を危険に曝すことになるのだ。あらゆる種類の物が欠乏していること、生活に最も必要欠くべからざるものが欠如していること、実際アンダルシアの騾馬引き以外の誰にとっても通行不可能な危険な道路、猛烈な熱さ、頭が割れてしまいそうなほどの太陽の光、こういった不都合の数々はごく取るに足りないものでしかない。さらにその上、反逆者たち、盗賊それから宿屋の亭主たちがいる。宿屋の亭主ときたら、その誠実さはあなたが携帯して歩く騎兵銃の数次第という極悪人なのだ。危険があなたを包囲し、あなたの後ろをついていったり、あなたの前に出たりする。あなたの耳に聞こえてくるのは周りで囁かれる恐ろしい謎めいた話ばかりだ。昨日は盗賊たちがこの宿屋で夕食をとった。とある旅行者の一団が盗賊たちに誘拐され、身代金を得る目的で山中へと連行されていった。あなたが通る予定のあの場所にはパリロが待ち伏せている。こうした話しか聞えてこないのだ。おそらくこうした話には全部、誇張がたっぷりと入っているに違いない。しかしながら、いかに疑い深いとは言っても、道の角ごとに「ここで一人の男殺される」、「ここで男、非業の死をとげたり」といった類いの落書きのある木の十字架を目にすることになれば、いやでも話の幾分かは信じないわけにはいかなくなる。

　ぼくらはグラナダを夕方に発ち、一晩中歩き続けなくてはならなかった。月が間もなくのぼり、その月光を浴びた斜面を銀色に冴え冴えと照らし始めた。岩々の影が長く伸び、ぼくらが通る道の上に奇妙な形にくっきり浮き上がり、奇妙な光の効果を生んでいた。遠くの方で、ぼくらの荷物を背負ったまま先に行っている驢馬の鈴音がハーモニカの調べのように聞こえた。あるいはどこかの騾馬引きが夜、山の中ではいつでも非常に詩的に響く声と喉からふりしぼった音とで恋歌を歌うのが聞こえた。それは素敵だった。おそらく即興になるものだろう、その奇妙で優美な歌詞ゆえにぼくらの記憶に刻み込まれたままの詩節を二つここに書き留めておくのを喜んでくだされればいいのだが。

ソン・トゥス・ラビオス・ドス・コルティナス
デ・テルシオペロ・カルメシ
エントレ・コルチナ・イ・コルチナ
ニニャ、ディメ・ケ・シ

お前の唇は真っ赤な
ビロードの二枚のカーテン
カーテンとカーテンの間から
恋人よ、ウィと言っておくれ。

アタメ・コン・ウン・カベリョ
ア・ロス・バンコス・デ・トゥ・カマ
アウンケ・エル・カベリョ・セ・ロンパ
セグラ・エスタ・ケ・メ・バイア

一本の髪の毛で私を結びつけておくれ、
お前のベッドの床架に
たとえ髪の毛が切れても、
信じておくれ、私はどこにも行ってしまいはしないから。

間もなくカシンの町を通りすぎた。ぼくらは数プースの深さのある美しい急流を徒渉《としょう》したのだった。その澄んだ水はウグイの腹のように砂の上できらきら光り、山の急斜面を銀のスパンコールが雪崩落ちるように落下していった。

　カシンから先、道は恐ろしく悪くなる。騾馬は腹まで石に埋まるほどで、一歩進むごとに火花が羽飾りのように飛び散るのだった。ぼくらは断崖沿いに進んだり、ジクザクのコースを通ったり斜めに進んだりしながら上り下りを繰り返えした。というのもぼくらはアルプハラス山岳地帯にいたからだ。この近づき得ない孤独の地、人の接近を拒む険しい山脈、人の噂ではここからはムーア人が完全に追放され得たことは一度もなく、そこには何千人というその子孫たちがすべての人々の目から隠れて暮らしているという。

　道の曲がり角で、ぼくらは一瞬新たな不安に襲われた。月光のおかげで、頭にとんがり帽、肩にラッパ銃の、長外套に身をつつんだ七人の屈強な大男たちが道の中央にじっと動かずにいるのが見えたのだ。ずっと長い間追い求めてきた思いがけない出来事が、考えられる限りのロマン主義的雰囲気のうちに実現されようとしていた。残念なことに、盗賊たちは丁重に「だめだめ、危ないですよ」と言って丁寧に挨拶した。彼らはまさに山賊たちの反対、つまりはミクレと呼ばれる憲兵たちだったのだ。思いがけない出来事を一つ体験できるなら、荷物なんか喜んでくれてやるような熱狂しやすい二人の若い旅行者にとっては、何とも苦々しい失望だった。

　鷲の巣のように切り立った岩の頂上にあるアラマという名の小村に泊まらなければならなかった。土地のくぼみに従うために、この鷹の巣へと通じる道がとらざるを得ない急角度のように人目を奪うものは何もない。ぼくらはそこに朝の二時頃、喉渇き、飢え、くたくたになって到着した。渇きは大壺三、四個分の水を飲むことで癒やされ、空腹はトマト入りのオムレツ一枚で和らげられた。スペインのオムレツにしてはその中にはあまり鳥の羽は入っていなかった。胡桃《くるみ》袋に似た、石のように固いマットレスが地面に敷かれ、ぼくらを休ませてくれる役割を引き受けた。二分後、ぼくは正直者の眠りを眠り、ぼくの道連れも几帳面にこれに倣った。夜が明けぼくらは目覚めたが、同じ姿勢のままで鉛塊のように身じろぎ一つしていなかった。

ぼくらは台所に降りていき、何か食べさせてくれるよう懇願した。ぼくの雄弁が通じたのかおかげさまでぼくは骨付き肋肉《あばら》、フライドチキン、西瓜半分、それからデザートにサボテンの実を手に入れることができた。サボテンの実は女将が刺のある外皮を非常に器用にむいてくれたのだった。西瓜はよく効いた。緑色の皮の中にあるバラ色のその果肉には何かしら渇きを癒やしてくれるさわやかなものが含まれており、見る目を楽しませる。果肉にかじりつくやいなや、わが国のメロンとは全然似ていない大変おいしい味のかすかに甘い汁で肘のところまでびしょ濡れになってしまうほどだ。ぼくらにはスペイン料理のすべてにたっぷりきいている薬味や唐辛子の焼けるような渇きを癒やすために、この新鮮な西瓜の何切れかが必要だったのだ。中は火事で、外は焼かれる、これがぼくらの置かれた状況だった。猛烈な暑さだった。部屋の煉瓦の床に寝そべると、汗のしみで体の跡がくっきりと描かれるのだ。比較的ではあるが少しばかり涼を得る唯一の方法は、ドアというドア、窓という窓を全部ふさいで、完全な闇の中にじっとしていることだ。

しかしながら、こんな猛暑にもかかわらず、ぼくは敢然と肩先に上着を投げ掛け、アラマの街を一回りしに出かけた。空は溶けた金属のように白く、舗道の石はまるで磨かれ、ワックスでもかけられたように輝いていた。石灰を塗られた外壁は雲母のようにきらめいていた。まばゆい情容赦ない光がどれほど小さな片隅にまで侵入していた。鎧戸やドアは乾燥のあまりひび割れし始めていた。暑さに喘ぐ大地はひび割れ、葡萄の枝は火中の生木のようにねじれていた。これに間近に迫った岩々の照り返しをつけ加えていただきたい。これが一種の熱い鏡となって陽の光をさらに一層熱くして反射するのだ。なおその上、堪えがたい苦しみは、薄い靴底の靴をはいていたので、それを通して舗道の暑さがぼくの足裏を焼くのだった。空気はそよとも動かず、にこ毛を動かすだけのかすかな風のそよぎもなかった。これほどに陰鬱でうっとうしく残酷なものは何一つ想像することはできないだろう。

まれにいくつか穿たれている窓も全くアフリカ的な外観の木製の鎧戸でふさがれている白墨色の外壁が並ぶ、これらの人気のない通りを行き当たりばったりさまよっていたら、人間とは言わないまでも、一個の物にさえ出くわすことなく、人目を奪う大変奇妙な町の広場に着いた。そこには水道橋が架かり石のアーケードができている。山頂を切って作った台地が底の地面をなしており、そこには足が滑るのをふせぐために溝を刻んだ岩そのもの以外に舗石はない。側面はすっかり垂直に切り立っており、深い谷に面している。その底には木々の茂みの中で水車があまりの泡で石鹸水のように見える急流によって回されているのが垣間見える。

決められた出発時間が近づいていた。そこでぼくはどしゃぶり雨でも降ったかのように汗に濡れ、しかし卵も固まるような暑い中を旅行者としての義務を果たしてきたことに満足して宿へと戻った。

旅行隊は騾馬だけが進んでいける非常に険しいけれど、大変に人目を奪う道をまた歩き始めた。ぼくは騾馬の自由に任せていた。騾馬の方がぼくよりもちゃんと行動ができると判断したからで、悪路を飛び越えてゆくのをすっかり騾馬に任せきっていた。ぼくの道連れが乗る騾馬の脇を歩かせようとして今までスでに何度かぼくの騾馬と大分はげしいやりとりをしなければならなかった経験から、ぼくにはいくら頑張ってみたところで無駄なことははっきりしていたからだ。「騾馬のように頑固な」という諺は本当に本当でこれにはぼくも敬意を表するだけだ。騾馬を拍車で突っついてみるがいい、彼女は立ち止まってしまう。細棒で打つがいい、寝てしまうから。手綱を引っぱったりすると、ギャロップで駆け出す始末だ。山中での騾馬は全く手に負えない。彼女は自分の重要性を感じとり、それにつけ込むのだ。時々、道のまっただ中で、突然立ち止まり、頭を宙に上げ、首を伸ばし、歯茎や長い歯が見えるほど唇を引きつらせ、不明瞭な溜め息、しゃくり上げるようなすすり泣き、絞め殺される子供の悲鳴そっくりの聞くもぞっとする、恐ろしいいなき声を発する。あなたは一歩も前進させることができずに、騾馬がこうして発声練習をしている間にそれを打ちのめしたくなるだろう。

ぼくらは本物の墓地を横切って進んでいた。人殺しの十字架が段々多く現われてきてぞっとする。場所によっては百歩もいかない距離の間に三、四本の十字架が時々数えられた。もう道ではなく、まさに墓地だった。しかしながら正直に認めなくてはならないが、フランスでも急死した人たちの思い出を十字架によって保存する習慣があれば、パリの通りのあるものはベレス＝マラガ街道にひけはとらないだろう。これらの不気味な記念碑のいくつかにはすでにはるか以前の日付が記されている。それでもそれらが旅行者の想像力を呼び覚まし、彼をどんなにかすかな物音にも注意深くさせ、すべてを見張る目を持たせ、一瞬間たりとも退屈することがないようにしてくれることに変わりはない。道の曲がり角に来るたびに妙にいわくありげな形の岩や危険が隠れていそうな木立がちょっとでも現われでもすると心の中で思うのだ。「おそらくあそこにはならず者が隠れて、私に狙いをつけているんだ。私を殺して将来ここを通る通行人や旅行者らの教訓になるよう新たに十字架を一つ作るきっかけにしようとしているんだ。」

険路を越すと、十字架の数は幾分まばらになった。ぼくらは頂が点々と群れた大きな靄でさえぎられて見えない、雄大にして峻険な山容を見せる山岳地帯を通って、水汲み人とか焼酎売りの籐製のあばら小屋以外には住居というものにお目にかかれない完全に無人の地方を進んでいった。この焼酎は無色で細長いグラスで飲む。そのグラスには水が満たされており、焼酎をそそぐとオー・デ・コロンでもたらしたように水は白濁する。息苦しいほどに暑く、雷雨にでもなりそうな、うっとうしい天気だった。

僅かの大きな雨粒、四ヶ月来この群青色の容赦ない空から落ちてきた唯一の水滴が、渇ききった砂地に斑点をつけ、それでそこは豹皮そっくりに見えた。しかしながら雨は落ちてくる決心をつけかね、空は再びその変わらない晴朗さを取り戻した。ぼくがスペインに滞在してから青く晴れ渡った天気がずっと変わらず続いているので、ぼくの手帳には注目に値することのように「白い雲を見た」と書かれたメモが見出される。霧が立ちこめた地平線がいつも形と色彩の変化に富んだ光景を見せてくれ、風が雲と一緒になって、山々、島々、宮殿そっくりの形をこしらえては絶えず壊し、どこか他の場所にまた作り出したりする北国の人間であるぼくらには、いつも頭上にぶらさがったままで、永遠のように一定不変のこの青空が抱かせる深い憂鬱感など想像することはできない。ぼくらが通り抜けたとある小村では、我が国では雨を避けようと家の中に戻るのに、全員が雨を味わおうと戸口に出ていた。

暑い国々ではそうであるように、黄昏《たそがれ》を経ずに、ほとんど突然にと言っていいほど急に夜が訪れた。ぼくらの宿泊地ベレス゠マラガに、もうそれほど遠くないところに着いているはずだった。山々は傾斜もあまり急でなくなだらかになり、両岸に巨大な葦が密生する幅十五〜二十歩ばかり、深さ三二センチほどの小川がいくつも流れる小石だらけの小平野へと続いていた。不吉な十字架がまた今まで以上に数多く現われ始め、それらは白色のために夜の青い靄の中でも完全にはっきりと見分けられるのだった。二十歩ばかりの距離に三本も数えられた。実際、その場所は驚くほど人気がなく、待ち伏せには恰好の場所なのだ。

ベレス＝マラガの町に入った時には十一時だった。家々の窓には明るく灯がともり、町は歌声やギターの音で鳴り響いていた。若い娘たちはバルコニーにすわり歌を歌い、下から恋人たちがそれに伴奏をつけていた。詩節ごとに笑い声、叫び声、拍手がどっとわきおこり延々と続く。別のグループは町角でカチュチャ、ファンダンゴ、ハレオなどを踊っている。ギターは蜜蜂のように鈍く唸りを上げ、カスタネットは口をかたかた鳴らしおしゃべりを続ける。すべてが歓喜と音楽だった。まるでスペイン人の唯一の真面目な仕事は楽しむことでもあるかのようだった。彼らは驚くほど激しくすべてを忘れ、無邪気に楽しみに身をまかせる。これほどに不幸な様子のない国民はいない。外国人はイベリア半島を横切る時、深刻な政治的事件があることなど全く容易には信じられないし、そこが十年間にわたる内乱で荒廃した荒涼たる国であるなどとはほとんど想像できない。我が国の農民たちはアンダルシア地方の粋な農民たちのエレガントな服装、陽気な態度、幸福な無頓着さには程遠い。教養の点でも彼らにはるかに劣っている。スペインの農民たちのほとんど全部が読みができ、詩句をいくつもしっかりと暗記しており、それを朗誦したり韻律を変えずに歌ったりする。非の打ちどころがないほどに馬に乗り、ナイフや騎兵銃の扱いも巧みにできる。驚くほど肥沃な大地と恵まれた気候風土のおかげで彼らがあの疲れる仕事から免れているというのは本当だ。あまり自然条件に恵まれない国々ではその疲れる仕事ゆえに人間は駄獣や機械と同じ状態に追いやられ、あの神の贈り物たる力と美しさを奪いとられてしまうのだ。

ぼくは内心、満足感をおぼえながら宿の柵に騾馬をつないだ。

夜食はごくごく簡単なものだった。宿の女中も給仕も全員踊りに出かけてしまっているので、ぼくらはただのガスパッチョだけで我慢しなくてはならなかった。ガスパッチョは特別に説明しておくだけの価値はある。ここにその作り方を紹介しておこう。こいつは故ブリヤ＝サヴァランをぞっとさせたことだろう。スープ皿に水を注ぎ、その水に小量の酢、何かけらかのにんにく、四つ切りにしたたまねぎ、薄切りにしたきゅうり、何片かの唐辛子、ひとつまみの塩をつけ加える。それからパンを切ってこの心地よい混合物に浸し、冷たいままで食卓に出す。我が国では少しばかり育ちのいい犬ならこのような混ぜ物の中に鼻づらをつっ込んで汚すのを拒否することだろう。これはアンダルシア人のお気に入りの料理で、もっとも美しい御婦人方も毎夜、恐れずにこのすさまじいポタージュを何杯も大きなどんぶりで飲み込むのだ。ガスパッチョは大変にさわやかにしてくれる料理と見なされているが、この意見はぼくらには少し軽率に思える。しかし最初に味わった時はどれほど奇妙に思えようとも、ついにはそれに慣れ、好きになりさえするのだ。全く思いがけない埋め合わせといおうか、ぼくらはこの粗末な料理に、大きな水差しになみなみと注がれたマラガ産極上辛口白ワインをつけてもらった。ぼくらはそれを最後のひとしずくまで丹念に飲み干したが、これで漆喰のかまどのように暑い中、本当にあるとは思えないひどい道を九時間もかけてやってきたことで使い尽くされた活力が回復した。

三時に一団は再び出発した。曇っていた。地平線は生暖かい霧にぼんやり霞み、湿った空気が海の近いことを予感させた。海はまもなく空との境に強烈な青い線をくっきりと現わした。あちらこちらに泡の花がいくつか立ち、波が大きな一定した渦巻きをなして押し寄せては黄楊《つげ》の木のおが屑のように細かい砂の上にしみ入り消える。高い断崖がぼくらの右手に聳えていた。ある時は岩がぼくらを自由に通してくれることもあれば、ある時には行く手をふさいだ。となるとぼくらはそれらをよじ登ったりした。スペインの道路ではまっすぐな道筋が用いられないことがしばしばある。障害物をなくすのは非常に困難なので、それらを乗り越えるよりはそれらを回避した方がいい。「直線こそ最短コース」という例の格言はこの地では全くの間違いということになるだろう。

太陽が昇って靄をむなしい煙のように吹き払った。空と海はどちらが勝っているか甲乙つけがたいあの青さを再び競い始めた。断崖は金褐色、玉虫色、紫水晶色、焦げたトパーズ色といった色調を取り戻し、砂は舞い上がり、海は強烈な光を浴びてきらめき始めた。はるか遠く、はるか向こう、ほとんど水平線上といってもいいところに、帆を張った五隻の釣り舟が鳩の羽のように風にふるえていた。

時々あまり急でない斜面に、砂糖のように白い小さな家々が現われた。屋根は平らで、四角い柱で各端が支えられ、大分エジプト的な大きな柱塔で中央部が支えられた葡萄棚で作られた一種の柱廊がその家々には付いていた。焼酎の店がふえてきた。相変わらず葦でつくられてはいるがすでにより小ぎれいな店で、石灰を白く塗られ何本か赤い縞が塗りたくられたカウンターが付いていた。以後、確実な道筋の道路の両側には一列にサボテンやアロエの並木が現われ始めた。その並木はあちらこちらで庭や家々で中断されるのだが、家々の前では女たちが網を繕い、素っ裸の子供たちが遊んでいた。子供たちはぼくらが騾馬にまたがって通りすぎるのを見ると「牛だ牛だ」と呼ぶのだ。伊達男の服を着ていたのでぼくらは牧場主とかモンテスの闘牛士の一組みに属する闘牛士と間違えられたのだ。

牛に引かれる荷車、列をなした驢馬が非常に近い距離をおいて次々に続いていた。いつも大都市周辺で起こる動きがすでに感じられだした。四方八方から闘牛開始に行く観客を乗せたら騾馬の行列が溢れてきた。ぼくらは山中で三十、四十里四方からやってくる連中にたくさん出会った。闘牛がその面白さの点でオペラの上演よりも勝っているのと同様、闘牛ファンもその熱狂ぶりと熱烈さの点で演劇愛好者の上をいく。暑さも、困難も、旅の危険も何一つ彼らを止めることはできない。到着し、柵の近くに席をとり、闘牛の尻を手でたたくことができさえすれば、彼は自分たちの労苦が充分に報われたと思うのだ。これほどの魅力を発揮していると自慢できるような悲劇作者とか喜劇作者がいるだろうか。それでも、さも優しそうなセンチメンタルなモラリストたちが主張するように、こうした野蛮な娯楽——彼らに言わせるとこうなる——に対する趣味は日に日にスペインでは減少している。

マラガの周辺地帯以上に人目を引く奇妙な場所は何一つ想像することができない。まるでアフリカにでも運ばれてきたかのようだ。家々の輝くばかりの白さ、海の濃い藍色、光の眩いほどの強烈さ、すべてがあなたに錯覚を起こさせる。土手の両側に巨大なアロエの木々が立ち並び、大包丁のような葉を揺らしている。不恰好な幹を持ち、緑青がふいたような色をした巨大なサボテンが畸形のボアや打ち上げられた抹香鯨の背骨のように醜く捻れている。あちらこちらで棕櫚の木が葉の柱頭を広げる円柱のようにヨーロッパ産の木の脇にそそり立っている。その木は棕櫚がこんなに近くにいることにすっかり驚いている風で、自分の足元にアフリカの恐ろしい植物が這っているのを見て不安な面持ちだ。

白いエレガントな塔が青空にくっきりと浮かび上がった。マラガの灯台だった。到着したのだ。大体、朝の八時頃だったろう。町はすっかり活気に満ち満ちていた。水夫たちは行ったり来たり、スペインの町には珍しく生き生きと、港に錨をおろした船に荷物を積んだり、船から荷物を降したりしていた。ムーア人的な顔だちが素晴らしくひき立つ深紅の大きなショールで顔と体を包んだ女たちは、素っ裸かシャツ一枚の子供を後ろに連れながら素早い足取りで歩いていた。男たちは袖なしマントに身を包んだり、あるいは肩に上着をひっかけて急ぎ足で進んでいた。奇妙なことにこの群衆は全員、同じ方向、すなわち闘牛場の方へと向っていた。しかし、この雑多な人込みの中で一番ぼくに強烈な印象を与えたのは、荷車を引っぱる六人の黒人徒刑囚に出くわしたことだった。巨大な身の丈の彼らはあまりに人間ばなれした野性的な、あまりに強暴な獣性がはっきり刻印された奇怪な顔をしていたので、ぼくは彼らを見て、つながれた一組みの虎を前にしたかのように恐怖に捉えられた。服代わりに使われている麻布の僧服のようなものが彼らになお一層悪魔じみた、より怪奇じみた様子を付与していた。彼らがどういうわけで懲役刑へと追いやられる破目になったのか分からないけれど、ぼくならこんなひどい容貌をしているというだけの罪で彼らを懲役刑に処してもらっただろう。

ぼくらは三人の王様ホテルに滞在した。枝がバルコニーの格子に絡みついた見事な葡萄の木に覆われた比較的だが非常に快適な宿だった。大広間があり、そこでは女将が磁器がいっぱいのっているカウンターの後ろでちょこちょこ歩き回っていた。そんなところはパリのカフェとほとんど変わりなかった。スペインで名高いマラガ女性の美しさの見事な見本とも言うべき、一人の大層美人の女中が僕らを部屋へ案内してくれた。彼女に、闘牛の席は全部売り切れ、席を手に入れるのは大変難しいだろうと言われた時には、ぼくらは一瞬激しい不安を覚えた。幸いにもぼくらの馬方ランサがアシエントス・デ・プレフェレンシア（指定席）を二枚見つけてきてくれた。確かにそれは陽の当たる方の席だったがぼくらにはどこでも同じだった。ずっと前から涼しさを得ることなど犠牲にしてきていたし、ぼくらの黄ばんだ褐色の顔に一枚余計に陽焼けの層がつけ加わったところでほとんどどうでもよいことだった。闘牛は三日間通して続くことになっていた。初日の券は深紅、二日目のは緑、三日目のは青となっていたがこれはいかなる混乱をも避け、闘牛ファンが同じ券で二回入場したりしないようにするためだった。

ぼくらが昼食をとっていると、巡業学生の一団が不意に現われた。彼らは四人で、神学生というよりはリベラとかムリリョなどの絵のモデルにそっくりだった。それほど彼らはぼろ着をまとい、素足で、汚い恰好だった。彼らはタンバリン、トライアングル、カスタネットなどの伴奏とともに滑稽な歌を歌っていた。タンバリンを鳴らす男は彼なりのやり方で名手だった。彼は膝や肘や足を使って驢馬の皮を鳴らし、これらの打ちならす手段全部でも足りないとなると、銅片が飾られた円盤で誰か召し使いの頭とか老婦人の頭とかを殴りつけるのだった。彼らのうちの一人、一団の中の弁士は聴衆の気前のよさを掻き立てようと極めて流暢にあらゆる種類の冗談をしゃべりまくりながら、募金を集めるのだ。彼はいかにも哀願するような姿勢で、「ぼくが学業を終え、司祭になり、何もしないで暮らしていけますように、レアル銀貨をお恵みください」と叫んでいた。小銀貨をもらうと彼はすでに金を奪いとられる他の連中の脇で、踊りが終わると、有頂天のオスマン一族が彼女らに投げ与えるゼッキー金貨やピアストル銀貨で、汗に濡れた顔を覆う舞妓たちと全く同じように、額にその貨幣を押しつけるのだった。

　闘牛は五時からに決められていた。しかし、ぼくらは一時頃に闘牛場に行った方がいいと勧められた。というのも通路はまもなく溢れる人並みでふさがり、指定席で予約してあるとはいえ座席に辿り着くことができなくなるというのだ。そこでぼくらは大急ぎで昼食を取り、案内役アントニオを先にたてて闘牛広場へと向った。この痩せこけた少年は幅広の赤い腰帯で極端なぐらい腰をしめつけているので、一層彼の痩せているのが目立つのだった。彼はその痩せている原因を恋の悩みのせいだと冗談めかして言っていた。

　通りは闘技場に近づくにつれてふくれあがる群衆で溢れていた。水売り人、大麦アイス売り、扇や紙製日傘を売る商人、葉巻売り、二頭立ての四輪馬車の御者たちでものすごい騒ぎだった。はっきりしないざわめきが音の霧のように町に広がっていた。

　マラガの狭く入り組んだ通りを通って大分遠回りしたあげく、やっとぼくらは外部には何一つ人目をひくものもない幸福なる広場に着いた。兵士の一分遣隊が大いに苦労して、闘技場に侵入しようとする人並みを押さえていた。せいぜい一時にしかなっていないのに、スタンドはもう上から下まで人で埋まり、何度となく肘でかき分けたり、ののしりあったりしたあげくやっとの思いでぼくらは座席に辿り着いた。
マラガの闘技場は本当に古代式の大きさで、その広大な漏斗に一万二千から一万五千人の観客を収容できる。底部が闘牛場をなし、上に広がる端の部分は五階の家ぐらいの高さに達する。これを見るとローマ時代の闘技場がいかなるものであったか、国民全体が見守る中で人間たちが獰猛な動物と格闘するこの恐ろしい競技がもつ魅力が想像できる。

待ち時間を最高に生彩に富むあらゆる種類の風変わりなアンダルシア方言やおどけた言葉を交わしてまぎらそうとしている、待ち遠しさでうずうずしている群衆に覆われたこの巨大なスタンドが呈する眺め以上に奇妙で素晴らしい眺めは想像できないだろう。モダンな服はごく少数でそれを着た人々は笑いとののしり声と口笛の野次で迎えられていた。これで見世物は大いに得をしていたのだ。上着や腰帯の鮮やかな色、女性たちの深紅の（ゆったりした襞のある）衣服、緑色と薄黄色が混じった扇のせいで、くすんだ色の多い我が国の群衆がいつも見せているあの悲痛で陰鬱な様子がこの群衆には見られなかった。

女性たちの数はかなり多く、中に美しい女性たちの姿がたくさん目についた。マラガ美人は頬が顔同様あまり血色のよくない、単色の金色に光る蒼白い顔色、細長い卵形の顔、鮮やかな淡紅色の口、ほっそりした鼻、アラブ的な輝く両目によって際立つ。両目はヘンナ染料で染められたかと思えるほどで、それほど瞼は細く、こめかみの方に長く伸びている。以下の印象を彼女らの顔を囲む赤い衣服の地味な襞のせいにすべきかどうかぼくは知らないが、彼女らには最高に可愛らしく、優美で、艶めかしい、自分たちが生み出す効果をいつも少し気にかけているマドリード女性、グラナダ女性、セビリャ女性などにはない、全く東洋らしさを感じさせる情熱的できまじめな様子がある。ぼくはそこでいくつも素晴らしい顔、スペイン流派の画家たちが充分に利用しているとは言えないが、才能ある芸術家には全く新しい貴重な一連の素描を提供する見事な典型を見た。ぼくらの考えからすると、絶えず人間の命が危険にさらされ、血が大量に流れ、倒れた不幸な馬たちが臓腑に脚をとられているような見世物を女性たちが見物できるというのは奇妙に思える。大胆な目つきで、狂暴な態度の意地悪女のような女性を自然に想像してしまうかもしれないが、それは大変な間違いだ。これ以上に優しいマドンナのような顔、これ以上に柔らかな瞼、これ以上に優しい笑みが幼子イエスに敬意を払ったことはなかった。闘牛が苦悶に悶える様々な場面が蒼白い魅力的な女性たちの注視を浴びるのだ。哀歌詩人なら喜んでこの女性たちを一人のエルヴィール〔訳註――ラマルチーヌ『瞑想詩集』中の女〕に仕立てあげることだろう。愛だけが語られるのを聞いていたい非常に美しい口によって突きの長所が議論されるのだ。我が国のパリ女性たちなら気を失ってしまうような虐殺場面を彼女らが冷めた目で見ているからといって、彼女らが残酷だとか彼女らには優しさが欠けていると結論するのは間違いだ。これは彼女らが親切で、気持ちが正直で、不幸な人々には思いやりを持つ妨げにはならない。しかし習慣こそがすべてであり、外国人を一番驚かす闘牛の血腥い側面は、スペイン人の関心を引くことの最も少ない面なのだ。最初思うかもしれないほどには大した危険を冒してるわけではない闘牛士たちが見せる巧みな技や一際生彩を放つ突き手などに彼らは注目しているのだ。

　まだ二時にしかなっていなかった。ぼくらのすわっているスタンド側は一面に太陽の熱い光の洪水で溢れていた。上のボックス席が投げかける影の部分に浸かって涼をとっている恵まれた人々をぼくらは何と羨ましく思ったことだろう。馬に乗って山中を三十里もやってきた後で、三十八度の暑さの中アフリカの炎天下に一日中いるのは、今回は席代を払いその席を失いたくないかわいそうな一介の批評家の側からすればちょっと辛いことではある。

アシエントス・デ・ソンブラ（影に包まれた席）からはあらゆる種類の嘲笑がぼくらに投げつけられた。体が発火しないように水売り人を送ってやろうとか、真っ赤に燃える鼻の炭で葉巻に火をつけてくれとか、フライがちゃんと揚がるように油を少量分けてくれと言ったりするのだった。ぼくらはどうにかこうにか適当に返事をしておいた。しかし時間とともに影の部分がぐるっと回って彼らの一人が刺すような強烈な太陽の光に曝されると、大爆笑と果てしないやんやの喝采だった。

たくさんの水を飲み、何ダースものオレンジを口にし、二本の扇を絶えず動かしていたおかげでぼくらは火事になることから免れた。それに楽士らが入場してきて観覧席に着席し、騎兵隊の一団が子供や若者がうようよしている闘牛場から彼らを退去させ始めた時でも、ぼくらはまだ完全には焼けていなかったし、卒中で倒れてもいなかった。退去させられた連中は数学的に言ってももうこれ以上一人として入り込むスペースがないにもかかわらず、どんな風にかして観客全体の中へと消えた。それにしても、群衆というのはある場合には驚くほど柔軟なものだ。

待つことの重圧から開放されたこれらの一万五千人の胸から満足の溜め息が大きく洩れた。市会のメンバーたちは熱狂的な拍手で迎えられ、彼らが自分たちのボックス席に入るとオーケストラがスペイン歌曲「おいらは密輸入者」、「リエゴ行進曲」を演奏し始めた。観客全員が、手をたたき、足を打ち鳴らしながらこの歌を同時に歌い始めた。

ここで闘牛に関する細々した事柄を物語るつもりは全然ない。マドリード滞在中に詳しく報告する機会があったからだ。そこでこの闘牛の主要な事実、人目を引く突き手だけを報告しておきたい。この闘牛では同一の闘牛士らが三日間休まず役割をつとめ、二十四頭の闘牛が殺され、九十六頭の馬が闘牛場に止まった。闘牛士らにとっての事故は角《つの》の一撃が一人のカペアドールの腕を掠めたことだけで、この傷も全然危険なものではなく、彼が翌日再び闘牛場に登場する妨げにはならなかった。

　きっかり五時に闘牛場の門が開けられ、技を見せることになっている闘牛士の一団が行列をつくって闘牛場を回った。腰に握り拳をおき、足元に槍を立て、カピトリウムの丘に登る勝利したローマ人の厳粛な態度で先頭を歩くは三人のピカドール。セビリャ出身のアントニオ・サンチェスとホセ・トリゴ、それにプエルト＝レアル出身のフランシスコ・ブリオネス。彼らが乗る馬の鞍には、金めっきを施された釘でアントニオ＝マリア・アルバレス、闘牛場の所有者名が書かれてある。その後に続くは三角帽をかぶり、鮮やかな色のマントをはおったカペアドールあるいはチュロたち。すぐ後にフィガロの衣裳に身をつつんだバンデリレロらが続いていた。威厳ある態度で一際生彩を放ちつつ行列のしんがりを進むのは二人のマタドール、スペインで言われているように言うと二人の剣客チクラナのモンテスとマドリードのホセ・パラ。モンテスは闘牛士の安全にとって大変大事なことだが、彼の忠実なる一組みの闘牛士らと一緒だった。というのもこうした政治対立の最中にあっては、クリスティーノ派の闘牛士《トレロ》は危険に陥ったドン・カルロス派の闘牛士《トレロ》を助けにこないし、あるいはその逆のことがしばしばあるからだ。行列の最後が死んだ馬や闘牛を運ぶ役目の一組みの騾馬であるのは意味深かった。

　闘いが始まろうとしていた。闘牛係の少年に闘牛控え場の鍵を持っていくことになっている平服の町役人は悍馬に乗るのはいいが、それが全くもって不様《ぶざま》ときている。彼は悲劇の幕開きを愉快な悪ふざけで飾ったのだ。彼は最初に帽子、次に鐙を落とした。留めバンドのない彼のズボンは滑稽な具合に彼の膝のところまでめくれ上がっていた。そして彼が闘牛場から退場する暇もないうちに意地悪く、闘牛に対して門が開かれたものだから、恐怖のあまり、馬上で身を大げさにくねらせたために彼の姿は一層滑稽になった。しかしながら彼がひっくりかえることはなく、これはいたずら連中を大いにがっかりさせた。闘牛は闘牛場に満ち溢れる燦々たる光に目が眩み、まず第一に彼に気づかず、角の一撃をお見舞いすることもなく、彼が外に逃げるがままにさせておいたのだ。こういうわけでホメロス的でオリンポスの神々のような高らかな大爆笑の渦の中で闘牛が開始されたのだった。しかし牛が第一闘牛士《ピカドール》の馬を真っ二つに引き裂き、二番目の闘牛士を落馬させると、すぐに静寂が戻った。

ぼくらはその名がスペイン中に鳴り響き、その武勇の数々が多くの驚くべき物語の主題となっているモンテスにだけひたすら注目していた。モンテスの生まれはカディス郊外、チクラナ。彼は四十から四十三歳ぐらい、背丈は普通より少し上、真面目な態度、規則正しい歩き方、オリーブ色がかった蒼白い顔色の男で、際立つものといえばよく動く両目だけで、この目だけが彼の平然たる顔の中で生命を持っているように見える。彼は頑丈というよりは柔軟に見えるし、その成功も筋力よりもむしろ冷静さ、正確な突き、深く極めた技《わざ》に負っているのだ。牛が闘牛場に足を踏み出すやいなや、モンテスにはその闘牛が近視か遠視か、明るいか暗いか、すなわち思いきって攻撃してくるか策を弄するかが分かる。ムチャス・ピエルナスかアプロマドか、つまり足が軽いか重いかが、角でひっかける時目を閉じるか開けたままにしておくのかが分かる。思った一瞬になされるこうした観察結果のおかげで、彼はいつでも我が身を防御できる体勢にある。しかし彼はぎりぎりのところまで冷静に無謀を推し進めるので、彼は頬にきざまれた傷痕に明らかなように生涯に何度となく牛の角突きをくらったし、何度か重傷を負って闘牛場から担ぎ出されたこともあった。

その日の彼は銀の刺繍のある鮮やかな緑色の絹製の最高に豪奢で粋な服装を身にまとっていた。というのもモンテスは金持ちだからで、彼が闘牛場に下り続けているのも技を愛する気持ちと感動を欲する気持ちからなのだ。彼の財産は五万ドゥロ以上にのぼっており、一揃いの服が一五〇〇フランから二〇〇〇フランするとして闘牛士らが衣裳代として使わざるを得ない出費とか、彼らが一つの町から別の町へと一組みの闘牛士を伴って絶えず旅を続けていることなどを考えると、この財産は莫大な額だ。

モンテスは他の剣客のように殺してもいいという合図が出された時に闘牛を殺すだけで事足れりとはしない。彼は闘牛場に目をくばり、闘いを指揮し、危険に陥ったピカドールとかチュロを助けにいく。彼が間に入ってくれたおかげで命を助けられたトレロは一人どころではない。一頭の闘牛が前でふられるマントに気を逸らされることもなく、倒した馬の腹を掻き回し、馬の死骸の下に身を隠していた乗り手にも同様のことをしようと懸命だった。モンテスは狂暴な動物の尻尾をつかみ、牛には大いに不愉快ではあったろうけれど、観客全体の熱狂的な拍手を浴びながら牛を三、四回振り回した。それでピカドールを助け起こす時間が与えられたのだった。時々、彼は腕を組み、じっと瞳をこらして、闘牛の前にすっくと立ち塞がる。すると、獣は刀身のように冷たく鋭いこの澄んだ視線に射竦められて急に立ち止まる。すると叫び声、わめき声、どなり声、足を踏み鳴らす音、想像もできないような喝采が一気にわき上がる。熱狂がみんなの頭をとらえ、全体に広がった目眩《めまい》が、血と太陽と焼酎に酔った一万五千人の観客を座席の上で揺り動かすのだ。ハンカチが振られ、帽子が宙に飛び、こうした群衆の中に一人だけ冷静なモンテスは抑えたその深い喜びを静かに味わい、他にいくらでも多くの武勲を披露できる男のように軽く御辞儀をする。これほどの拍手を得るためなら彼らが自分の命を絶えず危険に曝すというのもぼくには分かる。彼らの報酬はそれほどいいものではないのだから。おお、黄金の喉を持つ歌い手たち、妖精の足を持つ踊り子たち、あらゆるジャンルの俳優たち、皇帝や詩人たちよ、人々の熱狂を掻き立ててきたと思っているあなたがた、あなたがたはモンテスに浴びせられる拍手の音を聞いたことがないのだ。

時々、観客の方から彼に向ってどうかあの早業の一つをやって見せてくれとの懇願がなされることがあり、そのたびに彼はいつでも勝利者となって出てくる。一人のきれいな娘が投げキッスをしながら彼に叫ぶ。「さあ、セニョール・モンテス、さあ、パキッロ（これが彼の名前だ）、女性に大変親切なあなた、一人の貴婦人のために何か一つちょっとした芸当、ウナ・コシタをやって見せてよ。」すると、モンテスは闘牛の上にジャンプしてその頭に足をついて見せたり、鼻先でマントを揺り動かし、素早い動きでマントですっぽり身を包み、非の打ちどころのない襞のある衣服にしてみせたりする。それから彼は脇へと飛び移り、抑えがきかないほどあまりに強烈に突進してくる獣をやりすごす。

モンテスの殺し方はその正確、確実で楽々たる突きで際立っている。彼の場合、危険というような思いは一切消えてしまう。彼はそれほど冷静で、取り乱すことなく、あまりに自分の成功を確信しているように見えるので、闘牛はもはや単なるお遊びにしか見えなくなる。おそらくこれでは感動も盛り上がりを欠いてしまう。彼の安否を気遣ったりすることはありえない。彼は自分の好きな場所で、好きな時に、好きなように闘牛を突けるのだから。闘いの運はあまりに不平等なのだ。あまり器用でない闘牛士が彼の冒す危険や一か八かの技などで、より驚くべき効果を生むことが時々ある。これはおそらく野蛮ではあるが、全く洗練されているものに見えるだろう。しかし闘牛ファン、何度も闘牛を見、勇敢で大胆な牛に熱狂してきたすべての人々はきっとぼくの考えを理解してくれるだろう。闘牛の最終日に起こった一つの出来事がぼくの主張の正しさの証明になり、モンテスには幾分厳しくはあるけれど、スペインの大衆が人間と動物に対して公平な気持ちをどれほどまでに推し進めているかを彼に分からせることになるだろう。

素晴らしい黒牛が一頭、闘牛場内に放たれたところだった。闘牛控え場から出たその粗暴な態度を見て、目きき連中はその牛について最高の評価を持った。その牛は闘牛のあらゆる資格を兼ね備えていた。角は長く、鋭く、先は形よく曲がっていた。痩せた繊細で力強い脚は最高に軽ろやかな身のこなしを期待させた。その大きな垂れ肉、発達した脇腹は巨大な力を示していた。だから群れの中で、牛は確実なその優秀性を形容し得る唯一の名前としてナポレオンという名前を持っていた。何らためらうことなく、牛は柵の側にいたピカドールに襲いかかり、馬と彼とを倒した。馬は即死した。それから牛は二番目のピカドールに飛びかかった。こちらは最初のピカドールに比べて不運なことに、落馬で捻挫し、体中がずきずき痛む状態のまま、やっとのところで柵の向こう側へと移してもらえたのだった。十五分もたたないうちに、七頭の馬が腹を裂かれて砂の上に横たわっている有様だった。チュロたちもずっと離れたところから色つきマントを振るだけで、柵から目を離さないようにして、ナポレオンが近づく気配を見せるや向こう側へと飛ぶ始末だ。モンテスその人も動揺しているように見えた。一度などは彼は柵の骨組みの縁に足をかけ、あまりに激しく追いつめられ、危険が迫った場合にはいつでも柵を飛び越せるような様子さえ見せた。こんなことを彼は前の二度の闘牛ではしなかったのだ。観客たちの喜びは騒々しい歓声となって現われ、牛に対する最高におだて上げるような賛辞の声が全員の口から発せられていた。動物の新たな武勇が熱狂を最高度に高めた。

ピカドールのソブレサリエンテ（代役）、というのも二人の古参は闘い不能の状態にあったからだ、その代役が槍を下げ、狂暴なナポレオンの攻撃を待っていた。ナポレオンの方は肩先の刺し傷などかまわず、馬を腹の下から突き上げ、最初の頭突きで柵の縁の上に馬を前脚から倒し、二つ目の頭突きで馬の尻を持ち上げ、乗り手とともに馬を柵の向こう側、闘牛場の周りをぐるりと取り巻いている避難廊下へと送り込んだ。

これほどの見事な攻撃にやんやの割れんばかりの喝采がわき起こった。牛は闘牛場を我が物顔に勝利者として歩き回り、敵がいないので、自分が腹を裂いた馬の死骸をひっくり返したり、宙に放り投げたりして楽しんでいた。生け贄となる馬の貯えも尽き、闘技場の厩舎にはもうピカドールらが乗る馬はいなかった。バンデリリエロスは柵の上にまたがったまま、確かにわざわざ刺激するまでもないほど憤激しているとは言っても、この恐ろしい牛を紙飾りをつけた銛で攻撃しに思いきって降りていくこともできずにいた。こうした一種の中断に苛立った観客たちは「銛を打て、銛を！　町役人を撃て！　事態を収拾しない町役人に発砲しろ！」と叫び出した。ついに、闘牛場監督官の合図で一人のバンデリリョがグループから離れ、暴れ狂う動物の首に銛を二本打ち込むと大急ぎで逃げ出した。しかしそれでもまだ充分素早いとは言えなかった。というのも角が彼の腕を掠り、袖が二つに裂けたからだ。そこで、観客らの喚き声や野次にもかかわらず町役人は牛を殺すよう命令を出し、闘牛術のあらゆる規則によって牛はマタドールの剣先に委ねられる前に少なくとも四組みの銛の攻撃を受けることが要求されているのにもかかわらず、モンテスに向ってムレータと剣をとるように合図した。

モンテスはいつものように闘牛場の中央に進み出る代わりに、不慮の災難の場合には避難できるように柵から二十歩ばかりのところに止まった。彼はひどく蒼ざめ、スペイン中の称賛を受けるに値したあの勇気を示す粋な言葉や仕草の片鱗も見せずに、深紅のムレータを振り、牛を呼んだ。牛は懇願されるまでもなく突進してきた。モンテスは獣の目の高さに水平に剣を構え、ムレータを打ち振って、三、四回ひらりひらりと牛の攻撃をかわしてみせた。と突然、牛は雷に打たれたかのようにどっと倒れ、痙攣混じりに一度飛びはねた後に息絶えた。剣が額に入り、脳味噌を刺したのだった。マタドールは動物の角の間に腕を通して、牛のうなじと両肩の間に止めの一撃をくらわせなければならないことになっていて、これが人間の側の危険を増し、敵側の獣になんらかのチャンスを与えることにもなるので、この手は闘牛術の規則では禁じ手になっていた。

　その突きは思う間もなく一瞬のうちにおこなわれたからだけれど、禁じ手であることがやっと理解されると、無蓋席から仕切り席まで憤慨の声が一斉に上がった。罵詈雑言と野次の口笛が爆風のように驚くほどの大音響と喧騒を伴ってわき起こった。「虐殺屋、殺し屋、盗賊、泥棒、漕役刑囚、首斬り人！」などは一番おとなしい野次だった。「モンテスを徒刑場にたたき込め！　モンテスを火祭りにあげろ！　モンテスに犬を放て！　町役人を殺せ！」こうした叫び声が四方八方から響きわたっていた。ぼくはこうした激昂状態はいまだかつて目撃したことがない。正直に言うとぼくもその激昂騒ぎに加わったのだけれど、今思えば赤面するばかりだ。間もなく喚き声だけではもう足りなくなり、観客たちは哀れなモンテスに向って扇、帽子、棒、水のたっぷり入った壺、果ては座席から引き剥がした板切れなどを投げつけ始めた。殺すべき闘牛がまだ一頭残されていた。しかしその死はこのひどい馬鹿騒ぎの中で気づかれずにすんだ。巧妙な二発の突きでその牛を殺したのは、第二剣士ホセ・パッラだった。モンテスについて言えば彼はいかにも冷静を装い、血に染まったその剣先を規則に反して砂でぬぐった剣の鍔に優美さを計算してもたれていたにもかかわらず蒼白だった。顔は怒りで青ざめ、血の気のうせた青ざめた唇には歯型の跡が血となって残されていた。

　人気というのは何に由来するのだろう。モンテスほど信頼でき、観客を思うがままに支配できるような芸術家が、動物の驚くべき敏捷さ、力強さ、激怒から見ておそらく止むを得ない緊急の必要に迫られて下した禁じ手をこれほど厳しく罰せられることがあろうとは、前日、前々日は誰も予想しえなかったであろう。闘牛が終了すると彼は四輪馬車に乗り込み、後から彼専属の闘牛士の一組みが続いて乗った。彼は二度とマラガには足を踏み入れないと神かけて誓いながら発った。彼が誓いを守ったかどうか、始めの大成功や熱烈な喝采よりも最終日の侮辱の方をずっと長い間覚えていたかどうかぼくは知らない。今ではぼくはマラガの観客は偉大なるチクラナのモンテスに対して不公平であったと思う。彼の止めの一突きは見事だったし、危険な場合でも雄々しいばかりの冷静さと素晴らしい巧妙さのあることを示して見せてくれたのだから。その結果、魅了された観客の方から彼が打ち倒した牛を全部彼に贈り、それらの牛が病院からも興業主からも要求されたりすることのないように、所有のしるしに牛の耳を切り落とすことを彼に許可していたのだから。

　激しい興奮に茫然となり、酔い、満足し、ぼくらは宿に戻ったのだけれど、ぼくらが辿った通りで聞いたのは闘牛に対する賛辞とモンテスに対する呪咀の声だけだった。

　疲れていたにもかかわらず、ぼくは闘牛の血腥い現実の出来事から一挙に演劇の知的な感動へと移りたいと思い、まさにその日の晩、劇場へと連れていってもらった。コントラストは際立っていた。あちらには喧騒と群衆。こちらには孤独と静寂。観客席はからっぽと言ってもいいほどで、まれに何人かの観客があちらこちらと人気のない座席を彩っていた。それでもフアン＝エウヘニオ・アルトセンブッシュのドラマ、スペイン現代派の最も注目すべき作品の一つである『テルエルの恋人たち』が上演されていた。これは多くの誘惑や障害を越えて、互いに不屈の貞節を守り抜く恋人たちの詩的な感動的な物語だ。いつも変わりばえしない同じ場面に変化をつけようとする作者側の様々な工夫努力が時々うまく成功していることがあるにもかかわらず、その主題はフランスの観客には単純すぎるように見えるだろう。作者がメロドラマ的な誇張にいとも簡単に身を委ねてしまうために時々台無しになっていることもあるとは言え、恋愛部分は非常に熱心に感動的に扱われている。バレンシアの王妃が麻酔薬で眠らせてハーレムへと運ばせる、イサベルの恋人マルシリャのファン＝ディエゴ＝マルティネス・ガルセスに寄せる彼女の愛、自分が軽蔑された時にこの同じ王妃が見せる復讐、ロドリグ・ダサグラに発見されるイサベルの母親のよこしまな恋文、これを娘と結婚するための手段にしようと浮気された夫にその手紙を見せると彼が脅したりする点、これらは幾分強引な筋立てではあるけれど感動的な劇的ないくつもの場面をもたらしている。戯曲は散文と韻文とで書かれている。そのあらゆる精妙な味わいという点では、全然知らない言語の文体に関して一外国人が判断し得る限りで言うと、アルトセンブッシュの韻文の方が散文よりも優れているように思われた。それは自由で大胆で、生彩に富み、区切り方に変化がある。自在で流暢な韻律法のせいで南仏人がしょっちゅう陥るあの誇張した詩的な表現の点でも、大分少なく抑えられている。散文で書かれた対話部分は、フランスの今風のメロドラマを模倣したものらしく、そのために重苦しさと誇張とが欠点となっている。そのあらゆる欠点にもかかわらず『テルエルの恋人たち』は今日イベリア半島の劇場に氾濫する我が国のブルヴァール劇を巧みに翻案したり、あるいは改悪したあの翻訳物よりもはるかに優れた文学作品である。この芝居には古い八音綴詩句の小叙事詩《ロマンス》やスペイン演劇の巨匠たちを研究したあとが感じられる。山脈の向こう側の若い詩人たちは、ぞっとするようなひどいメロドラマを程度に違いこそあれ正統なカスティリャ語に直すことに時間を浪費するよりは、このような方向に進んでいく方が望ましいだろう。

正統劇のあとに大分おかしな茶番狂言《サイネテ》が続いた。問題の主人公はパリの「三行広告欄」に書かれているような「なんでも屋」のきれいな女中を雇い入れた老独身者だった。このあばずれ女は最初、大きな頬ひげがあり、並はずれて大きな小刀を持ち、癒せないほど空腹で喉も渇いた背丈六尺もある大男のバレンシア人を兄だと称して連れてくる。次にラッパ銃、ピストル、その他危険な武器類を身に帯びた、同様に粗暴ないとこを連れてくる。このいとこのあとに同様に恐ろしい面相で武器庫をそっくり背負った密輸業者のおじさんが続く。かわいそうな老人はこれら全部を見てすっかり恐怖にとらえられ、すでに自分が好色な下心を抱いたことを後悔している始末。こうした様々なならず者たちの役柄は役者らによって驚くほど本物らしく生彩をはなって演じ表現された。最後に分別のある軍人の甥が不意に現われ、家に居すわり、ワインを飲みながら女中を可愛がったり、葉巻をすったり、家を掠奪の仕放題をしているこの盗賊団から彼の好色なおじさんを救出してやる。おじさんはこれ以後は男の年とった召し使いしか雇わないと約束する。サイネトはわが国の軽喜劇《ヴォードヴィル》に似ている。しかしその筋立てはあまり複雑ではなく、時にはイタリア喜劇の幕間寸劇のように別々の独立したいくつかの場面から成ることもある。

芝居は二組みの男女の踊り手によってかなり申し分なく演じられた民族舞踊で幕を閉じた。スペインの踊り子にはフランスの踊り子たちの入念な仕上げ、鮮やかなその端正さ、気高さなどがないにもかかわらず、彼女らはぼくの意見では優美さと美しさでフランスの踊り子よりも優れている。彼女らはほとんど練習もせず、ダンス教室を拷問室そっくりにしてしまうあの恐ろしい柔軟体操を無理にやったりすることもないので、我が国の舞踊に何かしらあまりに死を思わせる解剖学的な様子を与えるあの調教馬のような痩せ細った体にならずに済んでいる。彼女らには女性の丸みや美しい曲線が保たれ、これは全く違うことなのだけれど踊り子ではなく踊る女性という様子がある。彼女らの流儀とフランス派のそれにはこれぽっちも関連はない。フランス式では上半身を動かさずまっすぐに伸ばしておくことが特に要求される。体はほとんどと言っていいほど脚の動きには参加しない。スペインでは足が地面を離れることはほとんどない。女性の姿をむりやり広げたコンパスそっくりに見せ、ひどく品が悪い振る舞いと見られるあの前後開脚とか大きなロン・ド・ジャンブなどは全く見られない。踊るのは上半身であり、反り身になるのは腰であり、脇腹が曲がるのであり、蛇とか舞姫のように柔らかにねじ曲がるのは胴体なのだ。のけぞったポーズでは踊り子の肩はほとんど地面につきそうになるほどだ。死んだような生気の失せた腕はほどけたスカーフのように柔らかくしなやかなのだ。まるで両手はほとんど上がることもできず、金色の編み紐のついたカスタネットを鳴らすこともできないかのようだ。ところがしかし、時至ればこの扇情的な物憂さのあと、若きジャガーの跳躍が続き絹のように柔らかなこの肉体には鋼の筋肉が包み隠されていることが明らかになるのだ。ムーアの舞姫たちは今日もなお同様の方法に従っている。彼女らの踊りは上半身と腰を調和よく官能的に揺らすこと、頭の後ろに腕を倒すことからなる。特にアンダルシア地方では、アラブの伝統が民族舞踊のステップに保たれているのだ。

　スペインの男性の踊り手たちは無能であるにもかかわらず、大胆で粋な颯爽たる態度を備えている。ぼくは我が国のダンサーたちのぱっとしない平板なだけの優美な姿よりもこうした態度の方が好きだ。彼らには自分自身をも観客のことも気にかける様子が見られない。彼らが視線を向け、微笑を見せるのはひたすら相手の踊り子のためだけであり、彼らはいつでもその相手に心底夢中になっているように見えるし、何者からも彼女を守る気になっているように見える。彼らは彼らに特有のある傲慢なほどに反り返った態度、ある狂暴とも言える優美さを備えている。化粧を落とせば、彼らは優秀なバンデリリエロスとなって劇場の舞台から闘技場の砂の上に飛び降りてもおかしくない。

　マラガの郷土舞踊であるマラゲーニャは全く魅力的な詩情に満ちている。騎士はまず、徘徊しては色事を探し求める郷士のように深紅のケープに身を包み、ソンブレロを目深にかぶって登場する。貴婦人の方はこれから遊歩道を散歩しに出かけようとする女性のような着こなしで、手に扇を持ち、マンテラをかぶって入場する。騎士はこの謎めいた美女の顔をのぞきこもうと努める。ところが色っぽい貴婦人は非常に巧みに扇を操り、タイミングよくそれを開いたり閉じたり、美しいその顔の高さで素早くそれを回したり裏返しにしたりするので、落胆した色男は数歩退いて、別の策略を試みる。彼は外套の下でカスタネットを鳴らす。この音を聞いて、貴婦人は耳を傾ける。彼女はほほえむ、彼女の胸は高なり、彼女のサテンの小さな足の先は彼女の意に反して拍子を取り始める。彼女は扇、マンテラを放り投げ、髪にバラを一輪差し、頭に大きな鼈甲の櫛を一本つけ、スパンコールや金、銀の薄片できらきら光る、踊り子のきらびやかな衣裳で現われる。騎士は仮面とケープを脱ぎ、二人は斬新で魅力的なステップを踏み始める。

鋼鉄のように磨かれた鏡のような海面には蒼白い月が映っていた。その海沿いに劇場から戻る道すがら、ぼくは闘牛場の群衆と劇場の孤独との、狂暴なる行為に対する群衆の熱心な態度と精神的な思索の産物に対する無関心とのあの非常に際立ったコントラストに思いを馳せていた。詩人たるぼくは剣闘士を羨望し始めた。夢想のために行動を捨てたことをぼくは後悔した。前日は同じ劇場で、ロペ・デ・ベガの芝居が上演されていたのだが、これも若い作家の作品同様、あまり観客を引きつけることはできなかった。このように古代の天才と現代の才能はモンテスの剣の一撃にも値しないのだ。

スペインの他の劇場はその上、マラガの劇場とほとんど同様、人の入りはかんばしくない。偉大な男優フリアン・ロメア、優れた女優マチルデ・ディエスがいるのにマドリードの君主劇場でさえそうなのだ。古くからのスペイン演劇の霊感は永遠に枯渇してしまったように見える。しかしながら、いまだかつてこれほど広大な川床に満々たる水をたたえた大河が流れたことはなかった。いまだかつてこれ以上に驚異的で、汲み尽くせない豊饒さはなかったのだ。共同執筆者も持たず、それでもその正確な数が分からないほど作品は多数に及ぶために、完全なる写しがやっと一つあるかないかというロペ・デ・ベガに我が国の最も多作の軽喜劇《ボードビル》作者たちはまだまだはるかに及ばない。カルデロン・デ・ラ・バルカは並ぶ者のない彼のちゃんばら劇を考えに入れなくても、数多くのアウトス・サクラメンタレス、つまりは深く奇妙な思想とおかしな着想が、非常に華やかで優美な、魅惑的な詩情と結びついている一種の聖餐神秘劇を書いた。ロペ・デ・ルエダ、モンタルバン、ゲバラ、ケベド、ティルソ、ロハス、モレト、ギレン・デ・カストロ、ディアマンテ、他に多数の作者たちの戯曲を単に題名だけを紹介するとしても、二つ折り判のカタログが何冊も必要になるだろう。十六世紀と十七世紀の間にスペインで書かれた戯曲の数は想像を絶する。森林の木の葉や海の砂粒を数えた方がいいくらいだ。それらの戯曲はほとんど全部が半諧音まじりの八脚の韻文からなり、蠟びき紙の上に四つ折り判の二段組みで印刷され、最初の見開きには粗悪な版画が刷られてある。こうして六〜八頁の綴じ本の体裁になっている。本屋にはそれらが溢れている。吹きっさらしの露天商の八音綴詩句の小叙事詩や韻文で書かれた聖人伝などの中央に乱雑にそれらが何千冊とぶら下がっているのが見える。スペインの大部分の戯曲作家たちに、死後、自分自身の作品で作られた火刑台の上で焼かれた、あまりに多作だったローマの一詩人に関して作られた諷刺詩を用いても誇張にはならないだろう。それはそのイメージを思い浮かべることのできないほど豊かな創意、多量な事件、複雑な筋立てなのだ。スペイン人たちがシェークスピアよりはるか以前に戯曲を考え出したのだ。彼らの戯曲は言葉の正確な意味においてロマンチックである。いくつかの子供っぽい博学ぶりを除けば、彼らの芝居はギリシア人にもラテン人にも依存していない。それはロペ・デ・ベガがその『現代における新劇作法』の中で言っている通りだ。

芝居を一つ書き上げなければならない時、
私は六個の鍵で規則という規則を閉じ込めてしまう。

どの場面にも非常に生き生きとして鋭い皮肉な考察が見出されるにもかかわらず、スペインの戯曲作家たちは人物描写をあまり気にかけているようには見えない。芝居の中では人間は哲学的に研究されてはいないし、彼らの戯曲ではイギリスの偉大なる悲劇作品に頻繁に登場するあの挿話的な人物たち、まさに間接的に筋に協力したり、人間精神の一面、独特なる一個性を現わし、詩人の思想を表現したりするだけの目的を持つ生彩に富む、輪郭のはっきりした人物像はほとんど見当たらない。スペインでは、芝居の最後に作者が観客に向って様々な欠点、間違いは御容赦願いたいとあやまる時を除いては、作者が自分の個性をあからさまに出したりすることはほとんどない。
スペイン戯曲の主要な動機は名誉という問題なのだ。

名誉の事例こそ最高のテーマなり、
それはすべての人々を強く感動させるがゆえに。
その高潔さがどこにあれ、
名誉のテーマが絡めば高潔なる行為は人の気に入る。

と再び、その点では自己を知り、欠かさずに己れの掟に従ったロペ・デ・ベガは言っている。スペイン喜劇の中で名誉の問題はギリシア悲劇における運命の役割を演じていたのだ。その情容赦のない掟、その残酷な不可避な事情から容易に大いに興味をそそる劇的な場面が生まれる。面目《エル・プンドノール》、それなりの法規、微妙で精細なる数々の掟を持つこの一種の騎士道的な宗教の方がἀνάγκη、罪人や無実の人々の上に出鱈目にその盲目的な雷《いかずち》が下される古代悲劇の運命よりもはるかに優れている。ギリシア悲劇を読んでいると、行動するにせよしないにせよ変わりなく罪ある人間となる主人公の立場に憤慨を覚えることがしばしばある。カスティリャの名誉の観点はいつでも非の打ちどころがなく論理的で、それ自身と調和しているのだ。その上、名誉心とはまさに人間のあらゆる美徳を自尊心の最終段階にまで過度に推し進めたものなのだ。最高に恐ろしい憤激にかられ、残忍極まりない復讐心に燃えながらも、主人公は高貴で厳粛なる態度を持している。彼が心底愛していながらも、止むを得ない宿命ゆえに殺すことを余儀なくされる人々に対してしばしば、その鉄の鍔のある大剣を鞘から抜きはなつのはいつでも誠実、夫婦の貞節、祖先に対する尊敬、家名の保全維持などの名においてなのだ。名誉心と恋情との間に交わされる戦いから、古代スペイン演劇の大部分の戯曲の興味は生じる。同じ状況に置かれたら登場人物と同じく行動するだろう観客たちによって、その面白味は深く、生き生きと、共感を持って感じとられるのだ。非常に豊かで、時代風俗に深く根を下ろした一つの主題を見て、イベリア半島の古代戯曲作家たちの驚くべき才能に驚いてもらっては困る。もう一つのやはり豊饒な興味の源泉となっているのは、高潔な行為の数々、騎士道的献身、崇高なる自己放棄、変わることのない貞節、人力を超えた恋情、巧妙極まりなく企てられた陰謀、複雑極まりない計略に抗する理想的な高雅な心などだ。この場合には、詩人は観客に対して非の打ちどころない人間性の完全なる手本を提供することを目的としているように見える。詩人は見出し得るあらゆる美点を、主人公の王子や王妃の頭に詰め込む。彼は彼らを雪のように純白の毛皮の上にしみが一つつくよりは死ぬ方を好む白貂《てん》以上に、自分たちの純潔を気にかける人物に作るのだ。

カトリシスムと封建的な道徳観念に対する深い理解が、内容、形式とも本当に起源が民族的なこの芝居全体に息づいている。スペインの戯曲作家たちが見習った三部分割は確かに最高に合理的だし論理的だ。導入部、やま、大団円、これがいかなる芝居の筋においても当を得た自然な配分というものだ。だから我が国でも、第二章と第四章の二つは無駄なことがよくある古代式の五幕に切るやり方の代わりに、この方法を採用する方がいいだろう。

しかしながら、スペインの古代劇がもっぱら崇高なだけだと想像されては困る。グロテスクというこの中世芸術に不可欠の要素が、道化役《グラシオーソ》とか愚か者《ボボ》などの姿を借りて劇中に入り込む。彼らは真面目な筋を冗談や程度の違いはあれ思いきったしゃれなどで彩り、主人公の脇にあって、陳列室の古びた肖像画に描かれた誰かある王とか王子などの側にいるのが見える雑色の胴着を着て、自分たちより大きなグレーハウンド犬と遊んでいるあの不恰好な小人たちのような印象を生むのだ。

パリのペール゠ラシェーズ墓地にその墓を見ることのできる、『シ・デ・ラス・ニニャス』、『エル・カフェ』の作者モラティン。一八二八年にボルドーで死んだ老画家ゴヤが大ベラスケスのまだそれと見分けられる最後の子孫であったと同じように、モラティンはスペイン演劇術の最後の反映である。

今、スペインの劇場ではもはやほとんど、フランスのメロドラマや軽喜劇《ヴォードヴィル》の翻訳劇しか上演されない。アンダルシア地方の中心にあるハエンでは『サン゠ポールの鐘撞き男』が、アフリカとは目と鼻の先にあるカディスでは『パリの腕白小僧』が上演されている。かつては大変に陽気で、独創的で、ひどく地方的な味わいに富んでいたサイネテもはや、ヴァリエテ座のレパートリーから借用してきた模倣作品にすぎない。すでにあまり新しくはない世代に属しているドン・マルティネス・デ・ラ・ロサ、ドン・

アントニオ・ジル・イ・サラテなどは別にしても、しかしながらイベリア半島には才能に恵まれ将来有望な若い作者が何人もいる。しかしフランス同様スペインでも、大衆の注意はいくつもの重大な事件によって逸されている。『テルエルの恋人たち』の作者アルトセンブッシュ、『フライ・ルイス・デ・レオンあるいは世紀と世界』の作者カストロ・イ・オロスコ、戯曲『エル・レイ・イエル・サパテロ』を上演させ成功をおさめたソリリャ、恋のために自殺したブレトン・デ・ロス・エルレロスことリバス公爵ラーラ、つい先頃新聞でその死が報じられたばかりだが、その作品には時として彼の手本であったバイロンにもふさわしい情熱的で荒々しい活力が満ちていたエスプロンセダ、彼らは才能豊かな文学者、ぼくら全員に欠けているもの、つまりは確信という確実な出発点、大衆と共通の物の見方ができる素質が彼らに欠けていなければ、古代の巨匠たちの脇に席を占めることもできるような優美で自在な精神に恵まれた創意に富んだ詩人たちだ。——ああ残念なことに、後の二人に関して〝であった〟と言わなくてはならない。——古い戯曲に見られる名誉心と雄々しさはもはや理解されなかったり、あるいは滑稽に見える。それに詩人たちが表現して見せることができるほど、まだ現代の信仰ははっきりした形をとっていないのだ。

だからとりあえず闘牛場を満たし、感動があるところに感動を求めに行く群衆をあまり非難すべきではない。結局のところ、劇場があまり魅力ある場所ではないとしても、それは大衆の責任ではない。ぼくら詩人が剣士に打ち負かされるがままになっているとすれば、残念なのはぼくら詩人にとってなのだ。要するに、才能のない大根役者がみだらな諷刺歌を歌ったり、くすぶるフットライトを前にいかがわしい文学についてしゃべったりするのを聞くよりは、勇敢な男が狂暴な動物を殺すのを空の下で見る方が精神と心情にとってはより健康的だ。

## ＊ 13 ＊

### エシハ――コルドバ――大天使ラファエル――モスク

ぼくらはまだ轅《ながえ》つき荷馬車しか知らなかったけれど、これから四輪荷馬車をちょっとばかり試してみなくてはならなかった。この愛すべき乗り物の一台がちょうどコルドバに向けて出発するところで、すでにそれにはスペインの一家族が詰め込まれていた。すき間のある横木がついた、車高の大分低い荷馬車を想像していただきたい。その馬車は底板代わりにアフリカはねがやのネットが張られているだけであり、その中に出っぱった角やへこんだ角など大して気にもかけずに旅行鞄やら荷物が詰め込まれるのだ。そうした荷物の上にマットレスが二、三枚というか、より正確に言えば、ほとんど梳《す》かれていない羊毛の毛玉がいくつか浮いている二枚のウールの袋が投げかけられる。このマットレスの上に、かわいそうな旅行者たちは市場に運ばれていく子牛そっくりの恰好で横に寝そべるのだ（陳腐な喩えを許していただきたい）。ただ彼らは足を縛りつけられていないだけで、立場はほとんど同じで最悪だ。全体が、箍の上にきつく張った粗い麻布に覆われ、一人の御者に操られた四頭の騾馬に引っぱっていかれるのだ。

一緒の道中になった家族は大分教養もありフランス語を上手に話す技師の家族だった。その一家には、かつてはホセ・マリア盗賊団の一味で今は鉱山監督官をしている異様な顔付きの大悪党がつきそっていた。このならず者は腰帯に短刀を差し、鞍袋に騎兵銃を備え、馬に乗って荷馬車の後に続いていた。技師は彼を大いに重んじているらしかった。彼の誠実さを褒め上げ、その誠実さに関しては彼の昔の仕事を考えても何ら不安を覚えることはないと技師は言うのだ。ホセ・マリアの噂をしながら、彼はぼくに何度も繰り返してあれは正直で誠実な男だと言った。確かに、追い剝ぎに関して言われるにはちょっと奇妙にぼくらには思われるこの意見も、アンダルシア地方では非常に尊敬に値する人々の意見でもある。スペインはこの点ではアラブ的なままで、ここでは盗賊たちは簡単に英雄で通るのだ。こうした比較も想像力がひどく刺激を受けやすい南ヨーロッパの国々では最初思うほどには奇妙ではないのだ。死を恐れず無視すること、大胆さ、冷静、大胆かつ素早い決意、抜け目のなさと体力、社会に反抗する男に結びつけられる一種の偉大さ、まだあまり文明化されていない人々に強く影響を及ぼすこうした美点のすべてこそが、偉大なる人物を作る美点ではないのか。だから、それらを用いることは禁じられているにもかかわらず、こうした活力に満ちた人間たちに見られるこうした美点に民衆が感嘆することはそれほど間違ったことだろうか。

ぼくらが辿っていた近道は、丘が点在し、狭隘な谷がいくつもある地方を横切って、かなり急な角度で登り下りを繰り返した。その谷底を占めているのは干上がった急流の川床で、そこには巨大な岩石が林立し、ぼくらはひどく激しい揺れを被る破目になり、女子供らは鋭い叫び声を上げた。途中で、ぼくらは素晴らしく詩情溢れる見事な色合いの夕陽の効果をいくつか目にした。はるか遠くで山々は金色の光沢のある、驚くほど強烈で燃えるような真紅と紫の色調に染まっていた。植物が全くないことが、ただ大地と空とだけからなるこの風景に、それに相当するものはどこにもなく、画家たちも今まで一度も描いたことのない雄大なる飾りのなさ、人を寄せつけない峻厳さ、といった風情を刻み込んでいる。騾馬たちを休ませ、ぼくらも何か食べ物を口に入れておこうと、暗くなりかかった頃に数時間、三、四軒の家があるだけの小さな集落で休憩した。スペインに五ヶ月も滞在していたのでずっと賢くなっているはずだったにもかかわらず、フランス人旅行者のように先の見通しのないぼくらはマラガから全く食糧を持ってきていなかったのだ。だから宿屋の女将さんがぼくらのために探し求めてきてくれた白ワインと何もつけないパンだけの夕食をとらざるを得なかった。というのもスペインの食糧戸棚や貯蔵室には、自然が空《から》であることに対して持つと言われるあの恐怖心がないからで、それらはすっかり安心しきった気持ちで無を住まわせているのだ。

午前一時頃、ぼくらは再び出発した。恐ろしく馬車が揺れたり、鉱山技師の子供たちがぼくらの上に転がってきたり、ぼくらの頭がぐらぐら揺れては横木にぶつかって衝撃を受けたりするにもかかわらず、ぼくらは間もなく眠りこんだ。太陽がぼくらの鼻を金色の穂のような光でくすぐりに来た時には、カラトラカの近くに来ていた。これは地図にも記されていない取るに足りない村で、特別なものと言えば皮膚病によく効く硫黄水の泉だけなのだけれど、これがこの辺鄙な場所にいかがわしい商売に携わるかなり胡散臭い連中を引き寄せている。そこでは大博奕が打たれる。だからまだ非常に早い時間にもかかわらず、トランプや金のオンス貨がすでに活動を始めていた。土気色の真っ青なそれがさらに貪欲さのために醜い表情の顔になっているこの病人たちが、痙攣する指をゆっくりと伸ばして餌食をつかもうとするのは何かしら見るもおぞましい光景だった。アンダルシア地方の村々のあらゆる家々のように、カラトラカの家々も石灰乳を塗られている。これが瓦の鮮やかな色や葡萄の枝の花飾りやそれらを取り巻く小低木などと合わさり、家々に華やかで裕福な様子を与えている。こうした様子はスペイン的端整さに関して他のヨーロッパの国々でなされている考えとは全く違う。それらは一般に誤った考え方で、カスティリャ地方のいくつかの見すぼらしい小集落に関してしか適合しない。我が国でそれに相当するものやそれ以上にひどいものが見られるのはブルターニュ地方やソローニュ地方においてだ。

　宿屋の中庭で、ぼくの視線は闘牛シーンを全く素朴に自然に描いた粗末なフレスコ画に引きつけられた。絵の周りにはパキロ・モンテスとその一組みの闘牛士を称える詩が書かれていた。モンテスの名は我が国でのナポレオンの名のようにアンダルシア地方では全く有名だ。彼の肖像画が壁、扇、タバコ入れなどを飾っている。それで、その流行がいかなるものであれ、流行というものの偉大なる悪用者たるイギリス人たちが、有名なマタドールの顔だちが赤、紫、黄色で印刷複製され、それと一緒に美化した文句が書き加えられてある多くのスカーフをジブラルタル半島からばらまき広めるのだ。

　前日の飢えに教えられ、ぼくらは宿の主人からいくらか食糧を買いもとめた。特別にハムも買ったのだがこれに対して彼はぼくらに法外な値段を支払わせた。追い剝ぎについては大いに噂される。しかし危険がころがっているのは街道上ではないのだ。あなたがたが法外な金をふんだくられたり、身ぐるみ剝がされるのは道端の宿屋においてなのだ。これに対してあなたがたは武器に頼って防御する権利もなければ、勘定書きを持ってくる給仕に騎兵銃の一撃をお見舞いする権利もないときている。ぼくは盗賊たちには心からご同情申し上げる。このように悪質な宿屋の主人たちは彼らに多くの取り分を残してはくれないのだ。盗賊たちの手に委ねられる旅行者は、果汁をすっかり絞り取られたレモンでしかないのだから。他の国々では提供された物に対して法外に支払わされるのだけれど、スペインでは無に対して全く高額な値段を支払うことになるのだ。

　昼寝が終わると、荷馬車に騾馬がつながれ、各自がマットレスの上の自分の場所に戻り、猟銃を持つ男は小さな山岳馬にまたがり、御者は騾馬の耳に投げ込む小石を用意し、それでぼくらは再び進みだした。ぼくらが横切る地方は荒涼として風趣に富んではいなかった。何も生えていず、ざらざらし、すっかりむき出しの荒涼たる丘々、冬雨の被害を受け地面に刻みつけられた一種の傷痕のような石だらけの急流の川床。埃にまみれた色薄い葉からは緑とかみずみずしさといった思いは全く浮かんでこないオリーブの森。あちらこちら、白亜と凝灰岩の峡谷の裂けた側面に見える暑さで白くなった茴香《ういきょう》の茂み。道の土埃の上に残されている蛇や蝮の跡、そしてこれら全体の上には、かまどの天井のように熱く燃える空。一陣の風もそよとの風のそよぎもない。騾馬の蹄鉄に巻き上げられた灰色の砂が渦を巻くことなく再び落ちてくるのだ。鉄をも白熱させてしまいそうな灼熱の太陽が荷馬車の麻布にあたり、ぼくらは釣鐘型ガラス蓋の下のメロンのように熟しそうだった。時々は鞍を降りて、荷馬車や馬の影に身を置きながら歩いた。それから血のめぐりのよくなった脚で再びぼくらの場所によじ登るのだったけれど、そうすると子供たちや母親を少し踏みつける破目になるのだった。というのも、ぼくらが自分たちの片隅に到達できたのは荷馬車の輪状の枠で形成された低い円天井の下を四つ足で這っていった挙句のことだったのだ。何度となく水溜まりや峡谷を越え、近道するために野原を横切ったりしすぎたために、ぼくらは本当の道を見失った。御者はそのうち見当のつけられる場所に出るだろうと思いつつ、あたかも自分がどこに進んでいるか完全に知っているかのように道を続けた。というのも馬方とか案内人というのは最後の土壇場になって初めて、本来の道から五里も六里もはずれたところへ諸君らを連れてきた後でやっと自分らが道に迷ったことを認めるのだ。絶えずその道筋が深い峡谷に遮られ、ほとんど踏み固められてもいないひどい道で進路を間違えること以上におかしやすい間違いはないと言うのも当然ではある。ぼくらはぞっとするような様子の発育の悪い、ゆがんだ幹を持つオリーブの木がまばらに生えているだけで、人家の跡も、生物の影も全くない大草原にいた。朝から、ぼくらが出会ったのは半裸で、多量の土埃の中を六頭ばかりの黒豚を前へと追いたてていく子供一人だけだった。夜が来た。なお一層不運なことに、月のない夜だったので、ぼくらの道案内役は星々のゆらめく光だけだった。

絶えず御者は席を離れて地面に降り、両手で地面を触ってみては、轍、本来の道へと戻してくれる車輪の跡がないかどうか触って確かめようとした。しかし彼の探索も無駄だった。それで渋々彼は道に迷い、今どこにいるのかも分からないとぼくらに言わざるを得なくなった。どういうことなのか全く分からない。何度もこのコースは通っているし、目をつぶっていたってコルドバへは行けるはずなのに、と彼は言うのだ。こうした言い訳は全部、ぼくらには大分胡散臭く思われた。多分何らかの待ち伏せにさらされているのだという考えが浮かんだ。状況はあまりうれしいものではなかった。ぼくらはその地方一つだけでスペイン中のあらゆる諸地方を合わせた以上の盗賊が隠れていると噂される地方のまっただ中、いかなる人の助けも期待できない人里離れた地方で夜の闇にとらえられているのだ。こうした考えがおそらく同様に鉱山技師と、こうしたことに関してはよく通じているに違いないホセ・マリアの昔の仲間だったその友人にも浮かんだのだろう。というのも彼らは無言で持っていた騎兵銃に弾丸を込め、荷馬車に置いていた別の二丁の銃にも同じように弾を込め、ぼくら二人に一言も言わず一丁ずつ手渡した。それだけでそれは非常に多くを語っていた。こんな風にして御者は武器のない丸腰のままで、彼が盗賊らと内通していたとしても、こうして彼は無力な状態に追いやられているわけだった。しかしながら、二、三時間出鱈目にさまよった後、ずっと遠くで一条の光が蛍のように枝々の下できらめいているのが目に入った。ぼくらはすぐさまそれを自分たちの北極星代わりにして、一歩ごとにひっくりかえる危険を冒しながらできるだけまっすぐにその明かりをめざして進んでいった。時々、くぼんだ地形のせいでその明かりが視界から隠れることがあった。そうなるとぼくらには自然の中ですべてが消えたように思われた。それから光が再び現われると、それとともにぼくらの期待も息を吹き返すのだった。ついに、窓がはっきり見分けられるぐらいに、とある農家の近くまで着いた。窓は、我らが導きの星が銅製のランプの姿となって輝く空のようだった。牛車やらあちらこちらに散らばった耕作機具などを見てぼくらはすっかり安心した。というのも何らかの魔窟、ごろつき、たかり屋たちの宿屋に陥っていたかもしれないからだ。犬たちはぼくらの存在を嗅ぎつけ、声を限りに吠え出したので、間もなく農家中がざわつきだした。この夜間警報の原因を確認しようと農民たちが銃を手に出てきた。しかしぼくらが道に迷った正直な旅行者であることが分かると、彼らは農家に入って休むようにと礼儀正しく勧めてくれた。

　ちょうどこの正直な人たちの夕食時間だった。皺だらけの陽焼けした、言わばミイラ化したような、皮膚は乗馬用長靴のように関節という関節に太い皺のよった老婆が赤土の碗の中に巨大なガスパッチョを作っていた。非常に丈が高く、背中は痩せ、胸は幅広く、見事に耳が長く垂れ、王様所有の猟犬の群れにもふさわしいような五、六頭のグレーハウンド犬が老婆の動きを絶えず変わらず注意深く、想像しうる限り最も悲しいうっとりした様子で見守っていた。しかしこのおいしいご馳走は彼ら用ではなかった。アンダルシア地方では、水に浸したパンくずのスープを飲むのは犬ではなく人間様なのだ。耳と尻尾がない、というのもスペインではこんな無駄な飾りは切断してしまうのだ。そのために日本の妖怪そっくりになっている猫たちも同じように、ただしもっと遠くから、この食欲をそそる料理を見つめていた。前述のガスパッチョをどんぶり一杯、持参のハム二切れ、琥珀のように金色の何房かの葡萄、これがぼくらの夕食だったけれど、ぼくらはこれを、人間の顔を舐めると称して文字通り口から肉片を奪いとっていくグレーハウンド犬の馴れ馴れしい侵略と競いあって食べなくてはならなかった。ぼくらは立ち上がり、手に皿を持って立ったままで食べようとする。しかしいやらしい動物の方は後ろ脚で立ち、ぼくらの肩に前脚を投げかけることによって切望していた肉片の高さと同じになるのだ。肉片を奪い取れないとなると、犬らは少なくとも二、三回舌で舐めまわし、こうして最高の優雅な味を最初に楽しむことになるのだ。これらのグレーハウンド犬はぼくらには、セルバンテスも台詞部分でその物語を書きはしなかったあの有名な犬の直系の子孫であるように思われた。あの御存じの動物はとあるスペインの宿屋で皿洗いの職をつとめており、皿が汚れているという非難が女中になされでもすると、彼女はでもこれらの皿はシエテ・アグアスが洗ったんですよと厳かに誓うのだ。シエテ・アグアス（七つの水）というのが犬の名前で、これは彼がまるで皿が七回水に通されたと思えるほどきれいに皿を舐めるのでこんな風に名づけられたのだった。その日は彼が仕事をおざなりにしたのに違いなかった。農家のグレーハウンド犬がこの種属に属しているのは確実だった。

彼らは案内役として、道を隅から隅まで完全に知りつくしている少年を一人つけてくれた。彼はぼくらを無事にエシハへ案内してくれた。エシハには午前十時頃に到着したのだった。

エシハへの入り口はかなり生彩に富んでいる。橋を渡ってそこに行くのだが、橋のつきる所に凱旋門のように見えるアーチ型の門が立っている。この橋はまさにグラナダのヘニル川に他ならない川に架かっている。川は古代アーチの残骸や水車用の堰《せき》によってせき止められている。橋を渡ると、木々が植えられた、バロック様式の二つの記念建造物に飾られた広場に出る。一つは円柱の上に置かれた金箔を張られた聖母像からなる。円柱の溝のある台座は造花の鉢、奉納物、葦の髄の冠、それから南欧の信仰心を示すあらゆる小装飾品に美しく飾られた一種の祭室のようなものを形成している。もう一つは巨大な聖クリストフ像だ。これも同じく金箔を張った金属製で、彼の大きさに釣り合う一本の棕櫚の木のステッキに片手をもたせかけ、筋肉を異常なほどひきつらせ、家を一軒持ち上げるほどの力をこめて、魅力的なほど可愛らしく優美なまだ全くの幼子のイエスを肩に乗せている。拳の一撃でミケランジェロの鼻をつぶしたフィレンツェの彫刻家トレジアーニの作とされるこの巨像はソロモン様式（これがこの国でトルソ式円柱に与えられている名前だ）の円柱に載せられている。その円柱は淡いバラ色の花崗岩で作られ、螺旋模様は途中で終わり、一風変わった花形装飾と渦巻き装飾になっている。ぼくはこんな風に置かれた彫像が非常に好きだ。それはより多くの効果を生むし、遠くからも見られるし、それが一層それらを美しく際立たせるのだ。ふつうの台座だと何かしらどっしりとして平べったい感じがあり、そのためにそれが支えている像から軽やかさが奪われてしまうのだ。

エシハは観光客のコースからは外れ、一般にほとんど知られていないにもかかわらず、全く特別の非常に風変わりな様子を持つ大変興味深い町だ。その輪郭の最も鋭い角をなす鐘楼はビザンチン様式でも、ゴチック様式でも、ルネサンス様式でもない。それらは中国式、あるいはむしろ日本式と言った方がいい。あなたがたはそれを金剛如来、仏陀こと中国名フォーなどに奉献されたどこかの中国式寺院の小塔と間違えるだろう。というのは、それらは全体が非常に鮮やかな彩色を施された陶器とか磁器製のタイルに覆われ、市松模様に配置された、世にも奇妙に見える緑と白の釉薬をかけられた瓦で葺かれてあるからだ。建物の他の部分も同じく妙な空想的な代物で、そこでは曲線に対する愛が極限にまで推し進められている。それらはまさに金箔、象眼、角礫岩、それから布地のようにしわくちゃの色つき大理石なのだ。すべてが彩色され、化粧を施され、驚くほど豪華で、崇高なほど悪趣味な花形装飾、多くの天使たち、むくんだ天使たちなのだ。

貴族のお屋敷町になっている最高に美麗な館のある騎士通りは、この手のものとしては何かしら全く不思議な通りだ。ちゃんとした生身の人間が住む家々の間に、現実に存在する通りに自分がいるとはほとんど信じられないほどだ。バルコニー、鉄格子、フリーズなど何一つとして真っ直ぐなものはない。

すべてが捻れ、曲がり、花形装飾、渦巻き形装飾、菊ぢしゃ模様となって展開されている。あなたがたは三センチ四方の部分で曲線模様をつけられていなかったり、花づな装飾で飾られていなかったり、金箔を張られてなかったり、刺繍を施されていなかったり、塗装を施されていないような部分を一つとして見出すことはできないだろう。我が国でロココの名で呼ばれている様式が残した最もごつごつとして、無秩序なものがすべて、良きフランス趣味が最悪の時代においても常に避ける術を知っていた厚く積み重ねられた豪華としてそこにあるのだ。アンダルシア地方ではこのオランダ的中国的ポンパドゥール様式に目を楽しませられたり、驚かされたりする。ふつうの家々は石灰を塗られ、その眩いばかりの白は群青色の空を背景に驚くほどくっきりと浮かび上がっている。それらの家々はその平屋根、小窓や見晴らし場《ミラドール》などによってアフリカを思わせる。こうした想像には、涼しい夏でのその場所の平常気温なのだが摂氏三十七度の暑さが充分に働いていた。エシハにはアンダルシアのフライパンという渾名がつけられているのだが、これ以上に当然の渾名はない。低地にあるエシハは砂の多い丘に囲まれ、それらの丘が町を風から保護し、中央焦点式の鏡のように太陽の光を反射するのだ。人々はその町でフライの状態で暮らしているのだ。そのせいでぼくらは昼食までの間、その町を四方八方へと勇敢に歩き回ることができなかった。柱のある家々、何列もの窓々、アーケードや張り出したバルコニーなどの見られるマイヨール広場は全く独特の眺めだ。

　ぼくらの宿屋は充分に快適だった。そこではどうにかやっと人間的な食事が出され、さんざん不自由な食事を余儀なくされた後では当然許されると思うけれど、ぼくらはそれをおいしく楽しんでゆっくり味わった。ぴったりと閉め、充分に暗く、たっぷりと水を撒いた大きな部屋で長い間昼寝をしたおかげでたっぷりと体を休めることができた。だから三時ごろ、荷馬車に再び乗り込んだ時のぼくらの顔付きは晴々とし、すっかり運命に身を委せきった表情をしていた。

エシハから、ぼくらの宿泊予定地のラ・カルロッタまでの道はあまり面白味のない地方を通る。少なくともそれは季節柄そう見えたのかも知れないが、不毛な埃っぽい様子の地方でぼくらの記憶にはこれといって大した印象は残されていない。ところどころに、オリーブ畑や青々とした柏の茂みがいくつか現われ、アロエの木が相変わらず独特な形の青っぽい葉を見せている。鉱山技師のメス犬（というのも、子供らは別にしてぼくらの動物小屋には四足獣がいたからだ）は山鶉《やまうずら》を何羽か狩り出し、そのうち二、三羽がぼくの旅の道連れの手で撃ち落とされた。これがこの間の旅程の一番人目をひく出来事である。

夜を過ごすためにぼくらが宿泊したラ・カルロッタは取るに足りない小集落だ。軍隊生活というのは僧院生活用に配置された建物に一番すんなりとはめ込まれ、移れるものである以上、革命時代にはほとんどいつでも起こるように、最初は兵舎へと変えられた古い修道院が宿屋になっているのだった。アーケード状の長い廻廊が中庭の四面に面して樹木に覆われた廊下をなしていた。中庭のうちの一つの中央には大きな、大変に深い井戸が黒い口をあけており、よく澄んだ冷たい水という素晴らしいご馳走をぼくらに約束していた。縁石にかがみこんでみると、内部が石のすき間に生えた非常に美しい緑色の植物にすっかり覆いつくされているのが見えた。何か緑の草とか冷気がほしいなら、実際に井戸に入って見てくる必要があった。それほど暑さが厳しく、暑いのは火事が近くで起こっているためだと思ってしまうほどの暑さだった。熱帯植物が生育される温室の温度だけがその暑さの感じを伝えてくれる。空気そのものが燃えていたし、時々思い出したように吹く風はまるで火の分子を運んでくるようだった。ぼくは試しに外出して村を一回りしに行こうとした。しかし門を出るやいなやぼくを出迎えた蒸し風呂のような蒸気がぼくを逆戻りさせた。夕食はトルコ風ピラフと同じようにサフラン味を効かせたライスの上にごちゃごちゃに散らしたばらばらのチキン、大量の酢の中に浮かび、あちらこちらにおそらくランプから借用したのだろう油がいくつか点々とちりばめられている青菜のサラダ（エンサラダ）からなっていた。この豪華な食事が終わると寝室に案内されたのだが、そこはすでにあまりに多くの人間に占拠されていたので、ぼくらは中庭中央で外套にくるまり、椅子をひっくりかえして枕代わりにして夜を過ごしに行った。そこでは、少なくとも蚊の攻撃にさらされるだけだった。手袋をはめ、顔をスカーフで覆ったので、五、六回針で刺されるだけで済んだ。それは痛いだけで、不愉快なほどではなかった。

宿の亭主らはちょっと悪党づらをしていた。しかし程度の差はあれ不快な顔付きには慣れていたので、ぼくらはずっと前からその手の顔にはもう用心をしなくなっていた。不意に聞きとることのできた彼らの会話の断片から、ぼくらは彼らの心が彼らの体付きと釣り合っているのが分かった。彼らはぼくらがスペイン語を分からないだろうと思って、数里ばかり先に行ってぼくらを待ち伏せして襲撃したらどうだろう、とエスコペテロに聞いていた。ホセ・マリアの昔の仲間は非の打ちどころなく高貴で威厳に満ちた態度で彼に答えた。「そんなことは許さない、この若い紳士の方々は私と一緒の人たちだからだ。それに、彼らは盗賊に会うことを予想して旅行に必要なぎりぎりの金額しか身につけていない。他のお金はセビリャで受け取る為替手形にしてある。さらにその上、彼らは背も高く、二人とも力が強い。鉱山技師について言えば、あれは私の友だちだし、荷馬車には騎兵銃を四丁積んである。」この説得力ある論理で主人と仲間たちは納得させられ、今回は、あらゆる国の宿屋の亭主に許されているふつうの強奪手段だけで満足した。

盗賊に関して旅行者や土地の人間らによってありとあらゆる恐ろしい話が語られているにもかかわらず、ぼくらの胸踊る出来事もそれで終わりだった。時代も確かにこの種の出会いがありそうな時代で、スペインの最も危険だと噂される地方を通って長々と旅を続けている中で、それが一番劇的な事件だった。スペインの盗賊というのはぼくらにとっては、全く空想的な存在、一個の抽象、単なる一篇の詩だった。一度としてぼくらはラッパ銃をちらりとさえ目にすることがなかった。それでぼくらは追い剥ぎに関しては、メリメがその話を語っている若いイギリス紳士の疑い深さに少なくとも匹敵するほど、その存在を信じなくなってしまっていた。そのイギリス人は盗賊団の手に落ち、身ぐるみ剥がれても、あくまでそこに自分に邪魔しようと置かれたメロドラマの端役しか見ようとしなかったのだ。

午後三時頃ラ・カルロッタを後にした。夜になりぼくらはジプシーらの見すぼらしい小屋に止まった。その小屋の屋根は一種の粗末な藁葺きの家のように横棒の上に切った木の枝をただ投げかけただけのものだった。何杯か水を飲んだ後、ぼくは静かにドアの前、我らが母なる大地の胸の上に横になった。そのきらめきが、あまりに速すぎて見えない羽のせいでとんぼの体の周りにできる渦巻きに似た光る渦巻きをつくっている大きな星が金色の蜜蜂の群れのように飛びかっているように見える空の蒼い深淵を見つめていると、ほどなくぼくはまるで世にも柔らかなベッドにでも寝ているかのように、ぐっすりと深い眠りについた。しかしながら枕と言えばケープで包んだ石があるだけだったし、かなり大きな小石が何個かぼくの腰にくいこみ凹んだ型をつけていた。これ以上に美しく澄みきった夜が青いビロードのマントで地球を包み込んだことは今までなかった。夜の十二時頃に、荷馬車は再び進み出した。明け方になると、ぼくらはもうコルドバへ半里の所に来ていた。

読者の皆様はおそらく、休憩やら一日の旅程に関してこんな風に何度も報告されているのを見ればコルドバとマラガは大変な距離によって隔てられ、四日半も続いたこの旅で厖大な距離を踏破したのだと思われるだろう。踏破した距離はスペイン里で二十里ばかり、大体フランス式の三十里にすぎない。しかし馬車にはどっしりと重く荷物が積まれていたし、道はひどく、騾馬を交替させる宿駅も置かれてなかったのだ。もし太陽が最高に暑く降りそそぐような時間に思いきって外に出たりしたら、人も動物も窒息してしまいそうな堪え難い暑さをこれにつけ加えてほしい。しかしながらこの辛くゆっくりした旅はぼくらにいい思い出を残してくれた。交通手段が極端に速いと旅程からいかなる魅力も奪われてしまう。あなたは何一つ見る時間もないまま、旋風に巻き込まれたかのように運ばれていくのだ。すぐ到着してしまうというだけなら、自分の家にじっとしていた方がいい。ぼくにとって旅の楽しみとは到着することではなく、進んでいくことにあるのだ。

　この場所では大分川幅も広くなっているグアダルキビル川に架かる橋が、エシハ方面から来た時のコルドバへの入り口になっている。そのすぐ側にあるアラブ式水道橋の古いアーチの残骸が目をひく。橋の先端は新しく建築された堡塁に支えられた銃眼のある、四角な大塔に守られている。町の城門はまだ開かれていなかった。黄と赤のエスパルト繊維でできた三重宝冠を厳かに被った牛がつながれた荷車、刻んだ麦藁を背負う白い驢馬と騾馬、円錐形の帽子を被り、前方と後方に司祭の袖なしマントのように乗れ下がり、布地の中央にあけられた穴に頭を通して着るようになっている茶色の羊毛マントを着た農夫らの群れが、決して急ぐようには見えないスペイン人に通常のことだが、冷静に辛抱強く開門時間を待っていた。パリの市門にこうした群集が集まったらものすごく大騒ぎをするだろうし、思う存分罵ったり悪口を浴びせるだろう。そこでは、一頭の騾馬の首につけられた銅の鈴が揺れる音と大佐クラスの堂々たる一頭の驢馬が場所を変えたり、耳の長い仲間の首に頭を休めたりするたびに聞こえる小鈴の銀のように響くちりんちりんという音以外に、物音は全く聞こえなかった。

　この停止時間を利用してコルドバの外周りをゆっくりと眺めることにした。イオニア様式で、その様式があまりに堂々としているのでまるでローマ時代のものと思われかねないような、凱旋門型の見事な門がカリフの町の誠に壮麗な入り口になっていた。しかしながら、ぼくとしてはグラナダに見られるようなハート型に広がったあのムーア式の美しい拱門の方が好みだ。モスク＝大聖堂が、アラブ式の銃眼が鋸歯状に施されているその高い外壁と東洋風の平屋根の上に重たくうずくまる円屋根などがあるために寺院というよりむしろ城砦のように、町の家並みと囲いの上に聳えている。はっきり言っておかなくてはならないが、これらの外壁はずいぶん嫌らしい一種の黄色に塗られている。まさしく黴がはえ、汚れてぼろぼろの黒ずんだ建物を好む人々に属しているわけではないので、ぼくらはこうしたおぞましいかぼちゃ色には特別ぞっとする。この色はあらゆる国々の司祭や教会財産管理委員の連中や協会参事会員らを最高に魅了するのだけれど、というのも彼らは自分らに委ねられた素晴らしい大聖堂を必ずその色ですっかり塗りたくってしまうのだから。建物は塗装を施されるべきだし、実際、最も純なる時代においてさえいつでも色を施されていた。ただしかし、塗料の性質と色のニュアンスを選ぶべきだろう。

ついに開門され、ぼくらは税関でかなり事細かに検査されるのをあらかじめ楽しんだ。それが終わるとぼくらは自由放免になり、ぼくらの騾馬と一緒に一番近い宿へと向った。

コルドバはアンダルシア地方の他のどの町よりもアフリカ的な様子がある。騒々しい舗道は干上がった急流の川床そっくりの通りというかむしろ路地は、驢馬の積み荷から抜け落ちる短い麦藁が一面に散らばり、ヨーロッパの風俗習慣を思い出させるようなところは全くない。鉄格子のついた窓がまばらに穿たれた白墨色の際限なく続く両側の壁の間を歩いていくと出くわすのは、嫌な顔の乞食、喪服にすっぽり身を包んだとある婦人信心家、あるいは白づくめの馬具をつけた褐色の馬にまたがり、舗道の小石に多くの火花をちらしながら目にも止まらぬ速さで駆け抜けていく伊達男だけだ。ムーア人らがもしそこに戻ってくることができれば、彼らにはそこに再び身を落ち着けるのに大してやるべきこともないだろう。コルドバに思いをはせる時に、ゴチック様式の家々や透かし彫りのある尖塔などのある町について人が思い浮かべ得るイメージは全く間違っている。あまねく石灰塗りが使用されていることによって、すべての記念建造物に一様の色合いが付与され、建築物の壁は埋められ、細工は消え、年齢を読みとることもできなくなる。石灰のおかげで、百年前に作られた壁もつい近頃完成した壁と見分けのつけようがないのだ。かつてはアラブ文明の中心だったコルドバは今日、白い小さな家々の山にすぎない。その家並みの上にはその緑が金属的な光沢を見せるサボテンや蟹状の葉が花開いた棕櫚の木がそびえ、二頭の雄騾馬が並んで通るのも難しいような狭い道で家々は小さく一郭一郭に分割されている。かつてはムーアの血が活発に循環して生き生きしていたこの大きな肉体から、生命が消えてしまったように見える。今残っているのはもはやその石灰化した白色化した骸骨だけにすぎない。しかしコルドバは、すでにグラナダとかセビリャでアラブ建築の驚くべき実例を嘆賞する機会に恵まれた旅行者にとってさえ、全く新しく、世にも独特の記念建造物であるモスクを持っているのだ。

ムーア的な外観にもかかわらず、コルドバはしかしながら良きキリスト教徒で、大天使ラファエルの特別の保護の下に置かれている。ぼくらの宿のバルコニーからは、この天国の守護神を記念した大分奇妙な建築物が聳えているのが見えた。ぼくらはもっと近くでそれをじっくり眺めたいと思った。円柱の上にあり、手に剣を持ち、翼を広げ、金箔にきらめく大天使ラファエルは彼の守護に委ねられた町に永遠に気を配る歩哨のように見える。金色のブロンズ製のコリント様式の柱頭を戴く円柱は灰色の花崗岩でできており、バラ色の花崗岩の小塔というか頂塔の上に載っている。その塔の土台は馬、棕櫚の木、ライオンそれから最も不思議な海の怪物が一団となっているロカイユでつくられている。四体の寓意像でこの装飾は完全なものになっている。台座には聖人天使に対する献身と信仰心によって名高い人物、司教パスカルの棺がはめ込まれてある。

棺の上には次のような銘が書かれてある。

十字架にかけられたイエス・キリスト
にかけてお前に誓う
私が神にこの町の守護を委ねられた
天使ラファエルであることを。

しかし、大天使ラファエル、他の天使ではなくどうして彼がまさしくアブデラムの古き町の守護者であると人は知りえたのか、とあなたはぼくに言うだろう。コルドバの本屋通り、ドン・ラファエル・ガルシア・ロドリゲスの店で許可を得て印刷された恋歌というか哀歌を用いてあなたにお答えすることにしよう。この貴重な資料の冒頭には翼を広げ、頭の周りに後光を戴き、手に旅行杖と魚を持ち、ヒヤシンスと芍薬の入った二個の輝かしい壺の間に厳かに鎮座している大天使を描いた木版刷りの唐草飾りが載っていて、その全体に次の如き銘がつけられている。「ペストからの守り手にしてコルドバの町の守護者、大天使、聖ラファエル殿の本当の話と珍しい伝記」。

そこには福者なる大天使がコルドバの貴族にして司祭のドン・アンドレス・ロエラスに現われ、その寝室で彼に向って、最初の文章がまさに円柱に刻まれてある文章であるお話をなさった、というような事が語られている。聖人伝作家らによって書き伝えられ保存されているこの御言《みこと》は、司祭と大天使が互いに向き合って椅子にすわったまま一時間半以上も続いた。この顕現は一五七八年五月七日に起こった。その思い出を保存するためにこの記念建造物が建立されたのだった。

鉄格子に囲まれた広場がこの建物の周りに広がり、あらゆる方面からその建物を見つめることができるようになっている。こんな風に置かれた彫像には何か優美なすらりとしたところがある。この点は大いにぼくの気に入っているのだが、そうした特徴ゆえにテラス、広場、あるいは広すぎる中庭などのむき出し状態が見事に隠されてしまうのだ。パリの美術学院の中庭にある斑岩製の円柱上に置かれた小立像が装飾に関して、こんな風に彫像をぴったり合わせる方法をうまく利用しうるのだということを少し考えさせてくれる。こうして彫像はこの方法がなければ持つことのないいかにも記念建造物らしい外観を持つのだ。こうした考察はすでにエシハの聖母マリア像と聖クリストフ像を前にしたときに頭に浮かんでいたのだった。

大聖堂の外側はあまり心をひきつけなかった。それでぼくらはこっぴどい失望を味わうことになるのを恐れた。ヴィクトル・ユゴーの詩。

古き家並みとモスクのあるコルドバ、
そこでは視線が驚くべき建築物の間に迷いこむ。

この詩は始めからあまりに美化されすぎていると思われた。しかしぼくらは間もなく、それがまさしく正しいことを納得させられた。

八世紀の終わり頃にコルドバのイスラム教寺院の基礎を築いたのはイスラム教国王アブデラム一世だ

った。工事は非常に活発に運ばれたので、建築は九世紀初めには終了した。この巨大な建築物を完成させるのに二十一年で充分だったのだ。以後最悪の粗末な野蛮状態に陥った民族の手によって、千年前にこれほど途方もない規模の見事な工事がなされたことを思うと、人は驚き、今日流行しているいわゆる進歩主義というものを信じられなくなる。消滅した諸文明によってかつて支配されていた国々を訪ねると、反対意見の方に与したい気持ちにさえかられるほどだ。ぼく自身としては、ムーア人たちがスペインの支配者のままでいなかったことをいつでも大いに残念に思ってきた。スペインは彼らを追放することで損をしただけなのだ。歴史家らによっていとも厳かに収集された民間伝承の大袈裟な話を信じるべきだとすれば、彼らの統治下にあった頃のコルドバは戸数二十万、広壮な邸宅の数八万、浴場九百を数えていた。一万二千の村々がコルドバの郭外街のようなものになっていた。今、コルドバは住民数四万人、ほとんど住む人もないように見えるほどだ。

アブデラムはコルドバのイスラム教寺院を巡礼地、西方のメッカ、予言者マホメットの死体が葬られているイスラム教寺院につぐ最初のイスラム教寺院にしようと思った。ぼくはまだメッカの城郭は見ていないけれど、それが壮麗さと広さの点でスペインのイスラム教寺院に匹敵するかどうか疑わしく思う。そこにはコーランの原典の一つとさらに一層貴重な聖遺物、マホメットの腕骨が一片保存されていた。

コンスタンチノープルのスルタンは今でもなお、特別に予言者マホメットに捧げられた場所でミサがとなえられたりしないように、スペイン王に貢ぎ物を納めているとさえ、一般民衆は主張している。この礼拝堂は信心家たちから「驢馬の顎骨、粗悪な骸骨」を意味する軽蔑語であるサンカロンと皮肉をこめて呼ばれている。

コルドバのイスラム教寺院には門が七つ穿たれているが、これには何ら記念建造物めいたところはない。というのも構造自体によってそれが妨げられているし、カトリック大聖堂の壮厳な建築様式によって余儀なく必要とされる壮麗な正門が作れないようになっているからだ。だから外側では何一つ、あなたを待ち受ける驚くべき眺めに対して心の準備をさせてくれるものはないのだ。よかったら、ロス・ナランヘロスの中庭へと入っていくことにしよう。これはムーア人の王たちと同じ時代からある巨大なオレンジの木が植えられ、周りをアーケード状の長い廻廊に囲まれ、大理石が張られた大きな壮麗な中庭で、その一方の側には、ぼくらが後にセビリャで見ることができたようなジラルダ塔を下手糞に模倣しただけのつまらない様式の鐘楼が一つ立っている。この中庭の舗石の下には、巨大な貯水層がある、という。オメイヤデス朝時代には、ロス・ナランホの中庭から直ちにモスクそのものへと入っていた。というのもこちら側の眺望を遮っている嫌らしい壁が築かれたのはまさに後になってからのことだったのだから。

この奇妙な建造物に関して最も正確なイメージを伝えられるとすれば、それは、その建物が壁に閉ざされた、五の目型に円柱が並ぶ大きな見晴らし台そっくりだと言うことだ。見晴らし台は横四二〇ピエ、縦四四〇ピエあり、円柱の数は八百六十本になる。それでもこれは初代のモスクの半分の規模でしかない、という。

このイスラム教の古い神殿に入った時に感じる印象は何とも言いようがない。それはふつう建築物を見た時に引き起こされる感動とは何のつながりもない。あなたには一個の建物の中というよりはむしろ天井のある森林の中を歩いているように思われる。どちらの方向を向こうと視線は、地面から自然に生え出した大理石の植物のように見渡たす限り交差し、伸びている円柱の小道の中へと迷い込む。この大木の樹林に満ちている神秘的な薄明かりが一層幻想を強めている。横に身廊が十九あり、縦に三十六走っている。しかし横の拱廊の入り口はずっと小さい。それぞれの身廊は二列の半円形の部分が重ねられてできており、そのうちのいくつかがリボンのように交わり、組み合わさり、非常に風変わりな効果を生んでいる。どれもが唯一本の部分からなる円柱は柱頭までの高さが一〇～一二ピエ以上ということはほとんどない。力感あふれ優美なアラブのコリント様式のこの柱頭はギリシアのアカンサス（葉飾り）よりもむしろアフリカの棕櫚を思い出させる。円柱は珍しい大理石、斑岩、碧玉、緑や紫の角礫岩、その他高価な石材でできている。中には、主張されているところによると、ある古代のヤヌス寺院の廃墟から来ているという。古代様式のも何本かある。こうして、三つの宗教がこの遺跡の上で儀式をとりおこなってきたのだ。この三宗教のうち、一つはそれが代表していた文明とともに過去の深淵の中へと永遠に消え去った。もう一つはヨーロッパの外、東方の野蛮の地深くまで押し返され、ヨーロッパにはもはや片足をつけているにすぎない。三つ目の宗教は絶頂期に達した後、批判検討の精神によって弱体化し、絶対君主として君臨していた国々においてさえ、日に日に衰退しつつある。たぶん、王アブデラムの古いモスクはなお充分に存続し、四番目の信仰が拱廊のその半円部分の影に宿り定着し、別の儀礼や別の歌で新しい神というか、むしろ新しい予言者、というのも神は決して変わることがないからだ、を祝うのを見ることになるだろう。

カリフの時代には、芳香性の油が満たされた八百個の銀製ランプがこれらの長い身廊を照らし、円柱の斑岩やなめらかな碧玉をきらめかせ、天井の金箔の星形に光のスパンコールを引っかけ、影の中にクリスタルのモザイク模様や、花や唐草模様が組み合わされたコーランの聖者伝などを浮かび上がらせていた。これらのランプの間にはムーア人たちに征服されたサン・ジャック・ド・コンポステルの鐘があった。銀の鎖で円天井に逆さにつり下げられたそれらの鐘は、以前はカトリック教会の鐘だったのにイスラム教のランプに変わってしまったことに全く驚いた風で、アラーとその予言者の寺院を照らしていた。その当時、視線は長い円柱廊の下を思うがままに遊び、寺院の奥から、内部の薄明かりとのコントラストによって一層眩いばかりになった光の川の中に花開いたオレンジの木や中庭の噴泉などを見ることができた。残念ながら、この素晴らしい眺めは今日、カトリック教会というアラブのモスクの中心に重たく打ち込まれた巨大な塊によって遮られている。装飾衝立、祭室、聖具室によって全体の釣り合いに余計な部分がつき、釣り合いが壊されている。この邪魔な寄生教会、この石の巨大なきのこにしてアラブ式建築物の背中に生えた建物の疵はエルナン・ルイスの設計に基づいて建築されたもので、それ自体値打ちがなくはない。どこでも他の場所にあるのならみんなも見とれるだろうが、今、それが占めている場所は永遠に残念でならない。それは市会の側からの抵抗があったにもかかわらず、それまでにモスクを見たことのなかった皇帝カルロ五世からだましとった命令に基づいて、教会参事会によって建てられた。数年後にそれを訪れた皇帝は言った。「こうと知っていたら、わしは古《いにしえ》の建築物に手を加えたりするのを決して許可しなかっただろうに。お前たちはどこにも見られないものの代わりにどこでも見られるものを置いたのだ。」この正当な非難の言葉を聞いて教会参事会員らは恥じ入って頭を垂れた。しかし悪はなされてしまっていたのだ。内陣にある、旧約聖書の様々な主題が描かれた、大きなマホガニー製の彫刻を施された一個の巨大な指物細工は人の感嘆を誘う。これはドン・ペドロ・ドゥケ・コルネホの作品で、自分の作品から数歩の所、敷石の上に横たわるかわいそうな芸術家の墓の上に見ることができるように、彼は驚異的な作品に人生の十年間を費やしたのだ。墓といえば、ぼくらは壁にすっぽり囲まれた大分奇妙な墓に目を止めた。それは旅行鞄の形をしており、三個の南京錠がかかっていた。これほど念入りに閉じ込められた死骸は最後の審判の日に、彼の棺の石錠をあけるのにどんな風にするのだろう。それに全体が混乱している最中にあってその鍵をどうやって見つけ出すのだろうか。

十八世紀の半ばまで、西洋杉と唐松で作られた王アブデラムの古い天井は、格間、下端、菱形模様やあらゆる東洋風の壮麗な装飾物とともに保存されていたが、つまらない様式の円天井と半円天井とに替えられてしまった。昔の敷石張りの床は煉瓦畳の下に消えてしまった。煉瓦舗装のために地面は高くなり、柱身は飲み込まれ、広さの割には低すぎるという建物の一般的な欠点が一層目立つようになっている。

これらの瀆聖的な部分がすべてであるにしても、コルドバのイスラム教寺院がやはり世界中で最も素晴らしい記念建造物の一つであることに変わりはない。ところで、残りの部分が毀損されていることをぼくらにより一層痛切に感じさせるためかのように、ミラと呼ばれる一部分だけがまるで奇蹟によるように細かな所まで完全に元のままに保存されている。

彫刻を施され金箔を張られた木の天井と星形模様がちりばめられた円天井、日光を柔らかに和らげて通す鉄格子のついた切り抜き窓、三つ葉飾りのある小円柱の並ぶ廻廊、モザイク模様を施された色付きのガラス板、この上なく優美にして複雑な唐草模様と装飾の間を曲がりくねっている、金色のクリスタル文字で書かかれたコーランの節などが、豪華で美しく、素晴らしく優美な全体を形成している。こうした全体に匹敵するものは『千一夜物語』の中に見られるだけで、いかなる芸術にも負けはしないほどだ。これほど巧妙に線が選ばれたこともなければ、色がこれほどうまく配合されたことも決してなかった。この上なく精妙な変化、この上なく高価な金銀細工の中にあるゴチック様式でさえ、何かしらひ弱で、やつれた、虚弱なところがあり、芸術の粗雑さと幼さを感じさせるのだ。ミラと呼ばれるその建築物は反対に、最高の発展段階に達した文明、絶頂期にある芸術を示している。それ以上進めば、あとはもう衰退があるだけだ。釣り合い、調和、豪華さと優美さ、何一つ欠けるものはない。この祭室から、装飾過剰の小さな至聖所に入るようになっている。そこの天井は法螺貝の形に彫られ、喩えようもなく精妙に刻まれたただ一個の大理石の塊でできている。そこがおそらく至聖の場所、神の臨在が他の場所よりもより感じられる驚くべき聖なる場所だったのだ。

カリフたちが信者の群れから離れてお祈りをあげたカピリャ・デ・ロス・レイエス・モロスと呼ばれるもう一つの祭室にも同じように奇妙な魅力的な細部が見られる。しかし、そこはミラと同じ幸福な状態でいることはできなかった。そこの色彩はぞっとする石灰の覆いの下に消えてしまっている。

聖見室には宝があふれている。それはまさに宝石類がきらめくようにちりばめられた聖体顕示台、小さなカテドラルぐらいに大きな、細工がえも言われぬ、大変重い銀の聖遺物箱、燭台、金の十字架、真珠で刺繍を施された袖なしマントなどだ。国王にふさわしいという以上の全くアジア的な絢爛豪華さ。

まさに外に出ようとしていると、案内役をつとめてくれていた教会番人がぼくらをとある暗い片隅に秘密めかした様子で連れていった。そして最高に珍奇な代物だと一基の十字架を見せてくれた。その十字架は円柱の下につながれた一人の捕らわれの身のキリスト教徒が斑岩のその円柱に爪で彫ったものだと主張するのだ。話の真実性を確認するために、彼はぼくらにそこからすぐの所に置かれたあわれな捕らわれ人の立像を見せてくれた。伝説に関しては必要以上にヴォルテール的懐疑論者というわけではないのだけれど、ぼくは昔の人は恐ろしく頑丈な爪を持っていたものだとか、斑岩が大変やわらかかったのだろう、とか考えずにはいられなかった。その上、この十字架だけではないのだ。作りが大分劣る別の円柱に二つ目の十字架が彫られているのだ。教会の番人はぼくらに、鉄鎖で円天井の中央につり下げられている一本の大きな象牙をも見せてくれた。それは誰かサラセン人の大男、消滅した世界の伝説のネムロドのような人の狩猟ラッパのように見えた。この牙はモスク建設中、資材運搬に使われていた象のうちの一頭のものだ、ということだ。彼の説明案内と親切に満足して、ぼくらは彼にペセタ銀貨を数枚与えた。こうした気前良さはぼくらに同行していたホセ・マリアのかつての友人には大いに気に入らなかったらしい、彼の口からは幾分非常識（異端的）な次のような言葉が吐き出されたからだ。「そのお金をくだらない堂守なんかにやるより正直者の盗賊にくれてやった方がよくはありませんか。」

大聖堂を出て、ぼくらは捨て子養育院の正面代わりになっている美しいゴチック式の正門の前にしばし立ち止まった。他の場所ならどこでもそれは嘆賞されもしようけれど、こんなに恐ろしく近くにあるのでは大聖堂が圧倒されてしまう。

大聖堂を見物し終えた後では、もはや何一つぼくらをコルドバに止めておくものはなかった。コルドバ滞在は非常に楽しみ多い滞在というわけにはいかないのだから。外国人がそこでできる唯一の気晴しはグアダルキビル川へ水浴に行くか、モスクの近くにある数多くの床屋の一軒で髭を剃ってもらうことだ。髭剃りの方は、あなたがすわらされた柏の大きな肘掛け椅子の背もたれにのっかって、小柄な床屋が巨大なかみそりを使って、いとも巧みにやり遂げてくれる。

堪えがたい暑さだった。というのもその暑さには火事が加わっていたからだ。取り入れが終わったばかりだった。アンダルシアでは小麦の取り入れが終わると、灰で土地が肥えるように切り株畑を焼く習慣なのだ。田畑は三、四里四方にわたって燃え上がっていた。この炎の海をわたる時に翼を熱く焼かれた風によって、暖炉の口から出る空気のように暑い風がぼくらのところに運ばれてきた。子供らによってまるく鉋屑で囲まれ、それに火をつけられ、決死の脱出を試みるか、針を逆さに我が身につきさして自殺せざる得ない蠍と同じ状況にぼくらはいたのだ。ぼくらは一番目の方法をとった。

来る時乗ってきた荷馬車が同じ道を通ってぼくらをエシハまで連れ帰ってくれた。そこでぼくらはセビリャへ行くための四輪馬車を求めた。御者はぼくら二人を見て、連れていくには大きすぎるし、たくましすぎるし、重すぎるなどと言って、あらゆる種類の文句を並べ始めた。ぼくらの旅行鞄は極端に重すぎて、持ち上げるには大の男が四人必要だろうし、すぐに馬車が壊れてしまうだろう、などと言うのだ。ぼくらはこんな風に悪口を言われた旅行鞄を二人だけで、いとも軽々と簡単に四輪馬車の後ろに積み込んで、この最後の反論を粉砕してみせた。それ以上、反論のしようもなくなった、そのやくざなおかしな男はついに出発することに決めた。

その灰色が土埃でさらに色が薄くなっているオリーブの木々が植えられてある平坦な、あるいはかすかな起伏のある土地、黒っぽい緑色の茂みが間隔をおいて植物の疣のように丸い形に生えている砂地のステップ、これが何里にもわたって目に入ってくる唯一のものだ。

ラ・ルイジアナでは、全住民が戸口の前に横たわり、野天で鼾をかいていた。ぼくらの馬車の響きは何列もの眠っている人たちを起こしてしまった。彼らはもぐもぐ言いながら壁沿いによけ、ありとあらゆる豊富なアンダルシア言葉を投げつけた。ぼくらは家庭用品よりも銃やラッパ銃が多く備えつけられた見た目にも恐ろしそうな宿屋で夕食をとった。巨大な犬たちがぼくらの動きにことごとく、しつこく付いて回り、ぼくらをがぶりと引き裂こうとまさに合図だけを待っているようだった。女将はぼくらが急いでトマト入りオムレツをがつがつと黙ったまま食べる様子にひどく驚いたようだった。彼女はこの食事が余計だったと思い、ぼくらの役に立ちそうもない食べ物を惜しんでいるように見えた。しかしながら、そこはいかにも不気味な場所に見えたにもかかわらず、ぼくらは殺されなかったし、ぼくらは寛大にも旅程を続けさせてもらえた。

段々砂地になり、四輪馬車の車輪は地盤の弱い土地に轂《こしき》部分まで埋もれた。それで御者がぼくらの特別な重さをひどく心配していたわけが理解できた。馬の負担を軽くするために、ぼくらは降りた。それで、山の険しい斜面をジグザグに登りになっている道を進んだあと、真夜中頃に宿泊地であるカルモナに着いた。石灰が焼かれているかまどからこの岩の斜面に赤味を帯びた反射が長く伸び、驚くほど力強く生彩に富んだレンブラント風の効果が生み出されていた。

ぼくらにあてがわれた部屋は七月革命の様々なエピソード、市庁舎奪取等々を描いた粗悪な彩色石版画が飾られていた。それはぼくらを楽しませた、ほとんどぼくらを感動させたといってもいい。それはフランスの一部が額縁に入れられ壁にかけられているようなものだった。馬車に再び乗り込む時にかろうじて見る時間のあったカルモナはクリームのように白い小さな町で、カルメル派修道女の古い修道院の鐘楼や塔が町にかなり人目を奪う外観を付与している。以上がこの町について言えることの全部だ。

カルモナからは、今までしばらく視界に入ることのなかった葉の厚い植物、サボテンやアロエが今まで以上に刺に満ちた荒々しい姿を再び現わした。景色は前ほど木立がないということはなくなり、無味乾燥さも失せ、より起伏に富んできた。暑さも幾分強烈さが失せていた。間もなく、ぼくらはその名が示すようにパンのおいしさで名高い、そして闘牛が休みの間セビリャの闘牛ファンらが見にやって来るノヴィロ（若牛）の闘牛によって名高いアルカラ・デ・ロス・パナデロスに達した。アルカラ・デ・ロス・パナデロスは一本の川が蛇行する小さな谷の底という非常によい場所にある。ムーア時代の古い宮殿の残骸がまだ聳えている小丘が町を保護してくれている。ぼくらはセビリャに近づきつつあった。実際、間もなくジラルダ塔が地平線上にまずは穴のあいた頂塔、続いて四角の塔を見せ始めた。数時間後、ぼくらはカルモナ門の下を通っていた。そこのアーチによってきらめく光が背景のように縁どられ、その金色の蒸気の海の中をある者は行ったり、ある者はやって来たり、荷馬車、驢馬、騾馬や牛車がすれ違っていた。道路の左側には、ローマ時代の物らしい外観の見事な水道橋が石の拱廊を聳えさせていた。右手には家々が並び、それぞれの間は段々近づいてきていた。セビリャに着いたのだ。

＊

# 14

＊

セビリャ――クリスティナ遊歩道――黄金の塔――イタリカ――大聖堂――ジラルダ塔――エル・ポルボ・セビリャノ――慈善病院とドン・フアン・デ・マラナ

セビリャに関するしょっちゅう引き合いに出されるスペインの諺が一つある。

セビリャを見ざる人
驚異を見ざる人なり。

この諺はセビリャよりもトレドやグラナダにこそぴったり当てはまるように思えることをぼくらは神妙に認める。セビリャでは大聖堂以上にこれといって特別に素晴らしいものは何一つ見出せないからだ。セビリャは大平原の中、グアダルキビル川のほとりにある。アリアス・モンタノとサミュエル・ボシャールの記述を信じなければならないとすれば、カルタゴ語で平坦な土地を意味するイスパリスという名がそこから来ているのだ。それは広く、四方に広がった全く現代的で、陽気で明るく活気に満ちた町で、実際、これならスペイン人には魅力的に見えるに違いない。コルドバとのこれ以上に完全なるコントラストは見つけることができないだろう。コルドバは死んだ町、死んだ家々の山、放棄されているためにその上に白っぽい埃がかすかに降り積もっている屋根のない地下墓地なのだ。まれに路地の曲がり角に現われる住人たちは時間を間違えた幽霊のように見える。セビリャは反対に活発に音をたてて生きている。一日中絶えることなくかまびすしい喧騒が町の上に広がり、町は昼寝をする時間もほとんどないほどだ。町は昨日のことにほとんど気を奪われることはないし、明日のことにはなおさら気を煩わすことはない。町は全く現在に置かれているのだ。思い出や希望は不幸な民族の幸福のもと。しかしながらセビリャは幸福だし、楽しんでいる。それに対して姉さん格のコルドバは静寂と孤独の中で王アブデラムや大大将を、過去の闇の中では輝かしい灯台であったとしても今はもうその余燼《よじん》を残すだけの消滅したそのあらゆる栄華を重々しい表情で夢見ているように見える。

旅行者や考古学者らは見て大いに失望を味わうのだが、セビリャでは石灰塗料が絶対的に支配している。家々は年に三、四回石灰のシャツを着、これで手入れの行き届いた清潔な外観が与えられているのだけれど、昔、家々を飾っていたアラブやゴチック様式の彫刻の残骸が調査の目から隠されてしまうのだ。二つの色しか目に入らない、これらの網の目のような通り以上に変化にとぼしいものはない。空の藍色と外壁の白墨色。隣り合う建物の青い影が、その外壁にくっきり浮かび上がっている。というのも暑い国々では影は灰色ではなくて青なのだ。だから事物は一方では月光に、もう一方は太陽に照らされているようにみえる。しかしながら、いかなるくすんだ色もないために、明るく、生命感に満ちた全体が生み出されている。鉄格子の閉まった門からは、円柱、モザイク模様の舗石、噴水、花の鉢、小灌木、絵などに飾られた中庭が内部に見えた。外部のつくりに関して言えば、何一つ人目を引くものはない。建物の高さが二、三階以上になることはほとんどないし、芸術面で興味を引く正面がかろうじて十二あるかどうかだ。舗道はスペインのすべての町のそれと同様、小石でできている。しかし歩道としてかなり大きな平らな石が帯状に敷かれ、そこを群集が一列になって歩いている。歩行者が互いに出くわした場合、最下層のスペイン人の男たちにさえ自然に備わったあの上品な丁重な態度で、道はいつでも女性たちに譲られる。セビリャ女性たちは美しいというその評判にたがわない。これは人目を引く型の純血民族に起こることだが、彼女らはほとんどすべてが互いに似かよっている。彼女らの褐色の睫毛のある、こめかみのところまで裂けた切れ長の目は、フランスでは見られない白と黒の印象を与える。御婦人とか若い娘があなたの側を通る時、彼女らはゆっくりと瞼を伏せ、それからそれを再びすばやく上げ、あなたに正面から、耐えられないほど輝く視線を投げ、瞳をぐるっと一回転させ、そして再び睫毛を伏せるのだ。鳩のステップを舞う時のインドの舞姫アマニだけが、東洋がスペインに伝えたこの扇情的な流し目がどんなものかを想像させてくれることができる。ぼくらにはこの瞳の動かし方を言い表わす言葉がない。ぼくらの語彙にはオフェアルという言葉が欠けている。外国人をほとんど当惑させると言ってもいいこれらの非常に強烈で突然の光に満ちた視線にはしかしながら、何一つまさにこれといった意味があるわけではないのだ。それは最初に現われた物にどれにでも一様に注がれるのだ。一人の若いアンダルシア娘はその情熱的な眼差しで、通りかかる荷馬車、自分の尻尾にじゃれついてぐるぐる回る犬、闘牛遊びをする子供たちを見つめるだろう。彼女らの目に比べたら、北方民族の目はぼんやりして空ろだ。太陽がそこに反射光を残していったことなど一度もないのだ。

犬歯が大変とがっており、そのみずみずしい輝きの点でニューファンドランド犬の若犬の歯にそっくりの歯が、セビリャの若い女性たちのほほえみに何かしら全く独特のアラブ的ではにかんだようなところを付与している。額は高く張り出し、艶がある。鼻はほっそりとし、少し鷲鼻に近い。口は非常に血色が良い。惜しむらくは、始まりは完璧だった卵形の顔が顎のところで、あまりに突然に曲線を描いて終わっていることが時々あるのだ。幾分やせた肩や腕だけが、極めて気難しい芸術家がセビリャ女性たちに見出しうるだろう唯一の欠点だ。手首、足首の細さ、手足の小ささは非の打ちどころがない。いかなる詩的な誇張なしに言って、セビリャでは子供の手に入るような女性の足を見つけるのは容易だろう。アンダルシア女たちはこの美点がひどく自慢で、それ相応の靴をはく。彼女らの短靴と中国の編み上げ靴との隔たりはそんなに大きくない。

豪華な絨毯にふさわしい足は
見事に靴をはく。

という表現は我が国の恋歌に歌われるバラやリラの色と同じぐらい彼らの恋歌に頻繁に現われる賛辞なのだ。

ふつうはサテン製のこれらの靴は、かろうじて指を覆うだけで、踵の部分には靴下と同じ色の小さな一個のリボンがついているだけで、(踵) 周囲の革はついていないように見える。我が国では、七、八歳の小娘でも二十歳のアンダルシア娘の靴ははけないだろう。だから彼女らには北国の女性たちの足と靴に関する冗談が尽きない。ドイツ女性の舞踊靴が一足あれば、グアダルキビル川を航行するために六人の漕ぎ手が乗れる船が作れる。ピカドールたちの木の鐙はイギリス女性の部屋履きとして役立つ。その他、こうした類いの多くのアンダルシア流の大袈裟な冗談。ぼくは自分に出来うる限りパリ女性の足の美しさを弁護したが、みんな信じようとしなかった。セビリャ女性がスペイン女のままなのは足と頭だけ、靴とマンテラによってだけだ。フランス風の色ものの服が主流になり始めている。男たちはファッション画集のように装っている。しかしながら時々は彼らも綾織布の白い小さな上着と同じ布地のズボンを身につける。しかしこんなことはまれだし、それにこの衣装はあまり人目を引かない。

すぐ隣にある劇場の幕間にみんなが外気を吸いにいく公爵の散歩場、それから特にクリスティナ遊歩場、この二つの場所で、七時から八時の間、美しいセビリャ女性たちが三、四人ずつ小さなグループをなし、現役あるいは待機役の恋人たちのお伴で、気取って歩いたり、扇をしゃなりしゃなりと用いる姿を見るのは心ときめく。彼女らには何かしら敏捷な、生き生きとした、颯爽としたところがあり、彼女らは歩くというよりむしろ地面を蹴っているかのようだ。彼女らの指で扇が素早く開かれたり閉じられたりする様、目の輝き、自信にあふれた物腰、くねくねする柔軟な物腰が彼女らに全く独特の様子を与えている。イギリスにもフランスにもイタリアにも、これ以上に非の打ちどころがなく、これ以上に整った美しい女たちはいるかもしれない。しかしこれほどきれいで、生き生きとした女性がいないことは確かだ。彼女らはスペイン人たちがラ・サルと呼ぶものを最高度に所有しているのだ。これは何かしらフランスではそのイメージを伝えるのが難しい特徴なのだけれど、無頓着と敏捷さ、思いきった反論と子供っぽい態度との組み合わせ、優雅さ、気をそそるところ、画家らが言うように美の埒外にありえる、しばしば美よりも好まれるぴりっとした魅力とでも言おうか。かくして、スペインでは女性に向ってこう言うのだ。「あなたはぴりっと刺激的《サラダ》ですね。」これに匹敵するお世辞はない。

クリスティナ遊歩場はグアダルキビル川沿いの素晴らしい遊歩場で、大きな舗石が敷かれ、鉄の背もたれのついた白大理石の大きな長椅子に囲まれ、東洋プラタナスに覆われた休憩所がある。迷路や中国風小亭もあるし、あらゆる種類の北方産の木々、とねりこ、糸杉ポプラ、柳などが植樹されており、アンダルシア人らの賛嘆の的となっている、棕櫚やアロエの木がパリ人らの感嘆の的となるように。

クリスティナ遊歩場周辺では、何本もの柱に硫黄を塗った綱の先端が巻きつけられてあり、そこに点火されたまま、いつでも喫煙者が使用できる準備ができている。その結果、「火はいかがですか」と叫びながらあなたの後につきまとい、マドリードの遊歩場がそのために耐えがたいものになっている、炭を持ったしつこい子供らから解放されるのだ。

いかに快いとは言ってもしかしながらぼくはこの遊歩場よりも、いつでも生き生きとした絶えず新しい表情の光景を見せる川岸そのものの方が好きだ。水深が一番ある流れの中央には、すらりとした帆柱があり、網具が空中にかかっている小帆船や商帆船が停泊しており、空の明るい地を背景に船体の輪郭が黒く非常にくっきりと浮かび上がっている。時々、小舟が若い男女の一団を乗せて運んでいく。彼らはギターを弾いたり、民謡を歌いながら川を下っていく。強風にその歌詩が吹き散らされて聞こえてきて、散歩者たちが川岸から拍手喝采を送る。トーレ・デル・オロ（黄金の塔）、一種のムーア風の銃眼が施され、後退した三層の八角形の塔、船着き場の側で下部がグアダルキビル川に浸った、マストや網具が林立している中央から青い空に聳え立つ塔、幸いにもこちら側の眺望はこの塔で終わりになっている。学者たちがローマ時代の建設になると主張するこの塔はかつては、クリスティナ遊歩場に変えようと壊された長い城壁でアルカサル宮殿とつながっていたし、ムーア人支配時代には、川を遮り、一方の端が石で築かれた扶壁に正面から結びつけられていた鉄鎖の先端の一つを支えていたのだ。黄金の塔という名前はアメリカから大帆船で運ばれてきた金がそこに隠されていたことから来ている、と言われている。

ぼくらは毎夕そこに散歩にでかけ、川向こうにあるトリアナ街の後ろに沈む夕陽を見たものだった。極めて堂々たる門にある一本の棕櫚の木が沈んでいく太陽に敬礼するためでもあるかのように、円盤状に葉を空中に掲げていた。ぼくはいつでも棕櫚が大変好きだったし、棕櫚の木を見ると必ず、東洋のおとぎの国や聖書の壮麗な世界のまっただ中、詩的で質朴な世界に自分が運ばれるような気がするのだった。

夕方、現実意識に立ち戻ろうとするためでもあるかのようにぼくらの宿の主人ドン・セザール・ブスタメンテ——ヘレス生まれの彼の奥さんは世にも最も美しい目と長い髪の持ち主だった——が住むラ・シエルペ通りを見つめていると、身なりの非常に立派な、礼儀正しい物腰の、鼻めがねをかけ、時計の鎖をたらした男たちが近づいて来て、自分たちは大変親切で上品な方々から招待するように命ぜられてきたのだが、その方々の家に立ち寄って冷たい物でも飲んで休んでいって下さいませんか、とぼくらに頼んだ。この人品いやしからぬ人々はぼくらの断わりの言葉に最初ひどく驚いたように見えた。そして彼らの言うことをぼくらがよく理解できなかったのだと思って、もっとはっきりと細々と説明し始めた。それから、時間の無駄だということが分かると、彼らはぼくらに葉巻とムリリョの絵を贈るだけに止めた。というのも、はっきり言っておかなくてはならないが、セビリャの名誉でもあり、また困った点でもあるのはムリリョだからだ。あなたが口にされるのを耳にするのはこの名前だけだ。最下層の市民階級、全く取るに足りない神父でも、円熟時代のムリリョの絵を少なくとも三百枚は持っている。その下手糞な絵は何ですか。これはムリリョの作品で、ぼうっとかすんだジャンルのものです。それではこちらの絵は。それはムリリョの燃えるようなジャンルの絵です。それではこの三番目のは。ムリリョの冷たいジャンルのものです。ムリリョはラファエロ同様、三種類の描き方を持っている。そのために、どんな類いの絵も彼の作品だとされる可能性があり、画廊を形成する絵画愛好者に素晴らしい行動の自由を残してくれるのだ。通りの角ごとに、あなたは額縁の角にぶつかる。それは三〇フランのムリリョの絵なのに、いつでもイギリス人が三万フランで買い求めたばかり、ということになっている。「男前の旦那、御覧になって下さい。見事な線、素晴らしい彩色ですよ。珠玉の作品ですよ。」額にはめ込まれたり縁飾りを施される値打ちもない珠玉の作品を何とたくさんぼくは見せられたことだろう。複製でさえないオリジナルというのをどれほど見せられたことか。しかしながら、ムリリョがスペインそして世界中で最も素晴らしい画家の一人であることに変わりはない。しかしグアダルキビル川のほとりから遠く話が離れてしまった。そこに戻ることにしよう。

跳ね橋で両岸がつながり、町と郊外が結ばれている。サンティ＝ポンセの近く、詩人シリウス・イタリクス、皇帝トラヤヌス、ハドリアヌスそれからテオドシウスらの出生地イタリカの遺跡を見に行くにはその橋を通る。そこには廃墟となってはいるが、それでもまだかなりはっきりした形を止めている闘牛場が見られる。狂暴な牛が閉じ込められていた納屋、剣士らの仕切り席は廊下やスタンド同様、完全にそれと分かる。これらは全体が練り土に混ぜた小石とセメントで作られている。石の外装はおそらくもっと現代的な建物に使うために剥ぎ取られたのだ。というのもイタリカは長い間セビリャの石切り場になっていたからだ。部屋がいくつか整理され、燃えるように暑い時刻には青い豚の群れの日除け場所として役立っている。見学者の足の間を唸り声をあげて逃げていくこれらの豚が、今日、この古きローマ時代の都市の唯一の住人なのだ。今も残るもっと無傷のままで最も興味深いこの消滅した栄華の名残は、壁に囲まれ、ミューズとネレイドを描いた規模の大きなモザイクだ。最も高価な宝石などは強欲さから剥ぎ取られているとは言え、水できれいに洗えば、色はまだ大変鮮やかに輝いている。廃墟からは、かなり見事な様式の立像の破片もいくつか発見された。うまく発掘調査が進められれば、様々の重要な発見がなされることは全く疑いようがない。イタリカはセビリャから一里半ぐらいのところにあり、四輪馬車があれば熱心な考古学者だったり、碑文だと疑われている石を全部一つずつ見ようなどと思うのでなければ、夕食後の時間に気楽に行ってこられる遠足コースだ。

トリアナ門も同様にローマ時代のものだと主張され、その名を皇帝トラヤヌスから得ている。その外観は非常に記念建造物めいている。それはドーリア様式で二本一緒ずつの円柱に支えられ、王国の紋章に飾られ、上にはピラミッドが載っている。そこには特別の町役人が置かれ、貴族の牢獄代わりになっている。カルボン門やアセイテ門もじっくり見るだけの価値はある。ヘレス門には次のような銘が刻まれている。

ヘラクレスが私を建て、
ユリウス・カエサルが私を
壁と高い塔で囲み、
聖王が私を征服せし、
ガルシ・ペレス・デ・バルガスとともに。

セビリャは銃眼のある城壁をめぐらされている。その城壁には間をおいて大塔が立っているが、中のいくつかは崩れてしまっている。周りにはお堀もめぐらされているのだが、今日、ほとんどすっかり埋めたてられてしまっている。現代的な武器に対しては何ら防御の仕様がないであろうこれらの城壁は、鋸歯状のぎざぎざのアラブ式銃眼がつけられているために、かなり風変わりな印象を生む。ありうる限りのあらゆる城壁や収容所の建設と同様、そこの建設もユリウス・カエサルによるものとされている。

トリアナ門近くの広場で、ぼくは非常に奇妙な光景を目撃した。それは野営するジプシーの一家族で、彼らはカロが喜びそうな一団をなしていた。三角形に組み合わせた三本の杭が一種の田舎風の自在鉤をなしており、風で炎の舌や煙の渦となって吹き散らされる大きな焚き火の上の、ゴヤがバラオナの魔女たちの大鍋の中に投げ込む術を知っているような妙な胡散臭い食べ物が一杯入った鍋を支えている。この即席のかまどの側には、鉤形に曲がった横顔を持ち、陽焼けした赤銅色のジプシー女が一人すわっていた。彼女は腰帯のところまで上半身裸で、これが彼女にはおしゃれしようという気持ちが全くないことを示していた。彼女の長い黒髪は彼女の痩せた黄ばんだ背中と錆色の額の上にもじゃもじゃにたれ下がっていた。その不揃いな髪の房を通して、あの螺鈿と黒玉炭でできた東洋的な大きな目が輝いていた。それは非常に神秘的で瞑想的な眼差しなので、極めて動物的で品のない顔付きも風格あるものにまで高められてしまうのだ。彼女の周りでは混血児のように真っ黒けで、全く原始的な状態にある三、四人の餓鬼が金切り声をあげながらころげ回っていた。彼らは手足はひょろ長く痩せこけ、腹が出ているために二足動物というよりむしろ四手獣そっくりだった。ホッテントットの子供らでもこれ以上醜く、きたならしいかどうかは疑わしい。こうした裸の状態は珍しいものでなく、誰もショックを受けないのだ。服と言えば毛布の切れ端、全くきわどいズボン下の一部を身につけているだけの乞食らに出会うことが時々ある。グラナダとマラガでぼくは、地上の楽園を出た時のアダムよりももっと身につけているものの少ない十二歳から十四歳ぐらいの少年たちが広場をうろうろしているのを見た。トリアナの郊外ではこうした連中に出くわすことがしょっちゅうだ。というのもそこにはジプシーたち、無遠慮という点に関しては最も進んだ意見を持った連中が住んでいるからだ。女たちは吹きさらしの所でフライを揚げ、男たちは密輸や、それ以上の悪いことをやっていない時には騾馬の剪毛や馬の売買に従事する。

クリスティナ遊歩場、グアダルキビル川、公爵の並木道、イタリカ、ムーア時代のアルカサル宮殿などはなるほど非常に興味深いものである。がしかし、セビリャの本当に素晴らしいものはその大聖堂だ。実際それはまさにブルゴスやトレドの大聖堂、コルドバのイスラム教寺院についで、驚くべき建築物だ。それの建設を命じた教会参事会は次のような言葉で計画を要約している。「我々が狂人だったと後世に思わせるような記念建造物を建てよう。」うまい具合に、計画は十二分に理解された。こうして白紙委任を与えられた芸術家たちは驚くべき建築物を作り上げた。教会参事会員らは建物の完成を早めるために自分らの金利をすべて放棄し、自分らのためには生きていくのに必要なぎりぎりのものだけを残しておいたのだ。おお三倍も聖なる教会参事会員らよ。お前たちの舗石の下、お前たちの愛する大聖堂の陰で静かに眠りたまえ。その間、お前たちの魂は天国の、おそらくお前たちの内陣の椅子ほどには立派な彫刻を施されていない椅子の中でくつろいでいるのだ。

　非常に狂気じみた、異常なほど驚異的なインド寺院もセビリャの大聖堂には及ばない。それはくぼんだ山、逆になった谷なのだ。パリのノートル＝ダム寺院も、途方もなく高い中央の身廊を昂然と頭をそびやかしたまま歩き回れるだろう。塔のように太く、ぞっとするほど脆そうに見える柱が地面からそそり立ったり、巨人族の洞穴にある鍾乳石のように穹窿から落ちてくる。四つの脇間側廊はあまり高くないとは言っても、教会をその鐘楼もろとも収容できるだろう。階段、何層にも重なったその作り、階ごとに積み重ねられた何列もの立像が見られる装飾衝立というか主祭壇はそれだけで、巨大な建築物だ。それはほとんど穹窿にまで達するほどだ。船のマストのように大きなキリスト復活祭の蠟燭は二〇五〇リーヴルの重さがある。それを支えるブロンズの燭台はまるでヴァンドーム広場の円柱だ。これは皇帝ティトゥスのアーチの浅浮き彫りに描かれているのが見られるように、エルサレム寺院の燭台を模倣したものだ。すべてがこうした壮大な規模なのだ。大聖堂では一年に二万リーヴルの蠟と同じ量の油が燃やされる。ミサ聖祭の時の飲み物に使われる葡萄酒は一万八七五〇リットルという恐るべき量にのぼる。毎日、八十の祭壇で五百回のミサが唱えられているというのは本当なのだ。聖週間中に用いられるモニュメントと呼ばれる棺台は高さが五〇〇ピエ近くある。途轍もなく大きなパイプオルガンはまるでファンガル洞穴の玄武岩の円柱のようだ。それなのに台座付きの大砲のように太いパイプから出る旋風と雷はまるで、旋律の美しい囁き、この巨大な交差アーチの下では鳥や熾天使たちのさえずりのように聞こえるのだ。ミケランジェロ、ラファエロ、デューラー、ペレグリノ、ティバルディ、それからルカ・カンビアゾなどの下絵に基づいて塗られた彩色ガラスのはまった八十三の窓がある。最も古く最も美しい窓は有名なガラス塗装職人アルノルド・ド・フランドルによって制作されたものだ。一八一九年のものである最も新しい窓はあの輝かしい十六世紀、植物のように人間が最も美しい花を開き、最もかぐわしく美味な果実をつけた世界の恐るべき時代以来、いかに芸術が堕落してしまったかを示している。ゴチック様式の内陣は小塔、尖塔、透かし模様のはいった壁龕、小像、葉など、想像を絶するほどの、そして現代ではもはや理解され得ない巨大で入念に仕上げられた作品に飾られている。これほどの見事な作品を前にしたら全く茫然とするだけで、世紀が進むごとに衰えていく世界から生命力が失せているのではないかと不安な気持ちで自問するのだ。この驚嘆すべき才能、忍耐、天才の産物は少なくとも作者の名前が冠せられており、賛嘆が注がれるべき相手は分かる。福音側にある羽目板の一つに次のような銘が描かれている。エステ・コロ・フィソ・ヌフロ・サンチェス・エンタリヤドール・ケ・ディオス・アイア・アニョ・デ・一四七五。「神の加護を受けし彫刻家、ヌフロ・サンチェスが一四七五年にこの内陣を作れり。」

大聖堂の豪華な作品を一つずつ紹介報告しようとするのは驚くほどの狂気の沙汰だろう。それを徹底的に見るには一年が丸ごと必要だろうし、それでもまだ全部は見られないだろうから。何冊もの本を費やしたところで単にそのカタログを作るのにさえ充分ではないだろう。ファン・デ・アルフェ、ファン・ミリャン、モンタニェス、ロルダンらの石、木、銀の彫刻、ムリリョ、スルバラン、ピエール・カンパナ、ロエラス、ドン・ルイス・デ・ビリエガス、エレーラ親子、ファン・バルデス、ゴヤなどの絵で祭室、聖具室、教会参事会室は一杯だ。素晴らしい作品の数々に圧倒され、傑作群に酔い、気持ちを挫かれてしまい、もうどうしてよいか分からなくなる。すべてを見たいという欲求とそれがとても不可能であるという事実があなたに一種の熱にうかされたようなめまいを引き起こすのだ。何一つ忘れたくないと思いながら、絶えず名前があなたの記憶から逃れ、頭の中で輪郭が乱れ、ある絵が別の絵と替わってしまう気がするのだ。自分の記憶力に絶望的な呼びかけを繰り返し、自分の目には何一つ見落とすなと勧める。ごく僅かの休息、食事や睡眠時間さえもあなたには自分にくわえた盗みだと思われるのだ。というのも緊急の必要にあなたは引きずられているからだ。それに間もなく出発しなければならない、蒸気船のボイラーではすでに火が燃え上がっている、湯が音を立てて沸騰している。煙突からは白煙が吐き出されている。明日あなたはこれらの驚異的な作品のすべてを捨て、おそらくもう二度と再びそれとはお目にかかることはないのだ。

すべてについて話すことはできないのだから、ぼくは洗礼堂の祭室を飾るムリリョの『パドバの聖アントワーヌ』に言及するだけに止めよう。絵の魔術がこれ以上に推し進められたことは今まで決してなかった。恍惚状態にある聖人は小室の中央に跪いている。その小室の様子はどれほどつまらない細かな部分まで全部、スペイン派を特徴づけるあの力強さで、写実的に描かれている。半開きの扉を通して、夢想に耽るには非常にふさわしいあのアーケード状の長い白い廻廊の一つが見える。ぼうっとした、透明の、黄金色の光に満たされた絵の上部には全く申し分なく美しい天使たちの群れが描かれている。祈りの力に引き寄せられ、幼子イエスが雲から雲へと降り、燦然たる光が当たった顔をこの世のものならぬ喜びで痙攣させ、のけぞらせている聖人の腕の中に降り立とうとしている。ぼくはこの神々しい絵を、マドリード・アカデミーにある『しらくも患者を手当てするハンガリーの聖女エリザベット』よりも、『モーゼ』よりも、それらがいかに美しく見事な絵であろうともあらゆる聖母や神の御子イエスを描いた絵よりも高く評価する。『パドバの聖アントワーヌ』を見ていない人はセビリャ生まれの画家の最高傑作を知らないに等しい。それはまるでルーベンスを知っていると思っていながらもアントワープにある『マグダラのマリア』を見ていない人々と同じことだ。

あらゆる種類の建築様式がセビリャの大聖堂には集められている。堅苦しいゴチック様式、ルネサンス様式、スペイン人たちにプラテレスコとか金銀細工様式と呼ばれ、途方もない驚くべき装飾物や唐草模様によって際立つ様式、ロココ様式、ギリシア様式やローマ様式、何一つ欠けるものはない。というのも、各時代ごとにその時代特有の様式で祭室や装飾衝立が作られたからで、建物はまだ完全には完成さえしていないのだから。正面入り口の壁龕に一杯置かれた総大司教、使徒、聖人、大天使などを表わした立像のうちのいくつかは単なるテラコッタで作られただけのもので、まるで一時的にでもあるように無造作にそこに置かれてある。蜜柑樹の中庭の方、未完成の正面入り口の頂には、建物はまだ未完成で、あとで再び工事が続けられることを示すシンボルの鉄の鶴が聳え立っている。ボーヴェの教会の頂にもこの横木が姿を見せる。しかし、いつの日に、工事人夫たちが戻ってきて、彼らの手で切り石がゆっくりと空中に持ち上げられ、その石の重みが何世紀来錆びついたままの滑車を軋ませることになるのだろうか。おそらく、そうした日は決してないのだ。というのもカトリックの上昇運動は止まってしまったからで、地上から大聖堂をいくつも花開くように生長させていた樹液はもう幹から枝へと登っていくことがないからだ。何一つ疑うことのない信仰が石と花崗岩のあのすべての偉大なる詩の最初の節を書き出したのだ。すべてを疑う理性が敢てそれらを完成させようとはしなかったのである。中世の建築家たちは宗教熱に燃える一種のタイタンのような人々で、雷電を武器とする神ジュピターを追い払うためではなく、幼子イエスにほほえみかける聖母マリアの優しいお顔をもっと近くから感嘆して見とれるためにオサ山の上にペリオン山を積み重ねるのだ。すべてが訳の分からぬ安っぽい、馬鹿げた物質的満足の犠牲にされている現代では、無限へと向うこれらの魂の崇高なる渇仰はもはや理解されることがない。石の腕を空に向って伸ばし、平伏した人々の頭上で、願い事をする巨大な手のように互いに合わさっている先の尖った鐘楼や尖塔、小鐘楼や尖頭迫持という形で現わされた魂の渇仰はもはや理解されないのだ。隠されたままで何一つ儲けにもならないこれらすべての宝は、経済学者らに哀れみから肩をそびやかさせるだけだ。こうして人々は聖体器の金がどれだけの値打ちがあるかを計算し始める。以前は聖体パンの入った白い聖体顕示台に思いきって目を上げて見ることもできなかった彼が、水晶の破片が非の打ちどころもなく聖体顕示台の宝石類やダイヤモンドの代わりになるだろう、と一人ごちるのだ。教会へ足繁く訪れる者はもはやほとんど旅行者、乞食やぞっとするような老婆たち、梟のような目をし、どくろのような笑みを浮かべ、蜘蛛のように細い手をした喪服をまとった恐ろしい尼僧たちだけだ。この尼僧たちが動く時にはきまって錆びついた骨がぽきぽきいったり、メダルや数珠がかちゃかちゃと音をたてる。そして施しを求めると称して、あなたに黒い髪をした女、血色のいい肌色、燃えるような目、いつも咲きほこったような笑み、こんな娘がいますがどうですかと何やら恐ろしい提案を囁きかけるのだ。スペインそのものももはやカトリック的ではないのだ。

大聖堂の小鐘楼代わりになり、町のすべての鐘楼を見おろしているジラルダ塔は、自分の名前を冠した代数の発明者にして、ジーベルあるいはゲーヴェルという名前のアラブ人建築家の手で建てられた古いムーア式塔である。見た目の印象は魅力的で、全く独特なものだ。煉瓦のバラ色、塔の建築に用いられている切り石の白色、これによって塔には、一〇〇〇年という時代に遡るその建造年代とは全く対照的な陽気で若々しい様子が付与されている。塔はいくつかしわができても不思議はないし、みずみずしい肌色を持っていないで済ませられるはずの相当の年齢に達しているのだ。今日あるジラルダ塔はやはり高さが三五〇ピエはあり、各面の幅は五〇ピエある。壁面はある高さまでは滑らかで、そこからムーア式の窓がはまった、バルコニー、三つ葉飾り、白大理石の小円柱などのある階が始まっており、それらの階は菱形模様の煉瓦の大きな壁面で囲まれている。塔はかつては様々な色の釉薬を施されたタイル製の屋根で天井を覆われ、その上には驚くほど大きな金箔を張った金属製の四個のりんごで飾られた鉄の棒が載っていた。この上部の飾りは一五六八年、建築家フランシスコ・ルイスに壊された。彼はムーア人ゲーヴェルの作品を空の澄みきった光の中にさらに一〇〇ピエも上げさせ、そのブロンズ製の立像が山脈の向こうまで見えるように、そして通りすぎてゆく天使たちと難なく心安くおしゃべりできるようにした。塔の上に鐘楼を建てること、それはすでに話したけれども、後世の目に狂人で通るように望んだというあの素晴らしい教会参事会の意図に完全に従うことだった。フランシスコ・ルイスの作品は三階からなり、一階には窓が穿たれ、窓をはめる壁の切り込みには鐘がつり下げられている。二階は透かし模様の入った手摺りがめぐらされ、その蛇腹の各面には次のような言葉が刻まれている。「最も恐るべき塔、それは神という名の塔なり。」三階は一種の丸屋根というか頂塔で、その上では片手に棕櫚を、もう一方の手に旗を持った、金色のブロンズ製の大きな天使像が回っている。それが風見として役立っており、塔につけられたジラルダ（風見）という名前も当然なのだ。この立像はバルテレミィ・モレル作だ。それはずっと遠くからでも見え、太陽光を浴び、青空を通してそれがきらめく時、それはまるで本当に空中をぶらぶら歩きする熾天使のように見えるのだ。

ジラルダ塔には段のない一続きの勾配を登っていくようになっているのだが、それは非常に容易に登れるゆるやかな勾配なので、馬に乗った二人の人間が並んだまま頂上まで簡単によじ登っていけるだろう。頂上からは素晴らしい眺望が楽しめる。セビリャの町があなたの足下で、白く輝いている。鐘楼や塔がいくつも見えるが、それらはジラルダ塔のバラ色煉瓦の腰帯のところまで背伸びしようと無益な努力をしている。はるか向こうには平野が広がり、その間をグアダルキビル川が流れ、波がきらきらと動いている。サンティ＝ポンセ、アルガバや他の村々が見える。背後には、遠く離れているにもかかわらず鋸歯状の稜線がくっきりと鮮明に浮かび上がったシエラ・モレナ山脈が姿を見せている。反対側にはシエラ・ジブライン、シエラ・サアラ、シエラ・モロンが立ち並び、極めて見事な群青色と紫水晶色を帯びている。光に満たされ、太陽を一面に浴び、眩いばかりに光り輝く見事な展望。

大聖堂は通行のためにあけられているいくつかの空間を除いて、標石のように切られ、互いに鎖で一緒に結びつけられた大量の輪切り状の円柱に取り巻かれている。これらの円柱のいくつかは非常に古く、イタリアの廃墟とか、今の教会がその場所を占めている古代イスラム教寺院の残骸から出たものだ。そのイスラム教寺院のうちで残っているのはもはやジラルダ塔、いくつかの壁の一部、一つか二つの迫持だけで、その一つは蜜柑樹の中庭への門として用いられている。ロンハ（商品取引所）、この世にある最も陰気な記念建造物エスコリアル宮殿を作った憂愁の建築家、あの重苦しくうっとうしいエレーラの手で建てられた完全に正方形の大きなこの建物も同じように、周りには似たような標石がめぐらされている。そっくり似た四面を見せながら、四方には他の建物はなくそれだけがぽつんと一つあるロンハは大聖堂とアルカサル宮殿の間に位置する。そこにはアメリカの古文書、クリストフォルス・コロンブス、ピサロやエルナン・コルテスなどの手紙が保存されている。しかし、これらの逸品はすべて、非常に無愛想な番人に守られているので、ぼくらは小間物の包みのようにマホガニーの戸棚に整理されたとじ込み書類や書類入れの外側だけで満足しなくてはならなかった。しかしながら、極めて貴重な自筆原稿のうち五、六枚をガラスの下に置いて、旅行者らの当然な好奇心に供してやるのは簡単なことだろう。

アルカサル宮、というかムーア人の王たちの古い宮殿、これは評判にふさわしく、大変美しいとはいえ、グラナダのアランブラ宮殿を見てきた者には、驚くほどのものは何もない。それは相変わらずの白大理石の小円柱、色を施されたり金箔を張られてある柱頭、ハート型の拱門、コーランの聖人伝説が組み合わせられた唐草模様の壁面パネル、西洋杉と唐松の扉、鍾乳石様装飾を施された丸天井、見た目には違って見えるかも知れないけれど、その表現法では限りない細部や細密な精妙さは表わせない彫刻が飾られた噴水などだ。壮麗な扉がまだ全く無傷なままで残る大使の間はおそらく、グラナダのそれよりも美しく、豪華だ。惜しむらくは、天井を支える小円柱間は間隔を利用して、そこにはるか昔の君主制の時代から今日までスペイン王の一連の肖像画を置こうと考えられたことだ。この世でこれ以上に滑稽なものはない。鎧をまとい、金の王冠を被った昔の王たちはまだなんとか我慢できる表情をしている。しかし、白粉を塗り、現代的な軍服を着た最近の新しい王たちは極めてグロテスクな印象を生む。ぼくは鼻の上にちょこんとメガネをかけ、膝上には全くそこでは居心地の悪い思いをしているに違いない子犬を一匹のせているとある女王の姿は決して忘れないだろう。国王ドン・ペドロの愛妾でアルカサル宮に住んでいたマリア・パディリャの浴場と言われる浴場がまだアラブ人らの時代のままに残っている。発汗室の丸天井はごく僅かの変化も蒙ってはいない。カルロス一世はグラナダのアランブラ宮殿に残したと同様、セビリャのアルカサル宮にも彼が滞在した跡を数多く残している。別の宮殿の中にもう一つの宮殿を建てるというこの奇癖は最も有害で最もよく見られる。代わりに取るに足りない建物を建てるためにその奇癖によって歴史的な記念建造物が破壊されたことは永久に惜しまれる。アルカサル宮殿の城壁内には古きフランス様式で設計された庭園があり、非常に奇妙なゆがんだ形に刈り込まれたいちいが植えられている。

ぼくらは記念建造物を見て回っている最中なのだから、目と鼻の先にあるタバコ工場にしばらく入って見よう。その用途にぴったり適ったこの広大な建物にはタバコを粉にする機械、刻んだり、すりつぶしたりする機械が大量に収容されており、多数の風車がたてるような音をたて、二千三百頭の騾馬によって動かされている。エル・ポルボ・セヴィリャノ、黄金色のしみ入る、ごく細かい粉末が作られるのはここでなのだ。オルレアン公フィリップの摂政時代の侯爵たちは自分たちのレースの胸飾りにその粉末をふりかけるのを好んだものだった。このタバコの揮発性と強さは大変なもので、そのタバコが用意されている部屋の入り口に入った途端くしゃみが出るほどだ。それはブリキの箱に入れられリーブル単位、半リーブル単位で売られる。ぼくらは葉巻が紙にくるまれる仕事場に案内された。この仕上げには五千六百人の女性が使われていた。部屋に足を踏み入れると、ぼくらは激しい騒音に襲われた。彼女らはみんなが一度に話し、歌い、口論していた。ぼくは今までこれほどの騒ぎは一度も耳にしたことがない。彼女らの大部分は若く、中には非常な美人も混じっていた。彼女らの身なりは極端にくつろいだかまわないものだったので、思う存分自由に彼女らの魅力的な体つきを見て楽しむことができた。何人かの女たちは軽騎兵将校のように落ち着きはらって、口のすみに短くなった葉巻を敢然とくわえていた。おおミューズよ、ぼくを助けに来てくれ、中には老水夫のように嚙みタバコを嚙んでいる女たちもいた。というのもそこでは、彼女らがその場で吸えるだけ、タバコを自由に取るのを許しているからだ。彼女らの稼ぎは一日四〜六レアル。セビリャのタバコ女工（シガレーラ）はマドリードのマノーラのように一つの典型なのだ。日曜日とか闘牛開催日とかに、彼女が大きな裾飾りのついたスカートをはき、黒玉炭のボタンのついた袖をつけ、葉巻タバコの煙を吸い込んでは、時々そのタバコを恋人に渡す姿を是非とも見なくてはならない。

これらすべての建築物のしめくくりに、有名な救済院を見学に行こう。これは例のドン・ファン・デ・マラナに設立されたもので、皆様がひょっとしたら思うかも知れないが彼は全然架空の人物などではないのだ。ドン・ファンに設立された救済院だって！　まさしく、その通りなのだ。事がいかにして起こったかは以下の通りである。ある夜、乱行から出たドン・ファンは葬式の列がサン＝イジドール教会へ向っていくのに出くわした。仮面をつけた黒人贖罪者たち、黄色い蠟の大蠟燭など、これにはふつうの埋葬よりも何かしら不気味な陰惨なものが感じられた。「その死人は誰かね。女房の恋人に決闘で殺された夫かい、なかなかその遺産を手放そうとしなかった正直な父親かい」と酒で熱くなったドン・ファンは聞いた。「この死人はまさにあの貴族のドン・ファン・デ・マラナ様です」、と棺を運ぶ男の一人が答えた。「私たちはこれからあのお方のミサをあげに行くのです。私たちと一緒にいらして、あの方のために祈ってさし上げて下さい。」ドン・ファンは近づいてみて、松明の明かりではっきりと認めた（というのもスペインでは死者の顔を隠さず、曝したままで運ぶからだ）遺体は彼とそっくりで、彼以外でないことを。彼は教会の中へと己れ自身の棺についていき不思議な司祭たちと祈りの言葉を唱えた。

そして翌日、彼は内陣の舗石の上で気を失っているのを発見された。この事件に強い衝撃を受けたあまり、彼は熱狂的な生活から足を洗い、僧門に入り、問題の救済院を設立し、そこでほとんど浄福の香りに包まれたといってもいい状態で死んだ。カリダット救済院には極めて美しいムリリョの絵が何点かある。非常に色の配置が見事な大作『岩を打つモーゼ』と『パンの奇蹟』、色彩と明暗の傑作である、死者を運び、自分は天使に支えられている『聖ジャン・ド・デュ』。『二人の女の死体』の名で知られるフアン・バルデスの絵、ヤングの最も奇怪な構想に満ちた作品もこの側では陽気な冗談で通りかねない奇妙な恐ろしい絵があるのはそこである。

残念なことに闘牛場は閉まっていた。というのもセビリャの闘牛というのは、闘牛ファン、、、が主張するところではスペインで一番華々しいものだからだ。この闘牛場の奇妙なところは、少なくとも観客席に関してだけは、半円形でしかないということだ。というのも闘牛場そのものは丸いからだ。まるでこちら側が全部嵐になぎ倒され、以来立て直されないでいるように見える。こうした配置のために大聖堂の方に見事な眺望がひらけ、特にスタンドが様々な極めて鮮やかな色にきらめく群衆でうまっている時には、想像しうる限り最高に美しい光景の一つが形成される。フェルナンド七世がセビリャにこの闘牛コンセルヴァトワール（学院）を設立したのだ。そこでは人前に出るにふさわしくなるまで生徒らを始めは厚紙製の闘牛で訓練し、次に角に球をつけた子牛で、最後には本物の闘牛で訓練するのだ。ぼくは革命がこの専制的な王立学院を壊さずにいてくれたかどうか知らない。闘牛見物の希望が裏切られた以上、ぼくはもう出発するだけだった。カディス行きの蒸気船にぼくらの席は予約されてあった。ぼくは駐屯地が変わり、ぼくらと一緒に旅をする兵士たちの正妻とか恋人たちの叫び声や涙のただ中を乗船した。ぼくらはこうした悲しみが心からのものかどうかは知らない。しかし捕らわれの日のユダヤ女たちの悲嘆、古代の絶望もこれほどに激しく表現されたことは決してなかった。

＊
# 15
＊

カディス――帆船「軽業師」号見学――すり――ヘレス――角に木球《エンボラド》をはめた闘牛――蒸気船――ジブラルタル海峡――カルタヘナ――バレンシア――ロンハ・デ・セダ――メルセド修道院――バレンシア人――バルセロナ――帰国

騾馬の背にまたがり、馬にのり、荷馬車で、四輪荷馬車で旅を続けてきた後では、蒸気船はフォルチュナチュスの魔法の絨毯とかアバリスの魔法の棒風《ふう》の何かしら驚くべき代物に思われた。矢のような速さである距離を一気に突っ走ってしまうこと、それも楽々と、疲れることもなく、滑らかに、甲板を歩き回ったり、目の前を岸が長い帯のように続くのを見ているうちに、風や波の気まぐれにもかかわらず、一気に移動してしまうのは確かに人類の最も見事な発明の一つだ。おそらくこれが初めてだが、ぼくは文明にもそれなりの長所があると思った。美しい面とは言わない。というのも、文明が生み出すものは全部、残念ながら醜く、それによってその複雑でぞっとする生まれを露呈しているからだ。帆船に比べれば、蒸気船はいかに便利とは言え、醜悪に見える。一方はそよ風に白い翼を広げる白鳥のようだし、対して他方は水車の上に馬乗りになって全速力で逃げていくストーブのようだ。

ともかく、流れの力を受けた水車の水掻き板はぼくらをカディスに向けて急速に押しやっていた。セビリャはぼくらの後方にすでに霞んでいた。しかし素晴らしい視覚効果によって、町の家並みが地中に没し、遠くの水平線と一つになるように見えるに従って、大聖堂が大きさを増し、横たわった羊の群れの中央に立つ一頭の象のように巨大な大きさになってきた。その時になって初めて、ぼくは大聖堂の巨大さの全容をよく理解できた。最も高い鐘桜も本堂の高さには及ばない。ジラルダ塔はどうかというと、遠く離れるに従ってそのバラ色の煉瓦には紫水晶と砂金石のような色調が付与されるのだった。我が北国の陰鬱な風土の中ではそうした色は建築物とは調和しないように見える。天使像は大きな草の先に止まった金色の蜜蜂のように尖端できらめいていた。間もなく川の曲がり角に来たために町はぼくらの視界から見えなくなった。

少なくとも海へと下っていく時のグアダルキビル川の岸には、詩人や旅行者らが描写しているあの魅力的な景色は見られない。彼らの恋歌にその香りが満ちているオレンジや柘榴の林を一体彼らはどこに見つけに行ったのだろう。実際には、見えるのは黄土色の、砂の多い、あまり高くない土手、その土色はこの国では非常に少ない雨のせいではありえない黄色い濁った流れだけだ。ぼくはすでにタホ川でこんな風に水に透明度が欠けていることに注目していた。これはおそらく川に運ばれ沈殿した大量の土埃と川沿いに広がる土壌の砕けやすい性質から来ているのだろう。空の冷たい青色もまたそれに何らかの関係があるのだ。その極度に濃い色のために、いつもあまり鮮やかでない水の色がくすんで見えるのだ。海だけがこのような空と透明度と青さを競える。川幅は相変わらず広がっていき、岸辺は段々少なく平たくなっていった。眺められる全体的な景色はアントワープとオステンデ間のエスコー川の様子をかなり思い出させた。アンダルシア地方のまっただ中でこんな風にフランドル地方の思い出が浮かぶのは、ムーア式の名前を持つグアダルキビル川に関しては大分奇妙ではある。しかし、この類似性はぼくの頭に非常に自然に浮かんだので、似ているのはまさしく実際のことなのに違いなかった。というのは、ぼくはあなたに誓ってもいい、ぼくはエスコー川のことも、およそ六、七年前にしたフランドル旅行のこともほとんど考えていなかったからだ。その上、川の上にはほとんど動きがなく、川岸の向こうに見える田畑は荒涼として耕されていないように見えた。本当にぼくらは、その間スペインはもはやほとんど植物もなく、緑もない広大な灰の山にしかすぎない季節、暑さの真っ盛りにいたのだ。全登場人物として、一方の脚を腹の下に折り曲げ、もう一方を水の中に半分入れたアオサギやコウノトリが何か魚が通りかかるのを待っていた。その姿は完全に不動の姿だったので、一本の棒の上に置かれた木製の鳥と間違えられただろう。大三角帆を鋏のように張った船がいくつも、同じ風向きなのに川の流れを下ったり遡ったりしていた。この現象は何度も説明してもらったにもかかわらず、ぼくにはよく理解できなかった。これらの船のうち何隻かには二等辺三角形の三番目の小さな帆がついており、二つの大きな帆の分岐点によってできたその間に置かれていた。この索具は非常に人目を引く。

夕方の四時か五時頃、ぼくらは川の左岸にあるサン＝ルカルの町の前を通りかかった。現代の建物の魅力をなす病院や兵舎などのあの均斉のとれた建てられ方をした、現代風の構成になる大きな一個の建物には、その正面に何か銘が掲げられてあった。ぼくらには読むことができなかったが、残念な気持ちはほとんどなかった。この正方形で、たくさんの窓の穿たれた代物はフェルナンド七世によって建てられた。これは税関か倉庫か、あるいは何かそうした類いの建物に違いない。サン＝ルカルからは、グアダルキビル川は川幅が極端に広くなり、海峡ぐらいの大きさになる。岸はもはや一本の線をなすにすぎず、その線は空と水の間で段々に細くなっていく。川は確かに広い、しかしそれは幾分単調で、面白味のない広さで、ぼくらは兵隊たちの賭け事や踊りやカスタネットやタンバリンなどがなかったら退屈していただろう。イタリア人一座の上演を見てきた彼らの一人は、大いに陽気に元気よく、そこの俳優たち、特に女優たちを、台詞や歌や身振りを真似してみせた。彼の仲間たちは腹を抱えるほど笑い、出発の時の悲しい感動的な情景をすっかり忘れてしまっているように見えた。おそらくご同様に、悲嘆に暮れた彼らのアリアドネーたちもすでに目の涙を拭い、同じく腹を抱えて笑っているのだろう。蒸気船の乗客たちはためらわずにこの哄笑に加わり、ヨーロッパの他の国々で言われているスペイン人は平然と重々しく構えているという評判を競って打ち消していた。黒服、糊のきいた首飾り、信心ぶった様子、冷ややかな傲慢な顔付き、こういったフェリペ二世の時代は一般に考えられる以上に過ぎ去ってしまったのだ。

ほとんどそれと分からぬうちに船は進みサン＝ルカルを後に、大西洋に入る。大波が規則正しい渦巻き状に続き、水の色も変わり、同様に人々の顔色も変わる。船酔いと呼ばれるあの不思議な病気にかかる運命にある人々は、人気のない一人だけの隅を探し始め、甲板の手すりに寂しげに肘をつく。ぼくはと言えば、車輪の近くにある船室に勇敢に身をかがめ真剣にぼくの感覚を研究していた。というのも、今まで一度も海を渡ったことのないぼくはまだ、自分がその名状しがたい苦しみに供せられているのかどうか知らなかったからだ。最初の揺れにぼくは少し驚いたが、すぐに立ち直り、全く平静を取り戻した。グアダルキビル川を出る時、ぼくらは海岸を左手に見て、それに沿って進んでいたのだが、その海岸も大分遠く離れ、かろうじてそれと見分けられるだけだった。というのも夕暮れが近づき、太陽は極めて鮮やかな緋色の雲でつくられた五、六段のきらめく階段を降りて、荘厳に海へと没しつつあったからだ。

ぼくらがカディスに着いた時は漆黒の闇だった。停泊地に錨を降ろした小船や大型船舶のカンテラ、町の明かり、空の星などが波のひたひた寄せるたびに金や銀や火の金属片をたくさん降り注いでいた。

静かな場所では、標識灯の反射が海に長く伸び、不思議な印象を与える炎の長い円柱を描いていた。城壁の巨大な塊が濃い闇の中に奇妙な形で浮かんでいた。

上陸するために、ぼくらとぼくらの荷物は小船に乗り換えなければならなかった。それらの小船の親方たちは、恐ろしい喚き声を上げて、旅人や旅行鞄を互いに奪いあっていた。それはかつてパリでモンモランシーとかヴァンセンヌ行きの二輪乗合馬車の御者連中がやっていたのとほとんどそっくりだった。ぼくの道連れとぼくは互いに離れ離れにならないように大いに苦労した。というのもある者はぼくらを左の方に引っぱり、ある者はぼくらを右の方に引っぱる有様だったからで、それも特にほんのちょっとした動きで争い合う人たちの足の下でぶらんこのように揺れる小船の上でとり合いの口論がおこなわれていることを思えば、安心できない力で引っぱっているのだ。それでもぼくらは無事に波止場に着いた。それから市門の下、厚壁の中に置かれた税関の検査を受けた後、ぼくらはサン・フランシスコ通りに宿泊しに行った。

あなたが御想像になるように、ぼくらは夜明けとともに起きたのだった。夜、見知らぬ町に入るのは、旅行者の好奇心を最高に掻きたてることの一つである。旅行者は闇を通して通りの形、建物の形、少ない通行人の顔付きなどを見分けようと最大限の努力を払う。少なくともこんな風にして、不意打ちの効果は準備され、翌日、町は幕が上がる時の芝居の舞台装置のようにあなたの目に突然、その全体像を現わすのだ。

画家とか作家のパレットには、その輝かしい朝にカディスがぼくらに及ぼした鮮やかな印象を表現するのに充分な明るい色、充分に光輝く色調は存在しない。二つの色だけがあなたの視線を捉えるのだ。青と白。しかしその青はトルコ石、サファイヤ、コバルトそれから青い色に関してあなたが想像しうる最も強烈な色の物すべてと同じぐらいに鮮やかな青だし、白は銀、牛乳、雪、大理石、それから西インド諸島産の最高級のざらめ（グラニュー糖）と同じくらい混じり気のない純白の白なのだ。青、それは海に映った空、白は町だった。これ以上に輝かしく、これ以上にきらめき、強烈であると同時に四方に広がる光に満ちたものは何一つ想像できないだろう。実際、ぼくらがフランスで太陽と呼んでいるものはこれに比べたら、単に病院のナイト・テーブルの上に置かれた消えかけた光の弱い豆ランプにすぎない。

カディスの家々はスペインの他の町のそれよりもずっと屋根が高い。これは細い糸状の土地によって大陸とつながっている狭い小島という土地構造と、海をのぞむ眺望を得たいという希望によって説明がつく。それぞれの家は隣家の肩ごしに見えるようにと、そして厚くめぐらされた城壁の上から頭を出せるようにと奇妙にも、つま先立ちで背伸びしている。これだけではかならずしも充分ではないので、ほとんどすべてのテラスには隅に、小櫓、時として小さな丸屋根に覆われた見晴らし台がある。これらの空中にかかる望楼《ミラドール》は数えきれないほどの鋸歯状装飾で町のシルエットを飾り、極めて人目をひく印象を生み出している。これらはすべて石灰を塗られ、建物正面の白さは、家々を隔て、階を示す真っ赤な長い線が引かれているために一層鮮やかに見える。非常に出っ張りの大きなバルコニーは大きなガラスの囲いで包まれ、赤いカーテンで飾られ、花々で満たされている。横断する通りのいくつかは何もない空き地で終わっており、空へと達しているように見える。こうして時々ちらっと見える青空は思いがけなく、魅力に富んでいる。この陽気で生き生きとした光輝く外観を除けば、カディスには建築物として目を引くものは何もない。十六世紀の広大な建物であるその大聖堂は、美しさも気品も欠けていないとは言え、ブルゴス、トレド、コルドバそしてセビリャなどの驚嘆すべき大聖堂を見てきた後では人目を驚かすに違いないような所は全くない。それは何かハエン、グラナダそしてマラガなどの大聖堂風の建物なのだ。ルネサンス時代の芸術家たちがそういう意味で使っていたような、より尖った、よりほっそりした均斉美を持つ古典建築物。聖なるギリシア型よりもモデュールが長いコリント様式の柱頭は非常に優美だ。絵画作品、装飾物としては、過剰な悪趣味、狂気じみた豪華さ、それだけだ。しかしながら、ぼくは十字架にかけられた七歳の子供の殉教者像、この非の打ちどころのない宗教感情が溢れ、えも言われぬほど精妙な彩色の木版彫刻について話さないでいるべきではない。熱狂、信仰、苦痛などが子供っぽい体つきの中、この魅力的な顔の上に極めて心打つように混じりあっている。

　ぼくらはスペイン中で最も危険な闘牛場の一つと噂される小さな闘牛場を見にいった。そこに行くには、巨大な様々な種類の棕櫚が一杯植えられた庭園を横切る。棕櫚の木以上に高貴で堂々たるものはない。この縦溝のある円柱の先にあるあの大きな葉の太陽が、東洋の空の群青色の中で、まさにきらびやかに輝いている。まるでコルセットの間に締めつけられたように細い、その鱗が剥げ落ちたような幹はまさしく若い娘の腰を思い出させる。その姿勢は大変堂々として、非常に優美だ。棕櫚と、夾竹桃を見るとぼくには驚くほどの陽気な気持ちと喜びが湧き上がる。棕櫚と夾竹桃の木陰にいれば不幸でありえようがないとぼくには思える。

　カディスの闘牛場には途切れず続いている板囲いはない。間隔をおいて一種の木の衝立のような物が置かれ、その後ろにひどく追いつめられすぎた闘牛士らが逃げ込むのだ。こうした配置ではあまり安全でないようにぼくらには見えた。

　ぼくらは闘牛がおこなわれている間、牛たちを収容するいくつもの小室に注意を促された。それは太い大梁からなる囲いのようなもので、水車の水門扉とか池の水門のようにあがる扉で閉められるようになっている。牛たちの怒りを掻きたてるために、剣先でうるさくつついたり、硝酸を塗ったり、つまりはあらゆる手段を見つけだして牛たちの性格を狂暴なものにしようとするのだ。

ひどい暑さのために、闘牛が中止されたのだった。フランス人曲芸師が一人、闘技場の中央に翌日の見世物のために掛け小屋と紐を据えつけてしまっていた。バイロン卿が闘牛を見たのはこの闘牛場ででであり、彼はその詩的な描写を『チャイルド・ハロルドの巡礼』の第一の歌でおこなっているのだが、闘牛術に関する彼の知識は大いに面目を施される体《てい》のものではない。

カディスは幅狭くめぐらされた城壁に、花崗岩のコルセットに締めつけられるように、胴回りを締めつけられている。暗礁と岩からなる第二の城壁が町を襲撃や波から保護している。しかしながら、数年前、恐ろしい嵐が厚さが二〇ピエ以上もあるこの途方もない城壁を何ヶ所かにわたって決壊させ倒壊させたのだ。その時崩れた巨大な壁面はまだ岸に沿ってあちらこちらに横たわったままだ。間隔をおいて石作りの哨舎のあるこれらの城壁の斜堤の上を散歩しながら、唯一の門が大陸の方に面している町を一回りすることができる。それから沖合や停泊地でボートやフェラッカ船や一本マストの大型船や漁船が行ったり、来たり、美しいカーブを描いたり、すれ違ったり、方向を変えたり、阿房鳥のように戯れるのを見ることができる。それらの船は水平線上ではもはや激しい風で空へと運ばれた鳩の羽のようにしか見えない。これらの船のうち何艘かは古代のギリシアのガレー船のように、船首、水切りの両側に二個の大きな目が実物のような自然な色で描かれてあり、それが船の運行に注意を払っているように見える。またその目のために船のこの部分には、どことなくかすかに人間の横顔のような外観が与えられている。この一瞥以上に生き生きとし、真に迫った、陽気なものはない。

税関の門の方、埠頭の上では驚くほど活気に溢れた雑踏だ。世界各国の代表者がいる雑多な群衆が、波止場を飾る立像が上にのった円柱の下で終始、押し合っている。イギリス人の白い肌と赤毛から、コーヒー色、赤銅色、黄金色といった中間色をへて、アフリカ人の青銅色の皮膚と黒い毛まで、あらゆる種類の人種がそこに集まっている。少し先にある停泊地では、三本マストの帆船、三本マストの軍艦、二本マストの小帆船がくつろぎ、毎朝、太鼓を鳴らしてそれぞれ自国の国旗を掲げる。商船や煙突から二色の蒸気が出ている蒸気船がトン数が一番小さいために舷側が一層近づき合い、この大きな船舶画の前景をなしている。

ぼくはカディスの停泊地に停泊中のフランスの小帆船「曲芸師」号の船長あての推薦状を一通持っていた。その推薦状を提示すると、ルバルビィエ・ド・ティナン氏は他の二人の若者同様ぼくを翌日五時頃にということで彼の船に愛想よく招待してくれたのだった。四時に、ぼくらは埠頭に行き、波止場から船までせいぜい十五分か二十分の道のりを渡るために小船とそれを操る親方を探した。その親方に通常の渡し賃一ペセタの代わりにドゥロ銀貨一枚を要求された時には、ひどく驚いた。ぼくは航海に関しては無知なものだから、全く明るく晴れ上がった空や世界の最初の日のように輝く太陽を見て、無邪気にもいい天気だと思っていたのだ。そうぼくは確信していたのだ。ところが反対にひどい天気で、ボートがまず最初にいくらか斜航しただけで、すぐにぼくはそのことに気づいた。海は三角波がざわめき、恐ろしく荒れていた。牛の角がもげそうなほど風が吹き荒れていた。ぼくらはくるみの殻の中にいるように跳ね上がったり、絶えず波をかぶった。数分後、ぼくらは足の水浴を楽しんだのだが、間もなく座席が水びたしになりそうな恐れが大いにあった。大波の泡がぼくの上着の襟から入り、背中を流れた。親方と二人の助手はののしり、どなりちらし、帆脚索と舵を手で互いに引っぱり合っていた。一方はこれだ、他方はそれだと引っぱり合い、ぼくはまもなく彼らがなぐり合いを始める時が目に浮かぶようだった。大分、危機的な状況になり、彼らのうちの一人が何かもうぼくの知らない聖人に向って、お祈りの言葉の一部をつぶやき始めた。幸いにも、ぼくらは小帆船に近づきつつあった。小帆船は錨を降ろしてのんびりと揺れ、ぼくらの小船が身をよじらせながら移動してくるのを、軽蔑の混じった哀れむような様子で見つめているように見えた。ついに、ぼくらは到着した。ぼくらが手摺り綱を握り、甲板によじ登っていくことができるには、十分以上が必要だった。

「これこそが勇気ある時間厳守と呼ばれるものです」と船長はぼくらが水をしたたらせ、髪を海神の髭のように濡らし、上部甲板に上がってくるのを見ると、ほほえみながらぼくに言った。彼はぼくらにズボン、シャツ、上着、つまりは衣服を一揃え全部、貸し与えてくれた。「これがあなたがたに詩人たちの記述を信頼することを教えてくれるでしょう。あなたがたは雷という不可欠のオーケストラが鳴り響かなければ、波が高く持ち上がり雲に泡を混ぜたりしなければ、雨が降っていなければ、深い闇を引き裂く稲妻が光らなければ、嵐はないと思っていた。そうした考えは間違いなんです。二、三日後でなければ、おそらくあなたがたを陸地にお返しできないでしょう。」

風は実際、恐ろしい勢いで吹き荒れ、綱具は熱狂的な演奏者の弓の下で震えるバイオリンの弦のように震えていた。国旗は乾いた音をたててぱたぱたと鳴っていたし、その薄布は今にもちぎれ、停泊地の奥へとぼろぼろになって飛んでいくかのようだった。滑車は軋み、ぴいぴい音をたて、ひゅうと音を出し、そして時々人間の喉から噴き出すように思える鋭い叫び声を出すのだった。何かちょっとした罪でシュラウドにつながれ罰を受けている二、三人の水夫は吹き飛ばされないようにするのが大変な苦労だった。

万事こういった調子で、ぼくらは最上のワインが付き、極めて気持ちのよいおしゃべりとまた、恐水病患者も飲まずにはいられないような恐ろしいインドの香料とで味付けされた素晴らしい夕食を楽しむことができなかった。翌日、悪天候のために海にボートを浮かべて陸に新鮮な食料を買い求めに行くことができなかったので、ぼくらはやはりおいしくはあるが、各料理が大分昔に作られたという特別な点をもつ夕食をとった。ぼくらは一八三六年のグリーン・ピース、一八三五年の生バター、それから一八三四年のクリームを食べたが、これらはすべて驚くほど新鮮で保存状態もよかった。荒天は二日間続いた。その間ぼくは甲板を歩き回り、飽きずに、単に船と呼ばれるこの人間の頭脳の驚くべき作品の持つ、オランダ人家政婦のような清潔さ、細部の仕上げ、天才的な配置などに見とれていた。カロネード砲の銅は金のように輝き、甲板は丁寧にニスを塗られた紫檀の家具のように光っていた。だから、毎朝、船員たちは船のお化粧にとりかかるのだ。どしゃぶりの雨が降っても、甲板はやっぱり同じように隅々まで細心綿密に洗われ、水を流され、スポンジで拭き取られ、雑巾ぼうきで拭い乾かされる。

二日後風は収まり、ぼくらは十人の漕ぎ手のついたボートで陸地へと連れていってもらった。ただ、ぼくの黒服は海水がたんまりと滲み込んだために乾かしても、元の柔軟さを取り戻すことはできず、いつもきらきら輝く雲母がまき散らされたままで、塩漬けの鱈のようにごわごわしたままだった。

沖の方から来る時に見えるカディスの町の様子は魅力的だ。町が海の青と空の青の間でこんな風に白くきらめいているのを見ると、まるでそれは一個の大きな銀製の線細工の王冠のようだ。黄色に塗られた大聖堂の丸天井は中央に置かれた金めっきした銀の三重宝冠のように見える。植木鉢、渦巻き形装飾、家々を区切る小塔などが無限に変化に富んだ鋸歯状装飾を見せている。バイロンはただ一筆で、カディスの特徴を見事に言い表わした。

海の群青色の中央にあって空に向って聳えたつ光輝くカディス。

同じ詩節の中で、イギリスの詩人はカディス女性たちの貞節に関して少しみだらな意見を述べているのだが、おそらく経験から彼にはそうした意見を持つだけの権利があったのだろう。ぼくらはどうかというと、ここでこの微妙な問題を検討するのは差し控えて、彼女らが大変美しく、特殊な型に属する、と言うだけに止めておこう。彼女らの顔色はあの磨かれた大理石のように白く、そのために整った顔立ちが非常に際立っている。彼女らの鼻はセビリャ女性たちに比べてそれほど鷲鼻ではなく、額は小さく、頬骨もあまり出っ張っていず、全くと言っていいほど彼女らはギリシア型の顔付きに近い。また彼女らはぼくには他のスペイン女性たちよりも太っており、背丈も高いように見えた。以上が少なくとも、ぼくがサロンや憲法広場や劇場を歩き回りながらなしえた観察結果だ。余談ながら、ぼくはその劇場で一人の変装した女性によって、『パリの腕白小僧』（エル・ピルエロ・デ・パリス）が大変見事に演じられるのを、大変情熱的に溌剌とボレロの踊り手たちが踊るのを見た。

しかしながらカディスがいくら気持ちのよい場所であるとは言え、まずは城壁に、次に海に閉じこめられていると考えるとあなたはそこから出たい欲望に駆られるのだ。ぼくには島民たちが抱きえる唯一の考えは大陸に行くということだと思われる。これでイギリス人が絶えず移住していることの説明がつく。彼らイギリス人は至る所にいる、イタリア人とポルトガル人だけしかいないロンドン以外は。だからカディス人たちは絶えず、カディスからエル・プエルト・デ・サンタ＝マリアへ、あるいはその逆にと、航海することに忙しい。一時間ごとに出発する乗合軽蒸気船、小帆船、ボートなどが放浪好きの人々を待ち、気持ちをそそる。ある朝、ぼくの道連れとぼくはグラナダ人の友だちの一人からヘレスの金持ちのワイン商である彼の父親宛ての推薦状、「これに添付の二人の貴族にあなたの心と家と地下倉を開いてやって下さい」と認められた推薦状を持っていることを思い、蒸気船によじ登った。船室には滑稽な寸劇が交じる闘牛が夕方、エル・プエルト・デ・サンタ＝マリアでおこなわれる予定であると告げるポスターが一枚張ってあった。これが見事にぼくらの一日の行程をなしていた。二頭立て四輪馬車ならエル・プエルトからヘレスまで行き、そこに数時間滞在し、闘牛に間に合うように戻ってこれる。それ以上ぴったりとはいかないぐらいにその名にふさわしいビスタ・アレグレ（楽しい眺め）旅館で急いで昼食をすませると、ぼくらは御者と値段を取り決めた。彼はぼくらにフンション――これがスペインで何であれ見世物を指す名前だ――に間に合うよう五時に戻れる、と約束した。ヘレスへの道は山の多い、でこぼこした、軽石のように荒涼たる平原を突っ切っていく。春にはこの砂漠も野生の花々が一面にちりばめられた豪華な緑の絨毯に覆われる、ということだった。エニシダ、ラヴェンダー、たち麝香草が発する芳香が空気を満たすのだと。しかし、ぼくらが行っていたその時期は、いかなる植物の痕跡も消えてしまって無かった。かろうじて、あちらこちらに、いくつか干からびた、黄色の、細い繊維のある、すっかり土埃をかぶった芝草の生えている場所が見えるだけだった。地方年代記を信じなければならないとすれば、この道は大変危険だという。ラテロス、すなわち百姓たちに出くわすことがしばしばあるという。彼らはプロの盗賊ではないけれど、好機が到来すればその機を捉えて財布を奪うし、一人ぼっちの通行人から身ぐるみ剝ぐ楽しみに抵抗できない。この百姓たちは本物の盗賊よりも恐ろしい。盗賊の方は一人の首領に従う組織された一団で規律正しく振る舞うし、また別の街道で新たに強奪することもあろうと旅行者らをいたわるからだ。それから、あなたは馬に乗り、装備のしっかりした、完全武装した二十人、二十五人の男たちからなる盗賊団に抵抗してみようなんて思わない。ところが二人の百姓とだと戦うどころか、代わりにあなたは殺されるか、少なくとも傷つけられる。それから百姓、それはおそらく通りすぎていくその牛飼い、あなたにお辞儀するその農夫、くぼ地の裂け目の中、細い帯状に影が落ちたその下で眠ったり眠るふりをする陽に焼けぼろ着を着たその子供なのかも知れない。あなたの御者その人かも知れない、あなたを待ち伏せ場所へと案内していくのだ。誰か分からない、危険はいたるところにあるし、どこにもない。時々、警察はわざと飲み屋でけんかを引き起こし、その機会に警官を使ってこの見下げはてた連中の中で最もよく知られ、最も危険な者たちを暗殺させることがある。この裁きは幾分略式で乱暴であるとは言え、証拠もなく証人もいない事、各自を逮捕するのに一軍隊が必要とされたり、相手とか自分の所有物に関してアフリカのベドウィン族以上に進んだ考えはほとんど持っていない民衆が、共謀し合い、大いに熱心に反警察勢力を作っているような国で犯罪者をつかまえることが困難であることなどから見て、唯一実行可能な方法なのだ。しかしながら、他のいたるところと同様ここでも、出てくると言われた盗賊たちは姿を現わさず、ぼくらは無事にヘレスに着いた。

ヘレスはアンダルシア地方のあらゆる小さな町と同様、頭からつま先まで石灰を白く塗られ、建築物に関してはボデガスというか、つまりは酒店、大きな瓦屋根に覆われ、窓のない白い長い壁の大きな酒貯蔵室以外には何一つ目を引く物はない。ぼくらが推薦されていたその人物は不在だった。しかし推薦状が物をいい、ぼくらはすぐさま、地下のワイン倉庫に案内された。これ以上に輝かしい光景が酔っ払いの目に映じたことはない。ぼくらは四、五段の高さに積み重ねられた樽の道を進んでいった。これらを全部、少なくとも主なる種類は味わわなくてはならなかった。ところが主なる種類といっても無数にあるのだ。ぼくらは濃色で、濃厚で、マスカット酒のような味とベズィエ産のまだ熟成していないワインの奇妙な色合いを持つ八〇年産ヘレス・ワインから、明るい麦藁色をし、火打ち石のような匂いがし、ソーテルヌ産白ワインに近い辛口のヘレス・ワインまであらゆる種類を辿った。この二つの両極端の音の間には、金色、焦げたようなトパーズ色、オレンジの皮のような色、それから様々な極上の味を持つあらゆる中間音域のワインがある。ただ、それらにはすべて程度の違いはあれ、蒸留酒が混ぜられている。それが入っていなければ強いとは見なされないだろうイギリス人向けのは特にそうだ。というのもイギリス人の喉に気に入られるためには、ワインはラム酒に変装させられる必要があるからだ。

ヘレス産ワイン酒醸造学に関してこれほど完璧に調査した後では、厄介なのはスペインに対してフランスの名誉を落とさないように充分に堂々たるまっすぐな歩き方で、馬車まで戻ることだった。それは国際間の自尊心の問題だった。ころぶかころばないか、それが問題だった。デンマークの王子を大いに困らせることになった問題とはまた別の厄介な問題だった。ぼくらは非常に満足のいく背すじをまっすぐに伸ばした状態で四輪馬車のところまで行ったと、イベリア半島一強烈なワインに対する戦いでぼくらの愛する故国を見事に代表したと、ぼくは正当なる誇りを持って言わなくてはならない。エル・プエルトへの戻り道、三十八〜四十度の暑さによって酒気が急速に蒸発してしまったおかげで、ぼくらは極めて難しい心理学の諸問題に関して論じることもできたし、闘牛の突き手を嘆賞することもできた。その闘牛では大部分の闘牛たちがエンボラドス、つまり角の先に球をはめられていて、たった二頭が殺されただけだったが、ぼくらは多くの滑稽な出来事で大いに楽しませられた。古代エジプトの騎士風の金巾《ペルカル》織りのズボンをはき、背中にお日様色の上着をはおり、サヴォワ・ケーキ型にターバンを巻き、カーニバルのトルコ人のような衣裳をまとった闘牛士（ピカドール）たちは、ゴヤが『闘牛術』の版画に彫刻針で三、四本線を引いて粗描している風変わりなムーア人たちをそれと間違えるほどに思い出させる。これらの風変わりな闘牛士の一人は、自分が槍の一突きをくらわす順番を待ちながら、ターバンの端を使って驚くほど冷静に哲学者然として洟をかんでいた。麻布に覆われ、赤い負い革をつけられ、どうにかこうにか三角帽を被せられた驢馬の一団が乗った、柳でできた汽船が一艘、闘技場の中央に押し出された。闘牛はその模型に飛びかかり、裂き、倒し、世にもおかしな具合にあわれな雌驢馬を空中に放り投げた。ぼくはまたこの闘牛場で、一人のピカドールが槍の一撃で闘牛を殺すのも見た。槍の柄の部分に火薬が隠されてあり、その爆発音が非常に激しかったので、牛も馬も騎士の三者とも仰向けに倒れた。最初のは死んだからで、後の二者は反動の力でだった。マタドールは擦り切れた長上着を着た、黄色のすき間が開きすぎた靴下をはいた老練で、オペラ・コミックの間抜け男ジャノの様子、あるいはおかしな道化師のような様子をしていた。彼は闘牛に何度も倒された。彼が牛にくらわせる止《とど》めの突きは止《とど》めにならない不確実なものだったので、けりをつけるにはメディア＝ルナが必要になった。メディア＝ルナというのはその名が示すように、柄のところに棒のついた、大木を切る鉈鎌によく似た一種の三日月刀だ。それは動物の膕《ひかがみ》を切断するために用いられ、それを使うと何の危険なく止《とど》めを刺せるのだ。これ以上に恥ずべき、醜悪なものはない。危険がなくなるとすぐ、嫌悪がやってくる。そうなるともう闘いではなく、畜殺にすぎなくなる。『軽業師たち』という崇高なる道化芝居の中で女小人を演じた時のイアサントのように切断され残された体を引きずるこの哀れな動物は、目撃しうる最も悲しい光景を呈する。みんなが望むのはただ一つのこと、それはその牛が充分な力を取り戻し、見事な角の一撃で馬鹿な死刑執行人らの腹を裂いてくれることだ。

　たまたま闘牛士にすぎないこの見下げ果てた男は食べるという特技を持っていた。彼は七、八ダースの固ゆで卵、羊を一頭丸ごと、子牛一頭、等々をたいらげてしまうのだ。しかし彼がやせているところを見れば、この特技がしばしば発揮されるわけではないと思わざるを得ない。この闘牛にはたくさんの人々がつめかけていた。伊達男の服装が華やかに多く見られた。カディスの女性たちとは全くタイプの違う女性たちは頭にマンテラの代わりに深紅の長いショールを被っていた。そのショールが、混血女性の顔色とほとんど同じぐらい濃い顔色で、真珠色の目と象牙色の歯が奇妙なぐらい鮮やかに目立つ、オリーブ色がかった彼女らの美しい顔を非の打ちどころなく囲んでいた。この整った輪郭、この淡黄褐色で金色の顔色はすばらしい絵の題材になるだろうに。レオポルド・ロベール、この農民たちのラファエルが非常に若くして亡くなり、スペイン旅行をしなかったことは残念だ。

通りをさまよい歩いていると、ぼくらは市場に出た。夜だった。店やショーウィンドーはつり下げられたランプとかランタンに照らされ、輝く点がいくつも一面にちりばめられ光る魅力的な眺めを作っていた。バラ色の果肉を持つ緑の皮の西瓜、あるものは刺のついた莢に入ったままの、あるものはすでに殻をとられたサボテンの実、エジプト豆の胚のう、巨大な玉葱、約束の地から持ち帰られた葡萄の房も恥じいりそうな琥珀色の葡萄、花飾りのようなニンニク、唐辛子や他の刺激の強い香辛料などが趣豊かに積み重ねられていた。各商人の間に残された通路を、驢馬を追いたてる農夫たちや子供の手を引っ張る女たちが行ったり来たりしていた。ぼくはその中で錆色の卵形の顔に真っ黒い目を持ち、髪の毛がこめかみにぴったりなでつけられて二個のサテンの繭のように、あるいは烏《カラス》の二つの翼のように輝いている、まれなる美貌の女性に目をとめた。彼女は脚には靴下をはかず、魅力的な素足にサテンの靴をはいたまま、きまじめな様子で晴れやかに歩いていた。こうした足のおしゃれはアンダルシア地方では一般によく見られる。

パティオにしつらえられたぼくらの宿屋の中庭は、小低木をめぐらされた噴水に飾られていて、その木の上ではたくさんのカメレオンが生息していた。これほどに奇妙で醜悪な動物を想像するのは難しいだろう。およそ六、七プース〔訳注――約一六～一九センチ〕の大きさで、並はずれて大きく裂けた口を持つ、腹の突き出た一種の蜥蜴を思い浮かべてほしい。その口からは体と同じぐらい長い、白っぽいぬるぬるした舌が突き出され、背中を踏まれた時の蛙のように突き出た、巨大な膜に覆われた左右が完全に別々の動きをする目を持っている。一方の目が空を見つめているともう片方の目は地面を見つめているのだ。これらの斜視の蜥蜴たちは、スペイン人が言うには空気だけで生きているというのだが、ぼくは蠅を食べるところをしっかりと目撃した。彼らはそのいる場所に応じて、体色を変えるという特性を持っている。彼らは急に真っ赤になったり、一瞬のうちに青とか緑になるわけではなくて、一時間後とか二時間後に、体の色が褪せ、自分たちに一番近いところにある事物の色に染まるのだ。一本の木の上にいる時には美しい緑色になり、青い布地の上では青味がかった灰色、真っ赤な色の上では赤褐色になる。影の部分にいる時には、褪色し黄色っぽい白い一種のくすんだ色調を帯びる。錬金術師とかファウスト博士の実験室になら、一、二匹のカメレオンが見事に出現するかもしれない。アンダルシア地方では、丸天井にある程度の長さの紐をつるし、その先端を動物の両前脚の間に置く。するとカメレオンはよじ登り始め、天井に到達するまで登り続ける。丸天井には彼の爪はひっかけられないので、今度は紐の先まで降りてきて、片方の目をぐるりと回して、地面と自分との間の距離を測る。それから、色々考えた末、彼は驚くほど真剣な厳かな面持ちで再び登り始め、こんな具合にして無限に同じ登り降りを繰り返す。同じ一本の紐に二匹のカメレオンがいる時、それは思いもよらないほどの、想像を超える滑稽な見物となる。憂鬱の化身でさえ、二匹の醜い動物が出会った時の滑稽な身振りやぞっとするような目つきを見つめていれば、腹の皮がよじれるほど大笑いすることだろう。フランスでもこの気晴らしの種を手放したくなかったので、ぼくはこの愛嬌のある動物のつがいを買って、小さな鳥籠に入れて持ち運んだ。しかし彼らは航海中に風邪をひいてしまい、ぼくらがポール・ヴァンドルに着いた時に肺病で死んでしまった。彼らはすっかり痩せ細ってしまって、惨めな小さな骸骨がそのぶよぶよとして皺のよった皮越しに現われていた。

それから数日後、闘牛の知らせ、ああ残念なことにそれが目にするはずの最後の闘牛の知らせでぼくはヘレスへと戻った。ヘレスの闘牛場は大変美しく、非常に広く、ある建築上の特徴も備わっている。それは煉瓦作りで、斜めに石で持ち上げられている。この煉瓦と石との混合が見事な印象を生んでいる。多数の雑多な、様々な色の群集が蠢き、扇とハンカチが忙しく動かされていた。ぼくらはすでにいくつか闘牛に関して報告してきたので、この闘牛についてはいくつかの細かい事柄だけの報告に止《とど》めておこう。闘技場中央には支柱が立てられ上に一種の小さな平屋根がのっている。この平屋根の上にトゥルバドゥールのみっともない服装をした猿が一匹踞り、しかめっ面をしたり、垂れ下がった唇をまくり上げたりしていた。その猿は大分長い鎖でつながれ、杭がその中心となるかなり広い円を描いて動き回ることができた。牛が闘牛場に入ると、最初に牛の目を驚かせるのは、止まり木の上のその猿だった。さてそこで最高におもしろい喜劇が演じられた。闘牛は猿を追いつめる、猿はすばやく平屋根に登る。荒れ狂った動物は支柱に何度も激しく角を突きたて、狒狒《ひひ》氏に恐ろしいショックを抱かせる。極度の恐怖に捉えられた猿の恐れは、思わず吹き出したくなるほどおかしいしかめっ面にありありと現われていた。四足でそこにしがみついているにもかかわらず、板の縁にしっかりとつかまっていることができないとみえ、時々は闘牛の背中に落ちることさえあり、その上に猿は必死でしがみつくのだった。となると、もはや果てしない哄笑が沸き上がり、白い歯をむき出した一万五千の笑いでこれらの褐色の顔が明るく輝くのだった。しかし喜劇の後には悲劇が続いた。血が流れた跡に撒く粉末にした土を一杯に入れた籠を持った闘牛場係のかわいそうな黒人の少年が闘牛に攻撃され、――少年は牛が他の場所にかかりきりだと思っていたのだ。――二回繰り返して空中に投げ上げられた。彼は砂上に横たわったまま、身動きすることもなく、命ももうなかった。チュロたちが駆けつけ闘牛の鼻先にマントを振り、黒人の死体を運んでいくことができるように、牛を闘牛場の別の隅へと引き寄せた。少年の遺体はぼくのすぐ目の前を通っていった。二人の若者が彼の足と頭を持っていた。奇妙なことだが、少年の体は黒から濃い青に変わっていた。どうやらこれが黒人の場合の蒼ざめ方なのだ。闘牛はこの事件にも何ら乱されなかった。「ナダ、エス・ウン・モロ」（なんでもない、黒人がやられたのさ）、これが哀れなアフリカ人への弔辞だった。しかし、人間たちは少年の死に何ら動じないにしても、猿も同様というわけにはいかなかった。彼は腕をよじり、恐ろしい鳴き声を上げ、全力を込めて暴れまくり鎖を切ろうとしていた。猿は黒人の少年を自分と同じ種属の動物、成功した兄弟、自分を理解してくれるにふさわしい唯一の友だちと見なしていたのだろうか。ともあれ、ぼくはこの少年の死を悲しむこの猿の苦しみ以上に激しく、心を打つ苦しみを見たことはない。このことは、倒れたり危険に陥った闘牛士らを見ても、猿が少しも不安な様子も同情するような素振りも見せなかっただけによけいに人目を引いた。まさに同じこの時、一羽の大きなみみずくが闘牛場の真ん中に舞い下りた。みみずくはおそらく夜鳥として、アフリカ人たちの漆黒の天国へとその黒人の魂を運んでゆくためにそれを迎えに来たのだ。この闘牛の八頭の牛のうち、四頭だけが殺されなければならなかった。他の三頭は六回も槍で突かれ、銛で六、八回突かれた後で、首に荷車をつけられた大きな牛によって牛小舎に運ばれていった。最後の一頭の若牛は闘牛ファンの手に委ねられた。彼らは騒々しく闘技場になだれ込み、ナイフで牛の体を小さくばらした。というのもアンダルシア人の闘牛に対する熱中ぶりは大変なものなので、彼らは単に観客でいることだけでは充分ではなく、さらにそれに参加する必要があるのだ。それがなければ彼らは満たされない気持ちで帰っていくだろう。

　蒸気船「大洋丸」は悪天候、ぼくがすでに話したあの見事な悪天候のために数日来足止めされていた停泊地で今、出航間際だった。ぼくらは内心満足感を抱きつつ船に乗りこんだ。というのも、バレンシアでの様々の事件とそれに続いて起こった動乱のために、カディスは幾分、戒厳令下にあったからだ。新聞はもはや韻文劇曲とかフランス語から翻訳された連載小説だけで満たされているようだった。そして壁という壁の角には三人以上の人間の集まりを禁じ、それに違反すれば死刑というかなり不愉快な小さな布告が張られていた。すぐにも出発したいこうしたいくつかの理由は別にしても、ぼくらがフランス人に背中を向けて歩き続けて大分久しかった。ぼくらが母なる祖国に向って一歩を踏み出すのは何ヶ月来初めてのことだった。それにいかに国民的偏見から解放されているとはいえ、自分の故国からこれほど遠く離れ少しばかり盲目的愛国心を覚えないままでいるのは難しい。スペインで少しでもフランスのことが当てこすられるとぼくは激昂した。だからできるものならばぼくもシルク・オランピック座の端役のように栄光、勝利、名誉、戦士などを声高に褒め称えていただろう。

　全員が甲板に出て、行ったり、来たり、陸地へと戻っていくボートに向って別れの合図をしたりしていた。岸にいかなる未練も、いかなる思い出も残さないぼくは、数日間牢獄代わりになってくれるはずの水に浮かぶ小宇宙の隅々をあさり回っていた。調査の途中で、ぼくは親しいものではあるが何か胡散臭い形の大量の陶器の壺が一杯つめこまれた小部屋にでくわした。ほとんどがエトルリアのではないこれらの壺はその数の多さでぼくを驚かせた。ぼくはひとりごちた。「これこそ最も詩的でないものの積み荷というわけだ。おおドリィーユ、内気な神父にして迂説法の王よ、一体あなたならどんな婉曲法を用いて、あなたの壮厳なアレキサンドランの中でこの夜間用の家庭的な陶器を言い表わしただろうか。」一里ばかりも進むやいなや、ぼくにはこの食器類が何に使われるのかが分かった。四方八方から呼び声が聞こえた。「船酔いだ。むかむかする。レモンをくれ、ラム酒を、酢を、塩をくれ」。甲板には極めて痛ましい光景が展開されていた。さっきまでは非常に魅力的だった女性たちは一週間も水に溺れたままで死んだ人間のように青ざめていた。彼女らは優美さも羞恥心もすっかり忘れて、マットレスとか旅行鞄とか毛布の上に横たわっていた。子供に授乳していた若い母親は船酔いに捉えられ、ブラウスのボタンをしめ忘れたまま、タリファを過ぎた時になって初めてそのことに気づいた。かわいそうな一羽の鸚《おう》鵡《む》もまた鳥籠の中で船酔いにやられ、自分が感じている苦しみが何か全く分からないまま、世にもおかしな、悲しみに沈んだおしゃべりで、自分のレパートリーをしゃべり続けていた。ぼくは幸いにも具合が悪くならずに済んだ。「軽業師」号の上で二日間過ごしたおかげで、ぼくはおそらく船になれていたのだろう。ぼくの道連れはぼくほど幸運というわけにはいかず、船内に姿をくらまし、ジブラルタルに着いた時にやっと姿を現わした。大いに心をこめて、兎の鼻風邪を研究したり、おもしろがってアヒルの骨を赤く染めたりしている現代科学が一体どういうわけでまだ、本物の死の苦しみ以上に苦しいこの恐ろしい不快感に対する治療薬を真面目に探そうとしていないのだろう。

　天気は素晴らしかったとは言え、海はまだ少し荒れていた。空気は非常に澄みきっているのでアフリカ海岸、スパルテル岬、それからその奥にタンジールがある湾などが大分はっきりと見えた。タンジールを訪れることができないのが残念だった。雲とそっくりで、雲と違うのは動かない点だけの帯状の山々、それがすなわちアフリカだった。ローマ人たちが「アフリカから生まれた最高の奇跡は何」と言った驚異の地、最も古き大陸、東洋文明の発祥地、イスラム教の源、空にはない影がただ人々の顔の上にだけある闇の世界、自然が人間を生み出そうと試みて、まずは猿を黒人に変える秘密の実験室だったのだ。アフリカが見えていながら、ただ通りすぎていくのは、何と新たなタンタロスの苦しみの極みだったろう。

同じタリファという名前の小島の後方の切り立った丘の上に白堊の城壁が聳え立つ村タリファ村のところで、ヨーロッパとアフリカが接近し、互いに結婚の接吻を交わしあいたがっているように見える。海峡は非常に狭いので、同時に二つの大陸が見られる。その現場に立ってみると、地中海はそれほど遠い昔ではない時代には、カスピ海とかアラル海、死海のような内海、塩水湖だったと信じないではいられなくなる。ぼくらの目前に現われた光景は驚くほど素晴らしかった。左手にはヨーロッパ、右手にはアフリカが岩だらけの海岸線を見せていた。それらの海岸線は遠く離れるに従って、二本の緯糸《よこ》で織られた絹布の色調のように、明るいリラ色、鳩の喉色を帯びて見えるのだった。前方には絶えず大きくなっていく果てしない水平線。上には青緑色の空。下方には澄みきったサファイア色の海。その海の透明度は非常に大きかったので、ぼくらの船の船体がそっくりそのまま、ぼくらの側を通りすぎていく、海上に浮かんでいるというよりむしろ空中を飛んでいるように見える何艘もの船の龍骨同様見えるのだった。ぼくらは燦々と光が一杯に振り注ぐ中を泳いでいった。二十里四方に見つけることのできる唯一のくすんだ色は、ぼくらが後方へと残してゆく長い冠毛状の濃い煙から来るものだった。蒸気船はまさしく実際に北方の発明物だ。いつも熱く燃えている釜、沸騰するボイラー、何本かの煙突などはその煤で空を黒く染め、北国の霧や靄と見事に調和する。それは南欧の輝かしい光の中では汚点《しみ》を作るだけだ。自然は陽気にさざめいていた。雪のように白い大きな海鳥がその翼で刃のように海面をかすめて飛んでいる。まぐろ、鯛、あらゆる種類の魚がジャンプし、とんぼ返りを見せ、波と戯れている。波の上にネレイドが姿を見せることでもあれば、その乳で一杯の胸のように丸い、白い帆船が時々、次々に通りすぎていく。海岸線は不思議な色に染まっていた。その起伏、裂け目、急斜面に陽光が当たったままで、極めて素晴らしい、極めて思いがけない効果が生み出され、ぼくらの目に絶えず姿を変えるパノラマが展開されるのだった。五時頃、ぼくらはジブラルタルが見えるところまできて、ラ・サンテ（検疫所の係官はこんな風に呼ばれている）がピンセットでぼくらの旅券をつまみ、たまたまぼくらがポケットに入れて黄熱病だとか、青色コレラだとか黒死病とかを持ってきていないかどうかを調べに来てくださるのを待っていた。

ジブラルタルの眺めには想像力も全く途方にくれてしまう。一体自分がどこにいるのかも、何を見ているのかももはや分からなくなるのだ。巨大な岩壁というかむしろ高さが一五〇〇ピエもある山を思い浮かべていただきたい。これほどの高い山が突然、思いもかけない時に、海のまっただ中から、あまりに平らで低すぎるためにほとんど見えない大地の上に現われる様をご想像願いたい。その山は何の予告もなく現われ、現われるべき理由も何一つなく、いかなる山脈にもつながっていない。それは空から放たれた巨大な石、天体間の戦闘の際に縁をもぎとられてそこに落ちた惑星の一部分、壊れた宇宙の破片なのだ。誰がそれをこの場所に置いたのだろう。神だけが、永遠のみがそのことを知っている。この不可解な岩の印象を一層強めているのは、その形である。それはまるで巨大な、途方もない、驚くべき花崗岩のスフィンクス、もしタイタン族が彫刻家なら刻んで作れるかも知れないスフィンクスのようだ。それに比べたら、カルナックとかジゼなどのしし鼻の怪物もまるで象に対する鼠にすぎない。脚を伸ばしたところはヨーロッパの鼻先と呼ばれる部分だ。幾分切りとられた恰好の顔はアフリカの方を向いており、アフリカをじっと注意を込め夢みるように見つめているかのようだ。何か陰険な様子で瞑想にふけっているようなこの山は一体どんなことを考えているのだろう。どんな謎をかけ、あるいはどんな謎を言い当てようとしているのか。肩、腰、尻は物憂げな大きな起伏を描いて、休息するライオンの体の線のように美しい波打つような曲線を描いてスペインの方に伸びている。町は下にあり、大きな塊の中に見失われたほとんど目に見えない、哀れな小さな点にすぎない。湾に錨を降ろした甲板を三つ持つ船舶はドイツの玩具、港で売られているようなミニチュアの小さな船舶模型のように見える。小船はミルクの中に溺れた蠅のように見える。城砦さえも定かにそれとは分からない。しかしながら、山は四方八方が穿たれ、掘られ、掘り返され、山腹には大砲、曲射砲、臼砲などが一杯に隠されている。戦争用の弾薬がたくさん収納されているのだ。それは豪華にして粋な要塞なのだ。しかしこれらはすべて目にはただ、岩の起伏と一つになった何本かのかすかな線、何門もの大砲がそこからブロンズの口を密かに覗かせるいくつかの穴にしか見えない。中世だったら、ジブラルタルには天守閣、塔、小塔、銃眼を施された城壁が林立していたことだろう。下方に控える代わりに、要塞は山を登り、一番鋭い山嶺に、鷲の巣のようにのっていたことだろう。今ある砲台は海とすれすれに並んでいて、この地点は海も非常に狭まっているので、言ってみれば通行が不可能になっている。ジブラルタルはアラブ人たちにジブラルタル、すなわち「入り口の山」と呼ばれていた。これ以上にもっともな名前はない。古代の呼び名はカルペだった。アビラ、今で言う猿山だが、そのアビラは向こう側のアフリカに、最も強情な囚人たちが送られるイベリア半島のブレストとトゥーロンとでも言おうか、スペイン領セウタのすぐ近くにある。ぼくらには空の残りの部分は全部晴れわたっているにもかかわらず、雲をかぶったその頂と急斜面の山容がはっきりと見分けられた。

カディスのように、半島の湾口にあるジブラルタルは大陸とは狭い帯状の陸地だけでつながっている。

その陸地は中立地帯と呼ばれ、税関がいくつも並んで置かれている。この海岸の最初のスペイン領はサン＝ロケだ。白い家並みが海面すれすれに見える魚の銀色の腹のように、回りの青の中で輝やいているアルヘシラスはちょうどジブラルタルの真向いにある。この輝くばかりの青の中、アルヘシラスではちょっとした革命騒ぎだった。火に投じられる塩粒がたてるような、銃声のぱちぱちという音がかすかに聞こえた。市長はぼくらの蒸気船に避難してくる始末で、船で彼はこれ以上ないほど平然と葉巻をくゆらし始めた。

検疫所係官はぼくらに何ら伝染病を見出しえなかったので、ぼくらは横づけされたボートに乗り移り、十五分後には陸上にいた。町の様子が生む印象は最も奇妙なものだ。一歩踏み出せば、あなたは五百里も進んでいる。これは例の長靴をはいた親指太郎よりも少し長い距離だ。さっきはアンダルシア地方にいたのに、今いるのはイギリスだ。グラナダ王国やムルシア王国のムーア時代の町々からあなたは突然、ラムズゲイトに降りたったのだ。ここにあるのはまさしくトゥイクナムとかリッチモンドのように堀をめぐらした煉瓦作りの家々、中門、ギロチン窓。もう少し先へ行ってみなさい、あなたには鉄格子やペンキの塗られた柵のある小別荘が見つかるだろう。散歩道や庭園にはとねりこ、白樺、楡、それから南欧諸国では葉ということで通っているあのニスを塗った金属板のギザギザとは全く違う北方の緑の草木が植えられてある。イギリス人は非常に際立った個性的な人間なので、どこにいても全く同じなのだ。だからぼくには本当のところ、彼らがなぜ旅行するのか分からない。というのは、彼らは自分たちの習慣を全部そっくりそのまま持っていくし、本当の蝸牛のように自分の家の内部を背中に背負って運んでいくからだ。イギリス人は自分がどこにいようとまるでロンドンにいるかのように寸分違わない生活を送る。彼には自分のお茶、自分のラムステーキ、自分の大黄タルト、元気なら自分の黒ビールとシェリー酒、調子が悪ければ自分のカロメルが必要なのだ。彼が後ろに引きずって歩く無数の箱のおかげで、イギリス人はあらゆる場所で、自分の生活に必要なアト・ホームな雰囲気と快適さを手にする。この正直な島民には生きていくためにどれほど多くの道具が必要なことだろう。彼らは快適にくつろぐためにどれほど多くの苦労を背負うことだろう。これらの便利な発明品や複雑な生活よりはぼくはどれほどスペイン人の貧しく少々不便であっても簡素な暮らしの方を好むことか。ぼくはずっと前から、女性たちの頭の上にあの恐ろしい丸く平たい代物、帽子という名で呼ばれ、いわゆる文明化された国々ではその奥に女性が自分の顔を隠してしまう、布切れで覆われたあの厚紙製のおぞましい円錐形の代物を見かけなくなっていた。ぼくは最初に出会ったイギリス人女性が頭に緑のヴェール付きの帽子を被り、大きな編み上げ靴をはいた足で大股に、国民軍の擲弾兵のように歩いているのを見た時に感じた不快感をうまく表現することができない。それは彼女が醜いからではなく、反対だった。しかしぼくは純血種の整った顔だち、アラブ馬の美しさ、えも言われぬ優美な歩き方、アンダルシア娘の可愛らしさと優しさに慣れていた。だから、めっきを施されたような生気のない眼差しを持ち、死んだような顔付きでぎくしゃくした身振りのそのまっすぐな顔は、きちんとした整然たるその服装、気取った様子、自然なところが全く欠けている点などとともに、ぼくに滑稽な不気味な印象を及ぼした。ぼくには自分が宿敵たる文明の亡霊の前に突然置かれたように思われた。この幽霊がぼくの自由な放浪の夢は終わったのだと、十九世紀の生活に戻り、もうそこから出ないようにすべきだと言いたがっているように思われた。このイギリス女性を前に、ぼくは自分が白手袋もはめていず、鼻めがねも持たず、エナメルを塗った靴をはいてもいないことが全く恥ずかしい気がした。そこでぼくは自分の空色の防水外套の一風変わった刺繍に恥じ入った視線を投げた。六ヶ月来初めてぼくは理解したのだ、自分がきちんとした服装をしていないこと、紳士らしい様子をしていないことを。

これらのイギリス人の面長の顔、これらのロボットのような物腰の赤毛の兵士たちは、このきらめく空とこの非常に輝く海の前では、法に適っていないのだ。彼らの存在は不意打ち、侵害なのだということが理解されるのだ。彼らは支配しているのであって、自分たちの町に住みついているのではないのだ。

もはや宗教は持たないにしても、まだ迷信には捕われているスペイン人から排斥されたり、よく思われていなかったユダヤ人は、イギリス人無宗教者たちの居住に伴って異端の町になったジブラルタルに大挙して溢れる。彼らは鉤鼻で、薄い口の横顔、ラビ帽を後部に被った黄色く光る頭、くすんだ色のほっそりした形の擦り切れた長上着のままに通りを歩く。奇妙な特性によって、その夫らが醜悪であると同じだけ美しいユダヤ女性は真紅で縁取りされ、人目を奪う頭巾付きの黒い外套を着ている。彼女らに出会ってぼくらは、聖書、井戸端のラケル、家長制時代の様々な素朴な場面などのことをぼんやりと考えさせられた。というのは、すべての東方民族同様、彼女らの切れ長の黒い目と金色に輝く顔色には、消滅した世界の神秘的な反映が保たれているからだ。ジブラルタルにはまた多くのモロッコ人、タンジールやアフリカ海岸のアラブ人がいる。彼らはここで、香水、絹帯、部屋履き、蠅たたき、装飾を施された革のファッションなどの小さな店、それから細々したバルバリ人らしい職業の店を経営している。つまらない小物や骨董品をいくらか買いたいと思っていると、ある人がぼくらを山手の町に店を構える主要な店の一軒に連れていってくれた。その際、ぼくらは下町のほどイギリス風ではない階段状の街路を通されることになったのだが、そうした通りのいくつかの曲がり角では太陽の最後の光に素晴らしく照らされたアルヘシラス湾の眺望がちらっと望まれることがあった。モロッコ人の店に入ると、東洋の香気にかすかに包まれた。バラ水の甘い強い香りが脳に沁み入り、ぼくらにハーレムの秘密の雰囲気や

『千一夜物語』の様々な不思議な出来事を想像させた。商人の息子たち、二十歳ばかりのハンサムな若者が扉近くのベンチに腰かけ、夕方の涼気を吸っていた。彼らはあの整った顔だち、あの澄みきった眼差し、あののんびりした高貴な面差し、あの恋するような物思いにふけるような憂しげな様子、純血種の属性の数々が付与されていた。父親は大僧正のようなふっくらした威厳のある顔付きをしていた。この堂々たる男に比べたらぼくらは全く醜悪で卑しいばかりだった。極めて控え目な口調で、帽子を手に持ち、ぼくらは彼に黄色のモロッコ革のスリッパを何組みか売っていただけまいかと尋ねた。彼は承知したという身振りをした。値段が少し高いと指摘すると、彼はスペイン語で堂々たる返答をした。「わたしは決してふっかけたりしない。これはキリスト教徒の方に役立つ。」かくして、商売上の不誠実を見せたためにぼくらは野蛮人らにとって軽蔑の対象となった。彼らには数サンチームでもよけいに儲けたいという欲望が人間を誓いに背かせることもありうることなど理解できないのだ。

　買い物を済ますと、ぼくらは下ジブラルタルへと降りていき、見事な遊歩場を一回りしに出かけた。そこには北方樹が植えられ、木々の間には花々、歩哨、大砲が混じっている。無蓋軽四輪馬車や馬に乗った人たちが見られるのは全くハイド・パークと同じようだ。そこに欠けているのはアーサー・ウェリントンの立像だけだ。幸いにもイギリス人らは海を汚すことも空を黒くすることもできなかった。この遊歩場は町の外、ヨーロッパの鼻先、猿らが住む山の方へと向っている。ぼくらの大陸でこれらの愛すべき四手獣が野性状態で暮らし、繁殖しているのはこの場所だけだ。風向きが変わるに従って、猿らは岩の背後からもう一方の背後へと移動するのだが、こうして晴雨計代わりになっている。彼らを殺すのは禁じられており、それに反すると非常に厳しい罰を受けることになっている。ぼくに関していえば、ぼくは猿らは見なかった。しかし当地の気温は燃えるように暑く、そこでは最も寒がりの猿や尾長猿などもストーブや暖房装置がなくても生育しうるほどだ。アビラは、その現代の名前を信じる必要があるとすれば、アフリカ海岸にあって同じような人口に恵まれているに違いない。

翌日、ぼくらはこの大砲公園とこの密輸の温床を離れ、マラガへと漕ぎ出たのだった。マラガはすでにぼくらは知っていたけれども、その白いすらりとした灯台、人の溢れる港、絶えざる雑踏など、マラガを再び目にするのは楽しかった。海上から見ると大聖堂は町よりも大きく見えるし、古代のアラブ式の要塞の廃墟は岩の斜面にあって、非常にロマンティックな印象を生む。ぼくらは前に泊まった宿屋「三人の王様」に戻った。親切なドロレスはぼくらの姿を認めて歓声を上げた。

次の日、ぼくらは乾し葡萄の積み荷を積み込んで、再び海へと漕ぎ出した。少し時間を無駄にしたので、船長はアルメリアをとばして、一気にカルタヘナまで進むことを決めた。

スペイン海岸に沿ってそのかなり近くを進んだので、海岸線が視界から失われることは決してなかった。アフリカ海岸は地中海の海域が広がったために、大分前から水平線上から消えてしまっていた。一方に見られる眺望はおかしな形の傾斜を持ち、小さな村、見張り塔、税関小屋のあることを示す白点があちらこちらに散らばる垂直な割れ目の走る青色っぽい長く帯状に続く断崖。もう一方には沖、ある時には海流とか北風で波形や他の模様をつけられたり、ある時にはくすんだ艶のない青色を帯びたり、水晶のように透明になったり、ある時には踊り子のスカートのように揺れて輝く、ある時には不透明で、水銀や溶かした錫のように灰色で油を塗ったような、そんな海。画家や詩人たちを絶望させるような、色と姿の考えられないような様々な変化。赤や白や金色の帆船、あらゆる大きさとあらゆる国旗の船舶が次々に進んでいく様で眺望は彩られ、果てしない孤独な眺めにいつもついてまわる物悲しい様子が眺望から拭い取られていた。帆船が影も形も見えない海は人間が熟視しうる最も物悲しい最も心痛ませる光景だ。これほど広大な空間に思いを馳せる存在が一つとしてなく、この崇高なる光景を理解する心が一つとしてないと思わざるを得ないなんて。この底のない果てしない青の上にかすかにそれとわかる白い点が一つ、これで広大さに人が住んでいることになるのだ。興味が生まれ、ドラマがあるのだ。

アメリカのカルタヘナと区別するために「カルタヘナ・デ・レバンテ」と呼ばれるカルタヘナは湾の奥、船舶が完全にあらゆる風を受けないで済む一種の漏斗状の岩場を占めている。その凹凸部分には、何らこれといって人目を引くところはない。町がぼくらの記憶に残してくれた最も際立った特徴は、明るく晴れ上がった空を背景にくっきりと黒く浮かび上がった二つの風車である。上陸するためにボートに足を置くやいなや、ぼくらはカディスでの時と同じように荷物を奪い取ろうとする人足らにではなくて、何一つ聞きとれないほどに、バルビナとかカズィルダとかイラリアとかロラなどという多くの女たちの数々の魅力をぼくらに向って称めそやすおぞましい連中に襲われた。

カルタヘナの町の様子はマラガのそれとは全く違っている。マラガが陽気で明るく活気に満ちているだけ、カルタヘナの方は陰気で、ファラオンたちがその側面に自分らの地下陵を掘ったエジプトの丘と同じぐらい乾ききった、草木もはえていない不毛の岩の冠の中でしかめっ面を見せている。石灰は消え、壁はくすんだ色を再び帯び、窓には複雑な錠前がはめられ、一層とっつきにくい感じの家々はカスティリャ地方の城館を特徴づけるあの牢獄のような様子に見える。しかしながら、彼が泊まった宿の女主人が以下の三つの欠点を併せ持っていたからという理由で、「カレの女たちはすべて気難しく、赤毛で、せむしだ」と手帳に書きつけたあの旅行者の欠点にここで陥るつもりはないけれど、ぼくらは言っておかなくてはならない。これほどしっかりと格子がはめられたこれらの窓辺に見えたものは魅力的な顔、天使のような顔付きの女性たちだけだった、と。窓にあれほど入念に格子がはめられているのもおそらくそのせいなのだ。夕食までの間、海軍工廠を見物しに行った。極めて壮大な規模で構想されたこの建物も今は全く打ち捨てられた状態で、見るのが辛い。あの広大なドック、あの造船台、もう一つ別に艦隊を作ることもできるような活動を止めたあの船台などはもはや何の役にも立たない。打ち上げられた抹香鯨の骸骨そっくりのわずかに作られただけの二、三の骨組みが片隅で人知れず終には腐る。これらの住む人もない大きな建物は多くのコオロギたちにびっしり占領され、彼らを踏みつぶさないようにするには一体どこに足を置いていいか分からないほどだ。コオロギらの小さな鳴き声もたくさん集まると大音響となって、お互いの話し声を聞くのにも苦労するほどだ。いかにぼくがコオロギに対する愛情を表明しているとはいえ、散文や詩の形でこの愛情を表現してきたとはいえ、正直なところ、これでは少しばかり多すぎた。

ぼくらはカルタヘナからアリカンテの町まで行った。この町についてぼくはヴィクトル・ユゴーの『東方詩集』の詩の一行によって、頭の中にあまりに果てしなくぎざぎざばかりのデッサンを作り上げていたのだった。

鐘楼に長尖塔が混じるアリカンテ。

ところでアリカンテは少なくとも今日では、こうした混合を実現するのは大いに難しいだろう。ぼくはアリカンテの町にはまず長尖塔がなく、それから町にある唯一の鐘楼は非常に低い、ほとんど目立たない塔にすぎないがゆえに、こうした混合は大いに望ましく、人目を引くと思う。アリカンテを特徴づけるのは、町の中央に聳える巨大な岩で、形といい色といい素晴らしいこの岩は城塞に覆われ、側面には大胆極まりないやり方で深淵の上に哨舎が一つつり下げられている。市庁舎というか、より地方色豊かな言い方でいうと憲法宮殿は魅力的な最高に素晴らしい様式の建物だ。石が一面に舗かれた遊歩道には、根元が井戸に浸かっていないスペインの木にしては充分に葉の茂った木々の植えつけられた二、三本の道が陰を作っている。家々は高く聳え、ヨーロッパ的な外観を再び見せる。ぼくは陰悪な前兆である硫黄色の帽子をかぶった二人の女性を見た。以上が、船が積み荷と石灰を積み込むのに必要な時間だけしか寄港しなかったアリカンテについて知ることのすべてだ。その停止時間を利用してぼくらは陸上で昼食を取った。皆様がご想像になられるように、ぼくらは地酒について若干の真面目な研究を試みる機会を忘れなかった。その本物であることは動かしがたいとは言え、ぼくは想像していたほどおいしいとは思わなかった。これはおそらくワインが入れられてある酒樽の松脂の匂いが染みたためだろう。次の行程がぼくらをバレンシア、スペイン人が言うところのバレンシア・デル・シッドへと連れていくはずだった。

　アリカンテからバレンシアへと、海岸の絶壁は相変わらず奇妙な様々な形、思いがけない外観を見せ続ける。ある人がある山の頂にある四角い切り込みにぼくらの注意を促してくれたが、それは人間の手で作られたように見える。翌朝、ぼくらはル・グラオの前に停泊していた。海から半里ほど離れているヴァレンシアの郊外と港はこう呼ばれているのだ。波はかなり強く、ぼくらはかなり濡れて船着き場に着いた。そこでぼくらは町へと行くために小帆船《タルタヌ》に乗った。タルタヌという言葉はふつう海に関する意味で使われる。バレンシアのタルタヌとは最小のバネもなく二つの車輪の上に置かれた、蠟引き麻で覆われた一個の車体を言う。この乗り物はぼくらには四輪幌馬車に比べて柔らかいように思われた。クロシェの馬車がこれほどに柔らかく思われたことは今までなかった。ぼくらはこれほど快適なことに驚き、困惑の体《てい》だった。ぼくらが進む道路沿いに大きな木が何本も植えられていて、ぼくらがずっと前からその習慣をなくしてしまっていた目の楽しみとなった。

バレンシアは人目を引くという点から言うと、恋歌や年代記によって人が思い描くイメージにはあまり合致しない。それは平凡で散らかった、その設計がはっきりしない大きな町で、起伏に富んだ土地の上に建てられた古い町がその無秩序な建設の仕方のせいで与えられる様々な利点や魅力も見られない。バレンシアはウエルタと呼ばれる平野の中、絶えず灌漑が施されているおかげでスペインには全くまれな涼しさが保たれている耕作地や庭園の真ん真ん中にある。気候は非常に温暖なので、棕櫚やオレンジの木が北方産の植物に比べれば、鉢植えではなく地面に直に生育している。だからバレンシアはオレンジの大規模な取り引きをおこなっている。大きさを測るために、それは、直径を確かめたい砲弾のように輪に通される。輪をくぐらないオレンジが一級品となる。五つの美しい石橋が架かり、それに沿って見事な遊歩道が走るグアダルキビル川が町の脇、ほとんど城壁の下を流れる。灌漑のためにその水脈に何度となく水の汲み上げが施されるために、一年の四分の三はこれらの五つの橋は豪華な装飾品となる。グアダルキビル川の遊歩場へ行くのに通るル・シッド門には、かなり見事な印象を与える銃眼を施した大きな塔が両側に立っている。

バレンシアの通りは狭く、両脇には大分陽気な感じの高い家々が並んでいる。そのうちの何軒かにはまだ、摩滅し、損傷した紋章が残っているのが見分けられる。苔を取り除いた彫刻の断片、爪の欠けた怪物、鼻のない女性たち、腕のとれた騎士などがそれと分かる。最近作られた石作りの恐ろしい壁の中に塗りこめられ、消え失せかけているルネサンス様式の十字窓が時々、芸術家の目を上げさせ、彼から後悔の溜め息を引き出す。しかしこれらの珍しい遺跡は裏庭の奥、人目につかない片隅などに探し求めなくてはならない。それにバレンシアはそれでもやはり全く現代的な外観をしている。ロマネスク様式の半円アーチのある廻廊付きの後陣にもかかわらず混合様式の建築になる大聖堂には、ブルゴスやトレドやセビリャの驚異的な建築を見た後では旅行者の注意を引きうるものは何もない。精妙な彫刻を施されたいくつかの装飾衝立、セバスチャン・デル・ピオンボの一枚の絵、もう一枚は彼がコレッジョを模倣しようと努めていた時の柔らかな手法で描かれたスペイン人の絵、以上が人目を引くすべてのものだ。数も多く豪華であるとはいえ他の教会は、ぼくらがすでに何度か報告してきた、あのロカイユ式の奇妙な装飾様式で建てられ、装飾を施されている。これらすべての常軌を逸した装飾、建築を見ていると、多くの才能と知性が全く無駄に浪費されたことが惜しまれるばかりだ。市場にあるロンハ・デ・セダ(絹の財布)はゴチック様式の魅力ある記念建造物だ。ほんの軽く渦巻き状にねじれた格縁を持つ何列もの円柱の上に穹窿が垂れ下がっている大広間は、一般に幸福よりも憂鬱を表現するのにより適しているゴチック建築には珍しく優雅で明るい作りだ。カーニバルの際に催しや仮面舞踊会が開かれるのはロンハでなのだ。記念建造物に関する締め括りに、古いメルセド修道院について少し言っておこう。そこには数点の珍しい例外を除いて、ある物は取るに足りない絵、ある物は粗悪な多数の絵が集められている。メルセド修道院で一番ぼくを魅了したのは、廻廊をめぐらされ、全く東洋的な大きく美しい棕櫚が植えられた中庭だ。棕櫚の木は澄み渡った空に矢のように伸びている。

旅行者にとってバレンシアの本当の魅力はその住民、というかもっと適切な言い方をするなら町の周辺の耕地に住む住民だ。バレンシアの農民たちは特有の奇妙な衣服を着ている。この衣服はアラブ人侵入以来それほど変化していないに違いなく、アフリカのムーア人らの今の服装とほとんど大差のないものだ。その衣服はシャツ、赤い帯で締める粗い麻布のだぶだぶのズボン下、銀貨でできたボタン付きの緑や青のビロードのチョッキからなる。脚は脛当てのようなもの、というか青糸で刺繍した白いウールの脛当てに包まれ、膝と足の甲はむきだしになっている。履物はと言えば、彼らはアスパルガタス、縄を編んで作ったサンダルを履いている。そのサンダルの底は一プースの厚さがあり、ギリシアの厚底靴《コチコルヌ》のようにリボンで結びつけられる。彼らはふつう、頭を東洋人風に剃り上げ、ほとんどいつも色鮮やかなスカーフを被っている。このスカーフの上に、縁が反り返り、ビロード、絹の総、金属片とか金・銀の薄片に飾られた山の低い小さな帽子が置かれてある。カパ・デ・ムエストラと呼ばれ、黄色いリボンの花結びに飾られた一枚の雑色の布が肩に投げかけられており、これで高貴にして特徴に満ちた服装は完全なものとなる。バレンシア人は多くのやり方で袖なしマントの端を整え、そこにお金、パン、西瓜、小刀などをしまう。それは彼にとって同時に背負い袋でもありマントでもあるのだ。当然のことながら、右にぼくらが描いてきたのは完全な服装、晴れ着なのだ。平日や仕事日は、バレンシア人はほとんどシャツとズボン下しか身につけない。そうなると、その大きな黒い頬髭、陽に焼けた顔、凶暴な目つき、青銅色の脚や腕を持つ彼は全くベドゥイン族そっくりに見える。特にスカーフをほどいて、剃ったばかりの髭のように青い、剃りあがった頭が見える時にはそうだ。スペインがいかにカトリック信仰を自負しているにもかかわらず、こういった屈強な男たちがイスラム教徒でないと信じるのはぼくにはいつでも大いに難しいだろう。バレンシア人が他のスペインの諸地方で悪人（マラ・ヘンテ）という評判を得ているのもおそらくこうした凶暴な様子のせいだろう。バレンシアの耕作地帯では誰かを厄介払いしたいと思ったら、五、六ドゥロで仕事を引き受けてくれる農民を見つけるのは簡単だと、ぼくは何度となく言われたものだ。これは全くの悪口に思える。ぼくは田舎でしばしば、恐ろしい顔付きをした男たちに出会ったけれど、彼らはいつでもぼくに大変礼儀正しく挨拶したものだ。ある晩など、ぼくらは道に迷い、ぼくらが戻った時には町の城門も閉められており、あやうく野天で夜を明さなくてはならないことさえあった。しかしながらぼくらには何一つ困ったことは起きなかった。ずっと前から真っ暗闇の夜で、バレンシアや近隣一帯では革命騒ぎの最中だったにもかかわらず。

奇妙な対照をなして、このヨーロッパのカビリア族の女性たちは蒼白く、髪はブロンドで、ヴェネチア女性のようにビオンデ・エ・グラソッテ（金髪で豊満）だ。彼女らの口もとには優しく悲しげな微笑が浮かび、目には優しい青い光が宿っている。これ以上に申し分のないコントラストは想像できないだろう。田野に住むこの天国の黒い悪魔たちは妻に、白い天使を持っているのだ。その天使の美しい髪は玉縁装飾のある大きな櫛で止められたり、尖端に銀やガラス細工の玉が飾られた長い針が通されている。かつてバレンシア女性たちはアルバニア女性の民族衣装を思わせる素晴らしい民族衣装を着ていた。残念ながら彼女らはその衣裳を捨て去り、今はあのイギリス＝フランス風のぞっとする服、パフ・スリーブのついたドレスや他にも同様のひどい代物を着ている。女性たちが一番先に民族衣装を捨て去ることに留意すべきだ。スペインでは昔ながらの衣裳をそのまま着続けているのはもうほとんど大衆の男たちだけだ。本質的におしゃれな女性の側にこんな風に身なりに関して美的感覚が欠如していることには驚かされる。しかし女性たちが持っているのは流行に対する感覚だけで、美に対する感覚ではないのだということも思えば、驚きも失せる。女性はいつでも、もしそのぼろを着ることが最高の流行《はやり》だとするなら、最もみすぼらしいぼろを魅力的だと思うことだろう。

ぼくらは十日ばかり前からバレンシアに滞在し、別の蒸気船が通るのを待っていた。というのも天候のせいで出発便がみだれ、連絡便が全部狂わされていたからだ。好奇心も満たされ、ぼくらは後はただもうパリに戻ること、両親、友人、懐かしい大通り、愛する川に再会するのを切望するばかりだった。

こう言うことが許されるとして、ぼくは密かにヴォードヴィルを見たいという欲求を抱いていたのだと思う。要するに、六ヶ月間忘れていた文明生活が緊急にぼくらを求めていたのだ。ぼくらは日刊紙を読みたかったし、ぼくらのベッドで眠りたかった、他にも粗野な気紛れな望みはたくさんあった。ついに、ジブラルタルから来た商船が通りかかり、ぼくらを乗せ、バルセロナ――ここには数時間滞在しただけだった――をへてポール゠ヴァンドルへと連れていってくれた。バルセロナの様子はマルセイユに似ている。そこでスペインらしさはほとんど感じられない。建物は大きく、整然とし、青いビロードの大きなズボンやカタロニア人の赤い大きな縁なし帽がなければ、フランスの町にいると思えるほどだ。木々が植えられたランブラとかいくつも並んで走る美しい通りなどがあるにもかかわらず、バルセロナは胴着のような城塞にあまりにぎっしりと結ばれたあらゆる町のように、幾分四角ばった、堅苦しい様子に見える。

大聖堂は非常に美しい、特に、薄暗く、神秘的でほとんど恐ろしいと言ってもいいほどの内部は美しい。パイプオルガンはゴチック様式で、絵に覆われた大きな板で閉まる。サラセン人の顔がそれらの板を支える穹隅の下で恐ろしいしかめっ面を見せている。聖遺物箱のように透かしを入れられた十五世紀の魅力的なシャンデリアが穹窿の格縁から下がっている。教会を出ると、同じ十五世紀の静寂と夢想に満ちた美しい廻廊に入る。半ば崩れたその拱廊は北方の古い建築物が帯びる灰色がかった色を帯びている。プラテリア（金銀細工）通りは店の正面や飾られた宝石類がきらめくショーウィンドー、それから特に葡萄の房ぐらいの、ずっしりと重く豪華な塊をなす、幾分洗練されていないとは言え、かなり素晴らしい印象を与える大きなイヤリングがきらめくショーウィンドーで人目を奪う。これらのイヤリングの買い手は主として裕福な農民のおかみさんたちなのだ。

翌朝十時頃、ぼくらは奥にポール゠ヴァンドルの町が晴れやかな姿を見せる小さな入江に入港した。ぼくらはフランスに着いたのだ。本当のことを言うと、祖国の土を踏んだ時ぼくは目に涙がにじむのを感じた。喜びの涙ではなく哀惜の涙が。鮮紅色の鐘楼、シエラ・ネバダの銀色の頂、ヘネラリフェ宮殿の夾竹桃の花、じっと見つめていたビロードのような眼差し、カーネーションのように真っ赤な唇、小さな可愛らしい足や手など、これらすべてが鮮明に脳裏に蘇ったので、ぼくには、今すぐ母に再会できるこのフランスがそれでもぼくにとって流謫地であるかのように思われた。夢は終わってしまったのだ。

# 夢の旅——ゴーチエの『スペイン紀行』について

桑原 隆行

## 1

一八四〇年五月五日、午後四時、テオフィル・ゴーチエ Théophile Gautier は友人ウジェーヌ・ピィヨ Eugène Piot とともに郵便馬車の人となって、パリを後にスペイン旅行の途についた。[1] 五ヶ月余りにわたるこの旅の間、[2] 彼は旅先の町々からパリのエミール・ジラルダン Emile Girardin 宛に「通信」*Lettres* と題された旅行記を矢継ぎ早に書き送ったばかりでなく、[3] 帰国後の一八四一から四二年にかけても『パリ評論』*Revue de Paris*、『両世界評論』*Revue des Deux Mondes* を始めとする諸雑誌にスペイン旅行に関する記事を数多く発表した。これらの文章はすべて整理統合され、一八四三年に『山々を越えて』*Tra los montes* という二巻本にまとめられた後、一八四五年に現在の『スペイン紀行』*Voyage en Espagne* となってシャルパンティエ Charpentier 書店から出版されたのである。[4]

ところで、「パリからボルドーへ」と題された第1章は次のような書き出しで始まる。「数週間前（一八四〇年四月）、ぼくはなにげなくこう洩らしてしまった——『スペインにならば喜んで行くんだけれど』。自分の願いがそれほど強いものでないことを示すべく、慎重に条件法を用いたのに、五、六日もすると、友人たちは、物見高い話相手に向ってぼくが間もなくスペイン旅行に出かける予定になっていると繰り返している始末だった。こういうきっぱりと事実を告げる言い回しの後には、決まって『いつご出発ですか』という質問が続いた。ぼくはどんなことに巻き込まれるかも知らずに、『一週間後に』と答えた。一週間が過ぎ、ぼくがまだパリにいるのを見ると、みんなはひどく驚いた様子を見せ、『今頃はマドリードにいらっしゃるものとばかり思っていましたよ』と言う人もいれば、『もう戻っていらしたのですか』と聞く人もいた。そこでぼくは、自分が友人たちに数ヶ月間留守にしてみせなくてはならないこと、このおせっかいな債権者たちにしょっちゅう悩まされたくなければできるだけ早くこの負債を返済しなければならないことが分かった。劇場の楽屋や、大通りのぼこぼこと弾力にとむアスファルトとタールの道などが、新たな命令が出るまでは、ぼくには立入禁止になったのだ。ぼくが手に入れることのできたのは、せいぜい三、四日の猶予期間だけであり、五月五日、ぼくは自分という厄介な存在を祖国から一時追い払うべく、ボルドー行きの馬車に飛び乗ったのである。(5)」

さて本論の目的は、ゴーチエの見たスペインの姿を紹介していきながら、旅行者ならびに旅行記作家としての彼の特徴を探ってみることにある。

＊

このスペイン旅行はよほど楽しい思い出だったらしく、ゴーチエは後年ある手紙の中で、その時の幸福感を懐かしく反芻している。(6) 実際、上の引用部分の小粋で軽やかな語り口に予想されるように、『スペイン紀行』は青年ゴーチエの若々しい精神が踊っているような新鮮な文体で書かれ、全篇、明るくユーモリスティックな調子に貫かれている。(7)

ところでゴーチエは動物たちに特別の愛着を感じていたらしく、作中には動物への言及が数多く散見し、たとえば第4章で彼は、驢馬に関する興味深い観相学的比較考察を披瀝してみせる。「トルコ産驢馬は運命論者である。その慎ましやかで夢みるような顔付きを見れば、運命によって与えられる鞭打ちのすべてを甘受していること、それらの鞭打ちを不平も言わずに耐え忍ぶであろうことが分かる。カスティリャ産の驢馬はもっと哲学者然とした断固たる顔付きをしている。彼には人々が彼なしにはすまないことが分かっているのだ。彼は家族の一員であり、『ドン・キホーテ』も読んだことがあり、サンチョ・パンサの例の驢馬の直系の子孫であると心密かに信じているのだ。[8]」

あるいは第10章で彼は、トレド Tolède の *Sans Juan de los Reyes* 教会の修道院内部で人間の足音に驚いて逃げていく二匹の蜥蜴を目撃したと述べた後に、「蜥蜴は人間の友だち[9]」というフランスの諺をスペインの蜥蜴は知らないのだろう、と続ける[10]。

スペイン南部の港町カディス Cadix の宿屋でゴーチエはカメレオンを見て、いたく興味をひかれることになる。「これほどに奇妙で醜悪な動物を想像するのは難しいだろう。およそ六、七プース〔訳注――約一六〜一九センチ〕の大きさで、並はずれて大きく裂けた口を持つ、腹の突き出た一種の蜥蜴を思い浮かべてほしい。その口からは体と同じぐらい長い、白っぽいぬるぬるした舌が突き出され、背中を踏まれた時のカエルのように突き出た、巨大な膜に覆われた左右が完全に別々の動きをする目を持っている。一方の目が空を見つめているともう片方の目は地面を見つめているのだ[11]。」周囲の色に合わせて体の色を変える様子を観察し、天井からつり下げられた紐を登り降りするその滑稽な動きにすっかり魅せられた彼はフランスに買って帰ることにする。

同じ一本の紐に二匹のカメレオンがいる時、それは思いもよらないほどの、想像を超える滑稽な見物となる。憂鬱の化身でさえ、二匹の醜い動物が出会った時の滑稽な身振りやぞっとするような目つきを見つめていれば、腹の皮がよじれるほど大笑いすることだろう。フランスでもこの気晴らしの種を手放したくなかったので、ぼくはこの愛嬌のある動物のつがいを買って、小さな鳥籠に入れて持ち運んだ。しかし彼らは航海中に風邪をひいてしまい、ぼくらがポール・ヴァンドルに着いた時に肺病で死んでしまった。彼らはすっかり痩せ細ってしまって、惨めな小さな骸骨がそのぶよぶよとして皺のよった皮越しに現われていた。

Quand il y a deux caméléons à la même corde, le spectacle devient d'une bouffonnerie transcendantale. Le spleen en personne crèverait de rire à contempler les contorsions, les regards effroyables des deux vilaines bêtes, lorsqu'elles se rencontrent. Curieux de me procurer ce divertissement en France, j'achetai une couple de ces aimables animaux, que j'emportai dans une petite cage; mais ils prirent froid dans la traversée, et moururent de la poitrine à notre arrivée à Port-Vendres. Ils étaient devenus étiques, et leur pauvre petite anatomic se faisait jour à travers leur peau flasque et ridée.(12)

これ以外にも、マラガ Malaga からコルドバ Cordoue へ向う途中で道に迷ったゴーチエらをもてなしてくれた一軒の家で飼われていた犬と猫、(13)闘牛場の中央に特設された小さな円形舞台に紐でつながれた猿(14)などに関する記述や、さらには、コオロギ(15)、蠅(16)、蚤(17)などの虫類に関する言及も見られる。

今度は、スペイン人の生活ぶりや風俗習慣についてユーモラスに報告している部分をいくつか引用しておこう。ゴーチエの乗った郵便馬車はまだフランス国内、ヴァンドーム Vendôme、シャトー＝ルノー

Chateau-Regnault 間をひた走っている。道路沿いの丘に岩穴を穿ち、「古代穴居人式の」(à la façon des anciens Troglodytes)[18] 生活を営む住民の姿と、岩を突き抜けて地面に達している煙突を目撃して、ゴーチエは次のような感想を書き加える。

ふざけ好きの散歩者は、これらの地下生活者が作るオムレツの中にいとも簡単に石ころを投げ込むことができる。それに、ぼんやり者の兎とか近視の兎は生きたまま鍋の中に何度となく落ち込むに違いない。

Il est très facile au promeneur facétieux de jeter des pierres dans les omelettes de ces populations cryptiques, et les lapins distraits ou myopes doivent fréquemment tomber tout vifs dans la marmite.[19]

ボルドー Bordeaux に降りた時に見た宿屋同士の客ひきのすさまじさ、自分の側の美点を売り込みつつ商売敵の側の欠点を挙げつらい[20]、激しい争奪戦を繰り広げる客ひき人たちの涙ぐましくも滑稽な姿を軽く冷やかしつつ、ゴーチエらはバイヨンヌ Bayonne を通って、第3章から舞台はいよいよスペインに移る。国境の町イルン Irun に入ったゴーチエは、「ある奇妙な、説明のつかない、しゃがれ気味の、ぞっとするような、それでいておかしな物音[21]」を耳にする。その正体が牛車の車輪の音だと知った彼はこう記すのだ。「この耳ざわりな音は半里さきからでも聞こえるが、この地方の住人には不快な音ではないのだ。かくして彼らは自分たちの懐を少しもいためることなく、車輪の回っている限り全くひとりでに演奏される楽器を一つ所有していることになる[22]。」

少年少女たちからなる乞食の一団が走る馬車の中に花束を投げ込む。その後で彼らはお布施を要求するのだ。ゴーチエはこれを「何かしら気高く詩的[23]」だと言っている。

ところでゴーチエによれば、ブルゴス Burgos の劇場の観客たちはポケットにじゃがいも、りんご、オレンジの皮などを詰め込んで芝居見物にやってくる。へぼ役者や観客の気に入らない役者は、弥次や罵声とともにこれらの砲弾の集中砲火を浴びることになる。プロンプターはこれに備えて、あらかじめブリキの鎧で体を保護している。芝居が成功裡に終わった場合、彼らは来た時と同じく砲弾でポケットをふくらませたまま家路につくのである[24]。

グラナダ Grenade では戸外に寝る浮浪者が多いので、暗い夜など彼らのお腹を踏みつけたりしないよう注意して歩かなくてはならないと読者に忠告した後で、ゴーチエは彼らの寝る場所は截然と決められているのだ、と説明する。

> 夏の夜ともなれば劇場の花崗岩でできた階段は、他に住む家のない多くの浮浪者に覆いつくされる。各自が決まった段を持ち、そこが彼らのアパルトマンのようなものであり、その段のところへいけばいつでも確実にその住人をまた見出すことができるのだ。
>
> Dans les nuits d'été, les marches de granit du théâtre sont couvertes d'un tas de drôles qui n'ont pas d'autre asile. Chacun a son degré qui est comme son appartement, où l'on est toujours sûr de le retrouver. [25]

第13章には、あまりに高い金額をふっかける宿屋の亭主に対する憤懣が表明されている。「ぼくは盗賊たちには心からご同情申し上げる。このように悪質な宿屋の主人たちは彼らに多くの取り分を残してはくれないのだ。盗賊たちの手に委ねられる旅行者は、果汁をすっかり絞り取られたレモンでしかないのだから。[26]」盗賊の話が出たついでにと言ってはなんだが、次に移る前に彼らに関する興味深いエピソードを一つ紹介しておきたい。マドリードからセビリャ Séville へ向う郵便馬車（ゴーチエはこれに乗って出発する予定であったが席がないために断念した）が盗賊たちの襲撃を受け、乗客たちは山中に連行されていく。途中、人数で勝る別の盗賊の一団が現われ、この乗客たちをそっくりそのまま奪い取る。乗客の一人が盗賊の一人に葉巻を勧めたことから会話が始まる。盗賊は、昨今の旅行者は襲われる危険に備えて必要最小限の物しか持たないし、最低の服を身につけてくるから大した取り分はない、また旅行者の家族から身代金を頂戴しようと彼らを連行しても、今日の家族は薄情でけちでなかなか金を払おうとしない、その間彼らに食べさせてやっている分だけ赤字になるし、こう盗賊集団の数がふえては商売上がったりだ、としきりに愚痴る。大赦さえ得られるなら、こんな盗賊稼業からは足を洗いたい、と言うのである。話相手のその旅行者はかなり勢力のある男だったので、特赦を約束し交換に自分たちの自由解放を要求する。盗賊は条件をのみ、男がマドリードに戻って特赦を得てくるまで他の旅行者たちの安全を保障する。特赦の許可を得て男が仲間を迎えに約束の場所に帰ってくると、彼らは盗賊たちとすっかり打ち解け食べたり飲んだり歌ったりお楽しみの最中だ。果てはマドリードに戻るよりこのまま盗賊になってしまいたいなど言い出す始末。そこで盗賊の首領が商売の厳しさを説き、乗客たちを諄々と諭《さと》したというおかしな話である。[27]

## 2

古くは『ロランの歌』*Chanson de Roland*、十七世紀の『ル・シッド』*Le Cid* からジル・ブラス Gil Blas やフィガロ Figaro のような登場人物、そして『エルナニ』*Hernani*、『カルメン』*Carmen*、『繻子の靴』*Le Soulier de satin* などの作品、またシャトーブリアン Chateaubriand、バレス Barrès、ラルボー Larbaud、マルロー Malraux といった作家たちに見られるように、フランス文学の中でスペインというのは一つの絶えることのない大きな文学テーマを形成している。そこで、スペインという国に想を得た一連の作品系列の中でゴーチエの『スペイン紀行』が占める位置とその特徴を検討するまえに、十八世紀後半から十九世紀前半のフランスにおける「スペイン神話」(スペインに関する神話つまりは固定観念という意味で使用する) の動向を概観しておきたい。(28)

フランスでスペイン旅行が一般化していくのはカルロス三世治下の十八世紀後半のことであったが、当時はもっぱら哲学の時代十八世紀、「啓蒙された」国フランスという立場から、迷信に満ちた後進国スペインという嘲笑的、諷刺的イメージが流布されていた。十九世紀初めのフランスの読者は、一七八七年に翻訳されたスウィンバーン Swinburne の『旅行記』や一七八八年に出版されて以来、多くの版を重ねていたブルゴワン Bourgoing の作品など十指に余る旅行記を利用できる状況にあり、こうして徐々に謹厳さと陽気さ、怠惰と気力、名誉心と快楽欲、ドン・キホーテとサンチョ・パンサのような矛盾対立項に、舞踊、ギター、ジプシー、葉巻などの地方色が加味された「スペイン神話」が構成されていった。その後、ナポレオン軍が怠け者で弱虫だと信じていた彼らの予期せぬ抵抗に遭遇した戦争体験を通じて、スペイン人の性格の不可解さが強調され、彼らに対する恐怖と不信感が広まることになった。

文学史的な意味でのロマン主義時代の作家たちの場合にも事情に大きな変化は見られず、メリメ Mérimée の『クララ・ガズル戯曲集』*Théâtre de Clala Gazul*（一八二五）、ミュッセ Musset の『物語集』*Les Contes*、ユゴー Hugo の『東方詩集』*Les Orientales* や『エルナニ』などの作品も、すでに確立した「スペイン神話」にその大部分を依存していたのである。(29)

そして、多くの雑誌に掲載されたスペインに関する情報記事や研究論文の数が示すように、一八三〇年代前半からスペインに対する関心、「スペイン熱」が再燃する。この流行の背景には政治的な事情も介在していたが、(30)こうして一八四〇年代にかけて絵画や文学などのスペイン文化を通じて、スペインに関する本格的な知識と理解が進捗していくのである。

＊

ところでジャーナリズムの世界と密接なつながりをもつゴーチエは、この「スペイン熱」に最も感染しやすい立場にあった。彼は一八三七年からスペイン舞踊、ゴヤを中心にしたスペイン絵画に関する記事を発表しており、これらを契機として、今まで「異国という単なる流行テーマの一つ」un simple cliché exotique(31)と見なされ無視されていたスペインが、自分の中に潜む情熱の真の対象であることが実感されていく。一時、街道上の治安も内乱などの政情不安定が原因で危険な状態にあったが、これも一八三九年八月三十日に締結されたベルガラ Vergara 協約によって平常に復し、まさにスペイン旅行の機は熟していたのである。(32)

さて『スペイン紀行』には、(33)スペインをフランスならびにパリとの対比で呈示しようとする表現が頻出する。「ぼくらフランス人は」「パリのカフェの眩いばかりの素晴らしい豪華さに慣れきったぼくらには[34]」「パリ人[35]」等々。モンテスキュー Montesquieu からスタール夫人 Mme de Staël をへて発展確立していった人類学の根幹をなすものの一つは、諸国民の類型学と呼ばれるものであったが[36]、ゴーチエはこの人類学的伝統に依拠する北国と南国との対比という視点をも導入している。「ぼくら北方のカトリック教徒[37]」「北国の人間であるぼくら[38]」「北国の憂鬱とは非常に異なるこの静謐で晴れやかな憂鬱[39]」等々。
たとえば第11章で彼は、スペインの恋人同志に見られる、率直で飾り気のない言葉や態度による心情告白と秩序に適った礼儀正しい行動を賞賛している。

北方の諸国民の気取りに満ちた不自然な生活習慣とは非常にかけ離れたこの正直で自由な言葉遣いは、奥底に粗暴な行動を隠すぼくたちの偽善に満ちた言葉遣いよりはるかに価値がある。

Cette honnête liberté de langage, si éloignée des mœurs guindées et factices des nations du Nord, vaut mieux que notre hypocrisie de paroles qui cache au fond une grande grossièreté d'actions. [40]

ゴーチエによれば、スペインの一般民衆、農民、浮浪者の間にさえ同様の都会的な礼儀正しさが行き渡っており、それは彼らが隠し持つ短刀が作り出す緊張感に大きく依存する。「かつては諺に歌われるほどであったフランス人の礼儀正しさが帯剣するのを止めてから失われたことに留意しなくてはならない。決闘禁止の法律は完全にぼくらを世界一粗暴な国民にしてしまうことだろう[41]。」彼はさらに、何もしない生活を存分に享楽しようとするスペイン人の性格に触れ、こう述べている。

そこには北国の人々を苦しめるあの猛烈な不安感、動き回り場所を変えたいというあの欲求などは見られない。

On ne voit pas là cette inquiétude furieuse, ce besoin d'agir et de changer de place, qui tourmentent les gens du Nord.(42)

このような対照化はフランス人あるいはパリの側に立ってスペインを批判するためではなく、逆にむしろスペインを賛美しフランスを非難するためになされている。自国の文明に対する嫌悪感と異国への憧憬と賛嘆の気持ちとは互に表裏をなす感情であり、このロマン主義に特有のテーマにゴーチエも支配されているようにみえる。彼は書いている。「北方の諸文明によって作り出された多くの不自然な欲望は、彼らスペイン人には子供じみた厄介なだけの追求心と見えるのだ。(43)」

反文明という態度は次のような文章に明確に表明されている。「ぼくらはエナメル塗りの長靴やゴム合羽が文明にはほとんど貢献しないと信じ、文明それ自体をも何かしらあまり望ましくないものと見なす人々に属しているのだ。(44)」ゴーチエは「訳の分からぬ進歩という口実のもとに(45)」、すべてが同一化されていくのは神の意図に反することだ、と断言する。

あらゆる地方の人々に同じ制服を強制しようとするのは、天地創造の意味をよく理解していないことであり、これはヨーロッパ文明が犯す数多い誤りの一つだ。燕尾服を着ると人間はますます醜悪だし、それればかりか粗野である点では前と同じなのだ。

C'est mal comprendre le sens de la création que de vouloir imposer la même livrée aux hommes de tous les climats, et c'est <u>une des mille erreurs de la civilisation européenne</u>; avec un habit à queue de morue l'on est beaucoup plus laid, mais tout aussi barbare.(46)（下線筆者）

セビリャの大聖堂を建造した建築家たちの宗教的熱情に感嘆すると同時に、ゴーチエは翻って、彼の生きる時代の宗教感情の欠除を痛烈に批判する。「すべてが訳の分からぬ安っぽい、馬鹿げた物質的満足の犠牲にされている現代では、無限へと向うこれらの魂の崇高なる渇仰はもはや理解されることがない。(47)」彼は作中に、「宿敵たる文明」(la civilisation, mon ennemi mortel)(48) とはっきり書いている。

今まで見てきたような現代文明に対する嫌悪と異国に理想の美を発見しようとする態度は、結局のところ、異国逃避 dépaysement と呼称されるロマン主義の特徴的な一つの傾向(49)に収斂させることができよう。スペイン国内を旅行することが空間的な異国逃避であるとすれば、過去の遺物に触れ、現代文明が失ってしまった美を見出そうとする試みは時間的な異国逃避と言うことができる。この点でもゴーチエはロマン主義的テーマに忠実であるらしく、作中には中世、ルネサンス、そして十六世紀の歴史的遺産に対する言及が数多く散見される。

たとえば、カスティリャ地方の古都ブルゴス Burgos の大聖堂を見て歩いた時(50)の感懐を、彼は「これら過ぎ去りし時代の驚嘆すべき建築物」ces prodigieux édifices des temps passés を前にすると自分はいつも深い悲しみにとらえられる、と表現する。文明化したと自慢する現代人は過去の名もなき天才たちに遠く及ばないのではあるまいか、出来損ないの詩やら安っぽい新聞記事を書きなぐってきた自分ではあるが「花崗岩の山のわきでは一枚の薄っぺらな紙きれなど一体なんだと言うのか(51)」、と自己懐疑にとらわれるのだ。

このように過去へと遡及していく異国逃避の感情は、古き昔の建築物の荘厳さと美しさに、自分自身あるいは現代文明の卑小さが対置されるという形で呈示されており、ゴーチエは機会あるごとに過去を賛美する。「ルネサンス時代の異教的な精神[52]」、中世の芸術家たちが見事に解決した「外観の統一性と細部における無限の変化[53]」という難問、「中世のおもかげ[54]」、「この栄光に満ちた十六世紀、植物のように人間が最も美しい花を開き、最もかぐわしく美味な果実をつけた世界の恐るべき時代[55]」、等々。同時に彼は、これらの貴重な建築物や芸術品などが略奪や盗難の被害を受け消失していく事態を悲しむのである[56]。

＊

『スペイン紀行』には文学作品や作家たちへの言及が多く見られるし、文学や絵画、あるいは芝居のイマージュも数多く用いられており[57]、この点で、パリの劇場やアトリエに頻繁に出入りしていた伊達者boulevardierゴーチエの面目躍如たるものがある。マドリードMadridの美術館に展示されている絵画作品を始めとして、教会内部の壁画、とある宿屋に掛けられている一枚の絵にいたるまで、目に止まった絵のすべてに関して彼は印象や感想を書き記し、時には彼流の絵画論を展開してみせる[58]。中でも圧巻は第8章のゴヤGoya論であろう[59]。

さて作中、歴史的建築物や絵画そして闘牛と並んで、多くのページを割かれ何度となく記述の対象となっているのはスペインの劇場とスペイン演劇である。ゴーチエは都合をつけては旅先の劇場を訪れ、内部の特徴から観客の様子、芝居の内容まで、要するにスペインの演劇状況を細大洩らさず報告してくれる。

彼はバリャドリード Valladolid の町で、don Eugenio de Ochoa 翻訳になる例のユゴー作『エルナニあるいはカスティリャ人の名誉』Hernani ou l'Honneur castillan を見た。この時の芝居についてゴーチエは、肖像画の場面が完全に除外され、第五章の多くの詩句が削除されていたとは言え、翻訳は一言一句正確に見事になされてあり総じて劇も巧みに演じられていた、と批評している。さらにエルナニを演じた役者に、「俗悪なトゥルバドゥール風の衣裳を身につけるなどという陰気な気まぐれを起こさなかったら」もっと満足のいく出来映えになっただろう、と注文をつけてもいる。

ゴーチエによると、マドリードの劇場ではシェークスピア流に構成された芝居の他、舞踊や余興を交えた夢幻劇 des pièces féeriques が出し物になっている。彼はまた、マドリードで一番評判の高いフランスの劇作家はフレデリック・スリエ Frédéric Soulié で、フランス語からの翻訳戯曲はほとんどがこの作家の作品である、と興味深い報告をおこなっている。

ここではゴーチエのスペイン演劇論を詳細に見てゆく余裕はないけれども、彼の主張の根幹をなしているのは個性の重視、他国の芝居に依存しない独自性の重要視ということである。ここにもまた、自己そして個性の主張というロマン主義文学の大きな傾向がゴーチエの中に残存しているようだ。

ところでゴーチエは、スペイン人がシェークスピア以前に戯曲《ドラム》を創造した国民であり、かつてはフランスの方がスペイン演劇に多くを負っていたと考えるだけに、今度はフランスの vaudevilles や mélodrames がスペインに輸入され、そのためにスペイン演劇の個性と伝統が失われていく風潮を一層危惧するのだ。たとえばマラガで見た Juan-Eugenio Hartzembusch 作の芝居『テルエルの恋人たち』Les Amants de Teruel の欠点を、彼は次のように説明する。

散文で書かれた対話部分は、フランスの今風のメロドラマを模倣したものらしく、そのために重苦しさと誇張とが欠点となっている。

Son dialogue en prose semble imité des mélodrames modernes français et pèche par la lourdeur et l’emphase.(69)
(下線筆者)

それでも彼はこの芝居を、内容は個性的、感動的で、詩句の部分は自由で生き生きと変化に富み、「今日イベリア半島の劇場に濫氾する我が国のブルヴァール劇を巧みに翻案したり、あるいは改悪したあの翻訳物(70)」よりも優れた第一級の作品だと賛辞を呈する。ゴーチエの結論はこう続く。

この芝居には古い八音綴詩句の小叙事詩《ロマンス》やスペイン演劇の巨匠たちを研究したあとが感じられる。山脈の向こう側の若い詩人たちは、ぞっとするようなひどいメロドラマを程度に違いこそあれ正統なカスティリャ語に直すことに時間を浪費するよりは、このような方向に進んでいく方が望ましいだろう。

On y sent l’étude des anciennes romances et des maîtres de la scène espagnole, et il serait à désirer que les jeunes poètes d’au-delà des monts entrassent dans cette voie plutôt que de perdre leur temps à mettre d’affreux mélodrames en castillan plus ou moins légitime.(71)(下線筆者)

個性の主張という観点は、スペイン女性の服装に関する論及部分にも現われている。マドリードの女性たちについてゴーチエは書いている。「彼女らはもうスペイン風に装うことができない。しかしまだフランス風の着こなしができるまではいっていない。だから彼女らがこれほど美しくなかったら、しばしば滑稽ということになりかねないだろう。(72)」さらに彼は、バレンシア Valence の女性たちが「あのイギリス＝フランス風のぞっとする服(73)」を身につけたくて、魅力的な民族衣裳を棄て去ってしまった、と嘆く。

個性重視という立場は必然的に、「地方色」の追求というこれまたロマン主義文学に特徴的な一傾向に結びつく。『スペイン紀行』に「地方色」la couleur locale という言葉が頻出するのも(74)、このへんの事情をよく説明しているであろう。

## 3

ここではまず、旅あるいは旅の楽しみに関してゴーチエがどのような意見を持っているかを見ていくことにしよう。彼は書いている。「乗合馬車の中では人間はもはや人間ではなく、動かない一個の物体、一つの荷物にすぎない。あなたは自分の旅行鞄と大差はないのだ。あなたはある場所から別の場所へと拋り投げられる、これでおしまいだ。これだけなら自分の家に止まっていた方がましというものだ。旅行者の楽しみをなしているのは、障害であり疲労であり、時には危険そのものでさえある。(75)」単なる移動や速さだけの追求は拒否され、参加と行動が求められる。「すぐ到着してしまうというだけなら、自分の家にじっとしていた方がいい。ぼくにとって旅の楽しみとは到着することではなく、進んでいくことにあるのだ。(76)」第15章でゴーチエは、蒸気船の速さに驚嘆しながらも、沸騰するボイラーや空を煤で黒く染める煙突は北国の靄や霧とこそ調和するが、南国の明るさの中では汚点《しみ》をつけるばかりだと書いている。(77) 北方文明の発明品などスペインには不要だ、と断言するのである。

自国の生活習慣を捨て、異国の流儀に従ってその生き方に触れることこそが旅の本質だと考える彼にとって、自国の習慣と家の内部をそっくりそのまま旅先でもどこへでも持ち歩くかのようなイギリス人は不可解な存在である。彼らはどこに行こうと、ロンドンにいる時と寸分たがわない生活を送ろうとするのだ。数多くの便利な発明品がなければ成立しないイギリス人の複雑な生活よりは、貧しく少々不便ではあっても簡素なスペイン人の暮らしの方が好ましい、とゴーチエは言う。(78)

現代生活の不幸は「意外な出来事が不足していることであり、思いがけない事件が欠如している」(79) ことにあると考える彼にとって、スペイン旅行とは「危険でロマネスクな企て」(80) でもあった。彼はこうも言っている。

スペイン人が昔ながらの彼らの独自性を取り戻し、外国のどんな模倣をも捨て去るのは旅の中においてなのだ。

C'est en voyage que les Espagnols reprennent leur antique originalité, et se dépouillent de toute imitation étrangère... (81)

ゴーチエにおける旅の思想も今まで見たようなロマン主義文学の様々な常套テーマにほとんど立脚しているように見える。以上をもって彼の『スペイン紀行』を、ロマン主義者が書いた旅行記と定義づけることができるのだろうか。どうも事はそれほど簡単ではないようである。この点について次に論述していきたい。

＊

『スペイン紀行』の読者は始終、旅行者としての自己を定義づけるゴーチエの表現に出会うことになる。たとえばパリ出立後すぐ、道の左右に展開してきた眺望に関して、農業学者や土地所有者、ブルジョワなどは喜ぶかもしれないが、「オペラグラスを手に世界というものの特徴を捉えに出かける描写好きの熱狂的な旅行家[82]」には平凡な景色でしかない、と彼は最初の自己定義をおこなう。これに類した表現をいくつか引用してみよう。「世間知らずの外国人として[83]」、「ぼくのような一介のつまらない放浪文芸担当記者[84]」、「描写能力にすぐれた旅行者ならびに文学による銀版写真というぼくらの控え目な使命[85]」、「良心的な旅行者として[86]」、「熱狂しやすい二人の若い旅行者にとって[87]」、「感激家でロマンチックな二人の若いフランス人の熱い期待感[88]」、「かわいそうな一介の批評家の側からすれば[89]」等々。これらの表現からは、何事にも興味をひかれる感受性の強い観察者というゴーチエの姿が浮かんでくる。自分の見たものを詳細に描出しようとする彼の態度は、次のような確信に支えられているのである。

　あまりに詳細綿密だと思われる危険を承知の上で、その夜食について描写しておこう。というのも、ある国民と他国民との違いはまさしくこれらの数多い、細々した事柄から作られているからだ。旅行者たちは一般にこれらの細部を無視して、御大層な詩的、政治的考察にふけるが、そんな考察は何もその国に行かなくても上手に書けるものなのである。

Au risque de paraître minutieux, nous allons en faire la description, car la différence d'un peuple à un autre se compose précisément de ces mille petits détails que les voyageurs négligent pour de grandes considérations poétiques et politiques que l'on peut très bien écrire sans aller dans le pays.(90)（下線筆者）

ここには確固たる自信にみちた瑣末主義の主張がなされている。これは安易に一般的考察や抽象的議論に逃避することを拒否しつつ、個人体験とその時の印象や感動をそのままの形で読者に呈示して見せることである。自分自身の興味をひき、己れの感性に訴えかけるものはどんなに些細なことであれ、徹底的に叙述しようとする態度であり、先に紹介した様々の例に見たように、小さな物事を半ば大真面目に半ば茶化しぎみに話題にするゴーチエの姿勢が『スペイン紀行』のユーモアとも大きな魅力ともなっているのである。

作中で使用されている curieux, bizarre, singulier, étrange, inattendu, étonnant, effrayant, remarquable, merveilleux, 特に pittoresque などの形容詞はすべて、(91)ゴーチエの感性を刺激したものを指示する役目を果たしている。彼の関心をひかない出来事は、rien de particulier, rien de remarquable といった記述(92)で片づけられてしまう。ところでゴーチエの感性とはロマン主義的精神とほとんど同義ではなかったか。ゴーチエ本人がロマン主義者としての自分を意識していることは、さきに挙げた自己定義の表現や「地方色に熱中するパリ人旅行者(93)」、「ぼくの美しく青々としたロマン主義の時代に(94)」などの言葉にはっきり現われている。作品に自己を定義づける表現がこれほど頻出するのはどうしてなのか。彼はトレドのガリアナ宮殿で蚤の大軍に襲撃された事件を延々と叙述したことの許しを女性読者に乞うた後でこう書いている。

「しかしスペイン旅行はこれを除いたら完全とは言えないし、ぼくらは地方色に免じて許してもらえるものと思う。[95]」この例に見るように、ロマン主義的テーマに結びつくような表現は、何かを記述するための口実として用いられているのであり、自己定義の表現は自己を対象化するという機能を果たしている。さきほど例に挙げたような形容詞の使用も一面では、これらの形容詞を乱用するロマン主義作家への揶揄ともとれるのである。これはロマン主義的傾向にとらわれた自分を滑稽化し、文学作品や演劇の中に盛られていたスペイン像を茶化し、その誤謬を指摘するという方向につながっていく。「一般に流布している常識とは反対に[96]」、「今までのところ、すべての旅人たちがスペインの宿屋に対して向ける、不潔だとかがらんとして殺風景だとかいう非難がもっともだとぼくらに信じさせてくれるものは何一つない。ベッドに必ずいるという蠍もまだ見つけたことがないし、確実に登場するという虫類も現われていない[97]」、「ぼくらがフランスでスペイン女性の典型という言葉で言い表わしているような女性はスペインにはいない、あるいは少なくともぼくは出会ったことがない[98]」、「彼女らは作られたイメージには少しも合致しない[99]」、「スペインに金髪女性がいないと思うのは間違いだ[100]」、「古代ムーア人の王たちの宮殿かつ要塞であったアランブラは想像で思い描くような外観は全くしていない[101]」、「ぼくらは再び幻想をぶち壊さなければならない[102]」、「多くのドラマやメロドラマの主題であった、あの古代スペインの嫉妬心など影も形もない[103]」等々。

　ゴーチエは本場スペインで、本当のスペイン舞踊を見んものと熱い期待を寄せているが、この期待は見事に裏切られ、彼は自嘲ぎみに次のような皮肉な結論を導きだす。

　以上が、地方色に熱狂する二人の哀れな旅行者の目に映じたボレロの姿だ。スペイン舞踊はパリにしか存在しないものなのだ。ちょうど骨董屋でしかお目にかかれず、海辺では決して見ることができない貝殻のように。

Voilà comme le boléro apparut à deux pauvres voyageurs épris de couleur locale. Les danses espagnoles n'existent qu'à Paris, comme les coquillages, qu'on ne trouve que chez les marchands de curiosités, et jamais sur le bord de la mer.(104)(下線筆者)

スペインの盗賊というのは山中や街道に横行出没しては旅人を襲う危険な集団、あるいは逆に悪辣非道な金持ちたちを懲らしめ、貧しい人々に味方する義賊という形で、フランスロマン主義文学の中で半ば伝説化した存在、一つの流行テーマとなっていたが、彼らに遭遇できないことに業を煮やしたゴーチエはこう言う。「このような盗賊に対する恐怖心は大げさすぎるに違いない。というのも最も危険だと噂されている地方を突っ切って長い旅行を続けているのに、ぼくらはこうした恐怖がもっともだと思えるようなものは何一つ全く見ていないからだ。(105)」それでもゴーチエは彼らに出会うのを断念したわけではなく、グラナダからマラガへ向う山中で盗賊と覚しき一団を見かけたときの興奮をこう記述する。

ずっと長い間追い求めてきた思いがけない出来事が、考えられる限りのロマン主義的雰囲気のうちに実現されようとしていた。

L'aventure poursuivie depuis si longtemps se produisait avec tout le romantisme possible.(106)(下線筆者)

それが憲兵隊であると知った時の失望感。

思いがけない出来事を一つ体験できるなら、荷物なんか喜んでくれてやるような熱狂しやすい二人の旅行者にとっては、何とも苦々しい失望だった。

O déception amère pour deux jeunes voyageurs enthousiastes qui auraient volontiers payé une aventure au prix de leurs bagages.(107)(下線筆者)

ところでゴーチエは、フランスとスペインとの国境を通過する前に次のような感懐を洩らしていた。

「車輪があとなん回りかすれば、ぼくはおそらく自分が抱いてきた幻想の一つを失うことになるだろう。ぼくの夢想に現われたスペイン、小叙事詩集《ロマンセロ》、ヴィクトル・ユゴーのバラッド、メリメの小説やアルフレッド・ド・ミュッセの物語《コント》などに歌われたスペインが消え去っていくのを見ることになるだろう。(108)」

現実のスペインが夢のスペインに取って代わるにつれ、ロマン主義文学によって培われた自身のスペイン像が修正を余儀なくされることは最初から予感されていたのである。

右に引用紹介してきたすべての文章には、いわば「スペイン神話」の誤謬を指摘し訂正していこうとする意図が表明されていた。作中における機能という面から言うと、これらの表現はイメージどおりのスペインが描かれるのを待望する読者の期待感を巧みにはぐらかすという働きと同時に、間違った固定観念に捕われた読者と自分自身を一緒に揶揄する働きを担っており、この二つの機能が内包されていることによってほろ苦いユーモアを生み出してもいるのである。

*

『スペイン紀行』の中でゴーチエは、進歩や現代文明に対する批判と嫌悪、自然の美に対する賛嘆(109)、異国への憧れと異国逃避《デペイズマン》、個性の主張と地方色の追求など、ロマン主義のあらゆる要素を自家薬籠中のものとして、いとも巧妙に最大限に利用してみせた。これらの諸要素を彼は距離を置いて冷静に見据え、ロマン主義的諸傾向にひきずられる自分を嘲笑し、一個の対象として呈示しようとしたのである。丹念に記述され報告される現実は、これらの諸傾向に触発される想像力の奔流に対する歯止めとも見える。作中に認められる絵画や建築物に対する関心と、それらの細密な描写も、言葉という手段によって絵画や建築のもつ美を精緻に表現していこうとした高踏派の理想の一つに近づくものではないか。この意味で『スペイン紀行』は、ロマン主義からの脱却とも読めるのであり、かくして、この作品はロマン主義文学に親しいものであった「スペイン神話」に対する見事なアンチ・テーゼともなっているのだが、旅という個人体験が旅行記として作品に定着され、多数の読者に共有される時点から、自ずと一つの「神話」になっていく危険というか傾向を秘めていることを、はたしてゴーチエは理解していたのだろうか。

ゴーチエは、バレンシアから商船に乗りバルセロナ Barcelone を経てポール＝ヴァンドル Port-Vendres というフランスの港町に上陸した。旅、そして同時に『スペイン紀行』という作品の終わりを彼は、次のような記述でしめくくる。

ぼくらはフランスに着いたのだ。本当のことを言うと、祖国の土を踏んだ時ぼくは目に涙がにじむのを感じた。喜びの涙ではなく哀惜の涙が。鮮紅色の鐘楼、シエラ・ネバダの銀色の頂、ヘネラリフェ宮殿の夾竹桃の花、[110] じっと見つめていたビロードのような眼差し、カーネーションのように真っ赤な唇、小さな可愛らしい足や手など、これらすべてが鮮明に脳裏に蘇ったので、ぼくには、今すぐ母に再会できるこのフランスがそれでもぼくにとって流謫地であるかのように思われた。夢は終わってしまったのだ。[111]

Nous étions en France. Vous le dirai-je? en mettant le pied sur le sol de la patrie, je me sentis des larmes aux yeux, non de joie, mais de regret. Les tours vermeilles, les sommets d'argent de la Sierra-Nevada, les laurier-roses du Généralife, les longs regards de velours humide, les lèvres d'œillet en fleur, les petits pieds et les petits mains, tout cela me revint si vivement à l'esprit, qu'il me sembla que cette France, où pourtant j'allais retrouver ma mère, était pour moi une terre d'exil. Le rêve était fini. [112] (下線筆者)

ゴーチエの夢の旅は終わった。彼の『スペイン紀行』を読んだ読者は、今度はどんな夢を見ることになるのだろうか。

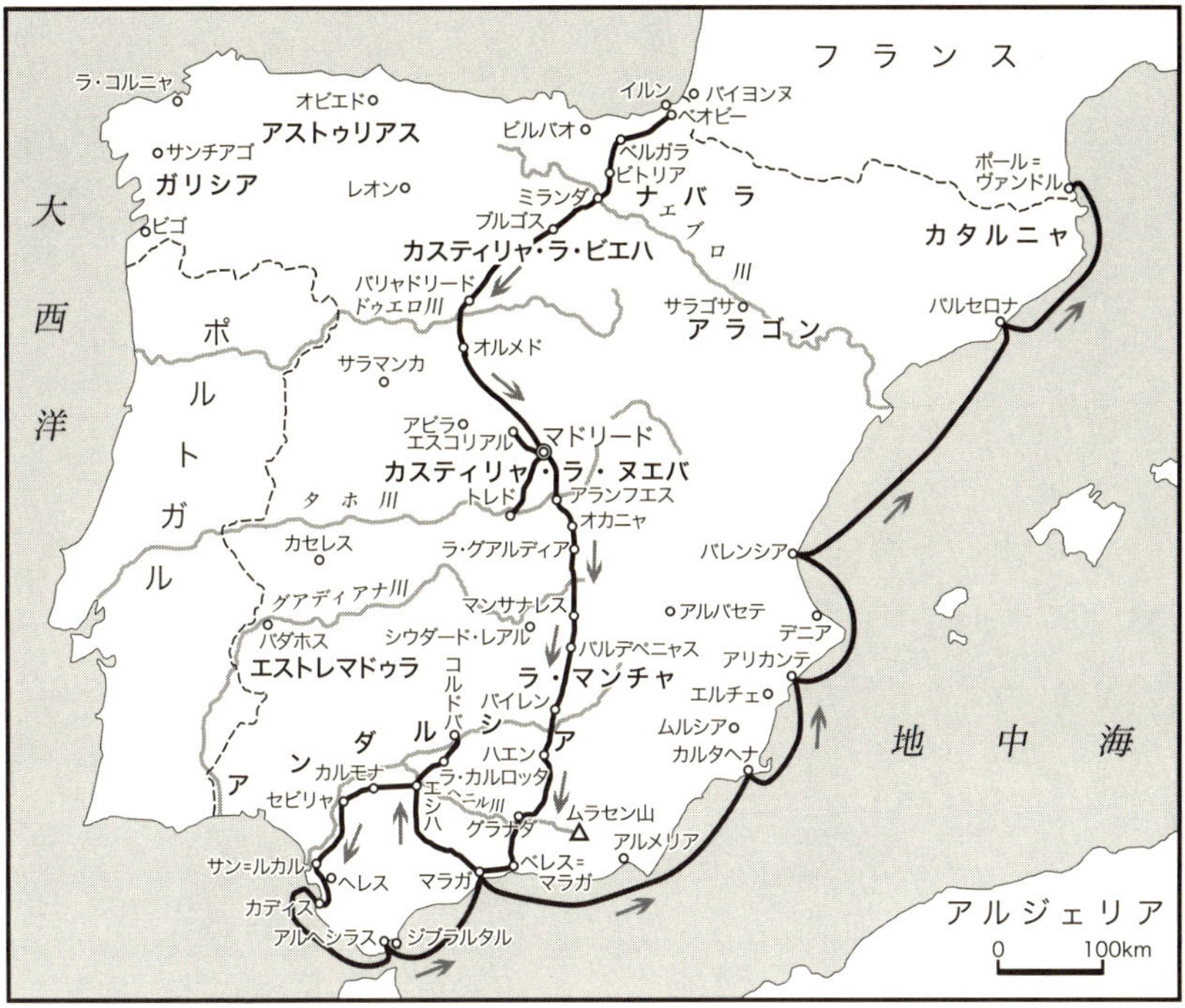


テオフィル・ゴーチエの旅行ルート

注

（以下、フランス語原書の頁数は底本として用いた Garnier-Flammarion 版のものである。本訳書での該当頁数は、それぞれ［ ］内に漢数字で示した。）

（1） cf. *Introduction du Voyage en Espagne*, pp. 21-23.
ところでこの『スペイン紀行』の献辞は、「ぼくの友人にして旅の道連れウジェーヌ・ピィヨにこの本を捧ぐ テオフィル・ゴーチエ」と書かれている。

（2） cf. *Chronologie du Voyage en Espagne*, p. 11. ゴーチエがパリに戻ったのは、十月九日か十日と推測される。

（3） cf. *Introduction du Voyage en Espagne*, pp. 23-24. これらの「通信」は、ジラルダン経営の『ラ・プレス』紙上に掲載されたのである。彼に対するお世辞の意味もあるかもしれないが、『ラ・プレス』紙はスペインのどんな田舎にまでも侵入、普及している、とゴーチエは作中に書いている（cf. p. 120.［七六頁］）。

（4） この辺の出版経緯に関しては、*ibid.*, pp. 23-24 を参照されたい。

（5） *Voyage en Espagne*, p. 61.［一一一頁］

（6） cf. *Notes du Voyage en Espagne*, p. 435, No. 5. 作中には次のような記述も見られる。「そこに四日四晩滞在したが、それは確かにぼくの人生の最も甘美な瞬間である。」（p. 259.［二四一―二四二頁］）

（7） cf. *Voyage en Espagne*, p. 123.［七九頁］«je me sentais si léger, si joyeux et si plein d'enthousiasme, que je poussais des cris et faisais des cabrioles comme un jeune chevreau...»

（8） *ibid.*, p. 90.［三九頁］

（9） *ibid.*, p. 208.［一八一頁］

（10） cf. *ibid.*, p. 208.［一八一頁］

（11） *ibid.*, pp. 384-385.［三八七―三八八頁］

(12) *ibid.*, p. 385. [三八八―三八九頁]

(13) cf. *ibid.*, p. 334. [三二七―三二八頁]。耳と尻尾のない――スペイン人はこんな無駄な飾り ces superfluités ornementales は切断してしまうのだ、とゴーチエは言う――猫たちは遠くから、人間様の食事を物欲しそうに見ている。馴れ馴れしいグレーハウンド犬の方は、人間の顔を舐めると称して口から肉片を奪い取っていくのだ。

(14) cf. *ibid.*, p. 386. [三八九―三九〇頁]。«Sur cette plate-forme se tenait accroupi, en faisant des grimaces, en brochant des babines, un singe fagoté en troubadour, et retenu par une chaine assez longue qui lui permettait de décrire un cercle assez étendu dont le pieu était le centre. Lorsque le taureau entrait dans la place, le premier objet qui lui frappait les yeux, c'était le singe sur son juchoir. Alors se jouait la comédie la plus divertissante: le taureau poursuivait le singe, qui remontait bien vite à sa plate-forme.»

(15) cf. *ibid.*, p. 397. [四〇二頁]。カルタヘナ Carthagène の海軍工廠を訪れたゴーチエは、何千というコオロギの鳴き声に驚かされる。「いかにぼくがコオロギに対する愛情を表明しているとはいえ、散文や詩の形でこの愛情を表現してきたとはいえ、正直なところ、これでは少しばかり多すぎた。」

(16) cf. *ibid.*, p. 221. [一九八頁]。「ぼくの道連れは眠りたがったが一方ぼくの方はスペイン料理にはすでにはるかに慣れていたので、夜食を無数の蠅の大群と争って食べた。」

(17) cf. *ibid.*, pp. 210-213. [一八四頁]。トレドにあるガリアナ姫の宮殿を見物中のゴーチエらは、蚤の大群に襲われる。「頂上についてみると、奇妙な現象が生じているのに気づいた。入る時は真白いズボンだったのに、頂上に出てみるとズボンは真っ黒になっていた、それも飛び跳ね、うようよと群がる黒い色で真っ黒だった。ぼくらは目に見えないほどの小さい蚤に覆われていた。この蚤たちは北方系のぼくらの血の冷たさにひかれて、ぎっしりと群れをなしてぼくらに飛びかかってきたのだ。ぼくはこれを目撃しなければ世界にこれほど蚤がいるなんて決して信じられなかっただろう。」

他に、蝮やその死肉を食らう鳥(p. 289. [二七四―二七五頁])、不動の姿勢で魚を狙うアオサギやコウノトリ(p. 371. [三七三頁])についても書かれている。

また作中には、動物のメタフォールも多い。«ses yeux de poisson cuit», «comme une grenouille morte soumise à la pile de Volta», «comme une chauve-souris»（以上p. 88.〔三六頁〕）, «comme devant un attelage de tigres»（p. 309.〔二九七頁〕）等々。

(18) *ibid.*, p. 62.〔一一頁〕

(19) *ibid.*, p. 62.〔一一頁〕

(20) cf. *ibid.*, p. 68.〔九頁〕

(21) *ibid.*, p. 78.〔二三頁〕

(22) *ibid.*, p. 78.〔二三—二四頁〕

(23) *ibid.*, p. 79.〔二五頁〕

(24) cf. *ibid.*, p. 108.〔六一頁〕。同様の興奮状態を、ゴーチエはマラガの闘牛場でも目撃する。命の危険から身を守るために禁止手で牛を仕止めたMontès、スペイン一の闘牛士に、観客たちは帽子、棒、水の入った壺、果ては座席から引き剝がした板きれなどを投げつける。自分もついつい彼らの熱狂ぶりに加わってしまったが、今思うと赤面するばかりだ、とゴーチエは言う（p. 319.〔三〇九頁〕）。

マドリードのお針子たちgrisettesの闘牛に対する熱の上げようは大変なもので、彼女らは席の予約金を手に入れるために、ベッドのマットレスを質入れする。普段でもあまり品行のよろしくない浮気な彼女らは、闘牛のある日は、マットレスを質入れしてしまっているので一層身持ちがわるくなる、とゴーチエは報告する（p. 127.〔八五頁〕）。彼は、闘牛場にボックス席を持つことはパリで劇場のボックス席を確保するのと同じで、スペインの伊達自慢の男女にとって一つのファッションなのだ、とも述べている（p. 130.〔八八頁〕）。

ところで闘牛士に向って投げつけられる「砲弾」の中には、扇も入っていることはすでに紹介したが、ゴーチエはスペイン女性と扇の関係について次のように叙述している。«L'éventail corrige un peu cette prétention au *parisianisme*. Une femme sans éventail est une chose que je n'ai pas encore vue en ce bienheureux pays; j'en ai vu qui avaient des souliers de satin sans bas, mais elles avaient un éventail; l'éventail les suis partout, même à l'église〔…〕Manœuvrer l'éventail est un art totalement inconnu en France. Les Espagnoles y excellent; l'éventail s'ouvre, se ferme, se retourne dans leurs doigts si vivement, si légèrement, qu'un prestidigitateur ne ferait pas mieux.» (p. 144. [一〇五—一〇六頁])

（25） *ibid.*, p. 259. [二四一頁]

（26） *ibid.*, p. 331. [三二四頁]

（27） cf. *ibid.*, pp. 183–185. [一五一—一五二頁] 他にもいくつか興味深い話を紹介しておこう。スペインの郵便局では、局止め郵便物の扱いは次のようになっている。«il y a le pilier de janvier, de février, ainsi de suite; l'on cherche son nom, l'on prend note du numéro, et l'on va demander sa lettre au dépôt, où l'on vous la délivre sans autre formalité. Au bout d'un an, si les lettres ne sont pas retirées, on les brûle.» (p. 154. [一一六—一一七頁])

ゴーチエはある図書室で、本がおかしな並べ方になっているのに気づく。«La bibliothèque de l'Escurial présente cette particularité que les livres sont rangés sur le rayon le dos contre le mur et la tranche du côté du spectateur; j'ignore la raison de cette bizarrerie.» (p. 180. [一四七頁])

セビリャの女性たちはとても美しい足をしている。この地方には、北国の女性たちの足の大きさを嘲笑する次のような冗談が尽きない。ドイツ女性の舞踊靴が一足あれば、六人の漕ぎ手が乗れる船が作れる、ピカドールたちの木の鐙はイギリス女性の部屋履きとして役立つ、等々。この後にゴーチエは「ぼくは自分に出来うる限りパリ女性の足の美しさを弁護したが、みんな信じようとしなかった」(p. 355. [三五二頁])、と続けている。

セビリャにあるタバコ工場の機械は、二、三百頭の騾馬によって動かされている。そこで働く女性たちは、自分たちが扱うタバコを自由に取って吸う。ゴーチエは思わぬ目の保養ができる。«Le négligé extrême de leur toilette permettait d'apprécier leurs charmes en toute liberté.» (p. 368. [三六七頁])

（28） cf. *Introduction* du *Voyage en Espagne*, p. 15.

（29） cf. *ibid.*, pp. 15–16.

（30） cf. *ibid.*, p. 18.

（31） *ibid.*, p. 21.

（32） cf. *ibid.*, pp. 18–21.

(33) *Voyage en Espagne*, p. 164. ［一二九頁］

(34) *ibid.*, p. 149. ［一一一頁］

(35) *ibid.*, p. 227. ［二〇四頁］

(36) cf. *Introduction* du *Voyage en Espagne*, p. 15.

(37) *Voyage en Espagne*, p. 202. ［一七五頁］

(38) *ibid.*, p. 304. ［二九三頁］

(39) *ibid.*, p. 267. ［二五〇頁］

これらに類した表現は、他に以下のような頁でも用いられている。p. 64 ［四頁］, p. 72 ［一三一一四頁］, p. 146 ［一〇七—一〇八頁］, p. 162 ［一二六頁］, p. 188 ［一五九頁］, p. 191 ［一六二頁］, p. 193 ［一六四頁］, p. 228 ［二〇五頁］, p. 231 ［二〇九頁］, p. 240 ［二一八頁］, p. 279 ［二六三頁］, p. 287 ［二七二頁］, p. 311 ［三〇〇頁］ 等々。

(40) *ibid.*, pp. 256–257. ［二三八頁］

(41) *ibid.*, p. 258. ［二四〇頁］

(42) *ibid.*, p. 285. ［二六九頁］

(43) *ibid.*, p. 285. ［二六九頁］

(44) *ibid.*, p. 252. ［二三三頁］

(45) *ibid.*, p. 252. ［二三三頁］

(46) *ibid.*, p. 253. ［二三四頁］

(47) *ibid.*, p. 364. ［三六三頁］

(48) *ibid.*, p. 393. ［三九七頁］

現代文明批判という立場に基づくと思われる表現を他にも挙げておこう。«On pouvait imiter, ce me semble, notre révolution par un autre côté que par son stupide vandalisme.» (p. 109. ［六二頁］), «nous autres modernes, déjà essoufflés au milieu de la tache la plus courte» (p. 180. ［一四七頁］) これ以外には以下の頁を参照されたい。p. 190 ［一六〇頁］, p. 343

［三三九頁］, p. 361 ［三六〇頁］, p. 389 ［三九三頁］ 等々。
ゴーチエはスペインに酔っ払いがいないことに驚きつつ、こう主張する。«L'absence d'ivrognerie rend les gens du peuple bien supérieurs aux classes correspondantes dans nos pays prétendus civilisés.» （p. 226. ［二〇三頁］）

(49) cf. J.-Y. Tadié, *Introduction à la vie littéraire du XIX*^e^ *siècle*, Bordas, 1980, pp. 37-39. V・L・ソーニェ著『十九世紀フランス文学』（篠田浩一郎・渋沢孝輔訳）、白水社、一九七一年、四一―四三頁。

(50) *Voyage en Espagne*, p. 95. ［四五頁］

(51) *ibid.*, p. 96. ［四五頁］

(52) *ibid.*, p. 101. ［五四頁］

(53) *ibid.*, p. 101. ［五四頁］

(54) *ibid.*, p. 219. ［一九四頁］

(55) *ibid.*, p. 361. ［三六〇頁］

(56) cf. *ibid.*, p. 282. ［二六六頁］
«l'on sait que je ne suis pas très grand admirateur des inventions modernes...» （p. 67. ［八頁］） 他に p. 94 ［四四頁］, p. 100 ［五三頁］, p. 104 ［五七頁］, p. 117 ［七三―七四頁］ 等々を参照されたい。

(57) cf. *ibid.*, p. 91, p. 137, p. 166, p. 202, p. 208, p. 211, p. 237, p. 374, etc. 文学作品では『千一夜物語』や『ドン・キホーテ』、作家ではアン・ラドクリフなどについての言及が多い。

(58) 主なページを指摘しておく。p. 73 ［二六頁］, p. 90 ［三九頁］, pp. 96-97 ［四四―四五頁］, p. 102 ［五五頁］, p. 105 ［五七―五八頁］, p. 116 ［七二頁］, p. 165 ［一三〇頁］, p. 228 ［二〇六頁］, p. 268 ［二五〇―二五一頁］, p. 369 ［三六九頁］ 等々。

(59) cf. *ibid.*, pp. 166-174. ［一三〇―一四〇頁］

(60) これは『エルナニ』第三幕である。

(61) この理由をゴーチエは、スペイン人が外国人によって作られた自分たちのイメージに反発しているためだ、と説明する。«En général, les Espagnols se fâchent lorsqu'on parle d'eux d'une manière poétique; ils se prétendent calomniés par Hugo, par Mérimée et par tous ceux en général qui ont écrit sur l'Espagne: oui... calomniés mais en beau. Ils renient de toutes leurs forces l'Espagne du Romancero et des Orientales, et une de leurs principales prétentions, c'est de n'être ni poétiques, ni pittoresques, prétentions, hélas ! trop bien justifiées.»（p. 119.［七五―七六頁］）

同様の例は p. 249［二二九頁］にも半ば揶揄するような調子で報告されている。

(62) *Voyage en Espagne,* p. 119.［七六頁］

(63) cf. *ibid.,* pp. 161-162.［一一五―一一六頁］

(64) cf. *ibid.,* p. 162.［一一六頁］

(65) cf. *ibid.,* pp. 320-328.［三一〇―三一九頁］

(66) cf. J.-Y. Tadié, op. cit., pp. 11-23.

V・L・ソーニエ、前掲書、pp. 39-40.

(67) cf. *Voyage en Espagne,* p. 324.［三一五頁］

(68) cf. *ibid.,* p. 242.［二二一頁］

(69) *ibid.,* p. 320.［三一一頁］

(70) *ibid.,* p. 320.［三一一頁］

(71) *ibid.,* p. 321.［三一一頁］

(72) *ibid.,* p. 160.［一一三頁］

(73) *ibid.,* p. 402.［四〇七頁］

(74) 主なるページを指摘しておこう。p. 74［一七頁］, p. 81［二七頁］, p. 90［三八頁］, p. 152［一一五頁］, p. 174［一四〇頁］, p. 248［二二九頁］, p. 257［二三九頁］, p. 397［四〇二―四〇三頁］等々。

(75) *ibid.,* pp. 298-299.［二八六頁］

(76) *ibid.,* p. 339.［三三四頁］

(77) cf. *ibid.*, p. 389.〔三九三頁〕
(78) cf. *ibid.*, p. 392.〔三九六―三九七頁〕
作中でイギリス人は、皮肉、軽蔑、批判の対象とされ、悪いイメージで捉えられている。たとえば、あるイギリス人はスペイン的平等を理解せず、スペイン人の召し使いを自分の食卓に同席させなかった。この召し使いはある日、馬車から主人を砂漠のまっただ中に突き落とすと、私はあなたと同席する資格がありませんからどうぞお一人でいらして下さい、と言って彼を置き去りにし、見事に恨みを晴らした（p. 287.〔二七一―二七二頁〕）。

イギリス女性の醜悪さも痛烈な批判の的にされている（pp. 392-393.〔三九七頁〕）。
(79) *ibid.*, p. 299.〔二八六頁〕
(80) *ibid.*, p. 299.〔二八七頁〕
(81) *ibid.*, p. 298.〔二八六頁〕
ところで、ゴーチエのスペイン旅行を見ていると、夜間や早朝の移動が多いのに気がつく。これはもちろん旅程上の都合にもよるが、最大の理由は日中の酷暑を避けるためである。«car nous devions partir à une heure du matin pour éviter les trop grandes chaleurs.» (p. 220.〔一九七頁〕), «On partit de grand matin pour éviter la chaleur.» (p. 241.〔二三〇頁〕), «Au milieu de la nuit, on nous vint éveiller pour nous remettre en route...» (p. 89.〔三七頁〕). これ以外では、p. 82〔二九頁〕, p. 122〔七八頁〕, p. 339〔三三三頁〕等々を参照されたい。
当然のことながら、暑さに関する記述も多い。マドリードでは春を飛びこして暑い夏が始まる。冬は三ヶ月で、あとの残りは地獄の九ヶ月と呼ばれている。シエストと呼ばれる昼寝の習慣もこの暑さで説明がつくし（p. 227.〔二〇四―二〇五頁〕）、冷たくおいしい飲料水が多いのもこの暑熱なればこそなのだ（p. 151.〔一一四頁〕）。
これは我々にも覚えのあることだが、旅先での印象は天候によって大きく左右される。«nous ne voulons pas dire de mal de Bayonne, attendu qu'une ville que l'on voit par la pluie est naturellement affreuse.» (p. 73.〔一六頁〕)
夜間に見知らぬ町に入ることについて、ゴーティエはこう言う。«Entrer de nuit dans une ville inconnue est une des choses qui irritent le plus la curiosité du voyageur: on fait les plus grands efforts pour démêler à travers l'ombre la configuration

des rues, la forme des édifices, la physionomie des rares passants. De cette façon du moins, l'effet de surprise est ménagé, et le lendemain la ville nous apparait subitement dans tout son ensemble comme une décoration de théâtre lorsque le rideau se lève.» (p. 374. [三七五頁])

ゴーチエはまた、旅行とはその国の最も厳しい季節に、つまりスペインなら夏に、ロシアなら冬にすべきである、とも述べている (p. 225. [二〇二頁])。

(82) *ibid.*, p. 62. [二頁]

(83) *ibid.*, p. 153. [一一六頁]

(84) *ibid.*, p. 176. [一四三頁]

(85) *ibid.*, p. 197. [一六八頁]。この銀板写真機については、第4章にエピソードが一つ紹介されている。ビトリア Vitoria の町の税関吏たちが、写真機を何か電気仕掛けの危険な代物と思ったらしく、爆発を恐れ警戒して近づこうとしなかった。ゴーチエは彼らの思い違いをそのままにしておいた。

(86) *ibid.*, p. 233. [二一一頁]

(87) *ibid.*, p. 301. [二八九頁]

(88) *ibid.*, p. 87. [三五頁]

(89) *ibid.*, p. 312. [三〇一―三〇二頁]

(90) *ibid.*, p. 81. [二七頁]。類似の表現は、p. 151 [一一四頁], p. 158 [一二一頁] にも見られる。

(91) これらの形容詞の数は枚挙にいとまがない。ここでは pittoresque という形容詞についてだけ、現われるページを指摘しておきたい。p. 74 [一七頁], p. 89 [三八頁], p. 91 [四〇頁], p. 99 [五一頁], p. 109 [六三頁], p. 120 [七七頁], p. 130 [八八頁], p. 136 [九四頁], p. 142 [一〇四頁], p. 146 [一〇八頁], p. 166 [一三一頁], p. 223 [一九九頁], p. 226 [二〇三頁], p. 236 [二一五頁], p. 243 [二二二頁] 等々。

(92) cf. *ibid.*, p. 61 [二頁], p. 62 [三頁], p. 77 [二三頁], p. 90 [三九頁] 等々。

(93) *ibid.*, p. 205. [一七七頁]

(94) *ibid.*, p. 193.［一六五頁］

(95) *ibid.*, p. 213.［一八七頁］

cf. p. 126.［八三頁］«Je donne, en passant, cet utile renseignement à ceux qui font de la couleur locale dans les romances et dans les opéras-comiques.» ここでも「地方色」という言葉は、何かを叙述するにあたっての口実として巧みに用いられている。つまりゴーチエは、この「地方色」というものに対してある距離を保っている。

(96) *ibid.*, p. 92.［四二頁］

(97) *ibid.*, p. 117.［七二頁］

(98) *ibid.*, p. 145.［一〇六―一〇七頁］

(99) *ibid.*, p. 145.［一〇七頁］

(100) *ibid.*, p. 145.［一〇七頁］

(101) *ibid.*, p. 261.［二四三頁］

(102) *ibid.*, p. 266.［二四九頁］

(103) *ibid.*, p. 161.［一二五頁］

他の例を挙げておこう。«un barbier qui, je vous le jure, ne ressemblait nullement à Figaro» (p. 93.［四三頁］), «car il n'y a pas plus d'épées à Tolède que de cuir à Cordoue,〔...〕c'est à Paris que sont toutes les raretés, et si l'on en rencontre quelques-unes dans les pays étrangers, c'est qu'elles viennent de la boutique de mademoiselle Delaunay, quai Voltaire.» (p. 219.［一九三頁］), «Je ne me suis guère aperçu de la mogue des Espagnols: rien n'est trompeur comme les réputations qu'on fait aux individus et aux peuples.» (p. 286.［二七一頁］) p. 248［二二八―二二九頁］も参照されたい。

(104) *ibid.*, p. 88.［三七頁］

(105) *ibid.*, p. 186.［一五六頁］

盗賊に関する記述は多い。御者たちはあらかじめ彼らと取引をする。旅行者一人につきいくら、あるいは馬車一台につきいくらという形で債務を支払い、安全を買うのである。これが、御者たちの処生術であり、この契約は取引相手の首領が死亡したり、変わったとしても、次のボスに引き継がれ、ずっと継続する（p. 297.［二八四頁］）。

（106） *ibid.*, p. 301.［二八九頁］

（107） *ibid.*, p. 301.［二八九頁］

（108） *ibid.*, p. 75.［一八頁］

（109） cf. *ibid.*, p. 122.［七九頁］«la neige fondue s'amassait dans les creux et formait de petits lacs bordés d'un gazon couleur d'émeraude ou enchassés dans un cercle d'argent fait par la neige, qui avait résisté à l'action du soleil.»
«Un admirable coucher de soleil complétait le tableau: le ciel, par des dégradations insensibles, passait du rouge le plus vif à l'orange, puis au citron pâle, pour arriver à un bleu bizarre, couleur de turquoise verdie, qui se fondait lui-même à l'occident dans les teintes lilas de la nuit, dont l'ombre refroidissait déjà tout ce côté.»（p. 193.［一六四頁］）

（110） cf. *ibid.*, p. 375.［三七七頁］ゴーチエは、棕櫚と夾竹桃は自分の一番お気に入りの木で、この二つを見ると陽気で幸せな気分になる、と書いている。

（111） cf. *Notes* du *Voyage en Espagne*, p. 441, No. 18. 家族に宛てた手紙の中でゴーチエは、このスペイン旅行を«un rêve infiniment trop prolongé»と形容している。
他にp. 224［二〇一頁］, p. 290［二七六頁］を参照されたい。

（112） *Voyage en Espagne*, p. 403.［四〇九頁］

# 訳者後書　あるいは回想の歳

法政大学出版局からテオフィル・ゴーチエ『スペイン紀行』の翻訳が出版されることになり、本当に嬉しい。あたかも運命が私に、愛していた女性と長い時を経て再会する喜びを用意してくれていたかのように。『スペイン紀行』に関する最初の文章（この本に掲載してもらった「夢の旅」）を書いたのは一九八一年のことだ。その後、何年か記憶がはっきりしないけれど、ある出版社から翻訳の話があり、勢いにまかせて比較的短期間で訳し終えた。恐らく、三十代の時期で、スペイン旅行の時のゴーチエの二十九歳という年齢に近いのがよかった。旅中に生じる不意打ちや出来事を驚きつつも、歓迎し面白がるゴーチエの若き精神に自然に感応することができた。読者には、ゴーチエの好奇心が感じられる自由闊達な若々しい文章の香りのようなものを感じとってもらえたら幸いだ。翻訳文にその香りのようなものが少しでも染みているとすれば、それは旅する作家の喜び・活力と翻訳する私の喜び・活力がうまく相互作用して、ボルドーワインのように幸福なるブレンドが実現された結果である（こんな風に思うのも、五十代の今の私にはフランス語で正味三四〇頁余りもある作品を一気に訳す自信も熱意も活力もないと、自信を持って断言できるからだ）。

出版の話がいくつか持ち込まれては、実現することなく何年もが過ぎた。まるで、いくつかの報われることのない恋が成就しないまま、忘却と不遇のうちに何年もが過ぎ去るように。それで、何とか翻訳を形あるものにしておきたくて、勤務先の福岡大学の紀要に載せることを始めた。一九九六年のことである。掲載が完了したのは一九九九年。同じ一九九九年か翌二〇〇〇年に、法政大学出版局が出版を引き受けてくれることになったのだと思う。そして二〇〇七年、私が五十五歳の年に、若き時代の翻訳がやっと日の目を見ることになった。ここに至るまでに時間はかかったけれど、きっと、出版へと到達するようにと、いくつもの偶然の糸が繋がった結果、その機が熟していたのだ。

思い返してみると、私に去年今年とゴーチエにつながることがいくつか続いて起こっていた。予兆はあったのだ。授業で使うことになったフランス十九世紀文学のアンソロジーの中に、ゴーチエの『恋する死女』が入っていた。偶然を強調したくて言うのだけれど、アンソロジーは当初予定していたものとは別のテキストで、間違って入荷したものだった。偶然が、昔愛した女性に邂逅させるように、『恋する死女』を再発見させてくれた。偶然が、昔飽くことなく愛でた女性の肉体の細部を思い出すように、作品の詩的で耽美的な文体の魅力を味読する機会を与えてくれた。そして、再読の印象がまだ鮮明な時に、市民カレッジ（福岡大学エクステンションセンター主催）の依頼があった。こうした偶然の中にゴーチエの要請を感じ取った私は当然のごとく、講座で『恋する死女』について話をした。蘇るその美しい女吸血鬼クラリモンドは、愛するロミュアルドの周囲に彼女の気配を香水のように漂わせておく。同じように、ゴーチエの『スペイン紀行』もまた、私にそれとなく出現を予感させていたのだ。

ウディ・アレン監督の映画『マッチポイント』の中で、人生が偶然の連鎖に譬えられている。「人生の出来事は偶然によって決まる。テニスボールがネットに当って向こう側に落ちれば勝ち、こちら側なら負け。運とはそんな偶然なのだ」。こういうことが言われていた。ところで、『美しき運命の傷痕』というフランス映画（原題は「地獄」という意味の *L'Enfer*）を観た。エマニュエル・ベアール、マリー・ジラン、キャロル・ブーケといった女優さんが出ている。その中に、一人の美しい女子学生にストーカーのように付きまとわれ愛される大学教授が、講義で運命と偶然について話すシーンがある。彼によれば、現代人は運命という言葉の重みを背負いきれなくて、代わりに偶然という言葉を発明して、気軽に使っている。ただし、私（映画の中のその教授）は運命という方が好きだ。運命というのは約束された何かで、偶然よりは美しく思えるからだと。確かこんな感じのことを言っていた。偶然という言葉を気軽に使う側に属する私には、妙に印象的だったのを覚えている。「運命とは約束された何か」、素敵な言葉だ。でも、私は運命という言葉も簡単によく口に出してしまうのだ。私には運命でも偶然でも好ましい、どちらも歓迎だ。そう、『スペイン紀行』の翻訳は長い時を経て出版される運命だったのだ。ゴーチエが愛し続けた女性カルロッタの許に滞在し語り合う幸せな時間を、長い時を経て手に入れる運命だったように。

さて、『スペイン紀行』の翻訳には主に、Théophile Gautier, *Voyage en Espagne*, Garnier-Flammarion, 1981. を用い、時々、Gallimard フォリオ版（1981）の *Voyage en Espagne* を参照した。ガルニエ＝フラマリオン版の解説監修者は、クロード・ベルシエ氏である。私が一九九二年に在外研修でパリ滞在の折（それから十五年も経ってしまった）、指導に当ってくれた先生だ。通りの名前は忘れたけれど、お宅を訪問したことがある。その時、先生が「専門はシャトーブリアンなのだけれど、それでもいいですか」というようなことを、ゴーチエのような見事な鬚に覆われた顔に優しい微笑を浮かべて言ってくれた。帰国して、その後、また先生のお名前に接することになる。購入した Robert Laffont の Bouquins 叢書の一冊 *Le voyage en Orient*（1985）というアンソロジーの監修者として、クロード・ベルシエと明記されていたのだ。

懐かしい思い出だ。『スペイン紀行』の翻訳を出してもらえるようなことを、パリ滞在当時、先生に大言壮語していた私としては、忸怩《じくじ》たる長い時を経たけれども、やっとこれで少し面目を施せた気がする。

本書所載の「夢の旅」という文章が幾分か、『スペイン紀行』の解説になってくれるはずだ。これは以前私が福岡大学の紀要に発表した論文を、一部表記を変え、引用の訳文に訂正を加えて、あとはほとんどそのまま掲載してもらったものである。ゴーチエの文体を少しでも享受してもらえるようにと思って、フランス語の引用もそのまま残した。校正しながら読み返していると、文章を書いた当時の気分、旅行記を読む楽しみを享受していた弾んだ気持ちが思い出されて、ノスタルジーに浸ることになった。恐らくは、その時から旅行記作家と旅行記に対する関心が明確なものとなり、ゴーチエ、そしてピエール・ロチを読むようになっていく道筋が引かれていたのだ。

ゴーチエはコローに終生変わることのない関心と賛美を寄せ、このフランスの風景画家について繰返し精妙的確で好意的な批評を書いている。まるで、忠実なる愛情の証のようだ。『スペイン紀行』では、このようなゴーチエの絵画批評家としての才能が遺憾なく発揮されており、絵に対する飽くことのない好奇の眼差しが感じられる。そして、スペイン人の気質、食事、服装、生活習慣等の興味深い報告に溢れている。それらの報告が若きゴーチエの旺盛な好奇心からなされているのは確かだけれど、現代人の目から見て、そこに文化人類学的な視点を指摘することもできるだろう（ロチの作品についても、文化人類学的一面を読者は自然に読み取る。それにしても、私は『スペイン紀行』のアランブラ宮殿の記述を読むと、この宮殿で撮られたロチ夫妻の新婚旅行の奇妙な写真を思い出さずにはいられない。アランブラという固有名詞が、私の中ではゴーチエからロチへとつながる誘いの糸となっているのだ）。旅の享楽者にして観察者、愉しむ眼差しと批評する眼差しが共存する旅行者、これこそが旅行記作家ゴーチエの本領だった。

さて、翻訳における表記について少しだけ説明しておきたい。ゴーチエのフランス語原文では、その大部分はスペイン語をそのまま引用するためであるけれども、イタリックが多用されている。これらのイタリックを翻訳では何種類かの方法で処理している。読み方をカタカナ表記するだけに止める、訳した上でその部分にカタカナで読み方のルビをつける、訳して括弧内に読みガナを入れる、訳した部分に傍点を付す等々。引用文、作品名、船名などを示しているイタリックはカギ括弧に入れて表記した。

まるで、自分自身がゴーチエの旅の同伴者であるかのように『スペイン紀行』を楽しみ翻訳していた時の私は、目撃される人や地方を享受する彼の眼差しに同調し、不意の出来事を驚きつつ面白がるゴーチエの若き精神に無意識に感応していたのだ。その好奇心は五十五歳の今の私の中に、まだ涸れることのない地下水のように継続継承されている。私の好きなゴーチエとロチにとって、旅行記や小説作品はノスタルジーの発現装置、思い出の投影装置、記憶の喚起装置、過去への遡行装置であった。この二人の作家の回想する作品、過去へと遡っていく愛に魅了されてきた今五十五歳の私は、回想と記憶こそが私自身を成しており、私自身を生かしてくれていると意識している。

ゴーチエは最初のスペイン旅行の後、何回かスペインを訪れる機会に恵まれる。一八四五年と六二年にアルジェリア、一八四六年にはベルギー、オランダ、イギリスを旅する。四二年、四九年、五一年、六二年にロンドン旅行。五〇年にはイタリア旅行（『イタリア紀行』の翻訳を最初の何章かだけで断念してしまったことを思い出す）。五四年にドイツ旅行、五八年と六一年にロシア旅行。コンスタンチノープルにも、エジプトにも出かけている。こうして列挙するだけで、ゴーチエが旅する作家という呼称にいかにふさわしい作家であったかが分かるだろう。ところで、今の私と同じ五十五歳の時のゴーチエは何をしていたかが気になる。彼は愛した女カルロッタ宛に恋文を書いていたのだ。ジュネーヴの彼女の許を訪ねて、滞在していたのだ。旅する気力は若い頃に比べれば徐々に失せていったことだろう。逆に、好きな女の許に通うエネルギー、恋情は静かに秘かに量を増して流れる水脈のように残っていたのだ。その幸福な運命は、拙著『フェティシズムの箱』からの引用で想像していただきたい。

春先のやわらかな光のような幸福感に浸るゴーティエの姿を想像して、この小論の最後としたい。カルロッタ宛ての一八六六年二月の手紙には、幸せな思い出と再会への切なる願いが吐露されている。「……ぼくはサン＝ジャンの青く、平穏で爽やかな楽園を思い浮かべるのです。あなたの微笑みとあなたの親切な優しい眼差しに照らされて、あれほど心地よく静穏な多くの日々を過ごした楽園を。あなたに再会し、数日間あなたたちの間にいたいという願望が先週ぼくの中であまりに強くて、ぼくはもう少しで出発しそうになりました。」次は同年三月の手紙。「放っておくとぼくの想像力はサン＝ジャンへと旅立ち、あなたに会いにいってしまうのです。その地で享受されているあの心地よい平穏、純粋で優しく感じやすい心同士の魅力的な仲睦まじい暮らしから生まれる平穏を、ぼくは心の中で味わうのです。」

湖畔のベンチに寄り添う男女が見える。二人は静かに語らい、沈黙が訪れると互いの愛しい気持ちに突き動かされたかのように口づけを交わす。男は女の髪に頬擦りし、女の手を大切な宝物のように両手で包み込み、やさしく愛撫する。そして、湖面にまぶしく反射する初夏の光に目を細めながら、恋する女性を再発見し、彼女と素敵な時間を過ごす人生が用意されていたことを心密かに運命に感謝する。

私にも、愛する女性と過ごすゴーチエと同じような幸せな運命が用意されているかどうかとなると、甚だ頼りない。当てにならない運命を期待する代わりに、あとは多くの回想と幾許かの実践実行の人生を生きることにする。断固たる決心を固めた次第である。パリとニューカレドニアを回想し、タヒチと京都は夢想する。アジアの島々、ロチの祖先の地オレロン島、島の快楽と女たちを想像しつつ、淫らな夢に耽る。『失われた時を求めて』の「私」のように、場所の記憶と結びついた女に対する欲望の蘇りを再確認する。美しい同伴者と一緒に行きたい場所がまだまだある。コンスタンチノープル、ヴェネチア、サムイ島、南禅寺、長崎。少なくとも、旅の意欲だけは持ち続けておこう。谷崎潤一郎や中村真一郎の小説の主人公のように、妖しく、淫靡な性幻想を引き受けてくれる女、蠱惑的な共犯者を見つけるのもいいかもしれない。映画館の闇に座りスクリーンに見入る機会を多く持つ。発見され開かれることを要請するかのように不意に視線を捕らえる本を読む快楽、このえも言われぬ快楽を今までそうしてきたように味わい続ける。

最後にこの場を借りて、編集を担当してくださった法政大学出版局の秋田公士さんに心からの感謝を申し上げておきます。校正作業がスムーズに運んだのも、秋田さんの周到な見直しと適切な指摘があったおかげです。有難うございました。

二〇〇七年八月二八日　映画とビールの愉楽の時を素敵な女と共有する夢を見る、残暑の福岡にて。

桑原　隆行

## 著　者

テオフィル・ゴーチエ
(Théophile Gautier, 1811–1872)

フランス19世紀の作家・詩人・批評家．小説『モーパン嬢』，『ミイラ物語』，『カピテヌ・フラカス』には諧謔，美，ロマンチシズム，妖艶，過去への眼差し，仮装，侠気などが満ちている．曖昧で蠱惑的な領域に漂うかのような『恋する死女』，『邪視』，『スピリット』などの幻想小説の数々．そこにはゴーチエの耽美的で，灼熱を秘めた玲瓏な文体の才が遺憾なく発揮されている．そして，旅行記や絵画評，劇評の文章は，好奇心に溢れた現実観察家，犀利で優しい評論家ゴーチエの真骨頂とも言える．テオの愛称で親しまれた彼は，ユゴー，バルザックなどの作家を初め，当時の文学者・芸術家たちとの交際も多方面，多岐に亙り，四方八方に延びて何人もの人たちへとつながる文学交差点のような感がある．その意味で，彼の書簡，証言，回想は，19世紀フランスの文学状況，作家生活の舞台裏などを知る貴重で興味深い資料である．

## 訳　者

桑原隆行（くわはら　りゅうこう）

1952年，岩手県北上市に生まれる．東北大学大学院文学研究科を経て，現在，福岡大学人文学部フランス語学科教授．19～20世紀のフランス文学（特にテオフィル・ゴーチエとピエール・ロチ）が研究対象．今後のテーマとしては，映画の誘惑，旅情と恋情のレトリック，エロチシズムの作家たち，読書の記憶，ドラキュラと泥棒たち，等々への関心がある．著書に，『危機を読む』（共著，白水社），『フェティシズムの箱』（単著，大学教育出版）がある．

《叢書・ウニベルシタス 885》
スペイン紀行

2008年 4 月25日　初版第 1 刷発行

テオフィル・ゴーチエ
桑原隆行訳
発行所　財団法人　法政大学出版局
〒102-0073 東京都千代田区九段北3-2-7
電話03(5214)5540 振替00160-6-95814
組版・印刷：三和印刷　製本：鈴木製本所

Printed in Japan

ISBN978-4-588-00885-6